Tobias Schwartz · Morpho peleides

Es gibt enorm persönliche Völker. Es gibt faule und fleißige, aggressive und sanfte Bienenvölker. Es gibt sogar leichtsinnige und unsolide, und weiß der Teufel, ob es nicht Völker gibt, die Sinn für Humor haben, und andere, denen er fehlt.

(Lars Gustafsson, Der Tod eines Bienenzüchters)

Und so entstand eine endlose Geschichte, deren Sinn schwer zu fassen war, obwohl er wie ein feiner Faden offenbar alles durchzog.

(Ljudmilla Ulitzkaja, Jakobsleiter)

Ich bin der Dichter, der in der Erinnerung lebt,
Und fühle, wie auf meiner Zunge meine Sprache verwelkt
Ach, könnte ich sagen, ich bin der Busch,
Der in der Wüste brennt und nie erlischt

(Chaim Grade)

Ein Mann muss töten können …«, hörte der Junge eine Stimme sagen, doch er blickte weiter starr geradeaus.

Am östlichen Rand des Feldes, vielleicht in einer Entfernung von hundert Metern, standen kahle Bäume, Gerippe von Silberpappeln und Weiden, deren Äste sich wie Arme langsam hin- und herzubewegen schienen, davor Stoppeln, weiße Landschaft, aus welcher schwarze Erdflecken durch den Schnee schimmerten.

Weiter hinten, noch hinter den gespenstisch anmutenden Bäumen, lag der große graue Fluss, auf dem die Eisschollen an dieser Stelle langsam nach Norden trieben und an dessen Ufern das vertrocknete Schilfrohr stehengeblieben war und sicher einige gute Versteckmöglichkeiten bot. An den Spitzen des Schilfes wehten noch die ausgebleichten Blütenrispen im Wind. Es war auf die Distanz gut zu erkennen.

Am Flussufer vorbei führte der Weg, den sie genommen hatten, den die von den SS-Männern zusammengetriebene Kolonne, eine von vielen, die sich aus dem bereits weitestgehend geräumten Lager in Bewegung gesetzt hatte, marschiert war und den auch die Wagen genommen haben mussten, die erst vor wenigen Augenblicken unmittelbar neben ihnen angehalten hatten. Auf der anderen Seite des Feldes, der Westseite, wuchsen Tannen und Fichten, ein dichter, schneebedeckter Nadelwald. Weit war es nicht bis dorthin.

Zu Hunderten waren sie früh am Morgen aufgebrochen und hatten den Lagerkomplex verlassen, ohne allerdings zu wissen, was sie hier draußen erwartete und wohin es gehen sollte. Nordwestwärts marschierten sie, so viel war klar. Eis und Schnee überall, so weit das Auge reichte. Fliehende Soldaten und Zivilisten, so weit das Auge reichte. Die Straßen waren voll von ihnen. An den Rändern hatte er verstümmelte Leichen gesehen, Fahrzeugwracks und tote Pferde.

Der Junge, der in einer Reihe neben den anderen Lagerinsassen zitternd auf dem festgefrorenen Boden kniete, wusste nicht, wie viele sie insgesamt waren, wie viele den Marsch hatten unterbrechen müssen, vielleicht zehn oder fünfzehn, die, wie er, nicht mehr weitergekonnt hatten und auf der Strecke zusammengebrochen waren.

»Ein Mann muss töten können, ich habe es dir immer gesagt. Jetzt stell dich nicht so an …«

Die in seiner unmittelbaren Nähe ungeduldig in die Kälte gezischten Worte konnte er deutlich hören – er hatte nicht nur gute Augen, sondern auch gute Ohren.

I

ERSTES KAPITEL

1

Was für ein Idiot, dachte Swetlana. Die Worte wanderten lautlos über ihre Lippen. Ihr Blick folgte den rot leuchtenden Rücklichtern, deren Ränder in alle Richtungen zu zerlaufen schienen. Innerlich schrie sie ihm noch weitaus schlimmere Begriffe hinterher, aber das Auto, das sie eben beinahe gestreift und umgeworfen hätte, ein dunkler SUV, fuhr einfach weiter, als wäre überhaupt nichts geschehen.

Der Fahrer würde sie ohnehin nicht mehr hören, das wusste sie – vielleicht hatte der alte Sack es nicht einmal bemerkt –, und die Konturen des Wagens verschwammen bereits in der Dunkelheit, also ließ sie es bleiben und versuchte, mit ihrem Fahrrad noch mehr Abstand zu halten, ohne zu wissen, wie sie das anstellen sollte. Sie fuhr auf der Straße, direkt neben den Autos her. In diesem Abschnitt gab es keinen Radweg, aber das machte ihr nichts aus. Im Gegenteil. In Berlin fühlte sie sich sicher – trotz der Idioten.

Seit sie hier lebte, fühlte sie sich sicher, alles in allem, sicherer jedenfalls als früher, in der Zeit, bevor sie hergezogen war. Dennoch trat sie, wenn sie abends oder nachts allein mit dem Fahrrad an dunkleren und unbelebteren Ecken vorüberfuhr, kräftiger in die Pedale. Sie konnte sich nicht helfen. Die Radwege lagen nun einmal näher an den im Dunkeln auch hier so bedrohlich wirkenden Grünflächen, den finsteren Parks und Friedhöfen und den unheimlichen Baustellen oder Brachflächen, als es die Straße tat. Sie fuhr an solchen Stellen meistens dennoch auf der Straße, auch wenn es einen Fahrradweg gab. Das geschah aus einer unmittelbaren Vorsicht heraus, die nicht von ihrem Kopf ausging. Ihr Körper tat das.

Vorsicht, so sagte man hier in Deutschland, sei die Mutter der Porzellankiste … Sie hatte das kürzlich erst in einem Fahrradladen aufgeschnappt – passenderweise, wie sie fand –, die Redensart aber zuvor nicht gekannt, obwohl sie von Kindesbeinen an auch Deutsch gesprochen hatte, als zweite, oder, wenn man so wollte, eigentliche Muttersprache. Ihr gefiel der Satz, auch wenn einem der Gedanke in Anbetracht der Tatsache, dass die meisten Autos gerade mit überhöhter

Geschwindigkeit und gefährlich nah an ihrem Fahrrad vorbeirasten, für reichlich paradox halten konnte, das war ihr schon klar.

Ihre Mutter – gutes, liebes Mütterchen –, die sich ständig um sie sorgte und die sie beinahe jeden Tag anrief, seit sie in Berlin, das hieß, seit sie in Deutschland lebte, hätte es jedenfalls nicht gutgeheißen, ja, sie wäre restlos entsetzt gewesen, ihre Tochter, ihr Ein und Alles, auf der Straße so unmittelbar neben den Autos herfahren zu sehen. Sie wäre angesichts dieser Leichtsinnigkeit, die sie darin erblickt hätte, vermutlich sofort in Ohnmacht gefallen. Vorsicht, die Mutter der Porzellankiste …

Nein, in ihrer Vorstellung sah sich Swetlana weit lieber von einem Auto angefahren oder sogar überfahren als den Bedrohungen, die im Dunkeln lauerten, ausgesetzt. Aber da vorne waren wieder Häuser, sogar einige Bars oder Kneipen, vor denen Leute saßen. Ein paar Meter nur, dann hatte sie es geschafft.

Sie bemühte sich, an etwas anderes als an die Dunkelheit zu denken – die dunklen Gedanken, die sie mit gewohnter Zuverlässigkeit immer wieder einholten, wenn auch in großen Abständen –, und es stimmte ja alles in allem dennoch, dass sie sich in der Stadt, unter Menschen, sicher fühlte, sicherer als früher, und wenn nicht immer, so doch meistens, überwiegend, alles in allem. Phasenweise fühlte sie sich vollkommen unbeschwert.

Ausnahmen bestätigten die Regel, ja. Noch so eine Redewendung, die sie allerdings schon gekannt hatte und die sie – sie wusste nicht genau, warum – als besonders deutsch empfand, auch wenn sie irgendwo gelesen hatte, dass sie eigentlich lateinischen Ursprungs war.

Swetlana befand sich auf dem Weg nach Hause, wo sie mit Agnieszka, ihrer polnischen Mitbewohnerin, die abends, wenn überhaupt, immer erst spät ins Bett ging, noch ein Glas Wein trinken und ihr ihre Eindrücke mitteilen wollte. So taten sie es häufig, mal erzählte die eine, mal die andere. Und dazu tranken sie eine Flasche Wein.

Der Film, den sie im etwas versteckt liegenden Arsenal-Kino am Potsdamer Platz gesehen hatte, der nicht nur am Abend von Scharen von Menschen bevölkert wurde und in bunten Lichtern leuchtete – vor allem war es die weithin sichtbare Kuppel des Sony Centers, die wie ein Chamäleon die Farben wechselte, nur eben greller –, war seit

Jahren einer von Swetlanas absoluten Lieblingsfilmen. Er hieß »Wilde Erdbeeren«. Sie wusste nicht mehr, wie oft sie ihn schon gesehen hatte – natürlich hatte sie ihn auch schon zusammen mit Agnieszka gesehen, aber diesmal war es für sie das erste Mal auf großer Leinwand gewesen, das erste Mal in einem Kino. Solche Filme waren einzig fürs Kino gemacht, dachte sie und empfand es jetzt beinahe schon als frevelhaft, sich ihn immer wieder auf dem Laptop angesehen zu haben, aber das war bis zu diesem Abend die einzige Möglichkeit gewesen, sich ihn überhaupt anzusehen. Ingmar Bergman würde sich, wenn er das wüsste, im Grab umdrehen. Jeder Regisseur, der seine Werke fürs Kino schuf, täte das.

Noch bevor sie den Film gekannt hatte, hatte sie der Titel, auf den sie irgendwann irgendwo einmal in einem Buch oder Magazin gestoßen war, angesprochen und lange beschäftigt – »Wilde Erdbeeren«, das war ein wirklich grandioser Titel, der sofort verschiedene Wald-Assoziationen und konkrete Erinnerungen in ihr wachgerufen hatte. Sie liebte den Wald – die dunklen Nadelwälder ihrer fernen Heimat, die nicht mehr ihre Heimat war, dachte sie. Und sie liebte wilde Erdbeeren, die dort, in Russland, in der weiten Oka-Don-Ebene, in den Wäldern im Norden der Stadt Teschki, wo sie ihren Großvater so oft bei seinen Streifzügen begleitet hatte, zuhauf wuchsen und die sie und ihr Großvater immer gepflückt und in kleinen, bis zum Rand gefüllten Körben mit nach Hause getragen hatten. »Wilde Erdbeeren« – der Titel hatte sie auf eine so magische Weise angezogen, dass sie sich sofort die DVD bestellen musste.

Es war noch nicht lange her, da hatte sie den Filmtitel im Kulturprogramm einer Zeitung entdeckt, die sie bei ihrem letzten Frisörbesuch eher beiläufig durchgeblättert hatte, und dem Tag der Vorführung seitdem regelrecht entgegengefiebert. Der Film war Teil einer Ingmar-Bergman-Retrospektive, die über mehrere Wochen im Arsenal gezeigt werden sollte. Auch einige seiner anderen Filme wollte sie sich unbedingt noch ansehen.

Leider hatte Agnieszka keine Zeit gehabt, mit ihr ins Kino zu gehen, da sie noch eine Website für einen Kunden einrichten musste, hatte sie gesagt, eine Arbeit, die Agnieszka hasste, da sie sie unerträglich fand, »stumpf, stupide und sterbenslangweilig«. Zu dem ganzen IT-Kram, mit dem sich Agnieszka tagtäglich beschäftigte, hatte Swetlana kein Verhältnis, insofern verstand sie nur vage, was ihre Mitbewohnerin daran störte, Websites einzurichten, und was ihr empörtes »Hey, ich bin schließlich Programmiererin, ich entwickle Software ...« eigentlich genau bedeutete. Sie war schon froh, dass sie ihr Laptop einigermaßen handhaben konnte, einigermaßen ...

Swetlana schob ihr Fahrrad hastig durch den Innenhof, der nur schwach beleuchtet war. Agnieszka hasste ihre Arbeit – sie dagegen hasste den Innenhof. Aber vielleicht war es doch weniger schlimm, den Innenhof zu hassen als seine Arbeit.

Ihr Blick fiel auf die Glühbirne, die flackerte, als würde sie jeden Moment erlöschen. Sie schloss das Fahrrad ab und eilte die Treppe hinauf in ihre Hinterhauswohnung im ersten Obergeschoss. Dort war alles dunkel, registrierte sie enttäuscht, als sie in den Flur trat. Entweder schlief Agnieszka schon – was sie ziemlich überrascht hätte –, oder sie war ausgegangen – was nicht weniger verwunderlich gewesen wäre.

Sie schaltete das Licht an, lief in die geräumige Küche, schaltete auch dort das Licht an und legte ihre Tasche auf den Tisch. Was tun?

Die Tür zu Agnieszkas Zimmer stand offen, das hieß, dass sie nicht schlief, sondern tatsächlich ausgegangen war. Und ihr hatte sie erzählt, sie hätte keine Zeit fürs Kino – eine tolle Freundin war das. Sollte sie jetzt allein ein Glas Wein trinken?

Einen der Doktoranden im Kolloquium ihres Doktorvaters – Wilhelm hieß er lustigerweise, wie Wilhelm von Humboldt oder Wilhelm II., sie kannte niemanden sonst, der heute noch so hieß – hatte sie kürzlich in einer dieser Diskussionen, bei denen es sich wohl um Relikte aus der Studentenzeit handelte und die sie immer so kindisch und anstrengend fand, einmal sagen hören, dass er, obwohl er viel und regelmäßig trinke, wisse, dass er kein Alkoholiker sei, da er nie allein trinke und auch nicht das Bedürfnis dazu verspüre, wenn er allein sei. Aber was hieß das jetzt für sie? Sie hatte Lust auf ein Glas Wein, war aber allein zu Hause. Machte sie das jetzt zu einer Trinkerin?

Und wenn schon. Hier war niemand, mit dem sie hätte anstoßen können. Auf den Film oder auch auf den Regisseur. Auf die große Kunst des Filmemachens an sich. Sie hatte, nachdem sie der Kinobesuch so beglückt hatte, nicht nur einfach Lust auf Wein, nein, es war ihr ein Bedürfnis, jetzt ein Glas zu trinken. Der Wein gehörte einfach dazu. So ein Ereignis musste schließlich angemessen zelebriert werden. Also nahm sie die Flasche aus dem Kühlschrank, entkorkte sie und schenkte sich ein Glas ein, das sie mit in ihr Zimmer nahm, da sie es allein in der Küche trotz der Sitzecke, die Agnieszka dort eingerichtet hatte, nicht so gemütlich fand. Auch in ihrem Zimmer schaltete sie das Licht an, setzte sich ans geöffnete Fenster und blickte in den Himmel, von dem sie, aus ihrer eingeschränkten Perspektive, nur einen schmalen Streifen erkennen konnte. Der Rest war Mauer.

Sie nahm einen Schluck und bewegte den Wein langsam im Mund hin und her. Er schmeckte ihr ausgezeichnet, dieser Sauvignon Blanc – Agnieszka hatte da zur Abwechslung einmal etwas wirklich Gutes ausgesucht, dachte sie –, und sie spürte sofort seine entspannende Wirkung, als sie ihn hinunterschluckte. Noch entspannte sie der Wein, aber sie wusste genau, wenn sie mehr als ein bis zwei Gläser trank, würde er sie sehr schnell sehr müde machen. Schlimm wäre das heute allerdings auch nicht mehr.

Swetlana fragte sich, wo ihre Mitbewohnerin abgeblieben war. Vielleicht hatte sie einen Anruf bekommen und befand sich auf einem Noteinsatz, weil irgendjemand mit seinem Computer oder einem Programm nicht zurechtkam. Aber um diese Uhrzeit? Nein, wahrscheinlich war sie doch wieder auf Clubtour, und das konnte dauern. Dann dachte sie wieder an den Film oder wollte jedenfalls an den Film denken, ihn noch einmal Revue passieren lassen, darüber nachdenken, wie er dieses Mal auf sie gewirkt hatte und was ihr aufgefallen war, aber es gelang ihr nicht. Geräusche, die aus der Wohnung nebenan kamen, lenkten sie ab.

Ihren Nachbarn, der dort schon gewohnt hatte, bevor sie bei Agnieszka eingezogen war – ein knappes Jahr war das her –, hatte sie bislang kaum wirklich wahrgenommen, obwohl sie sich im Hof oder im Treppenhaus immer freundlich grüßten. Das taten sie auch dann, wenn sie sich beim Einkaufen, auf der Straße oder sonst wo begegneten – aber sie grüßte auch, soweit sie sie erkannte, die anderen Nachbarn jedes Mal freundlich, ohne anschließend jemals noch einen weiteren Gedanken an sie zu verschwenden. Jetzt sah sie sich auf einmal gezwungen, an ihn zu denken, ihr blieb gar nichts anderes übrig. Sie schätzte ihn ein paar Jahre älter als sich – vielleicht fünf Jahre – und fand ihn – wenn sie so darüber nachdachte – doch recht attraktiv: kurze dunkelblonde Haare, graugrüne Augen, ein ganz anderer Typ als sie mit ihren braunen Haaren und ihren dunklen Augen, die sie von ihrem Großvater geerbt hatte.

Eigentlich seltsam, dass sie sich bislang nie weiter für ihn interessiert hatte, fand sie auf einmal. Andererseits aber war es auch wieder nicht so seltsam, hielt sie doch Männer lieber auf Distanz, sie hielt sie sich lieber vom Leibe.

Die Geräusche jedenfalls waren eindeutig. Es war das genüssliche Stöhnen einer Frau. Swetlana trank noch einen Schluck, wirklich ein sehr guter Wein, und sie musste auf einmal lächeln – dieser Nachbar, wer hätte das gedacht.

Sie hielt ihr Glas fest in der Hand und lauschte. Nach einer Weile wich das Stöhnen einem aufgeregten Keuchen, dann hörte sie ein flehendes Wimmern, das wieder zu einem Stöhnen anwuchs und schließlich immer heftiger und lauter wurde, bis die Frau irgendwann schrie.

Swetlana hielt sich die Hand vor den Mund. Von ihrem Nachbarn hörte sie keinen Ton. Das Stöhnen und die Vorstellung, wie sich eine Frau lustvoll unter dem Körper ihres Nachbarn wand, erregte sie. Es erregte sie sehr.

Nein, unattraktiv war ihr Nachbar wahrlich nicht. Sie knipste das Licht aus und spitzte die Ohren. Sie wollte mehr hören.

2

»Ein Mann muss töten können …«, sagte der Vater, und der Junge, der ihm hinterhertrottete, schluckte.

Sein verschwommener Blick fiel auf die Birken, die hinterm Haus und die Wiese hinunter am Weiher wuchsen, nah am Schilf, wo er sich so gerne versteckte, um die Libellen, Wasserläufer und Gelbrandkäfer besser beobachten zu können. Die weißen Stämme und das grüne Laub leuchteten im frühen Sonnenlicht, das ihn blendete, wenn er hineinsah, und er wollte sich schon in irgendwelche schönen Gedanken flüchten, rettende Gedanken, als er wieder die strenge und bedrohliche Stimme neben sich hörte.

»Ein echter Mann muss töten können, wenn es nötig ist. Du bist jetzt alt genug, es ist an der Zeit, dass du …«

Der Junge zuckte zusammen. Er wollte es nicht tun, aber er wusste, es würde kein Weg daran vorbeiführen. Dieses Mal nicht.

Der Vater stieß ihn ein paar Schritte vor sich her und griff unsanft nach seinem Arm. Ungeduldig war er, aber das kannte er schon, das war der Vater meistens.

Er trug bereits Uniform, das hieß, er musste anschließend, nach der von ihm überwachten und von seinem Sohn vollbrachten Tat, gleich aufbrechen, zur Arbeit, zu der er nur ein paar Schritte zu gehen hatte. Wie jeden Tag.

Es blieb nicht viel Zeit und dem Jungen keine Gelegenheit, auszureißen und das Weite zu suchen, Richtung Weiher und den Weiden dahinter. Das hatte er auch gar nicht vor, wusste er doch, was ihm blühte, wenn er es noch einmal wagen würde. Wenn er noch einmal wagen würde, etwas ihm so vehement Aufgetragenes zu verweigern.

Er kannte seinen Vater und auch die schlimmen Folgen seines Zorns, die sich jedes Mal noch lange Zeit später auf seinem Hintern abzeichneten und brannten. Da gehorchte er lieber – es half ohnehin alles nichts –, auch wenn er sich nicht vorstellen mochte, was gleich dort hinten, hinter dem Schuppen, den sie ansteuerten, passieren sollte. Alles sträubte sich in ihm dagegen. Er wusste es ja, der Vater hatte es ihm mit ernster und konzentrierter Stimme genauestens erklärt. Jeden einzelnen Schritt, den er zu tun hatte, jeden Handgriff, seine Aufgabe. Auch dass es kurz und schmerzlos zu geschehen hatte. Trotzdem, vorstellen wollte er es sich lieber nicht.

Er konnte es nicht. Stattdessen linste er wieder verstohlen zu den Birken hinüber, zum Schilf und zum Weiher und zu den Weiden und den rauschenden Silberpappeln ganz hinten, am Horizont, dort, wo auch der große Fluss floss. Es war hoffnungslos – keine Libelle, kein

Schmetterling zu sehen, nicht einmal eine Fliege oder Wespe waren so früh am Morgen in Sicht, doch er konnte sich täuschen.

Tau lag auf dem Gras, über das sie liefen und in das sich ihre Schritte tief eingruben wie in feuchten Sand. Es dauerte nicht lange, bis sich die einzelnen niedergedrückten Halme wieder aufrichteten und ihre Spuren verwischt wurden.

Der Junge sah, wie sich das braune Leder seiner Schuhe durch die Nässe dunkel verfärbte, und auch, wie das Wasser auf den schweren, blank polierten schwarzen Stiefeln des Vaters kleine Perlen bildete, die das Morgenlicht reflektierten. Kalt war es, unangenehm kalt, wenn die früh noch niedrig stehende Sonne einem nicht direkt auf den Rücken oder auf die nackten Arme und Beine schien. Er trug eine kurze Hose. Die Ärmel seines Hemdes waren hochgekrempelt, es würde warm werden, sehr warm – so wie in den letzten Tagen und Wochen auch. Aber heute war er wohl etwas voreilig gewesen.

»Zieh dir eine Jacke über, Wieland, es ist noch frisch draußen«, hatte seine Mutter ihm noch mahnend hinterhergerufen, aber er hatte nicht auf sie gehört. Das tat er selten, wenn es um solche Dinge ging, wenn sie sich einmal wieder um etwas sorgte, das sein Wohlbefinden betraf.

Er war sich nicht sicher, ob sie wirklich wusste, was er gleich mit dem Vater hinter dem Schuppen zu tun hatte, hatte aber am Frühstückstisch in dessen Anwesenheit nicht gewagt, sie danach zu fragen. Sie danach zu fragen, ob sie denn wisse, dass er es jetzt doch tun solle, anders als es gestern geheißen hatte, anders als sie vielleicht glaubte. Das hatte er sie fragen wollen, nur nicht unter den drohenden Blicken des Vaters, der ihn, kaum dass das Marmeladenbrot gegessen und das Glas Milch getrunken worden war, zur Eile angetrieben hatte.

Vielleicht, dachte er, hätte die Mutter noch etwas ändern, das Schicksal abwenden können. Stand sie nicht auf seiner Seite?

Doch nein, sie hätte ihn vor dem, was da auf ihn zukam, nicht schützen können – ob sie es nun gewusst hatte oder nicht. Er war sich nach allem, was er in dieser Sache nun auch von ihr gehört hatte, nicht einmal sicher, ob sie ihn überhaupt hätte schützen wollen. Auch sie fand ja, dass er inzwischen alt genug wäre, Dinge zu tun, die er nie hatte tun wollen. Dinge zu sehen, die er nie hatte sehen wollen. Dinge zu hören, die er nie hatte hören wollen. Dinge, die er sich selbst nicht hätte ausdenken können.

Es war bereits der dritte Sommer, den sie in dem großzügigen Backsteinhaus mit dem weitläufigen Grundstück am Weiher erlebten. Hier, in der Fremde, unter diesen furchtbaren Menschen, wie die Mutter zu sagen pflegte – der Vater fand das reichlich übertrieben. Der Junge hatte weder die Sommer, noch die Jahre gezählt, aber er hatte es seine Mutter vor kurzem einmal zum Vater sagen hören. Eine Spur von Klage hatte in ihrer Stimme gelegen, wie so oft eine Spur von Klage in ihrer Stimme lag, seit sie hergezogen waren, seit der Vater seine Stelle in der Kommandantur des Lagers hier im besetzten Gebiet, im Südosten ihrer alten Heimat, angetreten hatte.

Es sei bereits der dritte Sommer, und es würde auch das dritte Weihnachten werden, hatte sie vorwurfsvoll gesagt. Der Vater hatte die Wohnstube kopfschüttelnd verlassen.

An die Zeit davor, an früher, als sie noch in Breslau gewohnt hatten, ihrer Heimatstadt, wo auch er geboren war – und wo, wie seine Mutter sagte, anständig deutsch gesprochen wurde –, konnte sich der Junge leider kaum noch erinnern. Nur an den riesigen Dom mit den hohen Türmen – den gotischen Dom, wie die Mutter sagte, Sankt Johannes, wie die Großmutter sagte –, an die Sandbrücke, die von ihrem Zuhause über den großen Fluss namens Oder auf die Sandinsel führte und über die er so oft an der Hand der Großmutter gelaufen war. Natürlich erinnerte er sich an die köstlichen Mohnkließla der Großmutter, aber die machte sie nach wie vor, jedes Mal, wenn sie zu ihnen zu Besuch kam – allerdings wurden die Besuche immer weniger.

Als er sich unter Tränen geweigert hatte, den Sack mit den frisch geborenen Welpen im nicht eben tiefen Wasser des Weihers zu versenken, hatte es vom Vater eine heftige Tracht Prügel gegeben – mit der Reitgerte, zu der er bei solchen Gelegenheiten am liebsten griff. »Das Bockige will ich dir schon austreiben«, hatte er gesagt.

Es war nicht lange her, dass er die Schläge erhalten hatte, wenige Tage nur, und die rotblauen Striemen auf seinem Rücken und den Pobacken waren noch deutlich zu erkennen, wenn er sich, wie so oft, beim Ankleiden oder Auskleiden im Spiegel betrachtete.

Freia, ihre preisgekrönte deutsche Schäferhündin mit adelig klingendem Namen und Stammbaum, den der Vater in der Schublade seines Schreibtisches im Arbeitszimmer aufbewahrte und nur herausholte, wenn alle paar Monate einer seiner Hundezüchter-Freunde bei ihnen zu Hause aufkreuzte, war läufig geworden und hatte sich auf einen herumstreunenden Boxerrüden aus der Umgebung eingelassen, der es »in seiner geilen Tollheit« – so hatte er es den Vater hören sagen – irgendwie zu ihr über den Jägerzaun geschafft hatte, ohne an seinen spitzen Enden hängenzubleiben, so wie es ihm einmal passiert war, als er eine Abkürzung vom Weiher aus in den Wald hatte nehmen wollen.

Die Mutter hatte die beiden Hunde in flagranti erwischt, ineinander verkeilt unter den Birken, und war sofort schreiend zum Vater gerannt, während der Junge dem Liebesspiel der japsenden Tiere noch weiter neugierig zugesehen hatte. Doch es war längst zu spät gewesen und Freia leider trächtig geworden, seine geliebte Freia, die mit vollem Namen Freia vom Hohen Tor zu Wiebelingen hieß – wobei sein Vater und seine Mutter nicht genau wussten, aber gelegentlich darüber rätselten, ob sich der Name Wiebelingen womöglich vom heidelbergischen Wieblingen ableitete –, aber so wurde sie erklärlicherweise von niemandem gerufen.

Der Vater hatte sie, als das Unvermeidbare einige Wochen später sichtbar geworden war, gleich erschießen wollen – so wie er es mit dem Boxerrüden an Ort und Stelle getan hatte, nachdem der Junge ins Haus geschickt worden war –, aber die Mutter, die diese Schäferhündin ganz besonders liebte, die ihre »eigentliche Herrin« war – so nannte sie es –, hatte ihn dazu bewegen können, doch bitte den Wurf abzuwarten und nur die Welpen zu töten, »die Bastarde«. Es handle sich doch lediglich um Triebe und Instinkte, hatte die Mutter gesagt, um Tiere eben. Die treue und reinrassige Hündin, die ja immerhin auch eine Stange Geld gekostet habe, würde durch diesen einen bedauerlichen Fehltritt ihr »hochwertiges Erbgut« nicht verlieren, hatte sie gesagt und der Vater daraufhin geantwortet, dass es hier nicht ums Geld gehe – »wo kämen wir denn hin?« –, und irgendetwas über mangelnde charakterliche Qualitäten gemurmelt, die vielleicht doch genetische Ursachen hätten. Einen Defekt.

So ganz hatte sich der Sinn dieser Worte dem Jungen nicht erschlossen, auch wenn sie in der Schule, der »Deutschen Schule«, nicht nur vom Biologielehrer, sondern auch vom Geschichtslehrer über solche Themen ausführlich unterrichtet worden waren und noch unterrichtet wurden. Einen tieferen Sinn zu erkennen fiel ihm in diesen Zusammenhängen schwer. Und trotz seines ausgeprägten und anhaltenden Interesses am Fach Biologie und speziell an Insekten interessierte er sich kaum für Vererbungslehre oder Rassenkunde, sondern eher für Sport – vor allem im Freien, in der Natur – und in letzter Zeit auch für den Deutschunterricht, schon allein, weil er den Lehrer sehr mochte, Herrn Pätzold, der ihn vor den anderen Kindern immer ein bisschen bevorzugte. Außerdem interessierte sich Herr Pätzold ebenfalls für Insekten. Erst kürzlich hatte der Lehrer ihm ein Buch ausgeliehen, in dem er seitdem jeden Abend mit großer Begeisterung und aufgeregter Anspannung las, mitunter musste er das heimlich tun.

Das Buch hatte den Titel »Ein Blick ins Käferleben«. Auf dem Deckel waren verschiedene Arten abgebildet, darunter ein kleiner Marienkäfer – wie es sie zuhauf auch hier bei ihnen im Garten gab – und ein riesiger Bockkäfer mit überdimensionalen Fühlern – so einen hatte er noch nie gesehen, davon träumte er.

Das Buch sei von einem Franzosen geschrieben worden, hatte Herr Pätzold mit einem Klang von Bedauern in der Stimme gesagt, als sie einmal zusammen über den Hof zum Schulgebäude gegangen waren, einem allerdings sehr berühmten Franzosen, der vor vielen Jahren beinahe den Nobelpreis für Literatur erhalten hätte – als Insektenforscher den Literaturnobelpreis, das müsse man sich einmal vorstellen! –, aber den habe dann doch – der Lehrer hatte es gesagt, als wäre er darüber nach wie vor sehr erleichtert – der deutsche und übrigens schlesische Dichter und Dramatiker Gerhart Hauptmann bekommen, ein passionierter Vogelkundler nebenbei, dessen Theaterstücke er auch mit den Unter- und Oberprimanern im Unterricht durchzunehmen pflege. Darauf könne er sich im Übrigen schon freuen.

Der Junge, der den Namen Gerhart Hauptmann irgendwann schon einmal gehört zu haben glaubte, vermutlich von der Mutter, die gerne las und früher auch gerne ins Theater gegangen war, wie sie bisweilen erzählte, oder auch von der Großmutter, kannte zwar einige Polen, deren Sprache er allerdings nach wie vor nicht verstand, aber er war noch nie einem Franzosen begegnet.

Sein Vater mochte die Franzosen nicht, das wusste er, daran gab es nichts herumzudeuteln, das waren in seinen Augen Erzfeinde und widerliche Froschesser. Und er wusste, dass der Vater es nicht gerne sah, wenn die Mutter französische Romane las, was sie mitunter trotzdem tat – die Großmutter brachte, wenn sie kam, gelegentlich welche mit. Er wusste aber auch, dass nun schon seit einiger Zeit ein großer Teil von Frankreich zu Deutschland gehörte – ebenso wie Österreich und Polen und andere Länder –, jedenfalls hatte er das so verstanden, als der Vater und die Mutter einmal darüber gesprochen hatten. Von »deutschen Eroberungen« war da die Rede gewesen, vom »Großdeutschen Reich«.

Der Halter des Boxerrüden war ein alter Pole aus einem nicht weit entfernten Dorf, den der Vater, nachdem er das schnell und problemlos in Erfahrung gebracht hatte, durch einen seiner Adjutanten unverzüglich hatte herbeizitieren lassen, damit er das tote Tier – ausgeblutet und mit einer Kugel im Kopf – abhole und »bitte schön« selbst beseitige. Er könne froh sein, dass er es dabei belasse.

Dem Jungen, der irgendwann wieder aus dem Haus hatte kommen dürfen, hatte der alte, unterwürfig gebückt gehende Pole leidgetan – seines toten Hundes und auch der herrischen Art wegen, in der sein Vater mit ihm geredet hatte. Es war die Art, auf die er für gewöhnlich mit allen Polen redete. Er war aber froh gewesen, dass es seine Freia nicht getroffen hatte, immerhin kannte er die Schäferhündin, die ursprünglich dazu vorgesehen war, eines Tages edle, reinrassige Welpen zu werfen, von klein auf, seit sie selbst noch Welpe gewesen war. Seit sie in dem neuen Haus wohnten, war Freia immer da gewesen. Sie war ein Teil der Familie geworden. Sie gehörte dazu, zu ihnen, so wie der Boxer zum Polen gehört hatte, sagte er sich jetzt, wo er wieder daran denken musste, und spürte – ohne dass er sich hätte erklären können, weshalb – ein schlechtes Gewissen in sich aufsteigen. Das Bild, wie der alte Mann seinen Hund auf dem Arm davongetragen hatte, ohne eine Miene zu verziehen, hatte sich ihm tief eingebrannt. Er musste immer wieder daran denken, er konnte es nicht vergessen.

Der Vater hatte Freia hinterm Schuppen an die Kette gelegt. Das war nichts Ungewöhnliches, sie kannte das und legte sich normalerweise in ihre Hütte und schlief dort. Jetzt, als sie um die Ecke bogen, stand die Schäferhündin da, sah ihnen neugierig entgegen und wedelte sogar sachte mit dem Schwanz.

Der Junge fand es seltsam, dass sie so fröhlich zu sein schien. Diese munteren Augen, dieser arglose, erwartungsvolle Blick. Immerhin hatten sie ihre Welpen ertränkt, gerade einmal zwei Tage war das erst her. Bei dem Gedanken daran schnürte sich ihm immer noch der Magen zusammen. An dem Abend noch hatte er sich erbrochen und dafür vom Vater auch gleich eine schallende Ohrfeige bekommen. Freia, die Kühne, hatte den Vater zuvor in die Hand gebissen, in dem Moment nämlich, als er ihr die Welpen weggenommen hatte, um sie in den Sack zu stecken. Jetzt trug er einen Verband, er hatte sogar vom Truppenarzt eine Spritze bekommen – prophylaktisch, hatte er gesagt, man könne ja nie wissen, was für Bakterien und Krankheiten so ein Tier in sich trage.

Dieser »tollwütige Biss« war es gewesen, der Freias Schicksal endgültig besiegelt hatte. Da war er wieder aufgetaucht, der Defekt, der »Charakterfehler« – wie der Vater es nannte. Jetzt sei es nicht mehr zu leugnen, hatte der Vater noch am Tag zuvor beim Frühstück gesagt, dem Jungen war es da schon wieder etwas besser gegangen. »Artfremdes Verhalten«, hatte der Vater gesagt. Ein echter, ein deutscher Schäferhund verhalte sich gutartig, zumal seinem Herrn gegenüber, dem er sich zu unterwerfen habe. »Gutartig und nervenfest« müsse so ein Tier sein, zumal ein Tier mit solchen Ahnen im Stammbaum, edlen, hochwertigen Ahnen. Freias Körperform und auch das Fell mochten tadellos erscheinen, mit ihrem Wesen aber haperte es doch, das sei mehr als augenscheinlich, das sehe jetzt auch ein Blinder. Es gehe doch, auch wenn er an die Zucht denke und an möglichen reinrassigen Nachwuchs, nicht nur um die äußeren Erscheinungsmerkmale, sondern auch ums Wesen. Form und Inhalt, hatte er spöttisch gesagt, und, wieder ganz ernst, dass das eine gelegentlich über das andere hinwegtäuschen könne.

Doch auch von der Mutter, die bei allem Verständnis fürs Tier einen solchen Ausfall offenbar weder dulden konnte noch wollte – ein bissiger Hund in einem Haushalt mit Kindern, sie wolle sich gar nicht vorstellen, was da alles passieren könne –, war kein weiterer Einwand mehr zu hören gewesen. Nur hatte sie den Vater gebeten, es selbst zu tun und es nicht den Jungen tun zu lassen. Immerhin habe die Hündin ihn und nicht den Jungen gebissen, hatte die Mutter gesagt, insofern sei es nur folgerichtig, dass er es täte.

Der Vater hatte dann zwar genickt, als würde er ihr zustimmen – und die Mutter schien damit auch gleich zufrieden gewesen zu sein –, aber sich offenbar nicht weiter in seine Ansichten und Pläne hineinreden lassen wollen.

Im Gegenteil. Es biete sich hier eine Gelegenheit, die er nutzen wolle, hatte er kurz darauf, als sie das Haus bereits verlassen und draußen vor der Tür gestanden hatten, zu dem Jungen gesagt. Irgendwann müsse er das nun einmal lernen, wenn er ein echter Mann sein wolle, und das wolle er doch schließlich, hatte er mit einem tatsächlich ermutigend gemeinten Seitenblick auf seinen Spross gesagt – der sicherheitshalber nickende Junge kannte diese Blicke. Morgen sei es so weit. Jetzt habe er keine Zeit, jetzt müsse er schleunigst los, auch wenn er solche Dinge für gewöhnlich lieber gleich erledige, hatte er gesagt. Ein großer Zug werde erwartet, ein Zug aus Italien, aus Ferrara. Seine Anwesenheit im Lager sei dringend erforderlich, hatte der Vater gesagt und war forschen Schrittes davongerauscht.

Jetzt standen sie hinter dem Schuppen. Es ging alles ganz schnell, nachdem ihm der Vater die Pistole – eine moderne Mauser HSc, wie er erklärte – in die Hand gedrückt hatte. Ein letzter Blick in Richtung Weiher – doch, da flog etwas –, ein letzter Blick auf den Hund.

Kurz bevor der Junge abdrückte, hörte er in der Ferne einen Kuckuck rufen. Der Schuss fiel, und das Tier, das ihn eben noch zärtlich und vertrauensvoll angeblickt hatte, sackte leblos zusammen.

3

An einem der nächsten Sonntagabende klingelte Swetlana gegen acht Uhr bei ihrem Nachbarn von nebenan, um ihn um etwas Zucker zu bitten.

Am Nachmittag war sie noch mit Agnieszka übers Tempelhofer Feld gelaufen und hatte die Drachen beobachtet, die sich dort an schönen Tagen in grellen Farben und verspielten Formen hoch in den Himmel erhoben. Sie selbst wäre nie auf die Idee gekommen, so etwas zu tun – einen Drachen steigen zu lassen, das nun wirklich nicht –, aber es gehörte dazu, es vervollkommnete das unwahrscheinliche Bild, das sich dem Spaziergänger auf dieser weiten Ebene eröffnete und das allerdings in ihren Augen eher ein Herbstbild war. Windig war es gewesen – warm, aber windig, und der Wind schien ihr bereits ein Vorbote des bevorstehenden Herbstes zu sein. Dass sich das Laub etlicher Bäume gelb verfärbte, deutete sie noch als ein Zeichen von Trockenheit. Innerlich regte sich da ein Widerwillen, der sich mit einem Gefühl von Melancholie paarte. Es hatte in diesem Sommer – so wie auch im vergangenen Sommer – kaum geregnet, sagte sie sich, und das stimmte auch. Knochentrocken war der Sommer, Felder und Wälder verdorrt oder auch verbrannt, nein, gelbe Blätter mussten noch keinen Herbst bedeuten.

Das Tempelhofer Feld sei früher ein Exerzierplatz für preußische Regimenter gewesen, hatte Agnieszka erzählt – wenn ihre Mitbewohnerin einmal ins Reden kam, hörte sie oft nicht wieder auf, das hatte Swetlana häufiger schon erleben müssen –, und dass das von den Nazis in den dreißiger Jahren erbaute Flughafengebäude einmal für eine Weile das großflächigste Gebäude der ganzen Welt gewesen sei.

Swetlana, ein wenig abwesend, hatte ihr nur mit einem halben Ohr zugehört und währenddessen an ihren Nachbarn gedacht, daran auch, dass sie ihre Scheu oder vielmehr Angst, die sie dem männlichen Geschlecht seit dem schlimmen Erlebnis damals in Teschki entgegenbrachte, irgendwann einmal überwinden musste, schließlich, das hatte sie sich längst eingestanden, gab es durchaus eine gewisse Sehnsucht.

Welches denn gegenwärtig das flächengrößte Gebäude der Welt

sei, hatte sie dann, Interesse heuchelnd, wissen wollen, aber Agnieszka war ihr die Antwort schuldig geblieben.

Swetlana teilte ihre Begeisterung für monumentale Architektur nicht, auch wenn sie beispielsweise die Karl-Marx-Allee – wo Agnieszka am liebsten wohnen würde, wie sie immer sagte – im Gesamteindruck durchaus gelungen fand.

Es waren diese Widersprüche, die sie interessierten, die sie auch mochte – die Widersprüche des Sozialismus insgesamt, der einerseits Prachtalleen errichtet hatte und andererseits, wenn auch zu unterschiedlichen Zeiten, so unansehnliche Plattenbauten wie in der Leipziger Straße. Swetlana mochte auch Agnieszkas ganz persönlichen Widersprüche, die sich etwa in der Hassliebe zu ihrer Heimat Polen äußerten. Aber auch ihre eigenen Widersprüche mochte Swetlana, die, mit denen sie schon lange Zeit vertraut war, und die, die sie plötzlich und unvermittelt im Alltag überraschten, wenn sie nicht darauf vorbereitet war. Sie pflegte ihre Widersprüche geradezu und sah in ihnen ein lebenslanges Forschungsfeld oder vielmehr ein offenes Experimentierfeld. Die Widersprüche machten das Leben erst richtig lebenswert, hatte ihr Großvater irgendwann einmal zu ihr gesagt.

Aber nein, das Monumentale war ihr nichts, dachte sie, froh, in einem Kreuzberger Altbau zu wohnen. Vielleicht hatte sie dafür einfach zu viel Zeit in Moskau verbracht – im kalten Moskau, das für sie damals auch schon eine Flucht gewesen war, wobei sich Kitai-Gorod, das Viertel, in dem sie mit Natascha, ihrer besten und ältesten Freundin, gelebt hatte, in mancherlei Hinsicht gar nicht so sehr von dem Teil Kreuzbergs unterschied, in dem sie nun zu Hause war. Sie mochte diese kleinen, versteckten Refugien wie den Chamissoplatz mit seinem beschaulichen Ökomarkt und den gemütlichen Cafés, in denen sie oft saß und las, den Chamissoplatz mit dem Kopfsteinpflaster auf den schmalen Straßen ringsum und mit den vielen Gründerzeithäusern und ihren mehr oder weniger dekorierten Fassaden, die den ganzen Kiez prägten und die wiederum Agnieszka scheußlich – »und so schrecklich filmkulissenhaft« – fand.

Ganz falsch, dachte Swetlana, war das auch wieder nicht – und sie wusste nicht, warum sie das ausgerechnet jetzt und hier, im Treppenhaus, vor der Wohnungstür ihres Nachbarn, dachte. Seinen Nachnamen kannte sie vom Klingelschild – »Tappe« lautete der und klang irgendwie lustig, aber ganz okay, fand sie –, nur hatte sie keine Ahnung, wie er mit Vornamen hieß.

Sie stand im Hausflur vor der Wohnung des Nachbarn und wartete. Sie wollte einen Kuchen backen – deshalb stand sie hier, das sagte sie sich jedenfalls –, sie hatte aber festgestellt, dass kein Zucker mehr im Haus war. Eigentlich war Agnieszka für den letzten Einkauf zuständig gewesen, aber sie hatte ein paar Sachen vergessen, obwohl sie auf der Liste gestanden hatten. So auch den Zucker.

Sie wartete, wartete weiter und horchte, ja, sie machte schon Anstalten, ihr Ohr gegen die Tür zu halten, um zu lauschen, aber dann öffnete sie sich plötzlich.

Glück gehabt, dachte sie.

Der Nachbar – doch, er war attraktiv, fand sie, und attraktiver, als sie es in Erinnerung hatte – wirkte überrascht, überrascht und erfreut, jedenfalls lächelte er und betrachtete sie neugierig.

»Entschuldigung, hast du Zucker?«, fragte Swetlana etwas ruppig.

»Zucker?«

»Ja, Zucker.«

»Ich glaube, ja. Willst du vielleicht kurz reinkommen? Ich meine, solange … Ich heiße übrigens Simon.«

»Hallo, Simon. Ich heiße Swetlana.«

»Swetlana?«

»Ja, Swetlana.«

Sie trat ein, blieb im Flur stehen und sah sich um, während er, nachdem er sie noch einmal forschend, wenn nicht durchdringend angesehen hatte – so glaubte sie zumindest –, in der Küche verschwand.

Die Wohnung war, soweit sie es erkennen konnte, ganz ähnlich oder vermutlich genauso geschnitten wie ihre und Agnieszkas – höchstwahrscheinlich verhielt es sich so –, nur wohnte ihr Nachbar hier offensichtlich allein.

Ziemlich komfortabel, so eine Wohnung ganz für sich allein zu haben, dachte sie, obwohl sie im Grunde froh war, nicht allein wohnen zu müssen. Die WG, in der sie zuletzt gewohnt hatte, war für sie ein ziemlicher Horror gewesen – zwei männliche Mitbewohner, deren Hygienevorstellungen von den ihren, vorsichtig ausgedrückt, deutlich abwichen –, aber mit Agnieszka, die sie über einen ihrer früheren Mitbewohner kennengelernt hatte, war es gut auszuhalten, alles in allem, wenn man von kleinen Unzuverlässigkeiten absah, die gelegentlich zu kleineren Auseinandersetzungen führten – solchen, die immer wieder schnell ein friedliches und harmonisches Ende fanden.

Swetlana sah sich um. Neben ihr stand ein Bücherregal, das ihre Blicke anzog. Sie erkannte einige Romane, die sie auch gelesen hatte, Marie NDiaye stand da, Amos Oz' »Geschichte von Liebe und Finsternis« – eines ihrer Lieblingsbücher –, Peter Handke und Imre Kertész, ein wildes Durcheinander, und ja, etwas weiter oben standen auch einige Bände Dostojewski.

Swetlana, die Dostojewski natürlich auf Russisch gelesen hatte, lächelte. Treffer, dachte sie.

Hinter einer geöffneten Tür lag das Wohnzimmer. Sie machte einen Schritt vorwärts, um einen Blick hinein zu werfen, und taumelte beinahe wieder zurück. Noch mehr Bücher, noch mehr als im Flur. Und da stand ein Klavier. Kein echtes zwar, nur ein elektronisches Klavier mit Kopfhörer, aber immerhin ein Klavier. Und überall lagen Noten herum, auf dem Klavier, auf einem Tisch daneben und auch auf dem Boden. Der Nachbar war also ein Klavierspieler. Das machte ihn noch interessanter.

Sie wollte schon hineingehen, um nachzusehen, welche Noten das waren, als Simon wieder aus der Küche gelaufen kam. Er hielt ein Paket Zucker in der Hand, eine ganze Kilo-Packung.

»Reicht das?«

»Ich denke, ja. Danke.« Swetlana lächelte.

Eine Stille entstand. Sie sahen sich an. Swetlana zuckte mit den Schultern. Nichts geschah. Peinlich, dachte sie, peinliche Situation, und drehte sich um in Richtung Haustür.

»Ich geh dann mal.«

»Bis bald.«

Sie blieb noch einmal stehen und sah ihn an.

»Magst du Kuchen?«, fragte sie ungewollt abweisend.

»Ja, also ich …«

»Dann bringe ich dir morgen ein Stück vorbei. Immerhin könnte ich ihn ohne dich gar nicht backen.«

Am nächsten Abend stand sie wieder vor der Tür ihres Nachbarn – Simon, der Name, fand sie, passte zu ihm – und verfluchte sich dafür, ihm bei ihrem gestrigen Besuch so voreilig das Stück Kuchen, das sie nun auf einem Teller in der Hand hielt – in der anderen Hand hielt sie ein neues Kilo-Paket Zucker –, angekündigt zu haben.

Zum einen war es ihr peinlich, die Situation im Ganzen war ihr peinlich, sie kam sich aufdringlich vor – ihr ging der Gedanke nicht aus dem Kopf, er könne womöglich glauben, es ginge gar nicht um den Kuchen oder den Zucker –, zum anderen fand sie – und sie wusste nicht, was sie eigentlich schlimmer fand –, dass ihr der Kuchen vollkommen missglückt war und man ihn reinen Gewissens überhaupt niemandem anbieten könne. Es war ein russischer Zupfkuchen – auch das war ihr in diesem Moment ein bisschen peinlich, ohne dass sie sich genau erklären konnte, weshalb. Das Rezept hatte sie erst in Deutschland kennengelernt. Agnieszka hatte zwar am Nachmittag gleich mehrere Stücke gegessen und den Kuchen auch sehr gelobt, aber so war sie nun einmal, ihre Mitbewohnerin, die sie inzwischen seit einiger Zeit schon auch als Freundin bezeichnete. Nie konnte sich Swetlana sicher sein, ob sie das, was sie sagte, auch wirklich meinte, oder ob sie nur nett sein und sie mit ihren Worten lediglich aufmuntern wollte. Für Agnieszka, das wusste sie, war sie so ein spezieller Fall, also jemand, den es grundsätzlich erst einmal aufzumuntern oder sogar aufzubauen galt. Ach, Agnieszka, was wusste die schon …

Jedenfalls sah sie sich jetzt im Treppenhaus vor Simons Tür stehen und wägte noch einmal ab, ob sie wirklich klingeln oder es doch besser bleiben lassen und mit ihrem Kuchen besser wieder verschwinden sollte. So vieles sprach dagegen, zu klingeln, und wie wenig sprach dafür. Andererseits hatte sie ihrem Nachbarn den Kuchen nun einmal versprochen. Sie hatte sich Zucker geliehen. Und Kuchen versprochen.

Versprechen musste man halten – ihre Folgen ausbaden –, das war ihre feste Überzeugung. Kant, kategorischer Imperativ, dachte sie. Versprochen war versprochen – oder?

Sie könnte ihm auch einfach das neue, unangetastete Paket Zucker vor die Tür stellen – sie hatte im Supermarkt, dem zweiten, in den sie gegangen war, exakt dieselbe Marke gekauft, das war ihr wichtig gewesen. Doch was, wenn er nun auf den versprochenen Kuchen wartete? Sie, an seiner Stelle, hätte sich durchaus auch auf ein Stück Kuchen gefreut. Oder – Swetlana wagte es kaum zu denken – wenn er, wie sie es in ihrem tiefsten Innern befürchtete, nicht auf den Kuchen – und auch nicht auf den Zucker –, sondern auf sie wartete. Wenn er denken könnte, dass sie – also dass nicht der Kuchen, sondern sie ... Als Vorwand ...

In dem Moment hörte Swetlana, wie jemand durch den Innenhof lief und anschließend die Treppe hochkam. Zu spät, dachte sie nervös, jetzt gab es kein Entrinnen mehr.

Es war ihr Nachbar, er musste es sein. Das wusste sie schon, bevor sie ihn sah. Es konnte gar nicht anders sein. Schicksal, sie hatte es heraufbeschworen, sie hatte sich selbst in diese Situation bugsiert. Sie hatte es nicht anders gewollt. Selbst schuld, dachte sie.

Und tatsächlich, es war Simon, sportlich, dunkelblond und grünäugig.

Er wirkte zunächst leicht irritiert und sah sie zwar freundlich, aber auch seltsam fragend an, als hätte er ihren gestrigen Besuch und die Sache mit dem Zucker – und allem Anschein nach auch die verdammte Sache mit dem Kuchen – komplett vergessen.

»Ich will gar nicht stören«, sagte Swetlana.

»Nein, nein ...«, erwiderte Simon.

»Ich wollte nur den Kuchen ...« Sie biss sich auf die Zunge. »Ich hatte doch gesagt, ich bringe dir ein Stück ...«

»Ach ja, der Kuchen ... Gut sieht der aus.«

»Hier, bitte. Und Zucker ...«

»Äh, danke, das wäre doch nicht ...«

Swetlana drückte dem immer noch irritiert wirkenden Simon hastig den Teller mit dem Kuchen in die eine und den Zucker in die andere Hand und bewegte sich schon zurück in Richtung ihrer Wohnung – am liebsten hätte sie sich auf der Stelle in Luft aufgelöst –, als sie bemerkte, dass er jetzt, so beladen wie er war – wie er durch ihr Zutun war –, keine Hand mehr frei hatte, um die Tür zu öffnen und in seine Wohnung zu gelangen.

Er sah tatsächlich hilflos aus und wirkte wie gelähmt, jedenfalls kam er nicht auf die Idee, den Kuchen oder den Zucker auf dem Boden abzustellen – das hätte auch etwas komisch ausgesehen.

Swetlana, die zunächst noch einen Moment gezögert hatte, nahm dem jetzt vollkommen verwirrt dreinblickenden Simon den Kuchen und den Zucker wieder aus der Hand – er müsse ja irgendwie in seine Wohnung kommen, murmelte sie dabei –, und er holte dann auch seinen Schlüssel aus der Hosentasche und schloss die Tür auf.

Noch einmal drückte Swetlana ihm den Zucker und den Kuchen in die Hand, inzwischen hatte sich Simon aber wieder gefangen, nahm beides entgegen und lächelte.

»Willst du vielleicht reinkommen?«

4

Wieland lief zum Weiher. Mit seiner hoch in die Luft ausgestreckten Hand streifte er die herabhängenden Birkenzweige, riss im Vorbeigehen einige Blätter ab und zerrieb sie zwischen den Fingern.

Ihm blieb noch Zeit, er musste heute erst später zur Schule. Herr Pätzold, bei dem er die erste Stunde gehabt hätte, war krank geworden. Das tat ihm einerseits leid – auch wenn es sich gewiss um nichts Schlimmes handelte, eine Grippe oder Erkältung, mehr nicht, das hatte schon die Mutter mit Bestimmtheit gesagt –, andererseits kam es ihm doch auch gelegen, so konnte er nämlich das Insektenbuch reinen Gewissens noch ein paar Tage länger behalten und studieren. An etwas anderes als an seine Insekten wollte er jetzt nicht denken.

Die Mutter hatte geseufzt, resigniert den Kopf geschüttelt und ihm mit der Hand über die Haare gestrichen, als sie vom Vater noch kurz und knapp über Freias Ende und auch über den Verlauf dieses Endes, den sie nicht guthieß, in Kenntnis gesetzt worden war.

»Ein Mann muss töten können …«

Sie waren dem Vater, der sich einen schweren Leinensack über die Schulter geworfen und strammen Schrittes entfernt hatte, beide noch bis zum Gartenzaun gefolgt, dort stehen geblieben und hatten ihm hinterhergeblickt. Der Vater hatte sich sogar noch einmal zu ihnen umgedreht und lächelnd gewinkt – inzwischen hatte er sich auch die zur Uniform gehörende Schirmmütze aufgesetzt, die mit dem silbernen Parteiadler und dem Totenkopf. Und ja, Wieland und seine Mutter hatten ihm auch gewinkt.

Stolz sei er auf ihn, das hatte der Vater Wieland noch mit zärtlichbrummender Stimme gesagt. Und dass er sich jetzt wirklich beeilen müsse, um rechtzeitig vor Ort zu sein. Am besten wäre es, das Tier zu verbrennen – auch das hatte er gesagt. Zu groß sei der Kadaver, um ihn im Garten zu vergraben. Das könne die Erde vergiften – das könne sie alle krank machen. Wenn er verbrannt würde, bliebe nichts mehr von ihm übrig. »Die sauberste Lösung!« Er wolle das gleich erledigen oder erledigen lassen, daher nehme er den Kadaver mit.

Nein, Wieland empfand sich nicht als Mann – anders als die anderen Jungen in der Schule es taten oder zumindest die meisten von ihnen –, er wollte gar kein Mann sein. Nicht, wenn es das bedeutete, was der Vater darunter verstand. Wenn es das bedeutete, was der Vater ihm in den letzten Wochen und Monaten – so war jedenfalls sein Eindruck – immer schärfer und immer nervöser einzutrichtern versuchte. Den Zug aus Italien aber, einer von zahllosen Zügen, die in regelmäßigen Abständen im Lager eintrafen, den hätte er nur zu gerne gesehen. Auch die Reisenden, die mit ihm eintrafen und von denen er wusste, dass sie Gefangene waren und aus Gründen, die er nicht verstand, besonders schlechte Menschen, auch die hätte er gerne gesehen. Es waren Erwachsene, Männer und Frauen, aber auch Kinder darunter – Kinder in seinem Alter, älter und auch noch jünger. Doch es war ihm nicht erlaubt, bei der Ankunft der Züge dabei zu sein.

Im Lager hatte ein Junge wie er nichts zu suchen, fand die Mutter, die ohnehin nicht gerne in solch unmittelbarer Nähe zu dem Lager wohnte und lieber weit entfernt, sehr weit entfernt davon gelebt hätte. Wieland auch. Denn manchmal – je nachdem, aus welcher Richtung der Wind wehte – roch es seltsam vom Lager her, bis zu ihnen in den Garten herüber. Den Vater zu fragen, ob er einmal bei einer Zugankunft dabei sein könne, wäre ihm gar nicht erst in den Sinn gekommen.

Wieland hatte das Lagergelände nur wenige Male betreten – in Ausnahmefällen lediglich, die zumeist Krankheitsfälle waren – und auch nur wenig gesehen, das große Tor natürlich mit der seltsamen Inschrift, die Kommandantur – wo ihm der Kommandant freundlich den Kopf getätschelt hatte –, die Krankenstation – die auch von innen – und aus einiger Entfernung auch die Baracken, in denen die Lager-Insassen – die Häftlinge, wie er sie nannte – wohnten.

Die Vorstellung, in solchen Baracken hausen zu müssen und nicht, wie er, in einem richtigen Haus zu wohnen, gefiel ihm nicht. Aber wenn die Insassen dort schlechte Menschen waren, dann geschah es ihnen wohl recht. Irgendetwas Schlimmes werden sie getan, irgendwelche Verbrechen werden sie begangen haben, dachte er. Sonst wären sie schließlich nicht dort.

Auf seine Frage, warum die Menschen im Lager eigentlich schlechte Menschen und welche ihre Vergehen waren, hatte seine Mutter nur mit den Schultern gezuckt und etwas ungeduldig geantwortet, es gebe nun einmal solche und solche. Es habe schon alles seine Richtigkeit, und er solle sich darüber keine Gedanken machen. Das würde er noch nicht verstehen, dafür müsse er erst älter werden. Dann hatte sie ihn weggeschickt.

Im Schilf versteckt, konnte Wieland die Insekten am besten beobachten. Neben ihm, schon halb im Wasser, wuchs auch Rohrkolben. Daneben blühten gelbe Schwertlilien und Sumpfdotterblumen.

Nicht, dass Insekten scheue Tiere gewesen wären – wie die Frösche oder vor allem die Wasservögel, die er so gelegentlich auch zu sehen bekam, neulich hatte er sogar eine Stockente auffliegen sehen –, nein, das nicht. Ihm ging es lediglich darum, ungestört zu sein. Ungestört und allein, endlich allein. Wenn er seine Insekten beobachtete, das Tagpfauenauge, den Kaisermantel, den Admiral, die Azurjungfern und Mosaikjungfern oder – wie jetzt, in diesem Moment – die große Königslibelle, dann wollte er allein sein. Dann sollte ihn niemand mehr stören. Dann sollten sie ihn alle in Frieden lassen.

Die Libelle, die mit hoher Geschwindigkeit wie aus dem Nichts aufgetaucht war, saß regungslos auf einem Schilfrohr – direkt vor seiner Nase. Ihr Rumpf war grün – so grün wie frisches Gras oder junges Eichenlaub –, der Kopf mit den überdimensionalen Augen schimmerte dagegen eher grünlich-gelb, während ihr langer, graziler Hinterleib eine leuchtend hellblaue Färbung aufwies. Die in etwa gleich großen und durchsichtigen Vorder- und Hinterflügel, die sie dazu befähigten, im Flug abrupt die Richtung zu wechseln oder auch einfach in der Luft stehenzubleiben, waren von einem Netz aus feinen schwarzen Adern durchzogen.

Wieland beobachtete und staunte.

Das Raubinsekt war riesig – im Vergleich zu den anderen Insekten am Weiher ein wahrer Gigant und aus solcher Nähe, einem halben Meter, vielleicht weniger, hatte er es noch nie beobachten können –, die Flügelspannweite dieses Exemplars schätzte er auf nahezu zehn Zentimeter, und er wusste, dass die Spezies noch größer werden konnte. Möglicherweise, dachte er, war es ein Männchen, das nach einem Weibchen Ausschau hielt, um sich zu paaren. Die Königslibelle paarte sich zunächst im Flug – die Männchen griffen sich die Weibchen einfach aus der Luft, das hatte er gelesen – und anschließend sitzend. Das Paar vereinte sich zu einem Rad, manchmal entstand auch eine angedeutete Herzform. Diese Formation hatte er schon einige Male beobachtet. Libellen waren imposante Jäger, die anscheinend spielend Fliegen und Mücken erbeuteten – eine nach der anderen, es war ein Fest, ihnen dabei zuzusehen –, aber auch größere Insekten wie Schmetterlinge fielen ihnen zum Opfer. Sie jagten und fraßen sogar ihre eigenen Artgenossen – ganz gleich welcher Größe und welchen Geschlechts –, auch das hatte Wieland gelesen, er bedauerte es allerdings ein wenig, dass er noch nie bei solch einem kannibalischen Akt hatte zusehen können. Die gefräßigen Larven der Königslibellen wiederum waren richtige kleine Monster, die im Wasser lebten und dort anderen Insekten – und anderen Insektenlarven –, aber auch Kaulquappen und sogar kleinen Fischen auflauerten. Das und vieles mehr hatte er schon beobachtet und war ungeheuer fasziniert gewesen. Grausam fand er es eigentlich nicht, auch wenn er zugeben musste, dass es einem so erscheinen konnte, wenn man die Libellenlarven jagen und fressen sah. Aber Kaulquappen gab es wie Sand am Meer, dafür hatte die Natur gesorgt, und immerhin verwandelten sich die Larven nach der Verpuppung in so zauberhaft filigrane und farbenprächtig schillernde Tiere, dass es einem den Atem verschlagen konnte.

Das Räuberische wollte Wieland dieser Art gerne verzeihen. Der Vater, der seine Beschäftigung mit den Insekten normalerweise mit spöttischen Kommentaren bedachte – oder als Zeitverschwendung kritisierte –, konnte den großen, heimischen Libellen durchaus etwas abgewinnen, wenigstens denen.

Im »Reich der Insekten« stünden sie an der Spitze der Nahrungskette, hatte er gesagt, sie verteidigten ihr Revier gnadenlos gegen Konkurrenten und nahmen sich zum Überleben schlicht und einfach, was sie brauchten.

Das hätte er ihm zwar alles nicht zu erklären brauchen, das wusste er natürlich. Trotzdem war Wieland froh gewesen, dass der Vater sich einmal dazu herabgelassen hatte, mit ihm ernsthaft über Insekten zu sprechen, also über etwas, das ihn wirklich interessierte.

Einmal, als sich die Gelegenheit dazu bot, fragte Wieland die Mutter nach Gerhart Hauptmann.

Das geliehene – und gleich zweimal hintereinander durchgelesene, ja streckenweise auswendig gelernte – Insektenbuch hatte er inzwischen wieder zurückgegeben und dafür aber schon ein paar Tage später ein anderes mit dem, wie er fand, eher langweiligen Titel »Bahnwärter Thiel« bekommen, in das er allerdings nur schwer hineinfand. Eine mühsame Lektüre.

Herr Pätzold war von einer akuten Mandelentzündung genesen, genauer gesagt von der vollständigen Entfernung der Tonsillen mithilfe einer simplen Drahtschlinge, »eine schmerzhafte und sehr blutige Angelegenheit, der arme Kerl kann einem schon leidtun«, hatte Wieland den Vater sagen hören, aber der Lehrer hatte den Eingriff, der in der Krankenstation des Lagers vorgenommen worden war, gut überstanden, und der Unterricht war alsbald wieder aufgenommen worden. »Versuch es einmal«, hatte der Lehrer im Anschluss an die Deutschstunde aufmunternd lächelnd zu Wieland gesagt und ihm das schmale Buch in die Hand gedrückt – ein Buch des Dichters, der seinem verehrten Insektenforscher einfach den Nobelpreis vor der Nase weggeschnappt hatte. Das hatte sich ihm eingeprägt.

Sie saßen gerade beim Abendessen zusammen, und der Vater schien die Frage wie gewöhnlich zu überhören.

»Gerhart Hauptmann?« Die Mutter sah ihn überrascht an.

»Ja«, sagte Wieland.

Na, der sei auch Schlesier, habe sogar zeitweise in Breslau gelebt und wohl auch studiert – »vor langer Zeit« –, antwortete die Mutter und erzählte, wie sie ihm einmal vor Jahren in der Stadt, nahe der Sandbrücke, begegnet war, das hieß, wie sie ihn dort, auf dem Weg zur Großmutter, einmal von weitem gesehen habe. Ihn, Wieland, hätte es zu dem Zeitpunkt sogar schon gegeben, auch wenn er noch sehr klein gewesen sei, ein Baby beinahe noch, und sie habe ihn gerade von der Großmutter abholen wollen. In der Stadt sei er ihr dann begegnet, Gerhart Hauptmann, vermutlich in Begleitung seiner Frau. Dabei wohne er eigentlich in einer großen Villa im Riesengebirge, der Heimat des wankelmütigen Berggeists Rübezahl – den er ja kenne, sagte sie. Kurz vor der böhmischen Grenze wohne er, und ein bisschen sehe er so aus wie »der olle Goethe« – »der Gerhart Hauptmann, nicht der Rübezahl«, sagte die Mutter lachend –, aber er tue wohl auch einiges dafür, so auszusehen, und er gebe sich auch ganz so wie Goethe, dem er aber alles in allem wohl doch nicht das Wasser reichen könne.

Wieland freute sich darüber, seine Mutter so spöttisch über diesen Gerhart Hauptmann sprechen zu hören, den sein Deutschlehrer so schätzte, und auch ihr schien es sichtlich Freude zu bereiten. Ihre Augen funkelten, was sie nicht oft taten. Dann erzählte sie von einem Roman eines Schriftstellers namens Thomas Mann, den sie zwar nie gelesen habe, in dem aber, das hatte die Großmutter einmal erzählt, eine sehr lustige Figur vorkomme – »eine Karikatur namens Pfefferkorn. Oder so ähnlich …« –, die Gerhart Hauptmann erkennbar ähnele, was diesen gar nicht gefreut habe …

In dem Moment, als der Name Thomas Mann fiel, horchte der Vater auf, und seine Miene verfinsterte sich.

Diesen Namen wolle er in seinem Haus nicht hören, sagte er wütend, nicht an seinem Tisch. Das sei ein elender Feind des Vaterlandes, die ganze Familie entartet – »elendes Judenpack« –, und außerdem sei es verboten, ihn zu lesen, diesen Dreck, den er drüben in Amerika immer noch fabriziere. Zu Recht verbrannter Dreck. Schon der Anstand gebiete es einem Deutschen, die Finger davon zu lassen. Und was Gerhart Hauptmann angehe – ganz sauber sei der auch nicht, sagte der Vater.

Die Mutter senkte ihren Blick und schwieg.

Wieland, der irgendwann nach dem Abendbrot auf sein Zimmer geschickt worden war – er hatte von der Mutter die Erlaubnis bekommen, noch ein wenig zu lesen –, zog sich aus und warf einen Blick in den großen Spiegel im Flur, um zu sehen, ob die Striemen auf seinem Rücken noch da waren – und sie waren noch da, wenn auch blasser, aber immer noch rot.

Im Spiegel betrachtete er sich häufiger – unschlüssig, wie er sein Spiegelbild nach allem, was er im Unterricht und vom Vater über die arische Rasse gehört hatte, beurteilen sollte. Er war schließlich im Vergleich zu seinen Altersgenossen eher klein gewachsen – gut, das konnte sich noch ändern – und er hatte braune Augen – die hatte er von der Mutter geerbt und die wiederum von der Großmutter. Der Vater hatte strahlend blaue Augen.

Jedes Mal, wenn er seinen Körper im Spiegel inspizierte – zunächst nach und nach den Rücken und den Hintern, seine Schultern, die Haare und das Gesicht –, landete sein Blick am Ende auf seiner rechten Wange mit dem ihm so lästigen großen und fleischigen Muttermal.

Es hatte die Form des Buchstabens V, und er wusste nicht, was er davon zu halten hatte.

Ein Muttermal sei etwas ganz Besonderes, etwas, das ihn unverwechselbar mache, hatte die Mutter einmal gesagt. V stehe für »Victory«, das sei zwar Englisch, die Sprache des »perfiden Albion«, hatte der Vater gesagt, aber immerhin bedeute es Sieg, und darauf könne er stolz sein. Der Sieg liege dem Deutschen, dem Arier, im Blute.

Wieland, der ständig Angst hatte, aufgrund des Muttermals von seinen Mitschülern gehänselt zu werden, beruhigte das kaum – auch wenn er durchaus nichts dagegen einzuwenden hatte, dass die Deutschen gegen die anderen Völker siegten und große Eroberungen machten, schließlich waren sie Deutsche, er, seine Eltern, seine ganze Familie. Doch immer wieder kam es vor, dass in der Schule die Blicke der anderen auf sein Muttermal fielen – belustigte Blicke bisweilen, dann auch wieder angeekelte Blicke –, aber noch nie hatte sich einer getraut, etwas zu sagen. Das war auch nicht notwendig, die Blicke reichten. Er wusste, die anderen sahen auf ihn herab – als Träumer und Eigenbrötler, Lehrerliebling und als jemand mit so eigenartigen Vorlieben wie dem Interesse an Insekten. Schon aufgrund seiner Körpergröße sahen sie auf ihn herab, obwohl auch er, wie die meisten von ihnen, der Sohn eines hochrangigen SS-Offiziers war. Und sah er nicht auch auf sie herab? Waren sie ihm nicht auch zuwider? Die meisten jedenfalls? Allein Karl, der Sohn des Lagerkommandanten, begegnete ihm in aller Regel freundlich.

Wieland starrte auf das Muttermal im Spiegel. Einmal hatte er bereits das Messer angesetzt, um es sich abzuschneiden, sich dann aber doch nicht getraut. Sollten die anderen doch gucken, sagte er sich jetzt.

5

Der Anruf seines Vaters hatte Simon wieder vollkommen in Rage versetzt. Einmal wieder, einmal mehr. Das alte Spiel. Er konnte nichts dagegen tun, er war machtlos, ohnmächtig, er fühlte sich wie betäubt.

Als das Gespräch nach einer Ewigkeit endlich, endlich vorbei gewesen war, hatte sein ganzer Körper, so sehr er sich auch dagegen gewehrt hatte, vor Erregung gebebt.

Das Gespräch … Das war ein Witz, dachte er. Von einem wirklichen Gespräch konnte nicht die Rede sein. Doziert hatte sein Vater, wie immer pausenlos doziert und ihn belehrt – und das auf seine typische Weise, kühl, herablassend, ohne jede Empathie und ohne jedes Verständnis und gleichzeitig immer mit dieser sich allem und jedem gegenüber überlegen wähnenden Ruhe und Gelassenheit, von der Simon nur zu gut wusste, dass es lediglich eine scheinbare war.

Über das Leben im Allgemeinen und speziell über sein Leben hatte er sich ausgelassen – sein Leben hier in Berlin, das seinen Vater, fand Simon, schon seit Jahren nichts mehr anging, und für das sich sein

Vater eigentlich nicht wirklich interessierte. Jedenfalls tat er das nicht mehr, seit Simon in seinen Augen gescheitert war – er hatte keine Karriere als Pianist gemacht, hieß das im Wesentlichen, obwohl ihm diese, das glaubte zumindest sein Vater, durchaus offengestanden hätte. Aber nicht nur seine berufliche Laufbahn sah sein Vater als gescheitert an, sondern seinen gesamten Lebensentwurf – er hatte, obgleich schon Mitte dreißig – keine Beziehung, keine Kinder … Kurz: Seitdem er, sein doch eigentlich zu Höherem berufener »Filius«, den Beruf eines Korrepetitors ergriffen und am Theater gelandet war – und nicht etwa auf der Bühne, sondern irgendwo in zweiter oder dritter Reihe –, war er für ihn wenn nicht gänzlich gestorben, so doch weitestgehend uninteressant geworden.

»Was habe ich nicht alles für dich getan. Was hätte nicht alles aus dir werden können, aber du musstest ja …«

Wie oft hatte er sich diese Sätze nicht schon anhören müssen. Ausgerechnet von seinem Vater. Denn was war er schon? Was war denn aus ihm geworden? Ein Lehrer, mehr nicht. Ein kleiner Studienrat am Gymnasium einer idyllisch-beschaulichen, vor allem sehr überschaubaren Kleinstadt, in der sich, seit Simon denken konnte, nichts oder kaum je etwas verändert hatte.

Hätte sein Großvater so etwas zu ihm gesagt, hätte er sich das vielleicht noch gefallen lassen. Immerhin war er ein emeritierter Professor, ein berühmter Entomologe und langjähriger Leiter der Biologischen Fakultät der Georg-August-Universität in Göttingen, dessen Bücher neuerdings, seit das Insektensterben die öffentliche Aufmerksamkeit erregte, auch weit über die Fachgrenzen hinaus Beachtung fanden und sogar in den Schaufenstern der Buchhandlungen auslagen – zumal das letzte, die »Jäger und Sammler«, eine Kulturgeschichte der Insekten, sein spätes Opus Magnum. Aber sein Großvater, die Koryphäe, sagte so etwas eben nicht, zu niemandem, nie, und er dachte es auch nicht, glaubte Simon. Seine Großmutter, die immerhin aus dem Göttinger Wirtschaftsadel stammte, genauso wenig. Das waren die feinen Unterschiede. Davon konnte er ein Liedchen singen.

Andererseits war vielleicht genau das das Problem. Nicht sein, sondern das seines Vaters, dachte er. Ein schwerwiegendes Problem. Sein von ihm so verehrter und geliebter Großvater hätte seinem Sohne gegenüber nie ausgesprochen: »Was hätte nicht alles aus dir werden können, aber du musstest ja Lehrer werden.« Dass sein Vater aber glaubte, der Großvater denke im Stillen genau das und genau so, auf diese erniedrigende Art und Weise. Dass sein unnahbarer Vater eigentlich ein Problem mit seinem eigenen Vater verhandelte, wenn er – nicht nur am Telefon – so herablassend zu ihm sprach – ein Problem, das er gar nicht haben müsste, denn so dachte sein Großvater nicht, davon war Simon überzeugt. Nein, es handelte sich um eine Projektion. Sein Vater war der Komplexbeladene, der verhinderte Ödipus, und er ließ es an ihm aus. Das kleine Einmaleins der Psychologie …

Doch selbst wenn es sich so simpel verhielt, wie es sich ihm darstellte, war die Erkenntnis wahrscheinlich zwecklos. Sein Vater würde sich das nie eingestehen – dazu kannte Simon ihn zu gut –, nein, niemals wäre er dazu in der Lage. Das wusste er. Selbst dann nicht, wenn er es ihm einmal auf den Kopf zusagen würde. Und das hatte er vor. Eines Tages, dachte er und sah aus dem Fenster.

Auf einem Ast der Kastanie, die im Innenhof des Nachbarhauses, hinter einer mannshohen Mauer, ungewöhnlich steil in die Höhe wuchs, saß eine Ringeltaube und putzte ihr Gefieder. Die Kastanie trug kaum Früchte. Ihre Blätter waren bis zur Unkenntlichkeit von Miniermotten zerfressen – das war zumindest die Vermutung seines Großvaters gewesen, dem er von dem Zustand des Baumes erzählt hatte –, nurmehr rostbraune Blattskelette waren übriggeblieben.

Simon ließ seine Gedanken fahren – sowohl die über seinen Vater, als auch die über den Mitleid erregenden Baum. Er saß schon die ganze Zeit über auf seinem Klavierhocker vor den Tasten mit ihrem so beruhigend klar geordneten Schwarzweißkontrastmuster. Schon während des Telefonats mit seinem Vater hatte er dort gesessen, und jetzt versuchte er noch einmal, sich auf die Noten zu konzentrieren.

Er trug Kopfhörer. Das tat er seit langem, auch wenn er sich nie wirklich an sie gewöhnt hatte, auch wenn er es im Grunde als einen Widerspruch empfand, lautlos, das hieß, nur für sich hörbar, Klavier zu spielen. Musik war schließlich dazu da, gehört zu werden. Und wenn es kein Widerspruch war – wenigstens er hörte sie ja –, war es doch zumindest schade, ungeheuer schade, fand er, dass ihn niemand anders spielen hören konnte – die beiden Schönen in der Wohnung nebenan beispielsweise, Agnieszka und Swetlana, seine Nachbarinnen, vor allem Swetlana, ja, vor allem sie, die seine Gedanken jetzt schon seit einigen Wochen auf Trab hielt. Man machte Musik, um gehört zu werden. Davon war er überzeugt.

Wenn er spielte, blieb der Ton dennoch ausgeschaltet – um nicht wieder, wie es in der Vergangenheit mehrfach passiert war, aufgrund von Beschwerden seiner Nachbarn – oder vielmehr eines Nachbarn, eines sehr unangenehmen Nachbarn unten im Erdgeschoss – die Hausverwaltung gegen sich aufzubringen und eine weitere Ermahnung zu kassieren, die ihm am Ende noch hätte gefährlich werden können. Er konnte froh sein, in einer günstigen Wohnung zur Miete zu wohnen. In diesen Zeiten eine neue, halbwegs erschwingliche Wohnung und dann noch in einer solchen Lage wie hier im Bergmannkiez in unmittelbarer Nähe zum Viktoriapark zu finden war ein Ding der Unmöglichkeit.

Nein, umzuziehen war nicht infrage gekommen. Und wer hätte schon wissen können, ob es nicht in einer Wohnung in einem anderen Bezirk am Ende auf das Gleiche hinausgelaufen wäre. Oder waren vielleicht in Charlottenburg, in Prenzlauer Berg oder seinethalben auch in Lichtenberg oder im Wedding die Menschen in Klavierdingen toleranter als ausgerechnet hier in Kreuzberg?

Beides, die Beschwerden wie die Ermahnung, musste jetzt etwa eineinhalb oder inzwischen auch schon zwei Jahre zurückliegen. Womöglich auch länger? Oder doch nicht ganz so lang? Simon konnte es nicht mehr genau sagen, es war ihm auch beinahe egal. Für das Vergehen von Zeit besaß er kaum ein Gefühl und wenn überhaupt ein Gefühl, dann eines, das im Wesentlichen durch Misstrauen geprägt war, das zur Gänze von Zweifeln durchdrungen war.

Verging sie überhaupt, die Zeit? Das fragte er sich vielmehr.

Die Zeit – eine »chronologische Metapher der Ewigkeit«, hatte er gelesen. Sie erschien ihm als etwas, das in die Breite ging – womöglich in die Tiefe –, aber trotz ihres fortschreitenden Werdens nicht vertikal oder linear verlief oder gar verging. Zeit verging nicht, Zeit blieb, auch wenn sie sich verwandelte und ihre vermeintlichen Fixpunkte oder Koordinaten »mit der Zeit« mutierten.

Damals war er durch ein Schreiben der Hausverwaltung, das – anders als seine sonstige Post, die gewöhnlich in seinem Briefkasten landete – durch seinen Türschlitz eingeworfen worden war, von den Beschwerden des Nachbarn in Kenntnis gesetzt worden: »… wir bitten Sie also freundlich darum, Rücksicht walten zu lassen und Lärmbelästigungen sowie Ruhestörungen im Hausbereich künftig zu unterlassen.«

Im Hausbereich? Was für eine absurde Formulierung. Hätte er vielleicht seinen Flügel im Viktoriapark aufstellen sollen?

Der Proberaum im Theater bot keine Alternative – ganz abgesehen davon, dass er so gut wie immer belegt war. Er brauchte zu Hause eine Möglichkeit, Klavier zu spielen – auch und gerade während der Ruhezeiten, in denen er hauptsächlich spielte. Das war keine Frage der Bequemlichkeit, das betraf seine Lebensweise, seine Lebensansicht, seine Glückseligkeit – es war eine existenzielle Frage. Notgedrungen hatte er sich daraufhin also das E-Klavier angeschafft, ein teures, aber klanglich perfektes Hybrid-Piano, und natürlich hatte er das mithilfe einer Finanzspritze seiner Eltern getan – gezwungenermaßen, jeder andere Weg wäre ihm lieber gewesen. Nur hätte er die knapp fünftausend Euro allein so schnell gar nicht aufbringen können. Er hatte sein Auskommen, doch so viel verdiente er dann auch wieder nicht. Gut, die Kopfhörer hatte er sich aus eigenen Mitteln leisten können. Nein, es hatte keinen anderen Ausweg gegeben, als seine Eltern, das hieß in diesem Fall zunächst seine Mutter, darum zu bitten, ihm das Geld zu leihen, denn er hatte es unbedingt zurückzahlen wollen. Dass er bei sich zu Hause ein Klavier benötigte, hatte er seiner Mutter ausnahmsweise nicht zu erklären brauchen. Dass er das Geld zurückzahlte, war für sie allerdings nicht infrage gekommen. Auch sein Vater hatte darauf bestanden, ihm das E-Klavier zu schenken. Sein Vater hatte die Gelegenheit sofort beim Schopf gepackt, Simon seine Überlegenheit spüren zu lassen.

»Natürlich helfen wir dir aus, mein Sohn, das ist doch klar, und das haben wir schließlich immer getan …«

Seinen Flügel hatte Simon seitdem so gut wie unberührt im Wohnzimmer stehenlassen müssen, so schwer ihm das Herz bei dem Anblick jedes Mal geworden war.

Dieser Flügel. Er hatte ihn von seiner Familie geschenkt bekommen – zum Abitur, also zum Abschluss seiner Schullaufbahn, oder je nach Perspektive auch zum Antritt seines Studiums an der Universität der Künste vor wie vielen Jahren? Vor zehn Jahren? Er wusste es nicht mehr.

Er wusste genauso wenig, warum sich sein Vater eine Pianistenkarriere für ihn in den Kopf gesetzt hatte. Ein Rätsel blieb auch, was er sich eigentlich darunter vorstellte – einen mit berühmten Orchestern und unter berühmten Dirigenten konzertierenden Solisten womöglich, der mit den Werken von Mozart, Beethoven, Schumann und Brahms um die Welt tourte?

Sonderlich viel hatte sein Vater für Musik nie übriggehabt, auch wenn er natürlich gewisse Repertoire-Kenntnisse besaß und sich wohl auch für einen wahrhaftigen Beethoven-Fan hielt.

Seine Großeltern waren da ganz anders und bis vor kurzem noch regelmäßig nach Berlin gereist, um ihn zu besuchen, vor allem aber, um sich Konzerte anzuhören oder in die Oper zu gehen. Hätte er nicht schon zu Grundschulzeiten das Klavier für sich entdeckt – seine Großmutter hatte damals ihre Finger im Spiel gehabt –, sondern stattdessen ein Talent für Tennis entwickelt, dann hätte sein Vater ihn sicher genauso getrimmt, glaubte Simon, nur eben in Richtung Rotherbaum oder Wimbledon.

Simon, immer noch am Klavier sitzend, las nun noch einmal den Schriftzug oben auf dem Blatt: »Cabaret«. Das Musical war die nächste Premiere, die bevorstand. Er hatte die Proben musikalisch zu begleiten. Intensive, arbeitsreiche Proben würden das werden. Allerdings blieb ihm noch genügend Zeit, die Produktion startete erst in ein paar Wochen, bis dahin hatte er nur unregelmäßig am Theater zu tun. Mit Musicals konnte er nur wenig anfangen, aber dieses gefiel ihm. Doch, die Musik gefiel ihm – es gab da einige schöne Nummern –, und auch die tragische Geschichte von der Sängerin Sally Bowles und dem jungen Schriftsteller Cliff Bradshaw gefiel ihm.

Die Partitur stand aufgeschlagen auf dem Notenhalter, direkt vor seiner Nase. Doch er konnte die einzelnen Noten nicht fokussieren, es war, als liefen sie vor seinen Blicken davon, als nähmen sie die Beine in die Hand und machten sich selbstständig. Sie sahen aus wie Insekten, wie kleine Ameisen. Hatte er das nicht irgendwann schon einmal irgendwo gesehen? Oder gelesen? Doch nein, es waren keine Ameisen, es waren Läuse, die da herumkrabbelten und zwischen den feinen Linien hin- und hersprangen.

Simon schloss die Augen, ein Fluchtversuch, wobei die Bewegung, die er herbeizuführen versuchte, keine fliehende war, vielleicht nicht einmal eine wirkliche Bewegung. Doch sobald er die Augen schloss, war da dieses entsetzliche Brummen, das nicht aufhören wollte. Vermutlich war es die Stimme seines Vaters, die immer noch in seinem Kopf nachhallte. Wäre es ein Pfeifen gewesen, hätte er geglaubt, es sei ein Tinnitus.

Er öffnete die Augen wieder, kratzte sich am Kopf und legte seine Hände auf die Tasten. Doch so sehr er sich auch bemühte, es wollte ihm nicht gelingen zu spielen, zu präsent war die Stimme seines Vaters. Der Ton war es, nicht der Inhalt, der ihn beschäftigte, wenn er an dieses und alle anderen Gespräche mit ihm zurückdachte. Gut, es gab auch gewisse Formulierungen von Seiten seines Vaters, die ihm regelmäßig übel aufstießen – flüchtige Wendungen, in denen sich meist kleingeistige Meinungen und konservative Grundsätze spiegelten, wobei das Konservative und auch das Kleingeistige im Falle seines Vaters irgendwann künstlich antrainiert sein musste, jedenfalls war es ihm nicht in die Wiege gelegt worden. Wenn Simon solche Wendungen und Formulierungen zu hören bekam, sträubten sich ihm die Nackenhaare. Doch damit konnte er noch leben. Was ihn vor allem beschäftigte und aufbrachte, war die Einschüchterung, die Distanz und die Gefühlskälte, die jenseits der Inhalte tief in der Stimme seines Vaters lagen. Sein Vater hatte diesen speziellen Ton, der ihm ganz eigen war, und er war, wenn er sich seiner überhaupt bewusst war, unfähig, ihn abzulegen oder auch nur ein wenig zu verändern, ihn zu variieren. Jedenfalls konnte sich Simon, den dieser eisige Ton schon Zeit seines Lebens und manches Mal sogar bis in seine Träume verfolgte, nicht daran erinnern, dass es jemals anders gewesen wäre. Sein Vater klang selbst dann kühl und distanziert und ließ seine Umgebung frösteln, wenn er sich über etwas wirklich und aufrichtig freute. Das tat er in der Regel, wenn etwas seinen Vorstellungen gerecht wurde, wenn es ihm einen Anlass bot, sich vor allen aufzuplustern und große Reden zu schwingen.

»Sehr gut, mein Sohn, sehr gut«, hieß es in solchen Fällen immer. »Darauf müssen wir jetzt aber anstoßen!« Oder, besonders niederschmetternd: »Etwas anderes hätten wir von dir auch nicht erwartet.«

Das glänzende Abitur beispielsweise, das er, den Erwartungen seines Vaters gemäß, abgelegt hatte. Die Klavierabende in der Aula des Bad Soltaler Gymnasiums, vor den Kollegen des Vaters, vor den Eltern seiner Mitschüler und vor den Bildungsbürgern des Ortes – ganz die alte Schule –, die sich zu solchen Gelegenheiten zu zeigen pflegten. Und schließlich – die Krönung aller ihn betreffenden Bemühungen seines Vaters – das gelungene Vorspiel in Berlin, die von langer Hand anvisierte, von seinem Vater sorgsam initiierte, bis zur Erschöpfung vorbereitete und am Ende so souverän und glücklich bestandene Aufnahmeprüfung an der Universität der Künste.

Ja, dachte Simon und legte ein sardonisches Lächeln auf, in solchen Augenblicken war er ganz Papas Kreatur.

Doch er mochte seinen Beruf, er war gerne Korrepetitor und empfand sich nicht als gescheitert, im Gegenteil, er liebte das Theater und die Arbeit mit den Schauspielern – solange sie wirklich singen konnten. Konnten sie es nicht – und das kam vor –, war es bisweilen eine Qual.

Sarah Schiffner, die Schauspielerin, die nun die Sally Bowles singen würde, war brillant, und er freute sich auf die gemeinsamen Proben mit ihr. Sie hatte eine klassische Gesangsausbildung. Und sie war ein Star des Ensembles, was sie aber niemanden spüren ließ, schon gar nicht ihn, den sie, wie er wusste, sehr schätzte. Simon hatte schon mehrfach mit ihr gearbeitet und auch auf der Bühne mit ihr zusammen musiziert – zuletzt bei einem Brecht-Liederabend. Sie konnte aber auch wunderschön Schubert singen. Das »Ständchen« und andere Lieder. Das hatte sie einmal im Rahmen einer Inszenierung getan, und er hatte sie am Klavier begleitet.

Schubert hatte er oft und viel gespielt – Sonaten und Impromptus, er hatte – noch zu Hochschulzeiten – regelmäßig Gesangsstudentinnen und Studenten bei Schubert-Liedern begleitet und auch schon einmal einen Violinisten und einen Cellisten. Er hatte auch Bach gespielt, natürlich etliche Beethoven-Sonaten und sogar die »Diabelli Variationen«, er hatte Mozart und Haydn gespielt, Schumann und

Brahms – besonders liebte er Brahms – und sich auch an Skrjabin und Schönberg versucht, war aber immer wieder bei Schubert gelandet.

All das war an seinem Flügel geschehen, all das verband er mit seinem wunderschönen Steinway. Zuletzt hatte er auf ihm die große B-Dur-Sonate gespielt, die nicht nur Schuberts letzte Sonate war, sondern sein letztes Werk überhaupt, sein Vermächtnis.

Dass er den Flügel schlussendlich verkauft hatte, konnte sein Vater nicht verstehen. Dass er es getan hatte, ohne die Familie zu konsultieren, das hieß, ohne ihn, seinen Vater, um Erlaubnis zu bitten, machte es noch schlimmer.

»Unbegreiflich« sei es ihm, hatte er am Telefon gesagt. »Dir bedeutet anscheinend gar nichts etwas.«

Was Simon dazu zu sagen hatte, hatte sein Vater gar nicht erst hören wollen. Dass es keine leichte, keine voreilige Entscheidung gewesen sei. Dass der Flügel seit Monaten, ja mehr als einem Jahr schon kaum noch genutzt in seiner Wohnung herumstand, da er tagsüber so viel arbeite und spät abends eben nicht mehr spielen dürfe. Dass es wehtat, nicht auf ihm spielen zu können. Dass ihn der bloße Anblick schmerzte, jedes Mal, wenn er vom Theater heimkehrte und das Wohnzimmer betrat. Dass ihm nicht zuletzt ein guter Preis dafür gezahlt worden war.

Vor knapp zwei Wochen war er endlich verkauft und abgeholt worden. Hätte Swetlana zwei Tage früher bei ihm geklingelt und nach dem Zucker gefragt, dachte er jetzt, hätte sie den Flügel noch gesehen.

ZWEITES KAPITEL

I

Die Rahmen der alten Doppelfenster im Erker des Wohnzimmers wirkten mürbe und brüchig, die weiße Lackfarbe zeigte an vielen Stellen Risse und splitterte hier und da bereits ab, so dass das darunterliegende graue Holz zum Vorschein kam. Das müsste alles einmal gestrichen werden, wenn nicht ausgetauscht, dachte Simon, damit bei Regen kein Wasser in die Zwischenräume eindringen konnte. Es würde spätestens regnen, wenn der Herbst dem scheinbar endlosen Sommer ein Ende setzte.

Er stand gedankenversunken da, den Kopf leicht zur Seite geneigt und den Körper ein wenig vornübergebeugt, um einen besseren Blick in den Hof zu erhaschen. Mit den Händen stützte er sich auf der matten rötlich-marmornen Fensterbank ab, auf der eine dünne, mit bloßen Augen kaum wahrnehmbare Staubschicht lag, was er erst durch den direkten Hautkontakt bemerkte. Die Oberfläche fühlte sich rau an, unangenehm, und seine Hände hinterließen feine Abdrücke im Staub. Dort, wo er den Staub verwischt hatte und nun weiter verwischte, traten die Farben des Marmors wieder kräftiger und heller hervor, dort glänzte er wieder.

In eine moderne Neubauwohnung zu ziehen war für ihn nach seiner Ankunft in Berlin in den nuller Jahren und nach seinen ersten Besichtigungen nicht mehr infrage gekommen. Es hatte ein Altbau sein müssen, das war ihm klar gewesen, gleich als er den ersten betreten hatte. Altbauten wie die, die er sich während seiner Wohnungssuche angesehen hatte, und wie der, in dem er nun schon so lange Zeit wohnte, über zehn Jahre schon, Gründerzeithäuser mit großzügigen Räumen und glänzenden Parkettböden, Flügeltüren und Stuck an den hohen Decken gab es bei ihm zu Hause in dem dörflich anmutenden Städtchen Bad Soltal nicht. Dort, in den weitläufigen Wohnsiedlungen, die sich als spitz zulaufende Keile tief in den unmittelbar angrenzenden Buchenwald hineinfraßen, standen überwiegend praktisch-funktionale Einfamilienhäuser, Klinkerbauten, die äußerlich einen vollkommen anspruchslosen, wenn nicht bisweilen erschreckend trostlosen Eindruck erweckten und die wohl alle in den sechziger oder auch siebziger Jahren von Architekten gebaut worden waren, die, mäßig talentiert, ganz offensichtlich über keinerlei ästhetisches Gespür verfügt hatten – einfallslose Einfamilienhäuser wie dasjenige seiner Eltern, blass-cremefarben, in der Tieckstraße, in dem er aufgewachsen war und bis zum Abitur gelebt hatte. Aber auch in der Schlegelstraße, in der Wackenroder-Straße und in der Novalisstraße sah es nicht anders aus – die ganze Romantikersiedlung war bauästhetisch ein kompletter Reinfall. Im Sommer waren es dann glücklicherweise die mit in vielen leuchtenden Farben wild durcheinanderblühenden Stauden – Rittersporn, Phlox, Margeriten und Malven – und auch mit kletternd-rankenden Rosengewächsen üppig versehenen Vorgärten, die von der allseitigen Tristesse abzulenken vermochten, vor allem das üppige Grün der vielen Büsche und Bäume, die auch überall die Straßen großzügig säumten, trug seinen wesentlichen Teil dazu bei.

Allein im historischen Ortskern, jenseits der Wohnsiedlungen am Südhang, herrschten alte restaurierte und größtenteils denkmalgeschützte, teilweise sogar noch aus dem siebzehnten Jahrhundert stammende Fachwerkhäuser mit braunem Gebälk und mit weißem Lehm verputztem Gefache vor und prägten das hier romantisch-heimelig anmutende Bild des kleinen, im tiefen Tal zwischen bergigen Wäldern idyllisch gelegenen Städtchens, das von einem kleinen, flott dahinfließenden Fluss geteilt wurde, in dem der Bad Soltaler Angelverein alljährlich während des Sommers Forellen aussetzte – um sie anschließend wieder herauszufischen –, und von dem die Saison für Saison wiederkehrenden Kurgäste dann auch immer wieder schwärmten und von dem sie sich regelrecht verzaubern ließen.

Aber es stimmte schon, dachte Simon. In gewisser Weise war der alte Bad Soltaler Stadtkern mit dem beschaulichen Marktplatz, auf dem jeden Freitag der Wochenmarkt stattfand, der alten evangelischen Sankt-Johannes-Kirche, dem Mitte des neunzehnten Jahrhunderts am Nordhang errichteten und ursprünglich noblen, inzwischen etwas heruntergekommenen Kurhotel zum Markgrafen, dessen mit Schiefer bedeckte Turmaufsätze in etwa die Höhe des gotischen Kirchturms erreichten, verglichen mit anderen Kleinstädten in der näheren Umgebung ein Relikt, das die Zeiten wie in einer hermetischen Blase überdauert hatte und in dem es tatsächlich vielerorts wie aus alten Märchen hervorwinkte. Durch die Nähe zum Harz waren zahllose Märchen und eine große Bandbreite an Sagen in der Gegend, bei der es sich um einen unmittelbaren Ausläufer des ohnehin sagenumwobenen Mittelgebirges handelte, immer noch sehr lebendig und wurden von Generation zu Generation weitererzählt – die verklärenden Kaisersagen um Friedrich Barbarossa oder Heinrich den Vogler, die finsteren Märchen von Hexen oder bösen Feen und die unheimlichen Spukgeschichten rund um den verwunschenen Brocken, der nicht umsonst den Namen Blocksberg trug, nicht zu vergessen die Erzählungen von mächtigen Berggeistern und tückischen Zwergen, die von jeher im Untergrund des Harzes ihr Unwesen trieben – Simon hatte etliche dieser Geschichten durch seine schon vor Jahren verstorbene Kinderfrau Waltraude kennengelernt, die er und auch seine Schwester Melanie genauso geliebt wie gefürchtet und zeitweise sogar für eine leibhaftige Hexe gehalten hatten, bis ihnen ihre Mutter erklärte, dass das nicht nur nicht stimme, sondern dass die Tante Waltraude es auch gar nicht so gern habe, wenn man sie so nannte, im Gegenteil, es mache sie sehr traurig.

Waltraude stammte aus einer Bergarbeiterfamilie. Über die Bergmannswelt erzählte man sich viele Geschichten. Der Bergbau spielte früher in der Wirtschaft der gesamten Region eine wichtige Rolle. Über Jahrhunderte hinweg aber war in Bad Soltal, das früher schlicht Soltal geheißen und seine Stadtrechte überhaupt erst nach dem Zweiten Weltkrieg erhalten hatte, unterirdisch Kalisalz gewonnen worden. Der Bergbau sei »das Fundament des Wohlstands«, hatte einmal der Bad Soltaler Bürgermeister in einer Rede gesagt, aber von dem Wohlstand war, wenn Simon seinem Vater Glauben schenken durfte, nicht mehr viel übrig.

Simon war noch ein Kind gewesen, aber er erinnerte sich gut daran, wie der Boden auf einmal zu beben begonnen hatte, wenn wieder neue Bohrungen stattgefunden hatten. Von Salzsiedlern sei der Ort einst gegründet worden, hieß es. Daran erinnerte auch das Salzmännchen, Bad Soltals Wahrzeichen, ein steinernes Relief, das an der Außenfassade von Sankt Johannes prangte.

Gerüchte kursierten, dass der als Novalis berühmt gewordene Friedrich von Hardenberg, ein studierter Bergmann – wie Simons Großvater ihm vor Jahren einmal erklärt hatte –, auf der Durchreise über die alte Frankfurter Heerstraße, der das Städtchen die Bedeutung als Handelsumschlagplatz verdankt hatte, auch einmal in Soltal abgestiegen sei und sogar einen Kali-Stollen besichtigt habe. Auf einem nahezu mannshohen Findling, der am Rande des Bad Soltaler Marktplatzes neben einer von der örtlichen Sparkasse gestifteten Parkbank und einem Brunnen unter einer Linde stand, erinnerten die Zeilen »Der Vorwelt heil'ge Lüfte umwehn sein Angesicht/und in die Nacht der Klüfte strahlt ihm ein ew'ges Licht«, die in den Stein eingemeißelt und Novalis' »Bergmannslied« entnommen waren, das – wie Simon seit seiner Schulzeit wusste – auch die Zeilen »Die mächtigen Geschichten der längst verfloss'nen Zeit/ist sie ihm zu berichten mit Freundlichkeit bereit« enthielt, an den Besuch des Dichters, der allerdings historisch nicht verbürgt war – wie Simons Großvater ihm einmal und unter Berufung auf einen seiner alten, wie er längst emeritierten Professoren-Freunde versichert hatte. Albrecht Wiese hieß er – Simon hatte ihn als Kind einmal kennengelernt –, ein renommierter Göttinger Germanist, der, anders als sein Großvater, als junger Soldat im Zweiten Weltkrieg hatte kämpfen müssen und der sich schon in den fünfziger Jahren, zu einer Zeit, als seine Großeltern bereits mit ihm befreundet waren – oder zumindest seine Großmutter –, gegen einen niedersächsischen Kultusminister, einen ehemaligen Nazi, engagiert hatte.

Seine Großeltern wohnten in einem der vielen mit buntem Schnitzwerk verzierten Fachwerkhäuser, in einem der größeren, prächtigeren, das nach hinten raus, zum »kleinen Nordwald« hin und der Flussseite entgegen, über einen Garten von beachtlicher Größe verfügte, in dem neben Obstbäumen auch Sträucher mit Stachelbeeren und schwarzen und roten Johannisbeeren wuchsen. Gerade war Erntezeit, dachte Simon, und seine Großmutter kochte wahrscheinlich wieder Unmengen von Marmelade aus den Beeren, backte blechweise Apfel- und Pflaumenkuchen oder weckte all das restliche Obst in Gläsern ein, die die schweren Holzregale im Vorratskeller füllten.

Früher wäre das seiner Großmutter nie eingefallen, hatte seine Mutter einmal nebenbei erzählt, aber seitdem auch sie im Ruhestand war, mehrere Jahrzehnte inzwischen, habe sie Gefallen daran gefunden. Irgendwann habe auch sie dieser Hausfrauen-Ehrgeiz gepackt, hatte sein Vater daraufhin abfällig bemerkt, ohne dass Simon damals verstanden hätte, weshalb.

Er sah immer noch aus dem Fenster. Sein Blick fiel erneut – und wie so oft in letzter Zeit – auf die geschundene Kastanie, die an ihrem zufälligen Standort ausharrte, die nichts tun konnte und die dazu verdammt war, sich hilflos in ihr Schicksal zu fügen, dem er genauso hilflos gegenüberstand.

Die Ringeltaube war längst über das Dach hinweg davongeflogen, wohl in Richtung Viktoriapark, dachte er. Jetzt waren es zwei Kohlmeisen, ein Paar anscheinend, die emsig zwischen den kränkelnden Ästen herumhüpften und -pickten.

Jedes Jahr ergrünte der alte Baum aufs Neue in voller Pracht, die sich jedoch alsbald wieder verlor. Simon befürchtete, dass der Kastanie die Kraft ausging, dass sie der alljährlichen Marter, die einer Krankheit glich, nicht mehr gewachsen und sie im vergangenen Frühling schon nicht mehr so grün gewesen war wie in den Jahren zuvor.

»Lebe wohl, schirm dich Gott …« Ein ewiger Ohrwurm, dieses alte Lied. »Tief die Welt verworren schallt, oben einsam Rehe grasen, und wir ziehen fort und blasen, dass es tausendfach verhallt. Lebe wohl, lebe wohl …«

Wenn er das zerfressene und viel zu früh, vorm Herbst bereits rostbraun verfärbte Laub im Hof zusammenfegen und entsorgen würde, sobald in wenigen Wochen auch das letzte Blatt gefallen wäre – man stopfte es in Säcke und brachte sie schleunigst auf den Müll, oder am besten verbrannte man es gleich –, würde er damit einen Großteil der Miniermotten und ihrer gefräßigen Brut vernichten, und die Kastanie könnte sich im nächsten Jahr wieder ein wenig erholen. Dann würde sie auch sicher wieder mehr Früchte tragen. Das hatte ihm sein Großvater erklärt. Wen hätte er auch sonst fragen sollen? Nur stand die Kastanie im Hof nebenan. Er konnte schlecht bei Nacht und Nebel über die Mauer klettern oder sich durch das Nachbarhaus schleichen, um dort Laub zu harken. Und wo sollte er eine Harke herbekommen?

2

Tja, mein Junge, was soll ich dazu sagen? Es ist deine eigene Entscheidung«, hatte der Großvater gesagt.

Wie einfach sich die Dinge manchmal auch gestalten können, hatte Simon im Nachhinein gedacht.

Schweren Herzens hatte er ihn angerufen, weniger wegen der Kastanie, über die er sich mit ihm allerdings auch hatte beraten wollen, als vielmehr um ihn und seine Großmutter von dem Verkauf des Flügels in Kenntnis zu setzen.

Jetzt, wo er einmal weg war, schmerzte es doch sehr. Das hatte er auch seinen Großeltern gesagt, die nicht mehr immer sofort alles von dem verstanden, was er ihnen erzählte, aber alles in allem verstanden sie doch immer noch erstaunlich viel, fand er, verglichen mit anderen älteren Menschen. Und sie hatten sich ihren Humor bewahrt, ihre Reiselust und überhaupt ihren Tatendrang, der, wie er wusste, seiner Mutter jedes Mal wieder große Sorgen bereitete und der, bedachte man ihr Alter, tatsächlich besorgniserregend war. Aber niemand hätte ihnen das austreiben können. Und zumindest seine Schwester und er fanden es unproblematisch, dass die Großeltern so rüstig waren und immer noch viel reisten – mehr als er jedenfalls, aber wohin sollte er schon groß reisen und vor allem wann?

Nach einer rhetorischen Pause und einem Räuspern war der Großvater dann mit seiner tiefen, klangvollen Stimme fortgefahren: »Ich kann das nicht beurteilen. Wenn es aber um Geld geht, wenn du Geldsorgen hast … Das könntest du mir sagen, das könntest du uns sagen. Deine Großmutter und ich helfen dir doch gerne aus, das ist gar kein Problem …«

»Nein, ich habe keine Geldsorgen. Hat Vater das etwa gesagt?«

Der Großvater schwieg einen Moment und antwortete: »Er hat so etwas angedeutet, ja …«

»Aber das stimmt nicht. Das dürft ihr nicht denken. Ich verdiene genug. Vielleicht nicht genug, um ganz große Sprünge zu machen, aber für mich, für mein Leben, reicht es vollkommen. Mir geht es gut …«

»Aber was ist es dann? Worum ging es?«

»Ich konnte ihn nicht mehr sehen. Ich konnte ihn nicht mehr ertragen. Er stand die ganze Zeit über vollkommen vernachlässigt im Wohnzimmer herum. Ein Drittel des Wohnzimmers hat er eingenommen, ein ganzes Drittel. So groß ist meine Wohnung auch wieder nicht. Aber er nahm nicht nur viel Platz weg, er verursachte mir auch ständig ein schlechtes Gefühl. Wie ein Vorwurf stand er da. Als wäre ich an irgendetwas schuld, als hätte ich irgendetwas falsch gemacht, als würde er mir das ständig sagen und mir permanent ein schlechtes Gewissen machen wollen. Mein Beruf. Mein Leben. Meine Fehler. Beinahe, als würde Vater dort stehen und mir unter die Nase reiben, dass ich meine Karriere ruiniert, mein Leben verpfuscht hätte. Aber es ist nun einmal, wie es ist. Es lässt sich nichts ändern, vor allem will ich gar nichts ändern, ich bin doch zufrieden …«

»Mein Junge, ich kann das nicht beurteilen …«

Wieder hatte der Großvater einen Augenblick gezögert und sich anschließend geräuspert, um danach in einem etwas spöttischen Ton – so jedenfalls erschien es Simon – fortzufahren.

»Das ist eine Sache zwischen deinem Vater und dir. Ich bin aber nicht der Meinung, dass du dein Leben verpfuscht hast. Da brauchst du dir keine Gedanken zu machen. Und wenn der Flügel – wie du sagst – tatsächlich nur unbenutzt herumgestanden hat, dann war es doch gut, ihn endlich abzustoßen. Also, wenn du mich fragst … Du, deine Großmutter findet das auch, sagt sie gerade …« Der Großvater hatte das Telefon auf Lautsprecher gestellt, so dass sie mithören konnte. »Nun, mein lieber Simon, die Dinge liegen, wie sie liegen, lass dich davon nicht beunruhigen. Du, um noch einmal auf die Cameraria ohridella zurückzukommen …«

»Die was?«

»Na, die Miniermotte, von der du eben gesprochen hast. Die Rosskastanien-Miniermotte – Cameraria ohridella –, die es aus den wilden Balkantälern hierherverschlagen hat und die nun bei uns ihr Unwesen treibt. Was ich dir dazu noch sagen wollte, mein Junge, du könntest zusätzlich auch Nistkästen für die Kohlmeisen anbringen …«

Nachdem er aufgelegt hatte, war er noch weiter am Fenster stehen geblieben, von wo aus er jetzt den Meisen mit ganz anderen Augen und einem von seinem Großvater geweckten Interesse bei ihrem Treiben in der Kastanie zusah – sie pickten tatsächlich an den Blättern herum und fraßen offensichtlich die Motten.

Das Gespräch hatte ihn wieder ein wenig beruhigt – seine Großmutter, mit der er auch noch gesprochen hatte, besaß die Gabe, ihn zu beruhigen –, und jetzt, wo dem so war, musste er wieder an seine Nachbarin denken – an Swetlana – und daran, wie sie von Schubert geschwärmt hatte, als sie wegen der Noten, die bei ihm herumlagen, auf ihn zu sprechen gekommen waren, auf die Sonaten, die Impromptus, vor allem aber auf Schuberts Lieder und die großen Zyklen, auf die »Winterreise« und die »Schöne Müllerin«, auf die Verbindung von Musik und Literatur, auf Wilhelm Müller und später dann auch auf Schumann und Heinrich Heine …

Swetlana promovierte im Fach Literaturwissenschaft an der Humboldt-Universität, aber sie interessierte sich für klassische Musik, das habe sie von ihrem Großvater, der aus Deutschland stamme.

Schon ein eigenartiger Zufall, dachte Simon und sah auf die Uhr. Sie waren verabredet. Für später. Swetlana würde auf ein Glas Wein vorbeikommen. Bis dahin wollte er sich eigentlich noch mit der »Cabaret«-Partitur beschäftigen, aber daraus schien heute nichts mehr zu werden. Vielleicht konnte er stattdessen Schubert spielen. Er drehte sich um, nahm die Noten und setzte sich ans Klavier.

3

Sie trage keine schweren Pelzmäntel und keine goldenen Klunker – auch keine knappen Miniröcke, Netzstrumpfhosen und keine High Heels. »Make-up? Nein, danke. Lenin, Stalin, Putin? Um Gottes willen.« Sie sei nicht orthodox, russisch-orthodox ohnehin nicht, aber auch nicht jüdisch-orthodox. »Alles andere als das …« Sie sei nicht einmal abergläubisch. »Oder höchstens manchmal …« Sie könne weder Pelmeni noch Borschtsch wirklich ausstehen und auch mit Sonnenblumenkernen kaum etwas anfangen. Noch nie in ihrem

Leben habe sie Kaviar gegessen. Sie friere schnell, und sie lache viel und gerne. Sie könne nicht Schachspielen und interessiere sich nicht für die Raumfahrt. Sie fahre auch kein protziges Auto – sie habe gar keinen Führerschein. Sie sei bewusst nicht nach »Charlottengrad« gezogen. Sie habe noch nie einen Bären gesehen, zumindest nicht in freier Wildbahn. Sie arbeite – ganz abgesehen davon, dass es ihn nicht mehr gebe – auch nicht für den KGB und pflege, »dies nur am Rande«, auch keine Kontakte zur Russen-Mafia. Sie besitze keinen Samowar und trinke viel lieber Milchkaffee als Tee. »Krimsekt? Igitt, viel zu süß.« Und »last but not least« trinke sie auch keinen Wodka...

Das alles hatte Swetlana Simon an jenem schicksalhaften Abend schwallartig eröffnet, als sie, nachdem er ihr den nötigen Zucker dafür geborgt hatte, mit einem Stück Kuchen – russischem Zupfkuchen, ausgerechnet – auf einem mit verschiedenen Blumenmotiven hübsch verzierten Porzellanteller, der seitdem immer noch bei ihm in der Küche stand und ihn dort an sie erinnerte, von ihm hereingebeten worden war und er ihr etwas zu trinken hatte anbieten wollen.

Die Worte waren ihr schier unaufhaltsam aus dem Mund geströmt, Stakkato, in einer unvorstellbaren Geschwindigkeit, und hatten Simon, der dem Sinn und Inhalt ihrer Ausführungen nur mit größter Anstrengung hatte folgen können, vom ersten Augenblick an gefesselt, vereinnahmt, wenn nicht betäubt, und seine eigenen Gedanken und Fantasien wie eine große Flutwelle unendlich weit mit sich gerissen, entfacht von nur einem einzigen Stichwort, das nicht er ihr, sondern das sie sich eingangs selbst gegeben hatte, um in Fluss zu geraten: Wodka. Genauer: »Alles, nur keinen Wodka.«

Das hatte sie gesagt, gespielt entrüstet. Damit hatte sie begonnen. Den habe sie schon früher nie getrunken, in Russland, weder in Teschki, wo sie aufgewachsen sei, noch später in Moskau – ihre Eltern, das hieß ihre Mutter, und ihre Großeltern übrigens auch nicht. »Um Gottes willen!«

Sie komme aus Russland, hatte sie gesagt, aus Teschki, einem kleinen Städtchen, das ungefähr zwei Autostunden entfernt von Moskau liege und das die Welt nicht weiter bewege und dessen Name insofern eigentlich auch gar keine Rolle spiele.

Aus einer »dunklen, unzivilisierten Gegend« komme sie, auch wenn ihre Familie nicht von dort stamme.

»Oder denkst du, der Name spielt eine Rolle?«, hatte Swetlana ihn drohend gefragt.

»Nein, also ich, äh …«, hatte Simon, stotternd, geantwortet.

»Gut. Teschki – das hast du sowieso noch nie gehört …«

Die Erinnerungen an diese Gegend und dieses Städtchen samt seinem Namen habe sie zu einem Paket verschnürt, hatte sie gesagt, zu einem großen Sarg, und mit Gewichten versehen auf den Grund ihrer Seele sinken lassen. »Denn solchem großen Sarge gebührt ein großes Grab.« Sie habe die Erinnerungen, »die alten bösen Lieder«, ein für allemal versenkt und sich dabei dann doch wie ein Killer der Russen-Mafia gefühlt, und sie sei sich nicht sicher, ob es sich bei diesem unguten Gefühl, das sie seither bisweilen beschleiche, um ein schlechtes Gewissen handle oder allein um die zermürbende Angst, sie könne bei ihrem Beseitigungsversuch nicht professionell genug vorgegangen sein und all ihre so beherzt versenkten Erinnerungen könnten irgendwann einmal vom tiefen Seelenmeeresgrund wieder hinauf an die Oberfläche treiben. Gut möglich, hatte sie gesagt, dass das dann weitere Ermittlungen und Verfahren nach sich ziehen könne, aber darüber wolle sie lieber nicht sprechen und auch lieber nicht weiter nachdenken, sie sei froh, dass sie das jetzt und halbwegs unverhofft einmal alles beiseiteschieben könne …

Simon, der ihr nicht mehr hatte folgen können, nicht im Ansatz, hatte dennoch genickt, so als würde er verstehen, wovon sie redete.

In Moskau habe sie auch eine Weile gelebt, zusammen mit ihrer Freundin Natascha, die immer noch ihre beste Freundin sei, sie habe angefangen, Vorlesungen zu besuchen und nebenher in einer Bar gejobbt, ein Jahr etwa, bis sie Moskau dann auch nicht mehr ausgehalten habe – diese Stadt bestehe schließlich »bei aller Liebe« überwiegend und zunehmend aus ihren eigenen Schattenseiten, und das meine sie »sowohl wörtlich als auch sinnbildlich als auch dialektisch«, Moskau sei genauso dunkel wie ihr grauenvoller Heimatort, den sie allerdings nicht wirklich als ihre Heimat betrachte, und nur unwesentlich zivilisierter –, in Moskau habe sie gelebt, bis sie die Stadt auch nicht mehr ausgehalten habe und zum Studium »schlussendlich« nach Berlin gekommen sei, wo sie auf Partys oder in Bars von ihren Mitstudenten oder auch von anderen Leuten, die sie kennenlernte, immer wieder gefragt werde, ob sie nicht lieber einen Wodka trinken wolle als ein Glas Wein, einen Prosecco oder was auch immer sie gerade in der Hand halte. Sobald sie sich als Russin zu erkennen gebe, werde sie in solchen Situationen zuverlässig gefragt, ob sie nicht lieber einen Wodka trinken wolle. Dabei sei Wodka doch einfach nur scharf und schmecke ansonsten nach nichts, hatte sie gesagt, woraufhin Simon nichts weiter eingefallen war, als wieder zustimmend zu nicken.

Wodka mache den Kopf kaputt, hatte sie gesagt, er weiche das Gehirn auf – was man im Übrigen auch am idiotischen Wahlverhalten der Russen und an ihrer »vollkommen vernunftfreien« Putin-Begeisterung erkennen könne – wobei ihre Freundin Natascha ihn früher auch gewählt habe –, an der skrupellos-archaischen Weltsicht der Russen und an ihrem biologistischen Menschenbild, ihrem haltlosen Übermenschenbild, das nichts mit dem Philosophen Friedrich Nietzsche zu tun habe und das in ihr nur ungute Assoziationen wecke, und dass das alles, insgesamt genommen, nichts mehr zu tun habe mit den nostalgisch-romantischen Vorstellungen von einer wie auch immer gearteten russischen Seele und dem rosig verklärten Russenbild, das im Westen in gewissen ahnungslosen, im Kant'schen Sinne »unmündigen« Kreisen immer noch zirkuliere.

Der Russe sei nicht unbedingt einer, der Wodka liebe, lediglich kristallklar müsse die Substanz sein, die er konsumiere, ganz gleich, ob es sich dabei um Wodka, Spiritus oder Methamphetamin handle, hatte sie gesagt. Es gehe letztlich nur um die Dröhnung und um nichts anderes. Wenn sie etwas Hartes trinke, was selten vorkomme, dann eher einen guten Scotch – »ja, wirklich« –, und im Übrigen, müsse er wissen, meine sie von all dem, was sie sage, im Grunde nur die Hälfte wirklich, sie spitze eben gerne zu oder male die Dinge aus …

Simon, der Swetlana gebannt zugehört hatte und dem schon ganz schwindelig geworden war, hatte gar keine harten Getränke zu Hause gehabt – geschweige denn Wodka, den er selbst nicht trank – und stattdessen, ohne weiter nachzufragen, eine Flasche Wein geöffnet.

Ja, Wein sei am besten, hatte sie daraufhin gesagt. Ob er schon einmal georgischen Wein probiert habe? Georgien sei schließlich nicht nur die Heimat Stalins und Berias, es kämen auch exzellente Weine aus Georgien. Im Übrigen sei sie »schon auch echte Russin«, trotz ihrer Russland-skeptischen Haltung und trotz ihrer Herkunft, also trotz ihrer jüdisch-deutschen Wurzeln.

Simon hatte aufgehört zu nicken und sie fragend angesehen.

Ihr Großvater stamme aus Deutschland. Aus der Nähe von Stuttgart, hatte sie weiter berichtet, aus Waiblingen, das sie irgendwann einmal besuchen wolle. Er sei im KZ gewesen, habe aber dank eines Wunders knapp überlebt – oder gleich mehrerer Wunder – und sei dann über abenteuerliche Umwege in Russland gelandet. Als Junge noch, gerade einmal fünfzehn Jahre alt. Später habe er eine deutsche Frau geheiratet, eine, deren Familie schon früh aus Deutschland geflohen sei, ihre Großmutter, ihre Babuschka, die ebenfalls Jüdin gewesen sei, die, wie er, aus einer assimilierten Familie und, wie es der Zufall wollte, ebenfalls aus Schwaben stamme, sogar aus dem Stuttgarter Raum, aber nicht aus Waiblingen. Die beiden hätten sich erst in Russland kennengelernt. Ihre Mutter aber habe dann »einen echten Russen« geheiratet, insofern sei sie in Wirklichkeit nur eine halbe Russin, mehr nicht, aber sie sehe ja auch nicht aus wie eine »Vollblutrussin«, dann doch eher wie eine Jüdin, sagte sie kichernd, und als Jüdin – das sei sie zweifelsohne, denn schließlich sei auch ihre Mutter Jüdin – dürfe sie so etwas auch sagen. Nur er solle sich vorsehen und so etwas ja nie sagen, denn das wäre antisemitisch. Daher aber, also da ihre Großeltern aus Deutschland stammten, spreche sie überhaupt so gut deutsch – mit ihrem Großvater spreche sie ausschließlich deutsch und nur mit ihrer Mutter russisch. Ihre Babuschka sei leider schon seit vielen Jahren tot.

Doch auch wenn sie nicht russisch aussehe, so ganz »unrussisch« seien ihre Interessen und Vorlieben dann auch wieder nicht, hatte sie gesagt. Immerhin liebe sie die russische Literatur, vor allem Dostojewski – den er ja auch gelesen habe, hatte sie mit einem Blick auf sein Bücherregal gesagt, woraufhin er wieder genickt hatte. Und die russische Musik selbstverständlich auch, Glinka, Borodin, Mussorgsky. Am liebsten sei ihr Schostakowitsch, hatte sie gesagt, auch, weil der so viel von Gustav Mahler habe. Die russische Seele sei mit der deutschen Seele ohnehin tief verwandt, wobei Mahler natürlich Österreicher war und Jude, aber das spräche auch schon wieder Bände …

»Aber ich rede zu viel«, hatte Swetlana gesagt. »Rede ich zu viel?«, hatte sie gefragt und wieder einen drohenden Blick in Simons Richtung geworfen.

»Nein, überhaupt nicht…«

Sie saßen einander gegenüber an dem schweren Eichentisch, der in seiner Küche stand. Hier saß es sich gemütlicher als im Wohnzimmer, fand er, ertappte sich aber bei dem Gedanken, jetzt lieber dort, neben ihr auf dem Sofa, sitzen zu wollen.

Es war ihre erste Verabredung und das dritte Mal, dass sie überhaupt miteinander sprachen, und er war auf eine Art aufgeregt, die er von sich eigentlich gar nicht kannte. Swetlana erzählte wieder von Russland und von ihrer Familie – dieses Mal aber hatte er ihr, aufrichtig interessiert, verschiedene Fragen gestellt. Sie erzählte von ihrer Familie, von der, wenn Simon es richtig verstand, nur noch ihre Mutter und ihr Großvater übrig geblieben waren. Ihr Vater war verschollen, das hieß, spurlos verschwunden – er habe sich einfach aus dem Staub gemacht. Geschwister hatte Swetlana keine. Auch ihre Mutter hatte keine Geschwister, und die Brüder und Schwestern ihrer Großeltern sowie deren Eltern und alle weiteren Familienmitglieder, Tanten, Onkel, Cousins und Cousinen, waren von den Nazis ermordet worden.

Ihre Mutter und ihr Großvater lebten inzwischen beide in Israel, in Tel Aviv, erzählte Swetlana in einem ganz anderen Tonfall, ruhiger, besonnener, ernsthafter und jetzt auch ohne Scherz und Ironie.

Nach dem Zusammenbruch der Sowjetunion hätten viele Menschen Russland und die früheren Satellitenstaaten verlassen, und viele Juden seien ins »Gelobte Land« ausgewandert, aber das wisse er sicherlich. Die »russischen Juden« bildeten seitdem die größte Minderheit in Israel und hätten die Gesamtbevölkerung massiv ansteigen lassen. Auch ihr Großvater und ihre Großmutter hätten nach Israel gehen wollen, so wie die anderen auch, aber damals sei sie gerade geboren worden, ihre Mutter hatte gerade erst geheiratet, und noch hatte es nach einer glücklichen Ehe ausgesehen, und dann waren sie eben geblieben. Erst viel später, als ihre Babuschka schon tot und ihr Vater längst verschwunden war, sei ihr Großvater gegangen, und ihre Mutter habe ihn begleitet. Sie seien zunächst in einem Randbezirk von Aschdod gelandet, einer Stadt, die etwas südlich von Tel Aviv und ebenfalls am Mittelmeer liege. Sie sei dort mehrere Male zu Besuch gewesen, sie habe im Meer gebadet, so wie später in Tel Aviv, und ihre Mutter habe für sie immer so besondere Sachen gekocht, jüdische und israelische Gerichte. Damit habe sie sofort begonnen, als sie angekommen waren. Ihr Großvater hatte sich schon viel länger mit seinem Judentum beschäftigt. Er habe auch angefangen, die alten Schriften zu lesen, den Tanach und den Talmud, obwohl er gar nicht so religiös sei.

Ihr »gutes, liebes Mütterchen« umsorge nun den Großvater, sagte Swetlana, und sie sorge sich auch ständig um sie, ihre einzige Tochter. Seit sie hier in Deutschland lebe, riefe sie beinahe jeden Tag an, um sich zu erkundigen, wie es ihr gehe. Deutschland, das sei alles andere als selbstverständlich gewesen, aber das könne er sich ja vorstellen. Vor allem ihr Großvater habe sich daran erst einmal gewöhnen müssen – und dann auch noch durch sein Verschulden, schließlich sei er es gewesen, der ihr nach und nach die deutsche Literatur – Goethe, Schiller, Hölderlin und auch die gesamte schwäbische Dichterschule – vermittelt und ihr den Floh überhaupt ins Ohr gesetzt habe, Literatur und auch Philosophie zu studieren, nur habe er eher an Amerika und New York gedacht als an Deutschland und Berlin. Auf die Idee wäre er nicht gekommen.

Er selbst werde nie wieder einen Fuß nach Deutschland setzen, habe er gesagt. Und auch ihre Mutter habe die Stirn gerunzelt, als sie ihnen irgendwann ihre Pläne verkündet habe.

»Aber ich rede wirklich zu viel …«, wiederholte Swetlana noch einmal und sah Simon provozierend an.

»Nein, bitte …«

»Vielleicht bin ich ein bisschen nervös, vielleicht rede ich deshalb so viel. Wobei, Agnieszka sagt immer, ich …«

»Wieso nervös?«

Simon biss sich auf die Zunge. Er spürte selbst eine Nervosität, eine Art Jagdinstinkt, der ihm aber dieses Mal nicht behagte, gegen dessen Aufkommen er jedoch nichts ausrichten konnte. Er wollte möglichst vermeiden, den Eindruck eines Raubtiers zu erwecken, das gerade zum Sprung ansetzte, um sich auf seine Beute zu stürzen – doch es gelang ihm nicht.

»Nun ja …«, antwortete sie zunächst zögerlich, aber auch irgendwie genüsslich, schien ihm. »Weil sich schon irgendwie abzeichnet, worauf das hier heute am Ende hinauslaufen wird …«

Sie lächelte ein vollkommen entwaffnendes Lächeln. Simon wusste nicht, wie er sich verhalten sollte.

»Worauf läuft es denn hinaus?«, fragte er.

Auch diese Frage hätte er sich lieber verkniffen, aber Swetlana schien sich dadurch gar nicht irritieren zu lassen. Im Gegenteil, sie spielte mit ihm.

»Das weißt du nicht?«

»Ich, äh …«

»Nun ja, ich würde denken, es ist eine klare Sache. Aber komm, lass uns erst einmal den Wein austrinken, bevor wir …«

Simon vermochte nicht zu sagen, von wem die Initiative ausgegangen war, aber sie küssten sich und fanden sich schließlich in seinem Schlafzimmer wieder.

»Ich möchte da nicht angefasst werden«, sagte Swetlana warnend und schob seine Hand zurück. »Du kannst mit mir schlafen, aber da möchte ich bitte nicht angefasst werden.«

4

Es war eine sternklare Nacht, keine Wolke in Sicht, wieder einmal. Und warm war es, selbst für den Spätsommer ungewöhnlich warm.

In dieser Nacht sollten besonders viele Sternschnuppen am Himmel zu sehen sein. Fehlanzeige. Sterne waren zu sehen, massenhaft Sterne, kleinere und größere, hellere und weniger helle, aber keine Schnuppen. Dafür die rot oder weißlich blinkenden Lichter von Flugzeugen und Hubschraubern, die sich schnell wieder in der Dunkelheit verloren.

Sie lagen nebeneinander in seinem Bett. Swetlanas Hand lag auf seiner Brust. Sie war eingeschlafen.

Aus einem geöffneten Fenster im Nachbarhaus, aus dem auch ein milchig-schummeriges Licht drang, klang leise, aber immer noch laut genug eine elektronische Musik zu ihnen herüber, dumpfe Bässe und eine, wie er vermutete, künstlich verzerrte Stimme. Die Musik hatte einen eigentümlich zeitlosen Charakter, fand Simon, sie hätte aus den achtziger oder neunziger Jahren oder ebenso gut aus den nuller Jahren stammen können. Vielleicht war es sogar aktuelle Musik. Er hatte keine Ahnung, um was für Musik es sich handelte, welche Band oder welcher Sänger, schließlich hatte er mit Pop nicht mehr viel am Hut, aber diese Musik erschien ihm so seltsam vertraut und erinnerte ihn an die Clubs, in die sie in der Schulzeit gelegentlich gefahren waren – in Bad Soltal gab es lediglich das gute alte Mikado, das zur Not, wenn niemand mit dem Auto in eine größere Stadt gefahren war, hatte herhalten müssen und wo er meist am Rand der Tanzfläche gestanden hatte, zu den vibrierenden Beats wippend, die aus den Boxen schallten, und mit einer Flasche Bier in der Hand, um den anderen, darunter auch immer einmal wieder ein Mädchen, für das er sich gerade interessiert hatte, beim Tanzen zuzusehen.

Jetzt verstand er auf einmal die Worte, die die Stimme sang. Es war eine weibliche Stimme und vielleicht gar nicht mehr dieselbe von eben, jedenfalls klang sie auf einmal klarer und weniger verzerrt: »We're two parties, two parties ending/What if you move? What if you hide?/There's only so much you can miss/Before we both collide …«

Das war toll.

5

Wieland blieb regelmäßig stehen, wenn ihm auf der Straße oder auf dem Stadtwall ein Passant mit einem Schäferhund begegnete oder – so geschah es hin und wieder auch – ein Hundebesitzer, der einen Boxer an der Leine führte. Es schnürte ihm den Magen zu, und er war unfähig, auch nur einen weiteren Schritt zu tun. Oft glaubte er, Freia leibhaftig vor sich zu erblicken – die gleiche Haltung, die gleiche Fellfärbung, die gleichen Augen –, aber dann besann er sich und sah ein, dass er sich täuschte, dass er sich täuschen musste.

Seit ihrer Flucht und dem Ende des Krieges waren Jahre verstrichen. Wieland befand sich auf dem Weg in die Berliner Straße, ins Zoologische Institut der Stadt Göttingen. Von der Oberen Karspüle aus nahm er den immer gleichen Weg, Tag für Tag, der ihn am alten Botanischen Garten vorbeiführte, in dem er bei schönem Wetter bisweilen auf einer Bank zu sitzen und den Insekten bei ihrem spielerischen Treiben zuzusehen pflegte, und über den sich allmählich herbstlich verfärbenden Wall, auf den der frische, angenehm kühle Wind gerade rote und goldene Blätter regnen ließ, unter die sich Marienkäfer und Ohrwürmer verkrochen.

Den Hund – zweifelsohne einen Boxer, einen »Deutschen Boxer« – sah er schon von weitem auf sich zukommen, und er verlangsamte seine Schritte, um Augenblicke später stehenzubleiben. Nichts ging mehr, seine Füße waren schwer wie Blei. Wieland spürte sein Herz heftig pochen und war unfähig, sich auch nur einen Zentimeter vom Fleck zu rühren. Der schwanzlose Hund, ein kräftiger, schlanker und, wie sich herausstellte, blutjunger Rüde, war nicht angeleint und raste direkt in seine Richtung. Er wusste gar nicht, wie ihm geschah, als das verspielte Tier plötzlich an ihm hochsprang und versuchte, sein Gesicht abzulecken.

»Ist schon gut, ist ja gut, du bist ja ein Guter, ein Guter bist du«, murmelte Wieland mit ruhiger Stimme und löste sich aus seiner Erstarrung.

Der von ihm zaghaft getätschelte Hund legte sich sogleich lang auf den Rücken, eine unverkennbare Einladung, ihm die Brust zu klopfen oder auch den Bauch zu streicheln.

Wieland, der sich schnell wieder gefasst hatte und die Aufforderung sofort verstand, ging gehorsam in die Hocke und strich sanft über das glatte, glänzend gelbe Fell des Boxers, der genießerisch die Augen schloss. Für einen Moment tat das auch Wieland, holte tief Luft und seufzte.

»Attila, da bist du ja ...«, sagte plötzlich eine Stimme. »Was machst du denn für Sachen. Entschuldigen Sie bitte, er ist mir weggelaufen, das ist mir wirklich unangenehm. Attila, du kannst doch nicht einfach …«

Wieland hatte die junge Frau gar nicht kommen hören, die da nun von oben auf ihn herabsah – er hockte noch immer vor dem Hund und verharrte in dieser Position.

Sie war außergewöhnlich elegant gekleidet, das bemerkte er gleich – mit grauer Reithose, hohen schwarzen Stiefeln und strengem, dunkelgrünem Tweed-Jackett –, und sie musste in etwa in seinem Alter sein, schätzte er, möglich, dass sie auch ein paar Jahre jünger war. Eine sehr schöne, anziehende junge Frau mit stechend stahlblauen, aber freundlichen Augen und blondem, glattem Haar, das zu einem Zopf geflochten und hochgesteckt war, so dass ihr schmaler Nacken zur Geltung kam. Letzteres registrierte er, als er sich wieder erhoben hatte und sie einander gegenüberstanden.

Offenbar eine Tochter aus gutem Hause – das auch die Kriegsjahre gut überstanden haben musste –, dachte Wieland sofort misstrauisch – es war wie ein Reflex –, und gleichzeitig dachte er, dass ihm, ausgerechnet ihm, dieses Misstrauen einem Menschen gegenüber, den er nicht kannte, den er nur von der äußeren Erscheinung her beurteilen konnte, gar nicht zustand.

Sie hatte ihn höflich angesprochen und erschien ihm freundlich. Er bemühte sich also auch um Freundlichkeit.

»Keine Ursache, Fräulein …«

»Er ist erst sechs Monate alt, wissen Sie.« Sie sah ihn an, für einen kurzen Moment fiel ihr Blick auf das Muttermal auf seiner Wange.

»Ein schönes und offenbar gutartiges Tier. Ein guter Charakter, das merkt man gleich.«

»Das stimmt – und es freut mich, dass Sie das sagen –, nur ist er leider kaum zu bändigen, dieser Wildfang …«

»Das legt sich.«

»Das hoffe ich.«

»Da wäre ich ganz zuversichtlich.«

Wieland setzte seinen Weg über den mit Laub bedeckten Wall beschwingten Schrittes fort, nachdem er sich betont höflich von der charmanten jungen Dame verabschiedet hatte – die in ihrer selbstverständlichen und ungekünstelten Art großen Eindruck auf ihn gemacht hatte – und auch von ihrem zutraulichen und einnehmenden Boxer, der sich gar nicht hatte trennen wollen, und erreichte wenige Minuten später, aber immer noch rechtzeitig, sein Ziel.

Die Kriegsschäden am Institut waren jetzt endlich weitestgehend behoben, dank des unermüdlichen Einsatzes von Professor Karl Förster, mit dem er in einer knappen Viertelstunde verabredet war – Wieland kam nie auf den letzten Drücker, oder wenn dies geschah, dann nur im äußersten Notfall, das war ihm wichtig, das war ihm eisernes Gesetz.

Vor dem vorgerückten Säulenportal des in neuem Glanz erstrahlenden Institutsgebäudes hielt er für einen Moment inne und blickte an der historistischen Fassade mit den Rundbogenfenstern hinauf, die ihn an die große Epoche der Renaissance erinnerte – und wohl auch erinnern sollte, dachte er –, an die Wiedergeburt des Wissens und der Künste und an das Ende des nicht nur in dieser Hinsicht überwiegend finsteren Mittelalters, das für die Geschichte der Naturkunde doch von geringer Bedeutung war – abgesehen vielleicht von den kuriosen Forschungen und Erkenntnissen der Hildegard von Bingen, den botanischen zumal, speziell in der Kräuterkunde, die schließlich für die Entomologie auch nicht ganz unbedeutend war –, und von den seinerzeit bahnbrechenden Arbeiten des Albertus Magnus, nicht zuletzt seiner umfassenden und detaillierten Darstellung der mitteleuropäischen Flora und Fauna.

Natürlich kannte er Magnus' berühmtes Werk »De animalibus«, von dem ein altes Exemplar im Keller der Universitätsbibliothek existierte, das altersbedingt nur mit Samthandschuhen – und nicht etwa nur mit sprichwörtlichen, sondern mit buchstäblichen Samthandschuhen, die dafür eigens ausgehändigt wurden – angefasst werden durfte, und er kannte die kluge und weitsichtige Auffassung des sich auf Aristoteles berufenden Bischofs und Gelehrten, dass es »auch die niedrigsten Tiere verdienten«, erforscht zu werden, dass man ihre Formenvielfalt studieren müsse, hieß es im Text, »um so den Künstler zu preisen, der sie erschaffen habe, da sich in der Kunst des Schöpfers seine Art zu schaffen offenbare«.

Nun glaubte Wieland weniger an Gott als vielmehr an die Wissenschaft, wenn er auch kein Atheist war – alles Dogmatische und Verbohrte war ihm ein Gräuel –, sondern ein Agnostiker. Er verstand sich – spätestens seit er vor einigen Jahren, nur kurze Zeit nach der Flucht in den Westen, ein äußerst geistreiches Büchlein über den französischen Philosophen Michel de Montaigne gelesen hatte – als konstruktiven, dem Humanismus zugeneigten Skeptiker, wohl wissend, dass das auch einen potenziellen Widerspruch barg, je nachdem, welche Auffassung man dem Begriff der Skepsis gegenüber vertrat. Für die Wissenschaft allerdings galten seiner Überzeugung nach Prämissen, die denjenigen, die Albertus Magnus als Theologe setzte, durchaus vergleichbar waren. Nur ging es nicht oder nicht mehr darum, die Kunst eines wie auch immer gearteten Demiurgen zu analysieren, sondern die Entwicklung des Lebens in seinen vielfältigen, vielgestaltigen und sich kontinuierlich verändernden oder womöglich auch diskontinuierlich verändernden Erscheinungsformen. Und hier, an dieser Stelle, kam dann auch die so oft Licht ins Dunkel bringende Geschichte der Naturkunde mit ins Spiel, die bis weit in die Antike zurückreichte, die im arabischen Raum weitergeführt worden und die im Zuge der Renaissance auch in den Ländern Europas und schließlich in Deutschland zu neuem Leben erwacht war und seither weit verzweigte und rhizomatisch verbundene Knospen getrieben hatte, die in allen erdenklichen Farben und Farbnuancen aufblühten, matt und glänzend, dunkel und hell, schillernd und bisweilen nahezu grell.

Vor einigen Wochen erst hatte er einen bemerkenswerten Vortrag eines von der Institutsleitung, das hieß von Förster höchstpersönlich eingeladenen Münchner Zoologen über »Tausendfüßler, Insekten und Spinnen bei Albertus Magnus« gehört. Heinrich Balss war sein Name gewesen, sein Fachgebiet die Crustaceologie – Wieland erinnerte sich noch genau –, und Förster hatte ihm auf dem Weg in den Hörsaal hinter vorgehaltener Hand berichtet, dass der seit kurzem emeritierte Professor 1937 auf Grundlage der Nürnberger Rassengesetze vorübergehend in den Ruhestand versetzt und erst nach dem Krieg wieder eingestellt worden war.

Immerhin habe er weiter forschen dürfen, hatte Förster geseufzt und mit den Schultern gezuckt, aber Wieland war nicht mehr dazu gekommen, ihn weiter über die Lebensgeschichte des Gastredners und die Hintergründe der Suspendierung durch die Nationalsozialisten auszufragen.

Der Mann und auch sein Vortrag aber hatten ihn nachhaltig beeindruckt, und er hatte später in Erfahrung gebracht, dass Balss nicht nur verschiedene Krebs- und Schalentiere zum ersten Mal beschrieben hatte, sondern dass sogar einzelne Taxa nach ihm benannt worden waren – der Traum eines jeden Zoologen, den auch Wieland träumte. Zudem hatte der Emeritus ausgiebig über die Geschichte der Naturkunde geforscht und publiziert, die lange als bloße Unterordnung der Philosophie und auch der Theologie gegolten hatte und der sich Wieland, soweit er eben Zeit fand, neben der Arbeit an seiner Dissertation, die ihn ohnehin schon stark beanspruchte, mit hohem Interesse widmete. Inzwischen hatte er Balss' »Studien über Aristoteles als vergleichenden Anatom« gelesen. Eine Ausgabe seines einschlägigen Werkes »Albert Magnus als Zoologe« hatte er sich ebenfalls aus der Bibliothek ausgeliehen. Sie lag neben vielen anderen Büchern zu Hause auf seinem Nachttisch und wartete darauf, endlich gelesen zu werden.

Eine umfassende Darstellung der Geschichte der Entomologie von den Anfängen in der Antike, von der »Historia animalium« des Aristoteles und dem elften, den Insekten gewidmeten Buch der »Naturalis historia« von Plinius dem Älteren über das Mittelalter, die Renaissance und die Aufklärung, nicht zu vergessen das neunzehnte Jahrhundert – das unter seinen Kollegen gemeinhin als das Jahrhundert Charles Darwins galt, das aber auch, und das war ihm wichtig, dasjenige Jean-Henri Fabres war –, eine Entomologie-Geschichte von den Anfängen bis in die Gegenwart fehlte seines Wissens, und vielleicht, dachte Wieland – irgendwann einmal würde er Förster in dieser Sache konsultieren –, vielleicht wäre das ein geeignetes Thema für seine Habilitation, jedenfalls wäre es ein Projekt, an dem festzuhalten ihm sinnvoll erschien.

Wieland nahm schwungvoll die Treppen und schritt zwischen den Säulen hindurch zügig durchs Portal in die Eingangshalle des Instituts.

Die Handwerker waren abgezogen, alle Reste beseitigt, doch der Geruch ihrer Arbeiten lag noch immer in der Luft. Die Stadt hatte im Großen und Ganzen Glück gehabt, dachte er, und in den Jahren des Krieges kaum Schaden genommen – anders als so viele andere Städte Deutschlands, die zerbombt und dem Erdboden nahezu gleichgemacht worden waren –, ausgerechnet diesen Bau aber, der der Wissenschaft diente und dessen Sammlungen verschiedenste Präparate neuentdeckter Spezies und auch seltener oder in einigen Fällen längst ausgestorbener Arten enthielt – zusammengesammelt in mehreren Jahrhunderten und aus aller Herren Länder –, ausgerechnet dieses Gebäude hatte es getroffen, und das Institut war, wenn auch nur in Teilen, zerstört worden.

Und was für eine Sammlung es barg. Wieland staunte immer wieder aufs Neue, wenn er sie in Augenschein nahm – natürlich gab es darin auch Tausende von Insekten, einzigartige Exemplare von großen, farbenprächtigen Schmetterlingen und glänzenden, mitunter ungeheuer martialisch anmutenden Käfern aus tropischen Wäldern und weit abgeschlagenen exotischen Gegenden am anderen Ende der Welt –, ihr Wert für die Wissenschaft war unermesslich. Die Sammlung stellte die Geschichte der Evolution in ihren unterschiedlichsten spielerischen Facetten plastisch dar, sie ließ sie haptisch werden und machte sie zumindest für die Mitarbeiter des Instituts und auch für ausgewählte Gastwissenschaftler mit den Händen tatsächlich greifbar, ja, sie belegte die Evolution, die Wielands Meinung nach wesentlich mehr war als nur eine Theorie, wie sie Charles Darwin einmal entwickelt hatte.

Unter den zahllosen Belegstücken existierte etwa ein wunderschöner »Battus polydamas antiquus« von der Karibikinsel Antigua, der zur Familie der Ritterfalter zählte und, so musste man leider annehmen, seit langem ausgestorben war – das Exemplar der Göttinger Sammlung war, soweit im Institut bekannt, sogar das weltweit einzig erhaltene Exemplar dieses Falters, dessen Existenz lange Zeit allein durch eine aus dem Jahr 1770 stammende Zeichnung des britischen Insektenforschers und Sammlers Dru Drury behauptet worden war –, es befand sich auch ein ebenfalls ausgestorbener »Urania sloanus« darunter, ein jamaikanischer Nachtfalter mit leuchtend grünen Querbinden auf den tiefschwarzen Vorderflügeln, blauen und kupferroten auf den ebenfalls schwarzen Unterflügeln und Schwanzfortsätzen, die wiederum mit smaragdgrünen Punkten bedeckt waren und in ihrer Form an den heimischen, wenn auch eher seltenen »Papilio machaon« erinnerten, den Schwalbenschwanz, den er noch aus Kindheitstagen kannte.

Die meisten dieser Belegstücke wurden in großen Schaukästen verwahrt, die als Schubladen in entsprechende Schränke geschoben werden konnten, andere in zahllosen Gläsern und Schachteln. Zu allen hatte er als Försters Doktorand und Assistent ständigen Zugang, ohne sich eigens anmelden zu müssen. So konnte er die Insekten unter die Lupe nehmen und die feinen anatomischen Details studieren und vergleichen, wann immer es erforderlich oder wann immer ihm danach war. In letzter Zeit – Förster hatte ihn auf das Thema gestoßen – waren es im Wesentlichen die winzigen und für die Ordnung der Schmetterlinge charakteristischen Schuppen, die seine Aufmerksamkeit auf sich zogen und die sich auf den Flügeloberseiten dieser wohl artenreichsten Insektenfamilie befanden, die für deren oft spektakuläre Farbgebung verantwortlich waren und die landläufig auch Schmetterlingsstaub genannt wurden.

Wieland eilte die Treppen hinauf und steuerte auf Försters Büro zu. Er wusste, worum es in der Besprechung gehen würde. Sein Doktorvater hatte ihm erst kürzlich und ganz beiläufig mitgeteilt, dass er ihn auf seine Forschungsreise nach Brasilien mitzunehmen gedachte, und Wieland konnte sein Glück immer noch kaum fassen. Von der Reise wusste er seit langem, er hätte aber nicht davon zu träumen gewagt, dass der Professor ihn mitnehmen könnte.

Brasilien – das war der Regenwald, das war das Amazonasgebiet, wo vermutlich Millionen bislang unentdeckter Insekten auf sie warteten. Womöglich würde er eine neue Art entdecken, womöglich sogar einen großen, prächtigen Falter, und nach sich benennen können.

Südamerika – das war auch eine willkommene Gelegenheit, endlich einmal Abstand zu nehmen von Deutschland und von seinen verschiedentlich verschleierten Erinnerungen an die Kriegsjahre, an die Zeit in Polen und an seinen Vater, der, wie seine Mutter erst vor wenigen Monaten in Erfahrung gebracht hatte, auf der Flucht von den Russen identifiziert und erschossen worden war, worüber sich Wieland, als er die Nachricht erhalten hatte, nicht hatte betrüben können und worüber er nach wie vor nicht sonderlich betrübt war. Das alles aber würde er für einige Zeit hinter sich lassen können.

Der einzige Wermutstropfen lag darin, dass er ein Mädchen kennengelernt hatte, ein Mädchen namens Erika, mit dem er bereits einige Male ausgegangen war. Erika hatte er als Erstes von den aufregenden Neuigkeiten erzählt, und sie war davon wenig begeistert gewesen. Er hatte sie auf ein Stück Torte ins vornehme Café Cron & Lanz eingeladen – sie Windbeutel, er Bienenstich –, und sie hatte ihm von Anfang an mit wohl absichtlich zur Schau gestellter Langeweile zugehört, ohne größere Anteilnahme in ihrem Kaffee gerührt und am Ende nur mürrisch, ja schnippisch entgegnet, er brauche sich nicht einzubilden, dass sie hier in Göttingen auf ihn warten werde, während er sich auf einer Reise in den Urwald vergnügte.

»Aber Erika, es geht doch nicht ums Reisen oder ums Vergnügen, es geht um die Forschung, um meine Arbeit«, hatte er sie daraufhin zu beschwichtigen versucht und dafür ein mürrisches »Ach was« entgegengeschleudert bekommen. Es hatte sich angefühlt wie eine Ohrfeige.

»Sie sind zu früh, Tappe, viel zu früh«, sagte Förster und klang dabei leicht verärgert, aber Wieland maß dem keine weitere Bedeutung bei.

So war sein Doktorvater nun einmal, das wusste er, und er wusste auch, dass der Professor ihn insgeheim für seine Zuverlässigkeit und auch für seine Überpünktlichkeit schätzte.

»Sehen Sie sich das an, hier, die feinen Lamellen …«

Förster saß an seinem Schreibtisch und blickte nicht einmal auf, er besah durch eine Lupe einen Gegenstand – Wieland konnte so schnell nicht erkennen, um was es sich handelte.

»Es sind verschiedene Faktoren-Paare, die die einzelnen Zeichnungssysteme beeinflussen, aber das brauche ich Ihnen ja nicht zu erklären …«

Jetzt sah er endlich auf und lächelte Wieland an, der nun erkennen konnte, dass der Professor einen kleinen, bläulich schimmernden Falter zwischen den zwei Enden einer Pinzette hielt.

»Setzen Sie sich doch, Tappe.«

Wie es sich Wieland gedacht hatte, setzte ihn Förster über verschiedene Details in Kenntnis, die die Reise betrafen. Dabei ging es nicht allein um Forschungsziele – im Zentrum stand hier die Frage nach der Entwicklung des Schuppenmusters auf den Flügeln von Schmetterlingen, die es zu vergleichen galt – und die Vorbereitungen, die diesbezüglich zu treffen waren, sondern auch um ganz profane Dinge wie die genauen Reisedaten und die Dauer ihres Aufenthaltes im Amazonasgebiet – mehrere Monate waren vorgesehen –, um Impfungen und Ausstattung, das hieß pragmatische Kleidung, das hieß Netze, Kescher, Schachteln und Kisten und die verschiedenen Materialien für die Präparation.

Sie würden eine ganze Delegation bilden, sagte der Professor noch, bevor er Wieland wieder fortschickte, um seiner Arbeit nachzugehen und um verschiedene Aufträge auszuführen. Neben Biologen von anderen Universitäten würden sie von einem Ethnologen und auch von einem Beamten, vermutlich einem Mitarbeiter des Kultusministeriums oder sonst einer Stelle der Landesregierung, begleitet werden, außerdem habe ihm kürzlich einer der Mäzenaten eröffnet, ein gewisser Herr Sartorius, ein Fabrikant, der einer Stiftung vorsitze, die nicht unwesentliche Gelder zu dem Unternehmen beisteuere – »ein guter, intelligenter Mann und Freigeist« –, dass er zumindest zeitweise mit von der Partie sein wolle. Wieland hörte den klangvollen Namen zum ersten Mal.

Seiner Mutter hatte er von all dem noch nichts erzählt, weder von der bevorstehenden Reise, noch von Erika, seiner etwas störrischen Auserwählten – die ihr hoffentlich trotzdem gefallen würde –, aber er hatte vor, über das Wochenende zu ihr nach Bad Soltal zu fahren, ein bisschen Waldluft zu schnuppern, womöglich Pilze zu sammeln – oben, auf Schmiedsteinshöhe solle es Steinpilze geben – und ihr von den Neuigkeiten zu erzählen.

Er wusste, dass es nicht leicht werden würde. Seit der Flucht war sie wie ausgewechselt, ein vollkommen anderer Mensch. Sie war nicht mehr die stolze und starke Frau, die sie einmal gewesen war und die sich immer vor ihn gestellt hatte. Sie war jetzt die Schutzbedürftige, sie war anhänglich geworden – und nicht erst, seit sie die Nachricht vom Tod des Vaters erhalten hatte –, ihre Rollen hatten sich verkehrt. Und Wieland, der sich ein eigenes Leben aufzubauen versuchte, fühlte sich für sie verantwortlich.

6

Swetlana fuhr mit dem Fahrrad auf der Straße, dicht neben den Autos her am Landwehrkanal entlang, bis sie, ohne stoppen zu müssen, rechts in die Großbeerenstraße abbog. Die Ampel zeigte grünes Licht, der Verkehr hielt sich von nun an in Grenzen. Sie trat fester in die Pedale, auch wenn sie schon einigermaßen aus der Puste war – Endspurt, sagte sie sich und raste auf die Yorckstraße zu.

Sie hatte sich wieder einen Ingmar-Bergman-Film angeschaut, der im Rahmen der Retrospektive gelaufen war – dieses Mal war »Das Schweigen« gezeigt worden, und die Bilder, die zum Teil, fand sie, auch von Fellini hätten stammen können, gingen ihr nicht aus dem Kopf – und längst nicht nur die erotischen Bilder, vor allem die »skandalöse« Szene im Varieté.

Es war wie bei »Wilde Erdbeeren«, dachte sie, es war Erkenntnis und Gewissheit, Kinofilme gehörten auf die Kinoleinwand, ohne Wenn und ohne Aber. Sie würde sich Ingmar Bergman nur noch im Kino anschauen. Als Nächstes stand »Das siebente Siegel« auf dem Programm.

Agnieszka hatte sie ins Arsenal begleitet. »Etwas anstrengend« hatte sie den Film dann gefunden, die Vorstellungen von Sex in der Öffentlichkeit oder auch von Sex mit einem Fremden »ganz geil, aber das kennt man ja«, und die Masturbationsszene »absurd kurz«. Mehr hatte sie nicht gesagt, und im Anschluss war sie dann gleich in Richtung Friedrichshain abgerauscht, zu einer Verabredung – einer dieser Verabredungen, die dann entweder im Watergate, im Blank, im Weekend oder gleich in irgendeinem Bett endeten, egal, ob mit einem Mann oder mit einer Frau, und von denen Agnieszka manchmal erst zwei Tage später zurückkehrte.

Mit einem gemeinsamen Glas Wein und einem Gespräch über den Film und seine Ästhetik und die Psychologie seiner Figuren, das Swetlana so gerne geführt hätte, würde es also wieder nichts werden. Aber aus einem Gespräch, wie es ihr vorschwebte, wäre wahrscheinlich auch dann nichts geworden, wenn Agnieszka mit ihr zurück nach Kreuzberg gefahren wäre und sie zusammen noch etwas getrunken hätten. Eine Flasche Weißwein stand jetzt immer im Kühlschrank, dafür hatte sie gesorgt.

Vielleicht, dachte sie, musste sie sich endlich einmal eine andere Kinobegleitung suchen. Bei der nächsten Gelegenheit würde sie einfach jemanden aus dem Kolloquium fragen, Beate oder Ulrike, das waren immer noch die nettesten, und mit ihnen hatte sie sich sogar ein bisschen angefreundet und auch schon einmal auf ein Glas Wein getroffen, doch auch Beate und Ulrike redeten vornehmlich über ihre Projekte und lenkten irgendwann jedes Gespräch, wenn es einmal andere Richtungen einschlug, wieder dorthin zurück, also im Falle von Beate zu den »transgenerationalen Traumata-Übertragungen in Familienromanen der deutschen Nachkriegsliteratur bis in die Gegenwart« und, was Ulrike anbetraf, zu den »Darstellungen von Geschlecht und Gedächtnis in der neueren jüdischen Literatur in Deutschland und in Osteuropa«. Das interessierte sie alles sehr, nur eben nicht ununterbrochen.

Sie überlegte. Doch, ihr fiel noch jemand ein. Simon, ihr Nachbar, mit dem sie allerdings schon bei ihrem ersten Date im Bett gelandet war – etwas, das sie vorher noch nie getan und auch nie für möglich gehalten hatte, ganz abgesehen davon, dass sie es, selbst wenn es einmal dazu kam, dass sie mit jemandem flirtete – oder jemand mit ihr –, selten zu einem Date hatte kommen lassen. Aber Simon hatte sich nicht mehr bei ihr gemeldet, sie waren sich seitdem – also seit sie nachts heimlich aus seiner Wohnung geschlichen war – auch nicht wieder begegnet, und sie würde den Teufel tun – wieder so eine Redensart, die ihr außerordentlich gefiel – und noch einmal bei ihm klingeln.

Swetlana bremste und kam an der Kreuzung Ecke Kreuzbergstraße zum Stehen, wo die Ampel gerade umgesprungen war – die anderen Radfahrer um sie herum ignorierten das rote Licht und fuhren unbeirrt weiter. Sie stand mit einem Fuß auf dem Boden und ließ ihre Blicke umherschweifen.

Es war noch hell draußen. Das war der Vorteil an den Nachmittagsvorstellungen, worin man natürlich genauso gut auch einen Nachteil erblicken könnte, dachte sie. Die Sonne schien sogar noch, die Luft war warm, und die Leute saßen in Scharen draußen im Freien. Der hartnäckige Sommer schien kein Ende nehmen zu wollen. Selbst die Bäume an den Straßenrändern und vor allem vis-à-vis, im Viktoriapark, weigerten sich, ihr Laub abzuwerfen – wohin der Blick auch fiel, herrschte immer noch überwiegend dunkles Grün vor –, nur hier und da schimmerten zarte Rot-, Gelb- oder eben, dort, wo die Blätter vertrocknet waren, auch Brauntöne.

Vor dem Wasserfall spielte ein kränklich aussehender Typ Gitarre und sang mit brüchiger Stimme.

»I was happy in the haze of a drunken hour – but heaven knows I'm miserable now…«

Sie rührte sich nicht und lauschte aufmerksam – bis hinter ihr ein Auto hupte und sie realisierte, dass sie mitten auf der Linksabbiegerspur stehen geblieben war.

Zu Hause angekommen stieg Swetlana vom Rad und suchte nach ihrem Schlüssel. Sie stand direkt vor ihrer Haustür, die es, wie sie fand, eher verdiente, ein Tor genannt zu werden, so massiv wie sie war und so schwer wie sie sich öffnen ließ. Jedes Mal musste sie sich mit ihrem gesamten Körpergewicht dagegenstemmen, damit sie sich laut quietschend bewegte, als würde sie gegen die Ruhestörung und die Gewalt, die ihr angetan wurde, protestieren.

Passanten strömten an ihr vorüber. Einige streiften sie unachtsam im Vorübergehen. Es waren unzählige Passanten, hunderte, wenn nicht tausende. Männer und Frauen, jüngere und ältere, die sich im Pulk zum späten Shoppen oder zum Essengehen in Richtung Bergmannstraße wälzten, viele Partytouristen aus Schweden oder Spanien, die »vorglühten« und sich auf eine lange Nacht in angesagten Bars oder Clubs einstimmten, aber auch vereinzelt Kiezbewohner, wie sie selbst es war – heimkehrende und solche, die sich auf dem Weg in die nächste Kneipe ums Eck befanden –, ein Kauderwelsch vor sich hinbrabbelnder Obdachloser, der in seinen schmutzigen Hosen und auch in seinem tiefroten, zerfurchten Gesicht sehr verwahrlost aussah – und sie etwas schaudern ließ –, und jetzt noch eine Gruppe bunt zusammengewürfelter Studenten, den aufgeregt neugierigen, teils scheuen Blicken zufolge allesamt angehende Studenten, Erstsemester – tja, dachte sie und blickte ihnen hinterher, bald wären die Bibliotheken wieder überfüllt, und auch das Kolloquium würde wieder beginnen und damit auch der sprichwörtliche Ernst des Lebens – noch so eine Redewendung.

Swetlana hielt ihr Fahrrad mit der einen Hand fest und kramte mit der anderen ungeduldig in ihrer auf dem Sattel abgestellten Handtasche weiter nach dem Schlüsselbund, das in den hintersten Winkel dieses labyrinthischen Accessoires gerutscht sein musste oder sich im Futter verhakt hatte. Unauffindbar.

Sie stand einfach da, unmittelbar neben dieser brodelnden Masse aus Menschen, die an ihr vorbeizog, und kramte. Es erschien ihr wie eine Ewigkeit – beinahe glaubte sie schon nicht mehr daran, überhaupt noch fündig zu werden, und sie überlegte, was sie in einem solchen Fall tun könnte –, aber irgendwann fand sie ihn, und zwar in einer tiefen Falte, zu der sich der Taschenboden über die Monate verformt hatte.

Es war zum Wahnsinnigwerden, dachte sie. Entweder brauchte sie eine neue Handtasche – vielleicht zur Abwechslung einmal eine aus echtem Leder – oder Hosen mit Hosentaschen, so jedenfalls ging es nicht weiter.

Sie stemmte sich gerade gegen die schwere, widerspenstige Tür, als sie Simon bemerkte, der in Begleitung eines anderen jungen Mannes an einem Tisch vorm Café nebenan saß, unmittelbar neben ihr.

Es waren keine zwei Meter, schätzte sie. Sie wurde nervös, schlagartig, sie konnte gar nichts dagegen tun.

Die beiden saßen vor großen Biergläsern, Weißbiergläsern, und vor leeren Tellern.

Sie wollte, so schnell es ging und von ihrem nachbarschaftlichen One-Night-Stand möglichst unbemerkt, in den Hof schlüpfen – so, wie sie sich in der entsprechenden Nacht zu sich nach Hause in ihr eigenes Bett geschlichen hatte –, aber da begegneten sich ihre Blicke.

Simon, der sie längst gesehen hatte – das vermutete Swetlana jedenfalls –, ja, der sie die ganze Zeit über beobachtet haben musste, so lange wie sie da schon mit ihrem Fahrrad vor der Tür gestanden und wie blöde in ihrer Tasche herumgekramt hatte, lächelte und hob die Hand zum Gruß, aber ohne zu winken.

Eine seltsame Geste, fand sie.

»Wie geht's?«, rief er und war offenbar sehr heiterer Stimmung, angeheiterter Stimmung allem Anschein nach.

»Gut!«, sagte Swetlana und ärgerte sich, dass sie so einsilbig antwortete und dabei möglicherweise auch einsilbig klang, aber Simon schien davon nichts zu bemerken.

»Setz dich doch zu uns auf ein Getränk, ich lade dich ein.«

Swetlana wusste nicht so recht, was sie tun sollte, wartete aber zu lange, als dass sie das Angebot noch hätte überzeugend ablehnen können. Jedenfalls wäre es ihr unangenehm gewesen, nach dem langen Zögern und seinem Lächeln, das ihr Zögern begleitete, einem immer breiter werdenden Lächeln, noch abzulehnen.

»Komm schon«, sagte er und lächelte jetzt irgendwie verschmitzt.

Vielleicht wollte sie auch gar nicht ablehnen, dachte sie. Vielleicht hatte sie sich das sogar erhofft. Dass sie sich zufällig auf der Straße trafen, zufällig und unverfänglich.

»Okay, auf ein Getränk«, sagte sie, »ich komme gleich, ich bringe nur schnell mein Fahrrad weg.«

Swetlana ließ die Haustür, nachdem es ihr endlich gelungen war, sie zu bewegen, einrasten, schob das Rad nach hinten in den Hof und atmete mehrere Male tief durch.

»Schön«, sagte Simon, als sie sich zu ihm und seiner Begleitung an den Tisch setzte. »Das ist übrigens Wolfgang, ein alter Freund aus Bad Sol… aus der Heimat. Und das ist Swetlana, meine Nachbarin …«

»Freut mich«, sagte Swetlana.

»Was möchtest du trinken, ein Glas Weißwein?«

»Gerne.«

»Ich wollte mich längst bei dir gemeldet haben«, sagte Simon, als wäre es das Normalste auf der Welt, »aber ich war ein paar Tage nicht in Berlin.«

»Kein Problem.« Swetlana bemühte sich, möglichst entspannt zu klingen, aber sie war sich nicht sicher, ob ihr das gelang.

»Swetlana ist Literaturwissenschaftlerin, sie schreibt gerade ihre Doktorarbeit«, sagte er jetzt in Wolfgangs Richtung, und sein Freund nickte. Dann sah Simon wieder Swetlana an.

»Und woher kennt ihr euch?«, fragte sie.

»Wir sind zusammen zur Schule gegangen«, antwortete Simon.

»Von der Grundschule bis zum Abitur«, sagte Wolfgang.

»Und jetzt waren wir ein paar Tage wandern«, fuhr Simon fort, »wir sind eben erst zurückgekommen, vor einer knappen Stunde. Wir sind ja beide mitten im Wald aufgewachsen, in den Bergen – auch wenn es keine besonders hohen Berge sind –, und jetzt wollte ich Wolfgang einmal Brandenburg zeigen, Buckow und die Märkische Schweiz, auch die Uckermark …«

»Wo seid ihr denn aufgewachsen?«

»Das kennst du bestimmt nicht«, schaltete sich jetzt wieder Wolfgang ein, der auf Swetlana insgesamt ein wenig schüchtern wirkte, der sie aber die ganze Zeit seltsam anstarrte.

»In Bad Soltal«, sagte Simon, »das liegt schon fast im Harz, aber deutlich niedriger.«

»Den Harz kenne ich«, sagte Swetlana.

»Wer kennt den nicht?«, erwiderte Wolfgang und zuckte mit den Schultern.

»Swetlana kommt aus Russland«, erklärte Simon.

»Dafür sprichst du aber ziemlich gut deutsch.« Wolfgang lächelte – entschuldigend, wie es Swetlana erschien, und dieses Mal zuckte sie mit den Schultern.

»Swetlanas Großeltern stammen aus Deutschland, ihr Großvater …«, hob Simon an zu erklären, aber Swetlana unterbrach ihn.

»Und wie gefällt dir Brandenburg?«, fragte sie.

»Flach, aber schön«, seufzte Wolfgang. »Der Harz ist natürlich etwas ganz anderes …«

Als der Kellner zu ihnen an den Tisch trat, bestellte Simon eine neue Runde Bier für Wolfgang und für sich – jeweils ein helles Hefeweizen – und ein Glas Grauburgunder für Swetlana, die noch nichts gegessen hatte und sich noch eine Kürbiscremesuppe mit Brot dazu bestellte.

Sie fragte weiter und wendete sich überwiegend an Wolfgang, ohne dass sie das beabsichtigt hätte, sie stellte ihm die üblichen Fragen, was er beruflich mache, wie lange sie unterwegs gewesen seien und wie lange er noch in Berlin zu bleiben gedenke.

Simon musterte sie und wirkte etwas abwesend.

Swetlana gab sich Mühe, ihm nicht zu viel Aufmerksamkeit zu

schenken, stattdessen hörte sie, ohne allerdings Simon aus den Augen zu lassen, mit halbem Ohr den Ausführungen Wolfgangs zu, der erzählte, dass er zeitgleich mit Simon in Berlin studiert habe, Deutsch und Geschichte auf Lehramt, dass er nach dem Studium ein Referendariat an einem Gymnasium in der Lüneburger Heide absolviert habe und dann aber wieder in seine Heimatregion zurückgekehrt sei, wenn auch nicht direkt nach Bad Soltal, sondern, etwas weiter entfernt, nach Blankenburg im Harz, einem Städtchen zwischen Wernigerode und Quedlinburg, wo er geheiratet und eine Familie gegründet habe – zwei Kinder, Sören und Carlotta.

Der Harz sei für ihn unverzichtbar, und was das angehe, könne er Simon überhaupt nicht verstehen. Berlin sei ja ganz schön, aber ein Leben in der Großstadt könne er sich auf Dauer nicht vorstellen, dafür sei er doch zu sehr Landei, zu sehr Naturmensch, zu sehr Bergmensch, auch wenn er mit der Familie in den Sommerferien meistens ans Meer fahre, da sie die Berge ja schon zu Hause direkt vor der Tür hätten. Und jetzt, in den Herbstferien, während derer Julia, seine Frau, mit den Kindern zu den Schwiegereltern zu fahren pflege, sei er Simon besuchen gekommen, relativ spontan, da Simon ja nie genau planen könne.

Das hänge immer von den Proben ab, erklärte Simon. Er könne das Jahr über jedenfalls nicht langfristig planen, von den kurzen Winterferien und natürlich vom Sommer einmal abgesehen.

Ob sie schon einmal im Harz gewesen sei, fragte Wolfgang.

Swetlana, die an ein Seminar zum Thema Walpurgisnacht denken musste, das sie einmal besucht hatte, ein Seminar ihres jetzigen Doktorvaters – Gustav Meyrink, Theodor Storm und Karl Kraus hatten sie gelesen, das Walpurgisnacht-Kapitel aus Thomas Manns »Zauberberg« und natürlich Goethes »Faust« –, schüttelte den Kopf.

Nein? Aber dann müsse sie unbedingt einmal eine Reise dorthin machen. Vielleicht zusammen mit Simon, sagte er, und Swetlanas und Simons Blicke trafen sich.

Ja, Simon müsse ihr unbedingt einmal den Harz zeigen, aber er könne auch mitkommen, und sie könnten zusammen auf den Brocken steigen …

Als sie die Treppen im Hinterhaus hinaufliefen und schließlich vor ihren jeweiligen Haustüren standen, bat Simon Wolfgang auf eine irritierend bestimmende Art – ein neuer Zug, den sie an ihm noch nicht beobachtet hatte –, doch schon einmal vorzugehen, er würde gleich nachkommen.

Wolfgang nickte und verschwand in Simons Wohnung.

In dem Moment ging das Licht aus, und es leuchtete nur noch der rote Schalter, auf den Simon aber sofort wieder drückte.

»Idiot«, sagte Swetlana, machte einen Schritt auf ihn zu, legte ihren Arm um seinen Hals und küsste ihn.

7

Liebe Mutter,

vor einigen Tagen sind wir von Manaus aus aufgebrochen, einer einst prächtigen, doch heute leider sehr heruntergekommenen und baufälligen Metropole, die ihre besseren Zeiten zwar hinter sich, aber ihren für sich einnehmenden Charme noch nicht zur völligen Gänze eingebüßt hat – stell Dir vor, früher, als in Manaus noch der Kautschuk-Handel blühte, wurde die verfallende Stadt gar als das »Paris der Tropen« bezeichnet, Spuren davon sind allgegenwärtig, die vornehmen und adretten Paläste, die großzügigen Plätze und nicht zuletzt das unmittelbar vor der Jahrhundertwende erbaute Teatro Amazonas mitten im Stadtkern, ein Opernhaus im italienischen Renaissance-Stil, aber die wunderschönen Belle-Époque-Gebäude, denen hier nicht nur das feuchte Klima – die Bezeichnung Regenwald kommt ja nicht von ungefähr –, sondern auch die Termiten heftig zusetzen, verrotten allmählich. Ein bizarrer, ja absurder Ort für eine Stadt, so mitten im Dschungel. Keine Straße führt hierher, Manaus ist nur mit dem Schiff zu erreichen, übers Wasser.

Es ist ein Jammer, aber es gibt hier anscheinend kein Kapital, aus dem sich schöpfen ließe.

Auf kuriose Menschen stößt man in Manaus dennoch an jeder

Straßenbiegung, auf Kosmopoliten und Gestrandete aus aller Welt, darunter viele Europäer und auch Deutsche. Mit einem von ihnen bin ich kurz vor unserer Abfahrt ins Gespräch gekommen. Ganz begierig war er darauf, Neuigkeiten aus der Heimat zu erfahren, aber zurückkehren wollte er nicht mehr. Was das angehe, sei Deutschland für ihn Geschichte.

Ein schräger Vogel, das kann ich dir sagen. Er lebt hier mit sage und schreibe drei Frauen zusammen, das erzählte er mir, und auch, dass jetzt von Seiten der Regierung einiges unternommen wird, um die Wirtschaft und den großen Hafen mit seinen schwimmenden Docks wiederzubeleben. Ich würde es der Stadt und auch den Menschen, die hier leben, von Herzen wünschen, dass es wieder aufwärtsgeht mit Manaus und die wunderbare Stadt in neuem oder besser noch: in ihrem alten Glanz erstrahlen kann.

Wir haben, als wir in Manaus ablegten, auch den großen Rio Negro passiert, den »schwarzen Fluss«, der stellenweise so breit ist wie ein See – so breit, dass wir das andere Ufer nicht erkennen können – und dessen Wasser sehr reich an Huminstoffen und Fulvosäuren ist und daher eine schwarze Färbung aufweist, wobei es trotz seiner Schwärze durchsichtig bleibt.

An seiner Mündung trifft das schwarze Wasser des Rio Negro auf das schlammig trübe und gelbliche Braun des Rio Solimões. So wird der Amazonas genannt, bis er mit dem Rio Negro zusammenfließt. Die beiden Wasserfärbungen nebeneinander ergeben ein sonderbares Bild, man nennt es das »Encontro das Aguas«, was auf Deutsch das »Treffen der Wasser« bedeutet, und dieses Treffen erstreckt sich in seinem Nebeneinander über viele Kilometer. Es sind tatsächlich zwei Flüsse, die im gleichen Flussbett fließen.

An manchen Stellen ist das Wasser des Amazonas so milchig braun und cremig, dass es aussieht wie Kakao, der hier auch wild wächst. Beinahe möchte man es mit einer Tasse schöpfen und trinken, aber keine Angst, liebe Mutter, das tun wir natürlich nicht.

Herzliche Grüße

Wieland

Liebe Erika,

ich denke viel und sehnsüchtig an Dich, gerade in den vergangenen Tagen.

Jetzt beginnt endlich unsere eigentliche Expedition, und wir sammeln und beschreiben, skizzieren und vergleichen, verpacken und katalogisieren, was das Zeug hält.

Wir verfügen über zehn Boote, die mit unserer Ausrüstung und auch mit Vorräten bepackt sind, große Säcke mit Reis und Bohnen im Wesentlichen. Andere Menschen bekommen wir kaum noch zu Gesicht. Nur ab und zu und immer seltener stoßen wir auf kleine, nahe dem Ufer errichtete Siedlungen, wo wir unsere Nahrungsvorräte ergänzen und Erkundigungen über das Vorkommen verschiedener Arten einziehen.

Wir werden von Einheimischen begleitet, die in Manaus für uns angeheuert wurden und einen guten Eindruck auf uns machen. Diese Einheimischen sind keine reinen Indios, sondern überwiegend Mischlinge, in deren Adern Indio-Blut, aber auch portugiesisches und sogar afrikanisches Blut fließt und die hier Caboclos genannt werden. Die Caboclos sprechen eine Eingeborenensprache namens »Nheengatu«, die auch von den meisten indigenen Stämmen halbwegs verstanden werde, sagt der Übersetzer. Das sei gut für uns. Und sie sprechen natürlich auch Portugiesisch.

Echte Ureinwohner haben wir noch keine gesehen.

Die Caboclos sind auch für unsere Verpflegung zuständig, was vor allem bedeutet, dass sie täglich fischen, mit Angeln, Netzen und einer Art Speer. Wir essen große Buntbarsche, Schwielenwelse oder zuletzt schwarzen Pacu, der auf Portugiesisch »Tambaqui« heißt und, wie es aussieht, sehr leicht zu fangen ist. Er ist ein Fisch riesigen Ausmaßes, wie es bei unseren heimischen Fischen, vom Waller einmal abgesehen, nicht vorkommt – einer reicht, um uns alle sattzumachen, und er schmeckt tatsächlich sehr gut.

Noch größer wird allerdings der Pirarucu – über zwei Meter lang –, er ist einer der größten Süßwasserfische überhaupt. Neben den Kiemen verfügt er noch über ein zusätzliches Atemorgan, und er kommt gelegentlich zum Luftholen an die Wasseroberfläche, ein lautes, schmatzendes Geräusch. Der Piraruc ist auch für unseren Speiseplan vorgesehen, erklären die Caboclos. Gefangen haben wir bislang noch keinen, aber was nicht ist, kann ja noch werden, und es liegt noch viel Zeit vor uns.

Der schwarze Pacu gehört zur Familie der Salmler, zu der auch die notorischen Piranhas zählen, von denen Du bestimmt schon gehört hast. Sie haben kräftige scharfe Zähne und vermögen es angeblich, verletzte Kühe innerhalb von wenigen Minuten zu skelettieren. Der schwarze Pacu kann auch übel zubeißen. Einer unserer Führer erzählte, dass er jemanden kenne, dem ein schwarzer Pacu beim Baden die Hoden abgebissen habe, weshalb der Fisch von den Einheimischen auch »Hodenbeißer« genannt werde.

Die anderen Caboclos haben darüber so gelacht, dass ich glaube, es handelt sich um Seemannsgarn, aber die Geschichten über die Piranhas haben sicher einen wahren Kern.

Professor Förster bestätigte das im Anschluss, wenn auch unter Vorbehalt, und erzählte von dem früheren amerikanischen Präsidenten Theodore Roosevelt, der einst ebenfalls in den brasilianischen Regenwald gereist war – Förster berief sich in seinen Schilderungen auf einen mit ihm befreundeten Ichtyologen aus Heidelberg. Roosevelt zu Ehren habe man einen Flussabschnitt mit Netzen separiert und diesen mit unzähligen zuvor eigens gefischten rotbäuchigen Piranhas bestückt, das ist die am weitesten verbreitete Art im ganzen Amazonasgebiet. In das Piranha-Becken habe man schließlich ein verletztes Rind getrieben, von dem am Ende tatsächlich nur noch die Knochen übriggeblieben seien. Was für ein Spektakel, und das nur, um einen berühmten Politiker zu unterhalten.

Vor dem Baden im Amazonas und in seinen Nebenflüssen wird noch aus anderen Gründen gewarnt – oder wenigstens ermahnen uns die Führer zur Vorsicht. Zum einen tummeln sich hier riesige Kaimane, Mohrenkaimane, die bis zu sieben Meter lang werden können und auch Menschen angreifen. Zum anderen – und das ist für mein Empfinden noch weitaus bedrohlicher – gibt es Fische, die die Caboclos »Candirúes« nennen. Es sind winzige, wurmartige Fische. Sie zählen zur Familie der Schmerlenwelse, leben parasitär vom Blut anderer Fischarten und orientieren sich bei der Nahrungssuche an Harnstoffen, die von ihren Wirten über die Kiemen ausgeschieden werden. Sie reagieren aber nicht nur auf die Harnausscheidungen größerer Fische, sondern ebenfalls auf die von uns Menschen – wie auf die von allen anderen Säugetieren auch. So kann es passieren, dass sie in die Harnröhren von Badenden hineinschwimmen, die sich nackt ins Wasser begeben. Das Schlimme ist, dass sich diese Fische in der Harnröhre verhaken und dort verenden. In solchen Fällen hilft nur noch eine Operation.

Die Ureinwohner verschnüren sich die Geschlechtsteile, bevor sie ins Wasser steigen, und die Caboclos berichten von einem Heiltrunk, den die Indigenen kochend heiß trinken, wenn es doch einmal geschieht, dass sie von einem Harnröhrenwels befallen werden. Dieser Trunk bewirke die Auflösung und anschließende Ausscheidung des Fischkadavers, wodurch ein operativer Eingriff vermieden werde, sagen die Caboclos.

Ich werde trotzdem im Amazonas nicht baden gehen, darauf kannst Du Dich verlassen.

Herzliche Grüße

Wieland

PS: Es gäbe noch so viel mehr zu berichten, aber davon bei nächster Gelegenheit, jetzt fallen mir die Augen zu.

Liebe Mutter,

wir sind heute schon sehr früh am Morgen aufgebrochen, um mit den Booten weiter flussaufwärts zu fahren.

Den Amazonas mit seinen riesigen Grasinseln, die eigene Biotope bilden und unzähligen Insektenarten einen Lebensraum bieten, haben wir schon eine ganze Weile hinter uns gelassen und schlängeln uns jetzt einen wesentlich schmaleren Seitenarm hinauf, den Rio Jutante. Das ist, obwohl es sich um einen sehr viel kleineren Fluss handelt, nicht ganz ungefährlich, da überall Stromschnellen lauern und wir immer wieder auf Katarakte stoßen. An manchen Flussabschnitten sind wir gezwungen, die Boote aus dem Wasser zu heben und sie auf Baumstämmen, die mit der Machete geschlagen werden, übers Land zu rollen. Das ist mühsame Knochenarbeit, kann ich Dir sagen, die aber in der Hauptsache von unseren Einheimischen erledigt wird. Die scheinen die undurchdringliche Gegend sehr gut zu kennen, auch wenn wir uns inzwischen weitab von jeder Zivilisation bewegen und alle den Eindruck haben, als erste Menschen überhaupt bis hierher vorzudringen, aber das ist nicht so.

Die Caboclos wissen genau, was zu tun ist, auch wenn es einmal brenzlig wird – Du musst Dir also keine Sorgen machen, wir sind hier in guten und erfahrenen Händen.

Die Sonne war noch nicht aufgegangen und der ganze Regenwald von einem unheimlichen Nebeldunst überzogen, als wir die Boote ins Wasser gelassen haben. Durch die Schwaden hallte das Gebrüll der Affen, ein ohrenbetäubender Lärm, Du kannst es Dir nicht vorstellen – nicht umsonst heißen diese Primaten aus der Familie der Klammerschwanzaffen Brüllaffen. Die Caboclos nennen sie Carayas. Sie haben am Tag zuvor, als wir unser Lager aufgebaut haben, schon ein unglaubliches Theater veranstaltet, aus Protest, wie es scheint. Zuallererst hatten wir gedacht, es handle sich um einen Jaguar, der brüllt, um zu zeigen, wer der Herr in seinem Revier ist. Es gibt hier Jaguare, die Caboclos haben uns einen Fußabdruck im Ufersand gezeigt. Das sind eindrucksvolle Pranken. Gut, dass wir Gewehre bei uns tragen.

Mit ein bisschen Glück kann man die Carayas oben in den Baumwipfeln erspähen. Die männlichen Affen sind schwarz, sie können – den Schwanz abgerechnet, der noch einmal so lang ist wie ihr restlicher Körper – einen knappen Meter groß werden und haben einen riesigen Kehlkopf, die Weibchen sind deutlich kleiner, und ihr Fell ist hellbraun. Sie fressen ausschließlich Blätter, von denen sie das ganze Jahr über genügend finden.

Hier im Regenwald herrschen keine Jahreszeiten, wie wir sie kennen, hier gibt es nur Sonne oder eben Regen.

Es ist kurios, die Tierwelt ist im Amazonasgebiet so artenreich wie an kaum einem anderen Ort auf dieser Erde, aber man bekommt davon zunächst nicht viel zu sehen – am ehesten begegnen einem glücklicherweise noch die Insekten. Davon ein andermal mehr.

Herzliche Grüße

Wieland

Liebe Erika,

der Wald ist grün. Alles ist hier grün – so weit das Auge reicht, herrscht das Grün vor, nur das Wasser ist braun, wenn auch nicht mehr so braun wie das Wasser des Amazonas.

Je schmaler und flacher der Fluss wird, desto kleiner werden auch die Kaimane, scheint es. Kurz bevor wir den Amazonas verlassen haben, konnten wir auf einer kleinen Sandbank noch einen riesigen Mohrenkaiman beobachten, der sich in der Sonne aufwärmte und bestimmt an die sechs Meter maß. Ein Respekt einflößendes Urtier. Wir klammerten uns ans Boot fest, Professor Förster wischte sich die Schweißperlen von der Stirn, und auch die Einheimischen hielten lieber Abstand.

Ganz anders gestern, als einer der Caboclos, ein bis dahin unauffälliger Bursche, plötzlich mit beiden Händen ins Wasser griff und einen ungefähr einen Meter langen Kaiman gepackt hielt und aufs Boot hievte – zum Glück nicht auf unser Boot, sondern auf eines der anderen. Er hat uns trotzdem einen großen Schrecken eingejagt. Es handelte sich um einen Glattstirnkaiman, der bei weitem nicht so groß wird wie der Mohrenkaiman. Und stell Dir vor, was der Caboclo mit ihm gemacht hat! Er hat ihn kurzerhand geschlachtet, und wir haben gestern Abend am Feuer gegrilltes Krokodilfleisch gegessen. Es ist weiß und durchaus schmackhaft, erinnert ein wenig an Hühnchen – und bot uns eine willkommene Abwechslung nach dem vielen Fisch, den die Einheimischen sonst für uns angeln. Krokodilfleisch, kannst Du Dir das vorstellen?

Abwechslung bieten auch die tropischen Früchte, die die Caboclos dann und wann im Wald sammeln, wenn wir rasten oder unser Lager aufschlagen, darunter die Früchte der Stachelannone, deren helles gelblichweißes Fleisch sehr saftig, aber auch sehr sauer ist. Das Cupuaçu-Fruchtfleisch schmeckt ebenfalls leicht säuerlich. Die Früchte des Jenipapo-Baums erinnern dagegen in ihrem Aussehen an Feigen, sind aber deutlich größer – aufgrund ihrer abführenden Wirkung sind sie übrigens der Hauptbestandteil des Trunks, den die Indigenen zu sich nehmen, wenn ihnen ein Harnröhrenwels in den Penis geschwommen ist. Davon hatte ich Dir ja in meinem letzten

Brief berichtet – und ich war, im Gegensatz zu Professor Förster, der es einmal gewagt hat, immer noch nicht schwimmen, auch wenn es hier unbedenklich erscheint. Mich kriegen keine zehn Pferde ins Wasser.

Eine Art Hauptnahrungsmittel der Caboclos liefert die »Euterpe oleracea«, eine hier sehr verbreitete Palmenart. Man isst ihre fetten und nussigen Früchte, vor allem entnehmen die Einheimischen ihnen die Palmherzen, also die zarten Sprossen, die auch ein wenig nach Nuss schmecken.

Kokosnüsse essen wir auch. Die Caboclos klettern geschickt die Baumstämme hoch, um an sie heranzukommen und sie herabzuschütteln.

Der Höhepunkt meines Tages, Du wirst lachen: eine blutrote Libelle, die sich direkt auf der Nasenspitze eines Kaimans niedergelassen hat. Ausgerechnet dort. Ich konnte sie also nicht einfangen. Noch nicht.

Auf bald

Wieland

PS: Zwar gibt es hier kaum Läuse, aber stattdessen scheußliche Insekten namens »bicho do pé«, die sich zwischen die Zehen setzen und die man bei Befall alsbald sorgfältig entfernen muss.

PPS: Ich denke an Dich.

Liebe Mutter,

mir geht es ausgezeichnet. Ich befinde mich hier in einem wahren Wunderland für Zoologen und insbesondere für Insektenkundler.

Du kannst Dir nicht vorstellen, wie viele Arten uns hier täglich begegnen und wie viele Exemplare wir bereits gesammelt haben. Etliche darunter sind uns vollkommen unbekannt, die meisten, um ehrlich zu sein – auch einige sehr farbenfrohe Schmetterlinge unterschiedlichster Form und Größe. Es besteht die berechtigte Hoffnung, dass ich der einen oder anderen Art unseren Familiennamen aufdrücken werde.

Wir ziehen schon im Morgengrauen mit unseren Keschern und Netzen los und sondieren abends unsere Beute am Lagerfeuer, bereiten sie zum Trocknen vor und für den Transport. Ins Netz gegangen sind uns mehrere Blaue Morphofalter von überwältigender Schönheit – man kann es sich kaum vorstellen –, südamerikanische Schwalbenschwänze und ein großer Caligofalter mit violetten Flügeln, deren Enden bronzefarben schimmern.

Aber ich will Dich nicht lange mit meinen Insekten langweilen.

Was Dich interessieren wird, ist eine wunderbare Pflanze, die nach unserem Goethe benannt ist und von der ich einige Blüten gesammelt habe, um sie zu pressen und Dir mitzubringen. Professor Hohmeyer, der Botaniker unserer Expedition, hat mich auf sie aufmerksam gemacht, als ich gerade damit beschäftigt war, eine handgroße Tarantel aus ihrer Höhle zu locken. Die »Goethea« ist ein Malvengewächs – wie der hiesige Kakaobaum –, sie wird auch »Goethemalve« genannt. Du musst sie Dir aber ganz anders vorstellen, als die Malven in Deinem Garten. Die fein gemaserten rotweißen Blüten haben eine fantastische Form, und sie stehen direkt am Stamm. Es handelt sich eher um einen Baum als um einen Strauch oder gar um eine Staude. Hohmeyer erzählte, dass sie von dem deutschen Botaniker Nees von Esenbeck noch zu dessen Lebzeiten nach Goethe benannt wurde, mit dem er im Briefwechsel gestanden und den er auch in Weimar getroffen hatte. Nees von Esenbeck, ein gebürtiger Odenwälder, lebte Jahrzehnte in Breslau und ist dort gestorben – vielleicht liegt er auf dem Elisabethfriedhof begraben? Sagt Dir der Name vielleicht etwas?

Goethe hatte, was mir gar nicht bekannt war, ein großes Interesse an Brasilien – wusstest Du das? –, er war aber freilich nie hier. Darüber, dass auch Humboldt im Zuge seiner Amerikareise nie in Brasilien war, anders als dann sein Schüler Friedrich Sellow, hatten wir ja schon einmal gesprochen. Es lag ein Haftbefehl der portugiesischen Kolonialregierung gegen Humboldt vor – zu suspekt, der Mann. Nees von Esenbeck war auch nie hier. Er wirkte in den Jahren vor seiner Breslauer Zeit in Bonn, wo er gemeinsam mit seinem Bruder für den Botanischen Garten zuständig war. Die Samen des Malvenbaums hatte er wiederum von Maximilian Prinz zu Wied erhalten, der – ebenfalls seinem großen Vorbild Humboldt nacheifernd – über mehrere Jahre Expeditionen nach Amerika und auch hierher nach Brasilien unternahm.

Hohmeyer, der nur ein paar Jahre älter ist als ich, weiß diese Dinge allesamt aus dem Kopf zu referieren, ein äußerst schlauer Kopf, wie Du Dir vorstellen kannst – und ein guter Mann.

Gestern Abend habe ich direkt am Fluss einen Hirsch aus nächster Nähe beobachten können, der gar keine Scheu zu kennen schien – aber ich bin ja auch kein Jaguar, der ihm nachstellt. Er war etwas kleiner als ein Damhirsch, mit auffällig hellem Fell. Ich konnte mich ihm bis auf wenige Meter nähern, und er starrte mich lange an, bevor er urplötzlich in weiten Sprüngen und laut schnaufend davoneilte.

Auf einem kahlen Ast am anderen Ufer hockten mehrere Papageien, große kobaltblaue Aras mit kräftigen schwarzen Krummschnäbeln, die wie auch die Augen von strahlend gelber Haut umrandet sind. Es sind wunderschöne Vögel, nur ihr Krächzen ist furchtbar hässlich.

Ich umarme Dich

Wieland

PS: Die handgroße Tarantel, die ich unter der »Goethea« gefunden und mithilfe eines Zweiges aus ihrer Höhle gelockt habe, ist eine neue Art. Die Caboclos halten ihr Muskelgewebe für essbar, aber ich habe sie rechtzeitig in Ethanol eingelegt und werde sie Dir zeigen, wenn ich zurück bin.

PPS: Mach Dir keine Sorgen um mich, mir geht es gut.

Liebe Erika,

wenn es regnet, ist hier Land unter. Mal ist der Regen nach Minuten wieder vorbei, mal erst nach Stunden, mal dauert er auch mehrere Tage an.

Der Wasserpegel des Flusses kann binnen kürzester Zeit um mehrere Meter ansteigen. Unser letztes Lager hatten wir nicht weit genug vom Ufer entfernt errichtet, so dass uns mitten in der Nacht das Wasser erreichte und wir in großer Hektik und lediglich im Licht der Fackeln umpacken mussten – ein Teil der Vorräte ist nass geworden und wird wohl verderben, aber vielleicht trocknen die Säcke auch in der Sonne.

Unsere Ausrüstung und auch unsere gesammelten Funde konnten wir glücklicherweise unversehrt in Sicherheit bringen.

Jetzt scheint wieder unentwegt die Sonne, die sengend heiß ist. Wir legen uns unter die Tropenhüte feuchte Tücher über die Köpfe.

Wenn die Brüllaffen nach Sonnenaufgang verstummen, beginnen die anderen Affen ihr Gekreische, die Vögel pfeifen, und auch die Papageien fangen an zu krächzen. Ohrenbetäubend und alles übertönend aber ist das Zirpen der Zikaden, denen wir natürlich auch nachstellen.

Die Schmetterlinge sind eine echte Augenweide, am Morgen bin ich auf eine kleine Gruppe »Heliconius erato« gestoßen, die sich die Nacht über zusammengedrängt auf einem Ast niedergelassen hat. Der »Heliconius erato« ist schwarz und trägt gelbe und leuchtend rosafarbene Streifen auf den Flügeln. Häufiger ist der unverwechselbare »Papilio anchisiades« aus der Familie der Ritterfalter, zu der auch unsere Schwalbenschwänze und der Apollofalter zählen, die Du vielleicht kennst. Er ist auffällig groß und fast zur Gänze schwarz, nur auf den Hinterflügeln prangen rubinrote Flecken.

Wir haben auch Exemplare des gemeinen Monarchfalters identifiziert, die sich von Nordamerika hierherverirrt haben müssen.

Neben den vielen Schmetterlingsarten gibt es hier auch verschiedenste Heuschrecken, Mistkäfer, Fliegen, Libellen, Bienen und Ameisen, aber Du würdest viele von ihnen nicht als solche erkennen – die verschiedenen Stabheuschrecken oder auch Gespenstschrecken beispielsweise, deren Körperform und Färbung sich zwecks Tarnung den Ästen und Blättern der Bäume angeglichen haben.

Erst gestern habe ich – nicht ganz unabsichtlich, muss ich zugeben – einen Schwarm stachelloser Bienen aufgescheucht. Obwohl die Spezies über keinen Stachel verfügt, war es eine sehr unangenehme Begegnung. Die kleinen pechschwarzen Bienen, die eher aussehen wie Schmeißfliegen, haben sich auf meinen nackten Arm gesetzt, mir durchaus schmerzhaft in die Haut gezwickt und zu guter Letzt auch noch klebrig-harziges Sekret hinterlassen, das streng riecht und sich kaum abwaschen lässt. (Was tut man nicht alles um der lieben Wissenschaft willen.)

Auch zu den Ameisen hält man besser Distanz. Vor einigen Tagen kam Förster schreiend aus dem Unterholz gerannt. Etwas hatte ihn gebissen oder gestochen, er konnte sich vor Schmerzen gar nicht klar artikulieren. Wir hatten schon vermutet, es handle sich um den Biss einer giftigen Schlange oder einer Tarantel – das hätte katastrophal enden können –, aber er hielt das Insekt noch zwischen den Fingern. Es war eine riesige Ameise, leider zerquetscht und für unsere Sammlung dadurch unbrauchbar. Da wir uns alle um Förster kümmerten, kam keiner auf die Idee, sich auf die Suche nach einem weiteren Exemplar zu begeben, dabei könnte es sich um eine große Entdeckung handeln.

Dem Professor ging es erst am nächsten Tag wieder besser, als die Schmerzen nachließen. Es habe sich angefühlt, sagte er, als würde man bei lebendigem Leib verbrennen.

Ach, Erika, jetzt schreibe ich doch nur über Insekten, obwohl ich mir vorgenommen und Dir ja auch versprochen hatte, es nicht zu tun. Verzeih mir das, aber Du wirst mir doch zustimmen, dass es sich bei meiner Begegnung mit den stachellosen Bienen und Försters Begegnung mit der Riesenameise um äußerst erzählenswerte Dinge handelt.

Es gibt aber auch noch anderes, von dem ich Dir berichten kann. Von großen Tukan-Vögeln beispielsweise, die zu den Spechtvögeln zählen und deren riesige orangefarbene Schnäbel bald so groß sind wie ihr restlicher Körper.

Die Caboclos machten uns vor kurzem auf eine grüne Hundskopfboa aufmerksam, eine Würgeschlange, die sich in unmittelbarer Wassernähe um einen Ast gewickelt hatte, wir hätten sie gar nicht bemerkt. Sie ist so grün wie der Wald ringsum und hebt sich von von ihm kaum ab – lediglich durch ein paar unregelmäßige weiße Flecken oder Streifen –, sie greift aber sofort an, wenn man ihr zu nahe kommt. Das haben uns die Caboclos mithilfe der Machete eindrucksvoll demonstriert.

Und gestern haben wir einen Tapir beim Baden im Fluss beobachtet. Als er uns bemerkte, tauchte er sofort ab. Das tun auch die Capybaras, denen wir immer wieder begegnen. Diese großen Nagetiere sind die Hauptbeute des Jaguars, und ihr Fleisch schmeckt am ehesten nach Kaninchen. Wir grillen es oder kochen es mit Bohnen.

Herzliche Grüße

Wieland

Liebe Mutter,

eine ganze Weile habe ich schon nicht mehr geschrieben. Das liegt zum einen daran, dass mir die Gelegenheit und die Muße hier oft fehlen, zum anderen, dass ich Dich mit meinen Insektenfunden nicht zu sehr langweilen will – es sind inzwischen tausende, die wir gesammelt haben und anständig katalogisiert mit zurück nach Göttingen bringen werden. Und dann ist da noch die kleine, aber nicht so unbedeutende Nebensächlichkeit, dass ich die Briefe ohnehin erst im Bündel werde abschicken können, wenn wir wieder zurück in Manaus sind oder vielleicht auch erst in Macapá.

Ob ich schreibe oder nicht, Du wirst ohnehin auf meine Briefe warten. Womöglich erreichen sie Dich auch erst, wenn ich schon wieder zurück bin, wer kann das schon sagen? Vielleicht behalte ich sie am besten und überreiche sie Dir persönlich …

Von den Schmetterlingen, Käfern und auch von einer Libelle, die wohl meinen, also unseren Namen tragen werden, will ich Dir dennoch berichten. Die Libelle ist ein fliegender Saphir und nicht weniger. Ihre Farbe ist ein kräftiges Himmelblau, dabei sind nicht nur ihre Flügel durchsichtig, auch ihr Körper wirkt transparent, was er bei genauerer Betrachtung aber nicht ist. Sie erinnert an unsere »Enallagma cyathigerum«, Pardon, an die »Gemeine Becherjungfer«, nur ist sie viel, viel größer, größer noch als die Große Königslibelle.

Was die Käfer betrifft, ist meine wichtigste Entdeckung ein zwar winziger, doch in seinem grünlich metallischen Glanz bildschöner Pillendreher – ich weiß, Du würdest schlicht und einfach Mistkäfer zu ihm sagen und meine Begeisterung kaum teilen.

Aber der eine oder andere Schmetterling würde auch Dir die Sprache verschlagen. Da gibt es kleine Falter, die so himmelblau sind wie die saphirne Libelle oder leuchtend gelbe mit rötlichem Flügelsaum. Einige sind handgroß, sie haben Punkte und Streifen, und manche tragen an den Hinterflügeln lange, sich spreizende Schwalbenschwänze.

Einer dieser riesigen Vogelflügler ist zitronengelb, und seine Flügel sind von orange-blauen Augen übersät. Ich habe ihn »Papilio tappei« genannt, stell Dir vor …

Diese Schmetterlinge sind unbeschreiblich schön, aber soll ich Dir etwas sagen? Das sind unsere heimischen Schmetterlinge genauso. Im Moment des ersten Betrachtens haben mir die Insekten des Regenwaldes schlicht den Atem geraubt in ihren polymorphen Formen und Farbspielen, aber je länger ich hier bin, desto schöner erscheinen mir unsere Admiräle, Füchse und Tagpfauenaugen daheim. Womit ich keinesfalls sagen will, dass ich schon genug von der brasilianischen Fauna hätte, im Gegenteil. Ich denke vielmehr, ich werde hierher, in diese »terra incognita«, zurückkehren müssen, um weiterzuforschen. Denke ich aber an die Bläulinge auf unseren Wiesen, wird mir ganz schwer ums Herz, und ich erinnere ihre Schönheit als eine wehmütige. So ist es wohl, wenn man die Dinge aus der Ferne betrachtet.

Mit den Pflanzen geht es mir nicht anders. Ich stehe staunend vor den Paranussbäumen – ein einzelner dieser Giganten beherbergt hunderte verschiedener Arten, angefangen mit Säugetieren wie dem seltsamen Faultier, in dessen von Insekten und längst nicht nur von Parasiten bewohnten Fell sogar Algen wachsen, die es grün färben – eine optimale Tarnung –, den vielen Affen und kleinen Raubtieren, über viele Vogelarten, winzige Kolibris, aber auch riesige Harpyien, bis hin zu den Insekten, darunter Einzelgänger wie die Mantisartigen oder solche, die in großen Kolonien leben wie die Blattschneiderameise, die es fertigbringt, selbst Bäume von der Größe einer Paranuss zu entlauben, wie die Caboclos erzählen. Die Paranüsse stecken übrigens in kürbisgroßen Kapseln. Wenn die herunterfallen, kann das lebensgefährlich werden.

Sie sind beeindruckend, diese Bäume. Denke ich aber an die Eschen, die Kastanien und Eichen in unseren Wäldern, dann … Ach, Du weißt schon, was ich meine.

Herzliche Grüße

Wieland

DRITTES KAPITEL

1

Das Mädchen hatte sich hinausgeschlichen und geräuschlos die Tür hinter sich zugezogen.

Ihre Mutter sollte sie jetzt besser nicht erwischen, dachte sie. Sie trug einen roten Rock, der ihr bis zu den Knien reichte, und eine rosafarbene Bluse mit weißem Rüschensaum, die ihr ihre kranke Großmutter erst vor wenigen Monaten genäht hatte.

Sie hatte sich schöngemacht und sich vor dem großen Spiegel, der zu Hause im Flur hing, sogar die Lippen bemalt. Ein wenig nur, mit dem Lippenstift ihrer Mutter, heimlich, und auch die Wimperntusche und den Kajalstift hatte sie benutzt. Deswegen hatte es in den letzten Wochen häufiger Streit gegeben.

»Mit gerade einmal dreizehn Jahren, das kommt gar nicht infrage, mein liebes Fräuleinchen.«

Daher die Heimlichkeit.

Auch die dünne, durchsichtige Strumpfhose, die sie aus einer Schublade im Schlafzimmer der Mutter entwendet hatte, war verboten. Aber sie fühlte sich bereit.

Sie wohnten etwas abseits vom Zentrum des Städtchens, in einem kleinen Haus am Rande des Waldes, wohin ein schmaler, von Binsen, Gräsern und vereinzelten Wildblumen gesäumter Sandweg führte und wo es jetzt unter den Fichten und Tannen und auch an den Ausläufern des nur ein wenig weiter entfernt gelegenen Buchenhains so viele Pfifferlinge gab, ganze Teppiche davon.

Der Großvater war tagsüber viel im Freien. Im Haus, eingezwängt zwischen vier Wänden, hielt er es nicht lange aus, nur abends, wenn er in seinen Büchern las – und das tat er bis tief in die Nacht hinein –, kam er vorübergehend zur Ruhe. Der Großvater schleppte die Pfifferlinge in vollen Körbchen an, mehrmals in der Woche, und ihre Mutter briet sie in Fett, wenn sie von der Frühschicht aus der Fabrik kam oder bevor sie zur Spätschicht wieder in die Fabrik ging. Zu den Pilzen gab es Kartoffeln und Petersilie, die draußen im Garten zwischen den Ringelblumen, dem Schnittlauch, dem Liebstöckel, dem Borretsch und dem Bohnenkraut wuchs.

Das Mädchen liebte besonders den Duft der frisch gebratenen Pfifferlinge, der dann die Küche erfüllte.

Ihre Großmutter hatte die übrigen Pilze immer eingeweckt, meist sauer, nicht selten aber auch süßlich oder neutral, wie auch die Gurken, Bohnen, Kürbisse, das Fallobst und die Beeren, so dass sie das ganze Jahr über davon essen konnten. Gegen die Mengen aber, die sie im Spätsommer und im Herbst ernteten und verarbeiteten, war kein Ankommen – so manches im Vorjahr eingeweckte Glas schaffte es bis in die nächste Erntezeit und darüber hinaus. Ihre Mutter versuchte gar nicht erst, der Mengen Herr zu werden, und der Großvater, das eifrigste Rad im Getriebe, sah tatenlos zu, wie viele Gläser verdarben und weggeschmissen wurden, ohne deshalb das Sammeln und Ernten aufzugeben.

Das halte ihn lebendig, sagte er.

Das sei sein Lebensinhalt – das Pilzesammeln, das Nachdenken und die Bücher, sagte die Mutter.

Oft verschenkten sie geerntetes Obst und Gemüse an die Nachbarn, auch Eingemachtes, und dann und wann bekamen sie dafür im Austausch etwas zurück, ein Suppenhuhn von den Petuchows etwa, die gleich nebenan wohnten – und deren Hahn sie täglich am frühen Morgen durch sein Krähen weckte –, oder auch ein Kaninchen von den Saizews um die Ecke, das die Mutter mit Senf bestrich und schmorte.

Früher hatte sich das Mädchen immer eines als Haustier gewünscht, es aber nur, köstlich zubereitet, auf den Teller bekommen.

Der alte Jerschow – ein wunderlicher Witwer, den alle nur »den alten Fjodor« nannten, räucherte im eigenen, mit gesammeltem Buchenholz bestückten Räucherofen Fische, die er im See fing und verteilte. So half man einander aus.

Noch reihten sich die Einweckgläser in den alten, speckig glänzenden Holzregalen im Keller – sortiert nach Inhalt und Jahrgang –, aber schon bald würden sie Geschichte sein, das wusste das Mädchen, und mit dem ewigen Kompott und den eingemachten Pilzen hätte es dann ein Ende. Ihr Geschmack wäre nur noch Erinnerung, wie die Großmutter es war. Es gab nur wenige Fotos, die im Fotoalbum klebten und das Gedächtnis dann und wann auffrischten. Die Gesichtszüge der Großmutter aber, die das Mädchen in ihrem Kopf bewahrte, wurden von Tag zu Tag blasser und drohten ihr allmählich zu entgleiten. Wahrscheinlich würde es, wenn sie die Treppen hinunterstieg, um das letzte Einmachglas zu holen, auch mit den Suppenhühnern, den Kaninchen und dem Räucherfisch vorbei sein.

»Vorbei, ein dummes Wort«, hatte ihre Großmutter immer lächelnd zu ihr gesagt, wenn sie das Buch, aus dem sie vorgelesen hatte, zugeklappt hatte, und ein entschiedenes »jetzt aber ins Bett« hinzugefügt. Die Großmutter hatte ihr viel vorgelesen, als sie noch kleiner war, vor allem Märchen, die Brüder Grimm, Wilhelm Hauff und auch Hans Christian Andersens »Die Schneekönigin«. Ihr Großvater hatte ihr nie vorgelesen, aber er hatte damit angefangen, ihr Bücher zum Lesen zu geben, erst dünnere, dann immer dickere. Die las sie jetzt immer vorm Einschlafen.

Ihr Weg führte sie die große, neu asphaltierte Straße entlang, die Teschki in zwei Teile teilte. Hier donnerten die schwergewichtigen Lastwagen vorbei, die in Kolonnen zur Fabrik fuhren oder vollbeladen aus der Fabrik kamen und den Weg Richtung Moskau nahmen. Bis dorthin brauchten sie zwei, je nach Verkehrsbedingungen auch zweieinhalb oder drei Stunden. Das wusste das Mädchen, da sie die Strecke auch schon einmal gefahren war, aber mit dem Bus, nicht mit dem Lastwagen – und auch nicht mit dem Auto, denn sie besaßen keines.

Quadratische Kartons aus brauner Pappe, die bis zum Rand mit Bonbons gefüllt waren, stapelten sich auf den Ladeflächen einiger dieser Lkws. Sie waren an der Aufschrift mit dem Fabriknamen zu erkennen. Als Kinder hatten sie sich ausgemalt, heimlich hinten einzusteigen und die verheißungsvollen Kartons auszuräumen und zu verteilen.

Für immer in Bonbons schwelgen, in buntem Zellophan verpackten Bonbons, dachte sie.

Einmal hatte einer dieser Lastwagen unverhofft gehalten, und der Fahrer war hastig im Gebüsch verschwunden, genau dort, wo sie gerade gespielt hatten. Ein Junge, einer der größeren und mutigen, hatte versucht, die Tür zum Laderaum auf der Rückseite zu öffnen, aber sie war fest verschlossen gewesen. Als der Lkw-Fahrer zurückgekommen war, waren sie alle davongelaufen, und er hatte ihnen fluchend hinterhergeschrien. Der Bonbonsegen war ausgeblieben, war Traum geblieben.

Am Rand der Straße lag eine schwarzweiß gefleckte Katze im Sand, überrollt von schweren Reifen. Neben dem zur Hälfte plattgefahrenen Kadaver blühten trockene Gräser und wildes, krautiges Löwenmäulchen in hellem Schwefelgelb. An einer brüchigen Mauer rankte Knöterich, in dem die Vögel tschilpten, ohne dass man sie in dem Gewirr aus Zweigen und Blättern hätte entdecken können. Auf dem rostigen Blechdach einer Baracke, die zum Grundstück eines Autohändlers gehörte, der alte Fahrzeuge reparierte, saßen die Krähen in einer Reihe und lauerten.

Die Katze hatte keine Augen mehr. Das sah das Mädchen im Vorübergehen, sie blickte aber sofort in eine andere Richtung. Vermutlich hatte jemand die Krähen gestört, und sie saßen noch nicht lange dort oben, über den silberfarbenen und blauen Fähnchen und Wimpeln, die das Verkaufshäuschen des Autohändlers zierten. Vielleicht hatten sie sie auch kommen sehen.

Ein seltsamer Geruch stieg ihr in die Nase, aber er stammte nicht von dem verwesenden Tier, sondern von einer Baustelle, auf die sie zusteuerte. Es roch nach Urin und dampfendem Teer.

Einer der Bauarbeiter stand da, zog an einer Zigarette, die er in seiner geschwärzten Hand hielt, und blies den Qualm in die Luft. Als er sie vorübergehen sah, pfiff er ihr hinterher, und sie lächelte pflichtbewusst und warf ihren Kopf herum, beschleunigte aber gleichzeitig ihre Schritte. Sie hatte es eilig, zu viel Zeit vor dem Kleiderschrank und dann vor dem Spiegel verbracht, nicht auf die Uhr geguckt. Oleg würde sicher schon auf sie warten.

Sie freute sich schon lange auf dieses Treffen mit ihm. Zum ersten Mal ging sie zu ihm nach Hause.

Sie war in Oleg schon verliebt gewesen – oder hatte zumindest heftig für ihn geschwärmt –, als er in der Schule noch durch sie hindurch- oder über sie hinweggesehen hatte, ohne besonders von ihr Notiz zu nehmen. Den einen oder anderen Blick auf ihren Po und auf ihren Busen hatte es schon einmal gegeben, das hatte sie bemerkt, aber sie, sie selbst, sie war da noch Luft und nichts als Luft für ihn gewesen. Bis sie einmal an einem Nachmittag durch Zufall ein Stück gemeinsam gelaufen waren, nur sie beide, an der großen Straße entlang, an der sie auch jetzt entlanglief. Da hatten sie miteinander gesprochen, erst stockend, dann immer angeregter. Da hatte er ihr stolz von dem neuen Auto seines Vaters erzählt, einem SUV, der aus Deutschland stammte, direkt aus Stuttgart, hatte er gesagt, nagelneu und schwarzmetallisch mit viel PS und Zentralverriegelung, und sie hatte wiederum pflichtbewusst erwidert, dass sie auch gerne einmal in einem solchen Auto sitzen würde.

Stuttgart kannte sie aus den Erzählungen ihrer Großmutter, der immer Tränen in die Augen getreten waren, wenn sie von ihrer Heimat, von der Schwäbischen Alb oder auch »Schwabenalb«, wie sie sagte, erzählt hatte. Auch ihr Großvater kannte Stuttgart, auch er hatte irgendwann, vor mehr als einem halben Jahrhundert, in Deutschland gelebt, in Schwaben, bevor er deportiert worden und schließlich nach Russland gelangt war.

»Kein Problem«, hatte Oleg gesagt, das ließe sich einrichten, dafür müsse sie ihn nur einmal besuchen kommen.

Oleg wohnte in einem großen weißen Haus, einem Neubau mit riesigem Garten, in dem überall marmorne Engelsstatuen herumstanden. Es gab auch einen Teich mit roten Goldfischen und einem Springbrunnen.

Dabei mündete doch das Grundstück direkt in den See, dachte sie.

Olegs Vater war einer der Reichen, die auf der Seeseite der Stadt wohnten und nicht – wie sie, ihre Mutter und ihr Großvater – auf der ärmlicheren Waldseite, wo auch die weißen Hochhäuser standen und, wie die Fabriken, von Jahr zu Jahr immer mehr wurden. Olegs Vater war der Bürgermeister von Teschki. Und er war der Bruder des Mannes, dem all die Fabriken gehörten, dem auch die Fabrik gehörte, in der ihre Mutter und viele andere aus der Siedlung arbeiteten – früh morgens bis mittags oder, je nach Schicht, mittags bis in den Abend oder sogar in die Nacht hinein. Nicht nur die Fabriken der Stadt gehörten dem Bruder des Bürgermeisters, sondern noch viele mehr, in der näheren Umgebung und im ganzen Land. Die meiste Zeit des Jahres über lebte er in Moskau, erzählte man sich, und man erzählte sich auch, dass er einer der Mächtigen und Einflussreichen der Oblast sei. Sogar Wladimir Putin wisse, wer er war.

Einmal hatte sie gesehen, wie er in die Stadt gekommen oder vielmehr eingezogen war, mit mehreren großen Autos und einer beachtlichen Entourage aus großen Männern in schwarzen Anzügen und mit schwarzen Sonnenbrillen, deren Gläser das Sonnenlicht gespiegelt hatten. Ein bisschen wie auf einem Filmplakat hatte es ausgesehen.

Sie war schon mehrfach an dem Haus vorbeigelaufen, in dem Oleg und seine Familie wohnten, aber sie hatte ihn dort noch nie besucht, wie auch er sie noch nie zu Hause besucht hatte und es in absehbarer Zeit wohl auch nicht tun würde. Zu groß war ihre Angst vor den Bemerkungen, die ihre Mutter machen würde – ihr gegenüber, aber auch, und das war noch schlimmer, ihm gegenüber –, außerdem hatte sie Angst davor, dass ihr ärmliches Zuhause und auch ihre Mutter, die ihr manchmal peinlich war, einen schlechten Eindruck hinterlassen könnten.

Während der letzten drei Wochen, die sie nun ein Paar waren – so nannte es ihre Freundin Natascha –, hatten sie sich immer anderswo getroffen, und zum ersten Mal geküsst hatte er sie in einem Hinterhof zwischen zwei Müllcontainern, die dort gestanden hatten, zwei prall gefüllten Müllcontainern, aus denen heraus es nicht eben angenehm gerochen hatte.

Für ihn, für Oleg, hatte sie sich schöngemacht.

»Da bist du ja endlich«, sagte er und führte sie durch einen langen Flur ins Wohnzimmer, wo ein überdimensionaler Fernseher vor einer schwarzen Ledercouchgarnitur stand.

»Komm, wir setzen uns aufs Sofa. Meine Mutter ist nicht da, aber mein Vater kommt bald nach Hause.«

»Ja«, entgegnete das Mädchen.

Sie sah sich um. Alles erschien ihr modern und elegant, jedenfalls teuer. Auch das Ledersofa, auf dem sie sich niederließen, das hieß, auf das sie sich sanft von Oleg niederdrücken ließ. Es duftete so neu, als hätte vor ihr noch nie jemand darauf gesessen.

Kaum saßen sie nebeneinander, küsste Oleg sie und schob dabei seine Zunge tief in ihren Mund, er knöpfte ihr die Bluse auf und griff nach ihren Brüsten, so wie er es bereits zwischen den Müllcontainern getan hatte. Da hatte er ihr auch zwischen die Beine gefasst, aber sie hatte seine Hand zurückgeschoben. Heute würde sie das vielleicht nicht tun, sie wusste es nicht.

Anastasia, die mit Wladimir ging, hatte ihr und Natascha einmal erzählt, dass sie Wladimir das mit sich tun lasse und dass es sehr schön sein könne, je nachdem, wie lange er es tue. Natascha hatte das ganz eklig gefunden und gesagt, dass sie das nie einen Mann mit sich tun lassen würde.

Sie aber war neugierig geworden, nur war sie sich nicht sicher, ob sie es wirklich wollte – ob sie es jetzt wirklich wollte –, sie war viel zu aufgeregt.

Oleg knetete ihre Brüste und atmete dabei schwer, das nahm sie zwar wahr, aber sie fühlte dabei nichts – abgesehen davon, dass er etwas zu heftig knetete und es ihr ein wenig wehtat. Doch sie ließ ihn gewähren, es erschien ihr ganz natürlich, was er machte, es musste wohl so sein. Vielleicht war das ja auch schön, vielleicht war sie nur zu aufgeregt, um es wirklich zu spüren.

Als Oleg seine Hand auf ihren Schenkel legte und sich weiter vortastete, hörte sie, wie ein Auto die Auffahrt zum Haus hinauffuhr. Die Geräusche des Motors waren kaum wahrnehmbar, aber der Kies knirschte unter den Rädern.

Oleg hörte es auch, ließ von ihr ab und sprang auf, seine Hose hatte vorne eine Beule, die aber bald wieder verschwand. Sie blieb sitzen und knöpfte sich die Bluse wieder zu.

Sie hörten beide, wie die Autotür zugeschlagen wurde, und nur wenige Augenblicke später schritt jemand durch den Flur und trat zu ihnen ins Wohnzimmer. Es war Olegs Vater, der Bürgermeister. Er blieb vor ihnen stehen und runzelte die Stirn.

»Na, wen haben wir denn da?«

Er musterte sie neugierig, aber sie sagte nichts und sah ihn auch nach Möglichkeit nicht direkt an.

»Hallo, Papa. Das ist Swetlana«, sagte Oleg. »Meine Freundin.«

»Deine Freundin also. Und wo wohnt sie, deine Freundin? Wo kommt sie her, deine Freundin?«

»Sie wohnt drüben am Waldrand«, sagte Oleg und grinste verlegen.

»Ja, klar. Das hätte ich mir denken können.«

Olegs Vater lächelte abfällig und stellte eine schwere Tasche neben sich auf den Tisch. Dann musterte er sie erneut, ja, er maß sie von oben bis unten mit eigenartigen Blicken. Sie verschränkte reflexhaft die Arme und schlug die Beine übereinander.

»Da hast du dir also eine von drüben geangelt? Aus den Hochhäusern oder aus der kaputten Siedlung hinten? Na, das spielt keine Rolle. Du bist inzwischen alt genug, um dich ein bisschen zu amüsieren. Hübsch ist sie ja, Respekt, Respekt. Sehr hübsch sogar …«

Der Bürgermeister öffnete die Tasche und kramte darin. Dann ging er zu einem Schrank, öffnete eine Tür, nahm einen Ordner heraus, steckte ihn in die Tasche und schloss sie wieder. Er sah Oleg an und grinste.

»Ich habe keine Zeit, mein Sohn, ich muss noch einmal weg. Amüsiere dich ruhig. Aber wenn ich später wiederkomme, möchte ich meine Ruhe haben und hier niemanden mehr sehen, hörst du …«

Er schenkte Swetlana keine weitere Beachtung und ging. Die Tür ließ er offen stehen.

Augenblicke später hörten sie wieder die Autotür, Motorengeräusche und das Knirschen des Kieses.

»Ich möchte lieber gehen«, sagte Swetlana nach einigen Momenten des Schweigens.

»Nein«, sagte Oleg und hielt sie fest, »wir bleiben hier.«

Sie war wie betäubt, sie konnte sich nicht bewegen.

Er knöpfte sich die Hose auf, riss ihre Bluse entzwei, schob ihren Rock hoch und zerriss auch die Strumpfhose. Dann zwängte er sich zwischen ihre Beine und drang in sie ein.

Es tat weh, sie wollte sich wehren, wollte schreien, aber kein Laut kam über ihre Lippen, und sie lag einfach nur da und ließ es geschehen.

Oleg stöhnte.

Ihr Blick fiel auf eine große Uhr mit goldenen Rändern, die an der Wand hing und die sie beim Betreten des Wohnzimmers nicht bemerkt hatte. Sie sah die Zeiger, aber die Zeit schien stehenzubleiben, die Zeiger bewegten sich nicht. Dann sah sie die offene Tür. Aber niemand war da, der ihr hätte helfen können.

Irgendwann – sie wusste nicht, wie lange es gedauert hatte – war Oleg fertig mit ihr, er ließ von ihr ab, stand auf und blickte zufrieden auf sie herab, während er sich die Hose wieder zuknöpfte.

»Es tut nur beim ersten Mal weh«, sagte er, »nächstes Mal wirst du es auch mögen, du wirst schon sehen …«

Swetlana lief die Straße entlang, die die Stadt, wie es aussah, deutlicher denn je in zwei Hälften teilte. Ein Lkw donnerte an ihr vorbei und hätte sie beinahe erfasst, der Fahrtwind sprengte ihr Staub ins Gesicht. Ein Auto, das dem Lkw folgte, hupte. Sie stand zu nah an der Fahrbahn.

Als sie an einem Geschäft für Damenmode vorbeikam, spiegelte sie sich im Schaufenster. Ihre Augen waren rot und die Wimperntusche lief in langen schwarzen Streifen über ihre Wangen.

Sie wischte sich mit der Hand übers Gesicht, aber das machte alles noch schlimmer.

Die Bluse war zerrissen, vielleicht ließ sie sich wieder zusammennähen. Nur wer sollte das tun? Ihre Mutter? Ihre Mutter nähte nicht, warum auch immer. Die Nähmaschine stand seit Wochen unbenutzt in einer Nische im Flur und wurde nicht mehr angerührt. Vielleicht könnte man eine Nachbarin bitten, ihre Bluse wieder zu nähen, Frau Petuchow oder auch Frau Smirnow, die ihre Mutter doch gut kannte, sie trafen sich sogar manchmal zum Tee. Man könnte ihr im Austausch ein Glas mit eingemachten Pilzen anbieten oder mit Fallobst, sofern der Großvater nichts dagegen hatte.

Sie schluckte. Wie sollte sie das zu Hause erklären? Wie sollte sie ihrer Mutter erklären, warum die Bluse zerrissen war? Wie sollte sie erklären, in welchem Zustand sie zurück nach Hause kam? Wie sollte sie erklären, wer ihr das angetan hatte? Nein, sie durfte in diesem Zustand nicht zurück nach Hause kommen. Schon, damit sich der Großvater nicht aufregte, der hatte genug schlimme Dinge erlebt in seinem Leben, und auch der Tod der Großmutter machte ihm noch zu schaffen. Nein, das kam gar nicht infrage, kein Wort davon würde ihr über die Lippen kommen.

Hätte sie doch der Lkw erwischt, dachte sie für einen Moment. Aber da fiel ihr Natascha ein. Sie würde erst einmal zu Natascha laufen und dann weitersehen. Ihre Freundin wohnte in einem der neueren Hochhäuser.

Sie überquerte die Straße. Sie lief, rannte, einmal stolperte sie und wäre um ein Haar gestürzt.

Als sie angekommen war, klingelte sie. Augenblicke später hörte sie Nataschas Stimme durch die Sprechanlage.

Die Tür öffnete sich, sie betrat den Flur und fuhr mit dem Fahrstuhl in den zehnten Stock.

Ihre Freundin stand in der Tür und zog sie, kaum dass sie sie sah, in die Wohnung hinein. Nataschas Eltern waren bei der Arbeit. Sie berichtete ihr, was geschehen war, aber sie konnte kaum sprechen. Natascha hielt sie währenddessen im Arm und streichelte ihr das Haar.

Sie wolle hier raus, sagte Natascha, nachdem sie eine Weile geschwiegen hatten. Sie könne es nicht mehr aushalten. Sie müssten hier beide raus, rief sie wütend. Es mache sie krank, nichts tun zu können und diesen Erniedrigungen und Beleidigungen einfach schutzlos ausgeliefert zu sein.

Darüber, dass sie nichts unternehmen konnte und auch ihre Mutter oder ihr Großvater nichts würden unternehmen können, da Oleg der Sohn des Bürgermeisters war und der wiederum der Bruder des Oligarchen, gegen den niemand etwas auszurichten vermochte, zumindest nicht hier in Teschki, darüber herrschte unausgesprochene Klarheit, da machten sie sich beide nichts vor.

Nach Moskau wolle sie gehen, sagte Natascha entschieden, nach Moskau oder sonstwohin und lieber heute als morgen.

»Aber Swetlana, Kind, was ist denn mit dir?«, fragte ihre Mutter, als sie in die Küche trat. Der Großvater war bereits vom Waldspaziergang zurückgekehrt, saß am Ofen und trank Kwas.

Swetlana trug eine Hose und einen Pullover, die Natascha ihr geborgt hatte, ihre Bluse und auch ihr blutverschmierter Rock steckten in einem Beutel, die Strumpfhose hatte sie weggeschmissen.

»Wem gehören diese Kleider? Wo sind deine? Warum trägst du nicht deine eigenen Kleider?« Die Mutter griff mit beiden Händen nach ihren Schultern, als wollte sie sie schütteln. »Schau mich an,

Kind, du hast doch geweint. Um Himmels willen, was ist denn los?«

»Nicht böse sein, Mama, nicht böse sein.« Swetlana schluchzte und verbarg ihr Gesicht in ihren Händen.

»Swetlana, sprich doch mit mir, was ist denn passiert?«

»Ich war bei Oleg.«

»Welchem Oleg?«

»Oleg Melnikow.«

»Dem Sohn …«

»Ja.«

Swetlanas Mutter nahm sie in die Arme, drückte sie an sich und jammerte und weinte.

»Es reicht«, sagte der Großvater, der bis dahin zugehört und geschwiegen hatte und der nun auf einmal aufstand, den Teekessel vom Samowar nahm und die Sawarka verdünnte. »Es reicht. Wir werden gehen. Wir werden Teschki verlassen.«

2

Warst du schon einmal in Brasilien«, fragte Swetlana, die vor dem Bücherregal in Simons Wohnzimmer langsam auf und ab ging und mit der Fingerspitze behutsam die Titel und Namen auf den Buchrücken streifte.

»Nein, wieso?«, antwortete Simon zerstreut.

Er saß an seinem E-Klavier, seine Nase steckte in einem aufgeschlagenen Notenheft, seine Hände lagen auf den Tasten, und er klimperte zögerlich herum.

Einige der »Cabaret«-Motive, die er anspielte, kannte Swetlana. Wenn es nach ihr gegangen wäre, hätte er einfach spielen können, aber er stoppte immer wieder abrupt und setzte von neuem an. Es war anstrengend, ihm dabei zuzuhören.

»Na, wegen dieser Brasilienbücher hier: ›Reise nach Brasilien in den Jahren 1815 bis 1817‹. Und hier: ›Die Erkundung Brasiliens: Friedrich Sellows unvollendete Reise‹.«

Simon blickte vom Klavier auf und sah Swetlana an. Mit den Gedanken woanders, wie ihr schien. Es arbeitete in seinem Kopf.

»Die habe ich von meinem Großvater geschenkt bekommen, aber nie gelesen, immer nur durchgeblättert«, sagte er nach einer Weile. »Es sind viele schöne Bilder drin.«

»Hier«, sagte Swetlana und zog ein Buch aus dem Regal. »Alfred Russel Wallace: ›Abenteuer am Amazonas und am Rio Negro‹ – Alfred Wallace, den Namen habe ich schon irgendwo einmal gehört, ich weiß nur nicht … War dein Großvater einmal in Brasilien?«

»Ja, mehrfach«, antwortete Simon. »Er ist Entomologe, weißt du, Insektenforscher. Er war Professor in Göttingen, am Zoologischen Institut, das hat er jahrelang geleitet, aber er ist jetzt schon eine ganze Weile emeritiert, und meine Großeltern wohnen seitdem in Bad Soltal, wie meine Eltern. In den fünfziger Jahren ist er zum ersten Mal nach Brasilien gereist, an den Amazonas und ins Pantanal, das war seine erste große Expedition. Danach gab es noch weitere. Es gibt sogar Käfer und Schmetterlinge, die nach ihm benannt sind. Die Bücher da vorne sind von meinem Großvater. Das blaue, das könnte dich interessieren. Das ist eine Kulturgeschichte der Insekten, die habe ich sogar irgendwann einmal gelesen. Aber wie spät ist es eigentlich?«

»Es gibt Schmetterlinge, die nach deinem Großvater benannt sind? Das ist ja faszinierend.«

»Ja. Es gibt einen sogenannten Papilio tappei. Ich kann dir eine Abbildung von ihm zeigen.«

»Wenn ich mir das vorstelle, ein Schmetterling, der meinen Namen trägt.«

»Besser als ein Käfer oder eine Heuschrecke.«

»Ach, du.« Swetlana wendete sich wieder dem Regal zu, sie schob den Wallace-Band zurück und griff nach dem Buch von Simons Großvater.

»Nach Brasilien würde ich auch gerne einmal reisen, das denke ich schon seit längerer Zeit«, sagte Swetlana, nachdem sie das Buch aufgeschlagen und ein wenig darin geblättert hatte.

»Brasilien? Nein, niemals. Da kriegen mich keine zehn Pferde hin«, sagte Simon und schüttelte sich beinahe vor Ekel.

»Und wieso?«

»In den Tropen kannst du nicht nur Malaria und Gelbfieber kriegen und was sonst noch für Krankheiten, da gibt es auch jede Menge giftiger Schlangen und Insekten, Vogelspinnen und perfide Sandflöhe, die sich in deiner Haut einnisten, und vor allem so widerliche kleine Fische, die einem in die Harnröhre schwimmen, wenn man dort baden geht – und wenn man nicht gleich von Piranhas zerfleischt wird.«

Swetlana streichelte ihm die Wange. »Und, ist dein Großvater von einer Schlange gebissen oder von einem Jaguar gefressen worden? Hat er Malaria oder Gelbfieber bekommen?«

»Nein, aber …«

»Siehst du.«

»Trotzdem.«

»Hast du den Film ›Vor der Morgenröte‹ gesehen?«

»Nein.«

»Solltest du. Da geht es um Stefan Zweig. Um sein Leben im Exil, in Brasilien. Und um seinen Selbstmord. Ich beginne doch demnächst damit, mein Stefan-Zweig-Kapitel zu schreiben.«

Simon klappte das Notenheft zu, erhob sich von seinem Klavierhocker und zog nun seinerseits ein Buch aus dem Regal.

»Hier: ›Die Welt von gestern‹, Stefan Zweigs Memoiren, die hat mir meine Großmutter einmal geschenkt«, sagte er und legte eine Hand um Swetlanas Taille. »Vor Jahren schon, ich glaube, zu meinem achtzehnten Geburtstag war das – und ich habe sie sogar gelesen.«

»Die muss ich auch unbedingt lesen – ich bin ein bisschen in Verzug, woran du nicht ganz unschuldig bist, mein Lieber. Mein Großvater hat mir auch einmal ein Buch von Stefan Zweig geschenkt, ›Sternstunden der Menschheit‹. Ah, da steht es ja.«

»Ja, das habe ich auch von meiner Großmutter bekommen. Unsere Großeltern verschenken anscheinend gerne gute Bücher. ›Die Welt von gestern‹ sollte jeder gelesen haben, finde ich. Ein gutes Heilmittel gegen Geschichtsvergessenheit.«

»Aha«, sagte Swetlana und zog skeptisch eine Augenbraue in die Höhe.

»Also, nicht dass du das nötig hättest, das wollte ich damit nicht sagen, aber es lohnt sich. Auf jeden Fall.«

»Na, da hast du ja gerade noch einmal die Kurve gekriegt.«

Agnieszka wusste noch gar nichts davon, dass sie sich regelmäßig und in zunehmend kürzeren Abständen mit ihrem Nachbarn von nebenan traf – und in zunehmend kürzeren Abständen auch über Nacht bei ihm blieb. Sie hatte ihr gegenüber nie ein Wort darüber verloren. Noch war sie sich nicht sicher, ob sie es ihr überhaupt erzählen wollte. Noch wusste sie schließlich nicht, woran sie bei Simon war und wohin das Ganze am Ende führen sollte. Noch gab es also gar nichts Handfestes zu erzählen.

Und würde es bei einer bloßen Affäre bleiben, würde sie es Agnieszka erst recht nicht erzählen, das ging sie nichts an, außerdem hatte sie keine Lust, sich ihre Bemerkungen oder Sticheleien, mit denen zu rechnen war, anzuhören: Mit dem Nachbarn? Mit jedem anderen gerne. Aber doch nicht mit dem Nachbarn, zumal von unmittelbar nebenan! Dem würde sie doch immer wieder über den Weg laufen.

Einmal allerdings wären sich Agnieszka und Simon beinahe begegnet oder hätten sich jedenfalls begegnen können. An jenem Abend nämlich, als er mit seinem Freund, diesem Wolfgang, im Café vorm Haus gesessen hatte, einem zunehmend lustigeren Abend, an dem sie einige Gläser Wein getrunken hatte und an dessen Ende sie mit Simon dann zum zweiten Mal im Bett gelandet war, zum ersten Mal aber in ihrem Bett. Später in der Nacht – es musste schon so gegen drei oder vier Uhr morgens gewesen sein – hatten sie gehört, wie Agnieszka von ihrem Date oder aus einem Club nach Hause gekommen und durch die Wohnung gepoltert war, erst durch den Flur ins Bad und dann in ihr Zimmer, offensichtlich betrunken oder unter sonstigem Drogeneinfluss stehend. Simon und sie hatten dann nur noch miteinander geflüstert und sich Mühe gegeben, sich möglichst leise zu verhalten.

Am nächsten Vormittag – sie hatten beide ausgeschlafen, Simon sogar noch knapp zwei Stunden länger als sie – hatte sie Kaffee gekocht und Frühstück gemacht. Anschließend, nachdem sie sich sehr zärtlich voneinander verabschiedet hatten, war er dann in seine Wohnung zurückgekehrt, wo Wolfgang ungeduldig und etwas angesäuert auf ihn gewartet hatte. Das hatte Simon ihr später erzählt. Auch an dem Vormittag jedenfalls hätten Agnieszka und ihr »Liebhaber von nebenan« einander begegnen können – in dem Moment war es ihr egal gewesen und Simon wohl auch, warum auch nicht –, doch Ausschlafen bedeutete für Agnieszka nicht, um zehn oder halb elf aufzustehen, sondern um eins, um zwei, gelegentlich auch erst um halb drei. Sie war, im Gegensatz zu ihr, die sie es vorzog, sehr früh aufzustehen – der frühe Vogel fing den Wurm, sagte man und wohl nicht nur in Deutschland, und das sagte sie sich auch –, eine echte Nachteule.

Allein ihrer Freundin Natascha hatte sie von Simon und ihren klandestinen Treffen erzählt, Natascha, ihrer Freundin seit Kindheitstagen, ihrer Freundin aus Russland, die immer für sie da gewesen war, wenn sie sie gebraucht hatte, die immer noch in Moskau lebte, für die es keinen Grund gab, nach Deutschland zu gehen, und mit der sie sich hin und wieder auch leidenschaftlich streiten konnte, über gegensätzliche Lebensentwürfe und besonders über Politik. Da waren sie grundlegend unterschiedlicher Auffassung. Und Politik bedeutete, da Natascha an deutscher Politik kein großes Interesse zeigte, immer russische Politik, nichts anderes. Und russische Politik bedeutete Putin, wenig mehr. Und Putin gab es schon, seit sie beide Kinder waren, ja, seit sie denken konnten. Sie waren mit ihm aufgewachsen. Er war immer schon da gewesen und würde, wie es aussah, wohl auch immer bleiben. Und auch wenn sie mit Natascha darin einig war, dass Putin nach dem erbärmlichen Säufer Jelzin zunächst ein Segen für das Land gewesen war, gingen ihre Meinungen über die Entwicklung, die seine Politik in den letzten Jahren genommen hatte, doch weit auseinander. Einig waren sie sich, weil Putin als Präsident entschlossen und tatkräftig der chaotischen und korrupten Ära seines Vorgängers und ihrer Auswirkungen ein Ende bereitet und die Oligarchen, die das Land ausgesaugt und die Bevölkerung terrorisiert hatten, in ihre Schranken gewiesen hatte, einigermaßen jedenfalls – diese verdammten Verbrecher, dachte Swetlana, die nicht an sie denken konnte, ohne echten Hass zu empfinden.

Nach und nach hatte Putin sie alle in ihre Schranken gewiesen – wäre er etwas schneller vorgegangen, wäre ihr vielleicht Schlimmes erspart geblieben, jedenfalls hatten der Oligarch Melnikow und seine Familie längst das Zepter abgegeben, das hatten sie in Erfahrung gebracht, und Melnikows Bruder, der ehemalige Bürgermeister von Teschki, war offenbar, kaum dass er sein Amt hatte abgeben müssen, einem Autounfall zum Opfer gefallen. In dem völlig ausgebrannten Autowrack habe man auch die Leiche seines Sohnes Oleg gefunden. Das geschieht ihm recht, hatte sie gedacht und kein bisschen Mitleid empfunden.

Natascha fand, Russland brauche nach wie vor einen starken Mann wie Putin an der Spitze – ihn, und keinen anderen, sie habe nichts gegen einen neuen Zaren, hatte sie einmal im Scherz gesagt oder auch nur halb im Scherz –, sie aber fürchtete den Autoritarismus, Demokratie und der zeitweise eingeschlagene Weg des Liberalismus wären ihr sympathischer gewesen. Abgesehen davon, fühlte sie sich von dem Macho-Gehabe und dem Chauvinismus des Präsidenten furchtbar abgestoßen und konnte nicht verstehen, dass Natascha diesen Machtmenschen sogar dann noch verteidigte, wenn er mit nacktem Oberkörper beim Reiten durch die Steppe, beim Angeln oder bei der Tigerjagd posierte und sich fotografieren ließ.

Über Putin und über den amerikanischen Präsidenten hatten Natascha und sie während ihres letzten Telefonats vor wenigen Tagen wieder gesprochen, wenn auch nur kurz, es hatte Wichtigeres zu bereden gegeben, und sie hatte das Gespräch bald darauf gelenkt.

Auf Natascha konnte sie sich verlassen – immer fröhlich, immer optimistisch, und für jedes Problem hatte sie eine auf den ersten Blick einleuchtende Lösung parat, das wusste sie. Natascha war der glänzenden Auffassung, dass nicht alles immer von vornherein als Problem dargestellt werden müsse. Auch nicht die Geschichte, die sie ihr erzählte, ganz im Gegenteil. Sie schlief mit ihrem Nachbarn, na und? Sie hatte leidenschaftlichen Sex mit ihrem Nachbarn. Das sei an sich erst einmal gut, hatte Natascha gesagt oder vielmehr entschieden, sehr gut sei das, und zwar für alle Beteiligten. Das solle sie doch bitte schön genießen, sie habe es sich schließlich gewünscht, es herbeigesehnt – oder es sich wenigstens vorgestellt –, nachdem sie ihn am offenen Fenster beim Sex belauscht habe. Und was daraus würde, ob er etwas tauge, dieser Nachbar – »wie hieß er noch mal?« –, werde man sehen. Die andere Frau scheine es ja nicht mehr zu geben. Also, wozu sich da gleich von Anfang an festlegen?

»Sollten wir nicht bald los?«, fragte Simon, der jetzt frisch geduscht und in Jeans und Pullover zu ihr ins Wohnzimmer trat.

»Ja, das sollten wir«, sagte Swetlana, die immer noch nackt war. Sie stellte das Buch zurück ins Regal, aber bevor sie sich anzog, verging eine weitere Viertelstunde.

Sie liefen beschwingt die Treppen hinunter. Swetlana war noch schnell in ihrer Wohnung gewesen, um ihre Tasche zu holen.

Im Innenhof kam ihnen Agnieszka entgegen, und sie wirkte sichtlich überrascht. Swetlana und Simon taten, als wären sie sich nur zufällig im Treppenhaus begegnet. Es geschah wie von selbst, ohne dass sie es miteinander abgesprochen hätten.

Simon grüßte Agnieszka im Vorübergehen, steuerte auf sein Fahrrad zu, schloss es auf und schob es weiter in Richtung Vorderhaus. Agnieszka sah ihm hinterher. Swetlana blieb stehen und legte eine Hand auf Agnieszkas Arm.

»Ich gehe ins Kino, kommst du mit?«

»Schon wieder Ingmar Bergman?«, fragte Agnieszka, die müde aussah, und verzog das Gesicht.

»Ja. ›Fanny und Alexander‹.«

»Nein, danke.«

Swetlana hatte die Reaktion vorhergesehen. Sie drückte Agnieszka zum Abschied einen Kuss auf die Wange und schloss dann ihr Fahrrad auf.

»Wir sehen uns später«, sagte sie.

»Ja, und viel Spaß im Kino.«

Bevor sie Simon folgte, wartete sie noch, bis Agnieszka verschwunden war, die ihr auf einmal, nur für einen Moment, leidtat.

3

Es war eisig kalt. Vieles hatte er vermisst, die tiefen Minusgrade aber, die im Winter zeitweise in Deutschland herrschten, gehörten nicht dazu, dachte Wieland, zog sich die Handschuhe aus und rieb sich die Finger.

Es waren Monate vergangen seit seiner Abreise Richtung Südamerika, als er nun zum ersten Mal wieder durch die Säulen des Eingangsportals lief, das Zoologische Institut betrat und den eigentümlichen Duft inhalierte, den das Gebäude nach wie vor verströmte. Gerade einmal drei Tage war er wieder zurück in Göttingen, noch war er ganz erfüllt von den Geräuschen, den Gerüchen und den Geschmäckern des Regenwaldes und auch von der scheinbaren Unendlichkeit jener ewig grünen Wüste.

Er knöpfte sich den Mantel auf, nahm den Schal ab und blieb für einen Augenblick stehen. Hätte ihn jemand dabei beobachtet, wie er da in der Tür stand und sich umsah, hätte er seinen Gesichtsausdruck vermutlich als andächtig beschrieben.

Es war gut, wieder zu Hause zu sein, dachte er zufrieden und, ja, auch ein wenig erleichtert. Gleichzeitig beschlich ihn ein starkes Gefühl, dass diese Reise nicht seine letzte gewesen sein sollte.

Die Sammlung des Zoologischen Instituts würde durch ihre Expedition, durch den Professor und nicht ganz unwesentlich auch durch sein eigenes Zutun, beträchtlich anwachsen. Ihre mitgebrachten Fundstücke – tausende waren es, darunter etliche Sensationen, kleinere und größere – sollten schon in Kürze im Rahmen einer Ausstellung, die jetzt nicht zuletzt auf Wunsch des Dekans unter großem Zeitdruck auf die Beine gestellt werden musste, auch der Öffentlichkeit präsentiert werden, zumindest eine eindrucksvolle und repräsentative Auswahl davon.

Ihnen blieben nur knapp vier Wochen Zeit, um alles vorzubereiten. Das hatte ihm Förster mitgeteilt, der bereits zwei Wochen vor ihm nach Deutschland zurückgereist war, während er in Brasilien noch Materialien verstaut, Kisten beschriftet und die Sorgfalt beim Transport überwacht hatte, außerdem war er noch für ein paar Tage nach

Rio de Janeiro geflogen, das hatte er sich nicht nehmen lassen – sein erster Flug überhaupt und nichts, woran er sich so schnell gewöhnen würde –, um sich die Stadt anzusehen, die wesentlich weiter im Süden des Landes lag als das Amazonasgebiet, den berühmten Zuckerhut, die Christusstatue auf dem Berg Corcovado und den botanischen Garten, wo er auf verschiedene fleischfressende Pflanzen, Orchideen und Bromelien, aber auch auf »alte Bekannte« wie die Riesen-Seerose aus dem Amazonasgebiet gestoßen war, die »Victoria amazonica«, auf die ihn Hohmeyer mehrfach aufmerksam gemacht hatte.

Noch am Abend seiner Rückkehr war er über die anstehende Ausstellung und den maßgeblichen Anteil, der ihm daran im Zuge der Vorbereitungen zufallen sollte, informiert worden – Förster hatte ihn eigens und persönlich vom Bahnhof abgeholt, um ihn zu instruieren. Neben zahlreichen Kollegen hatten sich auch unerwartet viele Journalisten angekündigt, darunter Korrespondenten aus England und Frankreich. Alle großen, überregionalen Tageszeitungen würden berichten. Die Aufmerksamkeit, die dem Institut durch die Brasilienreise und ihre Forschungsergebnisse zuteilwurde, sei wichtig, hatte Förster gesagt. »Gut, dass wir auch ein paar ansehnliche Mitbringsel haben, die wir der Meute vorführen können.«

Weit wichtiger aber waren die wissenschaftlichen Erkenntnisse, die sie gewonnen hatten und anhand ihrer schier unermesslichen Materialien und Aufzeichnungen in Zukunft noch weiter gewinnen würden, sagte sich Wieland, der eigentlich im Sinn gehabt hatte, sich von nun an ganz auf seine Doktorarbeit zu konzentrieren. Den entwicklungsgeschichtlichen Problemen der Embryogenese und Metamorphose der Insekten widmete Förster, dessen eigene Dissertation der vergleichend-morphologischen Analyse von Färbungs- und Zeichnungsmustern vor allem der Kerfe gegolten hatte, schon seit längerem einen Großteil seiner Aufmerksamkeit und Studien, und Wieland folgte seinem Doktorvater darin beflissen – als sein Schüler mit einer gewissen Zwangsläufigkeit, aber gleichzeitig mit einem anhaltenden, ja wachsenden Interesse.

Ein besonderer Fokus ihrer Forschungen hatte von Beginn an auf der Frage nach der Entwicklung der Schuppenmuster auf den Schmetterlingsflügeln gelegen, der Konfluenzmuster der Flügelnerven und der

Entstehung von Kleinorganen, also von Haaren und Sinnesorganen. Die nächsten Wochen aber würde Wieland vor allem mit Auspacken, Sichten, Sortieren und Katalogisieren beschäftigt sein, und zunächst galt es, die Ausstellung gründlich vorzubereiten, das hieß für ihn, einen einleitenden, weitestgehend allgemeinverständlich gehaltenen Vortrag für die Presse und die geladenen Honoratioren der Stadt zu verfassen, den er anstelle von Förster, der zu einem späteren Termin zu seinem Spezialthema referieren würde, nach dem Sektempfang zu halten hätte, das hieß ferner, Informationstafeln zu beschriften, und nicht zuletzt hieß es, überhaupt erst einmal eine möglichst anschauliche, breit gefächerte Auswahl an Exponaten zu treffen, die natürlich zum einen die neu entdeckten Arten abdecken und zum anderen solche Insekten beinhalten sollte, die auch dem Laienauge etwas zu bieten hätten, allen voran Käfer wie den stattlichen »Acrocinus longimanus«, den Harlekinbock, oder den gigantischen, grünlich-schwarzen »Dynastes hercules«, den Herkuleskäfer, mit seinem martialischen, nach vorne gerichteten Horn – den sie am Ende ihrer Reise leider nur bei den Einheimischen käuflich erwerben und nicht eigenhändig hatten finden können. Bedauerlicherweise verfügten sie auch über keine seiner Larven, die immerhin die beachtliche Größe eines Gänse- oder Schwaneneis erreichen konnten.

Neben den Käfern – und nicht nur den Riesen, sondern auch kleineren Verwandten –, einigen Vogelspinnen von furchteinflößender Größe, aber überaus graziler Zeichnung und auch Exemplaren der Blattschneiderameise und der schwarzen Riesenameise waren es natürlich die zahlreichen Schmetterlinge und Nachtfalter in ihren unterschiedlichen Formen und schillernden Farben, denen ein besonderes Augenmerk galt und von deren Präsentation im Rahmen der Ausstellung sich Wieland und auch der Professor viel versprachen, dem Blauen Caligofalter etwa, der keine bemerkenswerte Seltenheit war, dafür außerordentlich hübsch, dem Königsschwalbenschwanz mit dunkelbrauner Färbung und strahlend gelber Binde und dem ihm zum Verwechseln ähnelnden, nur deutlich größeren Brasilianischen Schwalbenschwanz oder dem aufgrund seiner runden, auf den Flügeln prangenden eulenartigen Augen auch als Rieseneule bekannten »Erebus odora Linnaeus«, von dem sie einige prächtige Exemplare mit bis zu dreißig Zentimetern Flügelspannweite gefangen und mit nach Göttingen gebracht hatten. Schließlich würden auch Exemplare des »Papilio tappei« gezeigt werden, aber das verstand sich von selbst.

Nach geschafftem Pensum – neun Stunden hatte er ohne Unterbrechung im Institut verbracht – trat Wieland wieder hinaus auf die Berliner Straße, um – so wie er es immer getan hatte – zu Fuß über den Stadtwall nach Hause in die Obere Karspüle zu laufen.

Bitterkalt war es draußen, noch kälter als am Morgen, so dass es ihn trotz des Schals, seiner Handschuhe und seines schweren, mit Fell gefütterten Mantels fröstelte. Das mochte auch damit zu tun haben, dass er seit dem Frühstück nichts Anständiges mehr gegessen hatte und sein Magen heftig knurrte, sagte er sich. Ein Glas Wein könnte er jetzt gut vertragen.

Wieland wollte Erika überraschen und sie zum Essen ausführen. Daran hatte er den ganzen Tag schon denken müssen – und vielleicht auch deswegen versäumt, etwas zu sich zu nehmen.

Er freute sich, sie endlich wiederzusehen. Erika wusste noch gar nichts von seiner Rückkehr. Das Wochenende über war sie wohl verreist oder zumindest nicht in ihrem Zimmer gewesen, das hatte ihm die Hauswirtin verraten und dabei etwas seltsam geguckt, wie ihm jetzt wieder einfiel, aber er wusste sich keinen Reim darauf zu machen.

Heute war Montag, Montagabend, da musste sie zu Hause sein. Er würde sich zu Hause umziehen, sich sogar ein wenig in Schale werfen, und es einfach erneut versuchen.

Seine Briefe aus Brasilien waren ausschließlich an Erika und an seine Mutter adressiert gewesen. An wen sonst hätte er auch schreiben sollen, fragte er sich. Seine Mutter hatte die Briefe sicher sehnsüchtig erwartet – auch sie wusste noch nichts davon, dass ihr geliebter Sohn wieder heil vom anderen Ende der Welt zurückgekehrt war. Wieland war sich allerdings nicht so sicher, ob Erika seine Post mit derselben Dringlichkeit herbeigesehnt hatte wie seine Mutter, die er bald, möglichst am nächsten Wochenende schon, besuchen würde, und er hoffte, dass in ihren Lagern und Zelten im Regenwald zwischen all den Arbeitsmaterialien, Funden und Notizen auch immer die richtigen Briefe im Umschlag mit der richtigen Adresse gelandet waren.

Wieland hatte den Wall kaum erreicht – dunkel war es –, als ihm wie aus dem Nichts ein gelber Blitz entgegenschoss, und fast im gleichen Augenblick hörte er auch schon eine bekannte Stimme rufen.

»Attila, Attila …«

Der Hund winselte vor lauter Wiedersehensfreude, dabei waren sie sich erst einmal begegnet – mit dem Schwanz zu wedeln vermochte er allerdings nach wie vor nicht, der war kupiert, übriggeblieben war nur ein unansehnlicher Stummel, der dafür freudig erregt vibrierte. Das ganze Hinterteil wackelte. Dieses Mal aber sprang der stattliche Boxer nicht an Wieland hoch, sondern setzte sich neben ihn, sah ihn an und hechelte erwartungsvoll.

Wieland strich ihm mit der Hand über den Kopf und das glatte Fell auf dem Rücken, klopfte ihm auf die Seite und lächelte. Das Tier hatte ihm dieses Mal keinen Schrecken eingejagt. Er war nicht zur Säule erstarrt, wie er es sonst getan hatte. Er hatte etwas hinter sich gelassen, dachte er. Aber war das ein Wunder? Die letzten Monate hatte er es mit weit bedrohlicheren Tieren zu tun gehabt.

Er stand in unmittelbarer Nähe einer Gaslaterne, in deren spärlichem, mattem Licht ihm auffiel, dass die schwarzen Augen des Boxers nicht nur vor Freude und Aufregung glänzten, sondern auch stolz, ja stolz aussahen – so als sei er, Wieland, eine erjagte Trophäe, die er jetzt präsentierte –, gleichzeitig lag in ihnen eine tiefe, zufriedene Ruhe.

»Attila, was machst du denn? Entschuldigen Sie, aber …«, sagte die junge Frau, die nun neben ihm auftauchte.

Der Hund verharrte an seiner Seite, für einen Moment schien es Wieland sogar, als würde er lächeln.

»Keine Ursache.«

»Aber ich kenne Sie doch …« Ihr Blick fiel kurz auf sein Muttermal, aber sofort sah sie ihm wieder in die Augen.

Auch Wieland erinnerte sich an die junge und vor allem sehr schöne Frau, die bei ihrer letzten Begegnung so auffällig elegant gekleidet gewesen war und auch jetzt einen vornehmen dunklen Pelzmantel trug, einen weißen Schal und eine weiße Wollmütze.

»Ja, wir sind uns hier auf dem Wall schon einmal begegnet. Das muss im vergangenen September gewesen sein. Ich hatte mich mit Ihrem Hund angefreundet. Oder er sich mit mir.«

»Ja, ich erinnere mich.«

»Pardon, ich weiß gar nicht mehr, ob ich mich Ihnen damals vorgestellt habe, Wieland Tappe ist mein Name.«

Sie gaben sich die Hand.

»Hilde Sartorius, freut mich sehr. Und der hier heißt Attila, aber das haben Sie ja schon gehört.«

»Ein wunderschönes Tier«, bemerkte Wieland und strich dem Boxer noch einmal über den Kopf.

»Ach was, ein elender Wildfang ist er.«

»Aber doch schon wesentlich ruhiger als beim letzten Mal.«

»Finden Sie? Nun ja, vielleicht.«

»Nein, ganz sicher. Schauen Sie doch.«

Tatsächlich saß Attila brav zu ihren Füßen und verhielt sich ruhig. Der Hund schien genau zu wissen, dass über ihn geredet wurde, und er genoss es, im Mittelpunkt zu stehen.

»Na, schön. Wenn Sie das sagen. Die Hoffnung stirbt zuletzt.«

»Aber, aber …«

Als Wieland eine halbe Stunde später als geplant die Obere Karspüle erreichte, bestimmten der zutrauliche Boxer und seine attraktive Halterin, die den Hund am Ende hatte an die Leine nehmen müssen, damit er ihm nicht nachgelaufen kam, immer noch seine Gedanken.

Diese stahlblauen Augen, die trotz ihrer kühlen Farbe und ihrer Fähigkeit, ihr Gegenüber vollkommen zu durchdringen, keinesfalls kalt waren. Ein Widerspruch in sich, dachte er. So etwas hatte er jedenfalls noch nie gesehen. Die Blicke der jungen Frau hatten sich ihm eingebrannt, er wurde sie nicht mehr los – und auch nicht die besitzergreifenden Blicke, die stolzen Blicke des Boxers, der ihm nicht mehr von der Seite gewichen war.

Sie hatten sich noch eine ganze Weile unterhalten. Von Südamerika und der Amazonas-Expedition hatte Wieland nichts verlauten lassen und auch nichts von der Ausstellung erzählt, um von seiner flüchtigen Bekanntschaft nicht von vornherein womöglich als Prahlhans wahrgenommen zu werden, und lediglich erwähnt, dass er als Assistent von Professor Förster am Zoologischen Institut tätig war, woraufhin sie genickt hatte, so als kenne sie Förster. Aber auch das war nur aus dem Grund geschehen, dass sie ihn gefragt hatte, ob er gerade von der Arbeit komme.

Wieland war dann – wie um schnell von sich abzulenken – auf den Hund zu sprechen gekommen, auf Attila, auf dessen stolzen Charakter und zutrauliches Wesen, und gleich im Anschluss auch auf die Rasse des Deutschen Boxers im Allgemeinen, der, wie Wieland nicht rein zufällig wusste, von doggenartigen Bullenbeißern abstammte, aus denen er gezüchtet worden war – die Bullenbeißer waren kräftige Vorfahren, die dem europäischen Adel im Mittelalter bei der Jagd auf Bären oder Wildschweine, also auf Wild, das sich zu wehren wusste, gedient hatten. Es war noch gar nicht lange her, dass der Boxer überhaupt erst standardisiert worden war.

Sie habe mit der Jagd wenig am Hut, hatte das Fräulein Sartorius daraufhin erwidert und ein wenig spöttisch gelächelt, aber wenn ihr einmal ein Bär über den Weg laufen sollte, könne ihr ja nun nichts mehr passieren mit einem »Bärenbeißer« wie Attila an ihrer Seite.

Über sich selbst hatte auch sie nur wenig Auskunft gegeben. Lediglich, dass sie in der Dahlmannstraße wohne, hatte sie erwähnt, zwischen der Herzberger Landstraße und dem Nikolausberger Weg, unweit der Schillerwiesen, und dass sie täglich – früh morgens und am späteren Nachmittag – mit Attila über den Wall spazierengehe, wenn sie nicht mit ihm hinausfahre aus der Stadt, damit er sich in Wald und Flur verausgaben könne. Mehr nicht.

Wieland wusste, dass der Göttinger Osten mit seinen Villen und den großzügigen Grundstücken die Wohngegend der Reichen war. Etwas behagte ihm an der Vorstellung nicht, aber er schob seine Gedanken wieder beiseite, schloss die Haustür auf und betrat sein Quartier. Schließlich wollte er jetzt Erika treffen, seine Verlobte in spe.

Kaum hatte er sich umgezogen – neuer Anzug, Hemd und Krawatte –, warf er sich auch schon wieder in seinen Mantel und trat auf die Straße.

Bis zu dem Haus, in dem Erika zur Untermiete wohnte, hatte er es nicht weit. In Göttingen hatte man es nur selten weit, dachte er. Das machte die Stadt aus. Auch bis zu dem Lokal, wo er einen Tisch reserviert hatte, war es nur ein Katzensprung, ein halber Katzensprung.

Es lag direkt am Marktplatz, gleich gegenüber dem Rathaus und dem Gänseliesel.

Er würde der kalten Jahreszeit nicht nachtrauern, auch wenn sie einem Entomologen ungeahnte Möglichkeiten bot. Das wusste er seit seinen Kindheitstagen, seit er zu Weihnachten – damals in Polen – seine erste Ausrüstung geschenkt bekommen hatte, ein Netz, Nadeln, eine Fangflasche und einen Kasten, dessen Boden mit Torf gefüttert und mit Glanzpapier bezogen war. Dazu ein Buch mit vielen Bildern: Fleischer, »Der Käferfreund«. Es war ein guter Ersatz gewesen für das Käferbuch, dass er von seinem alten Lehrer Pätzold geborgt hatte.

Erika schien nicht sehr erfreut zu sein. Sie hatte die Tür nur einen Spalt geöffnet, Wieland – kaum, dass sie ihn erkannt hatte – kalt angesehen, sich etwa bis zur Hälfte angehört, was er zu sagen hatte – dass er sich freue, sie endlich wiederzusehen, und dass er sie nun zum Essen auszuführen gedenke – und ihn dann ungeduldig und überraschend ungehalten unterbrochen.

»Ich habe dir doch gesagt, dass ich hier nicht einfach auf dich warten werde, während du dich am anderen Ende der Welt amüsieren gehst …«

»Aber …«

In dem Moment trat ein junger Mann in den Flur. Er trug nur ein Oberhemd.

Erika verschwand derweil in ihrem Zimmer, und Wieland hörte sie an der Kommode klappern.

Als sie wieder zurück an die Tür kam, knallte sie ihm ein zusammengeschnürtes Päckchen vor die Brust, das er gerade noch auffangen konnte.

»Und deine perversen Briefe kannst du alle wiederhaben. Deine Penisfische und Hodenkneifer kannst du dir sonstwohin stecken …«

4

Seit diesem Abend hatt' ich weder Ruh' noch Rast mehr. Es war mir beständig zumute, wie sonst immer, wenn der Frühling anfangen sollte, so unruhig und fröhlich ...«, las Simon.

Er saß in seinem Sessel und blickte aus dem Fenster in den Herbst. Heute musste er nicht ins Theater, er hatte frei, da noch einmal geleuchtet wurde – Matthias Geibel, der Regisseur, hatte sich da irgendetwas Neues in den Kopf gesetzt.

Während der gestrigen Orchesterprobe – der Orchestersitzprobe, um genau zu sein – hatte er mehr oder weniger tatenlos im Hintergrund gesessen, so, wie schon die ganzen Endproben über, und seinen Platz hatte von da an der musikalische Leiter der kleinen Besetzung aus Klavier, Schlagzeug, Kontrabass, Cello, Klarinette, Trompete und zwei Saxofonen übernommen. Im Grunde handelte es sich um eine Band, und genau das würde dem Abend seinen besonderen Charme verleihen.

Er bedauerte es schon sehr, nicht mehr aktiv dabei zu sein – es waren harte, anstrengende Wochen, aber auch sehr schöne Proben gewesen, er mochte Matthias, mit dem er bereits zum dritten Mal gearbeitet hatte. Die Premiere in der kommenden Woche würde er lediglich vom Zuschauerraum aus erleben – gemeinsam mit seinen Eltern, die sich für einen Besuch angemeldet hatten und die in einem Hotel in Charlottenburg abzusteigen gedachten, im alten Westen, in Ku'damm-Nähe, unweit des Savignyplatzes.

Ja, er wäre gerne mit dabei gewesen und hätte die Darsteller und Musiker weiter selbst begleitet. Aber so war es nun einmal, das war eben sein Beruf. Es konnte lediglich passieren, dass er den musikalischen Leiter gelegentlich ersetzen musste, wenn der verhindert war. Ein Termin stand sogar schon fest, und auf den freute er sich jetzt besonders, es handelte sich um die vierte Vorstellung, Mitte Dezember, zu der er auch Swetlana einladen wollte.

Sarah Schiffner, die Darstellerin der Sally Bowles, hatte ihm am Abend zuvor außerdem zugeflüstert, dass sie den musikalischen Leiter »wie die Pest« hasse und viel lieber mit ihm, Simon, ihrem »Lieblingspianisten«, arbeite. Das würden sie auch demnächst wieder tun – kein geringer Trost für ihn. Sie bereiteten eine musikalische Matinee vor, auf der Sarah Eichendorff lesen und Schumann singen würde, Lieder aus dessen Eichendorff-Zyklus und Passagen aus Eichendorffs »Taugenichts«, der gerade auf seinen Knien lag. Sarah hatte sich das so gewünscht und selbst die Initiative ergriffen, der Intendant war von der Idee sofort begeistert gewesen. Schumann, Eichendorff und seine berühmteste Schauspielerin, das zog – jedenfalls zog es zuverlässig das ältere Publikum, dachte Simon, der nicht so recht verstand, was seine Altersgenossen gegen die Romantik hatten. Die Matinée würde allerdings erst im nächsten Jahr stattfinden, Ende Januar war angepeilt, aber Sarah wollte sich schon möglichst bald nach der »Cabaret«-Premiere mit ihm treffen, alles besprechen und möglichst oft proben – sie hatte eine Freirunde, drehte nicht und schien offenbar auch sonst nicht viel zu tun zu haben.

Dass seine Eltern sich nun unbedingt ein Musical ansehen wollten und allein aus dem Grund anreisten, hatte Simon zunächst erstaunt. Andererseits war »Cabaret« ein Klassiker. Vor allem sein Vater aber war es, der über diese »Abart der Oper« gerne die Nase rümpfte und es auch nicht unterließ, abfällige Bemerkungen zu machen – besonders im Zusammenhang mit Simons Tätigkeit als Korrepetitor, die er nach wie vor nicht für voll nahm, auch wenn er das nicht mehr ganz so offen aussprach –, aber das Rätsel hatte seine Mutter während ihres letzten Telefongesprächs – sie hatte noch einmal angerufen, um Simon ihre genaue Ankunftszeit und auch den Namen und die Adresse des Hotels mitzuteilen – beiläufig aufgelöst, er hatte sie gar nicht extra danach fragen müssen. Die Antwort war denkbar simpel, sie hätten »diese bekannte Schauspielerin, die Schiffer« neulich im Fernsehen gesehen, hatte seine Mutter erzählt, in einem »Tatort« und der sei so spannend gewesen, und sie hätte ihnen so ausgesprochen gut gefallen.

Simon, der Sarahs Nachnamen nicht korrigiert hatte, war sofort wieder eingefallen, wie sich Sarah einmal vor der Probe über das ihrer Ansicht nach völlig missratene Drehbuch zu dem »Tatort« ausgelassen hatte. Dass sie so etwas nie wieder machen wolle und dass das aber nicht gehe. Man müsse diese Fernsehsachen machen, auch wenn sie in aller Regel furchtbar niveaulos seien und die Drehbücher meist so dilettantisch, dass sie im Grunde immer von vornherein wusste, was für ein Mist dabei herauskommen würde. Aber Fernsehen werde eben für Rentner gemacht, nicht für »junge, heftig denkende Menschen«, hatte sie gesagt und dabei geklungen, als spräche sie schon wieder eine Rolle.

Rentner wären seine Eltern auch irgendwann, insofern passte das, dachte Simon. Es dauerte nicht mehr lange, aber einige wenige Jahre hatten sie schon noch vor sich – und die Schüler sie am Hals.

»Heftig denken«, das taten sie gelegentlich auch, dachte er weiter. Es konnte durchaus vorkommen, wenn auch wohl ganz anders, als sich Sarah Schiffner das vorstellte.

Aber er wollte nicht länger über seine Eltern und ihren anstehenden Besuch nachdenken. Damit würde er sich beschäftigen, wenn es so weit war, nahm er sich vor und warf einen weiteren Blick aus dem Fenster, auf die noch immer nicht ganz kahle Kastanie im sonnenbeschienenen Innenhof des Nachbarhauses, um auf andere Gedanken zu kommen. Doch vergeblich. Die beiden beschäftigten ihn mehr, als ihm lieb war. Bestenfalls würde es sein wie immer, wenn seine Eltern nach Berlin kamen, ein bisschen stressig, ein bisschen angespannt, ein bisschen gereizt, aber glücklicherweise meist ganz schnell wieder vorbei – wie ein grippaler Infekt, der verflog, oder nein, eher wie eine unangenehme Magen-Darm-Geschichte. Tatsächlich bescherten ihm die Besuche seiner Eltern nicht selten Bauchschmerzen. In schlimmeren Fällen nämlich gab es Streit, und sein Vater sprach dann im Anschluss wieder für einige Wochen nicht mehr mit ihm, bis seine Mutter, die darunter am meisten zu leiden hatte, irgendwann vermittelte und die Wogen zu glätten versuchte. In der Regel gelang ihr das auch, zumindest, wenn sie die nötige Geduld aufbrachte.

Simon gab sich jedes Mal, wenn er mit seinen Eltern zusammentraf, größte Mühe, sich von seinem Vater nicht provozieren zu lassen – seit Jahren bemühte er sich um Nachsicht und so etwas wie Gelassenheit ihm, seiner Überheblichkeit, seinen hochtrabenden Meinungen und Ansichten gegenüber –, aber sein Vater fand, wenn auch nicht mehr so oft und zuverlässig wie früher, immer wieder Mittel und Wege, um ihn aus der Reserve zu locken und zu demütigen. Immer nur ihn, nie Melanie, aber das hätte er ihr auch nicht gewünscht. Es waren immer die gleichen, fest verankerten Rituale, es geschah wie von selbst. Simon glaubte nicht einmal, dass sein Vater diese Auseinandersetzungen wirklich beabsichtigte oder den Streit bewusst suchte, es lag wohl einfach in seiner Natur, er war so und konnte nicht anders, er konnte nicht aus seiner Haut. Im Grunde war sein Vater ein bemitleidenswerter Mensch, auch wenn er nie Mitleid erregte – nein, das war eine absurde, ja, komische Vorstellung.

Simon griff nach dem Buch, um weiterzulesen, um endlich vorwärtszukommen, doch es gelang ihm nicht.

Nein, es hatte keinen Sinn. Also klappte er das Buch, eine Insel-Taschenbuch-Ausgabe mit verschiedenen Novellen und Gedichten Eichendorffs, wieder zu. Swetlana hatte es ihm geliehen, als er ihr von der Eichendorff-Schumann-Matinee mit Sarah Schiffner erzählt hatte.

Sie könne es ihm borgen, hatte Swetlana gesagt und war, ehe er noch etwas erwidern konnte, nach nebenan gelaufen, um es zu holen.

Seit die Proben vor gut sechs Wochen begonnen hatten, sahen sie sich deutlich weniger als in der Zeit davor, die ihm jetzt so unendlich weit zurückzuliegen schien – unendlich weit und unwiederbringlich. Swetlana ihrerseits fuhr früh morgens in die Bibliothek, arbeitete an ihrer Dissertation und parallel an einem Aufsatz, den sie in einer Fachzeitschrift publizieren würde – ihr Doktorvater hatte das eingefädelt –, einmal pro Woche besuchte sie das Kolloquium, und abends kam sie meist erst spät wieder nach Hause, oft zu müde, um noch bei ihm zu klopfen, wie sie einmal gesagt hatte. Während der Proben war ihm die Abstinenz mitunter gar nicht so unrecht gewesen, aber jetzt wollte es ihm überhaupt nicht passen, dass sie keine Zeit für ihn hatte. Jetzt wusste er auf einmal mit seiner Zeit nichts anzufangen, klimperte entweder lustlos und gedankenverloren auf den Tasten seines Klaviers herum und vergaß dabei sogar, den Kopfhörer aufzusetzen, so dass sein Geklimper tonlos blieb – er merkte es nicht –, oder er versuchte zu lesen, das hieß, er setzte oben auf der Seite an und hatte schon im nächsten Absatz keine Ahnung mehr, worum es eigentlich ging.

Simon zog sich ein Sakko über, band sich einen Schal um den Hals und verließ seine Wohnung.

Auf der Fußmatte blieb er noch einmal stehen, er zögerte, überlegte, und stellte sich schließlich dicht vor Swetlanas Tür, um zu horchen, ob jemand zu Hause war. Aber dann hörte er Schritte. Jemand lief aus einem der oberen Stockwerke die Treppe herunter.

Er eilte ins Freie. Ihn hatte das starke Bedürfnis gepackt, einfach nur zu laufen, ganz gleich, wohin.

Eine Woche später, an einem Freitagabend, war es so weit, und »Cabaret« hatte Premiere.

Simons Eltern würden direkt vom Hotel, wo sie erst am Nachmittag eingecheckt hatten, ins Theater kommen. Sein Vater hatte die Reise und den Aufenthalt wie immer lange im Voraus und akribisch geplant. Alles war genau getaktet – und selbstverständlich auch ein schmaler Puffer für eine etwaige Zugverspätung einkalkuliert worden –, sie waren gleich nach Schulschluss mit der Regionalbahn von Bad Soltal abgereist – die Koffer hatten sie früh schon mit in die Schule genommen –, in Hildesheim waren sie in den ICE nach Berlin umgestiegen, dann vom Hauptbahnhof mit der S-Bahn zum Savignyplatz gefahren und den restlichen Weg bis zum Hotel gelaufen.

Simon musste an die Zeile »Lies keine Oden, mein Sohn, lies die Fahrpläne: sie sind genauer« aus Hans Magnus Enzensbergers Gedicht »Ins Lesebuch für die Oberstufe« denken. Sie hatten es früher einmal im Deutschunterricht durchgenommen – sehr zum Ärger seines Vaters, dem der Humor des Dichters fremd und der auf Herrn Schumacher, Simons engagierten Deutschlehrer, einen ihm intellektuell haushoch überlegenen Altachtundsechziger, der auch die Theater-AG geleitet hatte, als Kollegen nie gut zu sprechen gewesen war. Und Enzensbergers Ironie verstand sein Vater natürlich nicht. Immerhin hätte der Satz auch von ihm stammen können, nur ohne jegliche Ironie, verstand sich – aber um das zu erkennen, hätte er ehrlich, sehr ehrlich mit sich sein müssen.

Simon seufzte, während die Menschen dicht an ihm vorbeidrängten. Wenigstens kamen seine Eltern jetzt mit dem Taxi und versuchten es nicht mit den Öffentlichen. Er hatte mit ihnen ausgemacht, dass er im Foyer auf sie warte. Die Karten hatte er schon an der Kasse abgeholt.

Voll war es im Theater, die Premiere erwartungsgemäß ausverkauft, und er postierte sich auf einer Stufe vor einer Säule, von wo aus er den wirkenden Augen auf sie herab – der Mohrenkaiman, den Simons Großvater von seiner ersten Amazonas-Expedition mitgebracht hatte, schoss es ihr in den Kopf.

»Ich verstehe euch nicht, deine Schwester und dich«, sagte nun sein Großvater, der ebenfalls ein Stück Torte vor sich stehen hatte. »Wie oft habe ich mir anhören müssen, wie schrecklich es in dieser Disko sei, und jetzt habt ihr nicht Besseres zu tun …«

»Man trifft dort möglicherweise ein paar alte Bekannte …«

»Als wärst du jemals erpicht darauf gewesen, alte Bekannte zu treffen …«, sagte seine Großmutter und schüttelte den Kopf.

Sein Großvater schüttelte ebenfalls den Kopf. Jetzt warf er sogar einen etwas hilflosen Blick in Swetlanas Richtung.

»Ich habe Melanie versprochen, dass wir zusammen ins Mikado gehen, es ist eine Revival-Nacht«, sagte Simon beschwichtigend. »Außerdem dachte ich, ich könnte Swetlana einmal einen der wichtigsten Orte meiner Jugend zeigen, meiner Jugendsünden …«

»Lass sie doch«, sagte seine Großmutter zu seinem Großvater.

»Jetzt sind wir ja erst einmal hier«, sagte Simon. »Und vielleicht können wir Swetlana später noch die Käfer und Schmetterlinge in deinem Arbeitszimmer zeigen, den Papilio tappei …«, schlug er vor.

Simons Großvater, der diesen kleinen Manipulationsversuch seines Enkels durchschaute, lächelte und gab sich geschlagen.

6

Eine ganze lange Woche lag die Ausstellung »Insekten des Regenwaldes« im Zoologischen Institut inzwischen zurück. Sie war ein immenser Erfolg und der Andrang überraschend groß gewesen – es war sogar so, dass die Besucher bereits Schlange standen, wenn vom Pförtner morgens die Türen geöffnet wurden –, und es hatte begeisterte Artikel in allen wichtigen Zeitungen gegeben, auch im Radio waren Beiträge gesendet worden. Das Institut und Wieland Tappe waren in aller Munde – so wie Karl Förster, der am vergangenen Abend seinen großen und beeindruckend reichhaltig illustrierten Vortrag zum Thema Schmetterlingsflügel gehalten hatte.

Die Sonne schien als weißglühender Ball hoch oben am milchigen Himmel und schenkte der im Schlummer liegenden konservierten Stadt erste intensivere Farben – sie brachte die roten Ziegeldächer und die Fronten der Häuser zum Leuchten –, aber es herrschten immer noch tiefe Minusgrade, und über allem lag funkelnd und blendend der Schnee.

Wieland überquerte den Theaterplatz und ließ das Deutsche Theater hinter sich, das seit einigen Jahren in der ganzen jungen Republik von sich reden machte.

Er war auf dem Weg in die Dahlmannstraße im Göttinger Villenviertel, um – nach einer ersten, unmittelbar im Anschluss an die Ausstellungseröffnung getroffenen offiziellen Verabredung – bei der Familie Sartorius vorzusprechen und sich Hildes Mutter vorzustellen, nachdem er ihren Vater bereits kennengelernt hatte. Anschließend plante er, endlich die für ihre Schönheit in Göttingen berühmte Sartorius-Tochter samt ihrem Boxerrüden Attila zu einem ausgedehnten Spaziergang im Stadtwald auszuführen. Eigentlich hatte er mit ihr hinausfahren wollen, mit der Bahn aufs Land, vielleicht in den nahegelegenen Harz oder bis an die Harzgrenze, wo sie Ski hätten laufen können. Aber ein solches Vorhaben war fürs Erste zu voreilig. Das hatte er eingesehen, während er Förster davon erzählt hatte, noch bevor dieser milde gelächelt und den Kopf geschüttelt hatte, um schließlich weit auszuholen und seinen Zögling, als den er ihn offenbar und natürlich auch nicht ganz zu Unrecht betrachtete, in »diesen heiklen Dingen« zu beraten – ungefragt, aber umso entschlossener.

War die Mutter erst einmal gewonnen, sei alles gewonnen – die Zuneigung der Tochter einmal vorausgesetzt –, hatte Förster gesagt und betont, dass er keinesfalls scherze. So sei es in den meisten Familien, und wenn es um so ernste Dinge gehe, scherze man nicht.

Wieland hatte seinen Doktorvater und väterlichen Freund wohl oder übel in seine Pläne einweihen müssen – noch an Ort und Stelle, nach der Ausstellungseröffnung, schließlich war der Professor weder blind noch dumm und hatte ihn erwartungsvoll angesehen, nachdem sie sich von Hilde Sartorius und ihrem Vater, dem auch nicht alles entgangen sein konnte, verabschiedet und sie zu zweit noch ein letztes Glas Sekt getrunken hatten.

Irgendwann war er mit Hilde Sartorius zwar wieder aufgetaucht, als wäre nichts gewesen, und sie hatten sich, glaubte er, auch nichts weiter anmerken lassen, aber die Zeit ihrer Abwesenheit war unverhältnismäßig lang gewesen. Eine Erklärung Förster gegenüber war ihm unausweichlich erschienen. Ob auch Dr. Sartorius eine Erklärung von seiner Tochter verlangt hatte, konnte Wieland nicht wissen, aber er brannte darauf, Hilde danach zu fragen.

Nachdem Wieland Hilde Sartorius tatsächlich einige Käfer und vor allem Schmetterlinge gezeigt hatte – nach ihrem Bitten und Insistieren auch einige der nach ihm benannten und nicht zuletzt den Papilio tappei –, waren sie, in ein angeregtes und immer vertraulicher verlaufendes Gespräch vertieft, durch die Gänge des Zoologischen Instituts geschlendert, auch durch die abgelegeneren, und hatten sich – wie unabsichtlich – immer weiter von der Ausstellung, den vielen Gästen und dem Trubel entfernt, bis die Geräusche – das Stimmengewirr, das Knallen von Korken und das Klirren von Gläsern – verklungen waren und es schließlich still um sie herum geworden war.

Hilde Sartorius hatte es vor allem der »Blaue Morphofalter« angetan – es sei seine leuchtende Farbe, die eine beinahe hypnotisierende Wirkung habe, hatte sie gesagt. Ihr war das weitläufige Gebäude wie ein riesiges Labyrinth erschienen, die endlosen Flure und unzähligen Räume, und irgendwann hatte sie vorgeschlagen, Brotkrumen auszustreuen oder einen Ariadnefaden zu spannen, um den Weg zurück zu den anderen wiederzufinden, aber Wieland hatte sie beruhigt, er kenne sich aus, mit ihm würde sie sich hier schon nicht weiter verirren, als ihnen lieb war.

Sie hatte sich zu ihm umgedreht und gelächelt, dieses ihr ganz eigene Lächeln gelächelt, das sich ihm schon bei ihrer ersten Begegnung auf dem Stadtwall eingebrannt hatte. Und sie hatte ihn mit ihren stahlblauen Augen angesehen, sie hatte in ihn hineingesehen, und in dem Moment war er es gewesen, der sich wie hypnotisiert gefühlt hatte.

Irgendwann waren sie – und ein weiteres Mal wie unabsichtlich – in einem entlegenen Treppenaufgang stehen geblieben.

Wieland glaubte sich daran zu erinnern, dass Hilde ihn sanft, beinahe unmerklich am Arm oder sogar an der Hand festgehalten hatte, während sie noch dicht nebeneinanderher gelaufen waren, aber er war sich nicht sicher. Jedes Mal, wenn er versuchte, sich die Situation wieder zu vergegenwärtigen, verließ ihn sein Gedächtnis, und sie erschien ihm wie von einem undurchdringlichen Schleier umhüllt, der wie der Schnee in den Vorgärten funkelte, an denen er gerade vorüberlief. Stehen geblieben aber waren sie. Und sie hatten aufgehört, zu sprechen. Sie hatten sich angesehen und schließlich – letztlich war es doch ganz gleich, von wem die Initiative ausgegangen war –, schließlich hatten sie sich geküsst.

Nachdem Wieland vom Theaterplatz aus zunächst die Planckstraße und dann den Düstere-Eichen-Weg entlangspaziert war, gelangte er an den, wie er fand, etwas kargen Eichendorff-Platz – hier könnte man dem Dichter des »Taugenichts« eigentlich einmal ein Denkmal aufstellen, wenn der Platz schon nach ihm benannt war, dachte er im Vorübergehen.

Er bog links ab, lief über Kopfsteinpflaster und bestaunte die riesigen Anwesen und die herrschaftlichen Villen, die den Krieg unbeschadet überstanden hatten.

Nur wenige Schritte weiter öffnete er eine kleine, inmitten einer mannshohen, derzeit kahlen Haselnusshecke gelegene hölzerne Gartenpforte, die beim Öffnen alarmierend quietschte, und betrat einen schmalen Kiesweg, der ihn durch den offenbar sorgsam gepflegten Vorgarten hindurch über einige sehr weite Treppenstufen zum Eingang der erhöht liegenden Villa Sartorius führte. An den Rändern des Kiesweges blühten wohl im Sommer Rosensträucher und auch Stauden – sein Blick fiel auf die heruntergestutzten Strünke, die in regelmäßigen Abständen durch den Schnee stachen und in denen sicher viele Insekten ihren Unterschlupf gefunden hatten.

Die Villa Sartorius war ein prächtiges, mehrstöckiges Gebäude mit blendend weißem Verputz, hohen Giebeln, spitzen Turmerkern – einer davon besaß tatsächlich eine Art Zwiebelkuppel –, dunklen Holzrändern, einem dunkelroten Ziegeldach mit mehreren darin eingelassenen Fledermausgauben sowie einem ausladenden Portal, auf dem Wieland einen Balkon oder vielmehr eine Dachterrasse vermutete.

Hilde öffnete die Tür, als er gerade einen Fuß auf die erste Stufe setzte – sie musste hinter den Vorhängen am Fenster gewartet und nach ihm Ausschau gehalten haben.

»Hallo, ich freue mich …« Ihm blieben die Worte im Halse stecken.

»Lieber …«, sagte sie und zog ihn, als er vor ihr stand, ins Haus hinein.

Ihm eröffnete sich ein großzügig mit antiken Möbeln und einem riesigen Wandspiegel in einem goldenen Rahmen ausgestattetes Entrée. Auf dem gebohnerten Parkett stand eine große, chinesische Bodenvase.

Hilde ließ ihn sich nicht lange umsehen und küsste ihn. Er fasste sie mit beiden Händen um die schmale Taille und drückte sie an sich.

»Vorsicht, nicht dass mir der Lippenstift verwischt …«, sagte sie und schob ihn sanft von sich.

»Aber du trägst doch gar keinen Lippenstift …«

»Oder du mir die Haare zerzaust, wie neulich, du …«

»Ich könnte dich …«

»Später …«

In dem Moment kam Attila ins Entrée gelaufen, er winselte vor Freude und sprang an ihm hoch, wofür ihn Hilde tadelte. Wieland aber streichelte ihn, und Attila beruhigte sich schnell wieder, wich ihm aber nicht mehr von der Seite, auch nicht, als sie jetzt den Salon betraten und Hilde Wieland ihrer Mutter vorstellte.

Hermine Sartorius war eine eindrucksvolle Persönlichkeit. Ihre vornehme Herkunft – sie war eine geborene von Brühl – drang ihr aus allen Poren. Anders als ihr jovialer, bisweilen recht burschikoser Mann, der gerne laut und schallend lachte, war sie die Contenance in Person. Trotz ihrer strengen Haltung und trotz ihrer stechenden, stahlblauen Augen lag etwas Warmes in ihrem Wesen, etwas unmittelbar Einnehmendes.

Wegen der gutgemeinten Bemerkungen seines Professors, die Wieland verunsichert hatten, hatte er sich seit Tagen Gedanken über Hildes Mutter gemacht. In ihrer Gegenwart aber fühlte er sich überhaupt nicht eingeschüchtert, im Gegenteil, er fühlte sich hier, in ihrem Haus, sehr willkommen – unabhängig davon, dass sie ihn gerade förmlich und ausdrücklich willkommen geheißen hatte. Es war ein bisschen so, als kannten sie sich bereits.

Sie betrachtete Wieland und lächelte.

»Kinder, setzt euch«, sagte sie. »Wo dein Vater nur bleibt«, fuhr sie fort und sah sich um, aber da öffnete sich auch schon eine Tür, und Dr. Sartorius trat in den Salon.

Er begrüßte Wieland herzlich und nahm ebenfalls Platz.

»Ich habe ja schon viel von Ihnen gehört, Herr Tappe«, eröffnete nun Frau Sartorius das Gespräch.

Attila hatte sich derweil auf einer Decke zwischen den Beinen des kleinen Biedermeiertisches niedergelassen, um den herum sie auf altrosafarben gepolsterten Stühlen saßen.

Ein junges Hausmädchen reichte Kaffee und kleine, mit Vanillecreme gefüllte Éclairs – Wieland hatte ihr leises Kommen gar nicht bemerkt.

Der filigrane Kaffeetisch war mit altem Fürstenberger Porzellan eingedeckt, an den Wänden standen bis zur Decke reichende Regale aus Eichenholz, die mit ledergebundenen Lexika, Enzyklopädien und Klassikerausgaben bestückt waren. Obwohl Wieland diese Art von Vornehmheit nicht gewohnt war, erschien sie ihm nicht aufdringlich oder gar erdrückend. Es war das alte Großbürgertum, zu dem auch seine Breslauer Großmutter gehört hatte, auch wenn die Familie seiner Mutter sicher nicht so wohlhabend gewesen war wie die Familie Sartorius.

»Zu der Ausstellung in Ihrem Institut konnte ich leider nicht kommen«, sagte Frau Sartorius, »die Grippe, wissen Sie, Hilde muss mich wohl angesteckt haben. Aber erzählen Sie doch bitte, Wieland – ich darf Sie doch Wieland nennen? –, Sie haben für einigen Wirbel gesorgt, nicht wahr? Mein Mann und meine Tochter waren sehr beeindruckt, vor allem von der Größe und der Farbenpracht der Schmetterlinge. Und erzählen Sie mir bitte von Ihrer Reise an den Amazonas. Ist es wahr, dass Sie Krokodile gegessen haben?«

Wieland ließ sich nicht lange bitten und erzählte – von den riesigen Kaimanen, den großen Schlangen und den kleinen giftigen, von den wilden, tückischen Wasserläufen der verzweigten Amazonas-Nebenflüsse, den Katarakten, den Capybaras, den Aras, den Manatis und dem Jaguar. Und er erzählte von den Schmetterlingen.

Im Verlauf des Gespräches streiften sie zunächst vorsichtig, dann energischer politische und wirtschaftliche Themen. Hildes Vater brachte sie auf den Tisch. Zu Irritationen kam es zwischen ihnen nicht, im Gegenteil, es schien ein unausgesprochenes Einverständnis zu herrschen. Siegfried Sartorius war sehr interessiert an Wielands politischen Meinungen. Sie sprachen über die Lage der liberalen Partei, der Partei des Oberbürgermeisters, der auch von Hermine Sartorius geschätzt wurde, und über ihre jüngsten Verirrungen, über den neuen amerikanischen Präsidenten Dwight D. Eisenhower und zuletzt, nachdem Wieland – ohne damit im Hause Sartorius Befremden auszulösen – von seinem Plan erzählt hatte, in die SPD einzutreten, sprachen sie über die kürzlich beschlossene Senkung des Preises für das kleine Modell der Volkswagen-Werke – das grotesk kleine Modell, bemerkte Hermine Sartorius –, das in den Vereinigten Staaten auch »Beetle« genannt wurde, Käfer, wie Hildes Vater zu berichten wusste.

»Vielleicht kaufe ich mir einen – einfach, um ihn einmal zu fahren. Das müsste Ihnen doch eigentlich gefallen, Tappe, nicht wahr? Sie sollten sich auch einen anschaffen«, sagte Sartorius lachend und erzählte, dass die Amerikaner das Auto so nennen würden, da sie zu Kriegszeiten immer dieses Bild vor Augen gehabt hätten: tausende winziger, bunt-glänzender und summender Autos, die wie Käfer über die Autobahnen des »Führers« krochen.

»Ich fürchte, ein Auto wird für mich noch eine Weile unerschwinglich sein. Aber ich verspreche, daran zu arbeiten ...«, sagte Wieland.

»Ach was, in Göttingen braucht im Grunde niemand ein Auto«, entgegnete Hermine Sartorius.

»Aber praktisch wäre es doch«, sagte Hilde.

»Ein interessantes Muttermal tragen Sie da auf der Wange, mein Lieber. Markant, markant«, bemerkte Siegfried Sartorius unvermittelt.

»Finden Sie?«, sagte Wieland, dem Bemerkungen über sein Muttermal nicht fremd waren und der damit umzugehen gelernt hatte.

»Ja, das wollte ich Ihnen bei unserer letzten Begegnung schon sagen«, fuhr Hildes Vater fort. »Ein V auf der Wange, das fällt natürlich auf. Da könnte man an Sieg denken, Sieg aber natürlich ganz ohne Heil. Ich meine Victory – sehe immer den alten Churchill vor mir …«

»Papa …«

»Lass gut sein, Siegfried«, unterbrach ihn auch seine Frau. »Du machst unseren Gast ganz verlegen.«

»Das glaube ich nicht. Schau ihn dir doch bitte einmal an. Mache ich Sie verlegen, Tappe?«

Wieland schüttelte den Kopf und hob die Augenbrauen.

»Seht ihr! Ein solches Muttermal trägt man mit Stolz, so etwas kommt nicht von ungefähr. Und in der Wissenschaft scheinen Sie ja Ihren Siegeszug bereits angetreten zu haben, wie mir Förster sagte, als ihr beide gerade verschwunden wart …«

»Papa …«

»Zumindest besitze ich genügend Material, mit dem es sich weiter zu beschäftigen lohnt, und ich habe auch zahllose Beobachtungen gemacht, die es erst noch auszuwerten gilt«, antwortete Wieland rasch. »Was das angeht, kann ich aus dem Vollen schöpfen, es besteht nur die Gefahr, dass ich endlos darüber forschen und schreiben werde …«

»Und haben Sie vor, bei uns in Göttingen zu bleiben?«, fragte Frau Sartorius mit der plötzlichen Strenge einer Prüfungsvorsitzenden.

Sie hatte gelächelt, auch sie wusste Bescheid.

Ihre Blicke durchbohrten Wieland jetzt tatsächlich, so dass er wieder an die Ratschläge des Professors denken musste. Hildes Mutter, die, ohne dass sie es wusste, in seinen Augen längst seine Schwiegermutter war, versuchte gar nicht erst zu kaschieren, wie wichtig ihr diese Frage war.

»Am Institut, meinen Sie? Ja, das habe ich vor. Oder sagen wir, das wäre erstrebenswert …«

»Na, unser Freund Förster wäre schön dumm, wenn er sie ziehen ließe«, sagte Herr Sartorius und zwinkerte.

»Ja, das finde ich auch«, flüsterte Hilde. Sie suchte unter der Tischdecke nach Wielands Hand und drückte sie.

Attila, der lange brav auf seiner Decke ausgeharrt hatte, hockte sich nun neben sie und hechelte erwartungsvoll.

»Aber wir sollten langsam aufbrechen, der Hund wird schon ungeduldig, und es wird immer noch sehr früh dunkel …«

»Ich bringe Ihre Tochter selbstverständlich vor Einbruch der Dunkelheit zurück«, sagte Wieland.

»Das wirst du kaum schaffen«, sagte Hilde.

Ihre Eltern lachten.

Als sie die quietschende Gartentür der Villa hinter sich geschlossen hatten und auf den Bürgersteig getreten waren, hakte sich Hilde bei Wieland unter.

Die Sonne schien blasser, und es war bitterkalt. Aus den Schornsteinen stieg Rauch auf, und viele Fenster waren inzwischen erleuchtet.

»Kannst du dir das vorstellen? Mich – in so einem Auto?«, fragte Wieland, nachdem sie ein paar Schritte gegangen waren.

»In einem Käfer! Das passt doch zu dir. Wer weiß, vielleicht setzt sich der Name auch hier durch.«

Sie liefen die Dahlmannstraße hinunter Richtung Schillerwiesen und Stadtwald. Attila ließen sie bald von der Leine. Er lief ihnen voran, scheuchte hier und da in einem Gestrüpp eine Amsel auf und jagte ihr durch den Schnee hinterher.

Bald hatten sie den Eulenturm erreicht, der östlich der Schillerwiesen am Hainberg, dem Westhang des Göttinger Waldes, errichtet worden war und eine Art Tor zum Wald darstellte. Von der Aussichtsplattform aus, die sie nun erklommen, hatten sie einen schönen Blick auf die Stadt, den Turm der Jacobikirche, die schneebedeckten Ziegeldächer der Häuser innerhalb des Walls und auch auf die Villen der Oststadt.

»Ich werde dich heiraten, Hilde«, sagte Wieland, nachdem sie eine Weile schweigend nebeneinandergestanden hatten.

Hilde sah ihn an. »Und wenn ich nein sage?«

»Das wirst du nicht.«

»Nein?« Sie lächelte.

»Nein«, sagte er und küsste sie.

»Wenn wir ohnehin heiraten, können wir jetzt auch zu dir gehen«, sagte Hilde schließlich, als sie Attila irgendwo in der Ferne bellen hörten. »Oder willst du lieber weiter hoch zum Bismarckturm laufen?«

7

Auf der quadratischen Tanzfläche – einer Art federndem Dielenboden – bewegten sich im Halbdunkel einige aufgedonnerte Frauen zur lauten, scheppernden Musik. Sie gingen alle auf die vierzig zu, wenn sie sie nicht bereits überschritten hatten, steckten in knallengen Jeans oder nicht weniger unvorteilhaften Lederröcken, weit ausgeschnittenen Tops und hatten gefärbte Haare – das Spektrum reichte von schrillem Pink über Platinblond bis hin zu Schwarz mit blonden Strähnchen.

Allein ihr Make-up wirkte – auf die Distanz – vergleichsweise dezent, fand Swetlana und überlegte, ob sie jemals an einem solch skurrilen Ort gewesen war, aber dann fielen ihr die Partys und Tanzveranstaltungen wieder ein, die während ihrer Schulzeit in Russland stattgefunden hatten, und zu denen sie mit ihrer Freundin Natascha gegangen war, selbst auch aufgedonnert.

Sie sah den Frauen zu, ein bisschen war es wie damals, eine trübe Atmosphäre.

Über ihren Köpfen drehte sich eine Diskokugel und reflektierte das Licht der bunten Scheinwerferbatterien. Auf den Boden gestreut, sah es aus, als tanzten dort Schneeflocken. In Bad Soltal gab es vor dem Schnee anscheinend kein Entkommen.

Swetlana stand neben Simon und Melanie und hielt – wie die beiden es auch taten – ein großes Glas mit enttäuschend schwach gemixtem Gin Tonic in der Hand und schaute sich um. Sie war mit Abstand die jüngste in dieser »Disko«, die nicht viel mehr als eine für den Abend hergerichtete Mehrzweckhalle zu sein schien. Sie war Teil einer Kneipe, deren Hinterzimmer sozusagen.

Von der Straße aus gesehen, deutete zunächst nichts auf diese »Location« hin. Um ins Mikado zu gelangen, mussten sie am Tresen vorbeilaufen, an dem mehrere alte Männer vor ihren Bieren saßen. Eintritt: zehn Euro, inklusive zweier Getränkegutscheine, die sie bereits eingelöst hatten.

So günstig war ein Clubabend in Berlin nicht zu haben, dachte sie. Dafür wurde man dort nicht so angestarrt – von der Musik, die gespielt wurde, einmal ganz abgesehen. Aber sie kannte die Erzählungen Agnieszkas, die irgendwann aufgegeben hatte, sie jedes Mal überreden zu wollen, wenn sie ausging – ihr Wochenende startete oft schon am Donnerstag –, ins Berghain, ins Weekend oder sonstwohin. Agnieszka in diesem öden, ranzigen Provinzschuppen – das hätte sie gerne gesehen. Sie versuchte, sich ihr Gesicht vorzustellen. Vermutlich würde sie Grimassen schneiden und anfangen, hysterisch zu lachen.

Sie hatte schon eine sehr außergewöhnliche Mitbewohnerin, dachte sie und fragte sich, was Agnieszka in Berlin wohl gerade tat? Wahrscheinlich war sie ebenfalls ausgegangen, vielleicht ja in den Kit-Kat-Club.

Aus den von der Decke hängenden Boxen, überdimensionalen schwarzen Kästen, die die Form von Särgen hatten, tönten alte Rock-Klassiker, von denen Swetlana einige erkannte, »T.N.T.« von AC/DC beispielsweise, »Flesh for Fantasy« von Billy Idol, »Paradise City« von Guns 'n' Roses und jetzt, in diesem Moment, ausgerechnet »I was made for lovin' you« von Kiss, dieser karnevalesken Band mit den schrill geschminkten Gesichtern, den hohen Plateaustiefeln und dem Logo, in dem das doppelte S die Form von Blitzen aufwies und so an die Sieg-Runen der SS erinnerte.

Die Frauen auf der Tanzfläche scherten sich indessen um dergleichen nicht, sie drehten jetzt komplett durch und stampften und hüpften herum, so dass die Schwingungen des hölzernen Tanzbodens auch diejenigen erreichte, die am Rande des Geschehens oder an der Bar standen, noch in den hintersten Ecken vibrierte es unter den Füßen. Einige der tanzenden Frauen grölten die Texte mit.

Sie war noch nicht einmal auf der Welt gewesen, als die meisten dieser Hits aus grauer Vorzeit geschrieben worden waren, dachte Swetlana, aber dieser Mainstream-Hardrock war auch früher in Russland von ihren Mitschülern gehört worden – und sie selbst hatte mit Natascha zu dieser Musik getanzt, nicht nur einmal, und sie hatte sogar – peinlich, peinlich – ein Poster von Billy Idol in ihrem Zimmer aufgehängt. All das schien ihr unvorstellbar lange her zu sein, und wie immer, wenn sie sich an jene Jahre erinnerte, musste sie auch wieder an ihre finsteren Schatten denken. In Bad Soltal aber war, trotz allem, was das Städtchen offenbar durchzumachen gehabt hatte, die Zeit stehengeblieben – in mehrfacher Hinsicht.

»Und, wie gefällt's dir hier?«, fragte Melanie oder schrie vielmehr gegen die schier ohrenbetäubende Lautstärke an.

»Was soll ich sagen, ich war noch nie auf einer Ü-40-Party«, antwortete Swetlana, ebenfalls so laut es eben ging.

Melanie lachte, und sie stießen mit ihren Gin Tonics an. Stilles Einverständnis unter Frauen, dachte Swetlana.

»Komm, wir gehen an die Bar und holen uns noch ein Getränk. Dort ist es auch etwas ruhiger«, schlug Simon vor.

»Gute Idee.«

An der Bar war es allerdings nur unmerklich leiser, dafür konnten sie sich setzen oder sich wenigstens anlehnen und hatten die Tanzfläche gut im Blick, wo die Frauen zunehmend in Ekstase gerieten.

»I was made for lovin' you baby/You were made for lovin' me .../ And I can't get enough of you baby/Can you get enough of me?«

Der Kiss-Song schien kein Ende zu nehmen, und die Frauen tobten wie die Berserker – einige von ihnen Arm in Arm –, sie grölten und hüpften wie besessen herum, als gälte es, damit einen Wettbewerb zu gewinnen.

Das hatte etwas unfreiwillig Komisches, wenn nicht Tragisches, fand Swetlana und fragte sich, was sie wohl alle ritt. Der lasche Gin Tonic allein, der im Mikado ausgeschenkt wurde, konnte es wohl nicht sein.

Die Männer wiederum standen mit ihren Getränken in der Hand schweigend neben der Tanzfläche und bewegten allenfalls einmal die Köpfe zur Musik, unter die wildgewordenen Frauen aber wagte sich keine dieser phlegmatischen Gestalten. Als Video aufgenommen wäre das hier wahrscheinlich ein großer Hit auf Youtube oder Instagram, dachte sie. Es gab schließlich nicht nur Leute, die so etwas tatsächlich ins Internet stellten, sondern auch solche, die es sich ernsthaft anschauten.

Swetlana sah fragend zu Simon und Melanie hinüber, aber die zuckten nur mit den Schultern, grinsten und taten so, als würden sie auch mitsingen.

Ihr Blick fiel auf ein vermutlich schon vor einigen Jahrzehnten an die Wand gemaltes überlebensgroßes Porträt eines Rockstars, das allmählich abblätterte, so dass nicht mit Sicherheit zu sagen war, um wen es sich handelte. Er hatte lange Haare, hielt eine E-Gitarre in der einen Hand, in der anderen ein Mikrofon – ein Sänger also, so viel war zu erkennen, und immerhin schränkte es die Möglichkeiten ein. Trotzdem, Swetlana hatte keine Ahnung, wer das sein sollte, und bestaunte die Patina, die hier über allem lag …

In dem Moment steuerte ein junger Mann auf sie zu, der bis dahin auf der anderen, ihnen unmittelbar gegenüberliegenden Seite des Raumes gestanden und von dort aus, wie Swetlana aufgefallen war, auch schon mehrmals zu ihnen herübergesehen hatte. Er war etwa in Simons Alter und hatte kurze, hellbraune Haare, ausgeprägte Geheimratsecken und – im Gegensatz zu den meisten anderen Männern – eine sportliche Figur. Sein Blick streifte Simon und sie, aber Melanie war es, die er jetzt ansprach.

Ein gewisses Maß an Eitelkeit kam den Menschen – ganz gleich, ob es sich um einen Mann oder eine Frau handelte –, doch zugute, dachte Swetlana.

Ja, erfrischend gut sah er aus, fand sie, ein regelrechter Lichtblick auf diesem Jahrmarkt der Nachlässigkeiten. Vielleicht aber war der Duft, der sich wie eine Wolke um ihn herum verbreitete, doch etwas too much, auch wenn das Aftershave sicher nicht billig war. Etwas glatt erschien er ihr zudem aus nächster Nähe, und der Duft schlug ihr mit einem Mal auf den Magen. Ihr wurde übel, sie versuchte, tief ein- und auszuatmen, aber das machte es nur noch schlimmer.

Es kam vor – wenn auch in letzter Zeit nicht mehr so häufig –, dass sie die Anwesenheit von Männern beunruhigte, dass sie Angst und mitunter Panikattacken bekam, wenn ihr ein aufdringlicher Herrenduft in die Nase stieg, von Schweißgerüchen gar nicht zu reden.

Sie spürte Simons Hand an ihrer Taille – er hatte sie in den Arm genommen und hielt sie fest an sich gedrückt.

»Guck mal, Simon, wer da ist«, sagte Melanie, die sich offenbar über diese Begegnung freute, »Andreas, Andreas Hansen …«

Simon schien erst gar nicht zu verstehen, wen er da vor sich hatte, aber dann dämmerte es ihm offenbar, und er lächelte.

»Hey!«

»Hey! Wir haben uns ja schon ewig nicht gesehen«, sagte Andreas.

Sie reichten sich die Hände.

»Ich habe dich gar nicht erkannt, ist ja irre«, sagte Simon – es klang ein bisschen wie »du bist aber groß geworden«, fand Swetlana, die erfuhr, dass es sich um einen Schulfreund von Melanie handelte.

»Ich war mir erst auch nicht sicher, ob ihr es seid«, antwortete Andreas gut gelaunt.

»Das ist Swetlana«, sagte Melanie, »Simons Freundin.«

»Hallo, freut mich.«

Swetlana bemühte sich zu lächeln, aber es gelang ihr nur leidlich. Etwas an diesem Andreas gefiel ihr nicht.

»Mal wieder im Lande?«, fragte Simon.

»Ja, wir feiern Weihnachten nach. Mit der Familie«, antwortete Andreas. »Ich hatte über die Feiertage keine Zeit zu kommen – und eigentlich auch keine Lust, wenn ich ehrlich bin …«

»Ist bei mir ganz ähnlich«, sagte Simon. »Ich war krank, aber das war mir ganz recht …«

»Willkommen im Boot«, sagte Melanie und verdrehte die Augen. »Trinkst du auch noch einen Gin Tonic?«

»Aber immer!«

Andreas war – und Swetlana musste genau hinhören, um bei der Lautstärke überhaupt mitzubekommen, worüber geredet wurde –, ebenfalls nur für ein paar Tage zu Besuch bei seinen Eltern, die nach wie vor in dem abgelegenen Häuschen am Ortsrand wohnten, an der Harzer Landstraße. Danach hatte sich Simon erkundigt, der mit Ralf, dem älteren Bruder von Andreas, früher in die gleiche Klasse gegangen war, wie er ihr nun zuflüsterte.

Ralf, erzählte Andreas weiter, habe inzwischen drei Kinder und sei ein echtes »Familientier« geworden.

Wer hätte das gedacht, erwiderte Simon.

Andreas nickte. Er habe Urlaub, seit zwei Wochen schon, fuhr er zu erzählen fort, und er sei gerade auf Zypern gewesen und hätte dort sogar im Meer baden können. In Köln, wo er inzwischen lebe – er sei Architekt und arbeite für ein großes, direkt am Rhein gelegenes Büro –, läge kein Schnee, und irgendwie wäre ihm der Winter nichts, wenn es nicht mindestens einmal geschneit hätte, also sei er doch hergefahren, als er gehört habe, dass in Bad Soltal so viel Schnee gefallen sei. Und wie Melanie und Simon sei er dann hierher ins Mikado gekommen – Ralf habe ihm von dem Revival erzählt –, um zu sehen, ob vielleicht alte Bekannte da wären, aber abgesehen von ihnen habe er noch niemanden von früher getroffen. Allerdings sei der Abend ja noch jung, sagte er. »Was wären wir ohne das Mikado?« Dann legte er einen Arm um Melanie, die offenbar nichts dagegen hatte und es sich lachend gefallen ließ.

»It's a question of time …«, sang jetzt eine Stimme aus den Boxen, und der Sound war ein anderer geworden.

»Depeche Mode«, rief Melanie. »Kommt, wir gehen auch tanzen …«

»Okay«, sagte Simon und sah Swetlana an.

Sie nickte und stellte ihr inzwischen geleertes Gin-Tonic-Glas auf die Theke.

»It's just a question of time / It's running out for you / It won't be long until you'll do / Exactly what they want you to …«

Jetzt sangen auch sie mit.

Als der Song zu Ende war, steuerten Simon und Swetlana – beide außer Atem – wieder die Theke an, um sich einen weiteren Gin Tonic zu bestellen – auf Depeche Mode folgte ein Song von Bon Jovi, und die Tanzfläche war auf einmal wie leergefegt gewesen. Das war wohl zu viel des Guten, selbst für Hartgesottene. Auch die Frauenhorde hatte sich an der Bar versammelt und trank dort nun Schnäpse.

»Ich bin froh, dass ich nicht ohne Depeche Mode aufwachsen musste«, seufzte Simon.

Der Barmann stellte ihnen ihre Gin Tonics auf den Tresen, die sich beinahe wie Wasser trinken ließen.

Bei dem Mischverhältnis müsse man drei bestellen, um die Wirkung von einem normalen Gin Tonic zu erzielen, sagte Swetlana. »Insofern relativiert sich der günstige Eintritt wieder.«

»Ja«, entgegnete Simon, »das ist hier immer schon so gewesen. Aber ist es nicht schön, dass es Dinge gibt, die sich nie verändern?«

Sie winkten den Barmann ein weiteres Mal zu sich, bestellten noch eine Runde und hielten nach Melanie und Andreas Ausschau, die eben noch neben ihnen getanzt hatten.

»Ich glaube da vorne sind sie, schau mal…«, sagte Simon nach einer Weile.

Swetlana sah in die Richtung, in die er zeigte. Tatsächlich, Melanie und Andreas saßen zusammen in einer Ecke auf der anderen Seite der Tanzfläche und knutschten miteinander.

8

Hilde und Wieland liefen Arm in Arm über den Stadtwall und sprachen über ihren Studienbeginn im bevorstehenden Sommer.

Wieland gelobte, sie nach Kräften zu unterstützen, er beklagte lediglich, dass das Zoologische Institut so weit vom Campus entfernt liege und sie sich dadurch selten sehen könnten, aber Hilde wiegelte ab, das sei Unsinn, so weit sei es nicht, und sie sähen sich schon oft genug.

In dem Moment preschte ihnen plötzlich ein Reiter mit seinem Pferd entgegen, und Attila bellte aufgeregt.

»Brrrr«, machte der Reiter.

Das Pferd, ein prächtiger Schimmel, schnaubte heftig, und seine grauen Nüstern zitterten.

»Albrecht«, rief Hilde, die Attila wieder an die Leine genommen hatte. Sie lächelte.

»Grüß dich, Hilde«, sagte der Reiter, der einige Jahre älter zu sein schien als sie beide und der Wieland nun mit forschenden Blicken ansah. Er zog am Zügel, und das Pferd setzte ein paar Schritte zurück.

»Darf ich vorstellen, Wieland Tappe«, stellte ihn Hilde vor. »Wieland, das ist Albrecht Wiese, ein alter Freund der Familie.«

»Sie sind also Wieland Tappe.« Albrecht Wiese lächelte. »Es freut mich, Sie kennenzulernen. Ich habe schon einiges von Ihnen gehört.«

»Freut mich ebenfalls«, sagte Wieland, dem sofort wieder einfiel, wer dieser Albrecht Wiese war, nämlich der frühere Verlobte von

Hildes verstorbener Schwester, die nach einem Zeckenbiss an einer schweren Meningitis erkrankt war. Er war Germanist und gerade dabei, sich an der Georg-August-Universität zu habilitieren.

»Hat Papa also wieder geplaudert?«, fragte Hilde.

»Ja, das auch«, erwiderte Albrecht Wiese, der keine Anstalten machte, von seinem Pferd zu steigen. »Ich habe deine Eltern vor ein paar Tagen bei den Eichsfelders getroffen ... Aber man hört ja in letzter Zeit so einiges aus dem Zoologischen Institut. Göttingen ist eine kleine Stadt, hier pfeifen die Spatzen verhältnismäßig laut von den Dächern. Leider habe ich es immer noch nicht in die Ausstellung geschafft – sie läuft doch noch? Ihr Fach interessiert mich außerordentlich, müssen Sie wissen. Die Naturwissenschaften und die Geisteswissenschaften haben sich für meinen Geschmack viel zu weit voneinander entfernt. Zu Goethes Zeiten und davor war das, wie Sie wissen, noch anders. Vielleicht nähern wir unsere Disziplinen einander einmal wieder etwas an?«

»Das wäre wünschenswert«, entgegnete Wieland.

»Na, da haben sich aber zwei gesucht und gefunden«, sagte Hilde. »Du hättest Wielands Vortrag zur Ausstellungseröffnung hören müssen, Albrecht. Das war eine Kulturgeschichte aus der Perspektive des Insektenkundlers, eine Kulturgeschichte der Insekten. Und es ging um Literatur. Wieland hat Brockes ›Kleine Fliege‹ rezitiert ...«

»Ach, ja? Das klingt interessant. Zur Eröffnung konnte ich bedauerlicherweise nicht kommen, da ich zu einer Tagung in Münster war. Aber vielleicht dürfte ich Ihren Vortrag einmal lesen?«

»Sehr gerne. Ich lasse ihn Ihnen zukommen.«

»Wie wäre es, wenn ich Sie in den nächsten Tagen im Zoologischen Institut aufsuche? Am besten gleich am Montag? Und wir könnten auch einmal wieder zusammen ausreiten, Hilde, wie wäre das? Reiten Sie, Wieland?«

»Nein.«

»Das müssen wir ändern.«

»Wieland auf einem Pferd?« Hilde lachte.

»Warum nicht?«, fragte Albrecht Wiese.

Wieland, der die Vorstellung, sich auf dem Rücken eines Pferdes zu sehen, mindestens so absurd fand wie Hilde, musterte das imposante Tier noch einmal. Nein, dachte er im Stillen, allem anderen sah er freudig entgegen, doch aus diesem Plan würde eher nichts werden.

Albrecht Wiese aber beobachtete ihn.

»Das höchste Glück der Erde, Sie werden sehen … Unser Gespräch jedenfalls werden wir an anderer Stelle fortführen. Ich werde Sie am Montag treffen. Jetzt muss ich aber schleunigst weiter, die Bibliothek ruft …«, sagte er und jagte mit seinem Pferd davon.

»Es ist Samstagmittag, mein Lieber, Wochenende«, rief Hilde noch, aber Albrecht Wiese hörte sie schon nicht mehr.

»Mit dem Pferd in die Bibliothek, das hat Stil«, sagte Wieland und sah ihm hinterher.

»Ja, typisch Albrecht. Immer ein bisschen extravagant. Aber du wirst ihn mögen. Er ist wie ein großer Bruder für mich, das war schon so, als Klara noch am Leben war …«

9

Am nächsten Morgen wachte Swetlana vor Simon auf, der wie ein Stein schlief und ruhig und tief atmete.

Draußen war es schon sehr hell. Sie hatten nicht daran gedacht, die Rollläden herunterzulassen. Ansonsten hätte sie vielleicht noch ein wenig länger geschlafen, dachte sie, drehte sich wieder um, legte sich auf den Bauch, um noch einmal die Augen zu schließen, aber merkte schnell, dass es aussichtslos war. Nein, sie fühlte sich ausgeschlafen, lediglich leichte Kopfschmerzen hatte sie.

Am Ende hatte sich das Verhältnis vielleicht doch noch ein wenig zu ihren Gunsten verändert, dachte sie, ließ den vergangenen Abend Revue passieren und kam zum Entschluss, dass es bei der Menge an Drinks auch keinen großen Unterschied mehr gemacht hätte. Immerhin hatten sie nur Gin Tonic getrunken und nicht noch etwas anderes.

Vielleicht sollte sie eine Tablette nehmen – eine Schachtel Paracetamol steckte in ihrem Kulturbeutel –, überlegte sie und sah auf die

Uhr, verwarf aber den Gedanken gleich wieder, stand auf und ging, einmal ums Bett herum, zum Fenster, um frische Luft zu atmen.

Alles war weiß, der Himmel hatte die gleiche Farbe wie die Landschaft und die Dächer der Häuser, die unter der Schneedecke kaum zu erkennen waren. Die Aussicht wirkte unwirklich, wie gemalt.

Swetlana öffnete das Fenster und ließ die frische, kalte Luft herein. Winzige Schneeflocken, die ihr entgegenwehten, landeten auf ihren Wangen und auf ihrer Nase. Wie angenehm, dachte sie. Dann setzte sie sich wieder aufs Bett und rieb sich die Augen. Das Fenster blieb geöffnet. Draußen roch es nach Holzfeuer.

Sie hörte Simon unverändert atmen und sah sich um. Es war so eigenartig leer hier. Sein altes Zimmer, das Zimmer, in dem er seine Kindheit, Pubertät und Schulzeit bis zum Abitur verbracht hatte, war in ein Gästezimmer umfunktioniert worden – mit einem Doppelbett, in dem sie nun schliefen, einer Schrankwand und einem nagelneuen, anscheinend bislang noch unbenutztem Ausklappsofa –, es gab kaum etwas Persönliches, das hier an seine Kindheit erinnert hätte, nicht einmal Bilder von ihm hingen an der Wand – so wie sie selbst es aus der Wohnung ihrer Mutter und ihres Großvaters in Tel Aviv kannte, dort hatte sie sogar ein eigenes Zimmer –, nur ein Familienfoto aus einem Strandurlaub stand gerahmt auf einer Kommode.

Sie hatte Simon darauf angesprochen, auf diese Leere, wenn nicht Kälte, gleich nachdem sie ihr Gepäck hier abgestellt hatten. Dieses Verlassene. Hier war die Zeit, so wie sie sie in diesem Augenblick verstand, wirklich abhandengekommen.

Vor allem hatte sie wissen wollen, wann und warum das Zimmer renoviert worden – grausam fand sie es, unmenschlich – und für welchen Besuch es eigentlich vorgesehen war. Abgesehen von ihm und Melanie bekamen Simons Eltern keinen Besuch, jedenfalls keinen, der über Nacht bleiben würde, hatte Simon ihr geantwortet. »Umfunktioniert« hätten seine Eltern das Zimmer vermutlich schon am Tag danach, kaum dass er aus dem Haus war – als hätten sie darauf gewartet. Ohne eine Erklärung war er vor vollendete Tatsachen gestellt worden. Er fühlte sich seitdem immer nur als Gast in seinem Elternhaus, hatte er gesagt, es sei nicht mehr sein Zuhause. Das »Zuhause«, das wirklich seines war, gebe es nur noch in seinem Kopf – und vielleicht noch im

Haus seiner Großeltern, in deren Zimmern von ihm gemalte Bilder an den Wänden hingen. Melanie war es genauso ergangen, hatte Simon erzählt. In ihrem Zimmer stand kein Ausklappsofa, sondern ein Schreibtisch, den ihre Mutter benutzte.

Was aus seinen und Melanies Spielsachen geworden sei, wollte Swetlana wissen. Von ihren eigenen – viele hatte sie nicht gehabt – waren noch ein Teddybär und eine makabre Puppe übrig, der ein Auge fehlte. Seine Spielsachen gebe es noch – Playmobil, Lego, eine Modelleisenbahn und auch Melanies Puppensammlung –, fein säuberlich in Kisten verpackt und auf dem Dachboden verstaut, neben den Kartons mit staubigen Akten und Unterlagen, dem Christbaumschmuck und einem alten Schlitten, den er gerne herunterholen könne, wenn sie Lust habe zu rodeln. Sollten er oder Melanie einmal Kinder bekommen, könnten sie sich bedienen und »den ganzen Krempel mitnehmen«, so müsse man sich das nicht alles wieder neu anschaffen, hatte sein Vater einmal gesagt, und dass hier nichts entsorgt werde, keine Sorge.

Swetlana hatte keine Lust gehabt, mit dem Schlitten zu fahren.

In ihrem Hinterkopf machte sich der Schmerz wieder bemerkbar. Heißkalt zu duschen wäre die beste Therapie, entschied sie, stand auf, spähte in den Flur und huschte schnell ins Badezimmer. In der oberen Etage teilten sie es sich mit Melanie. Im Erdgeschoss gab es ein weiteres Badezimmer, das nur Simons Eltern benutzten.

Am liebsten wäre sie in dieses Solebad gegangen und im dampfenden Außenbecken geschwommen, das sie vom Zug aus gesehen hatte. Ja, das wär's. Aber schon das Duschen tat gut. Ihr Kreislauf reagierte sofort auf das abwechselnd heiße und kalte Wasser, und der Kopfschmerz verflüchtigte sich. Ein starker Kaffee würde ihm den Rest geben.

Es dauerte nicht lange, und die Badezimmertür öffnete sich. Simon kam herein und stieg zu ihr unter die Dusche.

»Deine Schwester schläft heute aber lange«, sagte Simons Vater, der schon früh mit dem Auto losgefahren war, um vom Bäcker frische Brötchen zu holen. Sie saßen um den üppig gedeckten Frühstückstisch herum.

Simon warf Swetlana einen vielsagenden Blick zu.

Sie sah sofort wieder vor sich, wie Melanie und Andreas im Mikado in der Ecke gesessen und geknutscht hatten – Melanie hatte einen beigefarbenen Rollkragenpullover getragen, auch das fiel ihr wieder ein, ihr musste sehr heiß gewesen sein.

Dass seine Tochter beim Frühstück nicht anwesend war, schien Simons Vater zu beunruhigen, vielleicht auch zu ärgern, aber das blieb ohne weitere Auswirkungen. Seine Laune erschien nach wie vor gut, nahezu ungetrübt, das hieß, es wirkte so, als wolle er sie sich durch nichts trüben lassen.

Er räusperte sich, griff nach dem Korb mit den Brötchen, wählte ein Mohnhörnchen und nahm dann, nach einem Moment des Zögerns, auch noch ein Sesambrötchen, dass er mit dem Messer in zwei Hälften zerteilte.

»Wann seid ihr eigentlich nach Hause gekommen«, wollte Simons Mutter wissen. »Ich habe euch gar nicht gehört.«

»Gegen zwei, vielleicht halb drei«, antwortete Simon.

Simons Vater schüttelte den Kopf, schmierte Butter auf eine Brötchenhälfte und griff nach dem Teller mit Aufschnitt, um sie mit Schinken zu belegen. Als er damit fertig war, suchte er irgendetwas.

»Ich gehe mal die Eier holen«, sagte Simons Mutter, die wohl seine Blicke bemerkt hatte und aufstand.

»Ja, tu das bitte. Und gibt es vielleicht noch Kaffee?«

»Kommt sofort.«

»Hatten wir nicht auch Brombeermarmelade? Die von meiner Mutter, die selbstgemachte?«

Als seine Mutter mit den gekochten Eiern, der Marmelade und auch der Kaffeekanne aus der Küche gekommen war, erzählte Simon von der Revival-Party, dass es im Grunde so gewesen sei wie früher und sich nichts verändert hätte – beängstigend sei das –, dass sie aber nur wenige Bekannte getroffen hätten und kaum welche aus seinem Jahrgang.

»Ach ja, und Andreas haben wir getroffen«, sagte er noch, »Andreas Hansen, den jüngeren Bruder von Ralf…«

»Der ist doch nach Köln gegangen, der Andreas, oder? Anders als sein Bruder…«, bemerkte Simons Vater.

»Ralf sehe ich manchmal mit seiner Familie«, sagte Frau Tappe. »Drei Kinder hat der schon …«

»Was soll denn das heißen?«

»Nichts. Neulich ist er mir beim Einkaufen begegnet, da hat er sich nach dir erkundigt.«

Nach einer Weile hörten sie, wie sich die Haustür öffnete. Es war Melanie.

Alle schwiegen und lauschten. Sie versuchte offenbar, möglichst leise und unbemerkt nach oben zu schleichen, aber Simons Vater, der jetzt einen vollkommen verwirrten Eindruck machte, rief nach ihr, und sie trat mit einem verlegenen Lächeln ins Zimmer.

»Hallo!«, sagte sie kleinlaut.

»Wo kommst du denn jetzt her?«, schrie Simons Vater beinahe.

»Ich habe die Nacht bei Andreas verbracht, bei Andreas Hansen. Ich habe die Nacht *mit* Andreas verbracht, wenn du es genau wissen willst. Und ich kann übrigens tun und lassen, was ich will. Und mit Klaus ist es vorbei, endgültig. Das wollte ich euch noch sagen. Und heute Abend treffe ich mich mit Andreas. Und jetzt gehe ich duschen …«

Und sie verschwand so schnell, wie sie gekommen war.

Nach dem Frühstück – die gedrückte Stimmung am Tisch war nicht wieder gestiegen – brachen sie auf und wanderten gemeinsam – zunächst durch die Siedlungen der Südstadt, die bis in den Keilerforst hineinreichten, durch den Wald – hinauf nach Schmiedsteinshöhe.

Es war ein ehrgeiziges, aber zu bewältigendes Ziel, rund zweihundert Höhenmeter.

Swetlanas Kopfschmerzen waren verflogen, und Simon wirkte plötzlich wie von einer neuen Energie erfasst, so hatte sie ihn jedenfalls bislang noch nicht erlebt – es zog ihn sichtlich in den Wald, und er eilte in einem strammen Tempo voran.

Simons Mutter hatte sich von dem Intermezzo am Frühstückstisch offenbar schnell wieder erholt und schien sogar bester Laune zu sein, auch ihr war die Wanderlust anzumerken, und sie blieb ihnen wacker auf den Fersen. Simons Vater hielt ebenfalls Schritt, aber seine Stimmung blieb düster. Mit Melanie, die schnell geduscht und eilig eine Tasse Kaffee hinuntergestürzt hatte und tatsächlich mitgekommen war – schließlich hatten sie es verabredet –, auch wenn sie jetzt eher müde und schlapp hinter ihnen hertrottete und langsam zurückfiel, hatte er kein Wort gesprochen.

Nach und nach gewannen Simon und Swetlana einen Vorsprung – und Swetlana geriet zunehmend aus der Puste –, aber sie achteten darauf, dass sie die anderen nicht abhängten.

»Was ist denn das hier?«, fragte Swetlana, als der Weg hinter einer Biegung auf einmal abrupt endete.

»Sieht aus wie ein umgestürzter Baum«, sagte Simon. »Da kommen wir jedenfalls nicht so einfach durch.«

Sie blieben stehen und warteten. Augenblicke später begutachteten auch Simons Eltern den riesigen, schneeverwehten Stamm, der ihnen den Weg versperrte.

Nach einer waghalsigen Kletterpartie war ihnen allen nicht zumute. Auf der einen Seite ging es steil hinab ins Tal, auf der anderen wucherte undurchdringliches Dickicht.

Es half nichts, Schmiedsteinshöhe würden sie an diesem Tag nicht mehr erreichen, also kehrten sie schweren Herzens um.

FÜNFTES KAPITEL

I

Natascha nahm ihr Smartphone in die Hand und blickte auf das Display: eine Nachricht von Swetlana. Lustig, dachte sie, sie hatte gerade an sie denken müssen.

Nachdem sie gelesen hatte, dass sie erschöpft und überarbeitet – Swetlana arbeitete immer viel zu viel –, aber insgesamt sehr glücklich, ja überglücklich mit ihrem Simon zu einem Kurzurlaub zu seinen Eltern und anschließend in irgendwelche Berge gefahren war, steckte sie das Smartphone schnell wieder ein und ihre Hände zurück in die Taschen.

Es war eisig, der Winter, der sich vorübergehend verabschiedet hatte, war noch einmal mit aller Gewalt zurückgekehrt und hatte Moskau unter tiefem Schnee begraben.

Ihre gefütterten Fäustlinge hatte sie dummerweise zu Hause gelassen. Aber sie trug einen Pelzmantel, ein Imitat, vielleicht Otter oder Nerz. Ihr gefiel die Vorstellung, dass es sich um ein Nerz-Imitat handeln könnte – das hatte etwas Nostalgisches, fand sie. Aber wenn sie ehrlich war, hatte sie keine Ahnung, ob der Kunstpelz wirklich einer Tierart nachempfunden worden war. Er war dunkelbraun, weich und glatt und vor allem warm.

Sie hatte ihn in einer neuen, atemberaubend teuren Boutique gekauft, irgendwo in einer Seitenstraße der Twerskaja, wo sie beim Bummeln und Shoppen zufällig vorbeigekommen war, unweit des Puschkin-Theaters, wenn sie sich richtig erinnerte. Oder war es schon an den Patriarchenteichen gewesen? Jedenfalls rechtzeitig vor Wintereinbruch. Sie hatte damals bar bezahlt, einen großen Schein nach dem nächsten aus ihrem Portemonnaie gezogen. Viel mehr Geld hätte sie für einen echten Pelzmantel vermutlich auch nicht auf den Tisch legen müssen, dachte sie – und ihr fiel die unverschämt hübsche Verkäuferin wieder ein, die sie beraten hatte –, aber echten Pelz zu tragen kam für sie nicht infrage.

Sie war keine Vegetarierin oder so – im Gegenteil, dieses ganze Vegetariertum oder – noch schlimmer – Veganertum hielt sie für dekadent und dümmlich. In England, hatte sie gehört, sollte es besonders weit verbreitet sein. Ein reines Wohlstandsphänomen war das ihrer Meinung nach, eine aus dem verweichlichten und so überraschend rasant untergehenden Westen – wer hätte das noch vor ein paar Jahren gedacht? –, aus Europa und Amerika herüberschwappende Mode, die man sich nicht überall auf der Welt leisten konnte, dachte sie –, aber dass Tiere umgebracht wurden, nur damit Menschen sich mit ihrem Fell kleiden konnten, das schmeckte ihr eben auch nicht mehr, nicht, seit sie sich einmal näher mit dem Thema befasst hatte.

Nerzen, Ottern, Füchsen, Zobeln, Hermelinen und vielen anderen Tieren wurde das Fell abgezogen – und dabei nicht immer so genau darauf geachtet, ob sie wirklich schon tot waren. Das Fell musste schnell abgezogen werden, im Akkord, darum ging es. Die Tötungen – durch Eisenstangen, Holzknüppel oder Autoabgase – waren unzuverlässig. Die Kadaver wurden anschließend verbrannt oder zu Tierfutter verarbeitet. Das Schlimmste war, dass die gehäuteten Tiere manchmal noch lebten, dass ihre Herzen noch schlugen, wenn sie bereits als bloße Fleischmasse zwischen den anderen Kadavern auf dem »Müllhaufen« lagen, um zur Verbrennung oder weiteren Verarbeitung abtransportiert zu werden.

Natascha hatte vor Monaten einmal – oder inzwischen auch vor Jahren, sie wusste es nicht mehr – für ihre Sendung zu dem Thema recherchiert. Sie war sogar schon mit einem Filmteam zu einer Pelzfabrik hinausgefahren, immer die M7 entlang, in Richtung Nowgorod. Schier endlos waren sie gen Osten gefahren, geradewegs auf den Ural zugesteuert, den sie gerne einmal gesehen hätte, und auf desolate Verhältnisse gestoßen. Auf der Konferenz aber hatten sie dann ein paar Tage später schnell beschlossen, das Ganze fallenzulassen, zu grausam die Geschichte – zu heikel auch, man wollte sich nicht unbeliebt machen –, zu blutig die Bilder, nichts für Kinder.

Immerhin, ihre Mütze war noch mit echtem Kaninchenfell gefüttert, weißem Kaninchenfell – ganz so streng sah sie es dann auch wieder nicht. Aber Kaninchen waren schließlich auch keine reinen Felllieferanten, sondern vor allem dazu da, gegessen zu werden. Von einem geschlachteten Kaninchen blieb wenig übrig, da musste nichts weggeschmissen werden. Sie konnte sich noch gut daran erinnern, wie Swetlanas Großmutter früher Kaninchen im Schmortopf gekocht und wie köstlich es immer geduftet hatte, wenn sie bei ihr zu Besuch gewesen war, aber das war lange her, unendlich lange, da waren Swetlana und sie noch Kinder gewesen.

Swetlana, die kleine, süße Swetlana … Natascha freute sich für sie. Sie freute sich darüber, dass sie verliebt war, dass ihre beste Freundin endlich jemanden gefunden hatte, mit dem es zu funktionieren schien, einen Mann, mit dem sie überhaupt zusammen sein konnte und glücklich war. Sie kannte sie schließlich besser, als jeder andere. Sie wusste, was Swetlana geschehen war und wie schwer es für sie war, sich auf jemanden einzulassen. Jedenfalls war das lange so gewesen. Als Teenagerin hatte sie niemanden mehr an sich herangelassen nach dieser furchtbaren Geschichte mit Oleg Melnikow – sie wusste nicht, wie oft sie ihn verflucht hatte, aber irgendwann hatte ihn und auch seinen widerlichen Vater tatsächlich der Teufel geholt, und jetzt schmorten sie zusammen in der Hölle.

Hoppla, dachte Natascha. Sie wäre beinahe über ihre eigenen Füße gestolpert und konnte gerade noch vermeiden hinzufallen.

Sie hätte keine Schuhe mit hohen Absätzen anziehen sollen, nicht, wo alles so vereist und glatt war. Und jetzt wurde es langsam dunkel.

Um sie herum erhoben sich reihenweise große graue Hochhäuser, Neubauten allesamt, aber keine Menschenseele schien hier unterwegs zu sein.

Vielleicht war sie irgendwo falsch abgebogen, dachte sie, hier jedenfalls würde sie nicht weiterkommen.

Natascha war mit der Metro tief in die Vororte Moskaus hineingefahren – so weit wie noch nie, glaubte sie, mitten ins Nirgendwo –, um einen halbwegs bekannten Wissenschaftler zu treffen, den sie in eine ihrer nächsten Sendungen einladen wollte.

Sie liebte das Format ihrer Sendung, das im Prinzip eine Talkshow war. Es traten Musiker, Comedians und Künstler bei ihr auf, es gab Quizspiele und Publikum im Studio. Vor allem ging es darum, in kleinen Videofeatures Wissen zu vermitteln. Im aktuellen Fall ging es um eine neue Methode zur Erkennung winziger Moleküle, die dieser Wissenschaftler entwickelt hatte, um Physik oder Chemie oder was auch immer. Natascha verstand wenig von diesen Dingen, aber darum ging es gerade. Ihre Sendung richtete sich schließlich vor allem an Kinder und Jugendliche.

Der Wissenschaftler, der am Telefon, als sie das Treffen vereinbart hatten, sehr lustig geklungen hatte – das sprach schon einmal für ihn, das war auch entscheidend –, sollte seine Tätigkeit so einfach wie möglich erklären, so dass sie es problemlos verstand. Wenn sie es verstand, verstanden es auch die Zuschauer. Wenn das also funktionierte, würde sie ihn in ihre Sendung einladen.

Aber erst einmal galt es, diesen Wissenschaftler und ihr Filmteam, das längst angekommen sein musste, überhaupt zu finden, und das schien hier, in den ausgedehnten und labyrinthischen Moskauer Außenbezirken, in denen die Temperaturen noch um einige Grade niedriger waren als im Stadtzentrum, gar nicht so leicht zu sein.

Sie zog noch einmal ihr Smartphone aus der Tasche, um die Adresse zu überprüfen und auch um nachzusehen, wo sie sich gerade befand.

Sie hatte eine Nachricht bekommen. Ihre Kollegen waren schon da. Wo sie bleibe, fragten sie.

Natascha war schon ein ganzes Stück gelaufen, nur anscheinend in die falsche Richtung. Die Häuserreihe schien überhaupt kein Ende zu nehmen – vermutlich zog sie sich noch Kilometer in die Länge –, aber auf der anderen Straßenseite tauchte jetzt ein kleiner Park mit Bäumen auf, doch von einem Park in dieser Gegend wusste sie nichts. Sie hatte sich offenbar vollkommen verirrt.

Aber was war das? Da bewegte sich doch etwas …

Ja, zwischen den Bäumen tauchte jetzt jemand auf, trat auf den Gehweg und kam ihr entgegen. Der Mann – es war ein Mann, das sah sie gleich – kam direkt auf sie zu.

Glück gehabt, dachte sie. Vielleicht kannte der sich hier aus, sie konnte ihn nach dem Weg fragen.

Der Mann lief erstaunlich schnell, fiel ihr auf.

Als er sie fast erreicht hatte, sah Natascha, dass er etwas hinter seinem Rücken versteckt hielt. Er hatte zusammengekniffene Augen und hohe Wangenknochen, mehr erkannte sie nicht, er war gänzlich vermummt. Ein strenger Geruch stieg ihr in die Nase.

Sie erstarrte, sie war plötzlich unfähig, sich zu bewegen. Sie sah, dass er einen Knüppel in den Händen hielt. War es ein Knüppel? Oder ein Baseballschläger? Sie hatte keine Ahnung.

Der Mann aber holte aus und traf sie, er traf ihre Hüfte. Sie hörte ein Knacken und spürte einen starken Schmerz. Seltsamerweise fiel sie nicht um. Als Nächstes schlug er ihr ins Gesicht. Erst jetzt ging sie zu Boden. Dann trat er sie, ins Gesicht, in den Unterleib, in den Rücken.

Sie zählte die Tritte, einen nach dem nächsten. Sie sah sich im Krankenhaus liegen, im OP, vor ihrer Blinddarmoperation. Das war Jahre her, aber es hatte sich ihr tief eingeprägt, wie es im Krankenhaus aussah. Sie erinnerte sich an den Anästhesisten in seinem blauen Kittel, der sie vor der Narkose aufgefordert hatte, langsam zu zählen. Von hundert rückwärts.

Und sie zählte. Und zählte …

2

Wieland und Hilde liefen über den Stadtwall, vorbei an den zahllosen kahlen Linden, die im Sommer Schatten spendeten. Attila, den sie gerade von der Leine gelassen hatten, jagte ihnen voraus, er schoss durch die Büsche, pflügte mit seiner Nase durch den Schnee, kehrte wieder zu ihnen zurück, schüttelte sich und begann das Spiel aufs Neue.

Kalt war es, aber nicht mehr ganz so kalt wie noch in den Wochen zuvor. Es waren mehr Menschen unterwegs – auf den Straßen und auf dem Wall –, es war, als läge etwas in der Luft, das sie jetzt alle hinter ihren Öfen hervorlockte.

Die Idee, zu heiraten, hatten sie nie aufgegeben, es aber nicht zuletzt wegen ihres Studiums und aufgrund von Wielands zeitaufwändiger Einbindung ins Institut und seiner kräftezehrenden Habilitation letztlich von Jahr zu Jahr verschoben. Den Segen von Hildes Eltern, die, so vermutete Hilde, schon lange darauf gewartet hatten, hatten sie, als es schließlich so weit war, sofort bekommen – und zuletzt auch den Segen von Wielands Mutter. Sie hatte sich allerdings Hilde gegenüber zunächst und wie gewohnt, sehr reserviert verhalten – sie sprachen gerade erneut darüber –, ja, unterkühlt bis frostig, als sie sie vor wenigen Tagen einmal wieder gemeinsam in Bad Soltal besucht hatten – zu Kaffee und Kuchen und von Cron & Lanz mitgebrachter Torte. Sie waren nicht mit dem Zug angereist – wie Wieland es zu tun pflegte, wenn er allein kam –, sondern mit dem Auto gefahren, das Dr. Sartorius Hilde, die einen Führerschein besaß, großzügigerweise geliehen hatte. Auch er hatte beschlossen, bald einen Führerschein zu machen.

Die oft unwirsche Reserviertheit seiner Mutter, über die sich Wieland, wie er sagte, sehr geärgert habe, erkläre er sich vor allem mit ihrer Einsamkeit, über die sie sich, wenn sie telefonierten, auch immer wieder beklage.

Hilde verstand das nicht, da sie regelmäßig ihren kleinen verschworenen Altnazi-Bekanntenkreis um sich versammelte.

Das stimme schon, sagte Wieland, doch sei es eben auch so, dass sie den Tod seines Vater nie wirklich verwunden habe. Am liebsten hätte sie ihn, ihren Sohn, ständig bei sich. Hinzu komme ihre furchtbare Krankheit, deren Verlauf rapide und unbarmherzig war.

Seine Mutter hatte erschreckend an Gewicht verloren, sie war knochig gewesen und hatte eingefallene Wangen gehabt. Dennoch hatte sie mit sich gerungen und sich Hilde gegenüber nach und nach zugewandter gezeigt – so gut es ihr eben möglich war – und ihr während des Besuches auch die eine oder andere Frage gestellt.

Vielleicht würde sie es ja noch erleben, eines Tages Großmutter zu werden, hatte sie sogar noch gesagt, als sie sich bereits voneinander verabschiedet und vor der Tür gestanden hatten. Sie hatte dabei aber eher melancholisch als zuversichtlich geklungen.

Hildes Eltern auf der anderen Seite hatten ihn, nunmehr endlich ihren Schwiegersohn in spe – Wieland hatte bereits in aller Form um Hildes Hand angehalten –, offensichtlich vom ersten Augenblick an in ihr Herz geschlossen – er hatte seitdem nie einen Zweifel daran gehegt –, sowohl ihr Vater, der sich an den Gedanken, ein Mitglied der Sozialdemokratischen Partei zum Schwiegersohn zu haben, allerdings erst noch gewöhnen müsse, als auch ihre Mutter, die, zu Wielands

Simon war es überaus recht, dass es zu Hause, in Bad Soltal, schneite. Im Winter, wenn die Dächer der kleinen Fachwerkhäuser mit Schnee bedeckt waren und Eiszapfen von den Balken der dunklen Holzgiebel hingen, wirkte das Städtchen besonders heimelig und die Landschaft ringsherum wie verzaubert.

Sie würden durch den Keilerforst hoch nach Schmiedsteinshöhe wandern, der Weg dorthin war zu dieser Jahreszeit märchenhaft verwunschen, wenn er auch seine Tücken hatte, streckenweise war er sehr schmal, im Schnee kaum zu erkennen, und der Berg fiel steil ab. Wetter- und vor allem trittfeste Schuhe brauchte es dazu, und am besten packte man sich sehr warm ein und nahm heißen Tee zur Verpflegung im Rucksack mit.

Am liebsten würde er die Wanderung allein mit Swetlana unternehmen – oder vielleicht gerade noch mit Melanie im Schlepptau, die, das hoffte er jedenfalls sehr, auch kommen würde –, aber wie er seine Eltern kannte, würden sie sich ihnen einfach anschließen, ohne viel Gerede darum zu machen. Sein Vater würde es sich dann auch nicht nehmen lassen, Vorträge über die Region und ihre Bergbaugeschichte zu halten. Oder über die Forstwirtschaft. Schon als Kind war ihm die fade und belehrende Art, mit der er das zu tun pflegte, auf die Nerven gegangen. Einmal Lehrer, immer Lehrer. So war es wohl wirklich. Doch manchmal fragte er sich, woher sein Vater das eigentlich hatte. Von seinem Vater oder seiner Mutter jedenfalls nicht. Wenn sein Großvater oder seine Großmutter etwas erklärten, war es immer ganz anders, es geschah mit echter Begeisterung für den jeweiligen Gegenstand – das hieß in der Regel für die Pflanze oder das Insekt – und klang nie besserwisserisch.

Seine Großeltern, denen er Swetlana während ihres ersten Besuches in seiner Heimat natürlich vorstellen wollte – idealerweise noch am gleichen Abend, auch wenn das seiner Mutter nicht gefallen würde –, waren inzwischen zu alt, sie konnten solche weiten Strecken und hohen Steigungen seit vielen Jahren schon nicht mehr bewältigen und gingen – so sehr sie es auch bedauerten – allenfalls am Waldrand spazieren oder den Nordhang hoch, wenn das Wetter es zuließ, aber auch das war aufgrund der steilen und teilweise rutschigen Wege, die hinauf in den »kleinen Nordwald« führten, sehr beschwerlich. Die ausgedehnten

Wanderungen durch die Wälder und Berge rund um Bad Soltal, die er mit seinen Großeltern regelmäßig unternommen hatte, gehörten zu seinen schönsten Kindheitserinnerungen, ganz gleich, ob im Frühling, wenn dort oben ganze Teppiche von Buschwindröschen blühten – von weitem sah das aus, als würde auf dem Waldboden Schnee liegen, was kaum vorkam –, im Sommer, wenn das Grün der Buchen besonders kräftig war, die Baumkronen ein undurchdringliches Dach bildeten und die Sonne nur hier und da durch die Blätter leuchtete, im Herbst, wenn sich das Laub verfärbte und herabfiel und überall Bucheckern lagen, die sie aufsammelten und aßen, oder eben, wie jetzt, im Winter, wenn die Buchen allesamt kahl waren, der Boden festgefroren war und die schwarzen Tannen und Fichten sichtbarer wurden.

Als Insektenforscher dürfe man den Winter nicht unterschätzen, auch wenn keine Bienen und Schmetterlinge umherflögen, hatte sein Großvater immer wieder gesagt und mit bedeutsamen Blicken von »feinen Methoden« gesprochen, die nur dem Kenner vertraut seien. Simon, der anders als sein Vater die Leidenschaft seines Großvaters teilte, hatte sich diese Methoden als Kind schon angeeignet und nicht wieder vergessen. Die Entomologie war eine ganze Weile lang eine Art Hobby für ihn gewesen, zum Leidwesen seines Vaters, der Insekten hasste, ja, unter einer echten Insektenphobie litt, aber zur Freude seines Großvaters.

Er erinnerte sich noch genau daran – die Bilder waren so präsent, als wäre es erst gestern gewesen –, wie er gemeinsam mit seinem Großvater am Fluss, der selten zufror, entlanggelaufen war – draußen, außerhalb von Bad Soltal –, um Schilfrohr zu sammeln, das dann zu Hause, im Warmen, wo seine Großmutter schon mit heißem Kakao und selbstgebackenen Keksen auf sie gewartet hatte, eines nach dem anderen »aufgeblättert« worden war. Meist hatte diese Prozedur im Arbeitszimmer seines Großvaters stattgefunden. Im Inneren des Schilfrohrs hatten sie dann unter anderem verschiedene Arten von Marienkäfern gefunden – rote Sieben- und Zweipunkte, die schwarze Zweipunkt-Variante oder auch gelbe Zweiundzwanzigpunkte –, manches Mal zu Dutzenden. Allerdings waren die Marienkäfer allesamt vollkommen träge gewesen, wie tot zunächst. Aber vielleicht gerade, weil es Winter gewesen war, und vor allem auch im Kontrast zu dem abgestorbenen

Pflanzenmaterial, das sie umgeben hatte, hatten sie so unerwartet und verblüffend bunt ausgesehen. Es war immer gewesen, als hätten sie einen Schatz gefunden. Simon erinnerte sich noch genau an das Gesicht, das sein Großvater jedes Mal gemacht hatte, an die Freude in seinen Augen, von der er heute nicht mehr zu sagen wusste, ob sie nun vom Anblick der gesammelten Käfer hergerührt hatte oder davon, dass er seine Leidenschaft mit seinem Enkel hatte teilen können.

Auf ihren vielen Streifzügen durch den verschneiten Wald hatten sie regelmäßig Beute gemacht. Dort war es vor allem darum gegangen, alte Baumstümpfe ausfindig zu machen – die gab es vor allem im Keilerforst, wo nach wie vor viel mit Holz gewirtschaftet wurde. Der Großvater hatte früher immer ein kleines Beil und auch ein großes Messer mit sich getragen, wenn er dort hinaufgestiegen war, um die mit verdorrten Pilzen und Flechten verzierten Stümpfe aufzuschlagen und zwischen den Spänen die Wanzen und Käfer aufzuspüren – oder ihre Larven, die sich darin versteckt hielten.

So habe er einmal einen frisch aus der Puppe geschlüpften und noch ganz blassen Hirschkäfer entdeckt – den größten und imposantesten aller europäischen Käfer. Das hatte er Simon einmal während eines ihrer längeren Jagdausflüge erzählt.

Den Käfer aber habe er nicht im heimischen Wald gefunden – wo der durch seinen zu einer Art Geweih vergrößerten Oberkiefer martialisch anmutende »Lucanus cervus« durchaus auch vorkommen könne, nur eben leider sehr selten –, sondern während eines Forschungsaufenthaltes, den er mit Simons Großmutter in der Schweiz verbracht hatte.

Einen Hirschkäfer, der zur Familie der »Schröter« zählte – den Namen hatte er erhalten, da er modriges Holz zerschrotete –, hatte Simon noch nie in freier Natur gesehen, aber das hatte er sich als Kind sehr aufregend vorgestellt, als sein Großvater ihm später, als sie wieder zu Hause angekommen waren, das präparierte Insekt vorgeführt hatte. Von jenem Tag an, hatte er immer, wenn er im Wald war, nach diesem seltenen Insekt Ausschau gehalten, und das würde er vermutlich auch weiterhin tun.

Simon drehte sich um. Die Familie mit den vielen Kindern und Koffern hatte inzwischen zwei ganze Bänke in Beschlag genommen, und die Mutter, die eben noch etwas Heißes aus einer Thermoskanne ausgeschenkt hatte, sammelte die Becher auch schon wieder ein. Eines der Kinder versuchte immer wieder, sich davonzuschleichen und wegzulaufen, aber der Vater fing es jedes Mal ein und setzte es zurück auf die Bank.

Es war kurz vor halb – jeden Augenblick würde der Zug einfahren –, aber Swetlana war noch nirgends zu sehen.

Simon griff nach seinem Handy, doch er hatte keine Nachricht erhalten.

Dass sie knapp kommen würde, wusste er. Sie hatte noch die Bibliothek aufsuchen müssen, um Forschungsliteratur zu besorgen, die sie in den nächsten Tagen lesen wollte, und anschließend ihren Doktorvater zum Mittagessen getroffen. Im Zweifelsfall würden sie einfach den nächsten ICE nehmen, die Züge fuhren im Stundentakt. In Soltal konnte er kurz anrufen und Bescheid geben. Im Grunde wäre das alles kein Problem. Allerdings hätte es Kommentare seines Vaters zur Folge, dessen konnte er sich sicher sein. Irgendwelche blöden Bemerkungen, die er, einer primitiven Induktionslogik folgend, über einen angeblichen Mangel an Pünktlichkeit und Zuverlässigkeit im Allgemeinen machen würde – einmal verspätet, immer verspätet –, so dass die Stimmung von vornherein getrübt wäre.

Simon, der ohnehin nicht viel auf formale Logik gab, da sie stets und ihrem Wesen entsprechend vereinfachte und pauschalisierte, wo es seiner Ansicht nach auf Differenzierung ankam, grübelte. Ja, das war ein gesellschaftliches Problem, vielleicht *das* gesellschaftliche Problem, jedenfalls ein Grundproblem im zwischenmenschlichen Miteinander. Die Wahrheit, dachte er, lag nicht oder nur höchst selten im Allgemeinen, sondern – wenn es sie denn überhaupt gab – vielmehr im Besonderen.

Nicht erst im Nachhinein war er froh gewesen, dass seine Eltern nicht zu der Schumann-Eichendorff-Matinee gekommen waren. Seine Mutter hatte zwar bis zuletzt darum gekämpft, nach Berlin fahren zu können – zumal Simon seinen Dezemberbesuch krankheitsbedingt hatte absagen müssen und auch über Weihnachten nicht gekommen war –, aber sein Vater war schlicht nicht dazu zu bewegen gewesen, und ihn allein zu besuchen war für seine Mutter offenbar nicht infrage gekommen. Sie konnte noch so betrübt sein, auf die Idee wäre sie nicht gekommen. Seine Großmutter war emanzipierter und fortschrittlicher, als es seine Mutter vermutlich je sein würde, dachte Simon. Die Welt konnte sich noch so sehr verändern, seine Mutter und vor allem sein Vater ließen sich davon nicht irritieren und schon gar nicht in ihren Gewohnheiten beeinflussen.

Natürlich hatte er seiner Mutter nicht gesagt, dass es ihm letztlich so viel lieber gewesen war. Es war ihm, wenn er ehrlich war, auch nicht ganz ungelegen gekommen, dass ihn kurz vor Weihnachten diese Erkältung niedergestreckt hatte und er nicht, wie sonst jedes Jahr, zu ihnen nach Bad Soltal gereist war.

Swetlana hatte eigentlich vorgehabt, zum Chanukka-Fest nach Tel Aviv zu reisen. Chanukka hätten sie früher in Russland nie groß und schon gar nicht traditionsgemäß gefeiert, hatte sie erzählt, damit hätten ihr Großvater und ihre Mutter – wie mit anderen Bräuchen auch – erst in Israel angefangen. Wegen der Arbeit, die ihr die Dissertation bereitete, und wegen des Zeitdrucks, den sie hatte – ihr Stipendium der Studienstiftung des deutschen Volkes erhielt sie schließlich nicht bis in alle Ewigkeit –, war sie in Berlin geblieben und also bei ihm. Am Ende hatte sie sich allerdings mehr um ihn gekümmert und ihn gepflegt, als tatsächlich in die Bibliothek zu fahren. Nach Tel Aviv wollte sie später fliegen, in Ruhe, und sich dann auch etwas Arbeit mitnehmen, hatte sie gesagt.

Nach Israel fliegen – das war eine verlockende Vorstellung, dachte Simon, als gerade der ICE einfuhr. Er blickte sich ungeduldig um, doch Swetlana war immer noch nicht zu sehen. Ständig gab es Zugverspätungen, dachte er, aber nie, wenn man sie wirklich brauchte.

Die Türen öffneten sich. Simon sah, wie der Familienvater einen Wagen weiter die vielen Koffer hineinhievte, einen nach dem nächsten, es folgten die Kinder, erst die kleinen, dann die großen, und zuletzt die Mutter, die sich, bevor sie einstieg, noch einmal umschaute, ob sie auch wirklich nichts vergessen und auf dem Bahnsteig hatte liegen lassen.

Aber dann stand Swetlana plötzlich vor ihm, sie war ganz außer Atem.

»Ich dachte schon, du schaffst es nicht«, sagte Simon erleichtert und nahm ihr die Reisetasche ab.

»In letzter Minute, wie es aussieht«, keuchte sie.

»Jetzt aber schnell rein ...«, sagte Simon, und sie stiegen als Letzte in den Wagen. Die Türen schlossen sich hinter ihnen, und wenige Sekunden später setzte sich der Zug auch schon in Bewegung.

Die reservierten Plätze befanden sich im nächstgelegenen Großraumabteil, unmittelbar hinter der Wagentür. Simon verstaute das Gepäck auf der Ablage, und dann setzten sie sich.

»Jetzt erzähl doch mal ...«, sagte Simon. »Wie ist es gelaufen?«

Sehr gut sei es gelaufen, antwortete Swetlana. Das Gespräch mit ihrem Doktorvater habe sich ein wenig in die Länge gezogen, es habe einiges zu besprechen gegeben, mehr als sie anfänglich gedacht habe. Zum einen hätten sie noch einmal über ihren Aufsatz gesprochen, zum anderen solle sie im nächsten Semester ein zusätzliches Blockseminar leiten, das habe der Professor ja bereits angedeutet. Die eigentliche Neuigkeit aber bestehe darin, dass überraschend eine Assistentenstelle freigeworden sei, da ein Doktorand, den sie auch aus dem Kolloquium kenne, aus familiären Gründen in die Vereinigten Staaten gehe. Genaueres wisse sie darüber nicht, aber Simon dürfe einmal raten, wer die Stelle nun bekommen solle.

»Das ist ja fantastisch«, erwiderte er.

»Ja, das ist es. Aber jetzt freue ich mich erst einmal darauf, dein Zuhause kennenzulernen«, sagte Swetlana.

3

Der Bummelzug der Nordwestbahn näherte sich seinem Ziel, wetterbedingt zeitweise im Schritttempo.

Die Schienen verliefen direkt am Solebad mit seinem beheizten und dampfenden Außenbecken entlang, in dem selbst jetzt, im tiefen Winter, die greisen Kurgäste ihre täglichen Bahnen zogen. Unmittelbar ans Solebad grenzte der sich etliche hundert Meter weit schlängelnde Kurpark, und wenig später sahen sie schon die alten Gradierwerke vor sich, auf deren Dächern sich der Schnee in schweren Schichten türmte – an die zwanzig, dreißig Zentimeter hoch. Kurz nach dem

Jahreswechsel hatte es schon angefangen, und es sollte noch weiter schneien.

Quietschend und genau auf der Höhe der Gradierwerke kam der Zug zum Stehen.

Gegenüber dem Bahnhof erhebe sich der letzte der riesigen Schornsteine des stillgelegten Kaliwerkes, sagte Simon, den der plötzliche und unplanmäßige Halt nicht weiter irritierte. Sie würden ihn gleich sehen. Alle übrigen seien schon vor vielen Jahren gesprengt worden, wie die weiteren Werkanlagen und die Schächte, in denen die Bergmänner früher, als er noch ein Kind gewesen war, die Erde zum Beben gebracht hätten. Der älteste stamme aus dem neunzehnten Jahrhundert.

Simon kannte – wie jeder gute Bad Soltaler – unzählige Geschichten und Details über die lokale Kaliförderung, manche Zahlen und Werte wusste er noch auswendig und würde sie wohl auch in diesem Leben nicht wieder vergessen. Den Soltaler Schülern wurden diese Dinge schon im Grundschulalter eingetrichtert.

Vor gut zweihundertfünfzig Millionen Jahren, erklärte er, waren die Kalisalz-Ablagerungen im mitteleuropäischen Raum entstanden. Gewaltige tektonische Verschiebungen hatten ganze Meere abgetrennt, die in der Hitze des Tertiär allmählich ausgetrocknet waren. Durch die stetige Verdunstung hatte sich der Salzgehalt zunehmend erhöht – so wie im Toten Meer, sagte er –, bis es schließlich kristallisiert und von Sedimenten bedeckt worden war, die sich wiederum in Sandstein verwandelt hatten. Unter dem Druck anderer Gesteinsschichten hatte das Salz begonnen, zäh zu fließen und sich wieder Richtung Erdoberfläche zu bewegen.

Bei ersten Bohrungen hatte man in zweihundert Metern Tiefe ein Flöz mit dem erdgeschichtlich jüngeren Steinsalz vorgefunden, in gut sechshundert Metern Tiefe dann ein gewaltiges Sylvinitlager, ein Kalisalzgestein, das aufgrund von eingelagerten Eisenoxiden eine überwiegend rötliche Färbung zeigte, und darunter reines weißes Carnallit, lange Zeit eines der bedeutendsten Kalisalze überhaupt, dessen Aufbereitung sich jedoch aufgrund der dabei entstehenden Schadstoffe wirtschaftlich als nachteilig erwies.

Knapp tausend Meter tief war der Schacht I angelegt worden – mit einem Durchmesser von mehr als fünf Metern –, und die gesamte

Förderung war dort zentriert gewesen. Zwei weitere, viele Jahre später angelegte Schächte hatten mit dem Hauptschacht unter Tage in Verbindung gestanden – sie seien »miteinander durchschlägig« gewesen, heiße das unter Bergmännern, erklärte Simon –, und eine Kettenbahn hatte die geförderten Kalisalze in eine Rohsalzmühle und in eine Chlorkaliumfabrik transportiert, wo sie vermahlen und weiterverarbeitet worden waren.

Swetlana hörte Simon ein bisschen ungeduldig zu – zum einen, weil sie das Sitzen leid war und endlich ankommen wollte, zum anderen, weil sie sich die vielen Details ohnehin nicht würde merken können. Schließlich unterbrach sie ihn, um ihn nach dem angeblichen Aufenthalt von Novalis in Soltal und seiner Besichtigung der Schächte zu fragen. Aber Simon wusste auch nicht mehr darüber zu sagen, als er ihr bereits erzählt hatte.

»Ich werde meine Großeltern danach fragen«, sagte er und überlegte, als sich der Zug gerade langsam wieder in Bewegung setzte. »Oder du fragst gleich meinen Vater, das ist vielleicht noch besser. Der wird dich lieben, wenn du ihm solche Fragen stellst. Der ist immer froh, wenn sich ihm eine Gelegenheit bietet, mit seinem Wissen zu prahlen ...«

Am Bahnhof angekommen sahen sie Simons Vater bereits am freigeschaufelten Bahnsteig. Er trug eine Fellmütze mit Ohrenklappen, einen Wintermantel, und er hatte den Schal über Mund und Nase gezogen, so dass er von weitem kaum zu erkennen war.

Es gebe kein schlechtes Wetter, es gebe nur »unsachgemäße Kleidung«, lautete, wie Simon nur zu gut wusste, eine seiner Devisen, die er, sobald sich ihm eine Gelegenheit bot, daherbetete, ganz gleich, ob es angebracht war oder nicht.

Er erkannte seinen Vater durchs Abteilfenster hindurch auch in seiner Vermummung sofort – an seiner Haltung, kerzengerade und erhobenen Hauptes dastehend und den Blick über alles hinweg in die Ferne gerichtet.

Wenige Augenblicke zuvor hatte er Swetlana noch das Kurhotel zum Markgrafen und den Turm von Sankt Johannes zeigen können.

Die Verwaltungsgebäude des Kaliwerks, die sich neben dem kleinen

Bahnhofsgebäude aufbauten, und einige Nebengebäude und Hallen, die noch übriggeblieben waren, allesamt rote Klinkerbauten, wurden schon seit Jahren von verschiedenen anderen Firmen und Betrieben genutzt – Firmen, die überwiegend dem Dienstleistungssektor entstammten, es gab kaum Industrie und Handwerk im Ort. Reger Betrieb herrschte auf dem Gelände, und es standen viele Autos auf den ehemaligen Werksparkplätzen. Auch auf dem Bahnhofsparkplatz standen die Pkws in Reihen dicht gedrängt, aber das waren die Pendler, die früh Richtung Hildesheim oder Hannover oder auch Richtung Harz fuhren und erst am Abend zurückkehrten. Sie würden den Schnee von den Windschutzscheiben kratzen müssen.

Jetzt, am Nachmittag, stiegen nur wenige Passagiere aus und noch viel weniger zu.

»Gilt nicht in Deutschland das Vermummungsverbot?«, fragte Simon seinen Vater zur Begrüßung.

»Zieh du dich lieber warm an, Junge. Deine Mutter hat einiges mit euch vor«, antwortete er lachend, nahm Swetlana die Reisetasche ab und lief ihnen voran zum Wagen. »Ich hoffe, ihr habt festes Schuhwerk dabei und nicht nur diese lächerlichen Treter, die ihr da an den Füßen tragt!?«

Simon nickte und sah Swetlana an, die amüsiert lächelte.

Es hatte wieder angefangen zu schneien. Ein Räumfahrzeug des städtischen Winterdienstes fuhr mit gelbem Blinklicht an ihnen vorbei, als sie auf den Parkplatz traten. Hinter dem orangefarbenen Gefährt, das mit einer großen Schaufel an der Frontseite den Neuschnee zur Seite schob, flog ein Split-Salz-Gemisch aus einer Streuanlage im hohen Bogen auf die von massiven Schneewällen gesäumte Straße. Die frischen Flocken schmolzen und verwandelten sich unmittelbar in grauen Matsch.

»Es ist schön, euch zu sehen«, sagte Simons Vater freundlich, nachdem er ihr Gepäck im Kofferraum verstaut hatte und sie alle im Auto saßen – Swetlana auf dem Beifahrersitz, wohin Simon sie sanft gedrängt hatte, und er selbst hinten, auf der Rückbank. Der Volvo seiner Eltern war das einzige Auto auf dem Parkplatz, das nicht eingeschneit gewesen war.

Sein Vater klang gutgelaunt, sogar ein bisschen feierlich, fand Simon und beugte sich ein Stück vor, um ihn durch den Rückspiegel hindurch zu beobachten. Er sah gut aus. Frisch und nicht so angespannt wie sonst, er hatte eine lebendige Gesichtsfarbe, sich den Kinnbart ordentlich gestutzt und die übrigen Partien glattrasiert.

»Und wie gefällt Ihnen unser Bad Soltal, Swetlana?«, fragte sein Vater jetzt in demselben, durch und durch entspannten Tonfall. »Ein kleines, aber feines Städtchen, nicht wahr?«

Die gute Laune war Simon ein bisschen unheimlich.

»Es gefällt mir sehr, Herr Tappe«, antwortete Swetlana artig – und kniff Simon dabei in den Arm. »Wie aus dem Bilderbuch, würde ich sagen, diese vielen Fachwerkhäuser mit den hübsch verzierten Giebeln, die bunten Türme – ist das dort das Rathaus? –, der kleine Fluss, die Berge und die Wälder ringsum. Sehr romantisch, ein bisschen aus der Zeit gefallen, ja, märchenhaft, verwunschen, jetzt, wo alles so eingeschneit ist, es ist wirklich traumhaft schön …«

Simons Vater lächelte zufrieden. Erste Prüfung bestanden, hieß das.

Das waren die Winterferien, dachte Simon. Während der Ferien konnte es tatsächlich vorkommen, dass sein Vater eine Metamorphose durchmachte und ausnahmsweise einmal zu einem richtigen Menschen wurde – innerlich und äußerlich.

Seit er denken konnte, war das so gewesen, weshalb auch manche Urlaube, die sie früher gemeinsam als Familie gemacht hatten, rückblickend durchaus in schöner Erinnerung geblieben waren. Nie wäre er auf die Idee gekommen, seine Eltern außerhalb der Ferien zu besuchen, während ihres Schulalltags, auch wenn sich das manches Mal arbeitsbedingt für ihn angeboten hätte.

Melanie, seiner kleinen Schwester, ging es genauso, auch sie besuchte die Eltern ausschließlich während der Schulferien und nur dann, wenn auch er gerade da war. Denn natürlich konnte es auch innerhalb der Ferien passieren, dass sich das eine oder andere Gewitter zusammenbraute, und dann war es besser, wenn man zu zweit da war und die Entladungen ableiten konnte.

Doch jetzt war Swetlana dabei, das änderte alles – und machte alles vollkommen unberechenbar.

»Deine Großeltern kommen heute Abend zum Essen, ich hole sie nachher ab«, sagte sein Vater. »Und Melanie ist gestern schon angekommen. Allein, ohne Klaus …«

Perfekt, dachte Simon, der den Lebensgefährten seiner Schwester nicht ausstehen konnte.

»Ich befürchte, sie wird dieses Mal ein wenig länger bleiben als sonst, aber das nur unter uns …«, sagte sein Vater mit zusammengekniffenen Augenbrauen, doch ohne weitere Erklärung.

So würden sie jedenfalls mehr von Melanie haben, und das freute Simon erst einmal.

Er hatte nie verstanden, was seine Schwester an diesem Klaus fand, zumal sie sich ständig stritten. Er erinnerte sich noch sehr gut an den Tag, an dem sie mit diesem komischen Vogel zum ersten Mal zu Hause aufgekreuzt war und ihn der Familie präsentiert hatte. Klaus war für eine große Versicherungsgesellschaft in Hannover tätig und neigte dazu, zumal, wenn er getrunken hatte, pausenlos politische Plattitüden von sich zu geben und andere – auch gegen ihren Willen – in Gespräche zu verwickeln, in deren Verlauf er dann ganze Zeitungsartikel referierte, die er tags zuvor gelesen hatte. Erhellend war das selten, aber dafür auf abstruse Weise komisch.

Er sah seinen Vater noch genau vor sich, seine entgeisterten Blicke, als Klaus einmal damit angefangen hatte, ausgerechnet ihm die Welt zu erklären – seine Mutter hatte derweil ausgesehen, als würde sie sich innerlich bekreuzigen und jeden Moment ohnmächtig werden.

Die Kaffeetafel war eine echte Augenweide. Seine Mutter hatte an alles gedacht. Auf einer weißen Tischdecke standen goldene Kerzenhalter, in denen – immer noch sehr weihnachtlich – lange rote Kerzen brannten, und das weiße Porzellan mit Goldrand, das wie die Kerzenhalter aus dem Haushalt seiner Urgroßeltern, aus der Villa Sartorius in Göttingen, stammte.

Simon und Swetlana standen davor und wagten kaum, sich zu setzten, was Simons Mutter auch lächelnd zu bemerken schien.

Unmengen Selbstgebackenes hatte sie aufgetischt, eine Sahnetorte mit Schattenmorellen, verschiedene Plätzchen und Lebkuchen, und sogar einen riesigen Christstollen.

Den allerdings habe sie sich aus Dresden schicken lassen, erklärte sie stolz, von einem preisgekrönten Stollenbäcker. Eine Nachbarin habe ihn ihr empfohlen, die Bekannte in Sachsen hatte – oder auch Verwandte, sie wusste es nicht mehr genau.

»Aber setzen Sie sich doch, Swetlana«, sagte sie, »es ist so schön, dass Sie mitkommen konnten …«

»Eine Tasse Kaffee wäre jetzt schön …«, unterbrach sie Simons Vater, und alle drehten sich zu ihm um. »Ich könnte vielleicht einen aufsetzen?«, sagte er, als er all die Blicke auf sich gerichtet sah, ungewöhnlich kleinlaut. »Möchte denn noch jemand Kaffee?«

»Steht doch alles schon auf dem Tisch, Heinrich. Was denkst du denn? Setzt euch einfach. Ja, auch du, Heinrich, setz dich. Einen Moment, ich schneide nur schnell die Torte an, wem darf ich denn …«

Augenblicke später erschien eine beängstigend blass aussehende Melanie im Wohnzimmer.

Simon stand sofort auf, umarmte sie und stellte ihr Swetlana vor.

Melanie hatte lange dunkelblonde Haare, etwas heller vielleicht als ihr Bruder, und die gleichen graugrünen Augen. Die Ähnlichkeit war verblüffend.

Sie setzte sich, ließ sich von ihrer Mutter Kaffee einschenken und Stollen reichen und wurde von Simon in die Pläne, gemeinsam nach Schmiedsteinshöhe zu wandern, eingeweiht.

Da komme sie gerne mit, sagte sie.

Simon lud sie auch ein, sie auf ihrer Reise in den Harz zu begleiten, und erzählte, dass sie vorhatten, Wolfgang und seine Familie in Blankenburg zu besuchen und dass sie mit ihm zusammen auf den Brocken wandern wollten.

»Mal sehen«, sagte Melanie und lächelte.

Simons Mutter nutzte die plötzlich einkehrende Stille, um sich von Simon noch einmal erzählen zu lassen, wie die Matinee mit Sarah Schiffner gewesen war, und sie wollte auch von Swetlana genauestens erzählt bekommen, wie sie *ihr* gefallen habe.

Nach einer Weile erhob sich Simons Vater und verkündete, dass er jetzt langsam loszufahren gedenke, um die Großeltern abzuholen, die sicher schon auf heißen Kohlen säßen.

Als er gegangen war, stand auch Simons Mutter auf und verschwand in der Küche, um, wie sie sagte, schon einmal das Abendessen vorzubereiten. Swetlanas Angebot, ihr dabei zu helfen, lehnte sie ab, sie sei schließlich Gast im Haus und außerdem da, um ein wenig Ferien zu machen. Das gelte auch für Melanie und Simon, die sie ebenfalls bat sitzenzubleiben.

»Jetzt erzähl doch einmal«, forderte Simon seine Schwester auf, als sie unter sich waren. »Was ist denn eigentlich los? Ist es etwas mit Klaus?«

»Ach, da gibt es eigentlich nicht viel zu erzählen. Ich muss es beenden und kriege es nicht hin. Das Schlimme ist, dass es schon seit Jahren so geht …«

»Was denn?«, fragte Simon.

»Na, dass ich es genau weiß«, erklärte Melanie nach einigem Zögern. »Ich hätte die Beziehung längst beenden müssen und kriege es, verdammt noch mal, nicht hin. Ich bin wie gelähmt. Es ist schon ein Fortschritt, wenn ich es überhaupt ausspreche. Irgendwie tut mir Klaus ja auch leid – wenn er mich nicht gerade in den Wahnsinn treibt. Er ist so ein Klugscheißer, er könnte fast schon Papa Konkurrenz machen. Und dann ist er auch immer so träge, um es einmal vorsichtig zu formulieren. Ich halte das alles nicht mehr aus. Dabei glaube ich nicht nur, dass er mir nicht guttut, sondern auch, dass ich ihm nicht guttue. Nur reden wir nicht miteinander, nie reden wir miteinander, da gibt es keine Ebene. Das liegt gar nicht nur an ihm, obwohl … Jedenfalls fühle ich mich wie in einem Gefängnis, auch weil wir in unserer Wohnung ständig so eng aufeinanderhocken. Ich habe ja nicht einmal ein eigenes Zimmer. Wenn er im Wohnzimmer ist, gehe ich ins Schlafzimmer oder setze mich in die Küche. Aber auch wenn ich sage, dass ich etwas Raum und Zeit für mich brauche, nimmt er keine Rücksicht und lässt mich nie in Ruhe. Zieht bloß nie zusammen, hört ihr. Davon kann ich euch nur abraten. Es ist die Hölle. Als wäre man in einer Fallgrube gelandet, aus der es kein Entkommen mehr gibt …«

»Aber das ist doch Quatsch«, sagte Simon. »Du bist seit Jahren unglücklich, das weiß ich. Warum ziehst du nicht einfach aus?«

»Ja, warum ziehe ich nicht einfach aus? Wenn das so einfach wäre. In gewisser Weise bin ich ausgezogen, ich bin ja jetzt hier – mit zwei großen Koffern und auf unbestimmte Zeit. Aber es stimmt schon, was für mich gilt, muss nicht für andere gelten und schon gar nicht für euch. Plant ihr denn zusammenzuziehen? Pardon, dass ich so direkt frage …«

»Darüber haben wir uns noch keine Gedanken gemacht«, sagte Simon und sah Swetlana an.

»Wir wohnen quasi zusammen, jedenfalls im selben Mietshaus auf derselben Etage«, erklärte sie und lächelte. »Wir sind Nachbarn.«

»Ach, das wusste ich gar nicht«, erwiderte Melanie. »Wie lange seid ihr eigentlich schon zusammen?«

Simon und Swetlana zuckten beide mit den Schultern.

»Schwer zu sagen«, sagte Simon. »Aber zusammen sind wir, das haben wir inzwischen festgestellt.«

4

Sehr geehrter Herr Oberbürgermeister, sehr geehrter Herr Dekan, werte Kollegen und verehrte Gäste und Förderer, mein Name ist Wieland Tappe, und ich darf Sie im Namen des Zoologischen Instituts und unseres Institutsleiters Professor Karl Förster herzlich willkommen heißen …«

Wieland ließ seinen Blick durch den Saal schweifen. Alle Plätze waren belegt. Viele Gäste standen an den Seiten oder drängten sich im hinteren Teil. Hilde Sartorius saß in der ersten Reihe neben ihrem Vater, daneben hatten sich Förster und der Oberbürgermeister niedergelassen. Er sah sie direkt an.

»Die Menschen und die Insekten«, fuhr er fort, »das ist eine sehr lange, vielgestaltige und ambivalente Geschichte von Nutzen und Schaden. Diese beiden Begriffe sind es, die unser Verhältnis zu ihnen und unsere Blicke auf sie prägten und prägen. Historische Dokumente belegen die uralte Kenntnis der Nützlichkeit mancher Insektenarten, aber auch die nicht selten verheerenden Wirkungen sogenannter Schädlinge, die die Pflanzen in unseren Gärten und die Bäume in unseren Wäldern zerstören, die unsere Kleider im Schrank zerfressen und unsere Möbel ruinieren oder unsere Nahrungsmittel vertilgen. Schmetterlinge, bunt und schön wie sie uns vor Augen treten, tragen ihren Namen, der sich bis ins Jahr 1501 zurückverfolgen lässt – und sich allerdings erst viel später, in der zweiten Hälfte des achtzehnten Jahrhunderts nämlich, durchsetzte –, nicht von ungefähr. Etymologisch geht er wohl auf das slawisch-ostmitteldeutsche Wort »Schmetten« zurück, sprich: Schmand, Rahm oder Sahne. Der Schmetterling galt den Menschen einst als Inkarnation von Hexen, die es angeblich auf dieses kostbare Milchprodukt abgesehen hatten – daher auch die historisch-regionalen Bezeichnungen »Molkestehler«, »Schmandlecker« oder »Milchdieb«. Im Englischen nennt man den Schmetterling entsprechend »Butterfly«, wofür es auch im Deutschen ein regionales Äquivalent gibt: den »Buttervogel«. Sie sehen, auch der Aberglaube verbindet die Völker. Die Sorge vor Nahrungsverlusten durch Insekten ist indes nicht unberechtigt. Aus Afrika erreicht uns dieser Tage die schlimme Nachricht – Sie werden es in der Zeitung gelesen haben –, dass riesige, unvorstellbare Schwärme einer speziellen Art von Wanderheuschrecke, die uns auch als eine der biblischen Plagen im Alten Testament bekannt ist, über die Getreideernte herfielen und sie auffraßen. Es wurde eine Ernte vernichtet, die – so schätzen es die Experten ein – ein ganzes Jahr zur Ernährung von einer Million Menschen ausgereicht hätte – und das allein in Äthiopien. Kurz gesagt: Diese Tiere sind eine Urgewalt. Flöhe ferner – und das wissen wir heute –, waren es, die die Pest übertrugen, Stechmücken übertragen das Tropenfieber, die Malaria-Krankheit – übrigens auch im Amazonasgebiet, dem Ziel unserer Expedition, die heute Abend der Anlass ist, uns hier zu versammeln. Aber wie Sie sehen, wussten wir uns zu schützen, und es ist uns gelungen, gesund und unbeschadet wieder nach Hause zurückzukehren …«

Wieland blickte auf, Hilde Sartorius lächelte.

»Von jeher aber war die enorme Vielfalt der Formen und Farben von Insekten ein Gegenstand höchster Bewunderung. Immer schon dienten Insekten als Modelle künstlerischer Auseinandersetzung. Gelegentlich paarten sich auch Kunst und Wissenschaft wie etwa im Falle Maria Sibylla Merians, die aus dem Frankfurter Zweig der berühmten Basler Merian-Familie stammte, die das Leben als Künstlerin mit dem Leben einer Naturforscherin in sich vereinte und die, wie Professor Förster und wir es getan haben, eine Reise nach Südamerika unternahm, nach Surinam, ein überwiegend mit Regenwald bedecktes Land, das im Süden an Brasilien grenzt. Maria Sibylla Merian gelang es, unsere Disziplin durch ihre hervorragend gezeichneten und kunstvoll kolorierten Blätter einem breiten Publikum nahezubringen und das spezialisierte Interesse an Insekten selbstverständlicher erscheinen zu lassen. Ihr nicht nur wissenschaftsgeschichtlich wichtiges Buch ›Der Raupen wunderbare Verwandlung und sonderbare Blumennahrung‹, dessen erster Band im Jahr 1679 erschien, hatte einen entscheidenden Anteil daran, den Vorgang der Metamorphose, der selbst den Gebildeteren unter Merians Zeitgenossen ein Novum war, zur allgemeinen Bekanntheit zu bringen – und zwar durch die künstlerisch vermittelte Anschauung des Gegenstandes. Als ihr Hauptwerk gilt entsprechend die ›Metamorphosis insectorum Surinamensium‹, die Verwandlung der surinamischen Insekten.«

Wieland zog ein kleines Buch aus seiner Jacketttasche und legte es vor sich aufs Rednerpult.

»Insekten und Kunst, das geht gut zusammen – Insekten und Literatur indessen nicht minder. Sie alle kennen sicher ›Die kleine Fliege‹, dieses wunderbare Gedicht des frühaufklärerischen Hamburger Naturlyrikers Barthold Heinrich Brockes, der mit Fug und Recht als Begründer der deutschen Naturlyrik gelten darf und der, wenn ich es einmal so sagen darf, wissenschaftlich-präzise Beobachtungen in höchste Poesie sublimierte.«

Er nahm das Buch in die Hand, blätterte, bis er die richtige Seite gefunden hatte, und räusperte sich.

»Lassen Sie mich einige Zeilen zitieren:

> Neulich sah ich, mit Ergetzen,
> Eine kleine Fliege sich,
> Auf ein Erlen-Blättchen setzen,
> Deren Form verwunderlich
> Von den Fingern der Natur,
> So an Farb', als an Figur,

Und an bunten Glantz gebildet.
Es war ihr klein Köpfgen grün,
Und ihr Cörperchen vergüldet,
Ihrer klaren Flügel Par,
Wenn die Sonne sie beschien,
Färbt' ein Roth fast wie Rubin,
Das, indem es wandelbar,
Auch zuweilen bläulich war …«

Wieland klappte das Buch wieder zu.

»Sie sehen, welche Inspiration von einer gewöhnlichen Schmeißfliege ausgehen kann und welche ungeahnte Schönheit in diesem kleinen Tierchen verborgen ist. Es kommt darauf an, genau hinzusehen – und das übrigens nicht nur in der Wissenschaft …«

Sein Blick traf Hilde Sartorius.

»Der Franzose Jean-Henri Fabre war es schließlich, der nicht nur die genaue Beobachtung von Insekten zu seinem Beruf und Lebensinhalt, sondern die Entomologie zu einer literarischen Gattung machte und dafür auch, Anfang des Jahrhunderts, beinahe den Literaturnobelpreis erhalten hätte – er ging dann stattdessen an Gerhart Hauptmann, einen Naturalisten, der ebenfalls die Fähigkeit besaß, genau hinzusehen … Wie dem auch sei, von Fabre lernen jedenfalls heißt auch schreiben lernen. Oder besser: *be*schreiben lernen …«

Wieder glitt Wielands Blick durchs Publikum. Professor Förster, der seine Augen aufmerksam auf ihn gerichtet hatte, nickte.

»Heute ist die beobachtende und sammelnde Beschäftigung mit Insekten eine Selbstverständlichkeit geworden und die Entomologie längst ein eigenständiges Spezialgebiet der Zoologie. Entomologische Gesellschaften blicken in vielen Ländern auf eine Jahrzehnte währende Tradition zurück. Weltweit decken Naturforscher Geheimnisse auf und teilen auf Tagungen und Konferenzen ihre Forschungsergebnisse miteinander. Die Differenzierung in verschiedenste Fachsektionen schreitet zunehmend fort, auch hier, an unserem Institut. Eine unüberschaubare Menge von Artikeln erscheint in zahllosen entomologischen Fachzeitschriften, von denen stetig neue ins Leben gerufen werden. Die Vielfalt der Beziehungen vom Menschen zum Insekt ist immens –

und reicht in der Geschichte weit zurück. Früh schon wurden Bienen und auch Seidenspinner als Haustiere gehalten – und domestiziert, wobei sich im Vergleich etwa zum Schwein, Rind, Hund oder zum Geflügel nicht allein phänotypisch, sondern auch die Anlagen betreffend wenig veränderte. Schildläuse dienten früh der Gewinnung von Farbstoffen, Pelawachs oder Schellack. Gegessen haben wir Deutsche und auch andere Europäer Insekten freilich kaum, obgleich sie sehr eiweißhaltig sind und durchaus eine für den Menschen geeignete Nahrung darstellen, wie wir während unserer Reise nach Brasilien mehrfach feststellen konnten. Wir durften uns sogar selbst davon überzeugen. Das Muskelfleisch der Vogelspinne etwa – von der Sie gleich einige Exemplare zu sehen bekommen – gilt unter den Indios als Delikatesse –, und auch wenn es sich der eine oder andere unter Ihnen vielleicht nicht vorstellen kann oder sich womöglich davor ekelt: Es schmeckt vorzüglich.«

Ein Raunen ging durch den Saal.

»Gut, hier wäre einzuwenden, dass es sich bei den Mygalomorphae – wie freilich bei allen anderen Arten von Spinnentieren auch – streng genommen, das heißt, nach den Regeln der Taxonomie, gar nicht um Insekten handelt – Spinnen haben acht Beine, Insekten nur sechs. Carl von Linné allerdings, der Begründer der modernen botanischen und zoologischen Taxonomie, zählte die Spinnen noch zu den Insekten. Aber wir durften im Regenwald auch verschiedene genuine Insekten respektive Insektenlarven kosten, die durchaus, ja, schmackhaft waren …«

Heiterkeit machte sich breit – es wurde getuschelt, so dass Wieland seine Stimme deutlich anheben musste, um mit seinem Vortrag fortfahren zu können.

»Seit tausenden von Jahren und auch heute noch werden die Eier, Larven, Puppen und Imagines verschiedenster Arten von uns Menschen gegessen, insbesondere die großen Heuschrecken – Johannes der Täufer soll sich in der Wüste fast ausschließlich von ihnen ernährt haben –, aber auch Grillen, Termiten, Wanzen, Zikaden, Ameisen – die Honigameise oder auch Honigtopfameise, die den Honig – in Anführungszeichen – in ihrem bauchigen Hinterleib speichert, darf dabei als eine besondere Delikatesse gelten, roh, gedörrt oder auch zu einem alkoholischen Getränk verarbeitet –, wurden und werden gegessen. Im dritten Buch Moses heißt es: Ihr sollt essen von allem, was sich bewegt, Flügel hat, auf vier Beinen geht und dazu noch zwei zum Hüpfen hat. Wenn das keine Einladung ist. Es ließen sich tatsächlich ganze Kochbücher mit Rezepten aus aller Herren Länder füllen, insbesondere aber aus den tropischen Ländern, mit Rezepten, nach denen sich Insekten zubereiten lassen. Herodot schildert, wie Heuschrecken in der Sonne getrocknet, zu Pulver zerstoßen und mit Milch angerührt wurden. Bei Aristophanes werden sie geröstet und in Essig und Pfeffer serviert. Sie werden aber auch gepökelt, gegrillt und geräuchert. Noch Ende des letzten Jahrhunderts – Sie werden es kaum glauben – wurde in den feinsten französischen Restaurants und auch hier bei uns die berühmte Maikäferbouillon serviert, die aus gerösteten Maikäfern gemacht wurde, oder die Maikäfer wurden kandiert als Dessert serviert oder von Konditoren verzuckert angeboten … So viel zu den Gaumenfreuden. Eine ganze Kulturgeschichte ließe sich zudem über den Glauben und Aberglauben schreiben, der die Folgen des Verzehrs von Insekten betrifft. Die Verbreitung von Erwartungen unterschiedlichster Wirkungen, die über den bloßen Nährwert hinausgehen, ist vielfach belegt. Meist handelt es sich um einen Schwellenbereich von der Nahrung zum Heilmittel, wie es etwa vielfach von den alten Ägyptern überliefert wurde. In den meisten Fällen kann in Anbetracht dieser Arzneien – wiederum in Anführungszeichen – wohl eher nur von einem psychologischen Effekt die Rede sein, doch gibt es auch Beispiele für eine verbürgte, tatsächliche Wirksamkeit wie etwa im Falle des Giftes von Bienen und Wespen oder auch im Falle der Ölkäfer, der Meloidae, und des in ihnen enthaltenen Stoffes Cantharidrin, einer nicht ganz ungefährlichen Substanz, die schon im antiken Griechenland als Therapeutikum gegen Darmerkrankungen verabreicht wurde – wohlgemerkt in verschwindend geringen Dosen. Zu viel des Guten – und die Wirkung ist letal. Bekannt – zumindest dem Namen nach – dürfte Ihnen ein vor allem im Mittelmeerraum vorkommender Käfer aus der Familie der Ölkäfer sein, er trägt den Namen Spanische Fliege. Davon hat der eine oder andere sicher schon einmal gehört, nicht wahr!?«

Wieland blickte auf, einige Zuschauer nickten. Förster schüttelte amüsiert den Kopf und stieß den Oberbürgermeister, der neben ihm saß und nicht minder amüsiert wirkte, mit dem Ellenbogen an.

»Zu einem Pulver zermahlen diente er als Aphrodisiakum gleichen Namens. Aber auch hier gilt: Eine unvorsichtige Überdosierung kann schnell tödliche Folgen nach sich ziehen. Das Cantharidrin greift das zentrale Nervensystem an. Es lässt den Kreislauf kollabieren, führt zu Lebervergiftungen oder Nierenversagen. Die pulverisierte Spanische Fliege wurde entsprechend von Spionen eingesetzt, um geheime Mordaufträge auszuführen. Sie sehen, wir bewegen uns auf einem höchst spannenden Gebiet, die Entomologie ist mitnichten eine hermetische Disziplin ...«

Wieland unterbrach seinen Vortrag, griff nach dem Glas Wasser, das vor ihm auf dem Rednerpult stand, nahm die aufmerksamen Blicke von Hilde Sartorius wahr, sah, wie ihr Vater, der Dekan und der Oberbürgermeister an seinen Lippen hingen, und fuhr dann fort.

Er berichtete von Forschungen und Tierversuchen mit der »Drosophila melanogaster«, einem winzigen Vertreter aus der Familie der Taufliegen, die seit Anfang des Jahrhunderts stattfanden und die wichtige Erkenntnisse über die Genetik lieferten – angefangen hatten die Forschungen in den Vereinigten Staaten von Amerika, mit dem Zoologen William Ernest Castle und dem von Castle beeinflussten Thomas Hunt Morgan, der anhand von Kreuzungsversuchen mit dem fortpflanzungsfreudigen Insekt die Strukturen von Chromosomen erforscht und erstmals die lineare Anordnung der Gene entdeckt und beschrieben hatte.

Wieland sprach von der Bedeutung der Insekten im Ökosystem und speziell in der Bodenbiologie, von der Bestäubungsleistung, die für die Flora überlebensnotwendig war, vom Nutzen der Insekten zur Bekämpfung anderer Insekten, von der immensen, unüberschaubaren Vielfalt der Insekten mit einer geschätzten Artenzahl von etwa einer Million, die seit angenommenen fünfhundert Millionen Jahren auf der Erde lebten, und von denen bislang nur ein kleiner Teil bekannt und erforscht worden war.

Damit kam er endlich ausführlicher auf die Amazonas-Expedition zu sprechen, skizzierte deren Verlauf in groben Zügen und berichtete von den zahlreichen Arten, die sie im Regenwald entdeckt, gesammelt, benannt und nach Göttingen mitgebracht hatten, wo sie besichtigt werden könnten …

»Und dazu fordere ich Sie, verehrte Gäste, nun herzlich auf …«

Als er geendet hatte, hielt der Applaus lange an.

»Ausgezeichnet, Tappe. Das haben Sie ganz fantastisch gemacht, sensationell«, rief Förster, der aufgestanden war, und schlug Wieland einmal kräftig auf die Schulter. »Damit könnten Sie auf Tournee gehen …«

»Na, lieber nicht«, antwortete er.

»Es würde mich nicht wundern, wenn demnächst einige Gasthörer mehr in den Vorlesungen sitzen …«

Den Oberbürgermeister hatte es – wie einen Großteil des Publikums – ebenfalls nicht auf seinem Stuhl gehalten, und er griff nun nach seiner Hand.

»Lieber Herr Tappe, ich muss sagen, ich bin … begeistert. Sie haben es geschafft, ein für allemal, mit Ihrem kundigen, fesselnden Vortrag … ich werde mich mit der Insektenkunde befassen. Soweit es meine Zeit zulässt … Ich wusste gar nicht … Es ist … faszinierend … ja, das ist es … also Spionagekrimi und, nun ja, sagen wir, Gourmetküche … einfach köstlich …«

Wieland, der kaum verstand, was der Bürgermeister sagte, sah, wie Hilde Sartorius auf ihn zukam.

»Darf ich Ihnen zu Ihrem wirklich grandiosen Vortrag gratulieren, Herr Tappe«, sagte sie und reichte ihm ihre Hand, die Wieland ergriff, drückte und nicht gleich wieder losließ. »Sie sind ein ausgezeichneter Redner, es war alles so plastisch und lebendig. Ich hatte mich bislang vor allem für Botanik interessiert, aber die Insekten … Es ist ja nicht zu trennen, nicht wahr!?«

»Sie sagen es«, antwortete Wieland lächelnd. »Ein Entomologe ist immer auch ein wenig Botaniker, und ich denke, jeder Botaniker ist immer auch ein wenig Entomologe.«

»Meine Tochter hegt den kühnen Plan, sich als Studentin des Faches Biologie an Ihrer Universität einzuschreiben, müssen Sie wissen«, schaltete sich nun der alte Sartorius ein, der ebenfalls in die Runde getreten war.

Erst jetzt lösten sich Wielands Hände und die Hände von Hilde Sartorius voneinander.

»Naturwissenschaften studieren? Als Frau? Na, das überlege dir doch bitte noch einmal, liebe Hilde, das ist doch vielleicht nicht das Richtige ...«, sagte Krüger.

Hilde Sartorius warf Wieland einen vielsagenden Blick zu.

»Ich fürchte, werter Bürgermeister, das werden Sie ihr nicht austreiben«, entgegnete Dr. Sartorius. »Wenn meine Tochter sich einmal etwas in den Kopf gesetzt hat, dann kann sie sehr stur und hartnäckig sein. Ich glaube, das liegt bei uns in der Familie ...«

»Marie Curie hat zweimal den Nobelpreis bekommen«, bemerkte Hilde Sartorius gelassen, »als Physikerin und als Chemikerin ...«

»Ausnahmen bestätigen die Regel!« Krüger wirkte beinahe trotzig.

»Dann werde ich mit gutem Beispiel vorangehen und dafür sorgen, dass es mehr Ausnahmen gibt ...«, konterte Hilde Sartorius.

»Wer nicht wagt, der nicht gewinnt ...«, sagte Förster zustimmend.

»Ich würde es sehr begrüßen ... ich fände das ausgezeichnet, wenn Sie ...«, murmelte Wieland, aber der alte Sartorius fiel ihm ins Wort.

»Also, wenn schon die Herren vom Fach nichts dagegen einzuwenden haben, eine Frau in ihren Kreisen aufzunehmen, was wollen Sie dann noch dagegen tun, Herr Bürgermeister«, fragte er lachend. »Aber im Ernst, wenn sie das möchte, dann soll sie es tun. Abitur hat sie ja – und begabter als die meisten ihrer Mitabiturienten ist sie auch, wenn ich das einmal so sagen darf ...«

»Papa, jetzt übertreibe nicht ...«

»Wieso? Ich übertreibe doch gar nicht.«

»Dürfte ich Ihre Tochter vielleicht für einen Moment entführen«, unterbrach ihn jetzt Wieland, der sich endlich dazu durchgerungen hatte, nicht mehr nur schüchtern zu nicken und zu murmeln, und reichte Hilde Sartorius die Hand. »Ich würde ihr gerne einige besonders sehenswerte Schmetterlinge zeigen, den Papilio tappei zum Beispiel ...«

»Den wollte ich immer schon einmal sehen«, sagte Hilde Sartorius und lachte.

»Selbstverständlich, ich, also ...«, stotterte ihr Vater, »na, dann gehen Sie, dann geht doch ...«

»Auch ich würde die Gunst des Augenblicks nutzen«, sagte Förster und lud nun seinerseits den Bürgermeister und Herrn Sartorius zu einem kleinen Rundgang durch die Ausstellung ein.

5

Die Haustür öffnete sich, und Simons Vater trat stöhnend in den Flur, gefolgt von seinem Großvater, der am Stock ging, einem ausfahrbaren Metallstock mit Plastikknauf und Gummifuß. Er machte im ersten Moment einen sehr gebrechlichen Eindruck, auch wenn er aufrecht ging und sein wacher Blick geradeaus gerichtet war. Simons Großmutter – ohne Stock –, die nun die Tür langsam hinter sich zuzog, wirkte dagegen außerordentlich rüstig, nur schien sie von Jahr zu Jahr kleiner und kleiner zu werden.

Früher waren seine Großeltern in etwa gleich groß gewesen, meinte sich Simon noch zu erinnern, heute aber überragte sein Großvater seine Frau um eine Kopflänge. Nichtsdestoweniger ähnelten sie sich zunehmend. Beide hatten relativ lange, schlohweiße Haare, in denen nicht eine Spur von Grau auszumachen war, und glatte, rosige Wangen.

Markant waren die scharfen, stahlblauen Augen seiner Großmutter, die jedes Gegenüber bis ins Innerste zu durchdringen schienen – seiner Großmutter, hatte Simon immer schon gedacht, könne niemand so leicht etwas vormachen. Sein Großvater hingegen hatte braune, stets freundliche Augen. Auf seiner rechten Wange befand sich das auffällige, V-förmige Muttermal, ohne das er, fand Simon, nicht der wäre, der er war.

Als Kind hatte er sich immer gewünscht, selbst ein solches Muttermal zu haben – vielleicht nicht gerade auf der Wange, aber dort, wo es niemand sehen konnte und es gewissermaßen sein Geheimnis wäre, das ihn mit seinem Großvater verbinden würde.

Simon sah, wie Swetlanas Blicke für einen kurzen Moment auf dem Muttermal verweilten.

Ein wenig sahen seine Großeltern aus wie zwei Fabelwesen aus einer längst vergangenen Welt – einer anderen Welt, die das vergangene Jahrhundert war, an das er nur verschwommene Erinnerungen aus der Kindheit hatte.

Er umarmte sie nacheinander, noch bevor sie Gelegenheit hatten, sich ihrer Mäntel, Schals und Mützen zu entledigen, und stellte ihnen Swetlana vor, die mit großer Herzlichkeit und einem langen Händeschütteln begrüßt wurde. Dann half er seinem Großvater aus dem schweren und langen Wintermantel.

»Schön, dass du endlich gekommen bist«, sagte dieser feierlich – und ließ sich von seinem Enkel »in die gute Stube« führen, wo er sich ächzend auf einem Stuhl am schon wieder sehr festlich und üppig gedeckten Esstisch niederließ.

Simon bat er, sich gleich zu ihm zu setzen und ihm »tunlichst« zu erzählen, wie es ihm in den letzten Wochen ergangen sei, was Berlin mache – die »Hauptstadt«, sagte er, immer mit einer Prise Ironie in der sonoren Stimme –, wie seine Matinee mit den Schumann-Stücken gewesen sei, von der er gehört habe und zu der er und auch seine Großmutter zu gerne gekommen wären, was aber nicht möglich gewesen sei, und erkundigte sich, was Simon als Nächstes am Theater zu tun bekomme, da sie natürlich auch wieder einmal nach Berlin zu reisen planten.

»Nun lass doch den Jungen, Wieland. Kaum sind wir hier, startest du gleich ein Verhör«, sagte Simons Großmutter und begann ihrerseits, Swetlana auszufragen, kaum dass sie sich direkt neben sie gesetzt hatte.

Simons Großvater gehorchte und spitzte sogleich die Ohren – er tat das mit seinem typischen, spitzbübischen Grinsen –, um kein Wort von dem zu verpassen, was Swetlana nun erzählte.

Simons Großmutter hatte sie zunächst nach ihrer Doktorarbeit und bald auch nach ihrer Herkunft gefragt.

Als die Rede auf Swetlanas Großvater gekommen war und Swetlana seine Lebensstationen umrissen hatte, beugte sich Simons Großvater vor und sagte, dass er auch gerne einmal nach Israel gereist wäre, sich aber nie eine Gelegenheit geboten hätte und es inzwischen womöglich zu spät dafür sei. Er seufzte, als er das gesagt hatte, und erkundigte sich danach, aus welcher Gegend Deutschlands Swetlanas Großvater stamme, und er nickte, als sie antwortete.

»Sind Sie denn schon einmal in der Heimat Ihres Großvaters gewesen?«, fragte er. »Ein Stück weit ist Schwaben dann doch auch Ihre Heimat ...«

Swetlana schüttelte den Kopf. »Nein, leider bin ich dort noch nicht gewesen. Ich sehe Schwaben auch nicht als meine Heimat. Aber hinfahren würde ich schon gerne einmal.«

Jetzt schüttelte Simons Großvater den Kopf und räusperte sich. »Heimat überträgt sich. Auch über die Generationen. Übrigens besonders auf die Enkelgenerationen, glaube ich«, sagte er mit einem bedeutsamen Blick in Simons Richtung. »Es sind die kleinen, auf den ersten Blick meist unscheinbaren Dinge, die es uns doch spüren lassen ...«

Es klang, als wollte er noch etwas ergänzen, so dass ein plötzliches Schweigen entstand.

»Da hat wohl jeder seine eigene Sicht«, antwortete aber schließlich Simons Großmutter an Swetlanas Stelle. »Und jeder hat ein Recht auf eine eigene Sicht, Wieland, oder etwa nicht?«

»Natürlich, Hildchen.«

»Heimat ist dort, wo man aufgewachsen ist«, schaltete sich Simons Vater in das Gespräch ein und zupfte sich am Kinnbart. »Objektiv betrachtet.«

Simons Großvater sah ihn an, als hätte er nicht genau verstanden, was er da gesagt hatte oder hatte sagen wollen.

»Das sehe ich anders«, sagte Swetlana entschieden. »Mit Teschki, wo ich aufgewachsen bin, verbinde ich keinerlei Heimatgefühle. Im Gegenteil, ich war heilfroh, als ich endlich weggehen konnte. Damit will ich nicht sagen, dass mich die russische Provinz nicht auch geprägt hätte. Aber Heimat? Nein, das ist sie für mich wirklich nicht. Auf keinen Fall.«

»Aber widersprechen Sie sich da nicht ein wenig, Swetlana? Heimat ist doch im Wesentlichen Prägung, und Sie werden doch in Russland eine Prägung erfahren haben«, sagte Simons Vater.

Da war er wieder, dieser Lehrerton, dachte Simon und wechselte genervte Blicke mit seiner Schwester.

»Nein, Herr Tappe«, entgegnete Swetlana ruhig. »Heimat und Prägung sind doch nicht dasselbe. Heimat ist vor allem ein Gefühl, denke ich. Und ich fühle mich beispielsweise in Berlin zu Hause und zwar viel mehr zu Hause, als ich mich in Russland jemals zu Hause gefühlt habe. Auch in Tel Aviv fühle ich mich zu Hause, obwohl ich nie sehr lange dort gewesen bin …«

»Das ist bemerkenswert«, sagte Simons Großmutter, und Simons Großvater nickte.

»Aber vielleicht hat es damit zu tun, dass Sie ursprünglich aus Deutschland stammen, Swetlana«, schaltete sich Simons Mutter ein, die bis dahin schweigend in der Küchentür gestanden hatte. »Ich würde mich jedenfalls in Russland auch nicht zu Hause fühlen …«

»Ach, Mama …«, seufzte Melanie.

»Was denn?«

»Aber wenn Sie in Russland geboren und auch aufgewachsen sind, dann ist das auch Ihre Heimat«, sagte Simons Vater. »Daran lässt sich doch nicht rütteln. Und diese Heimat hat Sie geprägt, ob Sie es nun wollen oder nicht. Dann ist es einfach so, dass Sie Ihre Heimat nicht mögen, vielleicht können wir uns darauf einigen. Aber auch wenn Sie Ihre Heimat nicht mögen, bleibt es doch immer noch Ihre Heimat, das können Sie drehen und wenden …«

»So einfach ist es gerade nicht«, antwortete Swetlana und tat das immer noch sehr freundlich.

»Ich würde das auch nicht so absolut sehen, mein lieber Heinrich«, bemerkte Simons Großmutter, legte ihre Hand auf Swetlanas Hand und sah ihren Sohn mit ihren stahlblauen Augen streng an.

Und Simons Vater senkte tatsächlich den Blick wie ein gescholtener Schuljunge und schwieg.

»Und jetzt sprechen wir bitte über andere Dinge«, sagte sie. »Wie feiert man denn bei Ihnen zu Hause Weihnachten, Swetlana? Das würde mich interessieren …«

»Was heißt denn jetzt zu Hause, Großmutter?«, fragte Simon.

»Wie? Ach, natürlich, entschuldigen Sie bitte«, antwortete sie, lächelte und drückte Swetlanas Hand. »In Ihrer Familie, meinte ich. Wie feiern Sie mit Ihrer Familie Weihnachten?«

»Gar nicht«, sagte Swetlana und zuckte mit den Schultern. »Bei uns zu Hause feiern wir neuerdings Chanukka, obwohl in unserer Familie niemand besonders religiös ist und wir das früher in Russland auch nie so genau genommen haben. Aber vielleicht gibt es doch eine gewisse Traditionsverbundenheit meines Großvaters, die sich bemerkbar gemacht hat, seit er und meine Mutter in Israel leben. Vielleicht ist das so eine Art Reassimilierung. Es gibt jedenfalls auch Geschenke und Süßigkeiten, und es werden Lieder gesungen und Lichter angezündet. Früher, als wir noch in Russland gelebt haben, gab es bei uns meistens Gänsebraten zu essen – aber erst am siebten Januar, zum Weihnachtsfest der russisch-orthodoxen Christen.«

»Also fast wie Weihnachten bei uns …«, sagte Simons Mutter, die immer noch in der Küchentür stand. »Ein bisschen festlich wollen wir es uns heute auch machen. Es gibt Wildgulasch, das Wild stammt aus den hiesigen Wäldern. Und ich habe Semmelknödel gemacht. Der Rosenkohl müsste auch bald so weit sein …«

»Kann ich dir behilflich sein, Christa?«, fragte Simons Großmutter und machte schon Anstalten aufzustehen.

»Nein, Hilde, du bleibst bitte sitzen«, antwortete sie und verschwand wieder in der Küche.

Simon folgte ihr unaufgefordert, und auch Swetlana erhob sich und bot ihre Hilfe an, aber Melanie hielt sie zurück.

»Lass nur, das soll ruhig Simon machen …«, sagte sie. »Ich gehe mal eben eine Zigarette rauchen. Kommst du mit? Dann kannst du mir auch erzählen, wie ihr beide euch kennengelernt habt, er erzählt mir solche Dinge ja nicht, die wichtigen Dinge, meine ich …«

Swetlana grinste und nickte – sie standen auf und liefen in den Flur, um sich Jacken anzuziehen und vor die Tür zu gehen.

»Das hätte mich auch interessiert …«, sagte Simons Großvater, der den beiden hinterhersah.

»Aber Heinrich, sag, seit wann raucht denn Melanie wieder?«, fragte Simons Großmutter und fixierte ihren Sohn.

Aber Simons Vater zuckte nur mit den Schultern und winkte ab.

Das Essen duftete himmlisch, wie alle versicherten, und auch wenn es keinen Christbaum mehr im Wohnzimmer gab, entwickelte sich die Stimmung doch sehr fröhlich, heiter bis ausgelassen sogar – nicht zuletzt auch dank des exzellenten Bordeaux, den Simons Großvater mitgebracht hatte – eine ganze Kiste, er hatte sich nicht lumpen lassen – und den er bei einem Bremer Händler bestellte. Es wurde sogar noch ein bisschen weihnachtlich, und im Verlauf des Abends wurde die Bescherung nachgeholt. Es gab überwiegend Bücher, auch Swetlana bekam welche, von Simons Eltern und von seinen Großeltern.

Simons Mutter hatte ihn vorab gefragt, was Swetlana gefallen könnte – und sie hatten sich auf ein israelisches Kochbuch geeinigt, eines, das in Berlin in bald jedem Schaufenster stand. Von seinen Großeltern, die trotz ihres fortgeschrittenen Alters immer noch mehrere Zeitungen abonniert hatten und täglich die Feuilletons lasen, bekam sie eine hübsch gestaltete Kassette mit den gesammelten Werken Laurence Sternes, die sie zunächst gar nicht annehmen wollte – ein zu großes Geschenk sei das, beteuerte sie.

Wer denn Laurence Sterne sei, fragte Simons Mutter. Sie habe noch nie von ihm gehört.

Laurence Sterne, ein Engländer, habe mit seinem Roman »Tristram Shandy« und mit seiner »Empfindsamen Reise« großen Einfluss auf die deutsche Literatur des achtzehnten und neunzehnten Jahrhunderts gehabt, erklärte Swetlana. Ohne Sterne sei die Romantik und ihre Vorliebe für Ironie und verspielte Formen gar nicht zu verstehen.

Es komme darauf an, über den eigenen Tellerrand hinauszuschauen, sagte Simons Großvater, ganz gleich, in welcher wissenschaftlichen Disziplin man sich bewege. Das habe schon ihr alter Göttinger Freund Albrecht Wiese immer gesagt, der Hilde und ihm in Sachen Literatur stets ein wichtiger Mentor gewesen sei.

»Kein Goethe ohne Shakespeare, ohne Homer und ohne Hafis«, habe Albrecht immer zu sagen gepflegt, sagte er, »und kein Thomas Mann ohne Wagner, Nietzsche oder Tolstoi.«

»Und keine russische Literatur ohne die deutsche Romantik«, sagte Swetlana, und Simons Großvater nickte zufrieden.

»Sie kannten Albrecht Wiese?«, fragte sie dann. »Ich habe kürzlich erst ein Buch von ihm gelesen, eine Monografie über Goethes Briefe. Es ist wirklich fantastisch, wie umfassend er das alles betrachtet, und er schreibt so wunderbar klar und verständlich …«

»Das stimmt«, sagte Simons Großmutter.

»Aber was heißt ›kannte‹«, rief Simons Großvater, »er lebt ja noch.

Wir haben erst kürzlich miteinander telefoniert, vor Weihnachten muss das gewesen sein.«

»Es geht ihm allerdings nicht gut«, sagte Simons Großmutter. »Und jetzt noch die Sache mit Jens Friedrichs, die ihn doch sehr mitgenommen hat und immer noch mitnimmt. Sie standen ja in enger Verbindung – jahrzehntelang –, durch die Universität und privat, sie waren enge Weggefährten und standen sich auch politisch nah. Auch wir sind Jens Friedrichs oft begegnet, so gut wie jedes Mal, wenn er zu einem Vortrag oder zu einer Konferenz nach Göttingen kam. Und jetzt das …«

»Die Medien kennen aber auch keine Gnade …«, sagte Simons Großvater.

»Ich fürchte, in diesem Fall sind die Reaktionen doch sehr berechtigt«, entgegnete Simons Großmutter. »Es gibt begründete Zweifel an Friedrichs Aufrichtigkeit in dieser Sache, daher ist Albrecht auch so niedergeschlagen. Friedrichs war immerhin ein erwachsener Mann damals, mehr als zwanzig Jahre alt. Da vergisst man doch nicht, dass man …«

»Dieses Thema vertiefen wir jetzt vielleicht lieber nicht …«, sagte Simons Großvater.

»Ich habe darüber in der Zeitung gelesen«, erwiderte Swetlana. »Es ist ein bisschen so wie bei Günter Grass, der über seine Waffen-SS-Mitgliedschaft auch so lange geschwiegen hat, eigenartig.«

»Das Gedächtnis ist ein Mysterium«, sagte Simons Großvater. »Davon kann ich weiß Gott ein Liedchen singen …«

»Ach was …« Simons Großmutter schüttelte den Kopf.

»Aber ich würde Sie gerne etwas anderes fragen, Herr Tappe«, sagte Swetlana. »Simon hat mir erzählt, dass sich Novalis einmal hier in der Gegend aufgehalten und die Schächte inspiziert hat, stimmt das?«

»Ja, das ist so eine Geschichte …«, antwortete Simons Großvater.

»Die Bad Soltaler bilden sich da einiges drauf ein, dass der berühmte Dichter ihrem kleinen Städtchen einen Besuch abgestattet hat …«, bemerkte Simons Großmutter spöttisch.

»Aber wir können es nicht mit Sicherheit wissen«, fuhr Wieland einen Augenblick später fort. »Mit Albrecht habe ich vor längerer Zeit einmal darüber gesprochen. Er hielt es für nicht sehr wahrscheinlich, wenngleich auch nicht für unmöglich ...«

Am folgenden Nachmittag schneite es wieder in dicken, schweren Flocken.

Simon und Swetlana befanden sich nach einem opulenten Mittagessen auf dem Weg zu Simons Großeltern.

Sie hatten sich warm eingepackt, wollene Strümpfe und feste Wanderschuhe angezogen und schlitterten den steilen Hang zum Ortskern und Fluss mehr hinunter, als dass sie liefen.

Vögel saßen aufgeplustert in den kahlen Bäumen, Tauben und Krähen. Alle Häuser waren schneebedeckt und die Bürgersteige nur an einigen wenigen Stellen gefegt – was nicht hieß, dass sie nicht am Morgen bereits einmal gefegt worden wären. Ein Vater zog einen kleinen Jungen und seine noch kleinere Schwester auf einem Schlitten hinter sich her. In einem Vorgarten stand ein formvollendeter Schneemann, mit einem Blechtopf auf dem Kopf, Augen und Mund aus Kohlenstücken und einer Mohrrübe als Nase.

Auf der Straße lag ebenfalls Schnee. Der Winterdienst kam nicht hinterher. Und wer keine Winterreifen am Auto hatte, war aufgeschmissen.

Die Luft war kalt und frisch, und der Schnee wehte in ihre Gesichter. Simon und Swetlana waren froh, dass sie nicht nur ihre Wollschals trugen, sondern auch ihre Mützen aufgesetzt hatten.

»Das sind ja schon fast sibirische Verhältnisse«, sagte Swetlana und hakte sich bei Simon ein.

»Harzer Verhältnisse«, sagte er.

Als sie unten angekommen waren, deutete Simon auf ein weißes und ebenes Feld und erzählte Swetlana, dass sie dort als Kinder immer Fußball gespielt hätten.

»Du und Fußball?« Sie lachte.

Bis zu dem alten Fachwerkhaus seiner Großeltern in der Faluner Gasse waren es jetzt nur noch ein paar Schritte.

Einzelne Kunden betraten die Geschäfte, andere kamen wieder aus ihnen heraus, Rentner oder Kurgäste – was in der Regel ein und dasselbe war. Ansonsten herrschte fast kein Betrieb in dem stillen, verschneiten Städtchen. Einige Läden standen leer. Simons Vater hatte ihnen noch während des Frühstücks erzählt, wie der Stadtkern allmählich ausblutete. »Alles eine Folge des Abzugs der Industrie, dem die jungen Leute und ganze Familien folgen«, hatte er gesagt. »Da leidet die Infrastruktur.«

Bald sahen sie auch den Marktplatz – und blieben einen Augenblick stehen, um sich das historische Panorama anzusehen –, das Rathaus, das alte Gildehaus, das Kurhotel zum Markgrafen, das sich am oberen Südhang über allem erhob, und natürlich Sankt Johannes mit seinem hohen gotischen Turm.

Simon wollte Swetlana eigentlich das Salzmännchen, Bad Soltals Wahrzeichen, zeigen, aber an der Fassade der alten Kirche, vor der sie nun standen, pappte der Schnee fest, und das putzige Relief blieb darunter verborgen.

Als er versuchte, es mit den Händen freizukratzen, drückte er den Schnee nur noch fester an den Stein.

»Komm, ich zeig dir etwas anderes«, sagte Simon und zog Swetlana mit sich an den südlichen Rand des Marktplatzes. Die frei stehende Linde ächzte unter den Schneemassen, und auch die Bank daneben glich eher einem Schneehaufen.

Sich zu setzen war unmöglich, selbst wenn man es bei diesen Temperaturen gewollt hätte. Aber die Inschrift auf dem Findling, dessen Front schneefrei im Windschatten lag, war trotz eines frostigen Schleiers, der den gesamten Stein überzogen hatte, immer noch gut zu lesen.

»Hier, schau einmal, die Zeilen stammen von Novalis. Aus seinem Bergmannslied«, sagte er.

»Dann muss er ja hier gewesen sein«, antwortete Swetlana augenzwinkernd und machte einen Schritt auf den riesigen Findling zu, um die Inschrift besser entziffern zu können.

»Ein bisschen mehr Möglichkeitssinn, meine Liebe!« Simon hüpfte auf der Stelle, um sich aufzuwärmen.

»Wie bitte? Hast du da gerade etwas von Liebe gesagt, o du, mein Mann ohne Eigenschaften?«

»Kann schon sein, aber ich bin mir nicht sicher …«

»Ach, vielleicht ist es dieses romantische Umfeld hier, das in mir ein solches Wunschdenken auslöst. Liebe ist der Grund der Möglichkeit der Magie. Auch das hat Novalis einmal gesagt …«

»Sieh an, sieh an …«

Während Swetlana weiter las, musterte Simon noch einmal die eingeschneite Bank oder jedenfalls das, was unter der weißgrauen Hülle als solche allenfalls zu erahnen war. Plötzlich packte ihn der Ehrgeiz, und er schwang sich auf den Schneehaufen. Oben angekommen, versuchte er sein Gleichgewicht zu halten, rutschte aber rücklings ab und war nicht mehr zu sehen.

Swetlana beugte sich über den Haufen und sah, wie er dahinter ausgestreckt im Schnee lag.

»Du sagst Bescheid, wenn du fertig bist, okay?«, sagte sie.

»Oder du legst dich zu mir …«

»Und wollt ihr wirklich heute Abend in diese schreckliche Disko?«, fragte Simons Großmutter, die es sich nicht hatte nehmen lassen, ihre berühmte Mohn-Marzipan-Torte zu backen.

Simons Großvater schenkte gerade den Kaffee ein, und Swetlana, die neben Simon auf einem eleganten, dafür vielleicht etwas harten graublauen Sofa saß, sah sich im Wohnzimmer um. Überall hingen Zeichnungen und Malereien mit Pflanzen- und Insektenmotiven an den Wänden, moderne und naturalistische Bilder und Zeichnungen – »Petersburger Hängung«, aber durchaus gelungen, durchaus geschmackvoll, dachte sie –, und zwischen diesen vielen Bildern von vollkommen unterschiedlicher Form und Größe hingen auch einige Schaukästen, die jeweils Dutzende Käfer und Falter enthielten, einige sehr große und bunte exotische Schmetterlinge befanden sich darunter.

Vor allem ein bestimmter strahlend blauer, wunderschöner Falter war es, der ihr sofort ins Auge stach.

»Ja, aber Disko sagt man schon eine ganze Weile nicht mehr …«, antwortete Simon und verschlang genüsslich die Torte, die seine Großmutter backte, seit er denken konnte.

»Ja, ja, mach dich nur über mich lustig …«, sagte seine Großmutter.

Oben, auf einem der Bücherregale thronte ein ausgestopftes Krokodil und sah, das fand zumindest Swetlana, mit erschreckend lebendig wirkenden Augen auf sie herab – der Mohrenkaiman, den Simons Großvater von seiner ersten Amazonas-Expedition mitgebracht hatte, schoss es ihr in den Kopf.

»Ich verstehe euch nicht, deine Schwester und dich«, sagte nun sein Großvater, der ebenfalls ein Stück Torte vor sich stehen hatte. »Wie oft habe ich mir anhören müssen, wie schrecklich es in dieser Disko sei, und jetzt habt ihr nicht Besseres zu tun …«

»Man trifft dort möglicherweise ein paar alte Bekannte …«

»Als wärst du jemals erpicht darauf gewesen, alte Bekannte zu treffen …«, sagte seine Großmutter und schüttelte den Kopf.

Sein Großvater schüttelte ebenfalls den Kopf. Jetzt warf er sogar einen etwas hilflosen Blick in Swetlanas Richtung.

»Ich habe Melanie versprochen, dass wir zusammen ins Mikado gehen, es ist eine Revival-Nacht«, sagte Simon beschwichtigend. »Außerdem dachte ich, ich könnte Swetlana einmal einen der wichtigsten Orte meiner Jugend zeigen, meiner Jugendsünden …«

»Lass sie doch«, sagte seine Großmutter zu seinem Großvater.

»Jetzt sind wir ja erst einmal hier«, sagte Simon. »Und vielleicht können wir Swetlana später noch die Käfer und Schmetterlinge in deinem Arbeitszimmer zeigen, den Papilio tappei …«, schlug er vor.

Simons Großvater, der diesen kleinen Manipulationsversuch seines Enkels durchschaute, lächelte und gab sich geschlagen.

6

Eine ganze lange Woche lag die Ausstellung »Insekten des Regenwaldes« im Zoologischen Institut inzwischen zurück. Sie war ein immenser Erfolg und der Andrang überraschend groß gewesen – es war sogar so, dass die Besucher bereits Schlange standen, wenn vom Pförtner morgens die Türen geöffnet wurden –, und es hatte begeisterte Artikel in allen wichtigen Zeitungen gegeben, auch im Radio waren Beiträge gesendet worden. Das Institut und Wieland Tappe waren in aller Munde – so wie Karl Förster, der am vergangenen Abend seinen großen und beeindruckend reichhaltig illustrierten Vortrag zum Thema Schmetterlingsflügel gehalten hatte.

Die Sonne schien als weißglühender Ball hoch oben am milchigen Himmel und schenkte der im Schlummer liegenden konservierten Stadt erste intensivere Farben – sie brachte die roten Ziegeldächer und die Fronten der Häuser zum Leuchten –, aber es herrschten immer noch tiefe Minusgrade, und über allem lag funkelnd und blendend der Schnee.

Wieland überquerte den Theaterplatz und ließ das Deutsche Theater hinter sich, das seit einigen Jahren in der ganzen jungen Republik von sich reden machte.

Er war auf dem Weg in die Dahlmannstraße im Göttinger Villenviertel, um – nach einer ersten, unmittelbar im Anschluss an die Ausstellungseröffnung getroffenen offiziellen Verabredung – bei der Familie Sartorius vorzusprechen und sich Hildes Mutter vorzustellen, nachdem er ihren Vater bereits kennengelernt hatte. Anschließend plante er, endlich die für ihre Schönheit in Göttingen berühmte Sartorius-Tochter samt ihrem Boxerrüden Attila zu einem ausgedehnten Spaziergang im Stadtwald auszuführen. Eigentlich hatte er mit ihr hinausfahren wollen, mit der Bahn aufs Land, vielleicht in den nahegelegenen Harz oder bis an die Harzgrenze, wo sie Ski hätten laufen können. Aber ein solches Vorhaben war fürs Erste zu voreilig. Das hatte er eingesehen, während er Förster davon erzählt hatte, noch bevor dieser milde gelächelt und den Kopf geschüttelt hatte, um schließlich weit auszuholen und seinen Zögling, als den er ihn offenbar und natürlich auch nicht ganz zu Unrecht betrachtete, in »diesen heiklen Dingen« zu beraten – ungefragt, aber umso entschlossener.

War die Mutter erst einmal gewonnen, sei alles gewonnen – die Zuneigung der Tochter einmal vorausgesetzt –, hatte Förster gesagt und betont, dass er keinesfalls scherze. So sei es in den meisten Familien, und wenn es um so ernste Dinge gehe, scherze man nicht.

Wieland hatte seinen Doktorvater und väterlichen Freund wohl oder übel in seine Pläne einweihen müssen – noch an Ort und Stelle, nach der Ausstellungseröffnung, schließlich war der Professor weder blind noch dumm und hatte ihn erwartungsvoll angesehen, nachdem sie sich von Hilde Sartorius und ihrem Vater, dem auch nicht alles entgangen sein konnte, verabschiedet und sie zu zweit noch ein letztes Glas Sekt getrunken hatten.

Irgendwann war er mit Hilde Sartorius zwar wieder aufgetaucht, als wäre nichts gewesen, und sie hatten sich, glaubte er, auch nichts weiter anmerken lassen, aber die Zeit ihrer Abwesenheit war unverhältnismäßig lang gewesen. Eine Erklärung Förster gegenüber war ihm unausweichlich erschienen. Ob auch Dr. Sartorius eine Erklärung von seiner Tochter verlangt hatte, konnte Wieland nicht wissen, aber er brannte darauf, Hilde danach zu fragen.

Nachdem Wieland Hilde Sartorius tatsächlich einige Käfer und vor allem Schmetterlinge gezeigt hatte – nach ihrem Bitten und Insistieren auch einige der nach ihm benannten und nicht zuletzt den Papilio tappei –, waren sie, in ein angeregtes und immer vertraulicher verlaufendes Gespräch vertieft, durch die Gänge des Zoologischen Instituts geschlendert, auch durch die abgelegeneren, und hatten sich – wie unabsichtlich – immer weiter von der Ausstellung, den vielen Gästen und dem Trubel entfernt, bis die Geräusche – das Stimmengewirr, das Knallen von Korken und das Klirren von Gläsern – verklungen waren und es schließlich still um sie herum geworden war.

Hilde Sartorius hatte es vor allem der »Blaue Morphofalter« angetan – es sei seine leuchtende Farbe, die eine beinahe hypnotisierende Wirkung habe, hatte sie gesagt. Ihr war das weitläufige Gebäude wie ein riesiges Labyrinth erschienen, die endlosen Flure und unzähligen Räume, und irgendwann hatte sie vorgeschlagen, Brotkrumen auszustreuen oder einen Ariadnefaden zu spannen, um den Weg zurück zu den anderen wiederzufinden, aber Wieland hatte sie beruhigt, er kenne sich aus, mit ihm würde sie sich hier schon nicht weiter verirren, als ihnen lieb war.

Sie hatte sich zu ihm umgedreht und gelächelt, dieses ihr ganz eigene Lächeln gelächelt, das sich ihm schon bei ihrer ersten Begegnung auf dem Stadtwall eingebrannt hatte. Und sie hatte ihn mit ihren stahlblauen Augen angesehen, sie hatte in ihn hineingesehen, und in dem Moment war er es gewesen, der sich wie hypnotisiert gefühlt hatte.

Irgendwann waren sie – und ein weiteres Mal wie unabsichtlich – in einem entlegenen Treppenaufgang stehen geblieben.

Wieland glaubte sich daran zu erinnern, dass Hilde ihn sanft, beinahe unmerklich am Arm oder sogar an der Hand festgehalten hatte, während sie noch dicht nebeneinanderher gelaufen waren, aber er war sich nicht sicher. Jedes Mal, wenn er versuchte, sich die Situation wieder zu vergegenwärtigen, verließ ihn sein Gedächtnis, und sie erschien ihm wie von einem undurchdringlichen Schleier umhüllt, der wie der Schnee in den Vorgärten funkelte, an denen er gerade vorüberlief. Stehen geblieben aber waren sie. Und sie hatten aufgehört, zu sprechen. Sie hatten sich angesehen und schließlich – letztlich war es doch ganz gleich, von wem die Initiative ausgegangen war –, schließlich hatten sie sich geküsst.

Nachdem Wieland vom Theaterplatz aus zunächst die Planckstraße und dann den Düstere-Eichen-Weg entlangspaziert war, gelangte er an den, wie er fand, etwas kargen Eichendorff-Platz – hier könnte man dem Dichter des »Taugenichts« eigentlich einmal ein Denkmal aufstellen, wenn der Platz schon nach ihm benannt war, dachte er im Vorübergehen.

Er bog links ab, lief über Kopfsteinpflaster und bestaunte die riesigen Anwesen und die herrschaftlichen Villen, die den Krieg unbeschadet überstanden hatten.

Nur wenige Schritte weiter öffnete er eine kleine, inmitten einer mannshohen, derzeit kahlen Haselnusshecke gelegene hölzerne Gartenpforte, die beim Öffnen alarmierend quietschte, und betrat einen schmalen Kiesweg, der ihn durch den offenbar sorgsam gepflegten Vorgarten hindurch über einige sehr weite Treppenstufen zum Eingang der erhöht liegenden Villa Sartorius führte. An den Rändern des Kiesweges blühten wohl im Sommer Rosensträucher und auch Stauden – sein Blick fiel auf die heruntergestutzten Strünke, die in regelmäßigen Abständen durch den Schnee stachen und in denen sicher viele Insekten ihren Unterschlupf gefunden hatten.

Die Villa Sartorius war ein prächtiges, mehrstöckiges Gebäude mit blendend weißem Verputz, hohen Giebeln, spitzen Turmerkern – einer davon besaß tatsächlich eine Art Zwiebelkuppel –, dunklen Holzrändern, einem dunkelroten Ziegeldach mit mehreren darin eingelassenen Fledermausgauben sowie einem ausladenden Portal, auf dem Wieland einen Balkon oder vielmehr eine Dachterrasse vermutete.

Hilde öffnete die Tür, als er gerade einen Fuß auf die erste Stufe setzte – sie musste hinter den Vorhängen am Fenster gewartet und nach ihm Ausschau gehalten haben.

»Hallo, ich freue mich …« Ihm blieben die Worte im Halse stecken.

»Lieber …«, sagte sie und zog ihn, als er vor ihr stand, ins Haus hinein.

Ihm eröffnete sich ein großzügig mit antiken Möbeln und einem riesigen Wandspiegel in einem goldenen Rahmen ausgestattetes Entrée. Auf dem gebohnerten Parkett stand eine große, chinesische Bodenvase.

Hilde ließ ihn sich nicht lange umsehen und küsste ihn. Er fasste sie mit beiden Händen um die schmale Taille und drückte sie an sich.

»Vorsicht, nicht dass mir der Lippenstift verwischt …«, sagte sie und schob ihn sanft von sich.

»Aber du trägst doch gar keinen Lippenstift …«

»Oder du mir die Haare zerzaust, wie neulich, du …«

»Ich könnte dich …«

»Später …«

In dem Moment kam Attila ins Entrée gelaufen, er winselte vor Freude und sprang an ihm hoch, wofür ihn Hilde tadelte. Wieland aber streichelte ihn, und Attila beruhigte sich schnell wieder, wich ihm aber nicht mehr von der Seite, auch nicht, als sie jetzt den Salon betraten und Hilde Wieland ihrer Mutter vorstellte.

Hermine Sartorius war eine eindrucksvolle Persönlichkeit. Ihre vornehme Herkunft – sie war eine geborene von Brühl – drang ihr aus allen Poren. Anders als ihr jovialer, bisweilen recht burschikoser Mann, der gerne laut und schallend lachte, war sie die Contenance in Person. Trotz ihrer strengen Haltung und trotz ihrer stechenden, stahlblauen Augen lag etwas Warmes in ihrem Wesen, etwas unmittelbar Einnehmendes.

Wegen der gutgemeinten Bemerkungen seines Professors, die Wieland verunsichert hatten, hatte er sich seit Tagen Gedanken über Hildes Mutter gemacht. In ihrer Gegenwart aber fühlte er sich überhaupt nicht eingeschüchtert, im Gegenteil, er fühlte sich hier, in ihrem Haus, sehr willkommen – unabhängig davon, dass sie ihn gerade förmlich und ausdrücklich willkommen geheißen hatte. Es war ein bisschen so, als kannten sie sich bereits.

Sie betrachtete Wieland und lächelte.

»Kinder, setzt euch«, sagte sie. »Wo dein Vater nur bleibt«, fuhr sie fort und sah sich um, aber da öffnete sich auch schon eine Tür, und Dr. Sartorius trat in den Salon.

Er begrüßte Wieland herzlich und nahm ebenfalls Platz.

»Ich habe ja schon viel von Ihnen gehört, Herr Tappe«, eröffnete nun Frau Sartorius das Gespräch.

Attila hatte sich derweil auf einer Decke zwischen den Beinen des kleinen Biedermeiertisches niedergelassen, um den herum sie auf altrosafarben gepolsterten Stühlen saßen.

Ein junges Hausmädchen reichte Kaffee und kleine, mit Vanillecreme gefüllte Éclairs – Wieland hatte ihr leises Kommen gar nicht bemerkt.

Der filigrane Kaffeetisch war mit altem Fürstenberger Porzellan eingedeckt, an den Wänden standen bis zur Decke reichende Regale aus Eichenholz, die mit ledergebundenen Lexika, Enzyklopädien und Klassikerausgaben bestückt waren. Obwohl Wieland diese Art von Vornehmheit nicht gewohnt war, erschien sie ihm nicht aufdringlich oder gar erdrückend. Es war das alte Großbürgertum, zu dem auch seine Breslauer Großmutter gehört hatte, auch wenn die Familie seiner Mutter sicher nicht so wohlhabend gewesen war wie die Familie Sartorius.

»Zu der Ausstellung in Ihrem Institut konnte ich leider nicht kommen«, sagte Frau Sartorius, »die Grippe, wissen Sie, Hilde muss mich wohl angesteckt haben. Aber erzählen Sie doch bitte, Wieland – ich darf Sie doch Wieland nennen? –, Sie haben für einigen Wirbel gesorgt, nicht wahr? Mein Mann und meine Tochter waren sehr beeindruckt, vor allem von der Größe und der Farbenpracht der Schmetterlinge. Und erzählen Sie mir bitte von Ihrer Reise an den Amazonas. Ist es wahr, dass Sie Krokodile gegessen haben?«

Wieland ließ sich nicht lange bitten und erzählte – von den riesigen Kaimanen, den großen Schlangen und den kleinen giftigen, von den wilden, tückischen Wasserläufen der verzweigten Amazonas-Nebenflüsse, den Katarakten, den Capybaras, den Aras, den Manatis und dem Jaguar. Und er erzählte von den Schmetterlingen.

Im Verlauf des Gespräches streiften sie zunächst vorsichtig, dann energischer politische und wirtschaftliche Themen. Hildes Vater brachte sie auf den Tisch. Zu Irritationen kam es zwischen ihnen nicht, im Gegenteil, es schien ein unausgesprochenes Einverständnis zu herrschen. Siegfried Sartorius war sehr interessiert an Wielands politischen Meinungen. Sie sprachen über die Lage der liberalen Partei, der Partei des Oberbürgermeisters, der auch von Hermine Sartorius geschätzt wurde, und über ihre jüngsten Verirrungen, über den neuen amerikanischen Präsidenten Dwight D. Eisenhower und zuletzt, nachdem Wieland – ohne damit im Hause Sartorius Befremden auszulösen – von seinem Plan erzählt hatte, in die SPD einzutreten, sprachen sie über die kürzlich beschlossene Senkung des Preises für das kleine Modell der Volkswagen-Werke – das grotesk kleine Modell, bemerkte Hermine Sartorius –, das in den Vereinigten Staaten auch »Beetle« genannt wurde, Käfer, wie Hildes Vater zu berichten wusste.

»Vielleicht kaufe ich mir einen – einfach, um ihn einmal zu fahren. Das müsste Ihnen doch eigentlich gefallen, Tappe, nicht wahr? Sie sollten sich auch einen anschaffen«, sagte Sartorius lachend und erzählte, dass die Amerikaner das Auto so nennen würden, da sie zu Kriegszeiten immer dieses Bild vor Augen gehabt hätten: tausende winziger, bunt-glänzender und summender Autos, die wie Käfer über die Autobahnen des »Führers« krochen.

»Ich fürchte, ein Auto wird für mich noch eine Weile unerschwinglich sein. Aber ich verspreche, daran zu arbeiten …«, sagte Wieland.

»Ach was, in Göttingen braucht im Grunde niemand ein Auto«, entgegnete Hermine Sartorius.

»Aber praktisch wäre es doch«, sagte Hilde.

»Ein interessantes Muttermal tragen Sie da auf der Wange, mein Lieber. Markant, markant«, bemerkte Siegfried Sartorius unvermittelt.

»Finden Sie?«, sagte Wieland, dem Bemerkungen über sein Muttermal nicht fremd waren und der damit umzugehen gelernt hatte.

»Ja, das wollte ich Ihnen bei unserer letzten Begegnung schon sagen«, fuhr Hildes Vater fort. »Ein V auf der Wange, das fällt natürlich auf. Da könnte man an Sieg denken, Sieg aber natürlich ganz ohne Heil. Ich meine Victory – sehe immer den alten Churchill vor mir …«

»Papa …«

»Lass gut sein, Siegfried«, unterbrach ihn auch seine Frau. »Du machst unseren Gast ganz verlegen.«

»Das glaube ich nicht. Schau ihn dir doch bitte einmal an. Mache ich Sie verlegen, Tappe?«

Wieland schüttelte den Kopf und hob die Augenbrauen.

»Seht ihr! Ein solches Muttermal trägt man mit Stolz, so etwas kommt nicht von ungefähr. Und in der Wissenschaft scheinen Sie ja Ihren Siegeszug bereits angetreten zu haben, wie mir Förster sagte, als ihr beide gerade verschwunden wart …«

»Papa …«

»Zumindest besitze ich genügend Material, mit dem es sich weiter zu beschäftigen lohnt, und ich habe auch zahllose Beobachtungen gemacht, die es erst noch auszuwerten gilt«, antwortete Wieland rasch. »Was das angeht, kann ich aus dem Vollen schöpfen, es besteht nur die Gefahr, dass ich endlos darüber forschen und schreiben werde …«

»Und haben Sie vor, bei uns in Göttingen zu bleiben?«, fragte Frau Sartorius mit der plötzlichen Strenge einer Prüfungsvorsitzenden.

Sie hatte gelächelt, auch sie wusste Bescheid.

Ihre Blicke durchbohrten Wieland jetzt tatsächlich, so dass er wieder an die Ratschläge des Professors denken musste. Hildes Mutter, die, ohne dass sie es wusste, in seinen Augen längst seine Schwiegermutter war, versuchte gar nicht erst zu kaschieren, wie wichtig ihr diese Frage war.

»Am Institut, meinen Sie? Ja, das habe ich vor. Oder sagen wir, das wäre erstrebenswert …«

»Na, unser Freund Förster wäre schön dumm, wenn er sie ziehen ließe«, sagte Herr Sartorius und zwinkerte.

»Ja, das finde ich auch«, flüsterte Hilde. Sie suchte unter der Tischdecke nach Wielands Hand und drückte sie.

Attila, der lange brav auf seiner Decke ausgeharrt hatte, hockte sich nun neben sie und hechelte erwartungsvoll.

»Aber wir sollten langsam aufbrechen, der Hund wird schon ungeduldig, und es wird immer noch sehr früh dunkel …«

»Ich bringe Ihre Tochter selbstverständlich vor Einbruch der Dunkelheit zurück«, sagte Wieland.

»Das wirst du kaum schaffen«, sagte Hilde.

Ihre Eltern lachten.

Als sie die quietschende Gartentür der Villa hinter sich geschlossen hatten und auf den Bürgersteig getreten waren, hakte sich Hilde bei Wieland unter.

Die Sonne schien blasser, und es war bitterkalt. Aus den Schornsteinen stieg Rauch auf, und viele Fenster waren inzwischen erleuchtet.

»Kannst du dir das vorstellen? Mich – in so einem Auto?«, fragte Wieland, nachdem sie ein paar Schritte gegangen waren.

»In einem Käfer! Das passt doch zu dir. Wer weiß, vielleicht setzt sich der Name auch hier durch.«

Sie liefen die Dahlmannstraße hinunter Richtung Schillerwiesen und Stadtwald. Attila ließen sie bald von der Leine. Er lief ihnen voran, scheuchte hier und da in einem Gestrüpp eine Amsel auf und jagte ihr durch den Schnee hinterher.

Bald hatten sie den Eulenturm erreicht, der östlich der Schillerwiesen am Hainberg, dem Westhang des Göttinger Waldes, errichtet worden war und eine Art Tor zum Wald darstellte. Von der Aussichtsplattform aus, die sie nun erklommen, hatten sie einen schönen Blick auf die Stadt, den Turm der Jacobikirche, die schneebedeckten Ziegeldächer der Häuser innerhalb des Walls und auch auf die Villen der Oststadt.

»Ich werde dich heiraten, Hilde«, sagte Wieland, nachdem sie eine Weile schweigend nebeneinandergestanden hatten.

Hilde sah ihn an. »Und wenn ich nein sage?«

»Das wirst du nicht.«

»Nein?« Sie lächelte.

»Nein«, sagte er und küsste sie.

»Wenn wir ohnehin heiraten, können wir jetzt auch zu dir gehen«, sagte Hilde schließlich, als sie Attila irgendwo in der Ferne bellen hörten. »Oder willst du lieber weiter hoch zum Bismarckturm laufen?«

7

Auf der quadratischen Tanzfläche – einer Art federndem Dielenboden – bewegten sich im Halbdunkel einige aufgedonnerte Frauen zur lauten, scheppernden Musik. Sie gingen alle auf die vierzig zu, wenn sie sie nicht bereits überschritten hatten, steckten in knallengen Jeans oder nicht weniger unvorteilhaften Lederröcken, weit ausgeschnittenen Tops und hatten gefärbte Haare – das Spektrum reichte von schrillem Pink über Platinblond bis hin zu Schwarz mit blonden Strähnchen.

Allein ihr Make-up wirkte – auf die Distanz – vergleichsweise dezent, fand Swetlana und überlegte, ob sie jemals an einem solch skurrilen Ort gewesen war, aber dann fielen ihr die Partys und Tanzveranstaltungen wieder ein, die während ihrer Schulzeit in Russland stattgefunden hatten, und zu denen sie mit ihrer Freundin Natascha gegangen war, selbst auch aufgedonnert.

Sie sah den Frauen zu, ein bisschen war es wie damals, eine trübe Atmosphäre.

Über ihren Köpfen drehte sich eine Diskokugel und reflektierte das Licht der bunten Scheinwerferbatterien. Auf den Boden gestreut, sah es aus, als tanzten dort Schneeflocken. In Bad Soltal gab es vor dem Schnee anscheinend kein Entkommen.

Swetlana stand neben Simon und Melanie und hielt – wie die beiden es auch taten – ein großes Glas mit enttäuschend schwach gemixtem Gin Tonic in der Hand und schaute sich um. Sie war mit Abstand die jüngste in dieser »Disko«, die nicht viel mehr als eine für den Abend hergerichtete Mehrzweckhalle zu sein schien. Sie war Teil einer Kneipe, deren Hinterzimmer sozusagen.

Von der Straße aus gesehen, deutete zunächst nichts auf diese »Location« hin. Um ins Mikado zu gelangen, mussten sie am Tresen vorbeilaufen, an dem mehrere alte Männer vor ihren Bieren saßen. Eintritt: zehn Euro, inklusive zweier Getränkegutscheine, die sie bereits eingelöst hatten.

So günstig war ein Clubabend in Berlin nicht zu haben, dachte sie. Dafür wurde man dort nicht so angestarrt – von der Musik, die gespielt wurde, einmal ganz abgesehen. Aber sie kannte die Erzählungen Agnieszkas, die irgendwann aufgegeben hatte, sie jedes Mal überreden zu wollen, wenn sie ausging – ihr Wochenende startete oft schon am Donnerstag –, ins Berghain, ins Weekend oder sonstwohin. Agnieszka in diesem öden, ranzigen Provinzschuppen – das hätte sie gerne gesehen. Sie versuchte, sich ihr Gesicht vorzustellen. Vermutlich würde sie Grimassen schneiden und anfangen, hysterisch zu lachen.

Sie hatte schon eine sehr außergewöhnliche Mitbewohnerin, dachte sie und fragte sich, was Agnieszka in Berlin wohl gerade tat? Wahrscheinlich war sie ebenfalls ausgegangen, vielleicht ja in den Kit-Kat-Club.

Aus den von der Decke hängenden Boxen, überdimensionalen schwarzen Kästen, die die Form von Särgen hatten, tönten alte Rock-Klassiker, von denen Swetlana einige erkannte, »T.N.T.« von AC/DC beispielsweise, »Flesh for Fantasy« von Billy Idol, »Paradise City« von Guns 'n' Roses und jetzt, in diesem Moment, ausgerechnet »I was made for lovin' you« von Kiss, dieser karnevalesken Band mit den schrill geschminkten Gesichtern, den hohen Plateaustiefeln und dem Logo, in dem das doppelte S die Form von Blitzen aufwies und so an die Sieg-Runen der SS erinnerte.

Die Frauen auf der Tanzfläche scherten sich indessen um dergleichen nicht, sie drehten jetzt komplett durch und stampften und hüpften herum, so dass die Schwingungen des hölzernen Tanzbodens auch diejenigen erreichte, die am Rande des Geschehens oder an der Bar standen, noch in den hintersten Ecken vibrierte es unter den Füßen. Einige der tanzenden Frauen grölten die Texte mit.

Sie war noch nicht einmal auf der Welt gewesen, als die meisten dieser Hits aus grauer Vorzeit geschrieben worden waren, dachte Swetlana, aber dieser Mainstream-Hardrock war auch früher in Russland von ihren Mitschülern gehört worden – und sie selbst hatte mit Natascha zu dieser Musik getanzt, nicht nur einmal, und sie hatte sogar – peinlich, peinlich – ein Poster von Billy Idol in ihrem Zimmer aufgehängt. All das schien ihr unvorstellbar lange her zu sein, und wie immer, wenn sie sich an jene Jahre erinnerte, musste sie auch wieder an ihre finsteren Schatten denken. In Bad Soltal aber war, trotz allem, was das Städtchen offenbar durchzumachen gehabt hatte, die Zeit stehengeblieben – in mehrfacher Hinsicht.

»Und, wie gefällt's dir hier?«, fragte Melanie oder schrie vielmehr gegen die schier ohrenbetäubende Lautstärke an.

»Was soll ich sagen, ich war noch nie auf einer Ü-40-Party«, antwortete Swetlana, ebenfalls so laut es eben ging.

Melanie lachte, und sie stießen mit ihren Gin Tonics an. Stilles Einverständnis unter Frauen, dachte Swetlana.

»Komm, wir gehen an die Bar und holen uns noch ein Getränk. Dort ist es auch etwas ruhiger«, schlug Simon vor.

»Gute Idee.«

An der Bar war es allerdings nur unmerklich leiser, dafür konnten sie sich setzen oder sich wenigstens anlehnen und hatten die Tanzfläche gut im Blick, wo die Frauen zunehmend in Ekstase gerieten.

»I was made for lovin' you baby/You were made for lovin' me .../ And I can't get enough of you baby/Can you get enough of me?«

Der Kiss-Song schien kein Ende zu nehmen, und die Frauen tobten wie die Berserker – einige von ihnen Arm in Arm –, sie grölten und hüpften wie besessen herum, als gälte es, damit einen Wettbewerb zu gewinnen.

Das hatte etwas unfreiwillig Komisches, wenn nicht Tragisches, fand Swetlana und fragte sich, was sie wohl alle ritt. Der lasche Gin Tonic allein, der im Mikado ausgeschenkt wurde, konnte es wohl nicht sein.

Die Männer wiederum standen mit ihren Getränken in der Hand schweigend neben der Tanzfläche und bewegten allenfalls einmal die Köpfe zur Musik, unter die wildgewordenen Frauen aber wagte sich keine dieser phlegmatischen Gestalten. Als Video aufgenommen wäre das hier wahrscheinlich ein großer Hit auf Youtube oder Instagram, dachte sie. Es gab schließlich nicht nur Leute, die so etwas tatsächlich ins Internet stellten, sondern auch solche, die es sich ernsthaft anschauten.

Swetlana sah fragend zu Simon und Melanie hinüber, aber die zuckten nur mit den Schultern, grinsten und taten so, als würden sie auch mitsingen.

Ihr Blick fiel auf ein vermutlich schon vor einigen Jahrzehnten an die Wand gemaltes überlebensgroßes Porträt eines Rockstars, das allmählich abblätterte, so dass nicht mit Sicherheit zu sagen war, um wen es sich handelte. Er hatte lange Haare, hielt eine E-Gitarre in der einen Hand, in der anderen ein Mikrofon – ein Sänger also, so viel war zu erkennen, und immerhin schränkte es die Möglichkeiten ein. Trotzdem, Swetlana hatte keine Ahnung, wer das sein sollte, und bestaunte die Patina, die hier über allem lag…

In dem Moment steuerte ein junger Mann auf sie zu, der bis dahin auf der anderen, ihnen unmittelbar gegenüberliegenden Seite des Raumes gestanden und von dort aus, wie Swetlana aufgefallen war, auch schon mehrmals zu ihnen herübergesehen hatte. Er war etwa in Simons Alter und hatte kurze, hellbraune Haare, ausgeprägte Geheimratsecken und – im Gegensatz zu den meisten anderen Männern – eine sportliche Figur. Sein Blick streifte Simon und sie, aber Melanie war es, die er jetzt ansprach.

Ein gewisses Maß an Eitelkeit kam den Menschen – ganz gleich, ob es sich um einen Mann oder eine Frau handelte –, doch zugute, dachte Swetlana.

Ja, erfrischend gut sah er aus, fand sie, ein regelrechter Lichtblick auf diesem Jahrmarkt der Nachlässigkeiten. Vielleicht aber war der Duft, der sich wie eine Wolke um ihn herum verbreitete, doch etwas too much, auch wenn das Aftershave sicher nicht billig war. Etwas glatt erschien er ihr zudem aus nächster Nähe, und der Duft schlug ihr mit einem Mal auf den Magen. Ihr wurde übel, sie versuchte, tief ein- und auszuatmen, aber das machte es nur noch schlimmer.

Es kam vor – wenn auch in letzter Zeit nicht mehr so häufig –, dass sie die Anwesenheit von Männern beunruhigte, dass sie Angst und mitunter Panikattacken bekam, wenn ihr ein aufdringlicher Herrenduft in die Nase stieg, von Schweißgerüchen gar nicht zu reden.

Sie spürte Simons Hand an ihrer Taille – er hatte sie in den Arm genommen und hielt sie fest an sich gedrückt.

»Guck mal, Simon, wer da ist«, sagte Melanie, die sich offenbar über diese Begegnung freute, »Andreas, Andreas Hansen…«

Simon schien erst gar nicht zu verstehen, wen er da vor sich hatte, aber dann dämmerte es ihm offenbar, und er lächelte.

»Hey!«

»Hey! Wir haben uns ja schon ewig nicht gesehen«, sagte Andreas. Sie reichten sich die Hände.

»Ich habe dich gar nicht erkannt, ist ja irre«, sagte Simon – es klang ein bisschen wie »du bist aber groß geworden«, fand Swetlana, die erfuhr, dass es sich um einen Schulfreund von Melanie handelte.

»Ich war mir erst auch nicht sicher, ob ihr es seid«, antwortete Andreas gut gelaunt.

»Das ist Swetlana«, sagte Melanie, »Simons Freundin.«

»Hallo, freut mich.«

Swetlana bemühte sich zu lächeln, aber es gelang ihr nur leidlich. Etwas an diesem Andreas gefiel ihr nicht.

»Mal wieder im Lande?«, fragte Simon.

»Ja, wir feiern Weihnachten nach. Mit der Familie«, antwortete Andreas. »Ich hatte über die Feiertage keine Zeit zu kommen – und eigentlich auch keine Lust, wenn ich ehrlich bin …«

»Ist bei mir ganz ähnlich«, sagte Simon. »Ich war krank, aber das war mir ganz recht …«

»Willkommen im Boot«, sagte Melanie und verdrehte die Augen. »Trinkst du auch noch einen Gin Tonic?«

»Aber immer!«

Andreas war – und Swetlana musste genau hinhören, um bei der Lautstärke überhaupt mitzubekommen, worüber geredet wurde –, ebenfalls nur für ein paar Tage zu Besuch bei seinen Eltern, die nach wie vor in dem abgelegenen Häuschen am Ortsrand wohnten, an der Harzer Landstraße. Danach hatte sich Simon erkundigt, der mit Ralf, dem älteren Bruder von Andreas, früher in die gleiche Klasse gegangen war, wie er ihr nun zuflüsterte.

Ralf, erzählte Andreas weiter, habe inzwischen drei Kinder und sei ein echtes »Familientier« geworden.

Wer hätte das gedacht, erwiderte Simon.

Andreas nickte. Er habe Urlaub, seit zwei Wochen schon, fuhr er zu erzählen fort, und er sei gerade auf Zypern gewesen und hätte dort sogar im Meer baden können. In Köln, wo er inzwischen lebe – er sei Architekt und arbeite für ein großes, direkt am Rhein gelegenes Büro –, läge kein Schnee, und irgendwie wäre ihm der Winter nichts, wenn es nicht mindestens einmal geschneit hätte, also sei er doch hergefahren, als er gehört habe, dass in Bad Soltal so viel Schnee gefallen sei. Und wie Melanie und Simon sei er dann hierher ins Mikado gekommen – Ralf habe ihm von dem Revival erzählt –, um zu sehen, ob vielleicht alte Bekannte da wären, aber abgesehen von ihnen habe er noch niemanden von früher getroffen. Allerdings sei der Abend ja noch jung, sagte er. »Was wären wir ohne das Mikado?« Dann legte er einen Arm um Melanie, die offenbar nichts dagegen hatte und es sich lachend gefallen ließ.

»It's a question of time …«, sang jetzt eine Stimme aus den Boxen, und der Sound war ein anderer geworden.

»Depeche Mode«, rief Melanie. »Kommt, wir gehen auch tanzen …«

»Okay«, sagte Simon und sah Swetlana an.

Sie nickte und stellte ihr inzwischen geleertes Gin-Tonic-Glas auf die Theke.

»It's just a question of time / It's running out for you / It won't be long until you'll do / Exactly what they want you to …«

Jetzt sangen auch sie mit.

Als der Song zu Ende war, steuerten Simon und Swetlana – beide außer Atem – wieder die Theke an, um sich einen weiteren Gin Tonic zu bestellen – auf Depeche Mode folgte ein Song von Bon Jovi, und die Tanzfläche war auf einmal wie leergefegt gewesen. Das war wohl zu viel des Guten, selbst für Hartgesottene. Auch die Frauenhorde hatte sich an der Bar versammelt und trank dort nun Schnäpse.

»Ich bin froh, dass ich nicht ohne Depeche Mode aufwachsen musste«, seufzte Simon.

Der Barmann stellte ihnen ihre Gin Tonics auf den Tresen, die sich beinahe wie Wasser trinken ließen.

Bei dem Mischverhältnis müsse man drei bestellen, um die Wirkung von einem normalen Gin Tonic zu erzielen, sagte Swetlana. »Insofern relativiert sich der günstige Eintritt wieder.«

»Ja«, entgegnete Simon, »das ist hier immer schon so gewesen. Aber ist es nicht schön, dass es Dinge gibt, die sich nie verändern?«

Sie winkten den Barmann ein weiteres Mal zu sich, bestellten noch eine Runde und hielten nach Melanie und Andreas Ausschau, die eben noch neben ihnen getanzt hatten.

»Ich glaube da vorne sind sie, schau mal…«, sagte Simon nach einer Weile.

Swetlana sah in die Richtung, in die er zeigte. Tatsächlich, Melanie und Andreas saßen zusammen in einer Ecke auf der anderen Seite der Tanzfläche und knutschten miteinander.

8

Hilde und Wieland liefen Arm in Arm über den Stadtwall und sprachen über ihren Studienbeginn im bevorstehenden Sommer.

Wieland gelobte, sie nach Kräften zu unterstützen, er beklagte lediglich, dass das Zoologische Institut so weit vom Campus entfernt liege und sie sich dadurch selten sehen könnten, aber Hilde wiegelte ab, das sei Unsinn, so weit sei es nicht, und sie sähen sich schon oft genug.

In dem Moment preschte ihnen plötzlich ein Reiter mit seinem Pferd entgegen, und Attila bellte aufgeregt.

»Brrrr«, machte der Reiter.

Das Pferd, ein prächtiger Schimmel, schnaubte heftig, und seine grauen Nüstern zitterten.

»Albrecht«, rief Hilde, die Attila wieder an die Leine genommen hatte. Sie lächelte.

»Grüß dich, Hilde«, sagte der Reiter, der einige Jahre älter zu sein schien als sie beide und der Wieland nun mit forschenden Blicken ansah. Er zog am Zügel, und das Pferd setzte ein paar Schritte zurück.

»Darf ich vorstellen, Wieland Tappe«, stellte ihn Hilde vor. »Wieland, das ist Albrecht Wiese, ein alter Freund der Familie.«

»Sie sind also Wieland Tappe.« Albrecht Wiese lächelte. »Es freut mich, Sie kennenzulernen. Ich habe schon einiges von Ihnen gehört.«

»Freut mich ebenfalls«, sagte Wieland, dem sofort wieder einfiel, wer dieser Albrecht Wiese war, nämlich der frühere Verlobte von

Hildes verstorbener Schwester, die nach einem Zeckenbiss an einer schweren Meningitis erkrankt war. Er war Germanist und gerade dabei, sich an der Georg-August-Universität zu habilitieren.

»Hat Papa also wieder geplaudert?«, fragte Hilde.

»Ja, das auch«, erwiderte Albrecht Wiese, der keine Anstalten machte, von seinem Pferd zu steigen. »Ich habe deine Eltern vor ein paar Tagen bei den Eichsfelders getroffen … Aber man hört ja in letzter Zeit so einiges aus dem Zoologischen Institut. Göttingen ist eine kleine Stadt, hier pfeifen die Spatzen verhältnismäßig laut von den Dächern. Leider habe ich es immer noch nicht in die Ausstellung geschafft – sie läuft doch noch? Ihr Fach interessiert mich außerordentlich, müssen Sie wissen. Die Naturwissenschaften und die Geisteswissenschaften haben sich für meinen Geschmack viel zu weit voneinander entfernt. Zu Goethes Zeiten und davor war das, wie Sie wissen, noch anders. Vielleicht nähern wir unsere Disziplinen einander einmal wieder etwas an?«

»Das wäre wünschenswert«, entgegnete Wieland.

»Na, da haben sich aber zwei gesucht und gefunden«, sagte Hilde. »Du hättest Wielands Vortrag zur Ausstellungseröffnung hören müssen, Albrecht. Das war eine Kulturgeschichte aus der Perspektive des Insektenkundlers, eine Kulturgeschichte der Insekten. Und es ging um Literatur. Wieland hat Brockes ›Kleine Fliege‹ rezitiert …«

»Ach, ja? Das klingt interessant. Zur Eröffnung konnte ich bedauerlicherweise nicht kommen, da ich zu einer Tagung in Münster war. Aber vielleicht dürfte ich Ihren Vortrag einmal lesen?«

»Sehr gerne. Ich lasse ihn Ihnen zukommen.«

»Wie wäre es, wenn ich Sie in den nächsten Tagen im Zoologischen Institut aufsuche? Am besten gleich am Montag? Und wir könnten auch einmal wieder zusammen ausreiten, Hilde, wie wäre das? Reiten Sie, Wieland?«

»Nein.«

»Das müssen wir ändern.«

»Wieland auf einem Pferd?« Hilde lachte.

»Warum nicht?«, fragte Albrecht Wiese.

Wieland, der die Vorstellung, sich auf dem Rücken eines Pferdes zu sehen, mindestens so absurd fand wie Hilde, musterte das imposante Tier noch einmal. Nein, dachte er im Stillen, allem anderen sah er freudig entgegen, doch aus diesem Plan würde eher nichts werden.

Albrecht Wiese aber beobachtete ihn.

»Das höchste Glück der Erde, Sie werden sehen … Unser Gespräch jedenfalls werden wir an anderer Stelle fortführen. Ich werde Sie am Montag treffen. Jetzt muss ich aber schleunigst weiter, die Bibliothek ruft …«, sagte er und jagte mit seinem Pferd davon.

»Es ist Samstagmittag, mein Lieber, Wochenende«, rief Hilde noch, aber Albrecht Wiese hörte sie schon nicht mehr.

»Mit dem Pferd in die Bibliothek, das hat Stil«, sagte Wieland und sah ihm hinterher.

»Ja, typisch Albrecht. Immer ein bisschen extravagant. Aber du wirst ihn mögen. Er ist wie ein großer Bruder für mich, das war schon so, als Klara noch am Leben war …«

9

Am nächsten Morgen wachte Swetlana vor Simon auf, der wie ein Stein schlief und ruhig und tief atmete.

Draußen war es schon sehr hell. Sie hatten nicht daran gedacht, die Rollläden herunterzulassen. Ansonsten hätte sie vielleicht noch ein wenig länger geschlafen, dachte sie, drehte sich wieder um, legte sich auf den Bauch, um noch einmal die Augen zu schließen, aber merkte schnell, dass es aussichtslos war. Nein, sie fühlte sich ausgeschlafen, lediglich leichte Kopfschmerzen hatte sie.

Am Ende hatte sich das Verhältnis vielleicht doch noch ein wenig zu ihren Gunsten verändert, dachte sie, ließ den vergangenen Abend Revue passieren und kam zum Entschluss, dass es bei der Menge an Drinks auch keinen großen Unterschied mehr gemacht hätte. Immerhin hatten sie nur Gin Tonic getrunken und nicht noch etwas anderes.

Vielleicht sollte sie eine Tablette nehmen – eine Schachtel Paracetamol steckte in ihrem Kulturbeutel –, überlegte sie und sah auf die

Uhr, verwarf aber den Gedanken gleich wieder, stand auf und ging, einmal ums Bett herum, zum Fenster, um frische Luft zu atmen.

Alles war weiß, der Himmel hatte die gleiche Farbe wie die Landschaft und die Dächer der Häuser, die unter der Schneedecke kaum zu erkennen waren. Die Aussicht wirkte unwirklich, wie gemalt.

Swetlana öffnete das Fenster und ließ die frische, kalte Luft herein. Winzige Schneeflocken, die ihr entgegenwehten, landeten auf ihren Wangen und auf ihrer Nase. Wie angenehm, dachte sie. Dann setzte sie sich wieder aufs Bett und rieb sich die Augen. Das Fenster blieb geöffnet. Draußen roch es nach Holzfeuer.

Sie hörte Simon unverändert atmen und sah sich um. Es war so eigenartig leer hier. Sein altes Zimmer, das Zimmer, in dem er seine Kindheit, Pubertät und Schulzeit bis zum Abitur verbracht hatte, war in ein Gästezimmer umfunktioniert worden – mit einem Doppelbett, in dem sie nun schliefen, einer Schrankwand und einem nagelneuen, anscheinend bislang noch unbenutztem Ausklappsofa –, es gab kaum etwas Persönliches, das hier an seine Kindheit erinnert hätte, nicht einmal Bilder von ihm hingen an der Wand – so wie sie selbst es aus der Wohnung ihrer Mutter und ihres Großvaters in Tel Aviv kannte, dort hatte sie sogar ein eigenes Zimmer –, nur ein Familienfoto aus einem Strandurlaub stand gerahmt auf einer Kommode.

Sie hatte Simon darauf angesprochen, auf diese Leere, wenn nicht Kälte, gleich nachdem sie ihr Gepäck hier abgestellt hatten. Dieses Verlassene. Hier war die Zeit, so wie sie sie in diesem Augenblick verstand, wirklich abhandengekommen.

Vor allem hatte sie wissen wollen, wann und warum das Zimmer renoviert worden – grausam fand sie es, unmenschlich – und für welchen Besuch es eigentlich vorgesehen war. Abgesehen von ihm und Melanie bekamen Simons Eltern keinen Besuch, jedenfalls keinen, der über Nacht bleiben würde, hatte Simon ihr geantwortet. »Umfunktioniert« hätten seine Eltern das Zimmer vermutlich schon am Tag danach, kaum dass er aus dem Haus war – als hätten sie darauf gewartet. Ohne eine Erklärung war er vor vollendete Tatsachen gestellt worden. Er fühlte sich seitdem immer nur als Gast in seinem Elternhaus, hatte er gesagt, es sei nicht mehr sein Zuhause. Das »Zuhause«, das wirklich seines war, gebe es nur noch in seinem Kopf – und vielleicht noch im

Haus seiner Großeltern, in deren Zimmern von ihm gemalte Bilder an den Wänden hingen. Melanie war es genauso ergangen, hatte Simon erzählt. In ihrem Zimmer stand kein Ausklappsofa, sondern ein Schreibtisch, den ihre Mutter benutzte.

Was aus seinen und Melanies Spielsachen geworden sei, wollte Swetlana wissen. Von ihren eigenen – viele hatte sie nicht gehabt – waren noch ein Teddybär und eine makabre Puppe übrig, der ein Auge fehlte. Seine Spielsachen gebe es noch – Playmobil, Lego, eine Modelleisenbahn und auch Melanies Puppensammlung –, fein säuberlich in Kisten verpackt und auf dem Dachboden verstaut, neben den Kartons mit staubigen Akten und Unterlagen, dem Christbaumschmuck und einem alten Schlitten, den er gerne herunterholen könne, wenn sie Lust habe zu rodeln. Sollten er oder Melanie einmal Kinder bekommen, könnten sie sich bedienen und »den ganzen Krempel mitnehmen«, so müsse man sich das nicht alles wieder neu anschaffen, hatte sein Vater einmal gesagt, und dass hier nichts entsorgt werde, keine Sorge.

Swetlana hatte keine Lust gehabt, mit dem Schlitten zu fahren.

In ihrem Hinterkopf machte sich der Schmerz wieder bemerkbar. Heißkalt zu duschen wäre die beste Therapie, entschied sie, stand auf, spähte in den Flur und huschte schnell ins Badezimmer. In der oberen Etage teilten sie es sich mit Melanie. Im Erdgeschoss gab es ein weiteres Badezimmer, das nur Simons Eltern benutzten.

Am liebsten wäre sie in dieses Solebad gegangen und im dampfenden Außenbecken geschwommen, das sie vom Zug aus gesehen hatte. Ja, das wär's. Aber schon das Duschen tat gut. Ihr Kreislauf reagierte sofort auf das abwechselnd heiße und kalte Wasser, und der Kopfschmerz verflüchtigte sich. Ein starker Kaffee würde ihm den Rest geben.

Es dauerte nicht lange, und die Badezimmertür öffnete sich. Simon kam herein und stieg zu ihr unter die Dusche.

»Deine Schwester schläft heute aber lange«, sagte Simons Vater, der schon früh mit dem Auto losgefahren war, um vom Bäcker frische Brötchen zu holen. Sie saßen um den üppig gedeckten Frühstückstisch herum.

Simon warf Swetlana einen vielsagenden Blick zu.

Sie sah sofort wieder vor sich, wie Melanie und Andreas im Mikado in der Ecke gesessen und geknutscht hatten – Melanie hatte einen beigefarbenen Rollkragenpullover getragen, auch das fiel ihr wieder ein, ihr musste sehr heiß gewesen sein.

Dass seine Tochter beim Frühstück nicht anwesend war, schien Simons Vater zu beunruhigen, vielleicht auch zu ärgern, aber das blieb ohne weitere Auswirkungen. Seine Laune erschien nach wie vor gut, nahezu ungetrübt, das hieß, es wirkte so, als wolle er sie sich durch nichts trüben lassen.

Er räusperte sich, griff nach dem Korb mit den Brötchen, wählte ein Mohnhörnchen und nahm dann, nach einem Moment des Zögerns, auch noch ein Sesambrötchen, dass er mit dem Messer in zwei Hälften zerteilte.

»Wann seid ihr eigentlich nach Hause gekommen«, wollte Simons Mutter wissen. »Ich habe euch gar nicht gehört.«

»Gegen zwei, vielleicht halb drei«, antwortete Simon.

Simons Vater schüttelte den Kopf, schmierte Butter auf eine Brötchenhälfte und griff nach dem Teller mit Aufschnitt, um sie mit Schinken zu belegen. Als er damit fertig war, suchte er irgendetwas.

»Ich gehe mal die Eier holen«, sagte Simons Mutter, die wohl seine Blicke bemerkt hatte und aufstand.

»Ja, tu das bitte. Und gibt es vielleicht noch Kaffee?«

»Kommt sofort.«

»Hatten wir nicht auch Brombeermarmelade? Die von meiner Mutter, die selbstgemachte?«

Als seine Mutter mit den gekochten Eiern, der Marmelade und auch der Kaffeekanne aus der Küche gekommen war, erzählte Simon von der Revival-Party, dass es im Grunde so gewesen sei wie früher und sich nichts verändert hätte – beängstigend sei das –, dass sie aber nur wenige Bekannte getroffen hätten und kaum welche aus seinem Jahrgang.

»Ach ja, und Andreas haben wir getroffen«, sagte er noch, »Andreas Hansen, den jüngeren Bruder von Ralf…«

»Der ist doch nach Köln gegangen, der Andreas, oder? Anders als sein Bruder…«, bemerkte Simons Vater.

»Ralf sehe ich manchmal mit seiner Familie«, sagte Frau Tappe. »Drei Kinder hat der schon ...«

»Was soll denn das heißen?«

»Nichts. Neulich ist er mir beim Einkaufen begegnet, da hat er sich nach dir erkundigt.«

Nach einer Weile hörten sie, wie sich die Haustür öffnete. Es war Melanie.

Alle schwiegen und lauschten. Sie versuchte offenbar, möglichst leise und unbemerkt nach oben zu schleichen, aber Simons Vater, der jetzt einen vollkommen verwirrten Eindruck machte, rief nach ihr, und sie trat mit einem verlegenen Lächeln ins Zimmer.

»Hallo!«, sagte sie kleinlaut.

»Wo kommst du denn jetzt her?«, schrie Simons Vater beinahe.

»Ich habe die Nacht bei Andreas verbracht, bei Andreas Hansen. Ich habe die Nacht *mit* Andreas verbracht, wenn du es genau wissen willst. Und ich kann übrigens tun und lassen, was ich will. Und mit Klaus ist es vorbei, endgültig. Das wollte ich euch noch sagen. Und heute Abend treffe ich mich mit Andreas. Und jetzt gehe ich duschen ...«

Und sie verschwand so schnell, wie sie gekommen war.

Nach dem Frühstück – die gedrückte Stimmung am Tisch war nicht wieder gestiegen – brachen sie auf und wanderten gemeinsam – zunächst durch die Siedlungen der Südstadt, die bis in den Keilerforst hineinreichten, durch den Wald – hinauf nach Schmiedsteinshöhe.

Es war ein ehrgeiziges, aber zu bewältigendes Ziel, rund zweihundert Höhenmeter.

Swetlanas Kopfschmerzen waren verflogen, und Simon wirkte plötzlich wie von einer neuen Energie erfasst, so hatte sie ihn jedenfalls bislang noch nicht erlebt – es zog ihn sichtlich in den Wald, und er eilte in einem strammen Tempo voran.

Simons Mutter hatte sich von dem Intermezzo am Frühstückstisch offenbar schnell wieder erholt und schien sogar bester Laune zu sein, auch ihr war die Wanderlust anzumerken, und sie blieb ihnen wacker auf den Fersen. Simons Vater hielt ebenfalls Schritt, aber seine Stimmung blieb düster. Mit Melanie, die schnell geduscht und eilig eine Tasse Kaffee hinuntergestürzt hatte und tatsächlich mitgekommen war – schließlich hatten sie es verabredet –, auch wenn sie jetzt eher müde und schlapp hinter ihnen hertrottete und langsam zurückfiel, hatte er kein Wort gesprochen.

Nach und nach gewannen Simon und Swetlana einen Vorsprung – und Swetlana geriet zunehmend aus der Puste –, aber sie achteten darauf, dass sie die anderen nicht abhängten.

»Was ist denn das hier?«, fragte Swetlana, als der Weg hinter einer Biegung auf einmal abrupt endete.

»Sieht aus wie ein umgestürzter Baum«, sagte Simon. »Da kommen wir jedenfalls nicht so einfach durch.«

Sie blieben stehen und warteten. Augenblicke später begutachteten auch Simons Eltern den riesigen, schneeverwehten Stamm, der ihnen den Weg versperrte.

Nach einer waghalsigen Kletterpartie war ihnen allen nicht zumute. Auf der einen Seite ging es steil hinab ins Tal, auf der anderen wucherte undurchdringliches Dickicht.

Es half nichts, Schmiedsteinshöhe würden sie an diesem Tag nicht mehr erreichen, also kehrten sie schweren Herzens um.

FÜNFTES KAPITEL

I

Natascha nahm ihr Smartphone in die Hand und blickte auf das Display: eine Nachricht von Swetlana. Lustig, dachte sie, sie hatte gerade an sie denken müssen.

Nachdem sie gelesen hatte, dass sie erschöpft und überarbeitet – Swetlana arbeitete immer viel zu viel –, aber insgesamt sehr glücklich, ja überglücklich mit ihrem Simon zu einem Kurzurlaub zu seinen Eltern und anschließend in irgendwelche Berge gefahren war, steckte sie das Smartphone schnell wieder ein und ihre Hände zurück in die Taschen.

Es war eisig, der Winter, der sich vorübergehend verabschiedet hatte, war noch einmal mit aller Gewalt zurückgekehrt und hatte Moskau unter tiefem Schnee begraben.

Ihre gefütterten Fäustlinge hatte sie dummerweise zu Hause gelassen. Aber sie trug einen Pelzmantel, ein Imitat, vielleicht Otter oder Nerz. Ihr gefiel die Vorstellung, dass es sich um ein Nerz-Imitat handeln könnte – das hatte etwas Nostalgisches, fand sie. Aber wenn sie ehrlich war, hatte sie keine Ahnung, ob der Kunstpelz wirklich einer Tierart nachempfunden worden war. Er war dunkelbraun, weich und glatt und vor allem warm.

Sie hatte ihn in einer neuen, atemberaubend teuren Boutique gekauft, irgendwo in einer Seitenstraße der Twerskaja, wo sie beim Bummeln und Shoppen zufällig vorbeigekommen war, unweit des Puschkin-Theaters, wenn sie sich richtig erinnerte. Oder war es schon an den Patriarchenteichen gewesen? Jedenfalls rechtzeitig vor Wintereinbruch. Sie hatte damals bar bezahlt, einen großen Schein nach dem nächsten aus ihrem Portemonnaie gezogen. Viel mehr Geld hätte sie für einen echten Pelzmantel vermutlich auch nicht auf den Tisch legen müssen, dachte sie – und ihr fiel die unverschämt hübsche Verkäuferin wieder ein, die sie beraten hatte –, aber echten Pelz zu tragen kam für sie nicht infrage.

Sie war keine Vegetarierin oder so – im Gegenteil, dieses ganze Vegetariertum oder – noch schlimmer – Veganertum hielt sie für dekadent und dümmlich. In England, hatte sie gehört, sollte es besonders weit verbreitet sein. Ein reines Wohlstandsphänomen war das ihrer Meinung nach, eine aus dem verweichlichten und so überraschend rasant untergehenden Westen – wer hätte das noch vor ein paar Jahren gedacht? –, aus Europa und Amerika herüberschwappende Mode, die man sich nicht überall auf der Welt leisten konnte, dachte sie –, aber dass Tiere umgebracht wurden, nur damit Menschen sich mit ihrem Fell kleiden konnten, das schmeckte ihr eben auch nicht mehr, nicht, seit sie sich einmal näher mit dem Thema befasst hatte.

Nerzen, Ottern, Füchsen, Zobeln, Hermelinen und vielen anderen Tieren wurde das Fell abgezogen – und dabei nicht immer so genau darauf geachtet, ob sie wirklich schon tot waren. Das Fell musste schnell abgezogen werden, im Akkord, darum ging es. Die Tötungen – durch Eisenstangen, Holzknüppel oder Autoabgase – waren unzuverlässig. Die Kadaver wurden anschließend verbrannt oder zu Tierfutter verarbeitet. Das Schlimmste war, dass die gehäuteten Tiere manchmal noch lebten, dass ihre Herzen noch schlugen, wenn sie bereits als bloße Fleischmasse zwischen den anderen Kadavern auf dem »Müllhaufen« lagen, um zur Verbrennung oder weiteren Verarbeitung abtransportiert zu werden.

Natascha hatte vor Monaten einmal – oder inzwischen auch vor Jahren, sie wusste es nicht mehr – für ihre Sendung zu dem Thema recherchiert. Sie war sogar schon mit einem Filmteam zu einer Pelzfabrik hinausgefahren, immer die M7 entlang, in Richtung Nowgorod. Schier endlos waren sie gen Osten gefahren, geradewegs auf den Ural zugesteuert, den sie gerne einmal gesehen hätte, und auf desolate Verhältnisse gestoßen. Auf der Konferenz aber hatten sie dann ein paar Tage später schnell beschlossen, das Ganze fallenzulassen, zu grausam die Geschichte – zu heikel auch, man wollte sich nicht unbeliebt machen –, zu blutig die Bilder, nichts für Kinder.

Immerhin, ihre Mütze war noch mit echtem Kaninchenfell gefüttert, weißem Kaninchenfell – ganz so streng sah sie es dann auch wieder nicht. Aber Kaninchen waren schließlich auch keine reinen Fellieferanten, sondern vor allem dazu da, gegessen zu werden. Von einem geschlachteten Kaninchen blieb wenig übrig, da musste nichts weggeschmissen werden. Sie konnte sich noch gut daran erinnern, wie Swetlanas Großmutter früher Kaninchen im Schmortopf gekocht und wie köstlich es immer geduftet hatte, wenn sie bei ihr zu Besuch gewesen war, aber das war lange her, unendlich lange, da waren Swetlana und sie noch Kinder gewesen.

Swetlana, die kleine, süße Swetlana … Natascha freute sich für sie. Sie freute sich darüber, dass sie verliebt war, dass ihre beste Freundin endlich jemanden gefunden hatte, mit dem es zu funktionieren schien, einen Mann, mit dem sie überhaupt zusammen sein konnte und glücklich war. Sie kannte sie schließlich besser, als jeder andere. Sie wusste, was Swetlana geschehen war und wie schwer es für sie war, sich auf jemanden einzulassen. Jedenfalls war das lange so gewesen. Als Teenagerin hatte sie niemanden mehr an sich herangelassen nach dieser furchtbaren Geschichte mit Oleg Melnikow – sie wusste nicht, wie oft sie ihn verflucht hatte, aber irgendwann hatte ihn und auch seinen widerlichen Vater tatsächlich der Teufel geholt, und jetzt schmorten sie zusammen in der Hölle.

Hoppla, dachte Natascha. Sie wäre beinahe über ihre eigenen Füße gestolpert und konnte gerade noch vermeiden hinzufallen.

Sie hätte keine Schuhe mit hohen Absätzen anziehen sollen, nicht, wo alles so vereist und glatt war. Und jetzt wurde es langsam dunkel.

Um sie herum erhoben sich reihenweise große graue Hochhäuser, Neubauten allesamt, aber keine Menschenseele schien hier unterwegs zu sein.

Vielleicht war sie irgendwo falsch abgebogen, dachte sie, hier jedenfalls würde sie nicht weiterkommen.

Natascha war mit der Metro tief in die Vororte Moskaus hineingefahren – so weit wie noch nie, glaubte sie, mitten ins Nirgendwo –, um einen halbwegs bekannten Wissenschaftler zu treffen, den sie in eine ihrer nächsten Sendungen einladen wollte.

Sie liebte das Format ihrer Sendung, das im Prinzip eine Talkshow war. Es traten Musiker, Comedians und Künstler bei ihr auf, es gab Quizspiele und Publikum im Studio. Vor allem ging es darum, in kleinen Videofeatures Wissen zu vermitteln. Im aktuellen Fall ging es um eine neue Methode zur Erkennung winziger Moleküle, die dieser Wissenschaftler entwickelt hatte, um Physik oder Chemie oder was auch immer. Natascha verstand wenig von diesen Dingen, aber darum ging es gerade. Ihre Sendung richtete sich schließlich vor allem an Kinder und Jugendliche.

Der Wissenschaftler, der am Telefon, als sie das Treffen vereinbart hatten, sehr lustig geklungen hatte – das sprach schon einmal für ihn, das war auch entscheidend –, sollte seine Tätigkeit so einfach wie möglich erklären, so dass sie es problemlos verstand. Wenn sie es verstand, verstanden es auch die Zuschauer. Wenn das also funktionierte, würde sie ihn in ihre Sendung einladen.

Aber erst einmal galt es, diesen Wissenschaftler und ihr Filmteam, das längst angekommen sein musste, überhaupt zu finden, und das schien hier, in den ausgedehnten und labyrinthischen Moskauer Außenbezirken, in denen die Temperaturen noch um einige Grade niedriger waren als im Stadtzentrum, gar nicht so leicht zu sein.

Sie zog noch einmal ihr Smartphone aus der Tasche, um die Adresse zu überprüfen und auch um nachzusehen, wo sie sich gerade befand.

Sie hatte eine Nachricht bekommen. Ihre Kollegen waren schon da. Wo sie bleibe, fragten sie.

Natascha war schon ein ganzes Stück gelaufen, nur anscheinend in die falsche Richtung. Die Häuserreihe schien überhaupt kein Ende zu nehmen – vermutlich zog sie sich noch Kilometer in die Länge –, aber auf der anderen Straßenseite tauchte jetzt ein kleiner Park mit Bäumen auf, doch von einem Park in dieser Gegend wusste sie nichts. Sie hatte sich offenbar vollkommen verirrt.

Aber was war das? Da bewegte sich doch etwas …

Ja, zwischen den Bäumen tauchte jetzt jemand auf, trat auf den Gehweg und kam ihr entgegen. Der Mann – es war ein Mann, das sah sie gleich – kam direkt auf sie zu.

Glück gehabt, dachte sie. Vielleicht kannte der sich hier aus, sie konnte ihn nach dem Weg fragen.

Der Mann lief erstaunlich schnell, fiel ihr auf.

Als er sie fast erreicht hatte, sah Natascha, dass er etwas hinter seinem Rücken versteckt hielt. Er hatte zusammengekniffene Augen und hohe Wangenknochen, mehr erkannte sie nicht, er war gänzlich vermummt. Ein strenger Geruch stieg ihr in die Nase.

Sie erstarrte, sie war plötzlich unfähig, sich zu bewegen. Sie sah, dass er einen Knüppel in den Händen hielt. War es ein Knüppel? Oder ein Baseballschläger? Sie hatte keine Ahnung.

Der Mann aber holte aus und traf sie, er traf ihre Hüfte. Sie hörte ein Knacken und spürte einen starken Schmerz. Seltsamerweise fiel sie nicht um. Als Nächstes schlug er ihr ins Gesicht. Erst jetzt ging sie zu Boden. Dann trat er sie, ins Gesicht, in den Unterleib, in den Rücken.

Sie zählte die Tritte, einen nach dem nächsten. Sie sah sich im Krankenhaus liegen, im OP, vor ihrer Blinddarmoperation. Das war Jahre her, aber es hatte sich ihr tief eingeprägt, wie es im Krankenhaus aussah. Sie erinnerte sich an den Anästhesisten in seinem blauen Kittel, der sie vor der Narkose aufgefordert hatte, langsam zu zählen. Von hundert rückwärts.

Und sie zählte. Und zählte …

2

Wieland und Hilde liefen über den Stadtwall, vorbei an den zahllosen kahlen Linden, die im Sommer Schatten spendeten.

Attila, den sie gerade von der Leine gelassen hatten, jagte ihnen voraus, er schoss durch die Büsche, pflügte mit seiner Nase durch den Schnee, kehrte wieder zu ihnen zurück, schüttelte sich und begann das Spiel aufs Neue.

Kalt war es, aber nicht mehr ganz so kalt wie noch in den Wochen zuvor. Es waren mehr Menschen unterwegs – auf den Straßen und auf dem Wall –, es war, als läge etwas in der Luft, das sie jetzt alle hinter ihren Öfen hervorlockte.

Die Idee, zu heiraten, hatten sie nie aufgegeben, es aber nicht zuletzt wegen ihres Studiums und aufgrund von Wielands zeitaufwändiger Einbindung ins Institut und seiner kräftezehrenden Habilitation letztlich von Jahr zu Jahr verschoben. Den Segen von Hildes Eltern, die, so vermutete Hilde, schon lange darauf gewartet hatten, hatten sie, als es schließlich so weit war, sofort bekommen – und zuletzt auch den Segen von Wielands Mutter. Sie hatte sich allerdings Hilde gegenüber zunächst und wie gewohnt, sehr reserviert verhalten – sie sprachen gerade erneut darüber –, ja, unterkühlt bis frostig, als sie sie vor wenigen Tagen einmal wieder gemeinsam in Bad Soltal besucht hatten – zu Kaffee und Kuchen und von Cron & Lanz mitgebrachter Torte. Sie waren nicht mit dem Zug angereist – wie Wieland es zu tun pflegte, wenn er allein kam –, sondern mit dem Auto gefahren, das Dr. Sartorius Hilde, die einen Führerschein besaß, großzügigerweise geliehen hatte. Auch er hatte beschlossen, bald einen Führerschein zu machen.

Die oft unwirsche Reserviertheit seiner Mutter, über die sich Wieland, wie er sagte, sehr geärgert habe, erkläre er sich vor allem mit ihrer Einsamkeit, über die sie sich, wenn sie telefonierten, auch immer wieder beklage.

Hilde verstand das nicht, da sie regelmäßig ihren kleinen verschworenen Altnazi-Bekanntenkreis um sich versammelte.

Das stimme schon, sagte Wieland, doch sei es eben auch so, dass sie den Tod seines Vater nie wirklich verwunden habe. Am liebsten hätte sie ihn, ihren Sohn, ständig bei sich. Hinzu komme ihre furchtbare Krankheit, deren Verlauf rapide und unbarmherzig war.

Seine Mutter hatte erschreckend an Gewicht verloren, sie war knochig gewesen und hatte eingefallene Wangen gehabt. Dennoch hatte sie mit sich gerungen und sich Hilde gegenüber nach und nach zugewandter gezeigt – so gut es ihr eben möglich war – und ihr während des Besuches auch die eine oder andere Frage gestellt.

Vielleicht würde sie es ja noch erleben, eines Tages Großmutter zu werden, hatte sie sogar noch gesagt, als sie sich bereits voneinander verabschiedet und vor der Tür gestanden hatten. Sie hatte dabei aber eher melancholisch als zuversichtlich geklungen.

Hildes Eltern auf der anderen Seite hatten ihn, nunmehr endlich ihren Schwiegersohn in spe – Wieland hatte bereits in aller Form um Hildes Hand angehalten –, offensichtlich vom ersten Augenblick an in ihr Herz geschlossen – er hatte seitdem nie einen Zweifel daran gehegt –, sowohl ihr Vater, der sich an den Gedanken, ein Mitglied der Sozialdemokratischen Partei zum Schwiegersohn zu haben, allerdings erst noch gewöhnen müsse, als auch ihre Mutter, die, zu Wielands

Überraschung, mit seinen politischen Einstellungen sympathisierte und sich in Diskussionen mitunter energisch gegen ihren Mann positionierte – zur allgemeinen Belustigung und zu der ihres Gatten, der nicht nur äußerst liberal, sondern auch zur Selbstironie fähig war und gerne herzlich über sich lachte.

Seine politischen Grundüberzeugungen schienen wiederum in vielerlei Hinsicht von Wielands Überzeugungen – und also denjenigen der Sozialdemokraten – gar nicht so weit entfernt zu sein, glaubte er, und er hatte Hilde schon häufiger gefragt, wie sie das sehe, und jetzt fragte er sie erneut.

Es sei kompliziert, antwortete sie, zwar im Grunde ganz einfach, aber doch kompliziert. Da gehe es ums Prinzip – bei ihrem Vater gehe es zunächst immer ums Prinzip –, das hieß, es ging um den Prinzipien übergeordnete Prinzipien, die sich vermutlich nur historisch erklären ließen. Das habe etwas mit Prägung zu tun, mit seinem Umfeld und mit seiner Erziehung.

Wieland, der nach wie vor nicht ganz verstand, was sie meinte, nickte und lächelte und bohrte nicht weiter nach. Das wollte er sich für einen späteren Zeitpunkt aufheben, vielleicht auch mit seinem Schwiegervater einmal persönlich darüber sprechen – über die Rolle des Staates, die Fürsorge und die Pflichten des Bürgers –, wenn sich die Gelegenheit dazu ergab. Stattdessen lenkte er jetzt das Gespräch auf den vergangenen Abend, an dem sie zusammen im Theater gewesen waren. Die Karten hatte ihnen Hildes Vater überlassen, der die Vorstellung zwar selbst gerne gesehen hätte, aber mit seiner Frau zu einem »obligaten Essen« bei Geschäftsfreunden eingeladen gewesen war.

»Ulla Winblad« hieß das Stück, das sie gesehen hatten. Inszeniert hatte es Heinz Hilpert, der Intendant des Deutschen Theaters. Es handelte sich um ein Werk von Carl Zuckmayer, mit dem Hilpert, so hieß es, auch privat befreundet sei. Das Stück war hier in Göttingen in einer neuen Fassung und mit neuem Titel gespielt worden, quasi eine Uraufführung. Eine frühere Version war schon 1938 in der Schweiz aufgeführt worden.

Es war nicht das erste Zuckmayer-Stück, das Hilpert in Göttingen auf die Bühne brachte – und es war, zumindest was die Wirkung auf das Publikum anbetraf, ein großer Erfolg. Tosenden Applaus hatte es gegeben, Bravo-Rufe, der ganze Saal hatte gebebt.

Auch Wieland und Hilde waren begeistert gewesen. Beeindruckt hatte sie vor allem die Figur des Carl Michael Bellman, eine historische Figur aus Schweden und dort eine nationale Berühmtheit. Im Stück war er eine Art tragischer Falstaff und von dem großen Carl Raddatz gegeben worden, den sie beide schon häufiger auf der Bühne gesehen hatten und den sie sehr bewunderten.

Raddatz hatte sich den Bellman einverleibt, er war Bellman – und ohne ihn wäre der ganze Abend nichts gewesen, fand Wieland, und Hilde teilte seine Meinung. Das Stück selbst hatte eine eher klapprige Architektur. Es ging um die Liebe der Kellnerin Ulla Winblad und des Bänkelsängers Bellman. Im Grunde ging es um die Unmöglichkeit von Liebe, um die Unmöglichkeit eines Liebesglücks von Dauer.

»Das ist nun eigentlich kein Thema, das mich derzeit sonderlich beschäftigen würde«, sagte Wieland.

»Kein Wunder, du bist schließlich immer noch verliebt, mein Lieber«, spottete Hilde. »Das will ich wenigstens hoffen …«

3

Du Fotze!« Der Mann sprach leise, bedrohlich zischend, aber diese Worte immerhin verstand sie.

Er hatte sie ein Stück in Richtung der Bäume gezogen, weg von der Straße, hin zum Park, wo es kaum mehr Licht gab, aber ein zugefrorenes Gewässer.

Natascha, gekrümmt am Boden liegend – sie fühlte sich wie betäubt, sie hatte schon beinahe das Bewusstsein verloren und spürte keine Schmerzen mehr –, sah jetzt, nachdem er von ihr abgelassen hatte, nachdem er endlich aufgehört hatte, in sie hineinzutreten, ein Messer in seiner Hand aufblitzen.

Es war eine große blanke Klinge, sie konnte sie genau erkennen.

Der Mann kniete vor ihr, direkt vor ihren Augen. Mit der linken

Hand packte er sie an den Haaren, das Messer hielt er in der rechten.

Seinen beißenden Körpergeruch würde sie nicht wieder vergessen, zu dieser Gewissheit war sie noch fähig. Vorausgesetzt natürlich, er ließ sie am Leben. Was hatte dieser Mensch mit dem Messer vor?

Er sprach mit ihr, aber Natascha konnte nicht alle Worte verstehen. Er sprach russisch, wohl einen Dialekt aus den Provinzen.

»Das Gesicht«, sagte er. Oder: »Dein Gesicht, verdammt.«

Irgendwoher aus dem Süden, irgendwo aus der Kaukasusregion – und er sprach undeutlich, lallte, er war stark alkoholisiert.

Sie versuchte, ihn zu verstehen, einzelne Worte zusammenzusetzen, Sätze zu vervollständigen. Irgendeinen Sinn musste das alles doch ergeben.

Vielleicht war es ein Tschetschene, vielleicht kam der Mann aus Dagestan, Inguschetien oder aus Aserbaidschan.

Die Schnitte, die nun folgten, spürte sie kaum. Sie schmeckte nur das Blut, das ihr von der Stirn oder von der Wange in den Mund lief. Es schmeckte herb, metallisch.

Sie versuchte, etwas zu sagen, sich ihm mitzuteilen, um Gnade zu betteln, aber es gelang ihr nicht, sie brachte kein Wort über die Lippen. Der Mann aber redete weiter auf sie ein.

»Da hast du es, Fotze«, waren die letzten Worte, die sie hörte, sie waren unmissverständlich. Der undeutliche Rest, weitere Flüche und Schimpfworte vermutlich, blieb Kauderwelsch, ein tiefes, gedrücktes Brummen, das sich, wohl lange angestaut, nun endlich Bahn brach.

Während er noch auf sie einredete – das Messer hatte er an ihrer Hose abgewischt und wieder eingesteckt –, durchsuchte er ihre Taschen, fand ihr Smartphone und ihr Portemonnaie, nahm beides an sich und verstaute es hastig in einem Beutel.

Dann sah er sie an. Wie sie da lag, vor ihm. Aber es war nicht ihr Körper, dem sein Interesse galt, der ließ ihn anscheinend kalt. Sein Blick fiel auf ihren Pelzmantel. Er griff nach ihm und versuchte, ihn Natascha auszuziehen. Er zerrte an ihm, zog an den Ärmeln. Sie hatte das Gefühl, er würde jeden Augenblick zerreißen. Er zog ihr das Fell über die Ohren. Der Gedanke kam ihr, und sie musste plötzlich an die

Nerze und Füchse denken, die sie in der Pelzfarm gesehen hatte. An die Blicke der Nerze und Silberfüchse, ja, Silberfüchse waren es gewesen, glaubte sie, die in ihren engen Käfigen hausten, die ihr Leben lang nur über dünnen Draht liefen und sich dabei die Tatzen zerschnitten, sie dachte an die gehäuteten Tierkadaver, daran, dass einige der Tiere noch gelebt hatten, nachdem sie schon gehäutet worden waren.

Ihr rechter Arm steckte noch im Ärmel, aber der Mann zerrte und zog weiter, er hob sie hoch, ein ganzes Stück, schließlich wog sie nicht viel. Er fluchte laut, schüttelte den Mantel mit aller Kraft, und Natascha schlug wieder hart auf dem Boden auf. Den Pelz, seine Beute, warf er sich über die Schulter.

Wieder sah er sie an und riss ihr noch die Kaninchenfellmütze vom Kopf. Er schaute sich um, trat ihr ein weiteres Mal in den Rücken und lief davon.

Natascha blieb im Schnee liegen. Der Boden war eisig, aber sie spürte die Kälte nicht. Sie spürte nur, dass Blut in ihr Auge tropfte, dass sich ihr Blick trübte, dass die Umgebung nach und nach vor ihren Augen verschwamm, und sie dachte an die ängstlichen Blicke der Pelztiere, daran, dass ihre Herzen in den nackten Leibern noch weiter geschlagen hatten. Sie spürte, dass auch ihr Herz noch schlug, gleichzeitig spürte sie, wie sie müder wurde, wie etwas Fremdes, etwas Schweres von ihr Besitz ergriff, etwas, das sich Stück für Stück ihres Körpers bemächtigte und über das sie die Kontrolle verlor. Es überzog sie wie eine Decke, wie eine warme, schwere Decke, es fühlte sich gar nicht unangenehm an. Ja, es war, als würde sie jetzt bald einschlafen, endlich einschlafen.

Aber da war auf einmal noch etwas anderes, etwas, dass sie wieder ins Leben zurückrief.

Sie versuchte, die Augen wieder zu öffnen, aber das gelang ihr nicht, die Lider schienen aufeinanderzukleben. Dafür hörte sie etwas, ein heftiges Atmen, ein Hecheln. Doch es war nicht der Mann, der zurückgekehrt war. Es war etwas anderes. Wieder so ein seltsamer Geruch, streng und nass und schlammig. Und jetzt ein Winseln. Es war ein Tier, ja, es war offensichtlich ein Hund. Und jetzt, als sie das erkannt hatte und versuchte, sich vorsichtig zu bewegen, jetzt bellte der Hund auf einmal. Er winselte und bellte, er machte auf sie aufmerksam. Und jetzt hörte sie eine menschliche Stimme, sie rief nach dem Hund, sie näherte sich, jemand näherte sich.

»Buran, was machst du, was tust du denn? Buran, komm, hörst du denn nicht? Ja, komm her zu mir, du bist ein guter Hund. Komm wieder her. Was bellst du denn, Buran, ja, was hast du denn? Was ist denn das, was hast du da gefunden? Das ist ja, was ist denn… Sitz, Buran, mach Platz!«

Natascha spürte eine Hand an ihrem Hals, Finger, die vorsichtig nach ihrem Puls tasteten.

Sie versuchte, ihren Arm zu heben und mit der Hand nach dem Hund oder demjenigen, der da gekommen war, zu tasten. Sie versuchte zu sprechen, sich mitzuteilen, aber ihr kam kein Wort über die Lippen, so sehr sie sich auch bemühte.

»Ruhig«, sagte die Stimmte, »ganz ruhig.« Es war die Stimme eines alten Mannes.

Natascha hörte, wie der Mann die Tasten seines Handys drückte, sie hörte die vertrauten Pieptöne. Und wieder hörte sie die Stimme, sie hörte, wie die Stimme sagte, dass dringend Hilfe benötigt werde, dass man schnell einen Krankenwagen schicken solle. Sie hörte, wie die Stimme einen Namen sagte, wie sich der Mann vorstellte, Iwan Kasakow lautete sein Name, Iwan Kasakow hieß er – und sie war froh, dass sie einen Namen hörte –, sie hörte auch, wie er eine Adresse nannte, den Namen eines Parks, wie er sagte, dass hier eine halb totgeschlagene Frau liege, die zu verbluten drohe.

»Ja«, sagte die Stimme jetzt, »ja, ich werde hier warten, ja, an der Straße werde ich warten, ja, ich werde hier bleiben und warten.«

Zuletzt spürte sie noch, wie dieser Iwan Kasakow etwas über sie legte, etwas Warmes, seinen Mantel vermutlich.

4

Swetlana stapfte durch tiefsten Schnee. Wieder einmal, und es war schön und wunderbar.

Um sie herum wuchsen hohe Fichten in den Himmel, und zwar

sehr dicht nebeneinander, dunkles, fast schwarzes Grün schimmerte unter dem alles dominierenden Weiß hervor, das sich wie eine Decke über die Landschaft gelegt hatte. Von den Ästen hingen die fetten, harzig triefenden Fichtenzapfen in langen Reihen schwer und appetitlich herab. Es sah aus, als würden sie sich jeden Augenblick auf den Boden fallen lassen, als zielten sie auf etwas oder jemanden.

Der eingeschneite Nadelwald, dunkel und undurchdringlich, wirkte verwunschen. Ein Märchenwald oder Zauberwald, wie ihn sich Swetlana ausgemalt hatte, als sie den Plan gefasst hatten, herzukommen. Nur war die Schneise über und über von Menschen in bunten Schneeanzügen und mit professioneller Ausrüstung bevölkert, die, wie sie, unterwegs waren, das Gipfelplateau zu erklimmen.

Andere Wege gebe es zwar, aber auch dort wären sie auf Touristen und andere Bergsteiger gestoßen, hatte Wolfgang gesagt. Nein, den Brocken hatte man im Grunde nie für sich allein.

Der weiche, gut haftende Neuschnee ließ sich leicht zu Bällen formen, mit denen sie Simon bewerfen konnte. Das hatte sie ein paar Mal getan – aus dem Hinterhalt – und ihn mehrfach getroffen. Der letzte Wurf war ein Volltreffer gewesen und auf Simons Rücken gelandet. Dummerweise aber hatte er sich, als sie einmal für ein paar Minuten unaufmerksam gewesen war, gerächt und ihr einen Schneeball verpasst. Er hatte ihren Nacken erwischt, so dass es ihr jetzt immer noch feucht und kalt den Hals hinunterlief.

Der Weg führte sie streckenweise sehr steil den Berg hinauf, an manchen Stellen, wo der Schnee festgetreten und glatt war, mussten sie höllisch aufpassen, dass sie nicht abrutschten.

An den Seiten gab es immer wieder frische Abdrücke, Fährten von Wildtieren, von Füchsen, Rehen und Wildschweinen, wie Wolfgang erklärte.

Von Hexen, Zwergen oder Berggeistern aber, die Swetlana eigentlich interessierten, fehlte jede Spur.

Nur manchmal, in einem Moment, in dem man es gerade am wenigsten erwartete, hatte es den Anschein, als tanzte ein wirbelndes Wesen durch die Baumspitzen und fegte über die Fichtenäste, die unter dem Schnee ohnehin schon ächzten und ihn kaum noch tragen konnten. Warf ein Ast erst seine Last ab, löste das eine lawinenartige

Kettenreaktion aus, es war, als würde sich der ganze Baum kräftig freischütteln, und alles um ihn herum wurde in eine feine weiße Wolke gehüllt.

Vielleicht, dachte Swetlana, war es nur ein Eichhörnchen gewesen oder der Wind – der Wind, das himmlische Kind. Irgendwo musste hier doch wenigstens ein kleines Hexenhäuschen stehen.

Die Spuren, die sie im Schnee entdeckten – oder auf die sie Wolfgang, der ein überaus kundiger Führer war, aufmerksam machte –, stammten fast ausschließlich von Wild oder wenn nicht, dann eben von Wanderern und ihren Hunden. Luchse, die hier lange ausgestorben und vor einiger Zeit wieder erfolgreich ausgewildert worden waren, bekamen sie nicht zu Gesicht, auch nichts, was auf ihre Existenz hindeutete. Aber darauf hatte sie Wolfgang schon vorbereitet. Als Jäger war er viel im Wald unterwegs, von Frühling bis Winter, aber auch er hatte noch nie einen Luchs in freier Wildbahn gesehen. Dafür Auerhähne, die sich mit Vorliebe in den Mischwäldern aufhielten und im Winter die saftigen Fichtennadeln fraßen, und einmal eine Wildkatze.

Ungefähr zwei Stunden waren sie schon unterwegs und ziemlich ins Schwitzen gekommen. Es ging bergauf, Swetlana spürte es in den Beinen. Wenn sie wirklich durch die Wildnis spazieren wollten, müssten sie sich von den vorgegebenen Routen entfernen, aber das war nicht nur verboten, sondern auch gefährlich.

An einer weiten Lichtung, an der zwei breite Schneisen aufeinandertrafen und die Schienen der Harzer Schmalspurbahn kreuzten, auf denen die alte Dampflok verkehrte, die sie schon mehrfach aus der Ferne hatten pfeifen hören, machten sie halt, um eine Pause einzulegen. Es war ihre erste Pause – eine weitere war für später geplant. Etwa ein Drittel der Strecke hatten sie inzwischen bewältigt und von hier aus eine fantastische Aussicht. Sie konnten bis weit nach unten ins Tal hinabblicken.

Wolfgang nahm seinen Rucksack ab und hievte ihn auf einen alten Baumstamm. Er hatte reichlich Verpflegung dabei, Sandwiches für alle, belegt mit Hirschschinken und Wildschweinsalami – »alles aus der Region« –, außerdem gleich zwei Thermoskannen, die, wie es aussah, jeweils etwa einen Liter fassten, eine war gefüllt mit schwarzem Tee und eine mit Brühe, klarer Wildbrühe – von einem Reh, das er geschossen hatte. Geschmorte Rehkeule würde es auch am Abend geben, wenn sie wieder zurück in Blankenburg wären.

Ob er sich noch an ihren gemeinsamen Jagdausflug erinnere, fragte Wolfgang Simon, der nickte.

Es war schon ein paar Jahre her, genau wussten sie es nicht mehr. Die halbe Nacht, eine sternklare Spätsommernacht, hatten sie auf dem Hochsitz verbracht, erzählte nun Simon, und irgendwann, gegen zwei, halb drei Uhr morgens, ein Wildschwein geschossen, einen jungen Keiler. Wolfgang habe das Tier geschossen, betonte Simon, und an Ort und Stelle zerlegt und eingepackt. Die Leber hatten sie noch in der Nacht gebraten, in Butter, mit nur etwas Salz und Pfeffer – noch fast körperwarm sei sie gewesen, als sie in der Pfanne gelandet war.

Swetlana, die die Vorstellung körperwarmer Innereien nicht sonderlich appetitanregend fand, spürte, wie sie dampfte.

Auch Simon hatte einen roten Kopf, war aus der Puste und hatte die Pause dringend nötig. Anders Wolfgang, der die Sandwiches verteilte und Simon und sie kopfschüttelnd ansah. Ihm war keine Anstrengung anzumerken, trotz des schweren Rucksacks.

Das »Aufbrechen« eines Keilers sei gar nicht so leicht, sagte er. Vor allem nachts, im Dunkeln. Vor allem zur »Rauschzeit« nicht, wenn die Tiere auch organisch auf Paarung eingestellt seien. Sie hätten damals Glück gehabt, dass es noch ein Jungtier gewesen war, ein sogenannter »Überläuferkeiler«. Schoss man einen »Bassen«, also einen starken, mindestens fünf bis sechs Jahre alten Keiler, müsse man aufpassen, dass »Klötze«, Samenstränge und Prostata zusammenblieben und nicht verletzt würden, damit das Wildbret nicht verderbe.

Wolfgang sah Swetlana an und grinste, sie aber zeigte ihm einen Vogel.

Zwischen der Bauchdecke und der »Brunftrute« befinde sich zudem eine Duftdrüse mit einem stinkenden Sekret, die auf keinen Fall »angeschärft« werden dürfe.

Swetlana, der es zu viel geworden war, unterbrach Wolfgang und wechselte das Thema. Hexen, Riesen und Zwerge – sie wollte etwas über die Harzer Sagen erfahren, ihre Ursprünge, und wie sie mit der Christianisierung, dem Teufel und dem Bergbau zusammenhingen.

»Erst einmal ein Heißgetränk, würde ich sagen«, sagte Wolfgang. »Und zwar mit allem, was dazugehört.«

Er zog einen kleinen Flachmann aus der Brusttasche seiner Jacke und goss etwas von dem Inhalt in die Becher, die er nebeneinander auf den Baumstumpf gestellt hatte. Dann schenkte er Tee aus der Thermoskanne dazu ein und verteilte sie.

»Zucker?«

»Ja, bitte«, antwortete Simon, führte den Becher zur Nase und roch an dem Tee.

»Himbeergeist?«

»Ja, Geistertee. Fehlt nur die Schlagsahne.«

»Das eine oder andere Wild hätte ich schon gerne gesehen«, sagte Swetlana. »Wenn es schon aussichtslos ist, einer Hexe oder irgendeinem anderen Fabelwesen zu begegnen.«

»Geduld, Geduld. Was nicht ist, kann ja noch werden. Die Hexen sind hier schließlich ein Regionalprodukt – wie der Wildschinken und die Wildsalami –, sie sind so verbreitet wie der rote Fingerhut, der im Sommer überall auf den Bergen wächst. Du begegnest ihnen ständig und überall, vor allem auf dem Brocken. Der Name hat zwar nichts damit zu tun – und er verweist auch auf nichts –, jedenfalls nicht, dass ich wüsste, aber der Blocksberg, wie der Brocken im Volksmund auch genannt wird, bleibt doch der eigentliche Hexentanzplatz. Da oben sind sie zu Haus, das ist ihr Kerngebiet, auch wenn es ihnen jetzt vielleicht zu kalt ist und sich die Chancen, eine zu sehen, im Winter verringern, vor allem wenn viel Schnee liegt.«

»Ach ja?« Simon grinste.

»Ich glaube eher, es ist der Himbeergeist, der hier seine Wirkung entfaltet«, sagte Swetlana.

»Seid mal still. Hört ihr das?«, sagte Wolfgang.

»Der Wind pfeift.«

»Nein, das ist nicht der Wind, das ist Hexengesang.«

Je höher sie kamen, desto stärker zog sich der Himmel zu. Abendstimmung am helllichten Tag.

Irgendwo krachte etwas – vielleicht eine Fichte, die unter dem Gewicht des Schnees zusammengebrochen war. Swetlana blieb stehen und sah sich um. Der Berg war von dichten, drückenden Wolken umhüllt. Immerhin auch eine Stimmung, dachte sie, wenn auch keine idyllische und, jedenfalls in diesem Moment, keine wirklich inspirierende. Oder waren es tatsächlich die Geister, die riefen?

Es hatte wieder angefangen zu schneien, unmerklich zunächst, aber auf einmal schneite es immer stärker. Auch der Wind blies heftiger. Der Schnee peitschte ihnen mit einer Wucht entgegen, dass die Flocken sie wie feine Nadeln in die Wange stachen.

Da waren Urkräfte am Werk, dachte sie, Urgewalten. Vielleicht war der ganze Brocken ein einziger gigantischer Riese, der jahrhundertelang geruht hatte, und jetzt endlich war der große, lang ersehnte Augenblick gekommen, an dem er sich erhob und seinen gestauten Zorn über die Menschheit ausschüttete, gewundert hätte es sie nicht ...

Sie sollten dicht beieinanderbleiben, rief Wolfgang.

Die Sicht erschwerte sich zunehmend. Swetlana kämpfte gegen Wind und Schneetreiben, zog sich ihren Schal über den Mund und die Mütze tiefer ins Gesicht, so dass nur noch ihre Augen freilagen.

Es dauerte nicht lang, und sie sah in dem chaotischen Treiben kaum noch die Hand vor Augen.

Dicht beieinanderbleiben – das war allerdings einfacher gesagt als getan, dachte sie, und versuchte, sich an Simon festzuhalten, der neben ihr lief. Aber war es überhaupt Simon. Oder war es Wolfgang? Oder lief da vielleicht noch ein anderer neben ihr?

Der Wind war eisig, er schnitt in die Haut und brannte. Sie drehte den Kopf zur Seite und krümmte sich, um ihm auszuweichen, aber er schien aus allen Richtungen zu kommen und parierte jedes ihrer Ausweichmanöver, er war ein unbezwingbarer Gegner.

Plötzlich stolperte sie über etwas Hartes, fiel und fand sich liegend im Schnee wieder. Es musste ein Stein gewesen sein, ein Baumstumpf oder eine Wurzel – oder ihr hatte jemand ein Bein gestellt.

Ihr Knie und ihr Unterarm schmerzten. Vielleicht war es der Alkohol, den sie nicht vertrug, der Obstbrand, Geistertee, vielleicht hatte sie sich auch überschätzt und überanstrengt mit dieser verdammten Tour, jedenfalls hatte sie das Gefühl, dass ihre Geister sie verließen und sie langsam ohnmächtig wurde. Sie fühlte sich schwer, immer schwerer. Am liebsten wäre sie einfach liegen geblieben. Immerhin war ihr nicht kalt, und sie schien sich auch nichts gebrochen zu haben. Der Schnee war weich und warm wie ein Bett, und sie schien mehr und mehr darin zu versinken.

Als sie wieder stand, sah sie die anderen nicht mehr. Sie rief nach ihnen, erhielt aber keine Antwort und taumelte ein paar Schritte in die Richtung, von der sie glaubte, dass es die richtige sei. Aber da waren nur dichte Bäume, da gab es kein Durchkommen, also bewegte sie sich langsam wieder zurück, weiter gegen den Wind ankämpfend, an den sie sich beinahe anlehnen konnte. Doch da war kein Weg, da war nur Schnee, überall Schnee.

Sie spürte erneut, wie sich Müdigkeit und Entkräftung in ihren Gliedern ausbreiteten, sie spürte ihr Blut dicker werden, zähfließender, wie Lava oder Magma, das vielleicht auch unter diesem Berg hier brodelte, und schob sich langsam vorwärts, während ihr aufgeschlagenes Knie schmerzte und nässte, und sie hoffte, dass in der anderen Richtung, die sie jetzt mehr oder weniger blind einschlug, nicht am Ende ein Abgrund lauerte, in den sie stürzen würde.

Einfach vorwärts, dachte sie, Schritt für Schritt, Meter für Meter. Irgendwo würde sie schon ankommen.

Swetlana wusste nicht, wie viel Zeit vergangen war, als Simon plötzlich neben ihr stand und sie an die Hand nahm.

»Hier geht's lang. Wir haben es gleich geschafft.«

5

Das Quecksilber befand sich in Wartehaltung. Die Außentemperaturen waren niedrig, ein paar mickrige Grad lediglich, und sie kreisten nachts noch um den Gefrierpunkt, aber die Sonne ließ sich davon nicht beirren und schien hell in den Tag.

Hilde überquerte eilig den Stadtwall, sie hatte sich, als sie aus der Arztpraxis gekommen war, nicht einmal die Zeit genommen, ihren Mantel zuzubinden, so dass sich der jetzt aufblähte und flatterte. Doch obwohl sie es so eilig hatte – und sie über den Wall mehr flog als lief –, entging ihr nicht, dass um sie herum inmitten der Schneeglöckchen und Märzenbecher bereits die ersten Krokusse erblühten in Gelb und Violett und die Narzissen sich ihren Weg durch den feucht funkelnden Boden bahnten, der erst durch die Schneeschmelze der letzten Tage freigelegt worden war und endlich wieder atmete. Attila hatte sie heute schweren Herzens zu Hause lassen müssen.

Sie war auf dem Weg zu Wieland ins Zoologische Institut, um ihm die Neuigkeiten sofort zu überbringen. Vorab hatte sie ihm nichts gesagt, auch nichts von ihrem kurzfristig anberaumten Termin beim Gynäkologen, sie hatte zuerst sichergehen wollen, dass sich ihr Verdacht auch tatsächlich bestätigte. Aber sie ahnte schon seit einiger Zeit – seit Wochen –, was mit ihr los war. Es war viel mehr als eine Ahnung, im Grunde hatte sie es sofort gewusst. Sie war schließlich kein Hypochonder, und das Unwohlsein musste eine erklärbare Ursache haben.

Der Arzt hatte nach der kurzen Untersuchung lediglich genickt und freundlich gelächelt.

In der Tat, hatte er gesagt, sie liege recht in ihrer Annahme, es gebe keine Zweifel, Biologie sei eben Biologie, der natürliche Lauf der Dinge unaufhaltsam, Leben breche sich Bahn, wo es könne.

Auf dem Flur im Institut begegnete Hilde Professor Förster, der gerade die Treppe heruntergelaufen kam und den sie in ihrer Eile beinahe über den Haufen gerannt hätte.

So stürmisch sei ihm schon lange keine Frau mehr begegnet, zumal keine so junge Frau, sagte Förster, auch wenn der Sturm nicht ihm gelte und sie sicher auf dem Weg zu ihrem Verlobten sei.

Er erkundigte sich nach ihrem Wohlergehen und auch nach dem Befinden der Eltern.

Es wäre ja schön, wenn man ihren »alten Herrn« einmal wieder zu Gesicht bekäme, ihre »werte Frau Mutter« selbstredend genauso …

Anscheinend machte der Professor gerade eine Pause, jedenfalls war er zum Plaudern aufgelegt, dachte Hilde.

Sie war furchtbar ungeduldig und antwortete bloß in kurzen, abgehackten Sätzen, bemühte sich aber trotzdem, so gut es ging, nicht allzu unhöflich zu wirken.

Ja, es gehe ihnen gut. Ja, auch ihrer Mutter. Ja, auch dem Herrn Papa gehe es… aber die viele Arbeit, Sie wissen ja, wie das ist, Sie kennen das ja. Ja, natürlich gefalle ihr das Studium. Ja, auch die Professoren, vor allem der Herr Professor Kortemeyer, eine echte Koryphäe auf dem Gebiet der Pflanzenmorphologie. Ja, das stimme. Ja, das sehe sie auch so, anders könne man das wirklich nicht sagen. Etwas mehr Frauen könnte es unter den Biologen geben, wenn es nach ihr gehe, aber ihre männlichen Kommilitonen respektierten sie, die große Mehrheit jedenfalls – von einem allerdings sei sie kürzlich einmal abfällig als »Suffragette« bezeichnet worden, vor wenigen Tagen erst, aber niemand habe darüber gelacht, und sie habe sich gar nicht dazu herabgelassen, darauf zu reagieren, außerdem sei das ja schließlich kein Schimpfwort, im Gegenteil… und das Pensum, wenn es auch enorm hoch sei, sei doch zu bewältigen, was vielleicht an ihrer Leidenschaft für die Sache liege. Ja, eine Promotion an einer anderen Universität sei perspektivisch ratsam, das habe auch Wieland gesagt.

Aber jetzt müsse sie doch langsam weiter, sagte sie, denn später habe sie noch Vorlesung, und da wolle sie nicht zu spät kommen.

»Na, dann will ich Sie auf keinen Fall länger aufhalten«, sagte Förster.

Sie verabschiedeten sich, und Hilde eilte weiter, nahm die nächste Treppe in den ersten Stock, raste über den Flur, bis sie endlich die richtige Tür erreichte.

Wieland saß vor einem Mikroskop, den Anblick kannte sie bereits. Auf dem Tisch vor ihm ausgebreitet lagen verschiedene, säuberlich vom Thorax abtrennte Schmetterlingsflügel. In der einen Hand hielt er einen Objektträger, in der anderen eine Pinzette.

Als er Hilde sah, lächelte er, legte seine Arbeitsutensilien zur Seite und stand auf.

»Du hier?«

»Ja, es gibt da eine Kleinigkeit, über die ich dich in Kenntnis setzen wollte.«

»Eine Kleinigkeit?«

»Buchstäblich. Eine recht kleine Kleinigkeit sogar, eine winzige noch, nur ein paar Zentimeter, aber sie wird wachsen…«

6

Nachdem sie in einen der hinteren Wagen eingestiegen waren, sich umgesehen und auf den drei letzten freien Plätzen niedergelassen hatten – sie hatten sich einfach fallen lassen, wie schwere Säcke –, setzte sich die Schmalspurbahn auch schon in Bewegung, langsam, schleppend zunächst und bald kräftig bewegt, doch nicht zu schnell.

Die Lokomotive pfiff in hohen Tönen und blies ihren weißen Dampf in großen, dichten Wolken in die Luft, sie ächzte schwer, und die Räder knirschten und quietschten. Swetlana aber atmete auf, froh und erleichtert, dass es endlich losging. Keine Minute länger hätte sie es auf diesem verfluchten Berg in diesem verfluchten Gestöber ausgehalten.

Glück hatten sie gehabt, die Bahn, die allmählich ihren Rhythmus fand und gemütlich vor sich hin tuckerte, hatte schon abfahrbereit dagestanden, und sie waren, kaum dass sie es gesehen hatten, gerannt, so gut es auf dem glatt gefrorenen Boden eben ging und soweit sie dazu eben noch in der Lage war. Hätten sie die Bahn nicht gleich erwischt und erst noch auf die nächste warten müssen, wäre sie vermutlich auf der Stelle tot umgefallen, dachte Swetlana und drückte und rieb Simons Hand.

Der Schwächeanfall hatte sie mitgenommen, ihre Glieder schmerzten, und auch in ihrem Kopf dröhnte es. Sie würde jetzt doch eine Tablette nehmen, wenn es nicht schnell besser wurde, und kramte in ihrem Rucksack, aber fand die Schachtel nicht, sie musste ganz unten liegen.

Das Schneetreiben hatte die ganze Zeit über nicht nachgelassen, die Sichtverhältnisse waren schlecht geblieben – genau genommen konnte von Sicht gar keine Rede sein. Außerhalb des offenbar vollkommen überfüllten Zuges herrschten apokalyptische Zustände, der Wind jagte den Schnee vor sich her und trieb ihn noch in den letzten Winkel. Öffnete jemand die Tür, fegte er sofort durch den Wagen. Aber bald suchte niemand mehr nach einem Sitzplatz, irgendeine Ordnung schien sich eingestellt zu haben, und die Tür blieb bis auf weiteres verschlossen.

Swetlana saß am Fenster. Im Zug war es sehr warm, die Luft dick und schwer. Sie schwitzte, nahm ihre Mütze und ihren Schal ab und zog sich auch den Mantel aus. Simon, der seinen Arm um sie gelegt hatte, und Wolfgang, der ihr gegenübersaß, taten dasselbe. Alle saßen sie eng gedrängt. Es war vielleicht nicht gemütlich in der Brockenbahn, dachte sie, aber alles war besser, als dort draußen in der Kälte zu stehen und womöglich zu erfrieren.

»Es tut mir leid. Hier oben ist es zu dieser Jahreszeit wirklich unberechenbar«, sagte Wolfgang.

»Ich weiß auch nicht, was mit mir los ist.« Swetlana kramte immer noch in ihrem Rucksack. »Wo sind nur meine Kopfschmerztabletten, ich weiß, dass ich sie eingesteckt hatte.«

Es dämmerte, als sie im Bahnhof von Schierke einfuhren und die Lokomotive quietschend und pfeifend zum Stehen kam.

Wolfgangs Frau Julia stand bereits am Bahnsteig, um sie abzuholen. Er hatte sie von unterwegs benachrichtigt. Allerdings mussten sie, nachdem sie ausgestiegen waren, noch ein ganzes Stück zu Fuß laufen, um zum Parkplatz zu gelangen, wo Julia ihr Auto abgestellt hatte.

Aber es ging schon, dachte Swetlana. Sie hatten die heiße Wildbrühe getrunken. Nach und nach waren ihre Kräfte wieder zurückgekehrt, und eine Tablette hatte sie doch nicht mehr genommen.

»Und, wie war's?«, fragte Julia.

»Frag besser nicht …«

7

Alles war weiß, wohin sie auch sah. Nataschas Blicke wanderten langsam hin und her, wie in Zeitlupe, ihr Kopf aber bewegte sich keinen Zentimeter. Sie konnte ihn nicht bewegen. Es schmerzte, wenn sie es versuchte, also ließ sie es. Ihr Körper war wie festgeschnürt, nicht einmal die Hand konnte sie anheben. Auch mit ihren Augen stimmte etwas nicht. Sie hatte das Gefühl, als läge ein milchig-trüber Schleier davor. Alles war weiß – und ihr Denken träge und schleppend. Sie hatte keine Ahnung, wo sie sich befand – sie musste geschlafen haben, lange und tief geschlafen.

Das hier war nicht der Himmel, sicher nicht – und an den Himmel glaubte sie ohnehin nicht. Wenn sie allerdings an ihn geglaubt hätte, sagte sie sich, als transzendenten Aufenthaltsort für einen Zeitpunkt nach dem Tod, als ewiges Refugium für ihren Geist oder ihre Seele, oder was auch immer nach dem Tod von ihr übrigbleiben würde – solche Gedanken hatte sie sich schon einmal gemacht –, dann würde sie sich in ihm auch bewegen können, sie wäre leicht wie eine Feder und würde schwerelos über allem schweben.

Vor allem aber – das sagte ihr eine innere Stimme –, vor allem hätte sie keine Schmerzen.

Nein, sie lag in einem Bett. So viel konnte sie erkennen. Und neben ihr piepte irgendein Gerät. Es piepte gleichmäßig, und jetzt, wo sie es wahrnahm, piepte es plötzlich schneller. Und schneller.

Sie hörte Schritte. Jemand kam zu ihr in den Raum und trat an ihr Bett – eine Gestalt, die sie nur schemenhaft erkennen konnte, weiß war sie, weiß gekleidet offenbar – wie der Raum, ihre Decke und der Himmel.

Sie spürte etwas Kaltes am Arm, sie spürte, wie etwas kühl durch ihre Adern strömte. Das Piepen wurde wieder langsamer, ruhiger. Sie hörte eine Stimme, die zu ihr sprach, eine ruhige, angenehme Stimme, es war die Stimme einer Frau.

Ob sie sie hören könne, fragte sie. Sie solle mit den Augen zwinkern, wenn sie sie verstehe.

Natascha versuchte zu zwinkern. Sie wusste nicht, ob es ihr gelang. Doch die Frau schien zufrieden.

Sie sei im Krankenhaus, sagte die Frau, und sie hatte eine sehr freundliche Stimme, sie sei hier schwerverletzt eingeliefert und mehrfach operiert worden. Sie habe das Schlimmste hinter sich, sie brauche jetzt vor allem Ruhe und solle sich nicht aufregen.

Natascha versuchte angestrengt, sich zu erinnern. Wie war sie ins Krankenhaus gelangt? Was war ihr überhaupt geschehen? Hatte sie einen Unfall gehabt? Ihre Sendung, was war mit ihrer Sendung?

Der Wissenschaftler fiel ihr ein, den sie hatte treffen und in ihre

Sendung einladen wollen und für den sie so weit hinausgefahren war mit der Metro. Und dann erinnerte sie sich, wie jemand sie geschlagen hatte. Ja, jemand hatte sie geschlagen und auch getreten, erinnerte sie sich, aber doch nicht dieser Wissenschaftler. Warum hätte er das tun sollen? Sie konnte sich nicht einmal daran erinnern, ihn überhaupt getroffen zu haben. Vielleicht hatte sie ihr Gedächtnis verloren, dachte sie jetzt, oder jedenfalls Teile ihres Gedächtnisses – aber noch während sie das dachte, traten ihr nach und nach die Bilder vor Augen, vereinzelte Bilder, unzusammenhängende Bilder zunächst, aber sie ordneten sich allmählich, sie nahmen bald Konturen an und wurden schärfer.

Wieder hörte sie das Gerät piepen, unmittelbar neben ihrem Ohr, und wieder sprach die Frau mit der freundlichen Stimme auf sie ein.

Sie habe ihr ein Medikament gegeben, sagte die Frau, die Schmerzen würden bald wieder nachlassen. Sie müsse sich beruhigen, sie brauche jetzt vor allem Ruhe, unbedingte Ruhe. Sie sei überfallen worden, sagte sie, jemand habe sie gefunden und einen Krankenwagen gerufen. Sie befinde sich nicht mehr in Lebensgefahr. Sie sei hier in guten Händen, sie sei in Sicherheit.

Nataschas Gedanken überschlugen sich in dem gleichen Augenblick, in dem sich ihre Erinnerung wieder vervollständigt hatte.

Sie solle sich beruhigen – die Frau hatte gut reden. Wie eine Hinrichtung war es gewesen, ein gezieltes Attentat womöglich. Vielleicht war es ein politischer Anschlag gewesen, vielleicht hatte sie nicht sorgfältig genug recherchiert, vielleicht war sie beobachtet worden, und es hatte doch mit dem Wissenschaftler zu tun. Schließlich wusste sie gar nicht genau, wer dieser Wissenschaftler eigentlich war – ein Dissident womöglich, ein amerikanischer oder chinesischer Spion, vielleicht hatte sie sich verdächtig gemacht, vielleicht war der Überfall eine Art Warnung gewesen. Doch das erschien ihr alles zu abenteuerlich, das waren verstiegene, fantastische Gedanken, sie konnte und wollte es sich nicht vorstellen. Also nur ein dummer Zufall, mehr nicht? Der Mann hatte ihren Pelzmantel geraubt, ihren Kunstpelzmantel. Er hatte sie ausgeraubt, ja. Aber er hätte sie doch nicht so zurichten müssen, wenn es ihm nur um den Raub gegangen wäre.

Das Gerät piepte wieder schneller und riss sie aus ihren Gedanken. Wieder machte sich jemand an ihrem Arm zu schaffen. Wieder hörte sie die Stimme der freundlichen Frau, dieses Mal hörte sie sie wie aus weiter Ferne, so, als entfernte sie sich Schritt für Schritt. Es waren ruhige Worte, dieselben Worte, die sie bereits vernommen hatte.

Sie dürfe sich nicht aufregen, sie brauche Ruhe. Sie habe ihr ein Beruhigungsmittel gegeben, sagte die Stimme leise, sie war kaum noch zu verstehen. Es werde ihr guttun. Es sei ein gutes Mittel, sie werde schlafen, sie werde schlafen und schlafen …

SECHSTES KAPITEL

I

Agnieszka, die zunächst zu ihren Eltern nach Polen gefahren und schließlich durch eine Verkettung verschiedener Umstände in Warschau gelandet war, dachte an Swetlana, ihre so zarte, unbeschreiblich schöne Mitbewohnerin mit ihren fast schwarzen Augen.

Seit sie sich kannten, das hieß, seit Swetlana zu ihr in die WG gezogen war, weigerte sie sich beharrlich, sich von ihr unter ihre Fittiche nehmen zu lassen – keine Clubs, keine Drogen, nicht einmal Zigaretten, keine spontanen und unüberlegten Männergeschichten, keine Exzesse, höchstens einmal ein Glas Wein am Abend, seltener zwei. Die wenigen Male, die sie zusammen eine ganze Flasche geleert hatten – abends, meist nach einem gemeinsamen Kinobesuch –, konnte sie an einer Hand abzählen. Und wenn, dann hatte immer sie den größeren Teil getrunken und Swetlana nur den kleineren. Dabei vertrug Swetlana eine ganze Menge, wenn sie auch kurioserweise Wodka nicht ausstehen konnte – obwohl sie aus Russland stammte.

Das hatte sie feststellen müssen, als sie einmal zusammen ausgegangen waren – eines der wenigen Male überhaupt.

Sie waren auf eine Party gegangen, die einer der Doktoranden aus Swetlanas Kolloquium gegeben hatte. Abgesehen von verschiedenen Cocktails oder Longdrinks, von denen auch Swetlana einen nach dem anderen getrunken hatte, war dort für sie aber nichts zu holen gewesen. Diese Literaturwissenschaftler waren doch alle etwas weltfremd, fand Agnieszka, seltsam eitel-vertrottelte Typen, die ihre Nasen lieber in Bücher steckten als in andere, spannendere oder lustvollere Dinge, auch das hatte sie feststellen müssen.

Der Gastgeber, der die Getränke gemixt hatte, hatte sich in der Hinsicht nicht von den anderen unterschieden, weswegen sie bald – und ohne Swetlana, die noch hatte bleiben wollen – ins Berghain gefahren war. Um keine weitere Zeit zu vergeuden, hatte sie ein Taxi genommen – und dann irgendwo in einer dunklen Ecke heftigen Sex mit irgendeinem Schweden oder Norweger gehabt, der anschließend unbedingt ihre Telefonnummer haben wollte. Gutaussehend, aber so ungeheuer naiv, die Skandinavier, dachte sie. Es gab so viele Männer, die die Spielregeln nicht verstanden.

So etwas hätte Swetlana nie getan. Einmal, ein einziges Mal, war sie ins Berghain mitgekommen und nach einer knappen Stunde gelangweilt wieder gegangen. Sie könne auch mit der Musik nichts anfangen, hatte sie gesagt.

Vielleicht liebte sie Swetlana deshalb umso mehr, dachte Agnieszka. Weil sie so anders war als sie selbst, feiner, vielleicht auch intelligenter, jedenfalls gebildeter und kulturinteressiert. Weil Swetlana trotz allem, was ihr in ihrem Leben geschehen war – und ihr Leben stellte sich Agnieszka schlimmer vor als alles, was sie selbst erlebt hatte, aber sie kam schließlich »nur« aus dem kleinen Polen und nicht aus dem großen Moloch Russland, und sie war auch keine Jüdin –, weil Swetlana trotz allem mit beiden Beinen fest auf dem Boden stand. Weil Swetlana sich ihr anvertraut hatte. Weil Swetlana wusste, was sie wollte und es, wie es aussah, auch meistens bekam.

Vor einer knappen Stunde hatte sie eine Nachricht von ihr bekommen, Swetlana war nicht mehr unterwegs, sie war längst wieder in Berlin, und jetzt konnte sie dummerweise nicht aufhören, an sie zu denken.

Das Bett, in dem sie lag – auf dem Rücken, die Beine gespreizt –, wackelte und quietschte in einer höllischen Lautstärke, aber sie war schon seit einigen Tagen immer häufiger nicht ganz bei der Sache. Mal dachte sie an Swetlana, mal an ihre Eltern, dann wieder an das eine oder andere Software-Programm, das sie gerade konzipierte oder eigentlich schleunigst konzipieren müsste.

Bei dem Bett handelte es sich um ein altes Doppelbett mit dürrem Metallgestell und Sprungfedermatratze, das noch aus den Zeiten des Kalten Krieges zu stammen schien – ranzig beides, ranzig und rostig, von den Decken gar nicht zu reden, aber wenigstens hatten sie die frisch bezogen.

Sie mussten im ganzen Haus zu hören sein, es war kaum auszuhalten, dachte sie, doch das war nicht zu ändern. Sie hatten einiges versucht, schon als sie es das erste Mal benutzt hatten, gleich, nachdem sie angekommen waren.

Die Wohnung hatten sie über Airbnb gebucht, die Bilder im Internet hatten alle ganz ordentlich ausgesehen, und der Preis war gut gewesen. Insgesamt war die Wohnung auch okay. Nur konnte sie sich – zumal bei dem Quietschen – nicht konzentrieren, keine Chance, nicht auf das, was sie gerade taten. Es war aber nicht nur das ranzige Bett, das ihr die Konzentration erschwerte, das sie daran hinderte, wirklich in Stimmung zu kommen. Dieser Jakub war einfach zu fordernd, er verlangte zu viel von ihr. Außerdem ging ihr – so sehr sie sich auch bemühte – ihre kleine Swetlana nicht aus dem Kopf.

Agnieszka fiel Swetlanas merkwürdige Zurückhaltung in den letzten Wochen wieder ein, bevor sie zu ihren Eltern und dann nach ein paar Tagen mit Jakub weiter hierher nach Warschau gereist war. Swetlana verschwieg ihr etwas, das wusste sie genau – und sie nahm es ihr ein bisschen übel, immerhin waren sie doch Freundinnen. Sie glaubte auch zu wissen, was es war. Nein, ihr war vollkommen klar, um was es sich handeln musste. Sie war schließlich nicht dumm, sie hatte Augen im Kopf, sie besaß Ohren – und Erfahrung.

Diese komische Begegnung im Hof damals, Swetlana hatte sich so auffällig unauffällig verhalten. Und dann noch einmal im Treppenhaus, da war es genau das Gleiche gewesen. Simon hatte beide Male so getan, als wären sie sich nur zufällig begegnet. Aber ihr machten sie nichts vor. Warum erzählte ihr Swetlana nicht einfach, was los war?

Ausgerechnet Simon, mit dem sie ja auch im Bett gelandet war, dachte sie und rief sich die Szenen in seinem Schlafzimmer wieder ins Gedächtnis. Sie waren damals im Atlantik in der Bergmannstraße ins Gespräch gekommen, es war sehr schnell gegangen – sie hatten sich ja schon vom Sehen gekannt –, und sehr schnell waren sie dann bei ihm in der Wohnung gelandet. Zwei oder drei Mal hatten sie sich noch getroffen, dann hatte Simon das Interesse verloren.

Ja, da waren die Bilder wieder. Simon auf ihr, Simon unter ihr, Simon in ihr. Jetzt spürte sie doch etwas.

Das Bett quietschte unterdessen immer lauter, und Jakub, der sich ziemlich abmühte, ächzte und schwitzte.

Agnieszka sah seinen Hals keine zehn Zentimeter von ihrem Gesicht entfernt, seinen spitzen Kehlkopf und die blonden Bartstoppeln auf seiner glatten und feucht glänzenden Haut. Sein Oberkörper bewegte sich rhythmisch vor und zurück, aber den Stößen fehlte die

Kraft. Schweißtropfen landeten auf ihren Brüsten, flossen zwischen ihnen hindurch und sammelten sich auf ihrem Bauch oder versickerten im Laken, das an ihrem Rücken klebte.

Der Schweiß machte ihr nichts aus, sie hatte Verständnis dafür, es war schließlich nicht die erste Runde in diesem unbequemen Bett, und ihr neuer Liebhaber – ein ziemlich talentierter, wie sie fand – hatte bereits Beachtliches geleistet, wenn sie ehrlich war. Sie hatte sogar ein wenig gestaunt, als er gerade, nachdem er zuvor bereits drei Mal gekommen war, noch einmal gewollt hatte.

Mit den Gedanken an Simon flammte ihre Lust wieder auf, wenn auch nicht für sehr lange. Sie tat das häufiger, sie stellte sich andere Sexpartner und frühere Sex-Erlebnisse vor, um beim aktuellen Sex wieder Lust zu empfinden, wenn sie denn einmal nachließ. An sich war das eine zuverlässige Methode, die im Prinzip wie beim Masturbieren funktionierte. Aber jetzt, mit Jakub, verfing es leider nicht ausreichend. Sie war einfach nicht bei der Sache.

Sie musste es Swetlana erzählen. Das war sie ihr als gute Freundin schuldig. Swetlana sollte wissen, dass auch sie einmal etwas mit Simon gehabt hatte. Und vielleicht würde es ihr gelingen, ihr das Ganze auszureden.

»Kannst du dich einmal umdrehen, ich will dich von hinten …«, forderte Jakub sie auf.

»Klar«, sagte Agnieszka, die ein weiteres Mal aus ihren Gedanken gerissen wurde, und sie wechselten die Position.

So, auf allen vieren, war es jetzt sogar ein bisschen angenehmer, fand sie, nicht mehr so heiß, nicht mehr so schwitzig und klebrig.

Doch das Quietschen blieb unerträglich. Bei dem Lärm konnte sie nicht, aber Hauptsache, er konnte – und käme auch irgendwann. Allmählich wuchsen ihr Zweifel, ob er dazu noch in der Lage war, also stöhnte sie laut, um ihn zu stimulieren.

2

Seit Wieland bei Hildes Vater um ihre Hand angehalten hatte, waren viele Monate ins Land gegangen, inzwischen war er, obwohl das nicht unbedingt üblich war, an seiner alten Alma Mater habilitiert worden – in Rekordzeit –, und der plötzliche, unerwartete Tod Professor Försters, der ihm seinen Weg bis zuletzt geebnet hatte, lag bereits etliche Wochen zurück.

Niemandem hatte Förster von seiner schweren Krankheit erzählt, der er schließlich auf der Palliativstation unterlegen war, jedenfalls hatte er niemandem am Institut davon erzählt, auch ihm nicht, seinem Protegé und Freund. Er hatte sich zurückgezogen, nachdem er die Diagnose bekommen hatte, und alle im Unklaren gelassen.

Wieland dachte viel darüber nach – auch darüber, was Freundschaft bedeutete, was sie wert war, wenn sie selbst in Situationen nicht in Anspruch genommen wurde, in denen man dem Tod ins Auge sah –, er verstand nicht, weshalb Förster die Diagnose verschwiegen hatte, er wäre doch für ihn da gewesen, er hätte sich um ihn kümmern können.

Es hatte ihn enttäuscht, es hatte ihn verletzt, dass Förster ihn nicht – wie sonst immer – ins Vertrauen gezogen hatte. Das war die bittere Seite. Die tröstende Seite war, dass er sich diesen großen und leidenschaftlichen Forscher wie ein sterbendes Tier vorstellte, wie ein Raubtier – einen alten Löwen oder Tiger vielleicht –, das sich zurückzog in ein Dickicht oder in eine Höhle, um dort in den letzten Stunden und Minuten allein zu sein.

Vielleicht hatte Förster den Weg der Natur gewählt – eine Entscheidung, die er respektieren konnte.

Jetzt war er – aufgrund seiner Qualifikation, sicher, aber auch aufgrund der traurigen Umstände – einstimmig als Försters Nachfolger auserkoren worden, und er würde binnen kurzem seinen Lehrstuhl übernehmen und die Professur antreten.

Seine Forschungen würden sich wenig ändern, er würde sich weiter der vergleichend-morphologischen Analyse der Farb- und Zeichnungsmuster der Schmetterlinge und anderer Insekten widmen – einem Gebiet also, in dem er unmittelbar an die Forschungen Försters anknüpfte und auf dem er bereits große Fortschritte erzielt hatte –, ihn beschäftigten offene Fragen um die Entwicklung der Schuppenmuster auf den Flügeln der Falter, des Musters der Versorgungssysteme, der Blutlakunen und Tracheen, des Konfluenzmusters der Flügelnerven und die Entstehung von Kleinorganen, von Haaren und Sinnesorganen – auch in diesem Bereich hatte er Beachtliches vorzuweisen. Wieland sah sich nicht einfach als Nachfolger auf Försters Lehrstuhl, sondern auch als Erbe der wissenschaftlichen Projekte, der Untersuchungen und Themenfelder seines Doktorvaters.

Es freute ihn einerseits, nun in seine Fußstapfen zu treten, andererseits machte es ihn beklommen. Hilde und ihre Eltern aber hatten sich durch nichts davon abbringen lassen, das Ereignis zu feiern. Dr. Sartorius war dann auch gleich in den Keller geeilt, um, wie er sagte, »schleunigst« eine Flasche Champagner herbeizuschaffen.

3

Jakub schnaufte, nahm seine Hände von ihrem Po und ließ sich auf die Matratze fallen. Das ganze Bett schaukelte.

»Vier Mal«, sagte er stolz und grinste dämlich.

Agnieszka, vollkommen erledigt, setzte sich auf die Kante, griff nach einer Mineralwasserflasche, die neben ihr auf dem Boden stand, und trank sie in einem Zug aus.

»Ich habe einen Mordshunger«, sagte sie. »Lass uns aufstehen und ein bisschen rausgehen. Ich will auch etwas von der Stadt sehen, wenn ich schon einmal da bin.«

»Pizza?«

»Egal, meinetwegen …«

Agnieszka stand auf und sprang unter die Dusche – eine winzige Kabine im Flur. Das Wasser war nur lauwarm und wurde zunehmend kälter, aber ihr war so heiß, dass es sie nicht störte. Hauptsache, sie klebte nicht mehr. Anschließend trocknete sie sich ab und zog sich an.

Jakub war schon fertig, als sie zurück ins Schlafzimmer kam. Er grinste immer noch, irgendwie verlegen.

Süß war er, das musste sie zugeben. Wie lange war sie nicht mehr mit einem Landsmann im Bett gewesen – und wie lange nicht mehr mit einem vom Lande. Ein bisschen gehörte es dazu, zum Nach-Hause-Kommen, fand sie … Wenn er nur nicht ständig davon reden würde, dass er sie heiraten wolle. Wenn er nur nicht ständig über Liebe reden wollen würde. Liebe machen, ja, gerne – meistens jedenfalls. Aber über Liebe reden, um Gottes willen. Doch Jakub war katholisch, und für ihn gehörte die Vorstellung dazu, dass sie ein Paar waren, füreinander bestimmt, dass ihr »Miteinander« von Dauer sein und am Ende Gottes Segen bekommen würde. Das fand sie auch ganz rührend, das ließ Jakub ja gerade so süß und sexy erscheinen, nur wurde es ihr allmählich zu viel, ganz abgesehen davon, dass heiraten für sie ohnehin nicht infrage kam, erst recht nicht kirchlich. Sie dachte auch nicht im Traum daran, zu Jakub nach Polen zu ziehen, wie er es sich ausmalte in seiner blühenden Fantasie, dieser Trottel.

Sie kannten sich seit zwei, bald drei Wochen, für ihn war das eine kurze Zeitspanne, für sie unfassbar lang. Zu so einem langen Atem war sie selten fähig oder bereit gewesen, jetzt ging ihr langsam die Puste aus. Sie verlor die Geduld. Dieses Lächeln? Süß, ja. Aber irgendwie auch ein bisschen plemplem.

»Ich muss mir noch schnell die Haare föhnen«, sagte Agnieszka. »Hast du hier irgendwo einen Fön gesehen?«

»Wir könnten auch …«

»Nein, wir gehen jetzt raus.«

Die Sonne wärmte Agnieszkas Wangen. Aber von Frühling fehlte weit und breit jede Spur, von Grün konnte auch draußen, am Stadtrand und auf dem Land, nicht die Rede sein. Alles war grau oder lehmig beigefarben, egal, wohin man sah. Oder von einer dünnen weißen Schneeschicht überzogen.

Jakub hatte vorgeschlagen, mit dem Bus »ins Grüne« zu fahren – und dabei mit den Augen gezwinkert –, raus, vielleicht zum Wilanów-Palast, wo sie durch den Park am Wasser hätten spazierengehen können.

Durch einen Park spazieren? Nein, Agnieszka zog es in die Altstadt oder wenigstens ins Zentrum, sie hatte fürs Erste genug frostige Landluft geatmet, als sie bei ihren Eltern war. In der Altstadt, spätestens in der Nähe des Schlosses, würden sie auch einen annehmbaren Italiener finden. Von polnischer Küche hatte sie, so sehr sie sie liebte – zumindest in der Theorie –, erst einmal genug. Nach dem Essen könnten sie sich in einer Seitenstraße, abseits von den Touristenfallen, die hier ständig neu eröffneten, in eine Bar setzen oder tanzen gehen. Das Warschauer Nachtleben war auch nicht ohne, das wusste sie. Ihre Pläne aber musste sie Jakub möglichst schonend beibringen, nach dem Essen am besten und wenn sie schon etwas getrunken hätten. Auszugehen, das hatte sie inzwischen verstanden, war für ihn mit einer Angst verbunden, einer archaischen, typisch männlichen Urangst.

Es war nicht so, dass sie diese Angst nicht verstehen konnte – ein bisschen taten sie ihr auch leid, die armen Männer –, nur schränkte sie die Angst in ihrer Selbstbestimmung ein, zumindest wäre das die Konsequenz, wenn sie sich darauf einlassen und Verständnis dafür zeigen würde. Im Grunde war Jakub vollkommen angstgetrieben und – wie die meisten Vertreter des männlichen Geschlechts – durch und durch komplexbeladen. Ein klarer Fall. Aber anstatt sich einmal damit auseinanderzusetzen, also einmal über sich selbst und mögliche Ängste und Unsicherheiten nachzudenken, wurden die Kausalitäten vereinfacht und, was noch schlimmer war, veräußerlicht. Es war hoffnungslos, das männliche Geschlecht verstand alles in allem so wenig vom weiblichen wie von sich selbst. Vielleicht bedingte das eine auch das andere. Auf was für Ideen die manchmal kamen. Als würde es etwas bringen, eine Frau – und ausgerechnet sie – von anderen Männern abzuschirmen. Absurd. Jakubs Frauenbild stammte – bestens konserviert – aus einem anderen Jahrhundert, wenn nicht aus einer anderen Welt.

Doch Agnieszka machte sich nichts vor, ihr gefiel das bis zu einem gewissen Grad sogar. Typen wie Jakub begegnete sie zwar in Berlin regelmäßig, aber nicht so hundertprozentigen Typen. Die Berliner Machos waren aufgeweichter, was Vorteile und Nachteile hatte. Hier aber, bei Jakub, war sie auf etwas Ursprüngliches gestoßen, etwas Wildes, Ungezähmtes. Und leider so furchtbar Katholisches.

Es half alles nichts, sie würde die Flucht ergreifen, früher oder später, vielleicht schon am heutigen Abend – je nachdem, wie der sich entwickelte und was für Möglichkeiten er bot. Ihre Sachen, viele waren es nicht, hatte sie in ihrem Rucksack. Auf den kleinen Rest, den sie aus Alibi-Gründen in der Wohnung liegengelassen hatte, konnte sie verzichten.

4

Draußen war es dunkel, aber die Straßenlaterne leuchtete ins Zimmer hinein und warf verschiedene Schatten an die Wände. Es läutete zur vollen Stunde, vermutlich waren es die Glocken von St. Jakobi.

Waren es zwei oder drei Schläge, womöglich schon vier? Hilde wusste es nicht, sie hatte den Anfang verpasst. Mindestens zwei Schläge waren es jedenfalls gewesen.

Sie konnte nicht schlafen, war hellwach. Ihr Bauch hatte inzwischen an Umfang beträchtlich gewonnen, und sie schlief in Seitenlage, anders und unruhiger, als sie es gewohnt war.

Sie trug ihn mit Stolz, den Bauch, wohl wissend, dass sich die gehobenen Göttinger Kreise, in denen ihre Eltern verkehrten, über ihre Schwangerschaft die Mäuler zerrissen. Immerhin war sie die Tochter von Dr. Siegfried Sartorius, dem Unternehmer und einflussreichen Stadtratsmitglied. Aber sie galt schon lange als das »schwarze Schaf«, beliebt zwar und gern gesehen, aber immer skeptisch beäugt. Schon allein dass sie studierte, hatte für Irritationen und Klatsch gesorgt. Und jetzt war sie auch noch schwanger, ohne verheiratet zu sein. Und nicht einmal ihre Eltern schien das zu stören.

Hilde spürte Tritte im Bauch, und verschiedenste Gedanken gingen ihr durch den Kopf – die bevorstehende Hochzeit, die sie eher klein und bescheiden halten wollte, die vor allem ihr Vater aber groß zu feiern plante, die Geburt ihres Kindes, die Unterbrechung ihres Studiums, die bitter war, die ihr gar nicht schmeckte, an der aber kein Weg vorbeiführte.

Wie sollte sie den Rest ihres Studiums mit einem Kind bewältigen? Würde sie je den Abschluss schaffen, würde sie je promovieren können? Es waren ärgerliche, marternde Gedanken.

Sie überlegte, ob sie Licht machen sollte, um ein wenig zu lesen – die Nachttischlampe stand direkt neben ihr, sie musste nur ihre Hand ausstrecken –, aber sie wollte Wieland, der fest schlief, nicht wecken. Er brauchte seinen Schlaf. Er stand kurz davor, seine Antrittsvorlesung zu halten, und steckte mitten in den Vorbereitungen. Wenige Wochen noch, hatte er gesagt, und er wäre der mit Abstand jüngste Professor, den das Zoologische Institut je gehabt hätte.

Wenn sie bei ihr zu Hause übernachtet hätten, hätte sie zum Lesen jetzt nach unten in die Bibliothek oder in den Salon gehen können, dachte Hilde. Aber für Wieland kam das nicht infrage – ihrer Eltern wegen, es war ihm unangenehm. Er wohnte immer noch in seiner winzigen Studentenbude unterm Dach, WC und Wasserhahn befanden sich eine Etage tiefer, dafür gab es neben dem schmalen Wohn-Schlaf-Zimmer einen winzigen Vorraum mit Wandschrank. Sie sahen sich zwar schon seit längerem nach einer neuen und gemeinsamen Bleibe um, aber sie hatten noch nichts Passendes gefunden. Gemütlich war es bei ihm, fand sie, nur in vielerlei Hinsicht sehr unpraktisch.

Sie las gerade einen französischen Roman, der sie sehr aufwühlte – und anders, als es Bücher bisher getan hatten. Albrecht hatte ihn Wieland ausgeborgt, sie hatte hineingeblättert und sich festgelesen.

Es handelte sich um einen philosophischen Roman, der im Wesentlichen aus aneinandergereihten Tagebucheinträgen bestand und auf eine unerhörte Weise die Sinnlosigkeit des Daseins behauptete. Sie war diesbezüglich zwar ganz anderer Auffassung, aber den Gedanken dieses seltsam melancholischen und lebensüberdrüssigen Ich-Erzählers, der die Rechtfertigung seiner Existenz einzig in seiner beruflichen Tätigkeit sah – er war Historiker und verfasste gerade ein geschichtswissenschaftliches Werk –, konnte sie sich nur schwer entziehen. Die Gedanken waren zugleich bedrohlich und faszinierend. Hinzu kam die dichte Webart des äußerst stimmungsvollen Textes, dieser mitreißende, irgendwie auch musikalische Sog, von dem sie noch nicht wusste, wohin genau er führen würde. Nur bitte nicht in den Suizid, dachte sie. Aber so einfach würde es sich der Autor sicher nicht machen. Jean-Paul Sartre hieß er, und seinen Roman hatte er ebenso lakonisch wie irritierend »Der Ekel« genannt.

Es half nichts, sie würde morgen weiterlesen. Dazu wenigstens war die Schwangerschaft nütze, sie konnte lesen, so viel sie wollte, dachte sie, gähnte und schloss die Augen. Doch plötzlich stöhnte Wieland im Schlaf, und sie drehte sich zu ihm. Im Licht der Straßenlaterne konnte sie sein Gesicht sehen.

Er hatte schon in den letzten Nächten im Schlaf gestöhnt. Jetzt bewegte er sich unruhig, schwitzte und stöhnte weiter. Sie legte ihre Hand auf seine Brust, um ihn zu beruhigen.

Seine Alpträume kehrten immer wieder, aber er konnte sich nie genau daran erinnern, wovon er eigentlich träumte. Sein Vater komme in diesen Alpträumen vor, hatte er einmal gesagt, aber die Bilder, Fetzen von Bildern, fügten sich nicht zu einem Ganzen.

Jetzt richtete er sich auf und schrie.

»Wieland, es ist alles gut, ich bin da. Es ist nur ein Traum«, rief Hilde und schüttelte ihn.

»Es ist so dunkel hier …«, sagte er verwirrt.

»Warte …«, sagte Hilde und schaltete die Nachttischlampe an.

Wieland trank einen Schluck. Dann legte er sich wieder hin, sah sie an und lächelte und strich ihr zärtlich über den Bauch. Es dauerte nicht lange, und er schlief wieder ein.

Die Nachttischlampe ließ Hilde brennen und griff nach dem Buch. Sie schlug es auf und versuchte zu lesen, aber sie konnte sich nicht konzentrieren. Sie las eine halbe Seite und stellte fest, dass rein gar nichts von dem Gelesenen in ihrem Bewusstsein angelangte. Die Buchstaben schwirrten und flimmerten vor ihren Augen. Ihre Gedanken schweiften ab, und sie musste auf einmal an Wielands kranke Mutter denken, die sie erst vor kurzem wieder besucht hatten, an diese Kälte, die immer von ihr ausging, selbst wenn sie freundlich lächelte. Sie musste auch an die furchtbaren Dinge denken, die Wieland ihr von seinem Vater erzählt hatte. Einige Details, die er allerdings nicht miteinander verknüpfen konnte, hatte Wieland erst nach und nach und durch hartnäckiges Nachbohren von seiner Mutter erfahren, die nur widerwillig über die jüngere Vergangenheit sprach und so gut wie gar nicht über die Zeit, die sie in der Nähe des Konzentrationslagers gelebt hatten. Er selbst habe nur sehr verschwommene Erinnerungen an seine Kindheit und Jugend, sie bestünden zudem überwiegend aus unzusammenhängenden Bildern. Auch an seinen Vater erinnerte er sich kaum, obwohl er bei Kriegsende bereits fünfzehn war – Wieland hatte im März Geburtstag. Das Gesicht seines Vaters erkenne er zwar auf Fotografien, wenn er sie sah, und seine Mutter habe einige Aufnahmen von ihm retten können, hatte er gesagt, aber er finde kein Bild seines Vaters in seinem Gedächtnis. Schon gar nicht trage er eines in seinem Herzen. Sein Vater sei eine Leerstelle, eine schwarze Uniform mit Totenköpfen am Kragen, eine Hülle, ohne jeglichen Inhalt.

Einige Erinnerungen aber gab es. Wieland hatte ihr erzählt, dass sein Vater ihn zwingen wollte, seinen eigenen Hund zu erschießen, einen Schäferhund – oder war es eine Schäferhündin? Von dem großen Haus hatte er erzählt, in dem sie gewohnt hatten. Von dem Garten, einem Teich und einem kleinen Birkenwäldchen. Davon, dass er dort angefangen habe, Insekten zu beobachten, Libellen und Schmetterlinge.

Sie hatte ihn nach dem Lager gefragt, das sich in unmittelbarer Nähe dieses »Idylls« befunden haben musste, aber er wusste darüber wenig zu sagen, er sei auch kaum jemals dort gewesen. Dafür erinnerte er sich noch genau an die Flucht mit seiner Mutter, an den Wagen, den sein Vater für sie geordert und der sie Richtung Westen gefahren hatte, während er noch einmal umgekehrt war, an die SS-Männer oder Soldaten, die die Fahrt über neben ihnen gesessen hatten. Er erinnerte sich an die endlosen Flüchtlingsströme, die auf den Straßen unterwegs gewesen waren, und daran, wie die Flüchtlinge dem Wagen, in dem seine Mutter und er gesessen hatten, ausgewichen waren. Die vielen Menschen, hunderte, ja, tausende Menschen – Alte, Frauen und Kinder überwiegend – hatten ihnen Platz machen müssen, die Wehrmacht und die SS hatten immer Vorrang. Er erinnerte sich an einzelne Gesichter, ausgemergelte Gesichter und leidvolle Blicke von Frauen und Kindern, die am Straßenrand gestanden und ihn angesehen hatten. Diese Gesichter sah er immer noch vor sich, hatte er gesagt, aber sie verfolgten ihn nicht im Schlaf.

5

Swetlana war allein zu Hause. Sie kochte Kaffee und starrte gedankenverloren auf die matt-silberne Kanne, die vor ihr auf der heißen Herdplatte stand, zischte und immer lauter brodelte. Es dauerte nicht lange, und ein angenehmer Duft verteilte sich in der Küche.

Sie musste an die ereignisreichen letzten Wochen denken, an die Reise zu Simons Eltern und Großeltern und die Harzreise, den Besuch bei Wolfgang und seiner putzigen Bilderbuchfamilie.

Knapp vierzehn Tage lag die Reise jetzt zurück, aber es fühlte sich viel länger an. Blankenburg mit seinen vielen Fachwerkhäuschen, dem Barockschloss und dem kleinen Lustschlösschen war sehr hübsch, fand sie, aber dieses betuliche Familienleben war nichts für sie. Keinen Tag länger hätte sie es mit diesen allzu drolligen Kindern und dieser Julia, Wolfgangs allzu perfekter und zuvorkommender Frau, ausgehalten. Das hatte sie Simon auch gesagt, der es ähnlich empfunden hatte. Und dann immer diese seltsamen Blicke von Wolfgang, dieses in dem ganzen Kontext vollkommen absurde Starren. Einmal, im Flur, war er ganz dicht an sie herangekommen – sie hatte keine Ahnung, was er vorgehabt hatte, aber sie war sofort ins Wohnzimmer zu den anderen geflüchtet. Simon hatte sie davon nichts erzählt, schließlich war sie sich nicht sicher, vielleicht hatte sie sich das alles auch nur eingebildet …

Vom Schneesturm auf dem Brocken und von ihrem Schwächeanfall hatte sie sich jedenfalls schnell wieder erholt, am gleichen Abend noch – vorm prasselnden Kaminfeuer bei rustikalem Rehbraten und einigen Gläsern Rotwein.

Inzwischen hatte sie auch Heines »Harzreise« zu Ende gelesen und diese Bildungslücke endlich geschlossen. Das Buch lag noch auf dem Küchentisch.

Manchmal, nicht selten, hatte sie das erdrückende Gefühl, sie bestehe nur aus Bildungslücken, die es zu füllen galt – eine Sisyphusarbeit. Immer wieder klafften irgendwo neue Lücken auf. Allein die vielen Begegnungen, die Heine beschrieb, die vielen Anspielungen – es war aussichtslos, sie alle zu dechiffrieren. Immerhin kannte sie Ludwig Börne, von dem das schöne Motto »Nichts ist dauernd als der Wechsel;

nichts beständig als der Tod…« stammte, das Heine seinem Reisebericht vorangestellt hatte. Und immerhin kam sie mit, wenn es um Goethe ging, wenn etwa »Klärchens Lied« im Volksmund verballhornt und aus »Freudvoll/Und leidvoll/Gedankenvoll sein« »Leidvoll und freudvoll, Gedanken sind frei« wurde. Heine nannte es – sehr treffend, wie sie fand – eine »Korruption des Textes«. Aber sich mit Goethe auszukennen war wohl das Mindeste, das man von einer Germanistin erwarten konnte…

Heine, hatte sie im Nachwort gelesen, war Student gewesen, als er durch den Harz gereist war, von Göttingen aus, wo Simons Großeltern so lange gelebt hatten und Simons Großmutter geboren war. Simons Großmutter imponierte ihr sogar noch ein kleines bisschen mehr als sein Großvater. Klug, witzig und schlagfertig war sie – und die erste Professorin an der Biologischen Fakultät der Uni Göttingen, die erste Frau am Albrecht-von-Haller-Institut für Pflanzenwissenschaften. Nur verstand Swetlana nicht, warum Simons Großeltern ausgerechnet in dieses zwar hübsche, aber doch verschlafene Bad Soltal hatten ziehen müssen und nicht in Göttingen geblieben waren, der Universitätsstadt, der Stadt der Göttinger Sieben, der Brüder Grimm, der Stadt des Hainbunds und und und…

Swetlana gähnte. Sie war müde und hätte sich am liebsten gleich wieder ins Bett gelegt. Wie so oft, wenn Simon abends spät von der Probe kam, war es eine kurze Nacht gewesen, und sie hatte den ganzen Vormittag über zwischen riesigen Bücherstapeln am Schreibtisch gesessen und mit Stefan Zweigs und Dostojewskis Dämonen gerungen, ausnahmsweise einmal an ihrem eigenen Schreibtisch und nicht in der Bibliothek, wo sie normalerweise arbeitete und sich besser konzentrieren konnte.

Jetzt war es ein einziges zähes Ringen. Das Schreiben fiel ihr ausgesprochen schwer und schlug ihr schnell auf den Kopf und auf den Magen – wie das Lesen im Übrigen auch –, so dass sie häufiger aufstehen musste, um ein paar Schritte hin- und herzulaufen und wieder einen klaren Gedanken fassen zu können.

Schon das Denken fiel ihr ungeheuer schwer, noch viel schwerer aber war es, das Gedachte in kohärenter und stringenter Form zu Papier zu bringen. Es war frustrierend, vor allem, wenn sie an ihren

Doktorvater dachte, der mühelos druckreif sprach. Er setzte sich wahrscheinlich einfach hin, und die Texte purzelten fertig aus ihm heraus.

Wenn sie nur nicht immer so müde wäre, dachte Swetlana, aber wenigstens war inzwischen der Kaffee fertig …

Simons Proben dauerten noch bis Ende der Woche, danach hatte er erst einmal ein paar Wochen frei – es bot sich an wegzufahren, Urlaub zu machen, da er in diesem Zeitraum ohnehin kaum gebraucht wurde –, und es traf sich gut, da es mit den Semesterferien zusammenfiel, in denen sie nicht zu unterrichten brauchte und auch das Kolloquium pausierte. Erst im April musste sie wieder in die Bibliothek, wobei das Pensum, das sie bis dahin schaffen wollte, recht ambitioniert war – immerhin näherte sie sich, wenn auch langsam und mitunter mühsam, allmählich dem Schlusskapitel ihrer Dissertation. Aber sie würden trotzdem zusammen an die Ostsee fahren, für ein paar Tage nach Usedom, Rügen oder auch nach Hiddensee. Das Wetter jedenfalls war traumhaft.

Swetlana warf einen Blick aus dem Fenster. Über den roten Ziegeldächern strahlte die Sonne am blauen Himmel. Die Kastanie aber war immer noch kahl. Es würde noch eine Weile dauern, bis die Bäume ausschlugen.

6

In Bad Soltal taute der Schnee, und das steinerne Salzmännchen an der Kirchenfassade wurde allmählich wieder sichtbar. Auf den Dächern lagen nur noch einige spärliche Reste, und aus den randvollen Rinnen tropfte es herab, unter den Abflussrohren bildeten sich kleine Pfützen. Der Boden war feucht, die Erde roch frisch, nach neuem Leben.

Heinrich Tappe stand am Gartenzaun und begutachtete die Einfahrt vor der Garage, deren Tor offenstand.

Hier war nichts mehr zu tun, entschied er. Alles war säuberlich gefegt. Auch den Rasen und die Beete hatte er penibel geharkt, die letzten, noch aus dem Herbst übriggebliebenen Laubreste beseitigt, und dabei mit dem Rechen unabsichtlich einige Krokusse aus dem Boden gerissen. Sie lagen in dem Haufen, den er gleich in die Schubkarre schaufeln wollte, um ihn auf den Kompost zu schütten. Die kräftigen Farben der Blüten stachen aus dem faulig braungrauen Laub heraus, an einigen Blüten hingen noch die dünnen Zwiebeln.

Er wollte gerade zur Schippe greifen, die neben ihm am Gartenzaun lehnte, als Christa den Vorgarten betrat. Sie kam aus der Schule, schob ihr Fahrrad neben sich her und stellte es ab.

Heinrich hatte zwei Stunden früher Schluss gehabt als sie. Er hatte bereits zu Mittag gegessen und auch ein kleines Nickerchen gehalten. Dann war er nach draußen gegangen, um dort endlich für Ordnung zu sorgen, eine Arbeit, die er im Grunde hasste und eigentlich lieber seiner Frau überlassen hätte, aber noch weit mehr als die Gartenarbeit hasste er die Unordnung, also tat er, was getan werden musste. Außerdem wollte er sich von den Nachbarn nichts nachsagen lassen, deren Gärten sich allesamt – und wie von unsichtbarer Hand – in einem vorbildlichen Zustand befanden.

»Ach du meine Güte«, sagte Christa und deutete fassungslos auf den Laubhaufen. »Aber Heinrich, was hast du denn mit den schönen Krokussen gemacht?«

»Was soll ich schon gemacht haben? Laub habe ich geharkt. Den Garten habe ich in Ordnung gebracht.«

»Du hast die ganzen Krokusse herausgerissen. Die Zwiebeln hatte ich im Herbst erst gesetzt.«

»Ach, die paar Blumen.«

»Du weißt doch genau, wie viel mir an ihnen liegt. Und dein Vater hat uns doch gerade erst erzählt, wie wichtig es sei, möglichst viele Blumen im Garten wachsen zu lassen. Wegen des Insektensterbens. Gerade die Frühblüher seien besonders wichtig …«

»Ach, hör doch einmal auf mit meinem Vater und dem elenden Ungeziefer. Und wenn es dir nicht passt, dann mach den ganzen Scheiß doch selbst!«

»Schreie mich bitte nicht an …«

»Ist doch wahr. Da mache ich mir schon die Mühe. Und du …«

»Ich komme gerade aus der Schule. Ich mache die Küche, ich sauge die Wohnung, ich wische Staub und räume auf… Was soll ich denn bitte schön noch alles tun?«

»Das ist mir doch egal. Aber wenn du etwas an meiner Art, den Garten in Ordnung zu bringen, auszusetzen hast, dann kannst du es künftig auch gerne selbst machen. Ich reiße mich nicht darum …«

»Aber du könntest doch wenigstens ein bisschen auf die Krokusse achtgeben. Es gibt schon erste Bienen und Hummeln, hat dein Vater …«

Heinrichs Gesicht verfärbte sich, er blickte abwechselnd zu seiner Frau und zu den Krokussen, die auf dem Rasen und in den Beeten übriggeblieben waren.

Er ließ die Schippe auf den Boden fallen und stapfte los. Einen Krokus nach dem nächsten riss er aus dem Boden und warf ihn auf den Haufen neben der Schubkarre, wo Christa immer noch stand. Sie war sprachlos.

Einer der Krokusse traf sie am Arm. Sie zuckte zusammen, brachte aber kein Wort über die Lippen.

Heinrich war der Treffer nicht entgangen, er rupfte weiter die Krokusse aus und schleuderte sie in ihre Richtung.

Christa flüchtete sich ins Haus und schlug die Tür hinter sich zu.

7

Schwere, heiße Luft – zäh und milchig –, der farblose Boden unter ihren Füßen pulsierte. Ein mattes, stumpfes Hämmern, das heftige Vibrationen bis in die Brustwarzen und Fingerspitzen erzeugte und allmählich eine betäubende Wirkung entfaltete. Agnieszka, eine unter hunderten, war ganz in ihrem Element – Feuer, dachte sie triumphierend.

Sie trug nur ein dünnes, kurzes Kleid – nachtblau –, dazu helle Strumpfhosen und Turnschuhe und bewegte sich in flackerndem, grellweißem Licht zu elektronischen, metallisch scheppernden Klängen und dröhnenden Bässen.

Körper und Geist, dachte sie, Leib und Seele, die, vorübergehend auseinandergerissen, wieder zueinanderfanden, die sich lodernd und züngelnd vereinten, Magneten, Pole, Wille und Weg, und alles entsprach hundertprozentig ihren Vorstellungen. Die Balance war hergestellt, sie war ganz bei sich, sie bildete eine Einheit, und Raum und Zeit und all die anderen Clubgänger, die sich neben ihr bewegten, taten das auch. Einssein mit allem. Und jedem. Es zählte allein der Moment, ein Moment des Rausches und des absoluten und unendlichen Vergessens. Es war das absolute Jetzt, um das sich alles drehte und das so gar nichts Jenseitiges hatte, im Gegenteil, etwas Irdischeres, Basaleres existierte nicht. Auch wenn sie vibrierte und die Vibrationen sich über ihre gesamte Hautoberfläche ausbreiteten, fühlte sie doch den Boden unter sich. Sie spürte die Schwerkraft in jeder Zelle ihres Körpers, auch wenn die Schwerkraft nicht die einzige Kraft war, die hier wirkte.

Diese ihre Sprache des Leibes wurde überall gesprochen.

Endlich, dachte sie, endlich wieder, viel länger hätte sie das nicht missen wollen. Männer tanzten um sie herum, immer mehr Männer und noch mehr Männer, die abwechselnd und aus allen Richtungen näherkamen, sie antanzten und ihre Hüften umfassten. Sie sah ihre Gesichter nicht, spürte aber die Hände auf ihrem Körper. Eine Weile ließ sie das zu, dann entzog sie sich ihnen lachend, bis es kurze Zeit darauf andere Hände waren, die sie auf ihrem Körper spürte, und wieder sah sie kein Gesicht, jedenfalls kein einzelnes, das sich den Händen zuordnen ließe. Nein, sie sah viele Gesichter, unendlich viele Gesichter und Blicke, und sie genoss es, sie genoss diese brennenden Blicke, spürte sie wie die gierigen Hände auf ihrem Leib.

Jakub war – wie Agnieszka erwartet hatte – nicht zum Tanzen aufgelegt. »Kein bisschen« – das hatte er vorab schon gesagt.

Es war wie an den letzten Abenden auch gewesen, sie waren irgendwo essen gegangen, und er hatte nicht mitkommen wollen in einen Club, nicht einmal mehr in eine weitere Bar – am liebsten wäre er wieder mit ihr zurück aufs Land gefahren. Ein zu heißes Pflaster war dieses Warschau für ihn, das sagte er zwar nicht laut, aber er dachte es im Stillen, davon war Agnieszka überzeugt, sein Verhalten sprach Bände. »Read my body language«, jetzt einmal andersherum.

An den Abenden zuvor waren sie immer irgendwann, meist früher als später, in ihr Apartment zurückgekehrt, in ihr quietschendes und etwas muffiges Bett, und hatten gevögelt, stundenlang hatten sie gevögelt, bis Jakub nicht mehr konnte und er vollkommen erschöpft eingeschlafen war. Doch dieses Mal hatte sich Agnieszka durchgesetzt, nach einigen heftigen und lauten Worten, die gefallen waren. Er hatte klein beigegeben und war ihr am Ende widerstrebend gefolgt. Aber tanzen? Niemals. Zumindest nicht hier.

Jetzt stand er am Rand der Tanzfläche und sah ihr immer nervöser zu, vor Eifersucht – die ihr als Gefühl vollkommen fremd war, die sie aber, von außen betrachtet, durchaus nachvollziehen konnte –, bis er sich schließlich seinen Weg durch die rhythmisch wabernde Masse zu ihr bahnte, um sie zu bitten, doch lieber zu gehen. Es klang wie ein Befehl.

Sie schüttelte den Kopf, sie ließ sich nicht beirren, drehte Jakub den Rücken zu, schloss die Augen und versuchte, sich weiter treiben und fallen zu lassen.

Sie wusste nicht, wie viele Hände sie berührten und hitzig nach ihrer Hüfte griffen, wie viele Männer sich von hinten mit kreisenden Bewegungen an sie pressten, wie viele Unterleibe sie an ihrem Po spürte. Aber Jakub störte, er lenkte sie ab.

Sie öffnete die Augen wieder und beobachtete ihn.

Jakub stieß die Leute, die ihm im Weg standen, aggressiv zur Seite, steuerte die Bar an und bestellte sich einen Wodka, den er in einem Zug herunterkippte, und gleich darauf noch einen.

Sie hatte nicht mitgezählt, wie viele Gläser er bereits getrunken hatte, sie hätte sie gar nicht zählen können. Dann drehte er sich wieder um und verfolgte sie mit wütenden Blicken. Er hatte einen dunkelroten Kopf, und einen Moment war ihr, als wüchsen da zwei Hörner aus ihm heraus, direkt über seiner Stirn.

»Der kann mich mal, dieser Hornochse«, dachte sie und schloss wieder die Augen, um sich dem Sound hinzugeben.

Sie fühlte die Bässe in ihrem Blut, fühlte, wie sich ihr Herzschlag allmählich wieder auf die wummernden Beats einstellte. Sie atmete mit den Bässen, atmete Bässe. Und wieder umringten sie Männer, wieder waren da Hände, die nach ihr tasteten, Finger, die sie streiften.

Sie fühlte eine brennende Hitze in sich aufsteigen, ihr Blut schien flüssiger zu werden, siedend, und mit wachsendem Tempo durch ihre Adern zu rasen.

In dem Moment griff jemand nach ihrer Hand.

»Nicht schon wieder«, dachte Agnieszka genervt, öffnete langsam die Augen und wollte ihre Hand schon zurückziehen. Aber jetzt war es auf einmal nicht Jakub, der da vor ihr stand, sondern ein anderer Mann, nicht viel älter als sie.

Er lächelte. Er hatte schwarze Haare, schwarze Augen und kräftige schwarze Bartstoppeln. Sie hörte seine Stimme, ganz nah an in ihrem Ohr.

»Ich heiße Wojciech«, sagte er.

Wojciech, ein schwarzhaariger Pole, dachte sie und sah sich um, doch sie konnte Jakub nicht entdecken. An der Bar stand er nicht mehr, auch nicht am Rand der Tanzfläche.

Dieser Wojciech hielt ihre Hand weiter fest. Seine andere Hand legte sich um ihre Taille, er zog sie näher zu sich und bewegte seine Hände. Agnieszka ließ es geschehen. Sie sah ihn an, hielt seinem Blick eine Weile stand und lächelte dann auch.

Ein schöner Pole, dieser Wojciech. Jakub war kein schöner Pole, er war nur gut gebaut, stramm, fest, muskulös. Der hier war nicht so stramm und fest, dafür schön, eine willkommene Abwechslung und außerdem eine Lösung, ein Notausgang.

Die Musik hier gefalle ihr nicht, sagte sie. Ob er nicht mit in einen anderen Club kommen wolle, oder in eine Bar?

Wojciech nickte.

Sie verließen die Tanzfläche. Sicherheitshalber hatte Agnieszka seine Hand losgelassen. Sie lief voran – und hielt nach allen Seiten aufmerksam und vorsichtig nach Jakub Ausschau. Es musste, wenn es nach ihr ging, nicht unbedingt zu einer Szene kommen. Sich »französisch« zu verabschieden – oder »den Polnischen machen«, wie sie einmal irgendwo aufgeschnappt hatte – war vielleicht nicht die feine Art, vor allem nicht nach den gemeinsam verbrachten Wochen, aber es war am unkompliziertesten, wenn sie ihn vor vollendete Tatsachen stellte – und alles andere hätte ihm schließlich genauso wehgetan.

Der Club hatte mehrere Floors und mehrere Bars, durch die sie sich hindurchdrängeln mussten. Die Garderobe befand sich direkt neben dem Eingang, die Toilette glücklicherweise am entgegengesetzten Ende. Dorthin war Jakub wahrscheinlich gegangen, vermutete Agnieszka. Wohin sonst sollte er auch gegangen sein? Sie würden ihm jetzt also hoffentlich nicht in die Arme laufen. Aber beeilen sollten sie sich, Jakub würde sie suchen, wenn er sie nicht mehr auf der Tanzfläche fand.

An der Garderobe zog sich Agnieszka schnell ihren Mantel an und ließ sich auch ihren Rucksack geben, in dem sie nach ihrer Mütze und nach ihrem Schal kramte. Noch zwei Schritte, und sie standen draußen, im Freien.

Die Mazowiecka lag zwischen der Altstadt und dem Kulturpalast, nicht weit entfernt von der Airbnb-Wohnung, die sie mit Jakub gemietet hatte.

Es schneite. Wojciech trug eine dicke Winterjacke mit einem Pelzsaum um die Kapuze. Sie sahen sich an.

Bis zur Żurawia sei es nicht weit, sie könnten doch in die Mono Bar gehen, schlug Wojciech vor.

»Einverstanden.« Agnieszka nickte. Nur schnell weiter, dachte sie und eilte vorwärts. Hauptsache weg von hier. Wojciech, der sie fragend ansah, sagte sie nur, dass ihr kalt sei.

Sie waren erst ein paar Schritte gegangen, als sie hörte, dass ihnen jemand hinterherrannte. Sie drehte sich um. Es war Jakub. So einfach würde sie also nicht davonkommen, das hätte sie sich auch denken können.

»Elende Nutte«, schrie er wutentbrannt, packte sie an den Haaren und schmiss sie auf den Boden.

Es ging alles sehr schnell. Er beugte sich über sie und schlug zu. Seine Faust landete auf ihrer Wange, ein betäubender Schlag, der sie gleichzeitig hellwach werden ließ.

Wojciech, der für einen kurzen Moment erstarrt war, stürzte sich nun auf Jakub. Er schubste ihn mit einer solchen Wucht, dass Jakub lang aufs Trottoir fiel. Aber er stand sofort wieder auf und attackierte Wojciech mit gezielten Faustschlägen, offenbar verstand er es zu boxen.

Agnieszka kam langsam wieder zu sich, sie fühlte sich wie benommen von dem heftigen Schlag. Zum Glück hatte er nicht ihr Auge getroffen, das hätte übel enden können. Sie sah, wie nun Wojciech ausholte und Jakub in den Magen boxte. Jakub krümmte sich, er taumelte ein paar Schritte zurück, stürzte sich aber sofort wieder auf Wojciech.

Agnieszka winkte ein Taxi heran. Sie ließ sich auf den Rücksitz fallen.

»Fahren Sie. Ganz gleich, wohin, aber fahren sie«, sagte sie und warf einen Blick durch die Heckscheibe.

Jakub und Wojciech lagen auf dem Boden, ein ineinander verschlungenes Knäuel, das sich im dreckigen Schneematsch wälzte.

»Zum Bahnhof, bitte!«, sagte sie.

8

Swetlana sah auf die Uhr, die stehengeblieben war. Nachdem sie den ganzen Vormittag über am Schreibtisch gesessen hatte, hatte sie heute schon gegen zwölf Uhr und also für ihre Verhältnisse relativ früh, das Laptop zugeklappt.

Sie hatte Hunger bekommen und war ums Eck zum Inder gelaufen, um dort zu Mittag zu essen. Sie ging gerne zum Inder. Vom Fensterplatz aus konnte sie einfach in den strahlend blauen Himmel schauen. Nach den so langen und grauen Tagen gab es endlich Frühling verheißenden Sonnenschein.

Agnieszka musste eigentlich jeden Moment da sein. Vorausgesetzt, der Zug aus Warschau war pünktlich und sie fuhr nach der Ankunft wirklich direkt vom Bahnhof nach Kreuzberg, dachte Swetlana.

Das hatte sie ihr zwar vor einer knappen Stunde noch mitgeteilt, aber Agnieszka war immer noch Agnieszka, und man wusste bei ihr nie. Ihre erste, etwas verrückt klingende Nachricht, dass sie im »Berlin-Warszawa-Express« sitze und früher als geplant nach Hause komme, hatte Agnieszka mitten in der Nacht verschickt. Sie hatte sie gleich nach dem Aufstehen gelesen und beschlossen, nicht in die Bibliothek zu fahren, um da zu sein, wenn sie eintreffen würde.

Nach dem Mittagessen war sie noch über die Bergmannstraße flaniert, um die Sonne zu genießen, und hatte Scones und Muffins besorgt. Muffins waren Agnieszkas Lieblingsgebäck.

Agnieszka war viel länger in Polen geblieben, als sie geplant hatte. Eine knappe Woche nur hatte sie zu ihrer Familie fahren wollen. Inzwischen war es Mitte Februar. Aber so war sie eben, sie tat, was ihr gefiel.

Sie habe jemanden kennengelernt, hatte sie gemailt, kaum dass sie in ihrem Heimatort angekommen war, einem kleinen Dorf unweit von Posen – einem hübschen Dorf, Agnieszka hatte ihr mehrere Fotos geschickt –, und arbeiten könne sie schließlich von überall aus, und wenn sie einmal ein paar Wochen nicht arbeite, schade das nicht, hatte sie geschrieben. Kohle verdiene sie mehr als genug. Mit ihren Eltern sei es auch ganz gut auszuhalten. Und dass es irgendwie schön sei, von ihrer Mutter bekocht zu werden, wie früher, als sie noch ein Mädchen war …

Einige Wochen später hatte sie geschrieben, dass sie mit Jakub – ihrer neuesten Eroberung – nach Warschau fahre. Sie hatte ein Foto von ihm angehängt, ein Muskelprotz mit debilem Blick, fand Swetlana, aber vielleicht täuschte das, vielleicht war er auf dem Foto schlecht getroffen.

Sie hatte sich keine großen Gedanken gemacht, sie kannte das von Agnieszka – und dass ihre Mitbewohnerin »jemanden kennengelernt« hatte, war auch nichts Ungewöhnliches. Agnieszkas Affären kamen und gingen, sie handhabte sie in aller Regel wie ihre One-Night-Stands – kurz, aber heftig. Solange sich ihr Liebesleben nicht ständig in ihrer WG abspielte, hatte sie nichts dagegen.

Noch während Swetlana das dachte, hörte sie den Schlüssel in der Wohnungstür. Sie stellte schnell die letzte Tasse auf den Tisch und lief dann in den Flur. Agnieszka trug nichts als einen Rucksack bei sich, und sie sah übernächtigt aus, blass und mitgenommen.

»Schön, dass du wieder da bist«, sagte Swetlana und drückte sie. »Ich habe Kaffee gekocht.«

»Ich glaube, ich brauche erst einmal eine Dusche.«

Agnieszkas »polnische Affäre« war bereits Geschichte – oder vielmehr Episode geblieben –, erfuhr Swetlana, als Agnieszka nach einer halben

Stunde frisch geduscht aus dem Badezimmer kam. Sie duftete nach dem Körperöl, das Swetlana ihr zu Weihnachten geschenkt hatte, und sah schon deutlich besser aus.

»Ach, Jakub ist so ein Idiot …«, sagte Agnieszka, als sie sich zu Swetlana an den Küchentisch setzte und sich von ihr Kaffee einschenken ließ.

Sie erzählte und erzählte so querbeet, dass Swetlana Mühe hatte, ihr zu folgen.

»Du darfst den Männern keinen Alkohol geben, die werden nur aggressiv und verhalten sich wie die Tiere. Und sowieso, halte dich nicht zu lange mit einem auf, wo es doch so viele andere gibt …«

Heiraten habe Jakub sie wollen – Agnieszka verdrehte die Augen – und mit ihr eine Familie gründen – jetzt rümpfte sie die Nase.

Sie habe das Ganze beendet, als es ihr zu bunt wurde, und sei abgereist, erzählte sie und stopfte sich bereits den dritten Muffin in den Mund. Im Zug habe sie geschlafen und seit dem vergangenen Abend nichts mehr gegessen, sagte sie, und dass die Polen spinnen, sowieso, mit ihrem Katholizismus und ihrem Heiratswahn. Und das sage sie als Polin …

Swetlana lachte. Nach einigem Nachbohren fand sie heraus, dass Jakub Handwerker war und einen eigenen Installateurbetrieb in Posen hatte, gar nicht weit von Agnieszkas Eltern entfernt.

Aus der Sicht ihrer Eltern also der ideale Schwiegersohn, sagte Agnieszka.

»Ich habe auch einige Neuigkeiten zu berichten …«, sagte Swetlana irgendwann.

»Erzähl …«, sagte Agnieszka.

»Simon, du weißt schon, unser Nachbar von nebenan …«

»Nein!«, rief Agnieszka übertrieben überrascht, Swetlana aber glaubte ihr die Überraschung nicht.

»Doch …«

9

Wenn Hilde wütend war, zuckte ihr linkes Augenlid. Das war auch jetzt wieder der Fall, und sie spürte, wie sich ihre Gesichtsfarbe veränderte.

Sie war nicht oft wütend, doch jetzt, in diesem speziellen Augenblick, in dem sie in ihrer Einbauküche stand, war es wieder einmal so weit, und sie spielte mit dem Gedanken, Buch darüber zu führen, um es Wieland einmal schwarz auf weiß vor Augen zu halten.

Vor der Spüle stand sie – anstatt dass sie sich ihrer Promotion widmete –, einer modernen und praktischen Edelstahlspüle, und sie sah sich mit einem riesigen Geschirrstapel konfrontiert, von den Mengen an schmutzigem Besteck ganz zu schweigen. Sie hielt eine kleine gelbe Plastikbürste in der einen und eine runde, blaue Flasche mit flüssigem Spülmittel in der anderen Hand. Getraude Walter, ihre Nachbarin von nebenan, hatte es ihr empfohlen. Hilde hatte das Spülmittel aus dem Supermarkt mitgebracht, warum auch nicht.

Sie lächelte grimmig und blickte auf die Flasche. »Pril« hieß das Mittel, sie hatte es bislang nur als Pulver gekannt und auch gelegentlich schon benutzt. Es sei besonders hautschonend, sagte man, da es kein Waschsoda enthielt, und es löse das Fett vom Geschirr und Besteck, wie kein anderes Spülmittel es vermochte. In der Werbung war die Fettlösewirkung anhand einer lebenden weißen Ente demonstriert worden – sehr überzeugend, wenn auch ein wenig brutal, fand sie. Die Ente schwamm zunächst in einem Aquarium, versank aber bald bis zum Hals im Spülwasser, da sich der schützende und tragende Fettfilm auf den Federn zersetzte, der, wie Hilde wusste, aus der Bürzeldrüse am Schwanz stammte und von den Wasservögeln mit dem Schnabel in sorgfältiger Kleinstarbeit ebenso geduldig wie ausgiebig über das ganze Gefieder verteilt wurde.

Die Wirkung des flüssigen Spülmittels war wahrscheinlich noch höher als die des Pulvers.

Ihre Wut staute sich für gewöhnlich langsam an, über Stunden und Tage oder bisweilen auch Wochen, um schließlich mit geballter Kraft, wie eine Naturgewalt, aus ihr hervorzubrechen, ohne dass sie noch etwas daran hätte ändern können, und zwar zuverlässig genau dann, wenn sie einer Haushaltstätigkeit nachging, gleich welcher, wenn sie Staub saugte oder wischte, wenn sie den Tisch deckte oder wieder abdeckte, wenn sie aufräumte, Wäsche aufhängte oder Wielands Hemden bügelte, wenn sie die Wäsche zusammenlegte, wenn sie Essen vorbereitete oder wenn sie eben, wie auch jetzt, in diesem Moment, eine große Menge Abwasch zu bewältigen hatte. Insofern kam es nie aus dem Nichts, und sie sah es immer kommen.

Hilde sah es immer schon kommen, sie sah es aus weiter Ferne nahen und sie schließlich überwältigen, ohne dass sie sich hätte wehren oder etwas dagegen tun können. Erst rumorte es, dann brodelte es, und schließlich sprang der Deckel vom Topf und knallte irgendwo gegen die Wand.

Sie war wütend auf die riesigen Berge von Abwasch, die sich da vor ihr stapelten. Sie war wütend auf sich selbst – sie hätte das ja alles gestern schon abwaschen können, das meiste jedenfalls. Sie war wütend auf den ganzen verdammten Haushalt – es warteten ja noch etliche andere Dinge, die von ihr erledigt werden wollten. Sie war wütend auf das Leben im Allgemeinen, und Sisyphus, ja, Sisyphus, dieser notorisch schalkhafte König aus dem alten Korinth, dem sein Witz und seine diebische Schläue aber letztlich auch nichts genützt hatten, war und blieb die einzige mythische Figur, mit der sie sich voll und ganz identifizieren konnte – und in so vielen Momenten auch identifizieren wollte.

Sie haderte mit der Welt im Ganzen und mit den festgefahrenen, anscheinend irgendwann von irgendwelchen Altvorderen in Beton gegossenen und so elenden und ungerechten Verhältnissen, aus denen es kein Entkommen zu geben schien, nicht für sie, denn sie war eine Frau. Daran gab es nichts zu rütteln. Das war ihr Schicksal.

Wenn sie sich nicht in besonderen Momenten auch tatsächlich als Frau und ausschließlich als Frau fühlen würde – das waren intensive Momente und starke Gefühle, die sie nicht missen wollte, und es waren alles in allem gar nicht so wenige –, dann wäre sie, wenn sie die Wahl gehabt hätte, viel lieber ein Mann gewesen. Männer hatten es so unfassbar leicht. Ihnen fielen die Dinge zu. Für sie war alles einfacher, problemloser, machbarer.

Es war kaum auszuhalten, wenn sie darüber nachdachte, wie schwierig es für sie und wie aussichtslos es für andere Frauen war, einen Beruf zu ergreifen oder auch nur zu studieren. Ihre Mutter zum Beispiel, sie war ja nicht dümmer oder weniger begabt als ihr Vater, im Gegenteil, dachte sie manchmal, wenn sie den beiden zuhörte, ihr Vater konnte ihrer Mutter intellektuell im Grunde nicht das Wasser reichen. Aber ihre Mutter hatte sich mit ihrer Rolle abgefunden, ja vielleicht hatte sie niemals den Ehrgeiz gehabt, eine andere Rolle zu spielen als die ihr gesellschaftlich zugewiesene. Es genügte ihr allem Anschein nach, nicht mehr als die Frau von Dr. Siegfried Sartorius zu sein – gut, das brachte es immerhin mit sich, eine Frau von gewissem Einfluss zu sein. Aber auch ihren Freundinnen genügte ihr Ehefrauendasein – ja, es war immer schon so gewesen, dass ihr gesamtes weibliches Umfeld sein Lebensziel darin gesehen hatte, die Ehefrau von irgendwem zu werden – ohne jede Möglichkeit, einmal aus dem Schatten des Mannes zu treten. Sie erinnerte sich an so viele Gespräche dieser Art. »Schau mal, der wäre doch etwas für dich, findest du nicht? Du hättest jedenfalls ausgesorgt.«

Viele ihrer Freundinnen hatten, anders als sie, noch nicht einmal Abitur und auch niemals mit dem Gedanken gespielt, Abitur zu machen. Dagegen hätte sie keinen einzigen Mann nennen können, der keines hatte, jedenfalls nicht in ihrer näheren Umgebung, nicht in den Göttinger Kreisen, in denen sie sich bewegte. Ein Mann, der etwas auf sich hielt, machte Abitur. Und das war sicher nicht nur in Göttingen der Fall. Für Frauen aber, für die Mehrzahl der Frauen jedenfalls, spielte das keine Rolle.

Wie oft hatte sie nicht in ratlos fragende Gesichter geblickt, wenn sie sich gerade inmitten ihrer Freundin ereiferte. Sie hatte durch diese Gesichter hindurchsehen können, so leer waren sie gewesen. Dabei waren sie alle nicht dumm und jede ihrer Freundinnen auf ihre Art auch sehr liebenswert. Aber es gab eben so eine bestimmte Art von Liebenswürdigkeit, die schon wieder an Dummheit grenzte.

Dieses Buch, das sie gelesen hatte, beschäftigte sie. Und es bestätigte sie, es bestätigte und spiegelte ihr eigenes Denken.

Es erleichterte sie, dass jemand dachte, wie sie dachte – jedenfalls in Ansätzen – und das Gedachte noch viel weiter trieb, dass da jemand

Kritik übte, fundamentale Kritik, und dass es eine Frau war, die das tat.

»Das andere Geschlecht« – schon der Titel, der an sich bereits einen Missstand benannte, hatte es ihr angetan. So hieß der dicke, über siebenhundert Seiten schwere Wälzer. Wochen hatte sie gebraucht, um ihn zu lesen. Er war von der französischen Schriftstellerin und Philosophin geschrieben worden, die auch dem Dunstkreis des Pariser »Existenzialismus« entstammte, und über die so viel gesprochen und diskutiert wurde.

Auch ihre Freundinnen lasen Bücher und machten sich ihre Gedanken darüber. Aber es waren andere Bücher, die sie lasen, und andere Gedanken, die sie sich machten. Ihr genügte es ohnehin nicht, sich nur Gedanken zu machen. Es mussten ihnen auch Taten folgen, wenn sie etwas wert waren, oder zumindest die Bereitschaft, zur Tat zu schreiten.

Das Buch hatte sie diesbezüglich nachhaltig inspiriert, ja, euphorisiert, denn es half, ihr Schicksal gerade nicht als solches zu begreifen. Es gab kein Schicksal und schon gar kein gottgegebenes, fand Hilde. Wenn es Götterwille war, wie die Frauen ihr Leben fristeten, musste gegen diese Götter rebelliert werden.

Ihr war es selten so ergangen, dass eine Lektüre sie so beflügelt hatte. Im Grunde bewirkte das Buch nichts anderes, als dass sie ihre gegenwärtige Lebenssituation plötzlich politisierte. Die hilflose und seit Jahrhunderten vollkommen machtlose Stellung der Frau war dieser Schriftstellerin zufolge ein reines Resultat gesellschaftlicher Entwicklungen und wurzelte in keiner wie auch immer gearteten »Essenz«, denn der ging die Existenz immer voraus.

Dem stimmte Hilde vorbehaltlos zu, sie dachte es seit längerem und begriff es nicht nur mit ihrem Kopf, sondern auch mit dem Leib.

Dasselbe hatte auch Jean-Paul Sartre gesagt, der noch dazu mit Simone de Beauvoir liiert war. Was Hilde allerdings vor allem begeisterte – und das galt für Sartres Roman ebenso sehr wie für Beauvoirs Werk über die Frage nach dem Geschlecht –, war, dass ihre jeweilige Wirkung nicht allein vom Inhaltlichen ausging, also von der Botschaft, mit der die Sätze unterlegt waren, sondern von der Art und Weise, wie diese Bücher geschrieben waren. Sie hatte schließlich noch viel mehr gelesen als nur diese beiden, unter anderem auch eines – ebenfalls von Albrecht geliehenes – über den »Mythos des Sisyphus«. Es ging um die Stimmung, die diese Bücher transportierten. Der Inhalt regte ihr Denken an, ja, die Stimmung aber brachte ihr Blut in Wallung.

Hilde wollte ihrem Leben einen Sinn geben, einen größeren, umfassenderen und bedeutenderen Sinn. Stattdessen sah sie sich – in einer Situation der totalen Ausweglosigkeit – mit den Absurditäten des Alltags konfrontiert, und zwar in Form von gewaltigen und gewaltig deprimierenden Abwaschbergen.

Ein wenig desillusioniert sah sie an sich herunter. Sie hatte sich eine Schürze umgebunden, eine Schürze, die ursprünglich einmal weiß gewesen war. Jetzt war sie von Flecken übersät – vom Abwasch, vom Kochen und vom Essen, vor allem vom kleinen Heinrich, der seinen Brei überallhin löffelte, nur nicht in seinen Mund, und der zwar gerade in seinem Stubenwagen schlief, aber in Kürze auch schon wieder nach ihr schreien würde.

Sie fühlte sich befleckt und besudelt, da half es auch nichts, dass sie unter der Schürze einen modischen schwarzen Rollkragenpullover und einen eleganten braunrot-karierten Rock trug, der ihr bis knapp über die Knie reichte, moderne Feinstrümpfe aus Nylon und schwarze, hochhackige Schuhe.

Plötzlich kam ihr die weiße Pril-Ente wieder in den Sinn, die Werbung aus dem Fernsehen und auch dieser Pril-Wissenschaftler im weißen Kittel, der das Experiment mit dem armen Tier durchführte. Natürlich war es eine Frau, die ihm assistierte und die für nichts anderes als das Spülmittel zuständig war und die das Pulver mit einem Löffel ins Aquarium schüttete – dafür reichte es gerade noch. Und natürlich waren es zwei unerträglich lächelnde Frauen, die sich am Ende zärtlich um die Ente kümmerten und sie behutsam trocken föhnten. Und natürlich endete die Werbung in einer Küche, einer modernen Einbauküche, wo eine hübsche Frau mit Schürze hingebungsvoll spülte und spülte und den blitzblanken Teller schließlich in die Kamera hielt.

»Pril entspannt das Wasser«, säuselte am Ende eine Stimme.

Aber es strapazierte massiv ihre Nerven, dachte Hilde, und sie schleuderte die Bürste und die Pril-Flasche in die Spüle, mitten hinein ins seifige Wasser, das nun in alle Richtungen spritzte. Dann riss sie sich die Schürze vom Leib und warf sie wütend auf den Boden.

»Verdammt noch mal! Es ist doch nicht zum Aushalten.«

Kaum hatte sie sich der Spülutensilien und der Schürze entledigt, fühlte sie sich sofort wunderbar erleichtert.

Sie atmete einmal tief durch, hob die Schürze wieder auf, band sie sich wieder um, griff nach der Bürste und der Pril-Flasche und machte sich wieder an die Arbeit.

Letztlich war alles ein Abwasch und ja, Pril entspannte das Wasser, im Nu war der Teller sauber, trocken und glanzklar.

10

Das Handy klingelte. Der penetrante Ton drang durch die entrückt-sphärischen und samtenen Klänge einer Geige und eines Klaviers, die gerade auf höchstem musikalischem Niveau virtuos zu einer Einheit verschmolzen. Mit der Harmonie nahm es nun aber ein abruptes Ende.

Nein, nicht jetzt, bitte nicht jetzt, dachte Simon. Er stöhnte und schloss die Augen, als gäbe es noch irgendeine Hoffnung, als könnte er sich womöglich täuschen, aber das dumme Ding ließ sich nicht beirren und klingelte und klingelte.

Er hatte sich gerade erst einen zweiten Kaffee aufgesetzt und es sich im Sessel am offenen Fenster gemütlich gemacht. Zuvor hatte er ausgeschlafen, ausgiebig gefrühstückt, die Zeitung durchgeblättert und auch den einen oder anderen Artikel gelesen oder wenigstens überflogen. Und er hatte Musik aufgelegt, Violinsonaten von Beethoven, eine Aufnahme mit Gidon Kremer und Martha Argerich. Swetlana, die kaum CDs besaß und Musik nur mit Spotify hörte, nannte es »eine altmodische Marotte«, wenn er welche auflegte, und machte sich regelmäßig darüber lustig, aber er besaß eine beachtliche CD-Sammlung und hielt eisern an diesem totgesagten Medium fest und auch an der guten alten Schallplatte, von denen einige im Regal standen. Von Swetlana ließ er sich gerne verspotten. Sie hatte sich früh davongeschlichen, um ihn nicht zu stören, und würde den Tag über in der Bibliothek bleiben, aber sie würden sich am späten Nachmittag sehen und abends vielleicht ins Kino gehen.

Mit dem Musikgenuss aber war es jetzt endgültig vorbei.

Warum hatte er vergessen, das Handy stumm zu schalten? Warum musste es jetzt unbedingt klingeln? Warum konnte nicht ein Vogel von draußen mit in die Sonate einstimmen – eine Nachtigall oder besser noch eine Amsel? Das hatte er schon einmal erlebt, während eines Konzertes, früher – er war noch ein Kind gewesen und zu Besuch bei seinen Großeltern, die damals noch in Göttingen gelebt hatten. Sie hatten ihn mit zu einem Flötenkonzert in die Universitätsaula genommen. Alle Fenster des Saals waren offen gestanden, daran erinnerte er sich noch genau, und auf jedes Solo des Flötisten hatte eine Amsel mit ihrem Gesang geantwortet.

Simon stand auf und lief in die Küche. Das Handy lag auf dem Tisch, es klingelte und vibrierte – irgendetwas stimmte wieder mit der Mailbox nicht –, und er wollte es schon stumm schalten, aber dann sah er, dass es Melanie war, die anrief. Eigentlich hatte er sich vorgenommen, den freien Tag in Ruhe zu genießen und sich von niemandem und nichts stören zu lassen, wenigstens den Vormittag über. Doch wenn seine Schwester ihn am Vormittag anrief, musste etwas vorgefallen sein.

»Simon, ach, gut dass ich dich erreiche …« Melanie klang aufgeregt.

»Ich war gestern noch einmal in Hannover und habe alles abgeholt«, unterbrach sie ihn. »Ich bin endgültig ausgezogen. Meine Sachen kann ich hier bei Mama und Papa im Keller zwischenlagern. Viel ist es ja nicht. Aber ich bleibe keinen Tag länger. Es geht nicht mehr, es ist nicht auszuhalten mit den beiden, wirklich nicht. Du kannst es dir nicht vorstellen, vor allem Papa …«

»Ich kann es mir vorstellen«, sagte Simon und schenkte sich Kaffee ein.

»Wenn er nicht auf Mama herumhackt, dann auf mir. Ausgerechnet jetzt, in dieser Situation, als hätte ich keine anderen Sorgen …«

»Und Mama?«

»Mama schweigt und schaut zu. Oder sie flieht in die Küche. Wenn sie nicht in den Garten geht, um wieder neue Blumen zu pflanzen …« Melanie hielt plötzlich inne.

»Bist du noch da«, fragte Simon.

»Ja, bin ich …«, sagte Melanie. »Sag mal, Simon, kann ich nicht zu dir kommen, wenigstens für ein paar Tage? Wenn ich noch länger hierbleibe, werde ich wahnsinnig …«

»Ja, klar, komm.«

»Wirklich?«

»Natürlich.«

»Ich würde gleich losfahren. Jetzt. Sofort. Ich packe nur noch ein paar Sachen zusammen und fahre los. Mama und Papa lege ich einen Zettel hin. Du bist ein Schatz, Bruderherz, du bist wirklich ein Schatz … Und Swetlana?«

»Die wird sich freuen, dich zu sehen.«

»Wirklich?«

»Ganz bestimmt.«

»Gut, dann also bis später.«

»Bis später. Und, Melanie …«

»Ja?«

»Ich freue mich auch …«

Simon trank den Kaffee aus und schrieb Swetlana eine Nachricht, dann stellte er das Handy auf lautlos und die Musik wieder an.

Er setzte sich zurück ans Fenster, aber er hatte nicht mehr die Ruhe, entspannt zuzuhören. Irgendwo tschilpten jetzt Spatzen.

Er hatte nie verstanden, was Melanie an diesem Klaus fand. Gut, dass das jetzt endlich vorbei war.

Mit dem Auto brauchte sie gute drei Stunden, dachte er. Sicher würde sie hungrig sein, wenn sie da wäre. Sie könnten essen gehen, aber es schadete auch nicht, ein paar Dinge im Haus zu haben.

Also stand er wieder auf, zog sich die Jacke an und ging los, um in der Markthalle Wein, Käse und Baguette zu kaufen.

11

Hilde stand immer noch in der Küche. Den Abwasch hatte sie jetzt bald erledigt – von Bergen konnte keine Rede mehr sein –, ein, zwei Teller noch, und dann war es geschafft. Licht, da war eindeutig Licht am Ende des Tunnels …

Sie legte die Schürze ab und hängte sie an den Haken. Nach einem Moment des Zögerns nahm sie sie wieder ab, sie gehörte in die Wäsche. Die war auch noch zu erledigen.

Ihr Vater – der Gute – hatte ihr vor wenigen Tagen erst wieder angeboten, eine Haushaltshilfe zu finanzieren – damit sie mehr Zeit für sich und für Heinrich habe, nicht etwa, damit sie … Ach was.

Er kenne doch seine Tochter, hatte er gesagt, er wisse doch, er spüre es, wenn etwas nicht stimmte.

Ach, Papa, hatte sie gesagt. Aber sie hatte das Angebot abgelehnt, sofort und unwiderruflich. Aus eigenem Stolz und auch aus Angst, Wielands Stolz verletzt zu sehen. Sie lehnte all die zuvorkommenden und überaus großzügigen Angebote ihrer Eltern ab, die sie ihr in unregelmäßigen Abständen unterbreiteten – sie konnten hartnäckig sein, wenn sie helfen wollten. Zumindest lehnte Hilde die finanziellen Hilfsangebote ab – wenn es darum ging, ihr gelegentlich den kleinen Heinrich abzunehmen, nahm sie sie dankend an.

Wieland verdiente als junger Professor nicht schlecht – soweit sie das einschätzen konnte –, aber sie hatten erst einmal den Kredit abzuzahlen, den sie aufnehmen mussten, um das Haus zu kaufen. Das Haus vollständig als Hochzeitsgeschenk anzunehmen – wie ursprünglich von ihrem Vater vorgesehen – war für Wieland nicht infrage gekommen. Ihre Mutter war es gewesen, die diesbezüglich einmal vorgefühlt hatte, nebenbei, während eines Besuches, doch ohne es an die große Glocke zu hängen. Wieland hatte – neben der Ausrichtung der Hochzeitsfeierlichkeiten, worauf wiederum ihr Vater traditionsbewusst bestanden hatte – lediglich einen Teil akzeptiert, der, um das Erbe seiner Mutter ergänzt, beträchtlich gewesen war. Er hatte das unumwunden ausgesprochen und deutlich gemacht, ohne erst groß zu überlegen. Rund drei Viertel des gesamten Kaufpreises hatten sie unmittelbar nach Vertragsabschluss an Ort und Stelle, also direkt in der Bankfiliale, begleichen können. Den Rest zahlten sie in monatlichen Raten ab – in hohen Raten allerdings, damit es schneller ging, Wieland hatte das so gewollt. Ihr war es gleich gewesen. Und dann war da noch das Haus in Bad Soltal. Wieland hatte es nach dem Tod seiner Mutter nicht übers Herz gebracht, es zu verkaufen – es war eine Erinnerung an sie, an seine Herkunft, an seine Geschichte –, und er zog es als, wie er sagte, Alterswohnsitz für die fernere Zukunft in Betracht. Auch die Miete floss vollständig in die Tilgung, so dass sie – sie hatten es sich von der Bank ausrechnen lassen – insgesamt nur wenige Jahre brauchen würden, bis sie wieder schuldenfrei wären.

Im Vergleich zu ihren Eltern – sie hatte nur eine ungefähre Ahnung über die Höhe des Einkommens ihres Vaters, im Grunde waren ihr solche Dinge vollkommen gleichgültig – lebten sie gleichwohl bescheiden. Aber das war es gar nicht, was Hilde störte …

Für Heinrich hatten sie ein Kindermädchen angestellt – ihre Eltern, vor allem ihre Mutter, konnten schließlich nicht immer einspringen, auch wenn sie das liebend gern getan hätten. Das Mädchen holte den Kleinen inzwischen mehrmals in der Woche ab, mindestens an drei Tagen – in aller Regel nachmittags und nur am Wochenende auch gelegentlich den Vormittag über – und fuhr ihn im Kinderwagen spazieren.

Noch ließ er sich das meist gefallen, lange würde er das allerdings nicht mehr mitmachen, dachte Hilde, außerdem war er allmählich zu groß dafür und konnte sich im Wagen kaum noch richtig ausstrecken.

Es war eine große Entlastung, den Kleinen nicht die ganze Woche über zu haben, und der Kleine schien das Mädchen zu mögen. Aber die Zeit, die ihr blieb – es waren nur zwei oder maximal drei Stunden –, reichte bei weitem nicht aus, um ihr Studium ordentlich fortzusetzen, sie reichte nicht einmal für einen etwas intensiveren Blick in eines ihrer Fachbücher, die Wieland ihr regelmäßig und mit einer gewissen Hartnäckigkeit aus der Bibliothek mitbrachte – ihre Interessenschwerpunkte galten der Ethnobotanik, speziell auch der Heilpflanzenkunde – Hildegard von Bingen war hier eines ihrer besonderen Steckenpferde –, aber auch der Genetik und Molekularbiologie. Nicht nur in diesen Bereichen berührten sich Wielands und ihre

Interessen. Und es gab viel Literatur, sehr viel Literatur, die sich auf dem Schreibtisch in ihrem Zimmer – ja, sie hatte inzwischen wieder ein eigenes Zimmer – stapelte und stapelte. Die meisten Bücher hatte sie noch nicht einmal aufgeschlagen. Wieland wollte sie unterstützen, unbedingt, und er tat allerhand – er hatte auch das Kindermädchen engagiert. Doch die Zeit reichte gerade einmal, um einigermaßen mit diesem vermaledeiten Haushalt klarzukommen, mit dem sie nach wie vor ganz allein war.

Sie war es nicht gewohnt, aber sie biss die Zähne zusammen – und die regelmäßigen Wutanfälle halfen ihr, nicht zu implodieren oder krank zu werden.

Sie wollte es unbedingt schaffen. Sie wollte es ihren Eltern und sich selbst beweisen. Wieland musste sie nichts beweisen, dachte sie, das war eine große Erleichterung, das war eines der Dinge, die sie glücklich machten und deretwegen sie das alles gerne auf sich nahm – nun ja, vielleicht nicht gerne, aber freiwillig, vielleicht, wenn sie es sich so recht überlegte, auch nicht ganz freiwillig.

Sie wollte das alles ja. Sie wollte dieses Familienleben, sie wollte einen Mann und Kinder. Sie wollte das Haus, dieses wunderbare Haus in der Planckstraße, von wo aus es nur ein Katzensprung in die Innenstadt und zu ihren Eltern war. Mit Attila brauchte sie keine zehn Minuten bis zu den Schillerwiesen.

Seit einem knappen Jahr lebten sie jetzt hier – als Eheleute, ordentlich verheiratet, wie es sich gehörte, als Familie, eine kleine Familie, die allerdings den Wunsch hegte, sich sogar noch weiter zu vergrößern – irgendwann, in ferner Zukunft. Aber das reichte nicht, bei weitem nicht. Sie wollte auch ihr Studium fortsetzen, und sie würde es früher oder später tun, sie wollte einen Abschluss machen und als Botanikerin arbeiten, am liebsten in der Forschung, und zwar, wie Wieland, in der universitären Forschung, nicht in der Wirtschaft, wozu ihr ihr Vater riet. Er hatte Kontakte, die er zur Förderung ihrer Karriere, wie er sagte, nutzen würde. Das sei kein Problem. Aber sie hatte abgelehnt. Wenn sie daran dachte und ins Grübeln kam, wenn ihre Ziele und Beweggründe einmal verschwammen und sie sich fragte, ob sie sich nicht vielleicht doch darauf einlassen sollte, um es einmal probiert zu haben, musste sie sich nur Simone de Beauvoir wieder ins Gedächtnis rufen oder auch den Ekel, der sie ansprang, wenn sie an die Pril-Ente dachte, und sie sah die Dinge wieder klar.

Was sie nicht wollte, auf keinen Fall, war, eine Hausfrau sein. Das lehnte sie mit größter Entschiedenheit ab. Sie würde keine Hausfrau sein, niemals, sagte sie sich.

Ihr Blick fiel auf die Uhr. Wenn alles lief wie gewohnt, würde Carmen, ihr Kindermädchen, das in der Nachbarschaft wohnte, in einer halben Stunde mit Heinrich zurück sein. Vermutlich waren sie längst auf den Schillerwiesen, wo sie sich gerne aufhielten, um zu spielen.

Sie freute sich aufrichtig auf ihren Sohn. Aber sie war immer erleichtert, wenn Carmen ihn ihr abnahm – oder wenn ihre Eltern das taten. Heute war ein großer Tag, Heinrich würde zum ersten Mal den ganzen Abend bei ihren Eltern bleiben, die sich darauf schon sehr freuten und ein exklusives Verwöhnprogramm für den Kleinen vorbereitet hatten.

Sie aber würde mit Wieland ins Kino gehen. Ein nicht minder großes Ereignis, denn es war ihr erster gemeinsamer Kinobesuch seit Heinrichs Geburt.

Wieland und sie hatten schon viel über diesen Direktor des Frankfurter Zoos gelesen und gehört, auch, dass er den Dokumentarfilm über die afrikanische Savanne gemeinsam mit seinem Sohn gedreht hatte, der mit seinem Flugzeug in Afrika – nach der Kollision mit einem Geier – abgestürzt und ums Leben gekommen war. Eine tragische Geschichte, von der auch die Zeitungen berichtet hatten.

Hilde drehte sich um, sie hatte ein dumpfes Geräusch gehört. Vielleicht war wieder ein Vogel gegen das Wohnzimmerfenster geflogen, dachte sie. Besser, sie ging einmal nachsehen.

Als sie durch die Küchentür trat, fiel ihr Blick auf den leeren Fressnapf in der Ecke neben dem Mülleimer. Attila musste sie auch noch füttern. Immerhin, im Trinknapf war noch ausreichend Wasser. Wenn sich das faule Tier allerdings nicht von allein meldete, konnte das auch noch ein wenig warten.

Sie lief ins Wohnzimmer, trat ans Fenster und spähte hinaus auf die Terrasse, aber es war kein verunglückter Vogel zu sehen.

Der Hund lag in seinem Korb, hob einmal kurz den Kopf und

sah sie an, ließ ihn dann aber gleich wieder fallen. Es dauerte nicht lange, und er schnarchte wieder friedlich. Sie war gerade auch nicht viel produktiver als dieser Hund, dachte sie und ließ sich resigniert in einen Sessel fallen, die Terrasse immer noch im Blick.

Es ging so nicht mehr weiter, etwas musste passieren, sie würde sich etwas einfallen lassen müssen. Sie wollte studieren, sie wollte weitermachen um jeden Preis, und Wieland und sie würden es auch schaffen. Alles würden sie schaffen, wenn sie gemeinsam an einem Strang zogen. Wieland wollte schließlich auch, dass sie weitermachte und nicht aufgab. Und wenn sie dafür ein paar Jahre länger ihren Kredit abbezahlen mussten. Oder sie bat doch ihren Vater um Hilfe, dachte sie …

Und manchmal dachte sie – und so auch jetzt, während sie ihren Blick durchs Fenster in die Ferne schweifen ließ –, sie hätte nicht so früh schwanger werden dürfen und damit noch ein paar Jahre warten sollen.

12

Simon, Swetlana und Melanie waren am Abend ihrer Ankunft in ein kleines Programmkino in Prenzlauer Berg gegangen. Sie hatten sich »Das siebente Siegel« angesehen. Die Ingmar-Bergman-Retrospektive im Arsenal war längst vorbei – und Swetlana hatte sich damals fast jeden Film angesehen, auch »Das siebente Siegel«, aber Ingmar-Bergman-Filme konnte man, fand sie, gar nicht oft genug gucken.

Jetzt, als die Vorstellung vorbei war, steuerten sie auf den Rosenthaler Platz zu und sprachen über den Film.

Es war reiner Zufall, dass sie dort in einem Film von Ingmar Bergman gelandet waren, noch dazu in einem, den Swetlana in- und auswendig kannte. Eigentlich hatten sie in den neuen Marvel-Film gehen wollen, der im Cinemaxx am Potsdamer Platz lief, Simon hatte das Kinoprogramm bereits herausgesucht.

»Popcorn-Kino, um auf andere Gedanken zu kommen«, hatte Melanie gesagt, und dass es ihr jedenfalls nicht helfe, wenn sie immer und ausschließlich über das eine Thema sprächen.

Aber dann hatten sie sich doch anders entschieden, aus einer Laune heraus – »der Film würde ihnen schließlich nicht davonlaufen«, hatte Melanie gesagt –, und lieber essen gehen wollen.

Auf Melanies Wunsch hin waren sie nach Prenzlauer Berg gefahren, zu einem Italiener, von dem sie gelesen hatte. Er war empfohlen worden, aber am Ende hatten sie doch noch keinen richtigen Hunger. Stattdessen waren sie ein Stück die Kastanienallee hinunter flaniert, und plötzlich war ein Filmplakat von »Das siebente Siegel« vor ihren Augen aufgetaucht – Swetlana hatte den Kapuzenmann mit dem weißen Gesicht zuerst entdeckt. Und wie es der Zufall wollte, waren sie gerade rechtzeitig gekommen.

Noch laufe Werbung, hatte der Filmvorführer gesagt, in wenigen Minuten gehe es los.

Obwohl er ausgesprochen düster war – er spielte immerhin im Mittelalter, es ging um Kreuzzüge, Pest und um den Tod –, hatte der Film ihre Stimmung nicht verdüstert, sondern aufgehellt. Insbesondere Melanie wirkte heiter und fröhlich, sie hatte auch während des Films, der ihr sehr gefallen habe, mehrfach laut gelacht. Inzwischen aber hatten sie alle Hunger bekommen.

Sie kenne da ein russisches Restaurant oder eher eine Bar, in der man aber auch anständig essen könne, sagte Swetlana, die gerne ab und zu russisch essen ging. Wie sich herausstellte, war Simon schon einmal dort gewesen und erinnerte sich, auch sehr gut gegessen zu haben.

Sie hatten wieder Glück. Als sie das Restaurant betraten, wurde gerade ein Tisch frei. Sie setzten sich und studierten die Karte.

»Trinken wir Wodka?«, fragte Melanie.

»Nein, bitte keinen Wodka, ich hasse Wodka«, sagte Swetlana.

»Für mich auch nicht«, sagte Simon, »aber gerne ein Bier.«

Kaum dass sie bestellt hatten, kamen sie auch schon wieder auf den Film zu sprechen. Simon sah in ihm vor allem eine Allegorie, und zwar die ganz große, allumfassende Allegorie. Schließlich gehe es um Sinnsuche, um den Sinn des Lebens und die großen philosophischen Fragen nach Gott und Tod.

Swetlana stimmte Simon zwar zu, sie fand aber, dass Bergman im Wesentlichen auch ein Gegenmodell verhandele, mindestens aber gebe es hier eine Ambivalenz. Auf der einen Seite der aus dem heiligen Land zurückkehrende Ritter, der dem Tod begegne. Der Gestalt gewordene Tod lasse sich auf das Schachspiel mit ihm ein, wodurch der Ritter Zeit gewinne, die er nutzen wolle, um Gott zu suchen, das heiße, sich seiner Existenz zu vergewissern. Der Ritter wolle den Sinn des Daseins ergründen. Auf der anderen, weniger allegorischen Seite aber gebe es diese unbekümmerte und lebensfrohe Schauspielertruppe, die sich Fragen wie nach dem Sinn des Lebens oder nach Gott gar nicht stelle. Die Schauspieler begegneten diesen Fragen, vielleicht ohne dass sie ihnen im Einzelnen bewusst gewesen wären, mit einer konkreten Lebenshaltung, man könne sagen, sie lebten einfach. Ihrer Ansicht nach gehe es ihnen nicht darum, schwergewichtige Fragen zu stellen, sondern schlicht darum zu leben, sagte Swetlana. Das habe etwas mit Existenzialismus zu tun …

»Verstehe ich nicht«, sagte Melanie, die ein wenig verwirrt wirkte, und auch Simon blickte eher fragend.

»Will sagen«, antwortete Swetlana, »die Welt ist nicht von sich aus – oder von Gott aus – sinnhaft, sondern erhält erst durch den Menschen Sinn, durch das, was der Mensch tut. Jeder muss sein Schicksal selbst in die Hand nehmen, jeder ist seines Glückes Schmied.«

Simon stimmte Swetlana grundsätzlich zu, er fand nur, dass sie da etwas viel in den Film hineininterpretierte.

Melanie aber war plötzlich ganz Ohr, sie wollte mehr hören.

Nachdem Swetlana und Simon jeweils einige russische »Tapas« gegessen hatten – die Vorspeisenplatten hießen »Proletariat«, »Intelligenz« oder, für zwei Personen, auch »Kollektiv« –, Melanie hingegen eine große Portion Pelmeni, brachen sie auf, um wieder zurück nach Kreuzberg zu fahren, allerdings jetzt mit dem Taxi, worauf Simon bestand, der U- und S-Bahn hasste und auch auf den Nachtbus nicht warten wollte.

Am nächsten Morgen müsse er wieder früh raus und habe einen anstrengenden Endprobentag vor sich, sagte er. Und er würde Swetlana und Melanie auch nicht mehr in die Bar Nou begleiten, wo sie unbedingt noch einen Absacker trinken wollten.

Vielleicht sei es gut, wenn sie einmal ein bisschen unter sich wären, um ungestört reden zu können, flüsterte Swetlana Simon ins Ohr. »Von Frau zu Frau …«, schob sie augenzwinkernd hinterher.

13

Als wolle sie auf etwas aufmerksam machen, warf die am fortgeschrittenen Vormittag bereits hoch oben am Himmel stehende Sonne ihre kräftigen Strahlen durchs Fenster und ließ sie auf den blitzblank gebohnerten Wohnzimmerboden fallen, der im Licht glänzte. Vom Sofa aus – ihre Beine hatte sie hochgelegt und ihren Kopf bequem auf einer Nackenrolle gebettet – zogen die Sonnenstrahlen sofort Christas Aufmerksamkeit auf sich, wie ein Magnet.

Nachdem das Tagwerk, das zu Hause auf sie gewartet hatte, von ihr, wie sie glaubte, bewältigt worden war, hatte sie es sich für die restliche Dauer ihrer Freistunden – ganze drei waren es heute – gemütlich gemacht, um ein wenig zu lesen oder in einer Zeitschrift zu blättern.

Den Boden hatte sie kürzlich erst gebohnert, nicht einmal eine Woche war es her. Ihn konnte also die Sonne nicht meinen, außerdem glänzte er ja, er war blitzblank, dachte sie und erhob sich mit einem Seufzer, um einen kritisch-prüfenden Blick auf die Scheiben zu werfen.

Ja, da waren Streifen auf dem Glas zu erkennen, etliche Streifen und Schlieren, schmieriger Dreck, Ablagerungen von Blütenstaub vermutlich. Je heller die Sonne schien – und sie schien jetzt, im Frühling, von Tag zu Tag heller –, desto mehr war der Dreck zu sehen. Doch Fensterputzen kam nicht infrage. Darauf hatte sie jetzt keine Lust – und keine Zeit mehr. Außerdem hatte sie gerade erst die Fenster geputzt, im Erdgeschoss und oben, bei den Kindern.

Bei den Kindern … Das dachte und sagte sie gelegentlich immer noch, auch wenn die beiden längst auf eigenen Füßen standen und ihrer Wege gingen.

Sie seufzte. Sie konnte gar nichts dagegen tun. Sie seufzte immer, wenn sie an Simon und Melanie dachte, die beide so erwachsen waren und dann auch wieder nicht.

Sie hätte Melanie gerne noch länger beherbergt, sie hätte ihre Tochter gerne länger um sich gehabt und auch mit ihr über ihre Probleme gesprochen, aber Melanie sprach ja nicht mit ihr, schon gar nicht, wenn Heinrich in der Nähe war. Ein bisschen war es trotzdem wie früher gewesen, und es hatte sich schön angefühlt, dass ihr altes Zimmer oben wieder bewohnt gewesen war. Sie hätten die Kinderzimmer so lassen sollen, wie sie waren, fand sie, aber Heinrich war davon nicht abzubringen gewesen, alles auszuräumen. Es sei praktischer, sie anderweitig zu nutzen, hatte er gesagt. Gut, jetzt hatte sie ein eigenes Arbeitszimmer, aber im Grunde war es ihr vollkommen gleich, wo ihr Schreibtisch stand, an dem sie Hausaufgaben und Klausuren korrigierte.

Sie dachte häufig an Melanie und auch daran, dass sie jetzt bei Simon in Berlin war. Es machte sie glücklich und zufrieden, wenn sie daran dachte, dass ihre Kinder sich so gut verstanden – wenigstens die Kinder verstanden sich, dachte sie – und dass sie einander halfen und unterstützten, wenn Not am Mann war. Am Mann … Oder eben an der Frau, dachte sie, wie es jetzt, in Melanies Situation, der Fall war. Not an der Frau, Frau in Not. Frau über Bord … Menschenskinder, ja, dachte sie, warum nicht einmal so.

Sie stand immer noch vorm verschmierten Fenster. Die Sonne blendete sie. Wenn sie weiter so schien, würde bald der Flieder blühen, dachte sie und blickte auf die Fliederbüsche, die vor der Buchsbaumhecke wuchsen, die die Grenze zum Nachbargrundstück markierte. Auch der Blauregen an der Garagenwand würde bald blühen. Leider war die Fliederblüte, das schmerzte sie wirklich, immer so schnell wieder vorbei.

Die Uhr an der Wand tickte leise, aber immer noch laut genug, dass es im ganzen Wohnzimmer zu hören war.

Es tickte und tickte. Langsam und zielstrebig trieb sie das Ticken in den Wahnsinn, langsam, aber sicher, brachte es sie um den Verstand.

Schön war er auch nicht gerade, dieser monströse Apparat. Aber Heinrich wollte partout keine andere Uhr anschaffen, das kam nicht infrage. Er hänge an dieser Uhr, sagte er immer, doch sie glaubte ihm kein Wort. Sie sagte aber auch nichts. Es änderte sich ja doch nichts.

Wenn sie einmal versuchte, mit ihm zu reden, winkte er meist ab oder er wurde laut, so wie neulich im Garten.

Es tickte und tickte. In ungefähr einer Stunde musste sie wieder in der Schule sein. Dann hatte sie noch zwei Stunden Unterricht, auch die würden vergehen. Das Mittagessen hatte sie vorbereitet, der Auflauf war im Ofen. Heinrich musste ihn nur aufwärmen, wenn er nach Hause kam, er hatte nach der fünften Stunde frei. Gurkensalat stand auch im Kühlschrank. Er kochte nie selbst. Er mache doch schon den Garten, sagte er.

Heinrich war so anders als sein Vater, dachte sie, und nicht nur in dieser Hinsicht. Wieland machte den Garten, das sowieso, er kochte aber auch häufig. Immer noch, trotz seines hohen Alters. Wenn nicht die Haushaltshilfe kochte – die ihm, wie sie wusste, auch im Garten half –, dann kochte er. Hilde kochte eher selten. Wenn Hilde kochte, kochte sie gut, sie kochte sogar ausgesprochen gut.

Eine Haushaltshilfe hatten ihre Schwiegereltern immer schon gehabt. Seit sie Heinrich kannte – und das waren bald vierzig Jahre –, hatten seine Eltern eine Haushaltshilfe. Vielleicht sollte sie Heinrich auch einmal vorschlagen, eine Haushaltshilfe einzustellen, dachte sie, einfach aus Spaß, um ihn zu provozieren. Sie hatte so etwas nie für nötig gehalten. Doch jetzt, als sie auf die verschmutzten Fensterscheiben blickte, war ihr das Gespräch mit Hilde, das auch schon so lang zurücklag, wieder in den Sinn gekommen. Ein bisschen mehr Zeit für sich hätte sie gerne gehabt.

So war das. Wenigstens würde es bald Osterferien geben. Aber in den Ferien würden sie sich den Garten gründlich vornehmen, hatte Heinrich gesagt.

Sie wusste, was das bedeutete. Heinrich hortete ganze Giftvorräte in der Garage, Insektizide überwiegend. Seiner Phobie wegen tat er das, er hatte eine echte Insektenphobie und floh sofort, wenn ihm eine Spinne zu nah kam, eine Hummel, eine Ameise oder auch nur eine Fliege. In der Garage gab es einen eigens für das Gift aufgestellten Schrank, in dem zahllose Flaschen, Dosen und andere Behältnisse standen. Wenn Heinrich Zeit hatte – und die hatte er in den Osterferien –, schnallte er sich eine Giftflasche auf den Rücken und spritzte Gift. Er spritzte Gift gegen »Unkraut« und Pilze, vor allem aber gegen Insekten. Er legte auch Köder aus, gegen Ameisen und gegen anderes Ungeziefer, wie er sagte.

Wieland hatte schon oft versucht, seinem Sohn das auszureden, er hatte versucht, ihm zu erklären, was er damit anrichtete, aber vergebens. Heinrich ließ sich da nicht reinreden, schon gar nicht von seinem Vater.

Christa aber sorgte regelmäßig dafür, dass gar kein Gift in die Spritzflaschen oder Köder-Vorrichtungen gelangte. Kaum brachte Heinrich neues Gift nach Hause, ganz gleich, ob flüssig oder in Pulverform, ersetzte sie es heimlich durch Mehl, Spülmittel, oder was auch immer ihr gerade geeignet erschien, und sie brachte die toxischen Substanzen zum Sondermüll. Irgendwann hatte sie das so entschieden. Heinrich merkte das gar nicht. Ihm genügte es, sich die Flasche auf den Rücken zu schnallen und wie wahnsinnig im Garten herumzuspritzen. Ob er damit Erfolg hatte, überprüfte er nie. Ihm genügte die Überzeugung, etwas getan zu haben.

Sie sah noch einmal auf die Uhr. Vielleicht fuhr sie noch auf eine halbe Stunde bei Hilde und Wieland vorbei, die kürzlich den Gedanken geäußert hatten, eine Reise nach Polen zu unternehmen, eine Busreise, die sehr bequem für alte Menschen wäre. Christa wusste nicht mehr, ob nun Hilde oder Wieland davon angefangen hatte, aber nach Schlesien wollten sie reisen, in Wielands alte Heimat, nach Breslau.

Sie wusste nicht, was sie davon halten sollte. Heinrich hatte, wie so oft, nur den Kopf geschüttelt und seine Eltern für wahnsinnig erklärt, beide, aber das tat er auch aus weit geringeren Anlässen, er nahm seine Eltern schon lange nicht mehr für voll. Dieses Mal hatte allerdings auch sie sich gefragt, ob es vernünftig war, ob sich ihre Schwiegereltern da nicht ein bisschen zu viel zumuteten mit einer solchen Reise. Andererseits fand sie es toll, dass sie noch so unternehmungslustig waren, und sie hatte volles Verständnis dafür, dass Wieland noch einmal die Schauplätze seiner Kindheit sehen wollte.

14

Swetlana nahm noch einen Schluck aus ihrem Glas und sah Agnieszka an, deren Lippen sich vom Wein bereits dunkelrot verfärbt hatten. Sie wusste nicht, was sie sagen sollte, sie war … sprachlos.

»Vielleicht hätte ich dir besser nichts davon erzählt«, sagte Agnieszka zerknirscht und ließ den Kopf hängen.

»Doch, doch …«, murmelte Swetlana und schwieg dann weiter.

Nach einer Weile griff sie zur Flasche, um sich Wein nachzuschenken, aber die Flasche war leer. Auch das noch … Sie wollte schon aufstehen, um eine neue zu holen, aber Agnieszka war schneller und eilte in die Küche.

Sie mache das schon, rief sie.

Swetlana blieb allein in Agnieszkas Zimmer zurück, wo sie bis dahin nebeneinander auf der Couch gesessen hatten. Ihre Gedanken überschlugen sich, ihr wurde sogar ein wenig schwindelig – sie mussten den Wein regelrecht hinuntergestürzt haben. Warum erzählte Agnieszka ihr das nur, fragte sie sich. Und warum erst jetzt?

Sie hatte ihr alles von Simon und sich erzählt, gleich an dem Nachmittag, als sie aus Polen zurückgekommen war – dass sie jetzt eine Beziehung habe, eine erste echte Beziehung, und wie gut sich das anfühle, wie glücklich sie sei. Sie hatte Agnieszka die ganze Geschichte erzählt, aufgeregt und schwärmerisch – wie es eigentlich gar nicht ihre Art war – und von Anfang an, das hieß, streng genommen nicht ganz von Anfang an, dachte sie, sondern erst von dem Moment an, als sie sich den Zucker von Simon ausgeborgt und ihm am nächsten Tag das Stück Kuchen vorbeigebracht hatte. Aber Agnieszka, im Gegenzug, hatte ihr »Techtelmechtel« mit Simon mit keiner Silbe erwähnt.

Seit sie wieder zurück war, war sie irgendwie verändert, fand Swetlana. Noch kein einziges Mal war Agnieszka ausgegangen, weder in einen Club, noch in eine Bar, und sie hatte sich stattdessen ihrer Arbeit gewidmet, vernachlässigten Kunden und liegengebliebenen Aufträgen, wie sie gesagt hatte.

Die einzige Ausnahme war ihr Kinobesuch gewesen, von dem sie erst vor einer guten Stunde zurückgekehrt waren – sie waren im Yorck

Kino gewesen und hatten sich eine »romantic comedy« angesehen. Swetlana wäre zwischendurch beinahe eingeschlafen, übernächtigt, wie sie war, aber auch vor Langeweile – anders als Agnieszka, die sich offenbar köstlich amüsiert hatte. Ansonsten war Agnieszka seit ihrer Rückkehr jeden Abend und jede Nacht zu Hause geblieben. Das hatte auch Melanie bestätigt, die nun in ihrem Zimmer wohnte – während sie einfach ganz bei Simon eingezogen war und auch die meisten ihrer Sachen mitgenommen hatte. Melanie war ins Theater gegangen, um sich endlich »Cabaret« anzusehen. Anschließend würde sie Simon in der Kantine treffen, und sie würden dann zusammen nach Hause fahren. Vielleicht, dachte Swetlana, war Melanie der Grund, aus dem Agnieszka mit ihren Offenbarungen so lange hinterm Berg gehalten hatte. Vielleicht war sie an jenem Nachmittag zu perplex gewesen, und es hatte bis zu diesem Abend keine Gelegenheit mehr gegeben.

In dem Moment kam Agnieszka wieder aus der Küche zurück, sie hatte die Flasche schon entkorkt und goss den Wein in die Gläser.

»Es tut mir leid, Swetlana«, sagte sie. »Ich hätte es dir besser nicht erzählen sollen. Es ist so lange her, und es hat auch keine Bedeutung mehr. Es hatte schon damals keine Bedeutung, weißt du. Es ging nur um Sex und um nichts anderes, mit Gefühlen hatte das gar nichts zu tun.«

Swetlana sah Agnieszka an – und versuchte, die Stiche in ihrem Herzen zu ignorieren.

Empfand sie vielleicht auch etwas für Simon, fragte sie sich auf einmal. Aber nein, das konnte sie sich nicht vorstellen, beim besten Willen nicht, das war ausgeschlossen. Vielleicht war sie eifersüchtig? Vielleicht gönnte sie es ihr nicht, eine Beziehung zu haben? Vielleicht hätte sie selbst gerne eine feste Beziehung? Vielleicht hatte sie sich das mit diesem Jakub anfangs auch gewünscht, und es hatte einfach nicht geklappt?

Aber das passte nicht zu ihr, das war alles Unsinn, dachte sie und trank einen Schluck Wein.

Agnieszka schwieg, auch sie wusste offenbar nicht, was sie sagen sollte.

Es ging ja gar nicht um sie, dachte Swetlana. Es ging um Simon.

Es ging einzig und allein um Simon, der etwas mit Agnieszka gehabt und der ihr nichts davon erzählt hatte – der Gedanke schnürte ihre Eingeweide zusammen.

Kein Wort hatte er darüber verloren. Im vergangenen Herbst war das gewesen, das hatte Agnieszka gesagt, aber das hieß …

Aber natürlich, Agnieszka war es gewesen. Agnieszka war die Frau in Simons Bett gewesen, es waren ihre Lustschreie gewesen, die sie damals durchs offene Fenster gehört hatte. Und das bedeutete, dass Agnieszka der Auslöser war, sich für Simon zu interessieren. Ohne Agnieszka wäre sie vielleicht nie mit ihm zusammengekommen …

II

SIEBTES KAPITEL

I

»Ein Mann muss töten können…«, hörte der Junge eine Stimme sagen, doch er blickte weiter starr geradeaus.

Am östlichen Rand des Feldes, vielleicht in einer Entfernung von hundert Metern, standen kahle Bäume, Gerippe von Silberpappeln und Weiden, deren Äste sich wie Arme langsam hin- und herzubewegen schienen, davor Stoppeln, weiße Landschaft, aus welcher schwarze Erdflecken durch den Schnee schimmerten.

Weiter hinten, noch hinter den gespenstisch anmutenden Bäumen, lag der große graue Fluss, auf dem die Eisschollen an dieser Stelle langsam gen Norden trieben und an dessen Ufern das vertrocknete Schilfrohr stehen geblieben war und sicher einige gute Versteckmöglichkeiten bot. An den Spitzen des Schilfes wehten noch die ausgebleichten Blütenrispen im Wind. Es war auf die Distanz gut zu erkennen.

Am Flussufer vorbei führte der Weg, den sie genommen hatten, den die von den SS-Männern zusammengetriebene Kolonne, eine von vielen, die sich aus dem bereits weitestgehend geräumten Lager in Bewegung gesetzt hatte, marschiert war und den auch die Wagen genommen haben mussten, die erst vor wenigen Augenblicken unmittelbar neben ihnen angehalten hatten.

Auf der anderen Seite des Feldes, der Westseite, wuchsen Tannen und Fichten, ein dichter, schneebedeckter Nadelwald. Weit war es nicht bis dorthin.

Zu Hunderten waren sie früh am Morgen aufgebrochen und hatten den Lagerkomplex verlassen, ohne allerdings zu wissen, was sie hier draußen erwartete und wohin es gehen sollte. Nordwestwärts marschierten sie, so viel war klar. Eis und Schnee überall, soweit das Auge reichte. Fliehende Soldaten und Zivilisten, soweit das Auge reichte. Die Straßen waren voll von ihnen. An den Straßenrändern hatte er verstümmelte Leichen gesehen, Fahrzeugwracks und tote Pferde.

Der Junge, der in einer Reihe neben den anderen Lagerinsassen zitternd auf dem festgefrorenen Boden kniete, wusste nicht, wie viele sie insgesamt waren, wie viele den Marsch hatten unterbrechen müssen, vielleicht zehn oder fünfzehn, all die, die wie er nicht mehr weitergekonnt hatten und auf der Strecke zusammengebrochen waren.

»Ein Mann muss töten können, ich habe es dir immer gesagt. Jetzt stell dich nicht so an …«

Die in seiner unmittelbaren Nähe ungeduldig in die Kälte gezischten Worte konnte er deutlich hören – er hatte nicht nur gute Augen, sondern auch gute Ohren.

Den Mann, der seit einigen Momenten hinter ihm stand und der eben gesprochen hatte, kannte er. Den hatte er schon häufiger beobachten können, bei Inspektionen oder auch auf dem Weg zur Arbeit ins Feld oder wenn sie neue Baracken errichtet hatten, in denen weitere Neuankömmlinge untergebracht worden waren. Noch bis vor kurzem hatten fast täglich zahllose Waggons mit tausenden von Menschen das Lager erreicht.

Es war ein großer, blonder Mann mit hochdekorierter Uniform, mit rotem Kopf, einer Schirmmütze mit Totenkopf darauf und mit strengem, unduldsamem Blick, vor dem die anderen SS-Männer krochen, die Aufseher und Wachmannschaften. Einige von ihnen hatten die Kolonne begleitet, bis hierher zum Feld oder weiter, sie hatten getrunken und immer wieder wahllos zugeschlagen, auch ihn, damit es schneller vorwärtsging. Den Alkohol hatten sie riechen können, wenn einer von ihnen, wie zuletzt, näher an sie herangetreten war. Den großen SS-Mann aber fürchteten die Insassen wie niemanden sonst, nicht einmal den Kommandanten fürchteten sie wie ihn.

Einer aus seiner Baracke, der längst nicht mehr am Leben war, hatte den Mann einen Teufel genannt, an dessen jenseitige Existenz der Junge allerdings nicht glaubte. Der Leibhaftige war leibhaftig, dachte er, er war von dieser Welt und stammte aus keiner anderen.

In den Baracken erzählte man sich viele schlimme Geschichten über ihn. Wer den großen SS-Mann kommen sah, suchte das Weite – falls das möglich war. Wem es nicht gelang, sich zu entfernen, der senkte den Blick und hoffte, sich auf diese Weise unsichtbar zu machen, der hoffte, dass der Kelch an ihm vorübergehen würde.

Einmal hatte der große SS-Mann einem erschrockenen Aufseher einen Schlagstock aus der Hand gerissen, um mit hochgekrempelten Ärmeln eigenhändig auf einen Häftling einzudreschen, der – wie er erfahren hatte – zu schwach gewesen war, zur Arbeit anzutreten – und den er, wie er sagte, hier viel zu sanft behandelt fand. Den »Parasiten«. Der Mann hatte so lange und heftig auf ihn eingeschlagen, dass es dem Häftling durch die schmutzige und löchrige Hose hindurch den Hodensack komplett zerfetzt hatte, dass er ohnmächtig zusammengesunken und wie leblos liegengeblieben war. Das hatte der Junge mit eigenen Augen gesehen, wenige Tage nachdem er im Lager eingetroffen, aussortiert und seiner Abteilung zugeordnet worden war. Später hatte er erfahren, dass der Häftling noch in derselben Nacht gestorben war. Die Geschichten, die sie sich hier hinter vorgehaltener Hand erzählten, waren noch weit schlimmer. Da ging es um medizinische Experimente an lebendigen Menschen, um Gaskammern und um die Toten ging es, darum, was die SS-Männer im Nachhinein mit den Leichen derer anstellten, die sie totgeschlagen, erschossen oder ins Gas geschickt hatten. Wenn sie nicht gleich in den Öfen verbrannt wurden.

Der Junge glaubte schon lange nicht mehr an Märchen. Das hieß, er glaubte nicht mehr daran, dass Märchen von erfundenen Dingen handelten. Die Märchen, die er erzählt bekommen hatte, die waren alle wahr.

Neben dem großen SS-Mann stand ein Junge, der ebenfalls eine Uniform trug und gerade neben einer Eskorte von Wachleuten zu ihnen an den Feldrand getreten war.

Diesen Jungen, an den die gezischten Worte gerichtet waren, hatte er noch nie gesehen.

Die SS-Männer hielten Pistolen in den Händen und hatten zuvor bereits mehrere Schüsse abgefeuert. Kaum dass sie sich am Straßenrand nebeneinander hingekniet hatten, war in der Reihe Panik ausgebrochen, und die SS-Männer hatten wie wild zugeschlagen, sie getreten oder ihnen Hiebe mit ihren Gewehrkolben versetzt. Ihn hatte es im Rücken getroffen. Im selben Moment aber hatten die Wagen gehalten, und der große SS-Mann und noch einige andere Männer waren ausgestiegen, zuletzt der Junge, den der große SS-Mann mehrfach dazu auffordern musste. Jetzt herrschte wieder Stille – und Ordnung.

Der Junge und er waren wohl etwa im gleichen Alter. Er hätte es gerne genauer gewusst, hätte ihn gerne aus der Nähe betrachtet, aber er wagte es nicht, sich nach ihm umzusehen. Je weniger Aufmerksamkeit er auf sich zog, desto besser – er wollte nicht noch weitere Schläge riskieren –, und desto länger würde er leben, auch wenn das nicht mehr von langer Dauer sein würde, es war jetzt absehbar, das Ende, die Situation für ihn aussichtslos. Er wusste, was geschehen war, auch wenn er nicht hingesehen hatte, und er wusste, was geschehen würde.

Prompt fiel ein weiterer Schuss. Niemand sah hin, und allen war klar, was da jetzt passierte. Jedem von ihnen. Mit jedem Schuss, der von den SS-Männern abgefeuert wurde, fiel einer der KZ-Insassen aus der Reihe vornüber. Sie konnten es plumpsen hören. Tot. Hinüber. Oder erlöst, je nachdem. Doch aus irgendeinem Grund verzögerte sich der Ablauf.

»Jetzt nimm die Pistole und schieß. Hier, hierhin musst du sie halten. So. Einmal zeige ich es dir noch …«

Es war die Stimme des großen SS-Mannes.

Aus dem Augenwinkel konnte der Junge seinen Arm sehen und auch die Waffe, die er in der Hand hielt – eine winzige Pistole – und die auf den Nacken seines Nebenmannes gerichtet war. Ein Schuss fiel, fehlgeleitet. Blut spritzte oder Hirnmasse – der SS-Mann fluchte.

»So eine Sauerei«, brüllte er und wischte mit einem Taschentuch über die besudelte Uniform.

Auch der Junge hatte einige Spritzer abbekommen, er wagte aber nicht, sich zu regen.

Sein Nachbar war tot zusammengesackt.

Jetzt war er an der Reihe, jetzt sollte es also sein.

In der Ferne sah er das Flussufer, die Schilfrispen und die Baumgerippe. Selbst wenn er rannte, würde er es nicht schaffen. Weder ins Tannendickicht, noch ins Schilf. Schon nach wenigen Schritten hätten sie ihn niedergestreckt. Und selbst wenn er so weit kommen würde, hätten sie ihn doch schnell wieder aufgespürt. Der Junge blieb ganz ruhig, er verspürte gar keine Lust zu laufen. Stattdessen hob er seinen hängenden Kopf ein wenig in die Höhe.

Er spürte die kalte Luft und öffnete den Mund. Es schneite, wenn auch weniger heftig als in den letzten Tagen und Wochen. Er sah, wie die Schneeflocken ringsherum zu Boden fielen und dort liegenblieben.

Eine Schneeflocke landete auf seiner Nase und schmolz, eine andere landete auf einer Wimper, und sein Blick verschwamm.

Als er das kalte Metall in seinem Nacken spürte, wandte er reflexhaft den Kopf herum und sah dem anderen Jungen, der jetzt die Waffe in den Händen hielt, direkt in die Augen. Es waren braune, verängstigte Augen, aus denen Tränen liefen. Auf der rechten Wange hatte der Junge ein großes V-förmiges Muttermal, auf dem sein Blick für einen Moment haftenblieb. Sie waren gleich alt, dachte er noch.

Im gleichen Moment spürte er einen harten Knüppelschlag auf seiner Schulter.

»Nach vorne gucken«, schrie ein anderer SS-Mann, aber nicht der große. Der zischte: »Jetzt mach endlich. Es ist doch erbärmlich.«

Kurz darauf fiel der Schuss.

2

Auch wenn die Tage insgesamt heller und länger waren, wurde es jetzt allmählich dunkel. War die Sonne verschwunden, wurde es sehr schnell sehr kühl, die Temperaturen fielen rasch – und nachts bisweilen noch bis unter den Gefrierpunkt. Dabei lag der kalendarische Frühlingsanfang bereits einige Tage zurück, und die meisten Bäume trugen frisches, helles Grün. Überall blühten Forsythien, Mahonien, Narzissen, Scharbockskraut und zierliche Buschwindröschen, die aber, kaum dass die Dämmerung einsetzte, ihre Blüten schlossen, um sie erst am nächsten Morgen, wenn die ersten Sonnenstrahlen auf sie niederfielen, wieder zu öffnen. Die Vögel indessen, denen die Kälte wenig auszumachen schien, sangen bis in den Abend hinein.

Hilde und Wieland, der direkt aus dem Institut gekommen war, hörten in den Bäumen und Sträuchern ringsherum noch die unermüdlichen Spatzen zwitschern, und irgendwo, hoch oben in einer Kastanie, die kurz davor stand auszuschlagen, sang eine späte Amsel ihr komplexes Lied. Im Kontrast zu den frühlingshaften Vogelstimmen steckten sie beide in Mänteln, wenn auch nur in ausgesprochen leichten Mänteln, sie hatten sich Schals umgebunden und fröstelten. Jetzt, wo es langsam dunkel und kalt wurde, ärgerten sie sich, dass sie nicht noch Handschuhe eingesteckt hatten.

Sie standen vor dem Kino, dem nur wenige Schritte südlich der Innenstadt gelegenen Sterntheater. Es war in der ehemaligen Reithalle der alten, früher einmal preußischen Wörthkaserne untergebracht und verfügte über eine beeindruckende, gut achtzig Quadratmeter große Leinwand – und über einen kleineren Saal für ein anspruchsvolleres Filmprogramm. Das Sterntheater war – Hilde hatte es in der Zeitung gelesen – nicht nur Göttingens größtes Lichtspielhaus, sondern auch das größte Cinemascope-Theater in ganz Niedersachsen. Prominente wie Zarah Leander, Trude Herr und Johannes Heesters waren hier bereits zu Gast gewesen, davon hatte sie ihren Vater erzählen hören.

Sie standen schon eine ganze Weile da und warteten auf Albrecht Wiese, der, wie er angekündigt hatte, in Begleitung einer Frau kommen würde.

Inzwischen waren sie ein wenig ungeduldig geworden, vor allem wegen des Windes, der ihnen immer beißender unter die Mäntel fuhr. Ihre schweren und gefütterten Wintermäntel hingen seit einer Weile schon eingemottet im Kleiderschrank. Dort hatten sie sie etwas voreilig verstaut, dachte Hilde. Immerhin konnte es im März und auch im April noch heftig frieren und schneien.

Wieland sah auf die Uhr und zuckte mit den Schultern.

Hilde schlug den Kragen hoch, zog sich den Schal enger um den Hals und verschränkte die Arme vor der Brust.

Albrecht ließ sich gerne einmal Zeit und kam auf den letzten Drücker, das wusste sie. Wenn er irgendwo zum Essen eingeladen war, kam er auch gerne zu spät und verpasste den Aperitif und nicht selten die Vorspeise – dafür blieb er oft länger als alle anderen und ließ sich, Zigarre rauchend, einen Cognac nach dem anderen einschenken. Die Gastgeber, die meisten, stöhnten über das eine wie über das andere, luden ihn aber trotzdem immer wieder ein, da er ein Gast war, der zuverlässig jede Runde belebte und stets einen großen Teil dazu beitrug, dass ein Abend hinterher als gelungen betrachtet wurde.

Für gewöhnlich sah Hilde ihm seine Marotten großzügig nach –

und sie fand in der Tat, dass es sich um eine Marotte handelte, wenn er seine Verabredungen nicht oder nur knapp einhielt. So war er eben. Und wenn er dann zu spät kam, spielte er den zerstreuten Professor, aber das war nichts als Attitüde, ja, Schauspiel. Sie kannte ihn besser.

Manchmal musste man bei Menschen ganz viel dulden, weil sie anders waren, ja, schlicht aus diesem Grund, das war ihre innerste Überzeugung – und sie wusste, dass Wieland sie teilte. Sie wusste auch, dass er Albrecht genauso schätzte und mochte wie sie. Und sie wusste, dass er – tief in seinem Herzen – immer noch um ihre Schwester trauerte, sie alle taten das.

Aber so langsam sollte er wirklich eintreffen, ansonsten ging der Film noch ohne ihn los.

Am Ende kam er gar nicht, dachte sie auf einmal. Das wäre besonders ärgerlich, nicht wegen des Films, den sie sich auch gerne mit Wieland allein ansah, sondern wegen seiner Begleitung, auf die sie sehr neugierig war – auf die sie beide sehr neugierig waren, ja, sie brannten darauf, Albrechts »Bekanntschaft« auch endlich kennenzulernen.

Nach Klaras Tod hatte er viele Frauengeschichten gehabt, aber nie eine ernstzunehmende. Jetzt war es anders, das spürte Hilde. Es handelte sich um eine Französin. Albrecht und sie kannten sich schon seit einigen Wochen. Das hatte er irgendwann am Telefon durchblicken lassen, nachdem sie von ihm lange auf die Folter gespannt worden waren.

»Albrecht, es reicht. Jetzt aber heraus mit der Sprache!«, hatte sie gesagt, als ihr der Geduldsfaden gerissen war.

Vor dem Kino gab es inzwischen großen Andrang. An der Kasse standen die Leute in einer langen Schlange, die bis weit auf die Sternstraße reichte, und es wurden immer mehr, es nahm kein Ende.

Dass es voll werden würde, war zu erwarten gewesen, da über »Serengeti darf nicht sterben« schon im Vorfeld so viel berichtet worden war, auch wegen des tödlichen Unfalls während der Dreharbeiten. Bernhard Grzimek war eine Berühmtheit, spätestens seit die vor wenigen Jahren ins Leben gerufene Sendung »Ein Platz für Tiere« im Fernsehen lief.

Hilde, die die Sendereihe sehr schätzte, hatte die Karten für den

Film vorab besorgt, um nicht anstehen zu müssen. Jetzt hatten sie noch eine knappe Viertelstunde Zeit und hielten nach Albrecht Ausschau.

Hilde erzählte Wieland von dem großen Geheule, das es gegeben hatte, als sie Heinrich bei ihren Eltern abgeliefert hatte. Sie hatte sich das anders vorgestellt und gehofft, der Kleine würde sich freuen. Er hatte ein Geschenk bekommen, ein neues Bilderbuch, und ihre Mutter hatte eine ganze Kanne heiße Schokolade für ihn kochen lassen. Aber er hatte sich mit Händen und Füßen gewehrt, als ihre Mutter ihn auf den Arm hatte nehmen wollen. Er hatte sich an ihr festgekrallt und wie am Spieß geschrien. Herzzerreißend sei es gewesen, sagte sie. Aber was hätte sie tun sollen?

Dann, knapp vor Filmbeginn, war es so weit. Die Menschen, die sich vor der Kinokasse scharten, waren nicht weniger geworden, Hilde und Wieland indes immer nervöser – sie waren schon drauf und dran gewesen hineinzugehen, doch dann endlich sah Hilde Albrecht im beigefarbenen Trenchcoat und mit einem dunklen Hut auf dem Kopf, dessen Krempe übermäßig breit war. Er hatte sie beide auch gesehen.

Sie winkte ihm, und er steuerte auf sie zu, an seiner Seite eine beeindruckend schöne Frau – aber nichts anderes hatte sie erwartet. Albrecht stellte sie ihnen etwas nonchalant vor, so als wäre es das Normalste von der Welt. Hilde aber lächelte. Das war sie also. Eine Französin, eine schöne und unfassbar französisch aussehende Französin.

Claudine hieß sie, Claudine Durand, und sie kam aus Paris. Sie war brünett, hatte grüne Augen, trug einen grau-karierten, eng taillierten Mantel und tatsächlich eine Baskenmütze, die wie ein Barett auf ihren leicht gewellten Haaren lag. Französischer ging es gar nicht mehr, dachte Hilde, es war fast schon ein Klischee. Wenn das, was sie da jetzt leibhaftig vor Augen sah, in einem Buch beschrieben worden wäre, hätte sie es für höchst unglaubwürdig gehalten. Die perfekte Französin – so etwas gab es doch in der Wirklichkeit gar nicht. Aber dann überlegte sie, wie wohl sie auf Claudine wirken musste mit ihren blauen Augen und ihren blonden Haaren, »arisch« sah sie aus und vielleicht genauso klischeehaft, dachte sie.

Doch Claudine begegnete ihr mit einer Zugewandtheit und offensichtlichen Unvoreingenommenheit – die wohl auch daher rühren mochte, dass Albrecht ihr bereits von ihr erzählt hatte –, so dass sich Hildes Gedanken gleich wieder verflüchtigten. Eine echte Pariserin, damit hatte sie nicht gerechnet. Sie dachte an die vielen Bücher, die sie gelesen hatte, an den Existenzialismus und den Feminismus, unendlich viele Fragen lagen auf ihrer Zunge. Aber es blieb ihnen keine Zeit mehr zu plaudern.

Wieland schob sie vor sich her in den Kinosaal, und sie setzten sich alle auf ihre Plätze.

3

Natascha gelangte durch ein großes Tor in einen noch größeren, ja, riesigen Hof. Als sie das Tor hinter sich schloss, war der dröhnende Moskauer Verkehr kaum noch zu hören. Es war, als verstummte er hinter den Mauern. Hier herrschte annähernd Stille.

Jetzt, wo sie angekommen war, fiel eine schwere Last von ihren Schultern.

Vor sich sah sie einen hochgewachsenen alten Ahornbaum, der wohl bald ausschlagen würde. Einen Moment blieb sie stehen, um ihn zu betrachten.

Wie blühte eigentlich der Ahorn, fragte sie sich, aber sie hatte keine Ahnung.

Als Nächstes fiel ihr Blick auf das kleine orthodoxe Kloster und seine hübschen hellblauen Zwiebeltürme. Irgendwoher hörte sie Stimmen und sah bald einige Menschen, Handwerker oder Bauarbeiter, die durch die Tür zur Kapelle ein- und ausgingen und sich jedes Mal bekreuzigten.

Was sie hier, in dem durch die recht hohen weißen Mauern zwar abgeschirmten, aber weitläufigen Hof zu sehen bekam – sie staunte jedes Mal wieder über diese Weitläufigkeit, wenn sie ihn betrat, über den vielen Platz und die Ruhe –, war eine ganz andere Welt als draußen, vor dem großen Tor, wo sich die schweren und teuren Autos zu tausenden über die vollgestopften Straßen schleppten, wo sie im

Schritttempo fuhren, eines dicht hinter dem anderen, oder wartend und ungeduldig hupend im Stau standen – ein leises, kaum merkliches Verkehrsrauschen lag, wenn sie genau darauf achtete, auch hier immer noch in der Luft – und wo die stinkenden Bettler auf den Bänken an den Straßenrändern oder neben den Kiosken und Backwarenverkäufern vor den Metrostationen und auf den kleinen oder größeren Plätzen Quartier bezogen hatten und herumlungerten, um die beschäftigten Anzugträger und die überschminkten Frauen, die in Scharen an ihnen vorbeiliefen, um ein paar Münzen anzubetteln. Sie sammelten die Münzen, um sie gleich wieder in Wodka umzusetzen.

In der Luft über ihren Köpfen bildeten die Abgase kleine graue Wolken. Natascha waren sie aufgefallen, als sie – ungeschminkt, vielleicht, dachte sie, würde sie sich nie wieder schminken – an den Bettlern vorbeigelaufen war. Geld hatte sie ihnen keines gegeben. Früher hatte sie das gelegentlich getan. Aber jetzt hatte sie nicht einmal mit dem Gedanken gespielt.

Nicht wenige dieser Bettler und Obdachlosen waren aggressiv und gewalttätig, vor allem, wenn sie getrunken hatten. Der Alkoholkonsum war ihnen, selbst wenn sie sich ruhig verhielten, immer deutlich anzusehen. Die vollen oder bereits leeren Wodkaflaschen standen zu Dutzenden um sie herum und sahen aus wie Trophäen, die sie sammelten, um Zeugnis abzulegen von den exzessiven Gelagen, die ihnen tagtäglich die Köpfe vernebelten, die ihnen die Gehirne aufweichten und die sie im Winter in Massen erfrieren ließen.

Als könne man stolz sein auf dieses Elend, dachte sie, als wären diese Penner tatsächlich stolz auf sich.

Sie legte immer einen Schritt zu und lief schnell an ihnen vorbei, wenn sie welchen begegnete.

Früher war das anders gewesen, früher hatte sie die Obdachlosen auf den Boulevards und an den Straßenecken oft nicht einmal wahrgenommen – sie hatte sich auch kein Bild davon gemacht, wie viele es waren –, und sie hatte nie darauf geachtet, ob sie ihnen vielleicht zu nahe kam. Seit dem Überfall aber eilte sie immer schnell an ihnen vorbei, so schnell sie ihre Füße trugen, und sie versuchte, bloß niemals einem von ihnen in die Augen zu sehen, weniger aus Angst vor ihnen selbst als aus Angst vor ihren leeren und wütenden, gelegentlich auch geisteskranken und bösen Blicken. Doch nicht immer konnte sie es vermeiden, und wenn sich ihre Blicke und die eines Bettlers kreuzten, zuckte sie zusammen, schwitzte und bekam Atemnot. Dann eilte sie weiter, hastig und unachtsam. Einmal war sie aufgrund einer plötzlichen Panik beinahe über ihre eigenen Füße gestolpert.

Ihr Vater hatte sie immer davor gewarnt, den Straßenhunden, die es in Teschki zeitweilig gegeben hatte, in die Augen zu sehen. Einmal hatten die wilden Bestien ein Kind angefallen, einen immerhin elfjährigen Jungen, und ihn lebensgefährlich verletzt.

Natascha solle ihnen aus dem Weg gehen, immer einen großen Bogen um sie machen, hatte ihr Vater gesagt.

Die Warnungen waren ihr wieder eingefallen, jetzt, wo sie diese Angst gepackt hatte, die Angst vor den Moskauer Bettlern. Die Blicke der Bettler verfolgten sie im Schlaf, wenn sie träumte, aber immer häufiger auch dann, wenn sie wach war, wach und allein unterwegs oder allein zu Haus, vor allem im Dunkeln.

Doch jetzt schien die Sonne, alles war hell. Sie kniff die Augen zusammen und blickte in den Himmel. Hier, in diesem Refugium, gab es das alles nicht. Weder den Schmutz, noch den Lärm, noch die Bettler.

Sie versuchte, die peinigenden Gedanken an sie zu verscheuchen, sah sich um und atmete einmal tief ein und aus.

Hier war sie in Sicherheit. Hier war alles friedlich und ruhig, wie von Gott behütet. Ja, ihr war auf einmal so, als spürte sie seine Präsenz. Es war das gute alte Russland – ganz gleich, ob man es nun in einem Anflug von Nostalgie »Mütterchen Russland« oder, wie ihre Eltern es getan hatten, auch »Mutter Heimat« nannte – das alte, andere, gute und heile Russland, ein kostbares Russland, dachte sie, fand sie, glaubte sie – das hier, in Juris Domizil und dem angrenzenden Kloster, überdauert hatte und eigentümlich konserviert war, versinnbildlicht in den vielen verspielten Zwiebeltürmen des Klosters und seiner Kirche.

Der gigantische Ahorn ergänzte nur das Bild, auch die Birken dort hinten, auf der anderen Seite des Hofes, taten das und natürlich die vielen Rowan-Bäume, die im Spätsommer orangerote Früchte tragen würden, welche von den Vögeln gefressen wurden.

Swetlanas Oma hatte früher, als sie Kinder waren, aus den Beeren Marmelade gekocht, erinnerte sie sich. Es war eine herbe, bittere Marmelade gewesen, die sie sich auf das frisch gebackene Kartoffelbrot gestrichen hatten.

Die Bäume und das kleine Kloster samt dem dicken Priester mit den kurzen Beinen, der da jetzt, als wäre er einem alten Roman entsprungen, im schwarzen Gewand und mit schwarzer Haube aus einer Tür trat und über den Hof eilte. Er hatte, soweit Natascha es erkennen konnte, schmale, schlitzförmige Augen – wie Schweinsaugen sahen sie aus, dachte sie – und einen breiten, sehr dunklen Bart. Um den Hals trug er ein großes goldenes Kreuz an einer goldene Kette, es lag direkt auf seinem rund gewölbten Bauch.

Das alles weckte in ihr unmittelbar Assoziationen an vergangene Epochen, als »Mütterchen Russland« noch »Mütterchen Russland« war, ein Russland, das sie immer tief in ihrem Herzen getragen und verehrt hatte, seit sie denken konnte, ein Russland, das in Europa seinen Anfang nahm und über die Steppen Sibiriens hinaus irgendwo im entlegensten Asien und im ewigen Eis endete, das große Russland Puschkins, dachte sie, das Russland Dostojewskis und seiner »Brüder Karamasow«, das Russland Tolstois und Tschechows, aber auch Pasternaks, Mandelstams und Achmatowas, ein wahrhaft fantastisches Russland – Bär und Mütterchen zugleich –, das sich jedoch irgendwann als eine große Illusion entpuppt hatte, als eine Phantasmagorie, ein alle Größenordnungen und Dimensionen sprengendes Potemkinsches Dorf sozusagen – oder als reine Vergangenheit, als etwas, das nie mehr zurückkehren würde, nie wieder, und das es vielleicht auch nie wirklich gegeben hatte. Jedenfalls nicht so, wie sie es sich vorstellte, wie sie es sich ein Leben lang vorgestellt hatte, so, wie sie es in so vielen Büchern gelesen hatte, so, wie es ihr erzählt worden, wie es in den alten Geschichten ihrer Eltern und Großeltern, in den zahllosen Märchen, Sagen und Legenden bewahrt und lebendig geblieben war.

Das war ein Widerspruch, fand sie. Russland war konserviert worden in diesen Erzählungen, und Konserviertes war nicht mehr lebendig, es konnte gar nicht mehr lebendig sein. Es war vor langer Zeit vergangen und verklärt worden. Russland – und nicht nur das gute alte Russland – war verklärte Vergangenheit, das hübsche kleine Kloster und auch dieser dicke bärtige Priester waren Relikte, die darüber hinwegtäuschen sollten, dass es das alles im Grunde nicht mehr gab, auch wenn es ihr hier so lebendig vor Augen trat. Aber das war Fassade. Vielleicht waren auch all diese Geschichten und Legenden immer Fassade gewesen.

Waren nicht Vergangenheit und Verklärung ohnehin beinahe ein und dasselbe, fragte sie sich und blickte wieder zu den Birken.

Gerade noch war Natascha – Ecke Twerskaja und Boulevardring – am Puschkin-Denkmal vorbeigelaufen, das den nach ihm benannten Platz weit überragte.

Sie hatte – wie immer, wenn sie daran vorbeilief – zu dem von ihr so sehr verehrten Dichter emporgeblickt – während Puschkin, der dort oben auf seinem hohen Granitsockel mit Hand in der Weste erhaben stand, zu ihr herabgeblickt hatte. Doch sie hatte nicht mehr so unbeschwert, nicht mehr so selbstverständlich zu ihm aufgeblickt wie früher. Es hatte etwas gefehlt – dieses Gefühl, eine Mischung aus Stolz, Rührung, tiefster Verbundenheit und, ja, auch Liebe, ein Gefühl, über das sich Swetlana früher immer lustig gemacht hatte.

Puschkins Blick war ihr seltsam erschienen. Als hätte er sich verändert, als hätte Puschkin anders geblickt als noch wenige Wochen zuvor, vor ihrem so unendlich langen Aufenthalt im Krankenhaus, als ihr die Welt noch heil und in Ordnung erschienen war. Sie hatte beim Anblick des Denkmals plötzlich eine Leere in sich wahrgenommen, die sich weiter in ihr ausgebreitet hatte, und sie fragte sich jetzt, ob es wohl die gleiche Leere war, die auch diese elenden Bettler fühlten oder nicht mehr fühlten, wenn sie betrunken waren. Vielleicht tranken sie alle aus diesem Grund. Weil sie diese Leere fühlten.

Gelegentlich erdreisteten sie sich dazu, sich zu Puschkins Füßen niederzulassen, vor dem Podest, unmittelbar zu Füßen des Nationaldichters, obwohl sie dort nicht geduldet waren und regelmäßig verscheucht wurden. Nicht selten geschah das unter dem Einsatz von Knüppeln oder Pfefferspray.

Einmal hatte sie gesehen, wie die Bettler mit Flaschen nach den Polizisten warfen. Es war zu einem wilden Handgemenge gekommen, das allerdings schnell ein abruptes und brutales Ende gefunden hatte.

Puschkin, fiel ihr ein, war an den Folgen eines Duells mit seinem Schwager d'Anthès gestorben. Dieser d'Anthès, ein französischer Offizier und notorischer Galan, hatte zwar die Schwester von Puschkins Frau Natalja geehelicht, aber Natalja auch nach seiner Eheschließung weiter unnachgiebig und aufdringlich den Hof gemacht. Es gab Gerüchte. Puschkin habe d'Anthès beleidigt und sei dann von ihm gefordert worden. Ein Schuss hatte den berühmten Dichter im Bauch erwischt. Zwei Tage hatte er noch gelebt. Geblieben waren die Gedichte, die er seiner Frau gewidmet hatte.

Natascha kannte auch diese Geschichte in- und auswendig, diese Geschichten – es handelte sich schließlich um mehrere Geschichten, um eine Verkettung von Geschichten. Geschichten waren immer Verkettungen von Geschichten, dachte sie und stellte ihre Reisetasche – die so voll bepackt war, dass sie sie zu Hause kaum zubekommen hatte und nur mit Mühe hierher hatte schleppen können – vor Juris Tür ab, einer schweren, rot angestrichenen Metalltür.

Sie holte tief Luft und klopfte kräftig – etwas zu kräftig, wie sie in ihren Fingerknöcheln spürte.

Sie trat einen Schritt zurück und sah sich um. Kies bedeckte den Boden des Hofes. Auf der dem Kloster gegenüberliegenden Seite, hinter dem Ahorn, entdeckte sie Blumenrabatten, in denen zwischen den verdorrten Stauden vom letzten Jahr ein paar rosafarbene Tulpen und einige weiße oder zartgelbe Narzissen blühten. Stühle standen überall herum, einer von ihnen war umgekippt – die hatten auch schon bessere Zeiten erlebt, dachte Natascha –, und unter dem Ahorn standen ein alter Tisch und ein rostiger Grill, auf dem Kohlenreste lagen, Überbleibsel aus den letzten warmen Abenden des vergangenen Jahres, als die Welt noch in Ordnung gewesen war.

Ein alter Lieferwagen der Marke Lada – weiß, mit zahllosen Lackschäden und verblichener Aufschrift, die nicht mehr zu entziffern war – parkte auf dem Gelände, vor dem Haus. Der alte Transporter stammte wohl noch aus dem letzten Jahrhundert, das ja auch das letzte Jahrtausend war.

Natascha fragte sich, ob er vielleicht einem der Künstler gehörte, die gelegentlich in Juris Atelier arbeiteten, oder aber dem Kloster selbst oder einem der Handwerker.

Sie war schon häufiger hier gewesen und hatte Juri besucht, zusammen mit Freunden. Meist waren sie abends aufgekreuzt, spät abends.

Sie hatten dann zusammen gegessen, Wein getrunken und gefeiert, aber sie war nie länger als ein paar Stunden geblieben, geschweige denn mehrere Tage oder vielleicht Wochen, wie sie es jetzt plante. Sie hatte auch noch nie hier übernachtet, immer war sie mit dem Taxi wieder nach Hause gefahren.

Sie überlegte, aber sie konnte sich noch nicht einmal daran erinnern, überhaupt jemals bei Tageslicht hier gewesen zu sein. Es spielte keine Rolle.

Juri aber war wirklich ein Glückspilz. Es war ein großes, geräumiges Haus mit vielen Zimmern, in dem er wohnte, und es schloss direkt an das alte Kloster an – vielleicht gab es sogar irgendwo eine geheime Verbindung, einen unterirdischen Gang oder so. Ein merkwürdiges, verwunschenes Haus. Und das mitten im Zentrum Moskaus. Zu Fuß waren es vielleicht zwanzig Minuten bis zum Roten Platz, schätzte sie. Juri hatte ihr nie erzählt, wie er an seine Wohnung gekommen war, für die er, sagte er jedenfalls, nur wenig Miete zahlte. Sie hatte ihn das nie gefragt, aber sie würde ihn fragen, jetzt, wo sie so viel Zeit hatten, um zu reden.

Sie war froh, dass Juri sie bei sich aufnahm – auch wenn sie fürchtete, oft und viel Wein mit ihm trinken zu müssen. Er war der Einzige gewesen, der sich sofort dazu bereit erklärt hatte, sie aufzunehmen, ohne lange überlegen zu müssen, so war er eben – alle anderen, bei denen sie angeklopft hatte, hatten sie nur mitleidig angeguckt und den Kopf geschüttelt, wenn sie sie nicht schon gleich am Telefon abgewimmelt hatten.

Sogar Anastasia, eine ihrer ganz alten Freundinnen, die ebenfalls nach Moskau gezogen war und die sie regelmäßig traf, hatte sie abgewimmelt. Das hätte sie von ihr nie gedacht. Für ein oder zwei Nächte könne sie bleiben, das ja, hatte sie gesagt, aber länger? Nein, das ginge nicht, Viktors wegen, aber auch wegen der Kinder.

Gut, es war nicht einfach, nicht für jeden. Das sah Natascha ein. Juri war der Einzige, der sie wirklich aufnehmen konnte, der auch den Platz hatte, jemanden bei sich unterzubringen. Sie würde bei ihm sogar ein eigenes Zimmer bekommen. Und sein Weingeschmack war auch nicht zu verachten, dachte sie mit einem Lächeln. Sie konnte sich gut an den vorzüglichen georgischen Rotwein erinnern, der kistenweise in einem der Atelierräume lagerte, und einmal hatten sie sogar eine Flasche kalifornischen Wein getrunken, die ihm einer seiner Künstlerfreunde mitgebracht hatte. Vielleicht war es gut, Wein zu trinken, vielleicht half es ihr.

Insgeheim war Natascha erleichtert, nicht bei einer ihrer Freundinnen und deren Partnern und Kindern einziehen zu müssen.

Als alles klar gewesen war und sie verabredet hatten, dass sie vorübergehend bei ihm wohnen würde, hatte sie nur gehofft, dass Juri keine Hintergedanken hegte. Es war ein Reflex, der sie das hatte denken lassen, der ihrer eigenen Erfahrung mit Männern geschuldet war und auch den vielen Geschichten, die sie über Juri hörte. Juri war ein Frauentyp – und er ließ für gewöhnlich nichts anbrennen. Das hatte sie gedacht und sich bereits ausgemalt, wie sie ihm einen Korb geben musste. Aber dann hatte sie in den Spiegel gesehen …

Nein, bei dem Anblick bekam kein Mann mehr irgendwelche Hintergedanken, das war undenkbar, vollkommen unmöglich.

An dieses neue Leben musste sie sich erst gewöhnen. Die Männer schauten ihr zwar auf der Straße immer noch hinterher, doch kaum sahen sie ihr Gesicht, wendeten sie sich angewidert ab.

Es hatte auch Vorteile, sagte sie sich, aber sie wusste, dass es sich um reinen Zynismus handelte, wenn sie so dachte, und dass sie sich damit nur etwas vormachte. Dummheit sei nicht ihre Stärke, das hatte Swetlana einmal zu ihr gesagt – und um ihre Selbstreflexion und Selbsterkenntnis war es leider auch nicht gerade schlecht bestellt.

Juri aber war anders. Er hatte nicht so getan, als würde er nichts sehen – so wie die meisten ihrer Kollegen. Er hatte sie in den Arm genommen, ihr sogar mit der Hand über die kunstvoll für viel Geld zusammengeflickte Wange gestrichen, über ihr halb zugewachsenes Auge, das irgendwann noch einmal von einem Spezialisten operiert werden würde. Juri hatte sie angesehen, als wäre sie immer noch die alte, als wäre nichts geschehen mit ihrem Gesicht …

Ihrem Gesicht. Ein Euphemismus, dachte sie. Sie hatte ihr Gesicht verloren, es war ihr genommen, es war ihr abgeschält worden.

Sie hatte geweint vor Dankbarkeit, als Juri sie in den Arm genommen hatte. Er hatte sie eine Weile festgehalten und ihre Wange gestreichelt.

Kennengelernt hatte sie ihn über ihre Freundin Vera, die damals – vor wie vielen Jahren? – mit ihm zusammen gewesen war. Vera, die irgendwann nach Petersburg gegangen war, die einen Diplomaten geheiratet und längst Kinder hatte, zwei, wenn nicht inzwischen drei.

Es war länger her, da hatte sie Juri in ihre Sendung eingeladen, damit er dort etwas über seine Sammlung erzählen konnte. Er besaß eine gigantische Sammlung historischer Trachten und Kleider und endlos vieler Schuhe. Ganze Berge von Schuhen besaß er, die sortiert in großen Blechregalen standen oder einfach in Haufen auf dem Boden herumlagen und aus denen er seine berühmten Tableaux vivants zusammenstellte, mit denen er auf Tour ging. Aber es war keine gute Idee gewesen, ihn einzuladen. Juri passte nicht in ihr Format, er passte gar nicht ins Fernsehen. Er war einfach zu verrückt, und er sagte Dinge, die öffentlich besser nicht gesagt wurden. Manchmal dachte sie, war das ein und dasselbe.

Im Haus rührte sich nichts. Natascha sah durchs Fenster, konnte aber nichts erkennen. Drinnen war es dunkel. Sie klopfte noch einmal.

Eine weiße Katze kam um die Ecke gelaufen und rieb sich an ihren Beinen. Natascha sah, dass an ihrer dunklen Hose weiße Härchen kleben blieben. Es machte ihr nichts aus.

Sie hockte sich hin, streichelte die Katze, die sofort zu schnurren begann, und stand dann wieder auf, um noch einmal und etwas lauter und energischer zu klopfen. Sie hatte ein Geräusch gehört, das aus der Wohnung gekommen sein musste. Dieses Mal hatte sie Erfolg. Die Tür öffnete sich.

Vor ihr stand nun allerdings nicht Juri, sondern eine junge Frau, eine sehr hübsche Blondine, die nur mit einem langen T-Shirt bekleidet war, ihre langen, makellosen Beine waren nackt.

Natascha wusste nicht, was sie sagen sollte, und musterte ihr Gegenüber. Auf dem T-Shirt war ein Mann mit langen Haaren und Sonnenbrille zu sehen – hinter Stacheldraht. Darüber stand in großen roten Buchstaben der Name der Punkband »Graschdanskaja Oborona«.

Sie musste lächeln. Sie kannte die Band – wer kannte sie nicht? –, sie war sogar schon einmal auf einem ihrer Konzerte gewesen. Zusammen mit Swetlana, als sie noch gemeinsam in Kitai-Gorod gelebt hatten – in einem anderen Leben. Echte Underground-Pioniere waren die Musiker gewesen – noch zu Sowjetzeiten – und hatten den Punk nach Russland importiert. Aber das war lange vor ihrer Zeit gewesen, noch vor ihrer Geburt.

Die Blondine sah sie an und lächelte ebenfalls – jedenfalls sah es so aus –, aber dann gähnte sie und hielt sich eine Hand vor den Mund.

»Oh, sorry«, sagte sie und rollte das R auf eine ganz bezaubernde Weise, fand Natascha.

»Ich bin Darja. Du musst Natascha sein …«

4

Im Filmsaal wurde es dunkel, und die Gespräche erstarben. Irgendwann schwieg auch der letzte Kinobesucher, lehnte sich erwartungsvoll zurück, und Stille setzte ein.

Hilde, Wieland, Albrecht und Claudine saßen in einer Reihe nebeneinander – Hilde direkt neben Claudine, die darauf bestanden hatte, zu ihrer Rechten Platz zu nehmen –, und wie alle anderen Zuschauer auch starrten sie jetzt gespannt auf die übergroße Leinwand, über die ein schwarzweiß gestreiftes Sportflugzeug segelte, das aussah wie ein Zebra der Lüfte.

»Da sitze ich nun in einem kleinen Flugzeug und fliege zusammen mit meinem Sohn Michael allein von Frankfurt bis tief hinab nach Afrika …«, sagte Bernhard Grzimek mit seiner angenehmen Stimme. Wie Wieland stammte er aus Schlesien – das hatte Hilde irgendwo gelesen oder gehört –, aus der Nähe von Breslau.

Der Film begann mit der Schilderung der großen Reise, die der Frankfurter Zoodirektor mit seinem Sohn angetreten hatte und die von Deutschland über die schneebedeckten Alpen und das Mittelmeer, von Marseille über Tunis und Alexandria weiter durch die Wüste gen Süden bis nach Tanganjika, wie dieser Teil der ehemaligen Kolonie »Deutsch-Ostafrika« hieß, führen sollte.

Zehntausend Kilometer würde das winzige Flugzeug zurücklegen, der Weg sei »beinahe doppelt so weit wie von Frankfurt nach New York«, erklärte die Stimme, und dass sie, anders als die schweren Passagiermaschinen, nicht über den Wolken flogen, sondern einfach darunter her, um auch etwas von der Erde zu sehen zu bekommen.

Die Landschaften, über die sie hinwegflogen, bekamen sie in eindrucksvollen Aufnahmen zu sehen, die auf der großen Leinwand eine unglaubliche Wirkung entfalteten, fand Hilde.

Über den Arm des Zoodirektors huschte jetzt ein putziges kleines Tierchen, das irgendwann im Ärmel seines Hemdes verschwand und ihm anscheinend in den Rücken kroch. Sie kannte das schon, auch in seine Fernsehsendung brachte er zur Anschauung immer irgendwelche exotischen Tiere mit. Dieses hier sah aus wie eine Mischung aus kleinem Affen und Eichhörnchen und wurde »Buschbaby« genannt, Hilde hatte noch nie davon gehört, aber so wie es aussah, zählte es wohl zur weitverzweigten Familie der Primaten.

Ein Verwandter also, dachte sie, wenn auch ein weit entfernter Verwandter.

Sie sah zu Wieland hinüber. Seine Augen waren weit aufgerissen.

Ziel der großen Reise, an der sie nun als Zuschauer teilhatten, war die Serengeti, eine weite Savannenlandschaft im Norden des schon seit Ende des Ersten Weltkrieges, als die Deutschen ihr Kolonialstreben vorerst hatten ad acta legen müssen, unter britischer Herrschaft stehenden Landes. Diese endlos anmutende Steppe erstreckte sich bis in den Süden Kenias und lag im Osten des riesigen Viktoriasees. Im Südosten schloss sich der berühmte Ngorongoro-Krater an – »der größte zoologische Garten der Welt« und der größte Krater überhaupt, erklärte die Stimme.

Die Serengeti war eine riesige Weidefläche, auf der unvorstellbare Huftierherden grasten und Raubtiere jagten. Sie konnten das alles aus der Vogelperspektive beobachten. Das Erste, was sie an afrikanischer Fauna zu sehen bekamen, waren gigantische Schwärme von Vögeln, die, durch das Flugzeug aufgeschreckt, zu Tausenden aufflogen. Es waren weiß-rosafarbene Flamingos, die die Kamera näher heranrückte.

Hautnah fühlte sich das an, als wären sie dabei, als stünden sie unmittelbar daneben, dachte Hilde. Die schlanken Flamingos staksten mit ihren langen Stelzenbeinen durch flaches Wasser und durchfilterten es mit ihren hochspezialisierten Seihschnäbeln, immer auf der Suche nach ihrer planktonartigen Nahrung, nach Kleinkrebsen, Mückenlarven und Mollusken, ähnlich wie es die Bartenwale in den Weltmeeren taten.

Nach und nach rückten auch andere Tiere ins Bild, allen voran die Gnus und Zebras, die wohl den Hauptteil der Tiere ausmachten – es waren gigantische Herden –, aber auch verschiedene Arten von Antilopen, Kronenkraniche, Nilpferde, Elefanten, auf deren Rücken weiße Reiher es sich bequem machten, große Trappenvögel, Erdmännchen, Strauße und irgendwann die Löwen, Geier und Hyänen.

»Wir sollen dieses Gewimmel zählen«, erklärte die Stimme, und sie klärte die Zuschauer über die Hintergründe und Ziele des Unternehmens auf. Es ging darum, die gewaltigen Tierwanderungen zu erforschen, sich ein Bild davon zu machen, welche Routen die Millionen von Gnus und Zebras nahmen, um von einer Nahrungsquelle zur nächsten zu ziehen. Die Nationalparkverwaltung plante, ein großes Schutzgebiet einzurichten. Ursprünglich hatte Grzimeks Sohn vorgehabt, dieses Schutzgebiet mit den Einnahmen eines früheren Filmes und mithilfe anderer Quellen mitzufinanzieren, aber die britische Regierung lehnte das ab und hatte Vater und Sohn stattdessen den Auftrag erteilt herauszufinden, wie viele Tiere insgesamt in der Serengeti lebten, wohin sie im Laufe eines Jahres wanderten, um im Anschluss, wenn man erst wusste, wo sich die Tiere aufhielten, die Grenzen abzustecken. Der Plan war, den gesamten Nationalpark in einzelne Abschnitte aufzuteilen und diese in Streifen mit zwei Flugzeugen nach und nach abzufliegen, ein kompliziertes Unterfangen und nicht ungefährlich – wobei Grzimek und sein Sohn unerschrocken wirkten. Sie bewegten sich in dieser Wildnis mit einer Selbstverständlichkeit und Gelassenheit, als gäbe es dort keine Raubtiere zu fürchten, ja, sie betonten sogar, dass sie die Raubtiere nicht zu fürchten hätten.

Der Sohn, sah Hilde, lief mit einem Kanister auf der Suche nach Wasser einfach so durchs Dickicht. Aber was, dachte sie, wenn jetzt doch im Gebüsch ein Löwe oder ein Leopard lauerte?

Wieland griff ihre Hand und drückte sie. Kurz darauf neigte er sich zu ihr und deutete auf einen schwarzen und gar nicht einmal so kleinen Käfer, der auf der Leinwand aufgetaucht war und der ohne erkennbare Anstrengung eine im Verhältnis zu seiner Körpergröße tatsächlich riesige Dungkugel vor sich her rollte. Es handle sich um einen Skarabäus, erklärte Grzimek, um einen Mistkäfer. Die Auserwählte des männlichen Käfers thronte hoch oben auf der Dungkugel und ließ sich von ihm spazieren fahren.

Auch eine Form von Romantik, dachte Hilde. Aber nein, es sollte anders kommen. Der Monsunwind wehte und türmte feinen Sand zu gigantischen und gefräßigen Dünen, die sich langsam über die Landschaft wälzten. Wer nicht rechtzeitig floh oder fliehen konnte, war verloren. Unter der Sandmasse vertrockneten die zur Falle gewordenen Dungkugeln und mit ihnen die jungen Käfer, die sich – so der Zoodirektor, der eine der Kugeln in der Hand hielt, sie öffnete und ein Exemplar herausschälte –, aus ihrem Gefängnis nicht mehr befreien konnten.

Wieder drückte Wieland ihre Hand. Dieses Mal waren es Bienen, denen Hilde ihre Aufmerksamkeit schenken sollte.

Die afrikanischen Bienen hier bauten ihre Nester nicht in Baumhöhlen, wie sie es kannte, sondern am Boden, unter der Erde. Ein Entkommen gab es auch hier nicht. Der Schwarm war durch Honigdachse bedroht, die durch ihr dichtes Fell vor den Stichen der Bienen geschützt waren und das Nest einfach ausgruben, um die Waben mit dem klebrigen Honig und die kleinen weißen Larven zu fressen.

Es war nicht so, dass Hilde die Insekten nicht interessierten, Wielands Begeisterung konnte sie durchaus nachvollziehen. Wenn sie es sich überlegte, interessierten sie die Insekten im Grunde sogar weit mehr als die großen Huftiere, die Raubtiere und auch die verschiedenen Dickhäuter. Noch interessanter aber wurde es, als der Zoodirektor nun berichtete, dass sein Sohn Pflanzen sammle, insbesondere verschiedene Grasarten, um herauszufinden, wo die Futtergräser der großen Herden wuchsen. Leider wurde das Thema nur kurz angeschnitten, sie hätte gerne mehr darüber gehört.

»In der Serengeti sollen unsere Enkel noch bewundern können, mit welch überquellendem und mannigfaltigem Leben kurz vor unserer Zeit die weiten Steppen ganz Afrikas angefüllt waren …«, sagte die Stimme und schlug dabei einen immer feierlicheren Ton an. Anscheinend näherte sich der Film allmählich seinem Ende. »Einst lebten

Mensch und Tier im Einklang, herrschte Harmonie wie noch heute in der Serengeti.«

Das hatte etwas von einer Predigt, dachte Hilde.

»Immer mehr von uns Menschen leben jetzt auf dieser Erde. Unsere Zahl wird täglich größer, jedes Jahrzehnt nimmt sie um siebenhundert Millionen zu. Immer enger rücken wir in Betonstädten zusammen.«

Gut, das galt nun nicht für Göttingen, dachte sie, doch im gleichen Augenblick fiel ihr ein, dass ihr Vater kürzlich von einigen Bauvorhaben gesprochen hatte, mit denen er sich so gar nicht anfreunden konnte.

»Unsere Enkel werden nur noch wenig von den Herrlichkeiten der Natur sehen, ein kultureller Gemeinbesitz der ganzen Menschheit genau wie unsere Kathedralen, wie die antiken Bauten, wie die Akropolis, der Petersdom und der Louvre in Paris. Vor einigen Jahrhunderten hat man noch die römischen Tempel abgebrochen, um aus den Quadern Bürgerhäuser zu bauen. Würde heute eine Regierung gleich welchen Systems es wagen, die Akropolis in Athen abzureißen, um Wohnungen zu bauen, dann würde ein Aufschrei der Empörung durch die ganze zivilisierte Menschheit gehen. Genauso wenig dürfen schwarze oder weiße Menschen diese letzten lebenden Kulturschätze Afrikas antasten. Gott machte seine Erde den Menschen untertan, aber nicht, damit er sein Werk völlig vernichte. Soll nicht wenigstens die Serengeti, dieser letzte Platz der Riesensteppenherden in Afrika, erhalten bleiben, wie Gott ihn erschuf? Für die Tiere und für die Menschen, die nach uns kommen.«

Amen, dachte Hilde.

Minuten später standen sie wieder im Freien. Der Mond schien, und es war noch kälter geworden.

Albrecht gab sich unbeeindruckt. Eindrucksvolle Aufnahmen, ja, da stimme er zu. Aber das künstliche Pathos und dieser betuliche Erzähler hätten ihn doch eher gestört.

Claudine zeigte sich bewegt. Recht habe er, dieser Filmemacher, die Menschen müssten etwas tun, damit solche Schätze der Natur erhalten blieben.

Der Meinung war auch Wieland, der nun seinem Wunsch Ausdruck gab, unbedingt in die Serengeti zu reisen, die Insekten seien im Film viel zu kurz gekommen. Er sah Hilde an, als erwarte er ihre sofortige Zustimmung.

Auch Claudine schien an ihrer Meinung interessiert, und sie wollte schon etwas erwidern, doch da schnitt ihr Albrecht das Wort ab.

Er hätte ebenfalls gerne mehr über die Insekten gehört, sagte er, allerdings eher über deren interessante Kulturgeschichte.

Der Skarabäus, Sendbote des Sonnengottes Re, sei für die alten Ägypter von großer Bedeutung gewesen. Die Dungkugel stehe für die Sonne und das Vergraben der Kugel für den Sonnenuntergang. Die Weiterentwicklung des Re sei dann Aton, der in der großen Joseph-Tetralogie von Thomas Mann eine zentrale Rolle spiele. Viele Schmuckstücke seien dem Mistkäfer nachgebildet, sie wurden im Alten Ägypten als Grabbeigaben verwendet. Vor allem Amulette, Skulpturen, Statuen und Wandmalereien hätten das Motiv aufgegriffen. Das interessiere ihn sehr, auch in Hinblick auf die kulturellen und rituellen Unterschiede zwischen Ägypten, das ja weit entfernt von der Serengeti im Norden Afrikas liege, und den Stämmen, die in den südlicheren Steppen lebten, allen voran den Massai.

»Doch eh wir hier an Ort und Stelle festfrieren, würde ich vorschlagen, wir trinken noch ein Gläschen …«, sagte er und sah sie alle triumphierend an. »Wir gehen zu mir«, entschied er, »ich habe noch den einen oder anderen feinen Tropfen im Keller.«

5

Den Anblick würde sie so schnell nicht wieder vergessen, dachte Natascha und lächelte genüsslich. Die halbnackte Darja, dieses hübsche, etwas undurchsichtige Ding mit dem coolen Graschdanskaja-Oborona-T-Shirt. Es gab Zeiten, da hätte sie selbst gerne so eines gehabt.

Sexy war sie, wie sie da in Juris Tür gestanden, mehrfach gegähnt und leise gekichert hatte – gekichert, als wäre sie schüchtern, aber das war sie nicht, keine Spur. Sie hatte, im Gegenteil, etwas Laszives an sich. Sie war ein durch und durch erotisches Wesen, fand Natascha, und Darja war sich ihrer Wirkung offensichtlich vollkommen bewusst, einer Wirkung, die sich von ihren vollen und sinnlichen Lippen über ihre runden, schönen und nicht zu großen Brüste und ihre langen Schenkel bis hinunter zu ihren zierlichen Fußspitzen mit den dunkelrot lackierten Zehen erstreckte, und sie spielte ihre betörende Körperlichkeit mit einer überwältigenden Schamlosigkeit aus, die nachhaltig beeindruckte und mitnichten naiv zu sein schien, die aber auch nicht durchtrieben oder künstlich wirkte. Es handelte sich um eine Schamlosigkeit, die sich ganz natürlich oder kreatürlich entfaltete, als könnte es gar nicht anders sein, wie eine Anlage, ein Naturgesetz.

Wenn Darja nicht längst modelte – und Natascha nahm stark an, dass sie das tat –, dann müsste irgendwer sie schleunigst auf den Laufsteg stoßen. Sie kannte ja einige namhafte Modedesigner, vielleicht sollte sie …

Diese grazilen Füße … Nie zuvor hatte sie derart vollkommen geformte Füße gesehen. Vielleicht, dachte Natascha, hatte sie bislang aber auch nie so sehr darauf geachtet. Diese Füße, diese Beine, diese Taille, diese Brüste, diese Arme und Hände, dieser Hals und dieser Nacken und diese Wangen, diese Lippen, diese Augen …

Darja hatte sie nicht lange vor der Tür stehen lassen, sie hatte sie hereingebeten und ihr die Tasche abgenommen.

Das hatte sie wahrscheinlich sofort bereut, dachte Natascha, so schwer wie die Tasche mit ihren wichtigsten Habseligkeiten war.

Sie könne erst einmal in Juris Zimmer bleiben, hatte Darja gesagt und die Tasche dort ächzend abgestellt. Er komme erst in ein paar Wochen zurück.

Natascha war misstrauisch geworden. Sie konnte gar nichts gegen diese nagenden Gedanken tun, die in ihrem Kopf herumschwirrten oder sich längst irgendwo festgesetzt hatten. Hatte Juri sie vielleicht nur deshalb so großzügig eingeladen, für ein paar Wochen – oder, wenn sie wolle, hatte er gesagt, auch Monate – bei ihm einzuziehen, weil er während ihres Treffens, während des langen Gespräches, das sie geführt hatten, bereits gewusst hatte, dass er in der nächsten Zeit gar nicht da sein würde und sich also auch nicht um sie kümmern müsste?

Als würde sie das erwarten, als hätte sie das verlangt … Aber das hätte sie niemals getan.

Es würde zu ihm passen, dachte sie. Immerhin war er ein Spieler, ein rastloser Typ.

Juri sei verreist, hatte Darja gesagt, zu Verwandten in den Süden, nach Krasnodar. Sein Bruder lebe dort mit seiner Familie. Er arbeite als Ingenieur bei »Solar Wind«, dem großen Photovoltaikunternehmen. Danach wolle er ans Schwarze Meer, nach Sotschi, um ein paar Tage Badeurlaub zu machen, »an unserer Riviera«, hatte Darja gesagt, und dann weiter zu irgendwelchen Tanten und Onkels auf die Krim, die ja endlich wieder russisch sei, hatte sie gesagt, als wäre das immer noch eine sensationelle Neuigkeit.

Nach Sewastopol fahre Juri auch noch, das sei seine letzte Station. Er mache dort ein Projekt an einem Theater, sie habe zwar vergessen, an welchem, aber es sei ein Sewastopoler Theater, an dem er sein Projekt mache, das wisse sie bestimmt, und er kehre wohl erst im Sommer wieder nach Moskau zurück. Es tue ihr leid. Und ihm auch. Das solle sie ihr ausrichten. Das Theater habe plötzlich bei ihm angefragt, und er habe viele andere Pläne dafür umwerfen müssen.

Aber sie könne bleiben, solange sie wolle. Auch das habe er gesagt. Und sie habe nichts dagegen, gar nichts, im Gegenteil, so sei sie nicht mehr die ganze Zeit allein.

Natascha ließ sich, als Darja duschen gegangen war und sie allein in Juris Zimmer zurückgelassen hatte, erst einmal aufs Bett fallen – die Reisetasche stand ungeöffnet neben den Stufen, die zu seiner Schlafkammer hinaufführten, einer mit Holz ausgebauten Nische, die immerhin zwei bis drei Leuten Platz bot.

Sie wurde nachdenklich und nicht nur, weil sie auch gerne auf die Krim oder an die »russische Riviera« gefahren wäre, um auf andere Gedanken zu kommen und, ja, auch um sich weiter zu erholen.

Endlich war die Krim wieder russisch, hatte Darja gesagt, und auch sie hatte das gedacht, damals, im jenem Frühjahr, und auch danach immer wieder. Aber jetzt? Dachte sie das immer noch? Nein, sagte sie sich, nein, sie empfand nicht mehr diese Euphorie und diese Genugtuung, die sie bis vor kurzem noch empfunden hatte, wenn sie an die russische Halbinsel dachte oder daran erinnert wurde. Der Westen warf Russland und dem Präsidenten Völkerrechtsbruch vor. Ausgerechnet der dekadente und korrupte Westen. Sie selbst hatte über den Vorwurf laut gelacht, die Westler, hatte sie gedacht, was bildeten die sich nur ein in ihrer historischen Ahnungslosigkeit und ihrer Überheblichkeit. Die Krim war russisch, sie gehörte zu Russland, das war ein klarer Fall. Das wusste jedes Kind. Und die Krim-Bewohner waren heilfroh, dass es endlich so gekommen war, dass endlich Fakten geschaffen worden waren und sie nicht mehr unter der Herrschaft der faschistischen Ukrainer leben mussten.

So hatte sie gedacht und mit Swetlana, die anderer Meinung war, heftig und leidenschaftlich darüber gestritten – sie kritisierte vor allem, wie Russland sich die Krim »einverleibt« habe, und hätte lieber einen plebiszitären Prozess gesehen. Das Gefühl aber hatte sich verflüchtigt. Von Euphorie konnte keine Rede mehr sein. Sie fühlte gar nichts mehr. Wie vorhin, als sie am Puschkin-Denkmal vorübergelaufen war. Es ließ sie kalt. Dabei liebte sie die Krim nach wie vor und erinnerte sich an das Baden in Jalta und in Aluschta und natürlich auch an Sewastopol, auch wenn ihre Urlaube dort schon so lange zurücklagen.

Puschkin hatte die Krim in vielen Gedichten besungen, Tolstois »Sewastopoler Erzählungen« berichteten vom Krimkrieg, vom Patriotismus und vom Schlachtengetümmel. Tschechows »Dame mit dem Hündchen« spielte in Jalta, wo später, viel später, Anfang Februar 1945, Stalin, Roosevelt und Churchill über die Zukunft des damals bereits am Boden liegenden Deutschland entschieden hatten. Auch Gorki hatte über die Krim geschrieben, Bulgakow, die Achmatova und Marina Zwetajewa hatten über die Krim geschrieben. Die Frage war eher, welcher russische Dichter hatte nicht über die Krim geschrieben?

Für einen kurzen Moment kam ihr der Gedanke, Juri nachzureisen – auf die Krim und auch nach Sotschi, von wo aus sie einen Abstecher in den Kaukasus und vielleicht nach Georgien machen könnte –, aber sie verwarf ihn sofort wieder. Stattdessen griff sie zu ihrem Smartphone und rief Swetlana an. Sie hatte ihr noch nichts erzählt – noch gar nichts hatte sie ihr erzählt. Weder von dem Überfall noch von dem langen Krankenhausaufenthalt und nichts von dem Zustand, in dem sie sich befand, von ihren Panikattacken und von ihrer Furcht, in den Spiegel zu sehen, in dem sie sich nicht mehr erkannte.

Swetlana ging sofort ans Telefon, so, als hätte sie schon auf den Anruf gewartet.

»Ich brauche dich«, sagte Natascha, »ich brauche dich dringend. Du bist meine einzige wahre Freundin, und ich habe sonst niemanden mehr. Du musst sofort kommen. Erklären werde ich dir das alles später. Du kannst hier mit mir bei Juri wohnen, kein Problem. Ich kann dir auch den Flug zahlen …«

»Ich komme«, sagte Swetlana, ohne Fragen zu stellen. »Ich muss hier ohnehin einmal raus. Eigentlich wollte ich zu Mama und Großvater nach Israel fliegen, aber das kann warten. Mach dir keine Sorgen, Natascha, ich komme.«

6

Irgendwo in der Ferne krächzten Raben oder Krähen, die im Geäst der hohen Bäume saßen und auf ihre Chance lauerten.

Ein knappes Dutzend flog wie auf ein Zeichen hin auf, zog eine Runde über dem See und ließ sich vor dem Schilf nieder. Einzelne Vögel hüpften vorsichtig näher, über das Feld, zwischen den Stoppeln hindurch. Sie würden den Leichnamen die Augen herauspicken, wenn sie sie erst erreicht hätten.

Der Junge lag auf dem harten, gefrorenen Boden neben den anderen Toten, die, wie er, einfach liegengelassen worden waren. Er atmete noch.

Vereinzelte Schneeflocken fielen vom Himmel, einige blieben auf ihm liegen, auf der löchrigen Wolle, dem löchrigen Stoff seiner spärlichen Kleidung.

Er öffnete die Augen und war von dem grellen Weiß um sich herum geblendet. Er hörte fremde Stimmen, die er nicht verstand, aber er wusste, dass es polnische Stimmen waren, die Sprache hatte er im Lager häufig gehört.

Er fühlte die Kälte unter sich, und er fühlte sie doch nicht. Schatten, schwarze Schatten, die sich erhoben und über ihn hinwegflogen.

Er konnte sich nicht bewegen, nicht einmal den Kopf konnte er wenden, um etwas anderes zu sehen als nur den Himmel und die dort kreisenden Krähen. Die Stimmen, die er unmittelbar neben sich wahrnahm, waren nicht laut, aber es waren mehrere Stimmen, die durcheinanderredeten, mindestens zwei.

Es dauerte nicht lange, und er sah auch den Himmel und die Krähen nicht mehr. Etwas schob sich davor wie eine Wand. Jemand schob sich davor, schob sich zwischen ihn und den Himmel, ein Mensch war das. Dieser Mensch beugte sich über ihn, sah ihn an und fasste ihm an den Hals.

Der Junge blickte in das freundliche Gesicht einer Frau mit brauner Haut, tiefen Falten, grauen Haaren und grauen Augen. Sie legte ihre Hand auf seine Wange und murmelte etwas, das er nicht verstand.

Dann spürte er Hände unter sich, in seinem Rücken, er wurde hochgehoben und verlor das Bewusstsein.

Nach vorne gefallen und liegengeblieben war er, nachdem sich der Schuss endlich gelöst und die Kugel in seinen Nacken und durch seinen Nacken hindurchgedrungen war. Durch die rechte Wange, in der jetzt ein blutiges Loch klaffte, war sie wieder ausgetreten.

Wie tot hatte er dagelegen, zusammengesackt, niedergestreckt durch einen Genickschuss, ein lebloses Häuflein, bereit, jeden Moment weggeschafft und mit den anderen verscharrt und vergessen zu werden, mit Alten wie Jungen, mit durch tägliche gemeinsame Arbeit und Quartiere vertrauten Gesichtern, aber auch mit fremden, nie zuvor gesehenen Häftlingen.

Er hatte nicht mehr gehört, wie die weiteren Schüsse gefallen und die anderen Lagerinsassen, die neben ihm auf dem harten Boden gekniet hatten, zusammengesunken waren. Er hatte nicht mehr gehört, wie einer der Insassen aus seiner Baracke, ein jüdischer Junge aus Galizien – ein gläubiger Jude, Sohn eines Rabbiners, Jitzchak hatte er geheißen und war kaum älter als er gewesen –, nach dem Schuss elendig geschrien hatte, bis irgendwann ein weiterer, erlösender Schuss gefallen war – ein »Gnadenschuss« – und sein Schreien endlich verstummt war. Das hatte er nicht mehr gehört, das hatte er nicht mehr erleben müssen.

Viele der SS-Männer waren betrunken gewesen, volltrunken bisweilen, um die Schüsse aus nächster Nähe überhaupt abgeben zu können, um überhaupt in der Lage dazu zu sein und den Mut – wenn man es denn so nennen wollte – und die Kaltblütigkeit aufzubringen, reihenweise Genickschüsse abzufeuern. Das war doch etwas anderes als mit dem Maschinengewehr.

Der große SS-Mann, vor dem sie alle zitterten, hatte am Genickschuss festgehalten. Er wolle nah dran sein, hatte es geheißen. Er genieße das, was er tat und tun ließ, munkelte man, und er hatte es sich nicht nehmen lassen, am Rande der traurig belebten Straße, an der sein Wagen gehalten hatte, im Vorbeigehen noch eigenhändig zwei, drei Genickschüsse zu vollziehen, bevor er dem Geschehen den Rücken kehrte und es seinen Untergebenen überließ.

Der Junge, der mitten in dem mörderischen Geschehen um sich herum wie leblos gelegen hatte, hatte auch nicht mehr gehört, wie sich der große SS-Mann umgedreht, seinen Sohn als »Memme« und als »Schwächling« beschimpft und wie er ihn und zwei seiner Vasallen zurück in einen der Wagen geschickt hatte, um seinen Weg in den Westen fortzusetzen.

Der große SS-Mann selbst war in einen anderen Wagen gestiegen und hatte sich zurück ins Lager fahren lassen, um die weiteren Räumungen zu überwachen. Auch davon hatte der Junge nichts mitbekommen und nicht davon, wie die übrigen SS-Männer der Kolonne hinterhergeeilt waren, nicht ohne zuvor die Leichen in einen neben der Straße befindlichen Graben gerollt zu haben.

Der Offizier der Roten Armee, ein Mann mit wasserklaren blauen Augen, sah auf und runzelte die Stirn.

Die Deutschen wussten, sie mussten wissen, wo sie standen und auch, dass sie unaufhaltsam näherrückten, Tag für Tag, Stunde für Stunde, dachte er.

In der Ebene wurde Widerstand geleistet, auch jetzt noch, wo sich die Niederlage ihres verdammten Führers so deutlich abzuzeichnen begonnen hatte.

Aus militärischer Perspektive betrachtet reiner Selbstmord, von den Grausamkeiten und Unmenschlichkeiten, die ihnen begegneten, einmal ganz abgesehen. Furchtbar war es, barbarisch …

Das sollte er später in seinen Bericht schreiben, der direkt an seinen Vorgesetzten, General Iwan Stepanowitsch Konjew ging, Marschall der Sowjetunion und Kommandeur der Ersten Ukrainischen Front, der die knapp zwei Wochen zuvor gestartete und auf die Kontrolle ganz Schlesiens zielende Großoffensive befehligte, in deren Zuge vor einigen Tagen bereits Krakau von seinen tapferen Truppen eingenommen worden war.

Seit dem Vorabend setzte die Hundertste Infanteriedivision von Norden her über den Fluss, um die Flanke weiterer drei Divisionen, die von Süden anrückten, zu decken. Die deutschen Verbände zogen sich längst überall zurück. Gegenwehr gab es seit Wochen kaum. Der Auftrag war, das Gelände und seine Fabriken unverzüglich einzunehmen.

Der Offizier und auch seine Soldaten wussten nichts Genaues. Es gab diese Lager. Das hatte sich herumgesprochen. Die Rote Armee hatte bereits Erfahrungen damit gemacht, die Befreiung Majdaneks lag Monate zurück, ein halbes Jahr bald. Sie hatten das Elend gesehen, das unvorstellbare Grauen in seinem ganzen Ausmaß. Die Häftlinge, Juden zumeist, waren in riesigen Gaskammern erstickt worden, ihre Leiber anschließend verbrannt in den großen Öfen, die zu dem Vernichtungslager gehört hatten, so viel wussten sie. Den Überlebenden war geholfen worden, den wenigen Überlebenden – die meisten waren knapp vor der Befreiung verlegt oder an Ort und Stelle hingerichtet worden –, die Verbrechen hatte man dokumentiert.

General Konjew hatte seine Offiziere darüber informiert, dass westlichen Zeitungen zufolge auch hier, nahe dem Fluss und dem kleinen Städtchen drei Lager stehen sollten. Die Nachricht hatte ihn aus Moskau erreicht, und er hatte sie an sie weitergegeben, aber um Stillschweigen gegenüber den Soldaten gebeten. Zudem gab es in der Umgebung große, mächtige Fabrikanlagen. Auch darüber waren sie informiert worden. Es hatte verschiedene Aufklärungsflüge gegeben, und der Stab wusste, dass es sich hier um ein wichtiges Ziel handelte, auch die ungefähren Standorte waren bekannt, und jetzt ging es darum, sie …

Als er wieder erwachte, blickte der Junge erneut in ein Gesicht, dieses Mal in rotgeränderte, aber klare Augen, die wie Wasser waren, durch das man bis hinunter auf den Grund sehen konnte.

Und dann waren da Schmerzen. Alles um ihn herum wirkte wie in einem Traum, und in ihm wuchs die Überzeugung, tatsächlich zu träumen.

Das Gesicht aber gehörte zu einem Mann, einem Soldaten offenbar, das konnte er erkennen. Auf dem Kopf trug der Mann eine Fellmütze mit einem roten Stern, nur bewegte sich der Stern hin und her, am liebsten hätte er seine Hand danach ausgestreckt und nach ihm gegriffen. Allmählich wich der Nebel, und er sah wieder schärfer.

Es war ein Soldat. Er konnte das Revers seines grauen Mantels erkennen, an dem zwei lederne Schnallen befestigt waren. Über seiner Schulter hing ein großes Gewehr.

Der Mann sagte etwas, aber der Junge verstand ihn nicht, er wusste nicht einmal, ob er gemeint war, ob der Mann mit ihm redete, mit ihm und nicht mit jemand anderem.

Schließlich hörte er laute und aufgeregte Stimmen, aber es waren keine polnischen mehr. Und noch jemand beugte sich über ihn, glaubte er.

Dann kehrte der Nebel zurück.

Der Offizier mit den wasserklaren blauen Augen, der einen Spähtrupp der Roten Armee befehligte und der den bewusstlosen Jungen, den ihm polnische Zivilisten, darunter offenbar auch ein Arzt, mit der Bitte um Penicillin vor die Füße gelegt hatten, immer noch vor sich liegen sah – der Anblick schmerzte ihn –, war von diesem Vorfall vollkommen überrascht worden.

Diese Polen trauten sich was, hatte er gedacht.

Ihn beschäftigten ganz andere Dinge, aber er musste eine Entscheidung treffen, immerhin ging es hier um Leben und Tod, auch wenn es sich nur um einen ausgemergelten Jungen handelte, Haut und Knochen, mit einer verbundenen Wunde am Hals, der keinen hoffnungsvollen Eindruck machte.

Er betrachtete ihn, aber er war abgelenkt, er hatte andere Sorgen.

Schnell flüsterte er einem Unteroffizier, der in seiner Nähe stand, ein paar befehlende Worte zu, und der Mann setzte sich in Bewegung, dann schloss er für einen Moment die Augen und presste sich zwei Finger gegen die Stirn.

Die Geräusche und Bewegungen um ihn herum rissen ihn jäh aus seinen Gedanken, und er öffnete die Augen wieder.

Vor ihm lag immer noch der Junge, die polnischen Zivilisten aber waren weggeführt worden. Er schüttelte sich und nahm Haltung an.

Sanitäter waren eingetroffen, sie luden den Jungen auf eine Trage, um ihn ins Feldlazarett zu bringen.

Ja, erinnerte er sich, er hatte gerade eben den Befehl dazu gegeben.

Augenblicke später erreichte ihn die Nachricht, dass er im Feldlager benötigt werde, also ließ er seine Gedanken fahren und schloss sich den Sanitätern an, die ohnehin auf dem Weg dorthin waren, und hörte sich an, was sie zu sagen hatten, und auch, was seine Soldaten von den Polen aufgeschnappt hatten.

Der Offizier war ein Mann mittleren Alters, aber er wirkte deutlich älter, gezeichnet vom Krieg und seinen blutigen Schlachten und auch von dem regelmäßigen Konsum des Wodkas, von dem er nicht lassen konnte.

Das alles hatte Spuren hinterlassen, hatte sich eingefressen in seinen Leib, und die Falten und Furchen in seinem Gesicht erzählten davon weit mehr, als ihm lieb war.

»Dawai, dawai! Beeilung!« Es müsse schnell gehen, sagte er, und die Sanitäter spurten.

Er lief neben der Trage her und sah sich erneut den Jungen an, der mit geschlossenen Augen dalag.

Mit der linken Hand suchte er nach der Brieftasche auf seiner Brust, die auch ein Foto seiner Frau und seines verstorbenen Sohns enthielt. Er konnte sie fühlen, die Umrisse ertasten. Eine vage Ähnlichkeit war vorhanden, aber das machte vermutlich das Alter, sagte er sich. Er hätte auch in jedem anderen Jungen seinen Sohn gesehen, er konnte gar nichts dagegen tun. Wie knapp es doch war. Ein paar Millimeter nur, und die Kugel hätte die Halsschlagader oder tatsächlich das Genick getroffen, hatte der polnische Arzt gesagt, zumindest war ihm das mitgeteilt worden. Möglich war das, er kannte Fälle wie diesen. Sie waren selten, aber es gab sie. Die Hinrichtungsmethode war unsicher. Viele Exekutoren sahen gar nicht hin, wenn sie schossen.

Was hätte er jetzt für ein Glas Wodka gegeben – ein großes Glas, das er in einem Zug geleert hätte. Aber das musste warten. Der Tag war noch jung. Dieser Vorfall sollte Folgen haben, entschied er für sich.

Dieser Junge sollte nicht sterben. Mit diesem Jungen hatte er etwas vor, dachte er, und er dachte an seine Frau, und wie schön es wäre, sie wieder lächeln zu sehen.

7

Simon trat fest in die Pedale. Er hatte es eilig, nach Hause zu kommen, und fuhr in einem enormen Tempo über die Straße.

Gerade hatte er ein Auto im letzten Moment erst bemerkt und haarscharf gestreift. Jetzt gab es aber wieder einen Radweg, und gleich hatte er das Kreuzberger Finanzamt erreicht, es waren nur noch wenige Meter. Endlich, dachte er, gleich hatte er es geschafft.

Am Morgen war er mit dem Fahrrad zum Theater gefahren, zum ersten Mal seit sich der Winter in Etappen, aber doch unwiederbringlich verabschiedet hatte. Warm war es gewesen, die Sonne hatte geschienen. Das würde er bis zur Sommerpause täglich tun, hatte er sich vorgenommen, es sei denn, es regnete. Der Weg war überschaubar und streckenweise sehr hübsch, vor allem, als noch der Flieder und die Kastanien geblüht hatten. Und Fahrradfahren war schließlich auch Sport, sagte er sich.

Das Finanzamt sah aus der Ferne aus wie eine riesige Filmkulisse oder ein Bühnenbild aus Pappmaché, fand er, provisorisch aufgestellt, um irgendwann abgeräumt und eingelagert zu werden – als Kulisse für einen Märchenfilm, mochte man denken. Er schwitzte unter seiner Jacke – er hätte sie gar nicht anzuziehen brauchen –, Hemd und T-Shirt klebten an seiner Haut.

Er wollte, so schnell es ging, zu Hause sein – er strampelte und klingelte und überholte einen Radfahrer nach dem nächsten. Ununterbrochen musste er an Swetlana denken, auch im Theater hatte er die ganze Zeit an sie denken müssen und daran, dass sie so seltsam distanziert gewesen war am vergangenen Abend, dass sie gleich hatte schlafen wollen, als er von der Probe gekommen war. Sie war einfach ins Bett gegangen, hatte sich auf die Seite gelegt und war eingeschlafen. Auch ihr Abschied am Morgen war kühl verlaufen, Swetlana war wortkarg gewesen, so, wie er sie noch nie erlebt hatte. Sie hatte nur gesagt, dass sie es eilig habe und es viel zu tun gebe, wie immer. Sie war gegangen und hatte ihn stehen lassen. Sie hatte ihn nicht einmal geküsst. Irgendetwas stimmte nicht, das spürte er deutlich, doch hatte er keine Ahnung, was.

Den ganzen Tag schon, auch während der Probe, war er unruhig und unkonzentriert gewesen. Er hatte ein komisches Gefühl im Bauch gehabt, drückend, nagend, rumorend. So übel war ihm gewesen, dass er mehrfach an die frische Luft gehen musste, zwischendurch hatte er das Gefühl gehabt, er müsse sich jeden Moment übergeben. Und dann – er war gerade ganz in Gedanken versunken gewesen – hatte ihn die Regisseurin angesprochen, da war es um seinen Einsatz gegangen, und er hatte gar nicht reagiert, bis sie irgendwann in die Hände geklatscht hatte. »Hallo, Simon, jemand zu Hause?«

Auf dem Radweg vor ihm lag ein Scherbenhaufen, aber er sah ihn nicht rechtzeitig, konnte ihm nicht mehr ausweichen und fuhr mitten hindurch.

Auch das noch. Das Glas knirschte unter den Rädern – es war ein unangenehmes Geräusch –, eine Scherbe sprang zur Seite und landete in den Büschen. Er spürte, wie die Luft aus dem Reifen strömte. Glücklicherweise befand er sich schon auf dem Mehringdamm – den U-Bahnhof sah er vor sich, das hellblaue Schild mit den weißen Buchstaben leuchtete ihm entgegen –, er würde das letzte Stück schieben.

Simon war genervt – genervt und verunsichert. Auf der anderen Straßenseite, linker Hand, sah er die Friedhöfe am Halleschen Tor. Hinter ihnen erhob sich die Kuppel der aus rotem Backstein gebauten Heilig-Kreuz-Kirche, in der er einmal eine Tschaikowski-Sinfonie gehört hatte – Jahre war es her – und irgendein Violinkonzert, Bruch vielleicht, oder war es Sibelius gewesen?

Als Simon seine Wohnung betrat, war Swetlana nicht da.

Das war nichts Ungewöhnliches. Sie war wohl noch in der Bibliothek. Aber dieses komische Gefühl, das er seit dem Morgen mit sich herumschleppte, wurde er trotzdem nicht los.

Er zog sich die Jacke aus, legte seine Tasche ab und lief in die Küche. Dort holte er den Käse aus dem Kühlschrank und öffnete auch schon einmal eine Flasche Wein. Irgendwann würde Swetlana schon kommen.

Er grübelte, dann suchte er nach den Fanny-Hensel-Noten – den »Liedern für das Pianoforte« – und legte sie aufs Klavier. Es war schon viele Jahre her, dass seine Großmutter sie ihm geschenkt hatte – zu seinem zweiundzwanzigsten oder dreiundzwanzigsten Geburtstag –, und er spielte sie nach wie vor sehr gerne. Er griff nach dem Kopfhörer. Es war auch eine ganze Weile her, dass er sie zuletzt gespielt hatte, das merkte er jetzt, aber er fand trotzdem hinein – seine Finger bewegten sich wie von selbst. Die Stücke waren elegant und virtuos, aber auch traurig und immer von einem mitreißenden Fluss. Man konnte in dieser Musik versinken, sich in ihr verlieren. Am liebsten wäre er für eine Weile nicht wieder aufgetaucht. Aber jetzt, in diesem Moment, wollte es ihm nicht gelingen. Er konnte sich nicht konzentrieren. Er kannte das gar nicht von sich. Was war denn nur los?

Er nahm die Kopfhörer ab und rief Swetlana an.

»Ihr Gesprächspartner ist zur Zeit leider nicht erreichbar, bitte hinterlassen Sie eine Nachricht nach dem Signalton …«

Es war immer dieselbe Frauenstimme.

Er rief ein zweites Mal an, um eine Nachricht auf ihrer Mailbox zu hinterlassen. Sie solle ihn bitte zurückrufen, auch und gerade, wenn etwas nicht stimme.

Danach ging er in die Küche und schenkte sich ein Glas Wein ein. Normalerweise meldete sich Swetlana sofort zurück, wenn er bei ihr anrief. Das war wie eine stille Vereinbarung. Es dauerte nie lange. Sie stand dann auf, ging aus der Bibliothek hinaus in den Flur oder vor die Tür, wo sie sprechen konnte. Aber jetzt rief sie nicht zurück. Stundenlang versuchte Simon es, aber sie reagierte nicht und kam auch nicht nach Hause.

Gegen Abend stand er auf und zog sich die Schuhe an, um nebenan bei Melanie und Agnieszka zu klopfen. Zwar war es unwahrscheinlich, dass Swetlana bei ihnen war – sie wäre zuerst nach Hause, also zu ihm gekommen, um ihre Sachen abzustellen, dachte er –, aber vielleicht konnte er einfach ein bisschen mit Melanie reden, sie könnten noch eine Flasche Wein trinken, Hauptsache, er war nicht mehr allein …

Agnieszka war es, die die Tür öffnete. Sie trug einen Bademantel und hatte ein Handtuch wie einen Turban um den Kopf gewickelt.

Simons Blick fiel für einen kurzen Moment – er konnte es nicht verhindern – auf die Tätowierung an ihrem Unterschenkel. Sie zeigte eine geschlossene Rose mit Blättern und Trieben, die in alle Richtungen rankten, über das Schienbein und die Wade bis hoch zum Knie. Vielleicht war das Tattoo neu, es war ihm jedenfalls noch nie aufgefallen, auch damals nicht, als sie in seinem Bett gelandet waren zwei oder drei Mal, er dachte nicht oft daran.

»Melanie ist nicht da, ich glaube, sie wollte ins Kino gehen«, sagte Agnieszka und lächelte. »Ich bin ganz allein zu Hause, wie du siehst …«

Was sollte denn das heißen, dachte Simon und sah sie an. Er hoffte, dass sie seine Blicke auf ihren Unterschenkel nicht bemerkt hatte.

»Ich wollte …« Er räusperte sich. »Also Swetlana, sie ist nicht, ich meine … Weißt du vielleicht …«

»Komm erst einmal herein, du wirkst ja ganz durcheinander.«

Simon trat widerwillig ein und folgte ihr. Natürlich spürte er die Ironie in ihrer Stimme. Wenn doch wenigstens Melanie da gewesen wäre, dachte er und sah sich um. Gut möglich, dass gleich einer von Agnieszkas Liebhabern auftauchte, der in ihrem Bett auf sie wartete.

»Ich habe mir gerade eine Flasche Rotwein aufgemacht«, sagte Agnieszka, als sie die Küche erreicht hatten. »Willst du auch ein Glas?«

Sie holte Gläser aus dem Schrank und schenkte den Wein ein. Simon zuckte mit den Schultern und setzte sich an den Küchentisch.

Agnieszka nahm das Handtuch vom Kopf, machte aber keine Anstalten, sich anzuziehen. Ihre Haare waren immer noch feucht.

Der Bademantel öffnete sich, als sie sich zu ihm setzte, die Kordel hatte sich offenbar gelöst, das Revers rutschte zur Seite und entblößte eine ihrer Schultern. Es fehlte nicht mehr viel, und Simon konnte ihre

Brüste sehen, die sich gegen den blauen Frotteestoff wölbten. Sie sah ihn provozierend an.

»Ich weiß nur, dass Swetlana zu ihrer Mutter fliegen wollte, aber das weißt du besser als ich …«, sagte sie schließlich und seufzte.

»Ja, aber wir wollten eigentlich zusammen fliegen …« Simon war plötzlich den Tränen nahe.

Agnieszka zog sich den Bademantel wieder über die Schulter und zog die Kordel zu. In ihrem Blick lag plötzlich nichts Provozierendes mehr, sondern eher so etwas wie Mitleid.

»Ich weiß nicht genau, was los ist«, sagte sie nach einer Weile, »aber wenn Swetlana verreist ist, zumal nach Israel, dann hat sie doch sicher ein paar Klamotten dabei. Hast du mal nachgesehen, ob sie ihren Koffer mitgenommen hat?«

Simon stand unvermittelt auf und stürzte zurück in seine Wohnung.

Swetlanas Reisetasche befand sich immer noch da, wo sie sein sollte, oben auf einem Schrank im Schlafzimmer, aber ihr Koffer fehlte.

»Der Koffer ist weg«, sagte er, als er wieder zurück war.

Agnieszka knirschte mit den Zähnen. Sie trank ihren Wein in einem Zug aus und schenkte ihm und sich nach. Sie überlegte.

Simon, der sich wieder zu ihr an den Tisch gesetzt hatte, sah sie ratlos an.

»Wenn ich du wäre, würde ich ihr hinterherfahren …«, sagte sie schließlich, »du musst ihr hinterherfahren, hörst du!«

»Aber wie soll ich das tun? Ich weiß ja gar nicht, wo sie ist, und sie geht auch nicht ans Telefon.«

Agnieszka lächelte milde und stand auf, sie nahm einen Brief von der Pinnwand, die neben dem Küchenschrank an der Wand hing, und drückte ihn Simon in die Hand.

»Hier«, sagte sie.

»Was soll ich denn damit?«, fragte Simon gereizt.

»Na, dreh ihn halt einmal um. Da, siehst du! Da steht die Adresse von ihrer Familie in Tel Aviv.«

»Du meinst, sie ist nach Israel geflogen? Ohne mich?«

»Ja, Simon, das denke ich. Und ich glaube, ich muss dir auch etwas sagen, ich fürchte, ich bin an all dem nicht ganz unschuldig, ich habe Swetlana erzählt, dass wir … Vielleicht hat sie das … Ich weiß es nicht …«

8

Sie hatten Riesling getrunken – grünlich gelb in der Farbe, mit typisch mineralischer Note und einem leichten Duft nach Feuerstein.

So hatte Hilde ihn in Erinnerung. Sie liebte Riesling. Vier Flaschen waren es gewesen, wenn sie richtig gezählt hatte, aber wer zählte während solcher Abende schon? Und einen oder zwei, vielleicht auch drei Obstler zum Abschluss hatten sie sich noch genehmigt, Schlehe und Williamsbirne, die sie besonders gerne trank, ein Himbeergeist war auch darunter gewesen, oder vielleicht doch nicht?

Albrecht hatte dann auch noch eine Flasche Enzian auf den Tisch gestellt, fiel ihr jetzt wieder ein, aber den hatte sie sicher nicht angerührt … Wieland hatte sie auf dem Heimweg dennoch stützen müssen, allein hätte sie sich gar nicht mehr auf den Beinen halten können. Es war, als wären ihre Knochen aus Gummi gewesen, kein Halt, kein gar nichts. Eisig kalt war es noch gewesen, die Nächte durfte man nicht unterschätzen, und wenn man nicht aufpasste, holte man sich den Tod.

Was für ein Abend, dachte Sie. Es war nicht nur das erste Mal seit Heinrichs Geburt, dass sie mit Freunden ausgegangen waren, sondern auch das erste Mal seit der Geburt des Kleinen, dass sie so viel getrunken und dass sie sich so prächtig amüsiert hatte.

Jetzt dröhnte ihr Kopf, das war die Quittung. Sie stand auf, lief ins Badezimmer, zog sich das Nachthemd aus, von dem sie nicht einmal mehr genau wusste, wie sie es sich angezogen hatte – vielleicht hatte Wieland es ihr angezogen –, setzte sich in die Badewanne und ließ sich mit dem Duschkopf abwechselnd heißes und kaltes Wasser über das Gesicht und die Schläfen laufen. Ein Alka-Seltzer hatte sie bereits genommen.

Wieland, der längst im Institut war – er schien keine Katerkopfschmerzen zu kennen, oder er war ein wahrer Meister darin, es zu überspielen –, hatte ihren Eltern Bescheid gegeben, dass sie den kleinen Heinrich am Vormittag noch nicht abholen könne, sondern wohl erst im Laufe des Nachmittags vorbeikäme – mit der Ausrede, sie fühle sich nicht so recht, sie habe sich wohl etwas eingefangen.

Nun, ganz falsch war das nicht, dachte sie, wenn auch das »Unwohlsein« selbstverschuldet war, mit Einschränkung selbstverschuldet, denn Albrecht hatte die Gläser immer wieder ungefragt aufgefüllt und immer mehr Flaschen entkorkt, ohne danach zu fragen, ob überhaupt noch jemand Wein wolle. Doch sie alle hatten nichts dagegen einzuwenden gehabt, und Claudine war es gewesen, die nach jedem Nachschenken ihr Glas in die Höhe gehalten und sie alle dazu aufgefordert hatte, anzustoßen.

Nachdem der Wecker geklingelt und Wieland bald darauf aus dem Haus gegangen war, hatte sich Hilde noch einmal hingelegt und vielleicht anderthalb oder zwei Stunden geschlafen. Jetzt musste es bald neun Uhr sein.

Nein, sagte sie sich, sie wäre an diesem elenden Morgen niemals in der Lage gewesen, sich auch noch um Heinrich zu kümmern. Dumm nur, dass sie auch zu nichts anderem in der Lage war, und es gab so viele Dinge, die sie gerne getan hätte.

Vier Flaschen Riesling, dachte sie und ließ das Wasser langsam wärmer werden, um es gleich darauf wieder auf kalt zu stellen. Und was für einen Riesling Albrecht kredenzt hatte … Sie würde ein paar Kisten davon bestellen oder Wieland bitten, es zu tun. Auch ihre Kopfschmerzen – mochten sie noch so heftig sein – konnten nichts daran ändern, dass sie den Wein in bester Erinnerung behalten hatte – für den Kater waren allein die Schnäpse verantwortlich, sagte sie sich, und wenn sie an die vielen Schnäpse dachte, schüttelte es sie, und sie war froh, in der Wanne zu sitzen. Ihr Vater, fiel ihr ein, hatte einmal gesagt, das beste Mittel, einen Kater zu überwinden, sei es, ein Glas Wein oder einen Schnaps zu trinken. Sie horchte in sich hinein, sie horchte tief in sich hinein – aber nein, dachte sie, das kam nicht infrage. Der bloße Gedanke an Alkohol ließ die Kopfschmerzen wieder stärker werden und verursachte Übelkeit.

Sie hatten, als sie nach dem Kinobesuch bei Albrecht angekommen waren, weiter über den Film gesprochen und sich lebhaft ausgetauscht – so weit hatten ihre Meinungen dann auch wieder nicht auseinandergelegen –, auch über Grzimek und sein bewundernswertes Engagement in Afrika hatten sie gesprochen, und über den tragischen Tod des Sohnes. Irgendwann, zu dem Zeitpunkt waren sicher schon zwei oder drei der Riesling-Flaschen geleert gewesen, hatte Wieland gesagt, er würde dem Zoodirektor einmal schreiben und ihn zu einem Vortrag oder einem Kolloquium nach Göttingen einladen. Über das Arteriensystem des Haushuhns, des »Gallus gallus domesticus«, habe er promoviert, das sei sein eigentliches Fachgebiet, aber ein anschaulicher Vortrag über die Besonderheiten der Flora und Fauna in der Serengeti – vielleicht mit einem speziellen Augenmerk auf die Insekten, die ja im Film leider nur am Rande vorgekommen seien – wäre nicht nur für die Studenten und auch die Kollegen höchst instruktiv, sondern auch für ein breiteres Publikum, wie bei der Brasilien-Ausstellung.

Niemand – abgesehen natürlich von Hilde selbst – hatte bemerkt, wie Wieland sie angesehen hatte, als die Rede auf die Brasilien-Ausstellung gekommen war, und sie musste wieder daran denken, wie sie sich trotz ihres Schwipses gleich nach ihrer Heimkehr und noch im Flur geliebt hatten, aber schnell landeten ihre Gedanken wieder bei den Gesprächen des vergangenen Abends.

Albrecht, der sich offensichtlich wenig für Haushühner und ihre Arteriensysteme interessierte, berichtete, dass der Frankfurter Zoodirektor während des Krieges in Berlin versteckten Juden geholfen und sie mit Lebensmitteln versorgt hatte, und das als NSDAP- und SA-Mitglied, aber über solche Dinge sprach man eigentlich nicht oder nur höchst zögerlich.

Hilde musste daran denken, dass sie selbst ihren Eltern die Nazi-Vergangenheit von Wielands Vater bislang verschwiegen hatten, was ihr nicht ganz leicht fiel, da ihr Vater sie bisweilen mit Fragen löcherte – das war so seine Art, und er interessierte sich sehr für die Familienhintergründe seines Schwiegersohns –, aber Wieland hatte sie darum gebeten, es erst einmal für sich zu behalten. Selbst mit Albrecht hatten sie nie darüber gesprochen – aus Scheu, aus Scham, sie wusste es nicht. Am gestrigen Abend hatten sie es dennoch getan. Grzimeks Vergangenheit hatte den Anstoß gegeben …

Ihr war dabei zunächst sehr unwohl zumute gewesen – trotz des Alkohols und seiner unbestreitbaren Wirkung, die ihnen die Zunge erst richtig gelöst hatte. Sie hätte gar nicht genau erklären können, weshalb, vor allem aber hatte sie sorgenvoll beobachtet, wie Wieland reagierte.

Claudine war plötzlich ganz aufgeregt gewesen und hatte immer mehr und immer neue Fragen gestellt. Über die Deportationen, die Schicksale der Opfer und ihrer Familien und über den Verbleib der Täter. Weil man so viel Widersprüchliches höre, hatte sie gesagt. Von den Radioansprachen Thomas Manns habe sie gehört, die während des Krieges von der BBC ausgestrahlt worden waren und in denen Mann über das Kriegsgeschehen und über die Verbrechen der Nazis informiert und die Deutschen ermahnt hatte. Irgendwann hatte Claudine wissen wollen, was eigentlich aus den vielen Nazis geworden sei. Es scheine ja gar keine mehr zu geben. In ganz Deutschland scheine es keinen einzigen Nazi mehr zu geben, niemand wolle es mehr gewesen sein.

Doch, doch, hatten Albrecht und Wieland erklärt, es gebe sie und zwar zuhauf, in Göttingen, aber auch überall sonst in Deutschland, selbst in der Ostzone, übten viele Nazis angeblich wieder die gleichen Ämter und Berufe aus, die sie vorher auch schon ausgeübt hatten, die einfachen NSDAP-Mitglieder sowieso, als wäre nie etwas geschehen. Ansonsten hätte es allerdings einen unberechenbaren Stillstand gegeben in Deutschland, hatte Albrecht noch bemerkt. Die meisten waren eben Nazis gewesen.

Grauenvoll, hatte Hilde eingeworfen.

Albrecht aber hatte mit den Schultern gezuckt, so sei es eben.

Irgendwann hatte sich Claudine nach der Vergangenheit von Hildes Eltern erkundigt, die sie über Albrecht bereits kennengelernt hatte – er war mit Claudine zum Tee bei ihnen gewesen, und sie hatten ihm, wie Hilde wusste, ihren Segen gegeben –, ohne viele Worte darüber zu verlieren.

Nachdem Hilde berichtet hatte, dass ihr Vater den Rüstungsbetrieb in den letzten Kriegsjahren immer wieder durch die Verschleppung der Zulieferung von dringend benötigten Einzelteilen sabotiert hatte – was ihn den Kopf hätte kosten können –, hatte sie auch nach

Wielands Herkunft gefragt. Alle hatten plötzlich Wieland angesehen, und Hilde hatte schon etwas sagen wollen, aber dann hatte Wieland ganz ruhig erklärt, dass er mit seiner inzwischen verstorbenen Mutter aus den Ostgebieten geflohen sei, kurz bevor die Russen dort eingetroffen wären, und dass sein Vater im Krieg umgekommen sei, gegen Kriegsende. Und sein Vater sei ein glühender Nazi gewesen.

Claudine hatten die Informationen offenbar genügt, und sie hatte anschließend ihrerseits erzählt, dass ihre Eltern glücklicherweise noch lebten, beide, dass ihre zwei älteren Brüder – insgesamt waren sie fünf Geschwister gewesen – jedoch im Kampf gegen Deutschland gefallen seien, dass sie aber fest daran glaube, dass die Nazis ein für allemal Geschichte seien und die Geschichte, so furchtbar sie auch gewesen sein mochte, einer Freundschaft zwischen Frankreich und Deutschland, zwischen Franzosen und Deutschen nicht im Weg stünde – Albrecht und sie seien schließlich der lebende Beweis.

Es war nicht lange her, dass Adenauer den französischen Ministerpräsidenten erstmals getroffen hatte, erinnerte sich Hilde, die immer noch unter der Dusche stand und sich nach wie vor kaltes und dann wieder heißes Wasser auf den Kopf prasseln ließ. Ein gutes halbes Jahr vielleicht lag das Treffen zurück, und de Gaulle hatte den deutschen Bundeskanzler noch während seines Besuches demonstrativ in sein Landhaus nach Colombey-les-deux-Églises eingeladen. Ein absolutes Novum, hatte es geheißen, so etwas habe er noch nie zuvor getan.

Ihr Vater hatte befürchtet, es könne zum Eklat kommen, »zum großen Knall«, hatte er gesagt, die »Erbfeindschaft« zwischen Deutschland und Frankreich sei, auch wenn er den Begriff für problematisch halte, nicht so leicht zu beseitigen, zumal nicht nach all dem, was vorgefallen war, was zuletzt vor allem Frankreich zu erleiden gehabt hatte. Aber dann war die Erleichterung groß gewesen, erinnerte sie sich, unermesslich nahezu, diese Herzlichkeit und Eintracht zwischen den beiden Männern, diese Entschlossenheit, die alte Feindschaft zu überwinden, eine Entschlossenheit, die sich auf sie alle übertragen hatte, ein Gefühl der Erleichterung, das sie alle erfasst hatte, als würde eine gewaltige Last von ihren Schultern fallen.

Selbst ihr Vater hatte sich eine Träne aus dem Auge gewischt. Niemand, wirklich niemand hätte das für möglich gehalten.

Und jetzt? Jetzt hatten sie einen wunderschönen Abend mit einer sehr charmanten und einnehmenden Französin verbracht, die zwei ihrer Brüder im Krieg verloren hatte und offenbar trotzdem einen Deutschen liebte, einen ihrer eigenen und engsten Freunde zumal, und die auch Wieland und ihr mit einer Zugewandtheit begegnet war, die herzlicher und offener nicht hätte sein können. Trotzdem hatte der Abend einen seltsamen Beigeschmack, ein schales Gefühl war geblieben, ein Bauchschmerz, der nicht wegzubekommen war. Wieland war der Sohn eines SS-Offiziers, der in einem Konzentrationslager tätig gewesen war. Das war das eine. Niemand außer ihr wusste davon, nicht einmal ihre Eltern und Albrecht schon einmal gar nicht, Wieland behielt es für sich. Das war das andere.

Als sie nach Hause gelaufen – oder, was sie betraf, eher getorkelt – waren, hatte Hilde Wieland gebeten, ein Kindermädchen für Heinrich einzustellen – sie hatte sich dazu durchgerungen, auch wenn es altmodisch war. Ihre Intentionen aber waren es nicht, hatte sie sich gesagt, und der Alkohol hatte wohl den Rest getan. Wieland war stehen geblieben und hatte sie angesehen. Da hatte sie ihm all das erklärt, was sie ihm längst schon hatte erklären wollen, sie hatte ihm erklärt, dass sie endlich wieder studieren wolle, dass es ihr ernst damit sei, dass ihr das Muttersein nicht reiche, um glücklich zu sein, und dass ihr zu Hause die Decke auf den Kopf falle, wenn es so weiterginge. Sie brauche Raum für sich, auch unabhängig vom Studium, sie schaffe es nicht – bei aller Liebe zu dem Kleinen –, sich tagein, tagaus und Stunde um Stunde um Heinrich zu kümmern und ihre ganze Kraft und Aufmerksamkeit einem Kind zu widmen, sie wolle studieren, sie wolle aber auch lesen, und sie wolle regelmäßig ausgehen.

»Warum hast du das nicht schon früher gesagt?«, hatte Wieland erwidert und versprochen, sich schon bald darum zu kümmern.

Gegen Mittag – Hilde hatte sich nach dem Duschen erst einmal ein deftiges Frühstück zubereitet und eine große Kanne starken Kaffee gekocht – klingelte es. Ihr Vater stand vor der Tür, er hatte Blumen mitgebracht, einen großen Strauß duftender gelber und hellrosafarbener Freesien.

Heinrich habe er zu Hause »bei der Großmama« gelassen, sagte er, er sei gekommen, um einmal nach ihr, nach seiner Tochter, zu sehen.

Hilde sah ihn an. Sie sah nicht mehr ganz so derangiert aus, wie sie sich fühlte, das hatten ihr verschiedene Blicke in den Spiegel verraten, aber es gelang ihr dennoch nicht, ihn anzulügen. Es hatte keinen Zweck, ihr Vater hätte es ohnehin erraten, sie konnte ihm nichts vormachen – das war immer schon so gewesen –, also bat sie ihn herein, schenkte ihm und sich den Rest des viel zu starken Kaffees ein – es war bereits die zweite Kanne, die sie aufgebrüht hatte – und erzählte ihm alles, sie erzählte ihm von dem Film, den sie im Kino gesehen hatten, von der Serengeti – und dass Wieland und sie auch gerne einmal dorthin reisen würden –, von den Gesprächen bei Albrecht, von Claudine – die auch Hildes Vater sehr angenehm und sympathisch gewesen war –, auch von den heiklen Themen, über die sie gesprochen hatten, erzählte sie, von Wieland, von Wielands Mutter und von seinem Vater und nicht zuletzt von dem vielen Wein, dem Schnaps und von ihrem schrecklichen Kater.

»Komm, wir gehen etwas essen«, sagte der alte Sartorius und lächelte. »Ich lade dich ein.«

9

Ganz gleich, wo man ansetzte, im Kleinen wie im Großen, alles wurzelte immer in den Abgründen des zwanzigsten Jahrhunderts – ob aus europäischer oder russischer Perspektive betrachtet, zu trennen war das ja doch nicht. Vielleicht war es aber doch keine so geeignete Reiselektüre, sagte sich Swetlana, seufzte und klappte das Buch wieder zu, in dem sie bis vor wenigen Augenblicken gelesen oder zumindest zu lesen versucht hatte. Über ein paar Zeilen war sie nicht hinausgekommen, wenige Sätze nur waren es, die sie gelesen hatte, und sie blickte auf den schwarzen Buchdeckel.

Nicht jetzt, dachte sie, nicht in diesem heillosen Schlamassel, in dem sie steckte und der ihr so schwer aufs Gemüt drückte. Sie hatte sich wohl überschätzt, und in ihrem desolaten Zustand war es ihr nicht einmal mehr möglich zu lesen, jedenfalls nicht dieses das zwanzigste Jahrhundert und seine Verbrechen vermessende Buch, das vom Erinnern im Allgemeinen handelte, aber auch von konkreten Erinnerungen, von individuellen und von kollektiven Erinnerungen, alles in allem von solchen, die nicht leicht zu verarbeiten waren. Die Sätze waren vor ihren Augen zerfallen, und die Worte hatten sich in ein unübersichtliches Meer aus Buchstaben aufgelöst.

Sie konnte sich nicht konzentrieren, ihre Gedanken kamen nicht mehr zur Ruhe, sie flohen in alle Richtungen davon. Sie kam nicht hinterher. Vielleicht hätte sie besser einen Roman lesen sollen, Tolstois »Krieg und Frieden«, Turgenjew oder auch Dostojewski, wenn sie schon zurück nach Russland reiste.

Sie zitterte und legte ihre Hände auf die Knie. War das Schüttelfrost? Sollte sie ernsthaft krank werden?

Sie fasste sich an die Stirn, aber auch wenn sie das Gefühl hatte, dass es in ihrem Kopf kochte und es sie auch nicht gewundert hätte, wenn ihre Stirn tatsächlich geglüht hätte, fühlte sie keine erhöhte Temperatur. Die Stirn fühlte sich kühl an, und sie sollte auch kühl bleiben, dachte sie, sie sollte, so gut es ging, einen kühlen Kopf bewahren.

Es war weniger die bittere, wenn auch nicht tief sitzende Enttäuschung darüber, dass Simon ihr ausgerechnet sein Techtelmechtel mit Agnieszka verheimlicht hatte, die sie beschäftigte – damit würde sie sich auseinandersetzen, wenn es an der Zeit war –, als vielmehr Nataschas Geschichte, die ihr nicht aus dem Kopf ging und die sie so erschütterte. Hätte sie früher davon erfahren, wäre sie längst bei ihr und hätte ihr schon in den letzten Wochen beigestanden. Sie wäre sofort zu ihr ins Krankenhaus gereist …

Sie war, nachdem sie eilig ihren Koffer gepackt hatte, ins russische Visazentrum in die Friedrichstraße gefahren. Vielleicht hatte sie verzweifelt ausgesehen und bei der dicken Frau, die für sie zuständig gewesen war, Mitleid erregt, jedenfalls konnte sie sich das teure Visum bereits am nächsten Tag abholen – und war dann für eine Nacht in einem Hotel abgestiegen. Zurück nach Kreuzberg hatte sie vorerst nicht fahren wollen, weder zu Simon, noch in ihre WG zu Melanie und Agnieszka.

Agnieszka – sie konnte einen rasend machen, dachte Swetlana, aber richtig böse sein konnte sie ihr nicht.

Warum auch? Sie war ihr schließlich keine Rechenschaft schuldig über ihre diversen Liebschaften, auch nicht, wenn es sich dabei um einen Nachbarn handelte – und mehr war Simon schließlich damals nicht gewesen. Trotzdem regte Agnieszka sie auf. Und sie hatte keine Lust gehabt, mit ihr über Natascha zu reden und darüber, dass sie sofort zu ihr reisen musste. Sie hatte überhaupt keine Lust mehr gehabt, mit ihr zu reden. Und trotz des Schocks und der Sorgen, die sie sich um Natascha machte, war sie nach ihrem Anruf zugleich auch erleichtert gewesen, froh und erleichtert, einfach abreisen und alles hinter sich lassen zu können. Und sie freute sich auf Natascha, jetzt, wo sie zu ihr reiste, merkte sie, wie sehr sie ihre beste Freundin vermisst hatte.

Simon hatte sie nicht einmal einen Zettel oder einen Brief dagelassen. Da musste er jetzt durch, dachte sie, das hatte er sich selbst zuzuschreiben.

Allein ihre Mutter hatte sie angerufen und ihr alles erzählt. Ihrer Mutter wäre es lieber gewesen, wenn Natascha zu ihr nach Berlin gekommen wäre, sie sah es gar nicht gerne, dass ihre Tochter nach Russland reiste – und auch noch allein, hatte sie gesagt und vorgeschlagen, dass sie doch beide zusammen nach Tel Aviv kommen sollten. Aber das war Unsinn, dachte Swetlana, das hätte Natascha niemals mitgemacht. Ihre Mutter und ihren Großvater hätte sie allerdings schon gerne gesehen, aber das musste warten. Je nachdem, wie sich die Dinge entwickelten, würde sie von Moskau aus nach Tel Aviv fliegen und nicht erst zurück nach Berlin.

Als die Aeroflot-Maschine nach gut zweieinhalb Stunden Flugzeit gelandet war und Swetlana, ihren Rollkoffer in der Hand, die Gangway hinunterstieg, wurde ihr doch ein wenig mulmig zumute. Sie setzte ihre Füße zum ersten Mal seit langer Zeit wieder auf russischen Boden.

Ihre Schritte verlangsamten sich wie von selbst, und sie sah sich um, nervös und ängstlich, jemandem zu begegnen, den sie kannte, von irgendwoher, von früher – so unwahrscheinlich das auch war …

Kurz blieb sie stehen und atmete einmal tief ein und aus. Die Luft war hier ganz anders. Alles roch würziger und ursprünglicher, dachte sie für einen Moment, und auch der Himmel sah anders aus – war es vielleicht ein anderer Himmel? –, dann lief sie weiter, den anderen Passagieren hinterher.

Ihre Reise nach Moskau war eine Zeitreise, dachte sie, und das in zweifacher Hinsicht. Zum einen reiste sie zurück in ihre alte Heimat, und das bedeutete, sich den Gespenstern ihrer Vergangenheit zu stellen, ihrer eigenen Hölle, das war ein unvermeidbarer Prozess, und es war kein Wunder, dass sie nervös und ängstlich war. Die Vergangenheit barg auch etwas Paradiesisches, dachte Swetlana, während sie die russische Luft atmete und schmeckte.

Sie musste an Heringssalat, an eingelegte Salzgurken und Pilze oder mit Kohl gefüllte Piroggen denken. Zum anderen war die Zeit zwischen Moskau und Berlin tatsächlich um ein ganzes Stück verschoben, nicht nur die Uhrzeit, diese läppischen zwei Stunden, nein, die Jahreszeiten unterschieden sich. Der Frühling war in Berlin bereits viel weiter, Moskau lag um etwa einen Monat zurück. Hier schlugen die Bäume gerade erst aus, das Grün war noch viel frischer und heller, und die Tulpen und Narzissen leuchteten rot und gelb am Rande des Rollfeldes, während der Flieder erst noch blühen würde. Es hatte etwas Surreales, aber sie würde den Flieder in diesem Jahr ein zweites Mal blühen sehen …

Schon beim Einsteigen ins Flugzeug war ihr aufgefallen, dass die anderen Reisenden fast ausschließlich Russen waren. Jetzt, auf dem Weg in die Gepäckhalle, bestätigte sich dieser Eindruck. Familien mit Kindern und Bergen von Handgepäck waren unterwegs, Geschäftsleute in glänzenden Anzügen, die schwarze Aktentaschen trugen und die ganze Zeit über telefonierten, kleine Gruppen offensichtlich neureicher Jugendlicher, protzig und breitbeinig oder überschminkt, allesamt waren sie unverkennbar russisch, und Swetlana fragte sich, warum es keine Deutschen oder kaum Deutsche gab, die von Berlin nach Moskau reisten.

Sie fuhr mit dem Zug in Richtung Zentrum.

Eine gute halbe Stunde Fahrt durch karge weißgraue Betonwüsten lag vor ihr, und abgesehen von den imposanten Zementriesen, die sich hier aneinanderreihten und übereinandertürmten, würde sie nicht viel zu sehen bekommen. Diese trostlose Peripherie kannte sie kaum, und sie erinnerte sich nicht mehr an die zwei, höchstens drei Anlässe, die sie hier hinausgetrieben hatten. Aber irgendwo an einer dieser Häuserzeilen musste Natascha überfallen worden sein.

Swetlana hielt Ausschau, als gäbe es da draußen tatsächlich noch etwas zu entdecken, den Tatort, womöglich den Täter oder andere, potenzielle Täter. Zwecklos, dachte sie. Abgesehen davon, dass das Unsinn war, hätte es überall passieren können. Es konnte überall passieren, es musste nicht einmal ein Außenbezirk sein. Wahrscheinlich war dort die Gefahr, überfallen zu werden, nicht einmal größer, die Kriminalität nicht einmal höher als im Zentrum.

In Berlin war es doch genauso. Es war noch nicht lange her, dass es im Viktoriapark, in ihrer unmittelbaren Nachbarschaft, einen Überfall mit tödlicher Folge gegeben hatte. Eine Messerstecherei, die mit irgendwelchen Neuköllner Clans zusammenhing, hatte es dort auch schon gegeben.

Aber sie wäre ohnehin nie auf die Idee gekommen, allein im Dunkeln durch den Viktoriapark zu laufen – wenn sie einmal abends ins Golgatha ging und allein zurücklaufen musste, dann nahm sie die Katzbachstraße und die Kreuzbergstraße und machte einen großen Bogen um den Park.

Im Tiergarten, zwischen Schleusenkrug und Zoo, war eine Frau erwürgt und ausgeraubt worden, auch das war noch nicht lange her. Erbeutet hatte der Täter, ein aus Tschetschenien stammender Russe, ein Handy und ein bisschen Kleingeld. Vom Schleusenkrug zum Zoo war es kein weiter und auch kein abgelegener Weg, sie wäre die kurze Strecke auch allein gegangen.

Natascha und sie hatten damals in einer kleinen Wohnung in Kitai-Gorod gelebt, einem sie in mancherlei Hinsicht an Kreuzberg erinnernden, alternativ anmutenden Viertel östlich des Kremls und des Roten Platzes, wo Moskau – abgesehen vielleicht von den Graffiti, die es dort überall gab – noch ein bisschen so war wie früher, wie das alte Moskau, das in den Romanen beschrieben wurde –, jedenfalls konnte man den Eindruck gewinnen, wenn man durch die hügeligen

Straßen und schmalen Seitengassen lief, vorbei an den vielen kleinen Kirchen und Klöstern.

Kriminalität hatte es dort nicht gegeben, zumindest hatte Swetlana nie davon gehört, und sie hatte auch nie Angst gehabt, dort abends allein spazierenzugehen.

Von ihrem Küchenfenster aus hatten sie in den Hinterhof geblickt, in dem es sehr ruhig zugegangen war und in dem es oft nach Kohl gerochen hatte, wenn die alte Babuschka aus der Etage unter ihnen frische Piroggen zubereitet hatte – ein bisschen war es wie zu Hause in Kreuzberg, dachte sie, dort roch es im Hinterhof auch manchmal nach Essen, nach Zwiebeln und Braten. Aber sie wusste nicht, wer dort kochte, alte Menschen gab es in ihrem Haus kaum.

Der Bergmannkiez und Kitai-Gorod waren eigentlich ganz gut zu vergleichen, fand Swetlana, auch aufgrund der alten Bausubstanz, der Brauereien und Druckereien. Die Bergmannstraße und die Iljinka waren zudem beide angesagte Geschäfts- oder Einkaufstraßen, und die Häuser in Kitai-Gorod waren auch nicht so groß wie in den meisten Moskauer Vierteln, dort herrschten eher Berliner Verhältnisse.

Es war auch eine schöne Zeit gewesen, dachte Swetlana, damals. Gejobbt hatten Natascha und sie lange in einer Bar ganz in der Nähe der Metrostation Tschistyje Prudy. Bis zur Moskwa und zum Sarjadje-Park war es nicht weit gewesen, ein schöner Spaziergang, es gab haufenweise Clubs, Restaurants, Galerien und Kinos. Bleiben hatte sie trotzdem nicht wollen, auch wenn Natascha sie beinahe bekniet hätte – sie hatte es nicht gekonnt. Russland – das war für sie auch wie Stiche in die Magengrube, und das war nicht einmal bildlich gesprochen. Aber letztlich war es doch wie beim Joggen, wenn man Seitenstiche bekam, weil man vorab zu viel gegessen hatte oder einfach nicht in Form war. Durch spezielle Atemtechniken konnte man die Stiche in den Griff bekommen. Dann schmerzten sie nicht mehr so sehr, und man konnte weiterlaufen.

Im Großraumabteil des Zuges hingen Monitore, die Musikvideos zeigten, sie waren laut und nervtötend.

Swetlana versuchte, sich unauffällig die Ohren zuzuhalten. Ein kleiner Junge, der ihr gegenübersaß, bemerkte das, grinste und machte seine Schwester auf sie aufmerksam. Beide tuschelten, sahen sie an und lachten, bis ihre Mutter sie ermahnte, ruhig sitzen zu bleiben und zu schweigen.

Sie fühlte sich angegriffen, dabei waren es doch nur Kinder, dumme Gören, dachte sie. Aber auch die Mutter und die Frau, die neben ihr saß, musterten Swetlana jetzt ungeniert.

Neben den Kindern und den beiden Frauen – Mutter und Tante, glaubte sie, ihrer Ähnlichkeit nach zu urteilen –, saßen zwei Männer in karierten Holzfällerhemden und tranken Bier. Es war unmöglich einzuschätzen, ob sie Teil der Familie waren oder einfach Fremde, die nur zufällig daneben saßen. Einer der beiden hatte kaum noch Zähne im Mund. Er gähnte und riss den Mund weit auf, ohne sich die Hand davor zu halten. Ein paar schwarze Stummel waren sichtbar und ein Goldzahn, der weiter hinten funkelte, ein großer goldener Backenzahn.

Swetlana, deren Blick den Zahnlosen nur gestreift hatte – ein kurzer, unangenehm aufschlussreicher Blick –, fühlte sich plötzlich schutzlos ausgesetzt. Aber sie legte ihre Hände wieder zurück auf den Schoß, sah weiter aus dem Fenster und versuchte sich zu beruhigen.

Niemand bedrohte sie hier, es war absurd. Niemand kannte sie. Niemand wollte ihr etwas Böses. Trotzdem war da wieder diese Angst. Nach so langer Zeit war sie plötzlich wieder da.

10

Der Junge öffnete langsam die Augen, die sich an das blendende Licht und die fremde Umgebung erst gewöhnen mussten.

Er wusste nicht, wo er war und auch nicht, wie lange er geschlafen hatte, aber er lag in einem Bett – und er lebte.

Neben seinem Bett standen noch weitere Betten, in denen, soweit er es erkennen konnte, Männer lagen. Die Betten standen direkt in seinem Blickfeld, er sah sie nur verschwommen, aber er war sich sicher, dass es alles Männer waren, die darin lagen, viele Männer, dutzende oder noch mehr Männer. Die Betten waren aneinandergereiht, und die langen Reihen schienen kein Ende zu nehmen. Feldbetten, erkannte er, er befand sich offensichtlich in einem Lazarett, auch wenn er nicht wusste, wie er dort gelandet sein mochte.

Zwischen den Betten liefen Frauen und andere Männer hin und her, zum Teil trugen sie Uniform, zum Teil nicht. Er sah, wie eine Frau einem Mann eine Spritze verabreichte. Die Köpfe, die Arme und Beine der Männer, die in den Betten lagen, waren mit Verbandszeug eingewickelt, viele der Männer stöhnten und ächzten – der ganze Raum war von einem dumpfen Ächzen und Stöhnen erfüllt –, andere schliefen vermutlich, oder sie waren bereits tot. Ein Mann wurde gerade in eine Trage gelegt und abtransportiert, auf einer anderen lag ein Mann, der jetzt von zwei Soldaten in ein Bett gehievt wurde.

Das waren alles Soldaten, die hier in den Betten lagen, dachte der Junge, das ahnte er, wusste er, verwundete Soldaten waren es, die im Krieg gekämpft hatten. Im Krieg, über den im Lager so vieles gesagt worden war, dessen Nahen von ihnen allen herbeigesehnt worden war und der sie nun erreicht hatte.

Jetzt bemerkte er einen seltsamen, unangenehmen Geruch, süßlich und metallisch, eine Mischung aus Blut, Chloroform und den Körperausdünstungen der siechen, sterbenden Männer und auch derer, die verbissen am Leben festhielten – wie er. Das hatte er seiner Mutter versprochen, dass er leben würde, das hatte er sich geschworen.

In seinem Kopf trommelte es, es war ein Klang wie Holz auf Blech. Sein Hals schmerzte, und er hatte Durst. Er fühlte sich müde, wie betäubt, und er konnte sich kaum bewegen.

Das Trommeln wurde immer stärker, und er versuchte, sich zu beruhigen und seine Gedanken zu ordnen. Er atmete mehrfach tief ein und aus. Ruhe bewahren, dachte er, und ihm wurde schwindelig. Sterne sah er, leuchtende Sterne, fallende Sterne.

Seine Erinnerungen kehrten ungeordnet zurück, in zerrissenen, bunten und farblosen Fetzen. Es waren – seiner benommenen Wahrnehmung nach – schwerelose Fetzen, die durch die Luft wirbelten, von leichten Böen getragen wurden und allmählich zu Boden sanken, Stück für Stück. Er sah seine Mutter, die im Kinderzimmer neben seinem Bett stand, die ihn zudeckte und ihm mit der Hand über die Haare strich, er sah ihre weichen Gesichtszüge, den Ausdruck ihrer

Augen, er sah seinen stets gutmütigen Vater, wie er im Arbeitszimmer zwischen seinen Büchern am Schreibtisch saß, wie er zu ihm aufblickte und lächelte, als er sich einmal zu ihm hineingeschlichen hatte, er sah den Ausdruck seiner Augen, er sah, wie plötzlich die Beamten der Gestapo ins Haus stürmten und der Vater verzweifelt protestierte, er sah, wie einer der Polizisten dem Vater einen Gewehrkolben in den Rücken rammte, den Ausdruck seiner Augen, er sah, wie der Vater zu Boden fiel und liegen blieb, er sah sich Hand in Hand mit der Mutter auf den großen Lkw steigen, der vor dem Haus hielt und auf dessen Ladefläche schon einige Nachbarn saßen, den Ausdruck ihrer Augen, er sah sich in dem Zug stehen, eng zusammengepfercht mit den vielen anderen Menschen, die er nicht gekannt hatte, durstig und hungrig, den Ausdruck ihrer Augen, er sah, wie er sich an seine Mutter klammerte und wie sie ihn festhielt, den Ausdruck ihrer Augen, er sah grauen Himmel, dunkle Wolken und einen Spalt zwischen den Brettern, er sah die Baracken und die Lagerinsassen, den Ausdruck ihrer Augen, er sah seinen Freund Salomon, der irgendwann spurlos verschwunden war, den Ausdruck seiner Augen, er sah Rauch aufsteigen und Bäume ihr Laub verlieren, er sah sich auf dem kahlen Feld knien, sah den See und das trockene Schilf, er hörte die furchtbaren Worte: »Ein Mann muss töten können.«

Er sah den Jungen, der eine Pistole in der Hand hielt, den Ausdruck seiner Augen, er sah das Muttermal, die verängstigten Blicke des Jungen, und wieder und wieder hörte er die dröhnenden Worte des von allen gefürchteten SS-Offiziers, den Ausdruck seiner Augen, er sah sich neben den vielen anderen Lagerinsassen auf dem frostigen Boden knien, den Ausdruck ihrer Augen, er spürte das kalte Metall in seinem Nacken, er spürte das Brennen in seinem Hals, er sah das plötzliche Dunkel und auch das dem Dunkel folgende Licht, ein schwaches, winterliches Licht, das flackerte und flackerte wie die Flamme einer Gaslaterne und das jeden Moment zu erlöschen drohte.

Er dachte an seine Mama, er rief sich ihre Gesichtszüge wieder ins Gedächtnis, griff mit Händen nach den taumelnden Fetzen und versuchte, sich an diesen lieben Gesichtszügen festzuhalten, er versuchte, sie festzuhalten, aber er sah, wie die Fetzen ihm aus den Fingern glitten und davonflogen, wie die Mutter von ihm weggerissen, wie sie mit den anderen kahlgeschorenen Frauen von den SS-Männern weggeführt wurde. Er dachte an seinen Vater, den sie nie wiedergesehen und von dem sie nie wieder etwas gehört hatten. Er hatte keine Ahnung, wo sein Vater war, nicht eine einzige Nachricht hatte es gegeben. Er wusste auch nicht, wo seine Mutter war. Er ahnte nur, wo seine Mutter war. Er sah sie vor sich. Er sah, wie sie weggeführt wurde. Er verstand nicht, warum sie ihr den Kopf geschoren hatten, ihr und ihm und all den anderen. Er sah, wie sie sich nach ihm umsah und etwas schrie, das er nicht verstand. Er sah, wie die Staubkörner durch die Luft wirbelten und tanzten. Und er spürte wieder den Schmerz im Herzen, einen Schmerz, der nicht zu ertragen war.

Er versuchte, sich auf die Seite zu drehen und eine andere Position einzunehmen, doch plötzlich realisierte er, dass da jemand an seinem Bett stand, ganz nah bei ihm.

Es war ein Mann, dachte er. Oder waren es zwei, womöglich noch mehr?

Sie mussten schon eine Weile dort gestanden haben.

Er spürte ihre Anwesenheit mehr, als dass er sie wirklich sah, dunkel, aus dem Augenwinkel heraus.

Die Männer standen hinter dem Bett, und er versuchte, sich noch weiter zu drehen, aber es gelang ihm nicht. So sehr er sich auch anstrengte, er konnte sich nicht bewegen. Schließlich blieb er liegen, er atmete heftig und rührte sich nicht mehr.

Eine Hand fasste nach seinem Arm, ganz sachte tat sie das, und jetzt beugte sich ein Gesicht über ihn.

Er erkannte sofort den Offizier mit den wasserklaren Augen, deren Ränder immer noch gerötet waren. Blasse, dünne Haut hatte er, durch die hindurch feine Äderchen zu erkennen waren, rote und blaue. Der Offizier trug keine Fellmütze mehr und auch keinen Mantel, aber er trug eine Uniform, olivgrün, mit übergroßen, rechteckigen Epauletten und einem steifen Kragen. Mehrere Orden und Sterne hafteten an seiner Brust – dort, wo das Herz schlug, dachte der Junge.

Der Offizier lächelte und sagte ein paar Worte, aber der Junge verstand sie nicht, kein einziges von ihnen. Der Offizier hatte die Worte auch weniger gesagt als vielmehr gebrummt, in tiefen Tönen gebrummt, aber es war ein wohlmeinendes, ein fürsorgliches Brummen gewesen. Es war ein aufmunterndes Brummen gewesen, dachte der Junge. Er hatte keine Angst vor ihm. Er wusste, dass von dem Offizier keine Gefahr ausging, auch wenn er brummte wie ein Bär. Es gab eben solche und solche Bären.

»Wie heißt du?«, fragte jetzt eine Stimme, die einem anderen Mann gehörte, eine hellere und klarere Stimme.

Aber der Junge konnte kein zweites Gesicht sehen. Vermutlich stand der Mann hinter dem Offizier, der ihn ansah, lächelte und dessen Hand immer noch auf seinem Arm lag.

Er versuchte noch einmal sich umzudrehen oder ein kleines Stück auf die Seite zu rollen, aber es gelang ihm wieder nicht. Er war zu schwach, und dann waren da noch immer die Schmerzen, die mit jeder Bewegung, die er machte, einsetzten und stärker wurden, Messerstiche.

»Du, Kleiner, wie heißt du?« Die Frage – deutsch, mit fremdländischem, wohl russischem Akzent – war an ihn gerichtet, so viel stand fest.

»Gershom«, flüsterte er nach einigem Zögern, aber er konnte kaum sprechen, so sehr schmerzte der Hals.

Gershom – so hatten ihn die anderen Häftlinge im Lager von Anfang an genannt. Sein deutscher Name, Gerhart, kam ihm nicht mehr über die Lippen, schon lange nicht mehr – es war nicht mehr sein Name.

»Gershom«, er hauchte seinen Namen noch einmal, und wieder verließen ihn seine Kräfte.

Der Offizier hatte sich, ohne ihn loszulassen, zu dem anderen Mann umgedreht. Gershom hörte die Männer miteinander sprechen – auf Russisch, das stand für ihn außer Frage. Sie schienen sich zu beraten. Die Stimme des Offiziers war sehr energisch, die andere klang nahezu unterwürfig.

»Da«, antwortete er immer wieder. »Da«, »da«, »da«.

Nach einer Weile sah er endlich auch das Gesicht des anderen Mannes, es war schmaler und noch blasser als das des Offiziers, aber die Haut war weniger durchsichtig. Der andere Mann beugte sich nun ebenfalls über das Bett und sah ihn freundlich an. Er trug eine kleine Brille, deren Gestell so dünn war, als wäre es aus Draht. Durch die runden Gläser erschienen seine Augen viel größer, als sie eigentlich waren. Die Uniform des Mannes war dunkler als die des Offiziers, khakifarben, annähernd braun, Orden oder Sterne trug er keine.

»Das ist kein guter Name, mein Kleiner«, sagte der Mann, nachdem das Gespräch mit dem Offizier anscheinend beendet war. Seine Stimme klang dabei gar nicht unfreundlich. »Wir werden dich nennen Grischa. Hörst du? Grischa! Das ist ein guter Name.«

»Da, Grigori, Grischa«, sagte der Offizier, drückte seinen Arm und nickte lächelnd.

»Und du wirst lernen Russisch«, sagte der andere, der Dolmetscher, »du wirst nach Russland geschickt werden. Hörst du? Wenn es dir geht besser, dann du kommst nach Russland.«

»Rossija«, sagte der Offizier und nickte und lächelte wieder. Seine Augen wirkten noch wässeriger als vorher.

»Rossija – Russland, merke es dir gut, es wird werden deine Heimat«, sagte der Dolmetscher.

Nach ein paar Tagen ging es dem Jungen bereits etwas besser, und er konnte langsam wieder feste Nahrung zu sich nehmen – in kleinen Rationen nur, aber die bekamen sie alle, auch die Männer, Brei aus Buchweizen oder Hirse meist, Sonnenblumenkerne, die Fett enthielten, Kohlsuppe, getrockneten Fisch, wenig Fleisch. Essbares war knapp bemessen, und das Brot war schwarz wie der Boden. Es knirschte entsetzlich zwischen den Zähnen.

Dürr und klapperig war er, vollkommen abgemagert, und anfangs hatte er sich auch immer wieder erbrechen müssen.

Die Krankenschwester, eine große, kräftige Frau, achtete darauf, dass er vorsichtig und nicht zu viel auf einmal aß, sie redete immerzu auf ihn ein, freundlich, zugewandt, aber er verstand sie so wenig, wie er den Offizier verstand, und er hoffte immer darauf, dass der Dolmetscher sich die Zeit nahm, ihm ein paar neue Worte beizubringen, aber das geschah nur selten. Doch zwei zusammenhängende Sätze hatte er gelernt, sie hatten sich ihm eingeprägt. »Keine Berufung zählt mehr als die der Roten Arbeiter- und Bauernarmee«, lautete der erste, und »Kein Beruf ist ehrenvoller als der eines Kommandeurs in dieser Armee«, der zweite.

Einmal, als der Offizier und der Dolmetscher gerade bei ihm gewesen waren, hatte die Krankenschwester ihm Milch gebracht, frische Milch.

»Moloko – Milch«, hatte der Dolmetscher gesagt und berichtet, dass Soldaten die Kühe, ein halbes Dutzend von ihnen, brüllend und mit prallen, wunden Eutern auf der Straße vorgefunden hatten.

Der Junge bekam auch Brühe, die ihm gut tat. »Buljon – Brühe«, das konnte er sich gut merken, das war leicht.

Er überlegte, ob die Soldaten die Kühe gemolken und dann Brühe aus ihnen gemacht hatten.

»Voda – Wasser« und »Chleb – Brot«, auch das behielt er. Wasser gab es genügend, Brot aber war rar. »Spasibo«, das sagte er oft.

Der Offizier mit den wasserklaren Augen kam fast täglich zu ihm – mal früh am Morgen, mal abends, seltener tagsüber – und blieb an seinem Bett sitzen, immer nur für ein paar Minuten. Dann strich er ihm über die Haare, seufzte, brummte ein paar Worte – er war und blieb ein großer russischer Bär, dachte der Junge –, er lächelte und ging wieder, gefolgt von dem Dolmetscher, von dem man den Eindruck bekommen konnte, er wäre an die Uniform des Offiziers angenäht worden, so, als wäre er sein Schatten. Er folgte ihm auf Schritt und Tritt und achtete genau auf jedes Wort, das seinem Mund entfuhr, um es sofort übersetzen zu können.

Einmal hatte der Offizier die Namen Bach, Goethe und Heine gemurmelt und gelächelt. Auch der Dolmetscher hatte gelächelt, aber nichts weiter gesagt.

Ein anderes Mal hatte der Offizier dem Jungen Fotos gezeigt, die er in einer ledernen Brieftasche bei sich trug, Fotos von seiner schönen Frau und einem kleinen Jungen, von einem großen Haus auf dem Land und von einem großen grauen Hund.

Der kleine Junge, der auf dem Foto zu sehen war, lebte nicht mehr. Das hatte ihm der Offizier gesagt. Die Frau des Offiziers war sehr traurig über den Verlust ihres Kindes, sie wünsche sich aber ein Kind, um das sie sich kümmern könne, sie wünsche es sich sehnlich, so, wie sie sich nichts anderes wünschte, wie sie nie etwas gewünscht hatte. Also werde er zu ihr geschickt, nach Russland, in die Nähe von Moskau. Grischa sei jetzt sein Name, das solle er sich gut einprägen, Grischa, nicht Gershom.

Grischa, nicht Gerhart, dachte der Junge, und er fragte sich, warum der Offizier und die Frau nicht einfach ein neues Kind machten, warum er stattdessen in die Bresche springen musste. Ein Kind zu machen war, wie er sich – noch bevor er ins Lager gekommen war – einmal von einem Nachbarjungen hatte erklären lassen, ein recht unkomplizierter Prozess, ein Prozess, der zudem großes Vergnügen bereiten konnte. Es gehe sehr schnell, wenn man es richtig anstellte oder – je nachdem – wenn man nicht aufpasste.

Der Krieg sei bald vorüber, hatte der Offizier gesagt, die »Fritzen« liefen vor ihnen, vor der Roten Armee, davon. Napoleon hätte Schiffbruch erlitten, Hitler und seine Generäle aber fänden bei ihnen ihr Grab. Die Front, die zu Anfang des Krieges nahezu zweitausend Kilometer lang gewesen sei, die sich durch Marsch- und Waldland, durch Dünenstrände und Steppen gewunden habe, ziehe sich nun zusammen. Die Bolschewiken hätten den Bürgerkrieg gewonnen, hatte er gesagt, sie hätten den Dnjepr eingedämmt, sie hätten Gott aus dem russischen Leben und Denken verbannt und seien zum Nordpol geflogen. Wenn sie zu all dem in der Lage wären, hatte er gesagt, dann würde es ihnen auch gelingen, die Faschisten zu stoppen und ein für allemal zu besiegen. Die Geschichte, eine zum Wohle der gesamten Menschheit wirkende Kraft, stehe auf ihrer Seite, hatte der Offizier gesagt, und dass er, wenn alles vorüber und die letzte Schlacht geschlagen sei, nachkomme. Zunächst aber ziehe die Armee weiter in Richtung Berlin, der Hauptstadt des »Faschisten-Reiches« …

Schon bald sollte es so weit sein, das erfuhr der Junge an einem der nächsten Tage durch die Krankenschwester. Er würde nach Russland abtransportiert werden – so hatte es der Offizier, der anscheinend Entscheidungen über alles fällen konnte, beschlossen –, ein weiterer Transport, den er fürchtete.

Mehrfach schon war der Junge aufgestanden und ein paar Schritte gegangen, zuletzt sogar ohne die Hilfe der Krankenschwester oder des Offiziers, der ihn immer wieder ermutigt hatte, es zu versuchen. Etwas wackelig auf den Beinen war er noch, aber er spürte, wie er wieder kräftiger wurde.

Zäh war er, tapfer, das hatte sein Vater früher schon zu ihm gesagt, als er einmal sehr krank gewesen war, als er eine schwere Lungenentzündung bekommen hatte, nachdem er beim Schlittschuhlaufen auf dem Talauesee im Eis eingebrochen war, und seine Eltern und der Arzt, der Doktor Hirschberger, der ihn behandelt hatte, so besorgt um ihn gewesen waren. Er hatte es überlebt, zäh und tapfer, wie er war, und auch jetzt hatte er überlebt. Er hatte das Lager überlebt, und er hatte den Genickschuss überlebt, er würde auch dieses unheimliche Russland überleben, Schlimmeres als das, was er hinter sich hatte, konnte es nicht geben.

Am Abend vor der Reise saß der Offizier etwas länger an seinem Bett als gewöhnlich. Er saß nur da und schwieg, gelegentlich brummte er ein paar Worte. Einige der Worte verstand der Junge inzwischen, andere nicht.

Der Offizier sah ihn andächtig an, und inmitten seiner lauten Gedanken lächelte er immer wieder freundlich, nickte und strich ihm mit der Hand über den Kopf.

Der Junge erzählte dem Offizier von seinen Eltern, von seinem Zuhause im Südwesten des Reiches, von seiner schwäbischen Heimat, er erzählte von dem schönen Städtchen Waiblingen mit seinem Hochwachtturm, das nicht weit entfernt von Stuttgart lag und durch welches die Rems floss.

Der Offizier hörte ihm zu, auch wenn er nichts von dem verstehen konnte, was der Junge erzählte, er hörte zu, brummte und lächelte.

Zwei Nächte und ein halber Tag waren vergangen, seit die Krankenschwester ihm mitgeteilt hatte, dass der Abschied bevorstand. Gen Russland ging es zunächst mit einem Lastwagen. Später, hieß es, in einem Zug.

Der Junge stieg in den Lastwagen und nahm zwischen zwei grimmig blickenden Männern, die widerwillig zur Seite rückten, auf einer Sitzbank Platz.

Ihm war beklommen zumute und zwar nicht allein, weil er wusste, dass er im weiteren Verlauf seiner Reise wieder in einen Zug würde einsteigen müssen – auch wenn er dieses Mal sicher nicht zwischen anderen Menschen eingepfercht werden würde und ihn auch ein anderes Ziel erwartete –, sondern vor allem, weil der Offizier mit den wasserklaren Augen ihn nicht begleitete, weil er an der Front zurückblieb, weil er wässerigen Blickes dastand, jetzt wieder im Mantel und mit Fellmütze – auch der Junge trug einen schweren, viel zu großen Mantel und eine Fellmütze mit einem roten Stern.

Der Offizier hielt eine Hand in die Höhe, als wolle er zum Abschied winken, aber er winkte nicht.

Blass war er, wie immer, dachte der Junge. Sein Blick war ausdruckslos, er konnte ihn nicht deuten.

Der Dolmetscher stand neben dem Offizier, er lächelte, und auch er hob eine Hand.

Der Junge schaute – an dem Soldaten, der neben ihm saß, vorbei – aus dem Fenster. Als der Fahrer den Motor startete und der Lastwagen losfuhr, hob er ebenfalls seine Hand, zögerlich und vorsichtig, doch er war sich nicht sicher, ob sie seine Abschiedsgeste noch sahen.

11

Alle Fahrgäste waren ausgestiegen, auch die Familie mit den Kindern. Die beiden Frauen – die Männer gehörten anscheinend doch nicht dazu – schleppten ihr Gepäck davon, und bald waren sie in dem Gedränge, das sich Richtung Metro schob, nicht mehr zu sehen.

Swetlana stand neben ihrem Koffer. Sie sah dem Bus hinterher, der gerade seine Türen geschlossen hatte und wieder abgefahren war.

Um die Metrostation herum boten Blumenverkäufer in Zellophan verpackte Sträuße aus rosafarbenen Nelken, roter Gerbera und weißen Orchideen feil, neben ihnen dampften und dufteten fettige Backwaren. Eine Frau verkaufte kleine Kätzchen – rot- und braungetigerte –, die in einem Pappkarton hockten und maunzten. Überall eilten Menschen umher, Menschen über Menschen.

Swetlana folgte dem Strom in die Metro – stehen zu bleiben wäre in diesem Gewirr nicht möglich gewesen, sie wäre vermutlich niedergetrampelt worden. Ihren Koffer hielt sie fest umklammert.

Auf einer Rolltreppe, die nicht zu enden schien, fuhr sie minutenlang in die Tiefe. Der Moskauer Untergrund verschluckte sie – hoffentlich, dachte sie, spuckte er sie auch irgendwann wieder aus. Ganz unten, wusste sie, wimmelte es vor Ratten und anderem Ungeziefer, vor zwielichtigem Volk. Werwölfe und Vampire, dachte sie. Wie in den Romanen von Pelewin und Andruchowytsch. Sie hatte vergessen, wie groß Moskau tatsächlich war, beeindruckend und beklemmend – sie kam sich winzig vor und hatte immer noch Angst, zertreten zu werden –, Berlin wirkte dagegen wie ein gemütliches Dorf. Die Werbeplakate an den Wänden aber warben für die gleichen Produkte wie die Werbeplakate in Berlin, nur waren die Schriftzeichen hier kyrillisch.

Wie viel einfacher alles wäre, wenn Natascha bei ihr in Berlin leben würde, dachte sie plötzlich, und dass ihr dort niemals so etwas Schreckliches passiert wäre – trotz der finsteren Seiten, die auch Berlin hatte.

Als Swetlana nach dem Verlassen der Metro und ihrer tiefen Schächte das Tageslicht wieder erblickte, war sie für einen Moment geblendet.

Die Sonne schien, der Himmel war blau, nur einige große weiße Wolken zogen vorüber, und der Verkehr rauschte lautstark über die grauen, matten Straßen, die sich in Ringen um das Zentrum legten, es einschnürten und im Zaum hielten.

An der Ecke befand sich immer noch das Nobelrestaurant, in das sie nie einen Fuß gesetzt hatte – im Gegenteil, sie hatte immer ihre Schritte beschleunigt, wenn sie an ihm vorübergelaufen war –, da sie schon immer gewusst hatte, was für eine Klientel dort verkehrte. Auch die Blicke der Chauffeure, die die Limousinen der Gäste fuhren und vor dem Restaurant parkten, hatten stets bewirkt, dass sie zusah, so schnell wie möglich weiterzukommen.

Auf der anderen Straßenseite sah sie den kleinen Park mit Bäumen und Tulpenrabatten, und sie erkannte das kleine Kino, in dem sie früher häufiger gewesen war. Es war das Kino, in dem sie sich zum ersten Mal Tarkowskis frühe Filme, »Andrej Rubljow« und »Iwans Kindheit«, angesehen hatte.

An einem Imbissstand, an dem sie jetzt vorbeilief, gab es Krebse und Fisch, und ihr lief das Wasser im Mund zusammen.

Das mulmige Gefühl, das sich in der Metro noch weiter verstärkt hatte, war einer freudigen Erregung gewichen. Blumen blühten, und die dunkelgrünen Rasenflächen glänzten feucht. Die Twerskaja lag in ihrem Rücken, ihr Weg führte in die entgegengesetzte Richtung.

Sie lief, sie kannte sich aus, Natascha hätte ihr den Weg nicht zu beschreiben brauchen. Sie befand sich innerhalb des Boulevardrings, hier war alles überschaubar und immer noch vertraut – selbst die Penner am Parkrand auf der anderen Straßenseite erschienen ihr auf einmal als alte Bekannte –, es war so, als wäre sie nie weg gewesen. Moskau, das bei aller Modernität verstaubte, alte Moskau, dessen schwerwiegende Geschichte hier an jeder Straßenecke mit Händen zu greifen war.

Im Klosterhof angekommen – das große Tor stand offen, und ein orthodoxer Priester fuhr gerade mit dem Motorrad vom Gelände, würdigte Swetlana aber keines Blickes – kam Natascha ihr bereits entgegengelaufen, sie stoppte aber plötzlich und blieb in einigem Abstand vor ihr stehen – zwei, vielleicht waren es drei Meter.

Auch Swetlana blieb stehen, der Griff des Koffers, den sie, so schwer, wie er war, nicht mehr halten konnte, glitt ihr aus der Hand.

»Nicht erschrecken«, sagte Natascha als Erstes.

Es klang lapidar, und Swetlana sah ihre alte Freundin an, sie nahm sie erst jetzt wahr, und sie erschrak, ohne dass sie dagegen etwas hätte tun können.

Sie sah die roten und fleischigen Narben ihrer zerschlitzten Wangen und das halb zugewachsene Auge, das der Mann, dem sie in die Hände gefallen war, ihr beinahe aus der Augenhöhle herausgeprügelt hatte.

Sie sah den feuchten Glanz auf dem anderen Auge und das Beben von Nataschas Lippen, das Zittern ihrer Mundwinkel.

Swetlana war darauf nicht vorbereitet gewesen, nicht auf diesen Anblick. Natascha hatte am Telefon lediglich ein paar Andeutungen gemacht, harmlose Andeutungen. Sie hatte gesagt, dass die Narben abschwellen oder sogar verschwinden, und auch, dass die Ärzte ihr rechtes Auge wieder hinbekommen würden, aber mit dieser Entstellung hatte sie nicht gerechnet. Der Mann, den die Polizei wohl niemals fassen würde, musste ihr mit dem Messer das halbe Gesicht vom Schädel geschält haben.

Tränen schossen Swetlana in die Augen, sie kämpfte mit sich, sie wollte stark sein und Natascha eine Stütze, das hatte sie sich so fest vorgenommen – es ging doch um Natascha, nicht um sie –, doch jetzt verkehrte sich das Ganze auf einmal ins Gegenteil, ohne dass sie etwas dagegen tun konnte. Es war ein Ohnmachtsgefühl, das sie plötzlich erfasste, das in ihr anschwoll, das sich Bahn brach und gegen das sie nicht ankam.

»Nicht ...«, sagte Natascha, machte einen Schritt auf sie zu und schloss sie in die Arme. Sie drückte sie und ließ sie nicht mehr los, während Swetlana weinte.

Sie weinte und schluchzte – und auch Natascha weinte jetzt. Swetlana schämte sich und schluchzte nur noch mehr. Sie wollte etwas sagen, aber sie konnte nicht.

Dann aber lachte Natascha, und sie lachte verlegen – das tat sie oft, es war einer ihrer Charakterzüge –, sie ließ Swetlana los, zog ein Taschentuch aus ihrer Tasche, schnäuzte einmal kräftig hinein, nahm ihr den Koffer ab, öffnete die rote Metalltür zu Juris Wohnung und bat sie einzutreten.

Über den Hof lief in dem Moment ein weiterer Priester im orthodoxen Ornat. Ihm folgte eine Schar Menschen, die alle zu ihnen herübergafften.

Swetlana sah Natascha an, sie hatte immer noch Tränen in den Augen, aber Natascha winkte nur und lächelte.

»Komm«, sagte sie. »Weinen können wir noch unser ganzes Leben lang ...«

Sie hielt Swetlana die schwere Tür auf. Dazu musste sie ihr ganzes Gewicht dagegenstemmen, den Koffer aber hielt sie immer noch in der Hand.

»Jetzt komm schon«, sagte sie.

Im Flur, den sie nun betraten, standen Kinderfahrräder und jede Menge Gerümpel, zudem roch es eigenartig. Hier roch es nach Russland, dachte Swetlana, die sich langsam beruhigte. Es war ein rostigöliger, aber auch würzig-süßlicher Geruch, der auch die Räume hinter dem Flur, die sie nun betraten, erfüllte. Es roch malzig, rauchig, erdig auch und warm.

»Hier entlang«, kommandierte Natascha, die sie nicht aus den Augen ließ, und öffnete eine weitere Tür. »Dort geht es ins Atelier, hier gelangen wir in die Wohnung …«

»Atelier?«

»Ja, es sind mehrere Räume. Juri nutzt nur einen Teil von ihnen als Lagerraum für seine Klamotten, die anderen vermietet er – oder er lässt Freunde darin arbeiten, die kein Geld haben. Ich werde dir alles zeigen …«

Hinter der Tür lag ein weiterer Flur, ein schmaler, dunkler Gang.

Rechts befinde sich das WC, sagte Natascha. Leider könne man es nicht abschließen, aber sie seien ja hier unter Frauen.

Sie bogen um die Ecke und liefen ein paar steinerne Stufen hinauf. Eine Tür vor ihnen stand offen, dahinter befand sich ein Kinderzimmer, jedenfalls waren eine Menge Puppen und anderes Spielzeug zu sehen. Rechts neben dem Kinderzimmer ging es in die Küche, die eine sehr niedrige Decke hatte, aber sehr gemütlich, ja, heimelig wirkte. Und dort stand auch ein Samowar auf einer Kommode an der Wand, wie hätte es anders sein können.

»Wie schön«, dachte Swetlana und freute sich auf einen heißen Tee.

Natascha lief weiter voran und ließ sich den Koffer nicht abnehmen.

Von der Küche aus waren es noch ein paar Stufen – die jetzt aus Holz waren und nicht aus Stein – und sie landeten in einem merkwürdigen Zimmer, einer Art Schlaf- und Arbeitszimmerprovisorium mit einer noch niedrigeren Decke als in der Küche, einem kleinen, dafür prall gefüllten Bücherregal und einem überdimensional breiten Bett, der Boden war überall mit großen roten und blauen Perserteppichen ausgelegt.

»Hier schlafen wir, ich hoffe, es macht dir nichts aus, wenn wir uns ein Bett teilen? Das sind bestimmt zweieinhalb, wenn nicht drei Meter …«

Auf dem Bett lag eine bunte, mosaikartig gemusterte Decke mit kleinen quadratischen, in das Muster eingearbeiteten Spiegeln.

»Nein, das macht mir gar nichts aus«, antwortete Swetlana. »Und wohin führt die?« Sie deutete auf eine weitere Tür, die sich neben dem Fenster befand.

»Das, meine Liebe, ist purer Luxus«, sagte Natascha.

Sie öffnete die Tür und ging hinaus, frische Luft strömte ins Zimmer.

Swetlana folgte ihr auf einen großen Balkon, den die äußeren Äste des großen Ahornbaumes wie ein Dach bedeckten. Mehrere Stühle standen hier und auch ein kleiner Tisch mit einer Steinplatte.

Swetlana Blick landete auf einer leeren Weinflasche und zwei Weingläsern, die bereitstanden.

»Fantastisch. Ich hoffe, du hast genügend Wein da?«

»Ja, keine Sorge«, sagte Natascha. »Abends wird es allerdings ganz schön frisch hier draußen. Aber wir können uns in Decken einwickeln und Kerzen anzünden.«

Swetlana folgte ihr wieder zurück ins Schlafzimmer und setzte sich aufs Bett, das so weich war, dass man darin versank.

Ihr Blick fiel auf die Bücher, die unmittelbar neben dem Bett im Regal standen. Es befanden sich einige Klassiker darunter, Tschechow, Gorki, ein Band über Stanislawski, Nemirowitsch-Dantschenko und das Moskauer Künstlertheater, eine Meyerhold-Biografie und die Memoiren Schostakowitschs. Obendrauf lag der jüngste Roman von Vladimir Sorokin, den sie auch schon hatte lesen wollen.

»Was ist denn das hier?«, sagte sie auf einmal und zog eines der Bücher heraus. Es war eine Art Kamasutra. Auf dem bunten Buchdeckel waren Paare abgebildet, die miteinander in verschiedenen Positionen kopulierten, wobei die Bilder weniger erotisch wirkten, als an Akrobatik denken ließen, fand Swetlana.

»Typisch Juri.« Natascha lachte. »Warte nur, bis du Darja kennenlernst, dann wird dir einiges klar. Sie ist unterwegs. Shoppen, hat sie gesagt. Sie ist ein bisschen schräg, aber sehr liebenswert, auch wenn sie es faustdick hinter den Ohren hat.«

»Ich bin gespannt«, sagte Swetlana.

»Du wirst dich auch daran gewöhnen müssen, dass hier ständig Leute ein- und ausgehen, nicht in der Wohnung, aber in den Ateliers. Auch einige wirklich verrückte Leute. Manchmal übernachten sie auch in den Ateliers. Dort finden ständig Partys statt, aber wenn es zu laut wird, kann man es denen sagen, die sind eigentlich alle ganz nett und umgänglich.«

»Eigentlich?« Swetlana, die sich vorgenommen hatte, auch ein bisschen zu arbeiten, behagte die Vorstellung gar nicht.

»Na ja. Es sind eben Freunde von Juri«, sagte Natascha und zuckte mit den Schultern. »Alles Künstler, Schauspieler und Designer und solche, die das gerne sein wollen, Überlebenskünstler ...«

Die Atelierräume, in die sie Swetlana nun führte, lagen eine halbe Etage tiefer als die Wohnung im Souterrain. In der Mitte des ersten, riesigen Ateliers stand ein großer Tisch, eine echte Tafel, an der mehr als ein Dutzend Menschen Platz hätten und auf der sich noch die Reste des letzten Gelages stapelten, leere Wein- und Bierflaschen und jede Menge Gläser. Im hinteren Teil des Ateliers standen unzählige Schaufensterpuppen, eng bestückte Garderobenständer und riesige, mit Kisten gefüllte Regale, die bis an die Decke reichten.

»Juri!« Natascha zuckte ein weiteres Mal mit den Schultern.

»Was ist denn das alles?«, fragte Swetlana, die aus dem Staunen nicht mehr herauskam.

»Historische Kleider, Trachten, Kostüme. Zum Teil stammen die noch aus der Zeit vor dem Krieg«, erklärte Natascha, »manches stammt sogar aus der Zeit vor der Revolution. Juri macht daraus Tableaux vivants ... Ich habe dir ja gesagt, dass er lange unterwegs sein wird, oder? Es ist also eher unwahrscheinlich, dass du etwas zu sehen bekommst. Aber wir könnten die Kostüme natürlich auch einmal selbst ausprobieren!«

»Das klingt verlockend ... Aber erst einmal möchte ich, dass du mir alles in Ruhe erzählst«, sagte Swetlana. »Ich möchte wissen ...«

»Nein«, unterbrach sie Natascha. »Das ist nicht nötig. Du siehst ja, wie ich aussehe. Und wie es passiert ist, weißt du schon. Mir geht es gut, glaube mir, auch wenn man sicher anderes denken könnte. Seit ich hier bin, geht es mir deutlich besser. Bei mir, in meiner Wohnung, war das anders. Da war immer diese Angst, jemand könne mir auflauern. Ich hatte es allein nicht mehr ausgehalten. Aber Darja ... Sie ist ... Es ist schön mit ihr ... Hier fühle ich mich wohl. Erzähl doch lieber du! Was ist denn mit deinem Simon? Hat er dich etwa betrogen? Männer, ich habe es dir immer gesagt ...«

»Ja, hat er. Also nein, hat er nicht, nicht wirklich. Aber irgendwie doch ...«

»Das klingt komplizierter als ich dachte. Ich mache uns erst einmal einen Tee, was meinst du?«

Natascha und Swetlana saßen sicher schon eine Stunde, vielleicht auch zwei Stunden am Tisch in der Küche, sie tranken Tee und redeten, als sich die Tür öffnete und Darja vor ihnen stand. Sie trug enge Jeans, einen grauen Strickpullover, der ihr bis zu den Knien reichte und eine olivfarbene Armeemütze, auf der ein roter Stern prangte.

»Hallo«, sagte sie. »Ich habe eingekauft. Piroggen und Kwas. Und das hier habe ich auch gekauft …«

Sie warf eine Tüte mit rosafarbenen und weißen Baisers auf den Tisch.

Natascha öffnete die Tüte, nahm eines heraus und reichte sie Swetlana. Die Baisers waren klein, furchtbar süß und klebten an den Fingern.

»Köstlich«, sagte Swetlana und nahm sich gleich ein zweites.

»Ja, nicht wahr?«, sagte Darja und strahlte.

»Das ist Swetlana«, sagte Natascha, »ich hatte dir ja erzählt, dass sie mich besuchen kommt. Das ist Darja.«

Darja machte einen Knicks. Swetlana und Natascha lachten.

»Willkommen in Moskau!«, sagte Darja.

»Ja, willkommen, das wollte ich dir auch schon sagen. Apropos, wie lange gedenkst du eigentlich zu bleiben?«, fragte Natascha.

»Das habe ich mir, ehrlich gesagt, noch gar nicht so genau überlegt«, antwortete Swetlana. »Mein Visum ist für dreißig Tage gültig.«

12

Gershom war in einen Mantel eingehüllt und auch noch in eine dicke, kratzige Wolldecke eingewickelt worden. Er sah aus dem Fenster hinaus in die winterliche Landschaft.

Der Lastwagen, in dem er saß, fuhr regelmäßig durch tiefe Schlaglöcher, so dass sie alle kräftig durchgerüttelt wurden. Jedes Mal, wenn es wieder losging, spürte Gershom kleine Stiche im Nacken und einen brennenden Schmerz, der sich durch seinen Hals zog. Einen Verband trug er nach wie vor, aber er würde ihn nicht mehr lange tragen müssen – das hatte ihm die Krankenschwester noch ausrichten lassen, als er schon abfahrbereit vor dem Lastwagen gestanden hatte –, dafür würde er Narben behalten.

Es war bitterkalt, trotz des Mantels und der Decke. Beim Ausatmen stiegen Dunstschwaden vor seinem Gesicht auf. Er saß eng eingezwängt zwischen den Männern.

Immerhin wärmte das ein wenig, dachte er, und dann kam ihm auf einmal sein neuer Name in den Sinn.

Daran, dass er jetzt plötzlich Grischa heißen sollte, hatte er sich noch nicht gewöhnt. Aber die Soldaten nannten ihn so – wenn sie, was selten vorkam, einmal das Wort an ihn richteten –, in seinen Ohren jedoch klang das nach wie vor fremd, und er wusste nicht, ob er sich überhaupt jemals an seinen neuen, russischen Namen gewöhnen würde. Schon der Name Gershom war schließlich neu gewesen, aber der hatte sich von Anfang an richtig angefühlt – und er fühlte sich nach wie vor richtig an –, Gerhart, der Name, den ihm seine Eltern gegeben hatten, dagegen falsch, den hatte er gerne in Deutschland zurückgelassen. Aber Grischa? Er wusste es nicht so recht und fragte sich, was seine Mutter und sein Vater wohl gesagt hätten, wenn sie davon erfahren hätten.

Tränen schossen ihm in die Augen – das geschah immer, wenn er an seinen Vater und an seine Mutter dachte –, aber er blickte weiter aus dem Fenster. Es waren immer dieselben Bilder, die er sah, die Abschiedsszenen, letzte Blicke. Er schluckte und lehnte sich zurück – er fror immer noch. Doch hinter einer von dichtem Wald umgebenen Bergkuppe tauchte plötzlich die Sonne zwischen den Wolken und den weiß verschleierten Nadelbäumen auf.

Er ließ seine Blicke weiter in die Ferne schweifen, fragte sich, was nun mit ihm geschehen würde, und versuchte, sich eine Vorstellung zu machen von dem unendlich großen Land, durch das er reiste, in dem er von nun an bleiben sollte und das Russland hieß.

So viel hatte er schon gehört von diesem Land, damals, in seiner schwäbischen Heimat, und dann in Polen, im Lager, gänzlich unterschiedliche Erzählungen waren das gewesen, Erzählungen von Furcht und Abneigung, Erzählungen von Abenteuer und Zuversicht. Russland war das Land, in dem vor vielen Jahren, lange vor seiner Geburt, noch während des Ersten Weltkrieges, eine Revolution stattgefunden hatte und in dem seither die Bolschewiken herrschten.

Von den Bolschewiken hatte sein Vater nicht viel gehalten, auch seine Mutter nicht, das wusste er, aber warum das so war und was es eigentlich zu bedeuten hatte, ein Bolschewik zu sein, davon hatte er keine Ahnung. Einfache Leute waren das, hieß es, das hatte er aufgeschnappt, Leute, die dem Bürgertum feindlich gesonnen waren und jeden Bürger und rechtschaffenen Menschen enteigneten, so wie es auch die Kommunisten im Reich vorgehabt hatten.

Die russischen Soldaten waren auch Bolschewiken, Kämpfer der Roten Armee, dachte Gershom, und er saß mitten unter ihnen.

Immerhin, sagte er sich, um sich zu beruhigen, veranstaltete die Rote Armee keine Pogrome gegen Juden. Aber freundlich gesonnen waren die Rotarmisten ihnen auch nicht gerade. Das hatte ihm der Dolmetscher noch zugeflüstert, als sie sich voneinander verabschiedet hatten, und dass er besser für sich behalten solle, dass er ein Jude sei, man wisse schließlich nie. Jude zu sein bedeute, besser Vorsicht walten zu lassen, ganz gleich, an welchem Ort …

Er sah aus dem Fenster von schimmerndem Schnee oder Raureif bedeckte Wiesen und Wälder, er sah Berge, Hügel und Steppen, und gelegentlich sah er irgendwo in den Weiten der Landschaft verlassen wirkende Dörfer und Städte oder Rauch aus einsamen Schornsteinen aufsteigen, er sah Trümmer und kaum Menschen, und er konnte sich kein zusammenhängendes Bild machen. Russland, was konnte das sein? Immerhin flimmerte jetzt alles im blassgelben Schein der Sonne, und dort, wo der Schnee lag oder ein See zugefroren war, funkelte und glänzte es besonders.

Die Soldaten, die neben ihm saßen, verstand er bis auf einige Wortfetzen, die er im Lazarett bereits gelernt hatte und die aus ihren Sätzen herausstachen, nicht. Glücklicherweise sprachen sie kaum mit ihm, nur manchmal knurrten sie etwas in seine Richtung und gähnten, oder sie sagten etwas zu ihm, sahen sich an und lachten.

Die Ladefläche des Lastwagens war voller Kisten, von denen einer der Soldaten während einer Pause einige geöffnet hatte, um die anderen hineinsehen zu lassen und vermutlich mit den Inhalten zu prahlen – so hatte es sich jedenfalls angehört. Die Kisten enthielten Porzellan, feines Porzellan, Unmengen davon – weiße Teller, Tassen, Schüsseln, Kannen und eine Etagere mit goldenen Rändern und bunten Motiven, Blumen und Vögeln.

Gershom hatte genau beobachtet, wie sich die Soldaten alles angesehen hatten. Die Kisten enthielten auch Jagdgewehre, Kleider, Pelzmäntel und selbst Bettwäsche und andere Stoffe. Schuhe waren auch eingepackt worden, gute Lederschuhe, und neben den Kisten standen einige gerahmte Gemälde, das hatte er vor der Abfahrt gesehen, Gemälde, über die nur flüchtig ein paar Decken geworfen worden waren.

Es gehörte nicht viel dazu, um zu erahnen, dass es sich um Beute handelte, um Kriegsbeute, die die Soldaten beim Plündern von Häusern oder Anwesen gemacht hatten. Feines Porzellan war teuer, und wer wusste, um was für Gemälde es sich handelte, dachte Gershom. Vermutlich wussten es die Plünderer, die im Gegensatz zu dem Offizier mit den wasserklaren Augen überwiegend einen eher rohen, unbedarften Eindruck machten, selbst nicht so genau.

Die Soldaten rauchten viel. Ihm hatten sie irgendwann auch eine Zigarette angeboten, aber er hatte nur schrecklich husten müssen, und ihm war ganz übel geworden, als er den Qualm inhaliert hatte. Die Soldaten aber hatten gelacht und ihn mit dem Ellenbogen angestoßen, viel freundlicher auf einmal. Dann hatten sie ihm etwas Scharfes zu trinken gegeben, eine klare, geruchslose Flüssigkeit, die in seinem Hals gebrannt und in seinem Magen geglüht hatte. Ihm war ganz warm geworden, ein Wärmeschauer hatte ihn von Kopf bis Fuß ergriffen. Gerne hätte er sich weiter gewärmt, aber noch einen Schluck hätte er nicht hinunterbekommen.

Die Stunden, die sie mit dem Lastwagen fuhren, zählte er nicht. Wie hätte er das auch tun sollen? Es gab keine Uhr, an der er sich hätte orientieren können, und der Stand der Sonne, der Seefahrern oder Wüstenreisenden weiterhelfen mochte, sagte ihm nichts. Zudem war er immer wieder eingeschlafen, und er wusste nicht, wie lange er jedes Mal geschlafen hatte. Auch die Soldaten nickten gelegentlich ein.

Es war Nacht geworden und wieder Tag, und er hatte keine Ahnung, wie viel Zeit vergangen war, als sie endlich in Moskau eintrafen.

Viel sah er nicht von der Stadt. Im Lager hatte man von Moskau gesprochen, unentwegt und voller Erwartungen. Etliche Juden waren aus Deutschland geflohen, hatte es geheißen, einige schon 1933, als die meisten – und auch seine Eltern – noch nicht geahnt hatten, wohin der Terror führen würde, nach Palästina waren viele geflohen, nach Amerika, aber einige, auf die, wie er gehört hatte, große Hoffnungen gesetzt wurden, nach Moskau.

Der Lastwagen wurde entladen, Kiste für Kiste.

Gershom stand daneben und sah zu. Er spürte die Fahrt in sämtlichen Knochen, aber das war etwas, das er aushalten konnte. Er versuchte, einen Blick auf die Gemälde zu erhaschen, aber er hatte keine Chance, etwas zu erkennen. Die Gemälde blieben eingehüllt und wurden fortgeschafft.

Nach einer Weile packte ihn einer der Soldaten, drückte ihm einen schweren Koffer in die Hand, brachte ihn zu einem Bahnhof, der nur ein paar Schritte entfernt lag – sie hatten nur einen kleinen Platz zu überqueren –, und setzte ihn in einen Zug.

Der Soldat, der kurz mit eingestiegen war, sprach mit verschiedenen Menschen und gab einem von ihnen einen Zettel, der offenbar eine Anweisung enthielt. Derjenige, der ihn bekam, nickte und salutierte.

Vielleicht hatte ihn der Offizier mit den wasserklaren Augen unterschrieben, dachte Gershom.

Der Soldat drückte dem Mann auch noch ein großes, in Tücher eingewickeltes Bündel in die Hand. Als der Mann es entgegennahm, rutschte eines der Tücher zur Seite und Gershom erkannte, dass es sich um die Gemälde handelte.

Die Zugfahrt hatte nicht mehr lang gedauert. Zwei, vielleicht drei Stunden. Mehr nicht.

Wieder hatte er zwischen fremden Menschen gesessen, einige wenige Soldaten waren darunter gewesen, Kriegsverletzte und Versehrte, mit Krücken und zum Teil auch mit amputierten Gliedmaßen, vor allem aber waren es Zivilisten gewesen. Einer von ihnen, der mit ihm im Abteil gesessen hatte, ein grimmiger Alter mit langem und wüst zerschlissenem Zottelbart, hatte ihm mit Handzeichen bedeutet auszusteigen, als der Zug pfeifend und quietschend langsamer geworden war und schließlich gehalten hatte. Ein anderer Mann – einer von denen, die in Moskau zusammen mit ihm eingestiegen waren – hatte den Koffer und das Bündel mit den Gemälden hinausgetragen und stellte jetzt beides neben ihm auf dem Bahnsteig ab.

Gershom sah sich um. Es waren nicht viele Menschen ausgestiegen, und der Zug setzte sich schon wieder in Bewegung.

Vom anderen Ende des Bahnsteigs aber kam nun jemand auf ihn zugelaufen – offensichtlich war er bereits erwartet worden. Es war wieder ein älterer Herr mit Bart. Er trug einen Pelzmantel und eine Fellmütze.

Als er ihn erreichte, nahm er ihm den Koffer aus der Hand, klemmte sich das Bündel unter den Arm, machte Handzeichen und sprach Worte, die Gershom nicht verstand. Er lächelte unentwegt und zwickte ihn herzlich lachend in den Arm. Und er setzte auch ihm eine Fellmütze auf, die er offenbar eigens für ihn mitgebracht hatte. Hier, einige Stunden außerhalb von Moskau, schien es noch um einiges kälter zu sein.

Gershom hatte den Eindruck, als ähnele der Alte dem Offizier mit den wasserklaren Augen. Ja, er ähnelte ihm, sie hatten die gleichen Augen. Vermutlich war es sein Vater, dachte er erleichtert.

Weiter ging es nun mit einer Kutsche, vor die zwei schöne hellbraune Pferde gespannt waren, große, schwere Pferde. Auf ihrem Rücken lagen schneebedeckte Felle.

Sie wieherten, als der Alte das Gepäck verstaut, den Jungen auf den Kutschbock gehoben, ihn fürsorglich in Decken und Felle eingehüllt und die Zügel in die Hand genommen hatte. Er gab einen Befehl, und die Pferde trabten los.

Die Fahrt führte wieder über Land. So weit das Auge reichte, war die Landschaft eingeschneit, Himmel und Erde waren am Horizont nicht mehr auseinanderzuhalten, weiß ging hier nahtlos in weiß über.

Sie passierten einen kleinen Fluss und kamen auch an einem zugefrorenen See und Nadelwäldern mit hoch gewachsenen Tannen oder Fichten vorbei. Gelegentlich begegneten sie einem Menschen, der den Alten grüßte.

In einiger Entfernung sahen sie einmal ein Dorf oder eine größere Ansiedlung von Häusern – »Teschki«, murmelte der Alte und deutete in die Richtung der Siedlung –, aber sie ließen sie bald hinter sich zurück, und die Pferde bahnten sich weiter ihren Weg durch den endlosen Schnee.

Irgendwann stieß der Alte ihn an und deutete auf ein vereinzelt stehendes Haus, das plötzlich hinter einem kleinen Hügel auftauchte und aus dessen Schornstein Rauch aufstieg. Als sie näher kamen, sah Gershom, dass eine Frau davor stand, auf den Stufen, die zur Tür führten.

Der Alte brachte die Pferde zum Stehen.

Er hob Gershom, der kaum etwas wog, auch wenn er im Lazarett dank der Sonderrationen, die der Offizier mit den wasserklaren Augen ihm zugedacht hatte, wieder ein paar Gramm zugelegt haben mochte, vom Kutschbock und stellte ihn auf den Boden.

Gershom wusste nicht warum, aber er war etwas wackelig auf den Beinen und musste sich an der Kutsche festhalten. Die Pferde dampften.

Die Frau kam ihnen entgegengelaufen, sie trug ein dunkelblaues Kleid und hatte ein rot-gemustertes Tuch über die Schultern gelegt. Auch sie sprach ein paar Worte auf Russisch, die Gershom, der sich große Mühe gab, nicht verstand. Er sah sie nur mit großen Augen an und wunderte sich, dass sie nicht zu frieren schien. Sie lächelte und nahm seine Hand.

Zusammen gingen sie ins Haus, während die Frau auf ihn einredete und der Alte sich noch um die Pferde kümmerte und sie in den Stall brachte. Aus dem Stall hörte er Kühe muhen.

Die Frau führte ihn in eine Stube, in deren Mitte ein gedeckter Tisch stand. Warm war es hier, endlich warm. Sie half ihm aus seinem Mantel und zog ihm die Schuhe aus. In einer Ecke glühte ein Ofen. Daneben, zusammengerollt auf einem Kissen, schlief eine pechschwarze Katze. Auf einer Anrichte stand ein großes, silbern glänzendes Gefäß. Die Frau sagte wieder etwas zu ihm. Er zuckte die Schultern, da er nichts verstand. Sie lächelte, deutete auf das Gefäß. »Samowar«, sagte sie.

Jetzt verstand er und nickte.

Inzwischen war der ältere Herr eingetreten, der seine Fellmütze abgelegt hatte. Er hatte schlohweißes Haar.

»Samowar«, sagte auch er und lachte. »Tschaj«, sagte er und griff nach dem kleinen silbernen Kännchen, das ganz oben auf dem Gefäß stand. »Sawarka«, sagte er und goss ein paar Tropfen in eine Tasse, die er mit heißem Wasser aus dem Samowar auffüllte und ihm in die Hand drückte.

Die Tasse dampfte, trotzdem führte Gershom sie zum Mund und nippte.

Der Alte lächelte zufrieden. Auch die Frau lächelte und gab ihm einen Löffel mit dunkelroter Marmelade, den er gierig ableckte.

Sie beobachtete ihn, warf dem Alten einen Blick zu und reichte ihm schnell das ganze Marmeladenglas. Ihre Gesten waren unmissverständlich. Er solle löffeln. So viel er wollte. Der Alte zwinkerte, um ihn zu ermutigen. Brot gab es auch. Und Kuchen.

Gershom ließ sich nicht zweimal bitten, löffelte die Marmelade aus dem Glas, stopfte sich Brot und Kuchen in den Mund und trank den Tee, der bitter schmeckte, um alles möglichst schnell hinunterzubekommen.

Die Frau und der Alte lachten.

Als er den Tee ausgetrunken hatte, schenkte ihm der Alte gleich neuen Teesud und heißes Wasser nach. Die Wirkung des Tees auf ihn war kräftig und belebend – ihm war inzwischen ganz warm geworden, er spürte eine echte Hitze auf der Stirn, und ihm kam der Gedanke, dass er womöglich fieberte oder sogar halluzinierte, aber das war ihm jetzt gleich.

Hinter einer Tür hörte er ein Winseln. Es musste von einem Hund stammen. Und tatsächlich, der Alte hatte das Winseln wohl auch gehört, er schritt zur Tür, öffnete sie und ließ einen großen Hund mit grauem Fell hinein, der schwanzwedelnd auf Gershom zulief, an ihm hochsprang und ihm das Gesicht ableckte. Es kostete ihn einige Mühe, die Teetasse in den Händen zu balancieren, er verschüttete ein bisschen von der trüben Flüssigkeit, beinahe hätte er die Tasse ganz fallengelassen.

»Pontscha«, sagte der Alte in einem strengen Ton, und der Hund kuschte, ließ aber Gershom nicht aus den Augen und wedelte weiter mit dem Schwanz.

»Pontscha«, sagte der Alte noch einmal, freundlicher, in seine Richtung.

Gershom stellte seine Tasse ab, kniete sich zu dem Hund und streichelte ihm das Fell.

13

Wieland beschäftigte seit Monaten die Idee oder ein vielmehr längst konkret gewordener Plan – seine kleinen, schwarzen Notizbücher füllten sich zunehmend, und er hatte bereits verschiedene Skizzen angefertigt –, eine große, detaillierte und im Gegensatz zu seiner Doktorarbeit auch üppig bebilderte Monografie über »die zwiespältige Beziehung von Mensch und Insekt« zu schreiben – er dachte dabei vor allem an die Staatsgründer, Blutsauger und Fallensteller, an Jäger, Honigerzeuger, Architekten und Seidenfabrikanten. Diesen Plan zu verfolgen und ein solches Buch zu konzipieren beseelte ihn.

Womöglich träumte er deshalb seit einigen Tagen weniger schlecht, dachte er gerade.

Vielleicht waren es auch schon mehrere Wochen, in denen er, soweit er sich erinnerte, mehr oder weniger traumlos und von den Störungen durch den kleinen Heinrich einmal abgesehen, verhältnismäßig gut geschlafen hatte. Er war sich nicht sicher. Aber er konnte sich – unabhängig von der Dauer – im Grunde nicht erklären, weshalb das so war, weshalb er besser schlief und die Träume aufgehört hatten, ihn zu quälen – sein Buchvorhaben allein war wohl nicht die Ursache, schließlich hatten andere Aufgaben seine Alpträume auch nicht vertreiben können.

Genauso wenig konnte er sich erklären, weshalb er überhaupt und immer schon so schlecht träumte und nachts mitunter stundenlang wach gelegen und gegrübelt hatte, wenn ihn das Geträumte aus dem Schlaf riss und beschäftigte, ja, ihn nachts beinahe um den Verstand brachte.

Da war die furchtbare Vergangenheit seines Vaters, der dunkle Schatten, der über seiner Familie, über seiner Herkunft und Jugend lag. Das meiste von dem, was er über die Lager wusste, hatte er später, erst in den letzten Jahren und Monaten, in Büchern und Zeitungen gelesen oder in Gesprächen erfahren. Mit seiner Mutter, die von all dem natürlich gewusst haben musste, hatte er darüber nie sprechen können. Sie hatte immer geschwiegen. Wie ein Grab – und bis ins Grab.

Die Realität des Grauens aber begann in letzter Zeit sich immer deutlicher abzuzeichnen, mehr und mehr Details kamen ans Licht – auch wenn es allerorts hartnäckige Versuche gab, die Verbrechen und vor allem ihre unvorstellbaren Ausmaße zu relativieren. Und auch die, die sie nicht relativierten und sogar geneigt waren, die Schuld anzuerkennen, wollten wenigstens nichts gewusst haben – und schon gar nicht selbst schuld gewesen sein. In den meisten Fällen war die Unkenntnis der Geschehnisse und die Ahnungslosigkeit unwahrscheinlich, besonders für die älteren Jahrgänge. Die Jüngeren, zu denen er zählte, waren zu jung gewesen, um zu wissen oder zu begreifen, was nicht hieß, dass es unter ihnen nicht auch Verblendete gegeben hatte und Täter, der sogenannte »Volkssturm« zur Verteidigung des »Heimatbodens« am Ende des Krieges hatte zu nicht unerheblichen Teilen aus Jungen seines Alters bestanden.

Es war jedenfalls nicht mehr zu leugnen, und das drang auch allmählich ins Bewusstsein. Immer mehr Menschen sprachen darüber, sie nannten die Dinge beim Namen, oder sie suchten das Gespräch, um mehr zu erfahren – zumindest war das sein Eindruck.

Natürlich musste noch mehr geschehen und aufgearbeitet werden, darüber waren Hilde und er sich einig. Eine Debatte musste darüber geführt werden, dass so viele Nazis unbehelligt wieder in ihre Stellen und Ämter gelangt waren – auch in Göttingen, wie er von Albrecht erfahren hatte, der vor einigen Jahren bereits mit anderen Professoren und demonstrierenden Studenten den Sturz des rechtsradikalen niedersächsischen Kultusministers eingeleitet hatte.

Auch durch seinen Schwiegervater, der die Nazi-Schergen größtenteils noch von früher und in weiten Teilen persönlich kannte, war ihm einiges zu Ohren gekommen. Sie waren überall, selbst frühere SS-Männer. Nur wenige waren untergetaucht, viele waren wieder Lehrer, Mediziner, Polizisten, Anwälte und auch Richter – die Richter sprachen wieder Urteile, so als wäre nichts geschehen. Auch in der Wirtschaft und in der Politik gab es sie. Sie saßen an den Schaltstellen und hielten die Fäden in der Hand.

Seine Mutter hatte nichts dagegen einzuwenden gehabt – in ihrem Soltaler Bekanntenkreis hatte es schließlich genauso ausgesehen –, sie hatte seine Einwände nicht gelten lassen. Es seien schließlich Deutsche, und die hätten nur ihre Pflicht getan. Alles, was sie getan hätten, hätten sie fürs Vaterland getan, hatte sie gesagt – sie hatte es auch dann noch gesagt, als sich ihr Tod bereits abgezeichnet hatte. Immerhin hatte sie dabei am Ende den »Führer« ausgelassen.

Wieland blickte aus dem Fenster des Abteils, in dem er saß – versteckt hinter seiner Zeitung –, und seufzte. Der Himmel war grau, und es regnete – ein trister, kalter Novemberregen.

Er hatte um seine Mutter getrauert, ja, er hatte sie geliebt, wie man eben eine Mutter liebte – aber sie wirklich vermissen, das tat er nicht.

Es hatte eine Weile gedauert, bis er sich das eingestehen konnte: Sie fehlte ihm nicht. Er träumte auch nicht von ihr, jedenfalls erinnerte er sich nicht daran. Sein Vater dagegen tauchte in seinen Träumen auf, nicht jede Nacht, aber doch mit einer gewissen Regelmäßigkeit. Er trug dann immer dieselbe Uniform, die schwarzweißrote Armbinde und die Mütze mit Reichsadler und Totenkopf, und er zog eine Jägerzaunpforte hinter sich zu. Und immer trug er dieses Lächeln im Gesicht, dieses überlegene, hochmütige Lächeln.

Auch Freia, seine »reinrassige Schäferhündin aus edlem Geblüt«, tauchte in seinen Träumen auf – vielleicht noch regelmäßiger als sein Vater – und der tote Boxer des armen polnischen Mannes, der gar nicht wusste, wie ihm geschah, als er das tote Tier in die Arme gedrückt bekommen hatte, während er, Wieland, danebenstehen und zusehen musste. Aber diese Bilder, die beiden toten Hunde, die musste er doch allmählich verdaut haben – mehrfach hatte er mit Hilde darüber gesprochen –, und tatsächlich waren doch seine Begegnungen mit Hunden weit weniger von Angst und Panik geprägt als noch vor wenigen Jahren.

Er hatte seine Phobie im Griff, er hatte sie bewältigt, wenn er sie nicht sogar ganz überwunden hatte. Lediglich eine reflexhafte Vorsicht ließ er Hunden gegenüber walten, wenn er ihnen begegnete, aber auch die legte sich in aller Regel schnell. Mitunter bemerkte er die Hunde nicht einmal mehr, wenn er, in alter Gewohnheit, über den Stadtwall in Richtung des Instituts zur Arbeit spazierte. Vor Attila, der immer noch sehr temperamentvoll, aber etwas bullig geworden war, hatte er keine Angst, er war jetzt schließlich auch sein Hund. Von Anfang an hatte er das Gefühl gehabt, viel mehr von *ihm* adoptiert worden zu sein als umgekehrt. Schon bei seiner ersten Begegnung mit Hilde und Attila war das so gewesen. Daran erinnerte er sich noch genau – es war ein bisschen so gewesen, als hätte Attila ihn erwählt. Kein Tag verging, an dem das Tier nicht einmal zu ihm getrottet kam, wenn er morgens am Frühstückstisch saß und seine Zeitungen las oder wenn er es sich abends im Sessel bequem gemacht hatte, um sich in eines seiner Bücher zu vertiefen. Attila legte dann immer den Kopf auf seine Knie und ließ sich von ihm kraulen.

Wieland, unfähig, sich auf den Artikel zu konzentrieren, den er gerade lesen wollte, sah wieder aus dem Fenster, an dem die Landschaft vorbeirauschte.

Blieb immer noch sein Vater, dachte er – zugegebenermaßen. Sein Vater, der ihm aber immer fremd geblieben war.

Es wollte ihm partout nicht einleuchten, weshalb dieser Mann, so kaltblütig er auch gewesen sein mochte und so viele grausame Verbrechen und sinnlose Tode auch an ihm haften mochten, ihm über einen derart langen Zeitraum den Schlaf rauben sollte, zumal er doch ausgiebig über ihn sprach. Mit Hilde sprach er über ihn, mit Albrecht und Claudine – einmal hatte er sogar mit seinem Schwiegervater über seinen Vater, über dessen Tätigkeit im Konzentrationslager in Polen und auch über seine eigenen Erlebnisse und Erinnerungen gesprochen. Seit der Hochzeit duzte Wieland seinen Schwiegervater, und auch seine Schwiegermutter hatte ihm das Du angeboten. Beide waren ihm sehr zugewandt, beide sprachen mit ihm über alles, was ihn beschäftigte, über seine Arbeit, seine Pläne, über Politik, über seine SPD-Mitgliedschaft, über seine Hochzeitsreise und nicht zuletzt über die Vergangenheit seiner Familie.

Nein, dachte Wieland, er verdrängte nichts – und auf Verdrängung basierte ganz wesentlich die Psychoanalyse, die er allerdings mit einiger Skepsis, wenn nicht mit einem gewissen Argwohn betrachtete. Claudine hatte das Thema auf den Tisch gebracht, als er ihr einmal bei einem Glas Wein – Hilde und Albrecht waren auch dabei gewesen – von seinen Träumen, seinen Alpträumen und von seiner nächtelangen

Schlaflosigkeit erzählt hatte. Alles drehe sich um die Psychoanalyse, hatte sie gesagt, auch die Philosophie und die Sozialwissenschaft, an ihr käme niemand vorbei. Und dass es in Amerika gang und gäbe sei, zu einem Psychiater zu gehen. Das Gesagte hatte ihn zumindest mit dem Gedanken spielen lassen. Das Gespräch mit Claudine lag schon wieder eine Zeit zurück. Seit ihrem Kennenlernen an jenem Kinotag im Frühjahr, als sie sich den Film »Serengeti darf nicht sterben« angesehen hatten, waren viele Monate verstrichen. Und was war seitdem nicht alles geschehen. Bald würden sie ihre Hochzeitsreise antreten, die sie aufgrund von Hildes Schwangerschaft und auch aufgrund seiner Verpflichtungen am Institut mehrfach verschoben hatten. Immerhin hatte er einen Lehrstuhl bekommen, trotz seines wahrlich noch höchst überschaubaren Alters.

Die Hochzeitsreise – in wenigen Wochen schon ging es los, dachte Wieland, in wenigen Wochen würden sie nach Südamerika reisen, er würde Brasilien wiedersehen, Manaus, den Amazonas und den Rio Negro. Er würde Hilde endlich den Regenwald zeigen, der nicht nur für Entomologen, sondern auch für Botaniker ein wahres Eldorado war. Hilde konnte es kaum erwarten. Sie würde die Capybaras und Kaimane sehen, die Aras und Brüllaffen und natürlich die vielen Käfer und Falter, allen voran den Blauen Morpho in seinem natürlichen Umfeld, dem endlosen Grün.

Heinrich würden sie bei den Großeltern lassen, die sich schon darauf freuten, ihren Enkel einmal für längere Zeit bei sich zu haben, auch wenn sein Schwiegervater gesagt hatte, dass er gerne mit ihnen nach Südamerika reisen würde. Sie hatten schon Angst gehabt, auf der Hochzeitsreise tatsächlich von Hildes Eltern begleitet zu werden, aber dann hatte Hildes Mutter irgendwann zu ihrer großen Erleichterung ein Machtwort gesprochen.

Förster, der ihm den Floh, eine Monografie über das Verhältnis von Mensch und Insekt zu schreiben, erst in den Kopf gesetzt hatte, würde auch nicht mehr dabei sein, dachte Wieland. Er würde nie mehr dabei sein.

Wieland dachte oft an seinen früheren Mentor und Förderer und vermisste ihn – als Freund, der er ihm in den letzten Jahren vor seinem Tod geworden war, und als Ratgeber in fachlichen Fragen. Insgeheim bedauerte er ein wenig, dass keine weiteren Wissenschaftler mit ihnen an den Amazonas reisten, nur konnte er das Hilde schlecht sagen, immerhin handelte es sich um ihre Hochzeitsreise – aber Hilde war eine angehende Botanikerin, sie waren ein kleines, aber eingespieltes Team, und die Reise versprach keine konventionelle Hochzeitsreise zu werden, eher eine Hochzeitsexpedition …

Den guten alten Förster aber hätte er gerne dabei gehabt.

Wieland blickte auf seine Armbanduhr, doch dann hörte er auch schon die Stimme des Schaffners. Sie würden Göttingen in Kürze erreichen.

Er stand, den Koffer in der Hand, im Gang, der sich allmählich füllte.

In Godesberg hatte er fantastisch geschlafen, wieder einmal, und er fühlte sich, trotz des Trubels, der vielen Gespräche und der Gedanken, die in seinem Gehirn arbeiteten, so erholt wie schon seit Monaten nicht mehr. Vielleicht, dachte er, lag es am Ende schlicht und einfach daran, dass er ohne Heinrich tief und fest hatte durchschlafen können. Nachts war es doch immer wieder lästig mit ihm. Der Kleine, der an sich ein liebenswertes kleines Wesen war, wurde oft wach und schrie, so dass Hilde aufstehen musste, um nach ihm zu sehen. Wenn es nach ihm gegangen wäre, hätte sie ihn weinen lassen sollen, bis er sich von allein beruhigte. Früher oder später musste er schließlich lernen, auf sich selbst gestellt zu sein. Aber Hilde sah das anders.

Seine Gedanken landeten wieder in Godesberg. Was für ein Parteitag, wirklich ein außerordentlicher, dachte er und musste lächeln.

Es war viel mehr gewesen als nur ein Parteitag, es war ein Aufbruch, eine Zäsur. Das neue Programm seiner Partei überzeugte ihn, unausweichlich erschien ihm der endlich getane Schritt, und er hatte in vielen Gesprächen dafür geworben – schon im Vorfeld und bis zuletzt vor Ort. Eine große Mehrheit hatte am Ende zugestimmt. Das war eine große Erleichterung für viele, denn es bedeutete auch Handlungsfähigkeit, wenn die Partei geschlossen hinter ihren Grundsatzbeschlüssen stand.

Die alte sozialistische Arbeiterpartei war nicht mehr zeitgemäß, der Auffassung war er schon lange gewesen, und sie hatten auf den

Sitzungen viel darüber diskutiert, seit langem schon – auch mit Hilde, Albrecht und mit seinen Schwiegereltern hatte er darüber ausgiebig gesprochen.

Natürlich hatte es in Godesberg auch die unverbesserlichen marxistischen Betonköpfe gegeben, die nichts von Veränderungen hatten wissen wollen. Den meisten Parteimitgliedern war nach Aufbruch zumute, danach, endlich wieder Verantwortung zu übernehmen und dem Land neue Perspektiven aufzuzeigen. Dazu gehörte das Bekenntnis zur Marktwirtschaft – und es war kein bedingungsloses –, sie wollten schon dafür sorgen, dass es eine soziale Marktwirtschaft werden würde. Der Sozialismus, wie er im anderen Teil des Landes praktiziert wurde, war keine ernstzunehmende Alternative. Auch die Landesverteidigung gehörte dazu, und die Diskussionen darüber waren nicht leicht gewesen. Dass die SPD eine Volkspartei sein müsse, also eine Partei für das ganze Volk, für alle Schichten und nicht allein für die Arbeiter, das hatte er immer schon gesagt.

Der joviale – und offenbar recht trinkfeste – Berliner Bürgermeister, den er in einer kleinen Runde am Rande des Parteitags kennengelernt hatte – Brandt nannte er sich, aber das war nicht sein ursprünglicher Name –, war euphorisch gewesen, wobei sich die Euphorie mehr noch in seiner Mimik und Gestik abzeichnete als in seinen Worten. Als eine »zeitgemäße Aussage« hatte er das neue Programm bezeichnet und betont, dass es die praktische Arbeit der Partei fördern würde. Alle in der Runde hatten zugestimmt. Der Sozialismus sei nun keine Weltanschauung und schon gar keine Ersatzreligion mehr, hatte jemand gesagt.

Der Mann hatte Zukunft, dachte Wieland. Der konnte mehr als nur Bürgermeister, und er hatte – nach vorübergehenden Zweifeln – wieder einmal das Gefühl gehabt, doch in der richtigen Partei zu sein.

Hilde stand bereits am Bahnsteig, sie trug Heinrich auf dem Arm. Wieland sah sie und den Kleinen schon, als der Zug noch über die Gleise rollte.

Sein Schwiegervater war auch mitgekommen, um ihn abzuholen. Die Neugier stand ihm ins Gesicht geschrieben, das sah er sofort. Er lächelte und küsste Hilde zur Begrüßung auf die Wange. Heinrich, der sich ein bisschen zierte, nahm er auf den Arm und drückte ihn, reichte ihn aber Hilde gleich wieder zurück, da der Kleine mit den Füßen strampelte und die Arme nach ihr ausstreckte.

»Aber was ist denn, du hast dich so doch auf den Papa gefreut«, sagte sie, aber Heinrich klebte an ihrem Hals und versteckte sein Gesicht.

»Willst du denn deinen Vater gar nicht begrüßen«, fragte Wieland mit gespielter Strenge und strich ihm über die Haare.

Heinrich, der sein Gesicht immer noch verbarg, schüttelte den Kopf.

»Aber was denn?«, sagte Hilde.

»Gib mir doch erst einmal deinen Koffer«, sagte Siegfried Sartorius und griff schon danach.

»So weit kommt es noch«, entgegnete Wieland lachend und trug ihn selbst.

Sie liefen zum Parkplatz. Hilde und sein Schwiegervater überschütteten ihn mit Fragen, so dass er gar nicht dazu kam, auch nur eine einzige von ihnen wirklich zu beantworten.

»Mach dich auf eine Überraschung gefasst, Wieland«, sagte Hilde irgendwann.

»Eine Überraschung?«

»Na, du wirst Augen machen.«

»Wie, jetzt gleich?«, fragte Wieland und sah sich um.

»Ja, dort drüben«, sagte Hilde.

Siegfried Sartorius, der ein paar Schritte vorausgelaufen war, blieb plötzlich stehen und zeigte auf ein Auto.

»Das gibt es doch nicht«, sagte Wieland.

Es war ein Käfer.

14

Die Nachricht kam wenige Wochen, nachdem Grischa in dem heimeligen und komfortablen Hof des Offiziers mit den wasserklaren Augen – seinem neuen Zuhause – eingetroffen und von der Frau und dem gutmütigen Alten aufgenommen worden war. Überbracht wurde sie kommentarlos von zwei blassen, seltsam missmutig blickenden Rotarmisten mit weißlich-käsigen Gesichtern und entzündeten, eigenartig trüben Augen.

Es handelte sich um einen simplen Brief, der in einem dunklen, unansehnlichen Kuvert steckte.

Das dampfende und brummende Fahrzeug der beiden ausgemergelten Soldaten, deren tiefrote, wohl auch durch den übermäßigen Konsum von schlechtem Wodka geschwollene Nasen heftig trieften, war schon von weitem zu sehen und zu hören gewesen, und Grischa, der gerade warm eingepackt und mit einer Fellmütze, die ihm weit über beide Ohren reichte, über den eingeschneiten Hof gelaufen war, um den Pferden, die ihren Verschlag kaum freiwillig verließen und auf ihrer Koppel nichts Fressbares gefunden hätten, frisches Heu zu geben und ihnen Decken über den Rücken zu legen und außerdem im Hühnerstall Eier einzusammeln – einige Hennen legten schon, seit die Sonne vor einigen Tagen zum ersten Mal länger und wärmer geschienen hatte und sogar hier und da erstes Grün aus dem Boden gesprossen war –, Grischa hatte ihrem Ankommen neugierig entgegengesehen.

Der Lastwagen – ein großes olivgrünes Vehikel mit von dunkler Plane verdeckter Ladefläche – war ihm bei näherer Betrachtung bekannt vorgekommen, nicht erst einmal hatte er einen Wagen dieser Bauart gesehen, und er war auch schon in einem gefahren.

Grischa, der sehr früh aufstand – es war eine innere Uhr, die ihn weckte und die er nicht ausschalten konnte –, hatte am Morgen bereits Schnee geschippt und schwitzend und keuchend eine schmale, aber bequem begehbare Schneise geschaffen, in der man nicht sofort mit den Stiefeln im knirschenden Schnee versank. Die Schneise führte von der Haustür hinüber zum Stall, eine weitere Schneise führte zum

Hoftor, und eine führte zur Scheune, von wo er das Heu, das dort in riesigen Ballen auf einem Zwischenboden lagerte, und gelegentlich auch einen Kübel Hafer für die Pferde zu holen pflegte. Ein altes, störrisches und struppiges Pony erhielt zwischen dem anderen Vieh sein Gnadenbrot. Es gab kräftige braune Kühe, die angenehme Wärme abstrahlten, ein volles Dutzend Hühner gab es, den Hahn natürlich und auch einige weiße Enten und Gänse, die pechschwarze Katze, eine trotz ihrer Schläfrigkeit sehr scheue Katze, und natürlich Pontscha, den großen grauen und freundlichen Hund – er konnte keiner Fliege etwas zuleide tun –, über dessen Gesellschaft sich Grischa tagtäglich freute und der ihm in der kurzen Zeit ein verlässlicher Freund geworden war.

Das Wetter war insgesamt sehr unbeständig. Es schneite wieder viel – obgleich sich der Frühling vorübergehend bereits Bahn gebrochen hatte –, also schippte Grischa – der, wenn er in sich hineinhorchte und sein Herz befragte, immer noch den Namen Gershom als seinen richtigen und eigentlichen betrachtete – viel Schnee.

Er musste das nicht tun, niemand hatte ihm das aufgetragen, er tat es aus eigenem Antrieb, aber er tat es auch gerne, er tat es beherzt und entschlossen. Er schippte und schippte, er hielt inne und verschnaufte, wischte sich mit einem Stofffetzen, den er sich aus der Tasche zog, den Schweiß von der Stirn und schippte dann weiter, unermüdlich schippte er. Lange jedoch würde er keinen Schnee mehr schippen müssen, das wusste er, doch der Frühling würde schon noch andere Arbeiten mit sich bringen, vielleicht sogar mehr Arbeit, als es im Winter zu erledigen gab. Aber er freute sich darauf.

Wo er nur eine Möglichkeit sah, machte er sich nützlich, draußen, bei den Tieren, aber auch drinnen, im Haus. Er schleppte die Kohlen und das Holz für den Ofen, fegte fein säuberlich die Asche zusammen und half in der Küche. Er kehrte den Boden mit einem Besen aus Stroh, und er trug Dinge, die von Zeit zu Zeit in der Stube herumlagen, an ihren angestammten Platz zurück – viele Dinge gab es indes nicht, meist waren es nur Teetassen und Teller, wenige Bücher, ein vergessener Gehstock des Alten oder Marmeladengläser, also brauchte er meist nicht einmal mehr zu fragen, wohin sie gehörten.

Marmelade gab es immer viel, auch Pflaumenmus und Apfelmus und Kompott. Dutzende Gläser standen beschriftet und sortiert in den Regalen in der Vorratskammer. Kein Wunder bei der Unzahl an Obstbäumen und Beerensträuchern, die rings ums Haus und um den Stall herum und auch auf den Kuhweiden und den Pferdekoppeln wuchsen, so weit das Auge reichte – auf die Obstblüte, die prächtig sein musste, war er schon gespannt. Es mussten hunderte von Bäumen sein, ausgehend von dem Eingemachten konnte er nur ungefähr vermuten, in welchen Mengen es Äpfel, Pflaumen, Kirschen und Birnen und auch Johannisbeeren, Brombeeren, Himbeeren und Stachelbeeren geben würde.

Grischa lauerte regelrecht auf Gelegenheiten, in denen er helfen konnte. Aus Dankbarkeit tat er das, sicher, aber auch, um überhaupt etwas zu tun zu haben und nicht ständig mit seinen Erinnerungen allein zu sein. Je mehr er tagsüber mit anpackte, desto leichter fiel er abends in den Schlaf. Je mehr er mit anpackte, desto tiefer schlief er in der Nacht. Je mehr er mit anpackte, desto weniger träumte er. Zumindest glaubte er das. Es beruhigte ihn, etwas anzupacken und tätig zu sein.

In dem Moment, in dem er den Militärlaster erspäht hatte, hatte es nicht mehr geschneit. Die Sicht war klar gewesen, und man konnte hier, wenn die Sicht klar war, sehr weit sehen. Es hatte eine Weile gedauert, bis das Fahrzeug den Hof erreicht hatte.

Als die dürren Soldaten, deren Aufenthalt kaum länger als fünf Minuten dauerte – und die von ihm die ganze Zeit über skeptisch beäugt wurden –, wieder abfuhren, blickte er ihnen noch eine Weile hinterher und ging dann wieder zurück ins Haus, in die warme Stube, wo die Kohlen im Ofen glühten.

Er warf einen Blick in den Ofen hinein, um zu sehen, ob er weitere Kohlen nachlegen musste, aber es waren noch genügend vorhanden, um die Stube weiter zu wärmen.

Der gutmütige Alte, der Vater des Offiziers mit den wasserklaren Augen, der den Brief, den er von einem der Soldaten in die Hand gedrückt bekommen hatte, gar nicht erst las, sondern gleich weiterreichte, setzte sich, er blickte ernst und schwieg. Die verschlossene und immer auch traurige Frau des Offiziers, die dem Jungen gegenüber vom Tag seiner Ankunft an sehr freundlich gewesen war und es ihm an nichts hatte fehlen lassen, schon gar nicht an Essen, im Gegenteil – wenn es trotz aller offenkundigen Warmherzigkeit, die gar nicht infrage stand, auch immer eine gewisse Zögerlichkeit und Zurückhaltung in ihrem Verhalten gegeben hatte, eine unüberwindbare Distanz –, war erblasst und ließ den Papierbogen mit den schwarzen Buchstaben aus der zitternden Hand fallen, nachdem sie ihn zweimal gelesen hatte.

Sie stand auf und ging schweigend in ihr Schlafzimmer, zog die Tür hinter sich zu und schloss sie ab.

Grischa, der sie genau beobachtet hatte – ihr erstes, ungläubiges Lesen und auch ihr zweites, das sie sichtlich erschüttert hatte –, saß wortlos da und streichelte Pontscha, der gleich bellend aufgesprungen war, als es an der Tür geklopft hatte, und der sich jetzt erwartungsvoll an ihn schmiegte.

Allem Anschein nach war etwas Furchtbares geschehen. Die Frau hatte in Anwesenheit der Soldaten die ganze Zeit über gelächelt, bis ihr Lächeln plötzlich wie eingefroren gewirkt hatte und schließlich ganz erstorben war.

Grischa hatte die Frau in den letzten Wochen genau beobachtet, aus der Ferne sowie aus der Nähe, und er hatte seine Schlüsse gezogen. Natürlich wusste er, woher ihre Trauer rührte, das konnte er sich leicht zusammenreimen. Umso mehr wusste er ihre Freundlichkeit zu schätzen, und auch ihre Unnahbarkeit empfand er eher als Segen, denn als Fluch. Wer, wenn nicht er, hätte sie am besten verstehen können. Er konnte und wollte ihr ihren Sohn nicht ersetzen, genauso wenig wie sie seine Mutter oder der Offizier mit den wasserklaren Augen seinen Vater ersetzen konnte. Eine fixe Idee, aber es galt, sich zu arrangieren und das Beste aus den Gegebenheiten zu machen.

Er sah zu dem Alten hinüber, der in Gedanken versunken schien, und begann langsam das Unbegreifliche zu begreifen. Nach einer Weile löste sich der Alte aus seiner Erstarrung, ohne jedoch ihn, seinen Stief- oder Adoptivenkel, zu beachten. Er bückte sich und griff nach dem Brief, der auf dem Boden vor seinen Füßen gelandet war, er hob ihn auf und las ihn leise, begann aber, dabei zu brabbeln und zu jammern, und aus den einzelnen Fetzen des Gelesenen und des von dem Alten Gesprochenen konnte sich Grischa allmählich ein vages Bild zusammensetzen. Einige Hintergründe hatte er immerhin schon gekannt, er wusste, dass die Niederlage Hitlers und des Deutschen Reiches allenfalls noch eine Frage der Zeit war – darüber hatten der Alte und die Frau oft gesprochen und auch mit Händen und Füßen versucht, es ihm verständlich zu machen –, ein tröstliches Wissen war das, auch wenn ihm trotz anfänglicher, zaghafter Freude dämmerte, dass es für all das Geschehene keinen wahren Trost und auch kein Ende geben konnte.

Die genauen Umstände, die er erst später kennenlernen sollte, waren für ein Verständnis der gegenwärtigen Situation zunächst unerheblich – Grischa vermochte die Trauer der Frau und des Alten ohnehin zu deuten, es konnte schließlich nur eine Erklärung geben, eine, die auch ihn mit Trauer erfüllte.

Später, sehr viel später – in Israel schon, im Gelobten Land, in dem, wie man sagte, Milch und Honig flossen –, hatte Gershom die geografisch-historischen Gegebenheiten, die er über die Jahre nach und nach, wenn auch sicher nicht vollständig kennengelernt hatte, genauestens und mit größter Geduld studiert – er war es schließlich nicht gewohnt gewesen, so etwas zu tun. Sein Überleben, das er, nüchtern betrachtet, einer Verkettung fantastischer Unwahrscheinlichkeiten zu verdanken hatte, war ihm als fragwürdig erschienen, und auch das hatte er eines Tages zu akzeptieren gelernt. Viele Zeitungsartikel und Bücher hatte er gewälzt, Fachkundige befragt und sich wochenlang in Archive vergraben, um seinen Erzählungen, in denen er so etwas wie den Sinn seiner zerrütteten Existenz zu sehen begonnen hatte, auch ein festes Fundament zu verleihen.

Die Umstände ließen sich, je nachdem, wem er sie schilderte, länger oder auch kürzer zusammenfassen, und sowohl die Langfassung wie auch die Kurzfassung konnte er bald auswendig aufsagen – so wie er übrigens auch im hohen Alter immer noch all die Gedichte auswendig aufsagen konnte, die er als Kind in seiner schwäbischen Heimat einst gelernt hatte – in der Schule und durch seine Eltern –, Gedichte von Mörike, von Justinus Kerner, Hölderlin, Lenau, Uhland, Heine und natürlich Goethe und Schiller. Und manchmal, wenn er etwa vor einer Schulklasse oder in einem Hörsaal stand, um von seinen Erfahrungen zu berichten, kam ihm eines dieser Gedichte in den Sinn, und er musste sich konzentrieren, um nicht plötzlich in Versen zu sprechen und sich lächerlich zu machen.

In solchen Situationen ließ er seine Blicke durch den Raum schweifen, während ihm die in aller Regel aufmerksamen Gesichter der Schüler oder Studenten dabei folgten, er sammelte sich und setzte schließlich zu seinem Vortrag an, der nichts anderem als der lebendigen Erinnerung dienen sollte.

General Konjew, Marschall der Sowjetunion und der Vorgesetzte des Offiziers mit den wasserklaren Augen, hatte Berlin von Süden aus erfolgreich angegriffen, während die Truppen von General Schukow den Norden umfasst hatten.

Konjews Panzer waren – entgegen dem ursprünglichen Plan, die Hauptstadt des Deutschen Reiches zunächst in die Zange zu nehmen – direkt in die äußeren Wohngebiete vorgedrungen, jeder Widerstand war schlicht und einfach niedergewalzt worden. Vor dem Teltow-Kanal waren die Einheiten dann zum Stehen gekommen – ein taktischer und schwerwiegender Fehler, wie sich bald herausstellen sollte, der General hatte augenscheinlich die Stärke der deutschen Verteidigung weit überschätzt und sich durch den unnötig aufwändigen Einsatz seiner Artillerie viel zu lange aufhalten lassen, was Stalin, als er im Anschluss darüber informiert worden war, dazu bewogen hatte, unverzüglich die Aufgabenstellungen der beiden konkurrierenden Generäle – beide hatten sie Berlin erobern wollen – neu zu regeln und ihre Zuständigkeiten zu klären.

Zu seiner großen Enttäuschung war Konjew gezwungen worden, seine Truppen westlich des Reichstages, der schon in Schussweite gerückt war, zu stoppen. Dem Rivalen Schukow sollten also die Siegeslorbeeren zufallen, es war beschlossene Sache gewesen.

Und so geschah es. Unter Schukows Kommando war nur wenige Tage darauf das Zentrum des Reiches erobert und am späten Abend des 30. April 1945 die sowjetische Fahne auf das Dach des Reichstagsgebäudes, in dem alle Sowjets – vom »Generalissimus« Stalin bis zum einfachsten Soldaten – den Faschismus der Nazis verkörpert sahen, aufgepflanzt worden, und dort, weithin sichtbar, flatterte sie fortan als »Banner des Sieges« im Wind.

Der tief erniedrigte Konjew wiederum hatte seine nicht minder enttäuschten und erniedrigten Truppen Richtung Potsdam, Beelitz, Lehnin und schließlich Torgau an der Elbe, dem Sitz des berüchtigten deutschen Reichskriegsgerichts, gelenkt, wo es erstmals zu einer Begegnung mit den amerikanischen Alliierten kommen sollte – und irgendwo auf dem Weg dorthin war es dann passiert, irgendwo, abgefeuert aus einem an der Landstraße liegenden und aufgegeben und verlassen gewähnten Gehöft, hatte eine Kugel den Offizier mit den wasserklaren Augen getroffen. Er war auf der Stelle tot gewesen, die Kugel hatte das Herz erwischt.

Der Schütze, ein deutscher Bauernjunge, dem noch nicht einmal die Barthaare gesprossen waren, hatte es geheißen, war nur wenige Augenblicke darauf erschossen worden.

Der Offizier mit den wasserklaren Augen hatte den Sturm auf Berlin überlebt, aber den Krieg, dessen Ende bereits Gewissheit gewesen war, hatte er nicht mehr überleben sollen. Immerhin, die Gewissheit des Sieges hatte er noch erlangt, oder vielmehr hatte sie ihn ereilt.

Anders, als er es versprochen hatte, war er nicht zurückgekehrt.

Nein, der Junge stand nicht mehr unter dem Schutz dieses hochrangigen Militärs, genauso wenig wie seine Frau und der Alte. Er war nicht mehr sicher. Er war vielleicht sicherer als in den Monaten zuvor, aber er war nicht wirklich sicher. Das wurde ihm mit einem Mal bewusst.

Doch es sollte anders kommen, als er es dachte, alles sollte ganz anders kommen.

Die Frau des Offiziers kehrte nach Tagen des Schweigens und der Trauer, nach Tagen des Zuredens durch den Alten und des Winselns des Hundes aus ihrer Kammer hervor, aber sie war wie ausgewechselt. Sie bemühte sich zwar, weiter freundlich zu sein, aber die Distanz nicht allein zu Grischa, sondern zu ihrer gesamten Umgebung wuchs – sie war mürrisch und teilnahmslos.

Anfangs weinte sie viel und unverhofft, es konnte jeden Augenblick geschehen, aber die Tränen versiegten allmählich, die Ausbrüche, während derer sie stundenlang schluchzte, wurden von Woche zu Woche weniger.

Grischa fehlte es weiterhin an nichts. Nach wie vor holte die Frau gelegentlich ein Glas Kompott oder Marmelade aus der Vorratskammer und stellte es ihm hin, wortlos, ohne eine Miene zu verziehen, während er naschte, und irgendwann stellte er das Glas dann immer zurück, er wischte den Tisch und auch den Boden, und er kraulte Pontscha die Ohren.

Der Alte sah ihm dabei zu und schüttelte bisweilen den Kopf. Manchmal legte er Grischa auch eine Hand auf die Schulter und murmelte unverständliche Worte, wirres Kauderwelsch. Grischa erschien es, als würden seine Worte zunehmend unverständlicher.

Die Frau aber konnte ihn nicht mehr berühren, sie ließ keine Nähe zu, tätschelte ihm nicht mehr den Kopf oder kraulte ihm die Haare – und Grischa gestand sich irgendwann ein, dass er ihre Nähe doch gerne gespürt hätte. Sie konnte ihn nicht einmal mehr ansehen, verkörperte er doch eine Idee, einen Traum, der geplatzt war, wie ein Traum nur platzen konnte.

Es war hoffnungslos, die Hoffnung dieser guten Frau war gleich mehrfach zu Grabe getragen worden.

Abermals vergingen Tage und Wochen, der Winter verabschiedete sich vollends und ließ dem Frühling freien Lauf, und so prächtig, wie es Grischa sich vorgestellt hatte, erblühten jetzt die Obstbäume auf den Koppeln. Von weitem sah es so aus, als hätte es geschneit, so weiß waren die Blüten und bald auch die Weiden. Aber auch Blumen blühten auf den Wiesen, und im Garten flogen Bienen und Schmetterlinge durch die wunderbar duftende Luft.

Wie er es erwartet hatte, gab es viel zu tun, und er musste kräftig mit anpacken, Saatgut musste unter die Erde gebracht, Kartoffeln gesteckt werden, die Kühe kalbten, und auch eine Stute bekam ein Fohlen.

Eines Tages kam die Frau des Offiziers nicht mehr aus dem Schlafzimmer heraus, und als Grischa und der Alte schließlich nach langem Klopfen und Rufen die Tür aufbrachen, fanden sie sie an einem Strick aufgeknüpft an einem Dachbalken hängen.

Der Alte war zunehmend wunderlicher geworden, wovon schließlich auch die Obrigkeit Wind bekam. Vielleicht hatte ein Nachbar oder einer der Obsthändler aus Teschki Meldung gemacht.

Grischa kam in ein Heim. Das Erste, was er dort nun mit einiger Verspätung vernahm, war die Nachricht, dass der Krieg vorbei und das »Großdeutsche Reich« endgültig besiegt war. Auch Hitler, der »Führer«, hatte sich das Leben genommen.

ACHTES KAPITEL

I

Die Tage habe er irgendwann zu zählen aufgehört, sagte der alte, weißhaarige Mann unvermittelt. Seine tiefe Stimme klang dabei nicht wehmütig, vielmehr kraftvoll und heiter.

Er machte eine Pause, eine vorhergesehene, rhetorische Pause – das war legitim, fand er, wenn nicht sogar angebracht.

Er drehte sich zur Seite, gemächlich, fuhr sich mit der knochigen Hand durchs Haar und blickte aus einem der hohen Fenster des ausgedehnten und bis auf den letzten Platz gefüllten, aber durch eine Klimaanlage angenehm temperierten Raumes, der sich in einem der höher gelegenen Stockwerke des Gebäudes befand, in dem er schon so oft vor jungen Menschen, vor Schülern oder Studenten unterschiedlichster Herkunft gestanden hatte.

Durch die Fenster war hinter hochgewachsenen Palmen und vereinzelten Pinien die vertraute Stadtsilhouette mit den weißen Hochhäusern zu erkennen.

Er hatte, als er Tel Aviv zum ersten Mal sah, unmittelbar – und ohne, dass er es zu dem Zeitpunkt schon konkret hätte benennen können – an die Stuttgarter Weißenhofsiedlung denken müssen, eine traumhaft verschwommene, jahrzehntelang verschollene Kindheitserinnerung, die plötzlich wieder zutage getreten war. Der Strand und das Meer hingegen, in dem die meisten und auch er selbst am Morgen bereits gebadet hatten, waren von hier aus nicht zu erkennen – vielleicht von einem anderen Fenster aus, dachte er.

Der alte Mann sah durch das Glas und lächelte – viele der Häuser da unten stammten von den Architekten, die einstmals die Stuttgarter Siedlung erbaut hatten, durch die er an der Hand seines Vaters gelaufen war – seine Mutter fehlte in diesem Bild –, oder wenigstens von deren Schülern, meist deutsche Juden, die nach der »Machtergreifung« der Nazis ausgewandert oder später hierhergeflohen waren. In seinem unscheinbaren Lächeln lag ein Leben, ein halbes Jahrhundert und mehr, in seinem Lächeln lagen Tod und Auferstehung.

Auch er hatte am Morgen schon im warmen Meer gebadet – ein paar Schritte nur waren es von der Wohnung, in der er nun schon seit vielen Jahren mit seiner Tochter lebte. Vom Wasser aus hatte er den Sonnenaufgang beobachtet, so wie er auch am Abend gerne weit in den Sonnenuntergang hinausschwamm.

Das Schwimmen hatte ihm Kraft und neues Leben geschenkt, und es hielt ihn weiter lebendig, sagte er sich – und das sagte er beizeiten auch Ella, seiner zwar geliebten, aber doch mitunter äußerst nervtötenden Tochter, die sich ständig um seine Gesundheit sorgte und ihn bemutterte – statt dass sie sich um ihr eigenes Wohlergehen kümmerte und sich endlich einen neuen Mann suchte, das wäre schon einmal ein Anfang. Er dachte, dass ihn ein Stück weit auch sein Widerstand gegen ihre überbordende, erdrückende Sorge am Leben hielt. Das wiederum sagte er nur sich allein, im Stillen – und mit heimlicher Freude.

Allenfalls Swetlana, dachte er. Allenfalls seiner Enkelin, die mitunter auch unter der übertriebenen Fürsorge Ellas zu leiden hatte, hätte er das gesagt, ihr könnte er das sagen. Swetlana, seiner einzigen Enkelin, brauchte er nichts weiter zu erklären, sie verstand ihn, sie hatte ihn immer schon verstanden. Und sie konnte ein Liedchen davon singen, wie es sich anfühlte, wenn ihre Mutter, seine Tochter, sich zu sehr sorgte und man in ihrer Sorge zu ersticken drohte.

Das Schwimmen im Levantischen Meer hatte ihn schlagartig wieder lebendig gemacht, als er sich zum ersten Mal in die Wellen geschmissen hatte.

Er erinnerte sich noch genau daran, wie es sich angefühlt hatte: Das war noch in Aschdod gewesen, wo sie nach ihrer Ankunft gelandet waren, Ella und er, und wo sie in einer winzigen Wohnung in einem der Vororte gehaust hatten. Eine Ruhe hatte sich eingestellt, schon als sie in Tel Aviv aus dem Flugzeug ausgestiegen waren und zum ersten Mal den Boden des Landes betreten hatten, das ihnen endlich eine echte Heimat hatte werden sollen, eine Ruhe, von der er nicht zu träumen gewagt hätte, eine Art innerer Friede sogar, soweit das eben möglich war – für ihn, aber auch für Ella, die zwar nicht das erleben musste, was er erlebt hatte, aber als Schichtarbeiterin in Teschki ein erbärmliches Leben geführt hatte – und dann war die schreckliche Sache mit Swetlana passiert.

Wenn er zurückblickte, fragte er sich manchmal, warum sie nicht schon viel früher ausgewandert waren – so, wie viele andere es getan hatten –, damals, als sich der eiserne Vorhang nach Jahrzehnten der Kälte und Erstarrung gehoben und sich ihnen plötzlich die Chance geboten hatte, ein Spalt, durch den sie hätten entschlüpfen können. Aber Ella hatte Swetlana gerade erst zur Welt gebracht, sie hatte unbedingt diesen Taugenichts heiraten wollen, der dann spurlos verschwunden war.

Magda war damals gerade krank geworden, und sie hatten zunächst die Hoffnung gehabt, den Krebs zu besiegen. Auch Magda, die ihn immer Gershom genannt hatte und nie Grischa, hatte einen Teil ihrer Familie im Konzentrationslager verloren, und auch sie war über seltsame Wege nach Russland gelangt, viel früher als er, in den dreißiger Jahren schon. Auch sie hätte sich hier, im Gelobten Land, wohler gefühlt, vielleicht – wer wusste das schon – wäre sie hier sogar genesen. Die Ruhe, dieses Gefühl von Frieden und Sicherheit, endlich aufgehoben zu sein, hätte sicher auch sie erfasst, doch der Krebs war mit Wucht zurückgekehrt, und er hatte ihr bald die Hoffnung und den Überlebenswillen genommen. Es hatte lange gedauert, bis es ihm möglich gewesen war, das zu begreifen und seinen Frieden damit zu machen – Eretz Israel hatte ihm dabei geholfen.

Das Meer und das Schwimmen aber hatte noch mehr geschafft als der Boden hier im heiligen Land, es hatte seine Lebensgeister geweckt. Es war so gewesen, als hätten seine kreisenden Bewegungen, das salzige Wasser und die starken Wellen Jahrzehnte von deutschem, polnischem und vor allem russischem Staub, der sich in schweren Schichten abgelagert und eingefressen hatte, von seiner inzwischen dunklen, sonnenverbrannten und salzgegerbten Haut gewaschen, als hätte es auch seine Lungen freigespült, so dass er wieder atmen konnte, atmen und sprechen.

Seit seiner Zeit im Lager – daran, wie es vorher gewesen war, erinnerte er sich kaum – hatte er wenig gesprochen, nur, wenn es unbedingt nötig gewesen war und dann nur in wenigen Worten. Er hatte als einsilbig gegolten und seine Nase lieber in Bücher gesteckt – oder er war in den Wald gegangen, vorgeblich um Pilze zu sammeln, aber er wollte allein sein und schweigen. Die Nachbarn hatten sich daran – anders als Ella – nie gestört, sie hatten ihn gemieden. Magda hatte ihn immer gelassen, sie hatte Verständnis für alles gehabt, was er tat oder nicht tat. Vielleicht, dachte er, hatte Swetlana das von ihrer Großmutter geerbt, dieses Übereinkommen, das keine Worte brauchte, dieses stille Verständnis und den Großmut oder die Fähigkeit, überflüssige Konflikte, wenn sie sich anbahnten, gar nicht erst aufkommen zu lassen. Zwischen Magda und ihm hatten meist Blicke genügt, Blicke und kleine Gesten wie das sachte Berühren ihrer Schulter oder ihres Oberarmes. Etwas, das sie sehr gemocht hatte, war, wenn er einfach seine Hand auf ihre Wange gelegt hatte, so als könnte er sie damit vollständig halten und auffangen. Jetzt aber – schon seit vielen Jahren – sprach er viel und regelmäßig – und auch das erschien ihm inzwischen unbedingt notwendig.

Gershom lächelte immer noch, und immer noch sah er aus dem Fenster und ließ seine Blicke in die Ferne schweifen. Sein Lächeln war ein mildes, ein in sich gekehrtes Lächeln, das von einer kurzen und vorübergehenden geistigen Abwesenheit zeugte. Diejenigen, die ihn kannten – die Organisatoren der Veranstaltung etwa, die ihn nicht zum ersten Mal eingeladen hatten –, wussten es besser. Und Ella, seine Tochter, die sich nicht davon abhalten ließ, alles abrupt stehen und liegen zu lassen und jedes Mal mitzukommen, wenn er wieder – ganz gleich, in welchem Rahmen und vor welchem Publikum – einen Vortrag hielt, und die immer ganz vorne in der ersten Reihe saß und ihn nicht aus den Augen ließ – wie sie ihn im Grunde nie aus den Augen ließ, auch nicht, wenn er schwimmen ging, dann folgte sie ihm manchmal heimlich, als würde er das nicht merken. Ins Wasser war sie ihm allerdings noch nie gefolgt.

Gershom spitzte seine Ohren. Das anfängliche, unsichere Tuscheln unter den Jugendlichen hatte sich bald gelegt.

Jedes Mal war das so – und es setzte auch nicht wieder ein, obwohl er schwieg und zerstreut wirkte, während er so aus dem Fenster blickte. Es war nicht Respekt vor dem Alter, das wusste er. Oder wenigstens war es das nicht allein. Nein, es war eine Spannung, die er bereits mit seinen ersten, einleitenden Worten, ja, vielleicht schon durch seine bloße Präsenz erzeugt und die sich ausgebreitet und schließlich auch den letzten von ihnen erfasst hatte.

Auch das geschah nicht zum ersten Mal, und er wusste es längst geschickt zu steuern.

Es war ein herrlicher Tag, der Himmel hell und klar, die Sonne schien, und ein sanfter Wind sorgte dafür, dass es nicht zu heiß wurde. Die gemischte Gruppe bestand aus Austauschschülern, die aus verschiedenen Städten in Deutschland, Frankreich und Polen stammten, es waren Teenager, insgesamt knapp hundert Schüler, die auf das Abitur, das Baccalauréat oder die Matura zusteuerten und von denen einige verliebte Blicke austauschten und Händchen hielten – er hätte allerdings nicht zu beurteilen vermocht, ob es nun Deutsche waren, die mit Französinnen, Polen, die mit Deutschen, oder Franzosen, die mit Polinnen Blicke austauschten und Händchen hielten. Sie alle, samt ihren Lehrern, waren hier, in dem Hörsaal der Lester-und-Sally-Entin-Fakultät der Universität von Tel Aviv, zusammengekommen, um von ihm, einem der letzten Zeitzeugen, Dinge über die sie verbindende Geschichte, dieses schwere, unerbittliche Rad, zu erfahren und im Anschluss darüber zu diskutieren.

In den letzten zweieinhalb Wochen hatten sie, wie viele der anderen Gruppen auch, bereits an verschiedenen Lehrgängen teilgenommen – in Politik, Wirtschaft und Geschichte –, und sie hatten Ausflüge nach Jerusalem gemacht und die Altstadt, den Felsendom und Yad Vashem besichtigt, die »Gedenkstätte der Märtyrer und Helden des Staates Israel im Holocaust«. Sie waren – buchstäblich durch die Mauer hindurch – nach Bethlehem ins Westjordanland gefahren, das unter der Verwaltung der Palästinensischen Autonomiebehörde stand, sie hatten einen traditionellen Kibbuz am Rande der judäischen Wüste besucht, Datteln und Orangen gekostet und mit den Bewohnern gesprochen, sie waren ans Tote Meer gefahren, zur Festung Masada und in den Norden des Landes, nach Haifa, um sich die Gärten der Bahai und den Schrein des Bab anzusehen, und an den See Genezareth.

Unter den polnischen und französischen Schülern gab es viele Katholiken, unter den Deutschen weniger, aber das war nicht immer so – Juden gab es in der Gruppe diesmal keine –, darüber war der alte Mann im Vorfeld in Kenntnis gesetzt worden.

Einige der Schüler – drei auffällig hübsche Mädchen und ein neugieriger, aufgeweckter Junge, der, so schien es ihm, an allen dreien gleichzeitig ein verliebtes Interesse bekundete – hatten ihm auf seine Frage hin von ihrer Rundreise durchs Land erzählt, als sie gemeinsam im Aufzug gestanden waren. Der See Genezareth sei ihr letzter Aufenthalt gewesen, hatten sie gesagt, und ihre Augen hatten begeistert geleuchtet. Dieses Leuchten in den Augen kannte er schon, und er hatte dafür großes Verständnis, das ganze Land schließlich war quasi Bibel zum Anfassen, war Altes und Neues Testament.

»Und? Habt ihr ihn übers Wasser laufen sehen?«, hatte er gefragt, und die Schüler hatten gelacht.

Ella, die mit im Aufzug gestanden war, hatte ihn mit dem Ellenbogen angestoßen. Daraufhin hatte er ihnen erzählt, dass er selbst einmal dort oben, am Nordufer des Sees gestanden habe, unweit des Bergs der Seligpreisungen, wo Jesus – »der ein Jude und Rabbiner war, wusstet ihr das?« – seine Predigt gehalten und die Apostel auserwählt hatte, und dass direkt neben ihm plötzlich ein vertrockneter Dornbusch entflammt sei, unmittelbar, von einem Moment auf den anderen, wie aus dem Nichts.

Nein, er habe keine Stimme gehört, niemand habe zu ihm gesprochen. Ihm sei, anders als Moses auf dem Berg Horeb, kein Gott erschienen und habe sich ihm vorgestellt, hatte er gesagt, ohne von den Schülern danach gefragt worden zu sein. Er habe auch keinen Auftrag erhalten – seinen ganz persönlichen Auftrag habe er zu dem Zeitpunkt bereits gekannt, und der habe nichts damit zu tun, ein Volk von einem Ort zu einem anderen zu führen –, aber vielleicht sei er in seinem Auftrag, zu erzählen und damit gegen das Vergessen zu arbeiten, durch die Erscheinung am See Genezareth noch einmal bestärkt worden.

Die Schüler hatten ihn ungläubig angestarrt und vermutlich überlegt, ob er wieder einen Witz machte.

Es müsse in der Nähe des Dornbuschs eine Glasscherbe im Sand gelegen haben, die das Sonnenlicht reflektierte, hatte er dann noch gesagt. Derartiges geschehe gar nicht so selten. Das Feuer habe sich im Übrigen mit rasender Geschwindigkeit ausgebreitet und sich zu einem Buschbrand entwickelt, er sei aber zum Glück mit dem Auto dort gewesen, habe das Weite gesucht und die dichten Rauchschwaden durch den Rückspiegel beobachtet.

Gershom sah immer noch aus dem Fenster. Jetzt, nachdem sich die Gruppe vollzählig im Hörsaal eingefunden hatte, alle auf ihren

Plätzen saßen und er endlich mit seinem Vortrag beginnen konnte, befand sich keiner mehr unter ihnen, der seinen Worten nicht gebannt zugehört hätte.

Die Tage habe er zu zählen aufgehört, wiederholte er und wendete seinen Blick endlich vom Fenster ab. Die Schüler sahen ihn aufmerksam an.

Bis zum fünfundzwanzigtausendsten Tag habe er gezählt, dem fünfundzwanzigtausendsten Tag seit jenem Tag im April 1945 – ja, fünfundzwanzigtausend Tage, das müsse man sich einmal vorstellen – und er habe nie damit gerechnet, diesen Tag, der schon wieder einige Jahre zurücklag und der ein Jubiläum gewesen war, lebendig und gesund zu erleben – er hielt, als er das sagte, inne, und setzte wieder ein Lächeln auf, dieses Mal ein ironisches Lächeln, und hielt eine seiner beiden Krücken in die Höhe –, körperlich sei er, wie sie alle sehen könnten, zwar ein wenig eingeschränkt – vorübergehend eingeschränkt, hoffte er –, aber er fühle sich lebendig und voller Tatendrang.

Einen Moment überlegte er, ob er den Schülern vom Meer und von seinen täglichen Schwimmgängen erzählen sollte, davon, wie leicht und befreit er sich im Wasser fühlte, während seine Krücken im Sand lagen, aber er ließ es, weil er keine Lust auf die tadelnden Blicke seiner lauernden Tochter hatte. Immerzu warf Ella ihm tadelnde Blicke zu, wenn er abschweifte, wenn er nicht das Wesentliche im Blick behielt, wie sie sagte. Dabei war das Meer und das Schwimmen seiner Ansicht nach wesentlich.

Aber hier ging es um seine Erfahrung, dass er Bestandteil der Geschichte war, einer der letzten lebenden Zeugen des Holocausts, einer, der den tiefsten Abgrund am eigenen Leibe erlebt hatte.

»Fünfundzwanzigtausend Tage des Erinnerns, fünfundzwanzigtausend Tages des Schmerzes, aber auch fünfundzwanzigtausend Tage der Dankbarkeit«, sagte er mit dröhnender Stimme.

Sein Blick fiel, während er das sagte, auf die drei Mädchen und den Jungen aus dem Aufzug, die vorne in der ersten Reihe saßen.

»Das sollte reichen, nicht wahr?«

Die Schüler nickten, er lächelte.

»Das war eine Fangfrage«, sagte er, und die Schüler grinsten verunsichert und wichen seinen Blicken aus.

»Kann es reichen? Nach all dem, was geschehen ist? Darf das Erinnern ein Ende haben?«

Erwartungsgemäß schüttelten die Schüler jetzt ihre Köpfe, und die Lehrer, von denen sich der Alte ein wenig mehr Aufmerksamkeit gewünscht hätte, sahen zufrieden aus.

»Ich habe nie aufgehört, mich zu erinnern. Und wäre es nicht auch vollkommen absurd, hier einen Vortrag zu halten, wenn ich es getan hätte? Wäre es kein Widerspruch?«

Er wartete keine Antwort ab.

»Kein einziger Tag vergeht, an dem ich nicht daran denken würde, kein Tag, an dem ich nicht in Gedanken wieder in Polen bin, im Lager, in der Baracke oder draußen auf dem Feld, wo es geendet hat. Ich habe lediglich aufgehört, die Tage zu zählen. Warum ich damit aufgehört habe? Nun, das Maß war voll. So hatte es sich angefühlt. Fünfundzwanzigtausend Tage. Ich war des Zählens überdrüssig, müde war ich geworden. Fünfundzwanzigtausend Tage. Kaum dass ich Eretz Israel betreten hatte, wurde mir klar, dass es sich erübrigt hatte, dass ich von nun an nicht mehr zu zählen brauchte. Auch meine Tochter sagte mir, Vater, du brauchst jetzt nicht mehr zu zählen. Vater, du kannst aufhören zu zählen, hatte sie gesagt. Es ist vorbei, wir sind angekommen. Ich habe dennoch weitergezählt, aus alter Gewohnheit vielleicht, aus Routine – und irgendwann gegen meinen eigenen Willen. Das ist das Maschinenhafte an uns Menschen, die Macht der Gewohnheit. Jahrelang habe ich weitergezählt, auch wenn ich des Zählens müde war. Wer einmal angefangen hat zu zählen, der hört so schnell nicht wieder damit auf.«

Seine Blicke wanderten durch den Saal.

»Das klingt unglaublich, aber es war eine große, eine für mich vollkommen unerwartete Schwierigkeit, damit aufzuhören und nicht mehr zu zählen. Jahrzehntelang hatte ich gezählt, das Zählen hatte sich mir tief verinnerlicht, es war ein Teil von mir geworden, und auch als ich längst beschlossen hatte, nicht mehr zu zählen, zählte etwas in mir weiter und weiter. Wie eine tickende Uhr muss man sich das vorstellen. Ich war ein bloßer Zählautomat. Meine Frau war gestorben, und ich zählte weiter. Meine Tochter und ich gingen nach Israel, und ich zählte weiter. Meine Enkelin blieb in Russland, in Moskau, und ich zählte weiter. Wir landeten nach einem Aufenthalt in Aschdod hier in der weißen Stadt, in Tel Aviv, und ich zählte weiter. Meine Enkelin ging nach Deutschland, ins Land der Täter, und ich zählte weiter. Ich zählte immer weiter und glaubte schon nicht mehr daran, dass es jemals aufhören würde, dass es jemals aufhören könnte. Und irgendwann war es doch vorbei gewesen, irgendwann klang es einfach aus. Da war vielleicht die Batterie ausgegangen – und ich werde den Teufel tun und eine neue kaufen. Aber Spaß beiseite. Meine Vermutung ist die, dass es aufhörte, als ich anfing zu erzählen. Und dass ich das tat, war einem großen Zufall geschuldet. Vielleicht war es auch kein Zufall, das weiß man schließlich nie so genau. Jedenfalls war es beim Schwimmen gewesen. Oder genauer: vor dem Schwimmen, am Meer, am Strand. Ich habe diese Nummer in meinem Arm eintätowiert, wisst ihr …«

Er krempelte den Ärmel seines Hemdes hoch, um den Schülern die Nummer zu zeigen.

»Aber das kennt ihr sicher aus dem Unterricht, nicht wahr. Wir alle trugen eine Nummer auf dem Arm. Sie wurde uns eintätowiert, wie dem Vieh die Brandzeichen ins Fell gebrannt werden. Wir waren Nummern, keine Menschen. Wir hatten keine Menschen mehr sein sollen. Und auch die, die uns unser Menschsein raubten, waren keine Menschen mehr. Sie hatten auch sich selbst das Menschsein geraubt, ganz ohne es zu merken oder es sich bewusst zu machen. Das Bewusstsein, Mensch zu sein, setzte aus. Oder wie würdet ihr es nennen, wenn jemand einer Mutter ihr Baby aus dem Arm reißt, um es in die Gaskammer zu werfen?«

Die Schüler starrten ihn entsetzt an. Niemand gab mehr einen Laut von sich. Es war, als hörten sie auf zu atmen.

»Ich freue mich, und ich bin dankbar, dass ihr hierhergekommen seid, um mir zuzuhören«, sagte Gershom. »Auch wir Überlebenden sterben. Wir sterben seit langem. Wir sterben aus, aber die Geschichten müssen erzählt werden, wieder und wieder, es hilft doch nichts … Ach ja, wie ich zum Erzählen kam, das wollte ich erzählen … Der Zufall war's, das Schicksal. Ich wurde angesprochen, am Strand, vorm Meer. Von Kindern. Zunächst fragten sie mich nach der Bedeutung der Nummer auf meinem Arm. Ich hatte mich einen Moment lang geärgert. Das müssen sie doch wissen, hatte ich gedacht. Hier, in

Eretz Israel, am Meer. Aber dann realisierte ich, wie klein die Kinder waren, ich war mir nicht einmal mehr sicher, ob sie überhaupt schon zur Schule gingen, und ich realisierte, dass es Menschen gab, die nicht wussten, was die Nummer auf meinem Arm bedeutete. Ich realisierte, dass immer mehr Kinder geboren wurden und nachwuchsen, die nicht wussten, was es mit dieser Nummer auf sich hatte. Also fing ich an zu erzählen, und irgendwann, durch einen weiteren Zufall, wurde ich eingeladen, es öffentlich zu tun …«

Er bog seinen Kopf zur Seite und deutete auf kleine weiße Punkte in seinem braungebrannten Nacken. Dann drehte er sich wieder um und zeigte auf eine Art Grübchen in seiner rechten Wange.

»Hier hinten ist die Kugel rein und hier vorne wieder raus«, sagte er und lächelte wieder.

Und er erzählte seine Geschichte, er sah die Schüler an und erzählte von dem finsteren großen SS-Mann, er erzählte von seinen Eltern, von seiner Kindheit auf der Schwäbischen Alb, von Waiblingen und Stuttgart, vom Abschied von seiner Mutter, die bald nach der Ankunft im Lager aussortiert und ins Gas geschickt worden war, als eine der Ersten, er erzählte von seinem Freund Salomon, der ein paar Jahre älter gewesen war als er, dem er im Lager nicht von der Seite gewichen war und der ihm das Überleben erleichtert, wenn nicht ermöglicht hatte, und schließlich erzählte er von dem Feld, von dem frühmorgendlichen, ja, beinahe noch nächtlichen Marsch, bis er nicht mehr weitergekonnt hatte und zusammengebrochen war, von dem völlig verängstigten Jungen mit dem V-förmigen Muttermal auf der Wange, er erzählte von dem kalten Metall in seinem Nacken und von den grässlichen Worten »ein Mann muss töten können«, die er immer noch hörte, die in ihm nachhallten, wenn er träumte, und manchmal auch, wenn er wachte.

Gerade einmal dreizehn Jahre alt sei er gewesen, als er vor den KZ-Arzt gestellt worden war. »Ich sollte meine Muskeln zeigen«, sagte Gershom. »Dann wurde ich zu den anderen Kindern geschickt. Mein Vater hatte mir noch seine Hand auf die Schulter gelegt und mir gesagt, dass ich tun solle, was der Arzt mir sagt. Mit den anderen Kindern mitzugehen sei jetzt das Beste. Und dass wir uns schon wiedersehen würden, hatte er noch gesagt, bevor sie ihn mit den anderen Männern weggetrieben hatten. Ich weiß bis heute nicht, ob er selbst daran geglaubt oder ob er bereits von einem Leben nach dem Tod gesprochen hatte.«

2

Du brauchst doch keine Angst vor den Ameisen zu haben, mein Sohn, die tun dir doch nichts«, sagte Wieland bemüht beherrscht, aber der kleine, zierliche Heinrich reagierte gar nicht auf das, was er zu ihm sagte.

Der Junge starrte ihn mit weit aufgerissenen Augen an – die wenig mehr sagten als: Wäre ich doch nicht mit hierhergekommen, hätte er mich doch bloß zu Hause gelassen.

»Vor keinem Insekt musst du Angst haben, jedenfalls vor keinem, das in unseren Breitengraden vorkommt …«, sagte Wieland schon etwas ungeduldiger und zog seinen Sohn, der furchtsam Abstand zu ihm und vor allem zu dem großen Glas hielt, das er gerade aus seiner Tasche genommen hatte – einer dunkelbraunen Ledertasche, die, wenn sie, wie so oft, unterwegs im Grünen waren, für gewöhnlich über seiner Schulter hing –, näher zu sich.

Das Glas – ein simples Marmeladenglas, gebraucht, abgewaschen, vom Etikett befreit, aber mit Löchern im Schraubverschluss –, in dem es – zumindest vom Standpunkt des zitternden Kindes aus gesehen – bedrohlich krabbelte, stellte er direkt vor Heinrichs Nase auf die Tischplatte, damit sie sich gemeinsam den Inhalt genauer ansehen konnten.

Es handelte sich bei den darin gefangenen Exemplaren um solche der »Formica rufa«, der roten Waldameise, die so hieß, da ihr Kopf und auch der Thorax samt Stielchenglied eine überwiegend rote Färbung aufwiesen, erklärte Wieland. Wie die Bienen und Hummeln zählten die Ameisen zur Insektenordnung der Hautflügler – einer der großen und äußerst vielgestaltigen Insektenordnungen –, nah verwandt mit der roten Waldameise seien die Kleine Waldameise, die »Formica polyctena«, die dunkle Wiesenameise, die »Formica pratensis«, und die beiden Gebirgswaldameisenspezies »Formica lugubris« und »Formica aquilonia«, die anhand ihres Borstenvorkommens am Hinterhaupt, an der Kopfunterseite und am Thorax unterschieden wurden – die eine hatte mehr und längere Borsten, die andere weniger und kürzere Borsten.

Wieland deutete auf das Glas, und Heinrich – ob er nun wollte oder nicht – verfolgte das Geschehen.

Die gefangenen Ameisen liefen auf dem Sand und den Tannennadeln, die Wieland mit ins Glas hineingegeben hatte, emsig im Kreis herum. Hielt er seinen Finger ins Glas hinein, reagierten die Arbeiterinnen sofort, sie blieben stehen, stellten sich auf und spreizten ihre Mandibeln, die bei näherer Betrachtung tatsächlich furchteinflößend aussahen. Mit diesen kolossalen und äußerst effektiven Mundwerkzeugen konnten die angriffslustigen Tiere sowohl ihrer Beute als auch ihren Feinden Wunden zufügen, in die sie dann ihr Gift spritzten, erklärte Wieland weiter und bemerkte Heinrichs Blicke. Der Kleine war den Tränen nah.

»Nein, für den Menschen ist das nicht weiter schlimm«, beeilte sich Wieland in einem beschwichtigenden Tonfall zu sagen, »auch nicht für größere Säugetiere. Das juckt höchstens ein bisschen, wenn man etwas davon abbekommt. Es ist wirklich nicht schlimm. Es gibt Vögel – wie beispielsweise den Eichelhäher, du weißt schon, der zu den Rabenvögeln zählt und für seine Gescheitheit berühmt ist, der mit der blauen Bänderung auf den Flügeln –, es gibt Vögel, die sich mit ausgebreiteten Flügeln absichtlich in den Ameisenhaufen legen, mitten in den Haufen hinein, damit die Ameisen ihre Parasiten abtöten. Stell dir das einmal vor. Wildschweine und Dachse tun das übrigens auch, Wildschweine zerstören auch gelegentlich Ameisenhaufen, um die fetten und eiweißreichen Larven zu fressen. Nur wer so klein wie eine Maus ist, sollte etwas vorsichtiger sein. Aber du bist doch ein großer Junge …«

Wieland lächelte, sah Heinrich an und schüttelte schließlich den Kopf. Sein Sohn schien sich wohl eher mit der Maus zu identifizieren als mit Wildschwein oder Dachs.

»Die Ameisen sind sehr nützliche Tiere, weißt du. Für das gesamte Ökosystem des Waldes spielen sie eine tragende Rolle«, erklärte er weiter, während sich Heinrich dicht an seine Brust presste. »Sie beseitigen die Kadaver auch viel größerer Waldtiere, sie verhindern die Massenvermehrung schädlicher Insekten – oder solcher Insekten, die durch Massenvermehrung zu Schädlingen werden könnten –, sie verbreiten die Samen verschiedener Pflanzen, und sie tragen zur Verbesserung der Bodenbeschaffenheit bei. Gäbe es keine Ameisen, stünde es um den Wald schlecht. Sie sind von grundlegender Wichtigkeit.«

Heinrich nickte artig.

»Ameisen bilden ganze Staaten, hochkomplexe Sozialgebilde, als Einzeltiere aber sind sie nicht überlebensfähig, ganz gleich, ob es sich um Arbeiterinnen, um Männchen oder um Königinnen handelt.«

Heinrich nickte wieder – oder immer noch –, als er ihn wieder ansah, dennoch war sich Wieland nicht so sicher, ob er ihm wirklich zuhörte und ob er das, was er ihm erklärte, aufnahm und verstand.

Er hatte den Kleinen früh, gleich nach dem Frühstück, mit ins Institut genommen – sie waren zu Fuß gegangen –, um ihm einmal seinen Arbeitsplatz zu zeigen, nach welchem Heinrich jedes Mal mit großen Augen fragte, wenn er sich morgens von ihm verabschiedete und auf den Weg machte, und natürlich wollte er ihm – später, wenn sie hier mit den Roten Waldameisen fertig waren – auch die große Sammlung des Zoologischen Instituts zeigen, nicht zuletzt die vielen Käfer, Schmetterlinge und Spinnentiere, die er vor Jahren eigenhändig aus dem Amazonasgebiet mitgebracht hatte.

Zahllose Geschichten hatte er ihm schon über die überwältigende Vielfalt der Insekten im Regenwald erzählt – auch solche Geschichten, die, wie Hilde ihn regelmäßig ermahnte, nicht für Kinderohren geeignet waren, Geschichten über gefährliche Stechbienen, gefräßige Riesenkäfer oder hochgiftige Vogelspinnen und Taranteln. Aber er hatte sich da nicht weiter hineinreden lassen und ihm sogar Bilder gezeigt, auch wenn sich das Interesse seines Sohnes zu seiner Enttäuschung in Grenzen gehalten hatte. Doch die heimischen Insekten sollte der Junge seiner Meinung nach kennen und auseinanderhalten können. Auch glaubte er immer noch, Heinrichs Interesse durch plastische Veranschaulichung am Ende doch wecken zu können. Vielleicht war sein Sohn ein Spätzünder.

Unabhängig aber von einem spezifischen und vertieften Interesse, wie er es selbst von Kindesbeinen an gehabt, gehegt und weiterentwickelt hatte – gegen den Widerstand seines Vaters, in dessen Augen seine Beschäftigung mit Insekten läppische Kindereien gewesen waren, die seinen wahren Aufgaben, seiner »Berufung« im Weg stünden –, unabhängig davon gab es so etwas wie Allgemeinbildung, die er für wichtig erachtete – schließlich kam der Kleine demnächst bereits zur Schule –, und zur Allgemeinbildung gehörten ein paar Grundkenntnisse in Zoologie und Entomologie, zumal wenn es um die heimische Fauna ging, die er für nicht weniger interessant und erkundenswert erachtete als etwa diejenige Amazoniens.

Natürlich hatte er seinem Sohn schon diverse Arten gezeigt, in freier Natur, beim Wandern, beim Spaziergang über die Schillerwiesen oder zu Hause, im eigenen Garten, angefangen mit den Schmetterlingen, allen voran den bekannten Edelfaltern – den kleinen Füchsen, Admirälen und Tagpfauenaugen –, den Honigbienen, die einem Imker aus der näheren Nachbarschaft gehörten, den Hummeln und Wespen, den Marienkäfern, den Schmeißfliegen und Schwebfliegen, den Insekten, die es überall zu sehen gab, ohne dass sie sie erst hätten suchen müssen, bis hin zu verschiedenen Laufkäfern, Rüsselkäfern wie dem Haselnussbohrer, den Sandwespen, Hundertfüßern, Ohrwürmern, die sich unter Blumentöpfen versteckten, oder auch zur filigranen grünen Florfliege, die zwar häufig vorkam, aber leicht übersehen wurde. Auch die Weberknechte und Kreuzspinnen hatte er nicht ausgelassen, obgleich sie zu den »Arachnida« zählten und nicht zu den Insekten, aber um die Taxonomie scherte er sich nach wie vor wenig.

Die roten Waldameisen, die vor ihren Augen auf dem Boden des Marmeladenglases krabbelten, hatten sie am Vortag im Stadtwald gesammelt. Sie waren am Nachmittag dort gewesen und hatten bald einen Ameisenhaufen gefunden.

Wieland hatte den kleinen Heinrich, der mit Hilde ein wenig hinter ihm zurückgeblieben war, da sie am Rand des Weges Walderdbeeren entdeckt hatte, zu sich gewinkt, damit er sich den imposanten Hügel einmal genauer ansah, und der Kleine war auch auf ihn zugelaufen, nur war er kurz vorm Ziel an einer Wurzel hängengeblieben und gestürzt, mitten hinein in die Ameisen, die Wieland ihm schleunigst vom Gesicht und von den Armen und Beinen gewischt hatte. Viel war nicht passiert, Heinrich hatte keinen Biss und auch kein brennendes

Sekret abbekommen, sondern sich nur den Knöchel wehgetan und das Knie ein wenig aufgeschürft. Zu Hause hatte er dann schnell ein Pflaster bekommen. Am Morgen war alles schon wieder vergessen gewesen, das glaubte er zumindest.

Später – gegen elf Uhr – würde Hilde zu ihnen ins Institut kommen, um Heinrich wieder abzuholen und nach Hause zu bringen. Das hatten sie vereinbart, damit Wieland sich anschließend seiner Arbeit widmen konnte. Hilde war unterdessen ins Albrecht-von-Haller-Institut geeilt. Sie hatte eine ihrer letzten mündlichen Prüfungen zu absolvieren. Die vorangegangenen hatte sie allesamt mit Bravour bestanden, und auch diese würde sie spielend bestehen.

Wieland war stolz auf sie und unterstützte sie, wo er konnte. Bald würde sie anfangen, ihre Dissertation zu schreiben, einen Doktorvater hatte sie bereits gefunden – an der Universität Hannover – und auch ein Thema innerhalb der Disziplin der Autökologie. Sie würde viel im Labor arbeiten müssen, aber auch draußen, im Freien, wo sie verschiedene Messungen vorzunehmen hätte – aber vieles davon konnte sie in Göttingen erledigen. Es ging um die Auswertungen von Auswirkungen abiotischer und biotischer Faktoren auf die Pflanzenorganismen, in Hildes Fokus standen verschiedene Arten von Laubbäumen – ginge es um die biotischen Faktoren, dachte er, dann käme auch wieder die Entomologie ins Spiel.

Auf seinem Schreibtisch stand ein großes Mikroskop, das Wieland jetzt näher zu Heinrich und sich an die Tischkante schob.

Aus einer Schublade nahm er einige Gegenstände, darunter eine Pinzette, mit der er eine der Ameisen aus dem Glas hob. Er setzte sie vorsichtig in ein kleines Präparierschälchen, das er gerade erst mit einigen wenigen routinierten Handgriffen vorbereitet hatte. Das Glas schraubte er sofort wieder zu, damit keine der anderen Ameisen entkam.

»Was ist denn das?«, fragte Heinrich, der ein wenig zurückgewichen war, als er die Ameise zwischen den beiden Metallstäben, die sein Vater in der Hand hielt, hatte zappeln sehen.

»Das ist Äther, eine Flüssigkeit, die das Tier betäubt. Das ist wichtig, damit es stillhält, siehst du … Du kannst einmal deine Nase dort heranhalten, süßlich riecht das. Aber fasse dieses kleine Fläschchen bitte nicht an. Und komm nicht zu nah heran, hörst du …«

Wieland zerteilte die Ameise – die sich tatsächlich nicht mehr bewegte, nachdem sie in Kontakt mit der farblosen Flüssigkeit gekommen war – mithilfe der Pinzette und einer winzigen Nadel in drei Teile.

»Hier, schau einmal hindurch«, sagte er und setzte Heinrich vor das Mikroskop. »Kannst du etwas erkennen? Hier, du musst durchs Okular schauen. Dort hindurch.«

Heinrich rückte näher heran und blickte hinein, dann hob er den Kopf, zuckte mit den Schultern und sah ihn fragend an.

Jetzt blickte Wieland durchs Okular. Er drehte ein bisschen am Feintrieb, wenige Millimeter nur, dann rückte er wieder zur Seite und machte Heinrich Platz, der aber zögerte.

»Jetzt schau doch bitte einmal genauer hin, mein Sohn«, sagte er und schob den Kleinen ein weiteres Mal vor das Mikroskop. »Schau, dort links siehst du den Kopf, also das Caput. In der Mitte siehst du den Thorax, das ist die Brust, und daneben den Hinterleib, den wir Gaster nennen – darin befinden sich die meisten inneren Organe. Am Kopf – siehst du ihn? –, am Kopf erkennst du die großen Komplexaugen und, wenn du genau hinschaust, auch die kleinen Stirnaugen, du erkennst die Fühler – das heißt Fühlergeißel und Fühlerglied – und vorne die Kiefer – Oberkiefer, Unterkiefer, Unterkiefertaster – und auch die Zunge und den Zungentaster. Siehst du?«

Heinrich blickte wieder auf und schüttelte den Kopf.

Wieland sah ihn ungläubig an. Sah sein Sohn wirklich nichts oder wollte er nichts sehen?

»Nun gut«, sagte er, drehte am Grobtrieb, nahm das Präparierschälchen vom Objekttisch und stellte es zur Seite. Anschließend drückte er auf einen Knopf, so dass die Lichtquelle des Mikroskops erlosch. Dann stand er auf, ging zu einem riesigen Schubladenschrank im hinteren Teil seines Büros – der Schrank war aus einem hellen, hellbraunen Holz –, öffnete eine der mittleren Schubladen, durchsuchte sie und fand aber nichts. Er schloss die Schublade wieder, öffnete daraufhin eine weitere, in der er nun schnell fündig wurde und nahm einen großen Stapel mit Grafiken heraus. Er blätterte sie durch und hatte bald die richtige gefunden. Er legte sie auf den Tisch und forderte Heinrich auf, sie sich einmal anzusehen.

Auf der Grafik war eine stark vergrößerte Ameise abgebildet. Die einzelnen Körperteile waren beschriftet, der Kropf etwa, in dem die Ameise alle Nahrung zwischenspeichere – wie Wieland erklärte oder vielmehr vorlas –, um sie bei Bedarf wieder hervorzuwürgen und an andere Ameisen zu verfüttern, der Magen, wo die Nahrung für den Eigenbedarf lande und wo ihr die Nährstoffe entzogen wurden, die Labialdrüse – die »sehr wichtig« sei –, in welcher die Ameise ein Sekret produziere, das als Nahrung für Königinnen und sogenannte Geschlechtstierlarven diene – das Sekret sorge dafür, dass sich weibliche Larven zu Königinnen entwickelten –, die Metathorakaldrüse, die ein Sekret produziere, das mit den Hinterbeinen auf dem Körper verteilt werde und anhand dessen die Ameisen einander identifizierten und miteinander kommunizierten, zudem wirke es antibiotisch, die Nebendrüse stoße ein Sekret aus, das die anderen Arbeiterinnen animiere, nach Nahrung zu suchen, bei Königinnen diene es als Sexualduftstoff, der während des Hochzeitsfluges die geflügelten Männchen anlocke.

Wieland sah seinen Sohn an, der still dasaß und ihm durchaus aufmerksam zuzuhören schien.

Nicht zuletzt war auch die Giftdrüse abgebildet. Sie gebe ein Sekret ab, fuhr er fort, das der Ameise als Waffe diene und das sie meist versprühe, aber auch direkt in die Wunden von Angreifern oder Beutetieren spritze – »aber das habe ich dir ja eben schon erklärt«. Dieses Gift besitze eine lähmende Wirkung, und es könne Gewebe zersetzen. »Aber du müsstest dich schon einen ganzen Tag lang in die Ameisen setzen, damit es bei dir eine solche Wirkung zeigt …«

Weiter unten auf dem Papier gab es ein Schaubild, das die einzelnen Entwicklungsstadien der Ameise vom Ei über Larve und Puppe bis zur fertigen Arbeiterin darstellte.

»Hier, schau«, sagte Wieland. »Ist das nicht faszinierend?«

Heinrich nickte.

In dem Moment klopfte es an der Tür, und einer von Wielands Assistenten betrat das Büro.

»Was gibt es denn?«

Wieland stand auf. Er folgte dem Assistenten in den Flur, die Tür ließ er offen stehen, und den kleinen Heinrich überließ er für einen Moment sich selbst.

3

Simon hielt den aufgeschlagenen und, obgleich er nagelneu war, bereits reichlich zerfledderten Stadtplan, den er aus einem vor der Abreise noch schnell gekauften Reiseführer herausgenommen hatte, in der einen Hand und zog mit der anderen seinen alten Rollkoffer hinter sich her. Auf seinem Rücken klebte ein vollgepackter schwerer Rucksack.

Er ächzte, und er spürte, wie die Schweißtropfen langsam über seine Schläfe und an seinem Ohr vorbei auf seine Wange liefen.

Den Stadtplan hielt er so nah vor sein Gesicht, dass er für einen Moment kaum noch etwas anderes um sich herum wahrnahm, und um Haaresbreite wäre er in einen ihm entgegenkommenden Passanten hineingelaufen, der ihm aber auswich, amüsiert lächelte und in einer Simon gänzlich fremden Sprache so etwas wie »huch«, »hoppla« oder »hoppsassa« sagte. Er musste sich eingestehen, dass er keine Ahnung hatte, ob das nun Arabisch oder Hebräisch gewesen war. Es hätte beides sein können, er wusste es nicht zu unterscheiden, obgleich, dachte er, diese beiden Sprachen doch sicher sehr verschieden waren. Genauso wenig war er sich sicher, ob es nun ein jüdischer oder arabischer Israeli gewesen war, den er da gerade um Haaresbreite angerempelt hätte. Sein Unwissen war ihm unangenehm, auch wenn es von niemandem bemerkt wurde – abgesehen natürlich von ihm selbst eben, und darauf kam es doch am Ende immer an.

Die Sonne schien unerbittlich, sie knallte auf seinen Kopf und blendete ihn. Er blinzelte, hielt den Stadtplan gegen das grelle, beißende Licht und blickte noch einmal dem Passanten hinterher, der den – je nach Perspektive, Stimmung oder situativer Verfasstheit – auch durchaus traumhaften Wetterverhältnissen vollkommen angemessen angezogen war – das orangefarbene T-Shirt, dessen Leuchtkraft auch bei wachsender Distanz nicht nachzulassen schien, eine kurze, ausgefranste Hose und leichte, taubengraue Espandrilles für den mutmaßlich vor ihm liegenden Strandbesuch, eine Strandtasche hatte er sich über die Schulter geworfen –, er selbst trug ein langärmeliges Hemd, dunkelblaue Jeans und seine ledernen Stadtschuhe und ärgerte sich.

Er hätte sich gleich am Flughafen umziehen sollen, dachte er. Ein T-Shirt hätte vollkommen ausgereicht, schon im Flugzeug hätte das ausgereicht – trotz Klimaanlage. Aber er hatte unbedingt das Hemd anbehalten wollen, ein hellblaues Hemd mit Button-Down-Kragen, eines, das Swetlana sehr gefiel und das jetzt auf seiner Haut klebte wie sein Rucksack. Sein Rücken war klitschnass, von seiner Jeans gar nicht zu reden.

Gut, auf die sommerlichen Wetterverhältnisse hätte er vorbereitet sein können. »Wetter« und »Tel Aviv« – es wäre so einfach gewesen, das noch schnell zu googeln. Dass es warm werden könnte, viel wärmer als in Berlin, das war ihm schon klar gewesen, aber damit, dass es so heiß werden würde, hatte er nicht gerechnet, nicht zu dieser Jahreszeit.

Er sah an sich herunter. Swetlana – und auch ihrer Mutter und ihrem Großvater – wäre er lieber anders vor die Augen getreten.

Seit ihrem plötzlichen Verschwinden hatte er nichts mehr von Swetlana gehört. Übers Handy war sie nach wie vor nicht zu erreichen, und ihre Mails las sie anscheinend nicht. Also war er – nur wenige Tage nach dem Gespräch mit Agnieszka, der er überhaupt nicht böse sein konnte – kurzentschlossen abgereist.

Jetzt würden sie sich endlich sehen, dachte er, jetzt würden sie endlich miteinander reden können. Er würde ihr alles erklären – erklären, was es seiner Ansicht nach zu erklären gab. Er hatte sich einiges überlegt, er hatte lange Mails und Briefe geschrieben, aber es ging hier, das hatte er begriffen, um mehr als nur Worte. Er würde Abbitte leisten müssen, auch wenn er dem Geschehenen und auch seinem Schweigen – oder ja, seinethalben auch dem Verschweigen – nur wenig Bedeutung beimaß, weniger, als es anscheinend Swetlana tat – wovon wiederum Agnieszka ausging. Er würde Einsicht zeigen, dazu war er fest entschlossen. Vor allem aber verfolgte er einen Plan, einen großen Plan, der, wenn er Erfolg hätte, ihr ganzes Leben umkrempeln würde.

Zunächst aber würde er vor ihr stehen wie ein begossener Pudel. Er hätte die Gelegenheit, sich frisch zu machen, nutzen sollen, dachte er jetzt. Ein Königreich für eine Dusche oder wenigstens ein eisgekühltes Getränk.

Wenn er ehrlich war, hasste er es zu reisen. Anders als sein Großvater oder seine Großmutter, die das Reisen liebten. Es war eine Tortur.

Reisen strengte an, es erschöpfte. Nicht, dass er sich nicht gerne an fremden Orten aufhielt, dass er die Welt nicht gerne kennenlernte – was das anbetraf, verstand er seine Großeltern nur zu gut –, aber er hasste es nun einmal, erst in ein Flugzeug steigen zu müssen, sich auf dem engen Sitz einzuzwängen, in einen überfüllten Bus zu wechseln, zwischen anderen Menschen mit strengen Körpergerüchen oder aufdringlichen Parfums zu stehen, beinahe bis zur Besinnungslosigkeit durchgerüttelt zu werden und am Ende vollkommen erschöpft mit dem Rollkoffer durch eine Stadt zu irren, auf der Suche nach einem Hotel oder – so wie eben jetzt – auf der Suche nach einer ihm unbekannten Adresse.

Laut Stadtplan immerhin hatte er es nicht mehr weit. Allerdings war er auch schon eine ganz schöne Strecke gelaufen. Vielleicht hätte er nicht aussteigen, sondern mit dem Bus noch eine Station weiterfahren und dann zurücklaufen sollen, dachte er, und er blieb an der nächsten Straßenecke stehen, um sich umzusehen.

Er befand sich hier abseits der großen Straßen. Es gab kaum noch Geschäfte, nur einen winzigen Supermarkt und einen kleinen Frisörladen. Durchs Fenster sah Simon, wie der Frisör einem Mann mit einem großen Pinsel den Bart einseifte.

Hinter der Häuserreihe zu seiner Linken, es waren allesamt moderne weiße Flachbauten im Bauhaus-Stil, musste schon das Meer liegen. Er konnte es spüren. Vielleicht war es der Geruch, vielleicht war es das Rauschen, das in der Luft lag.

Er warf noch einmal einen Blick in den Stadtplan, um sich zu vergewissern.

Ja, das Haus da vorne musste es sein, es lag direkt vor seiner Nase. Er hatte die Adresse im Plan markiert.

Es war ein mehrstöckiges Haus und so weiß wie die anderen Häuser auch. Das Grundstück wurde durch eine Mauer begrenzt, dahinter ragte ein hochgewachsener Oleander hervor, den seine Großmutter immer »Rosenlorbeer« nannte und der hier in einem satten, dunklen Rosa blühte.

Simon wechselte die Straßenseite und blieb vor der Tafel mit den vielen Namen und Klingeln stehen, schließlich drückte er auf einen Knopf und wartete.

Neben der Haustür wuchs ein etwa schulterhoher Strauch mit gelb-rosafarbenen Blüten, auf denen sich unzählige Schmetterlinge tummelten, gelb-schwarz gemusterte Schmetterlinge mit blauen Binden und roten Augenpunkten an den unteren Flügelenden, die schwanzartige Fortsätze hatten, Schwalbenschwänze, das erkannte er sofort, dutzende Schwalbenschwänze, die entweder auf den Blüten saßen, um den Nektar zu schlürfen, oder um sie herumflatterten. In Deutschland waren diese Schmetterlinge nur selten anzutreffen.

Er musste an seinen Großvater denken und überlegte, ob er ein Foto machen sollte, um es ihm zu schicken, aber da hörte er plötzlich eine Stimme durch die Sprechanlage – es war eine tiefe Stimme, die wieder etwas sagte, das er nicht verstand.

»Hello, it's me, Simon, I'd like to see Swetlana«, sagte Simon.

Er wartete, erhielt aber keine Antwort.

Erst nach einer Weile hörte er wieder jemanden durch die Sprechanlage, dieses Mal handelte es sich um eine weibliche Stimme.

»Wer ist da, bitte?«

»Simon«, sagte er jetzt auf Deutsch. »Simon. Aus Berlin.«

»Simon?«

Es dauerte nicht lange, und der Türöffner surrte.

Im Haus gab es keinen Aufzug, nur eine Treppe aus hellen Steinfliesen. Im Treppenhaus war es angenehm kühl.

Als er den dritten Stock erreichte, stand Swetlanas Mutter schon in der Tür und wartete.

Er erkannte sie sofort, eine gewisse Ähnlichkeit zwischen Swetlana und ihrer Mutter war nicht zu leugnen, aber er hatte sie natürlich auch schon auf Fotos gesehen, ihren Großvater auch.

Swetlanas Mutter lächelte und breitete die Arme aus. Und Simon trat ein.

4

Heinrich, so plötzlich und unerwartet allein gelassen in dem geräumigen und ihn auch ein wenig einschüchternden Büro seines Vaters, starrte auf den großen, dunkelbraunen Tisch, auf dem immer noch das Mikroskop stand – ein eigentümliches, aber doch reizvolles und hübsches Instrument mit seinem schwarzen Fuß und Stativ und den vielen goldenen Rohren und Rädern.

Auch das verschraubte Marmeladenglas mit den übrigen, quicklebendigen Waldameisen stand daneben. Die Ameisen versuchten immer wieder erfolglos, die steile und glatte Glaswand zu erklimmen – sie rutschten ab und fielen zurück auf den Boden, in den Sand und die Tannennadeln.

Heinrich rückte sicherheitshalber ein wenig mit dem Stuhl zurück. Er sah die Ameisen schon durch die in den Deckel gestanzten Löcher kriechen und auf der Schreibtischoberfläche herumkrabbeln, und er musste gleich wieder an seinen Sturz in den Ameisenhaufen denken.

Neben dem Mikroskop, das er lieber nicht berühren wollte, schon gar nicht das Behältnis mit der Betäubungsflüssigkeit und den Ameisenleichenteilen, lag der Stapel mit den Grafiken. Er schob die mit der Zeichnung der großen Ameise und ihrem beschrifteten Innenleben beiseite und sah sich die anderen Grafiken an, aber er fand sie uninteressant. Es handelte sich um Schmetterlinge und Raupen, verschiedene Käfer und auch eine Libelle und eine Heuschrecke waren darauf abgebildet, zum einen der äußeren Form nach, zum anderen zeigten die Abbildungen aber jeweils auch, was unter der Haut der einzelnen Kerbtiere steckte – die, wie Heinrich fand, nicht ohne Grund auch als Ungeziefer bezeichnet wurden.

Immer das Gleiche. Er konnte nicht verstehen, was sein Vater daran fand. Er ekelte sich sogar davor. Das einzig Tröstliche war, dass es so winzige Tiere waren und dass sie nicht so groß, so riesenhaft wurden wie auf den Bildern.

Er musste nicht nur an den vergangenen Nachmittag denken, den sie im Stadtwald verbracht hatten, sondern auch an eine andere Begegnung mit einem Insekt, die er in höchst unangenehmer Erinnerung hatte. Thomas, ein Nachbarsjunge, mit dem er vor kurzem gespielt hatte, hatte ihn aufgefordert, die Hand aufzuhalten. Das hatte er getan, ohne groß darüber nachzudenken, dann hatte Thomas grinsend eine Raupe hineingelegt, eine kleine, grüne und seltsame Fäden ziehende Raupe, die sich zuerst gekrümmt und dann langsam wieder ausgestreckt hatte.

Er hatte sie sofort fallengelassen und Thomas – immer noch grinsend – hatte, als hätte er nur darauf gewartet, mit dem Fuß darauf getreten, so dass von der Raupe nur noch eine schleimige Spur auf dem Gehweg übriggeblieben war.

Er hatte dann mit ihm nicht mehr spielen wollen, das hatte er auch seiner Mutter gesagt, obwohl Thomas – der Sohn des Staatsanwalts Walter, so nannten ihn manchmal seine Eltern – an sich ein zuverlässiger Spielkamerad war, mit dem er Ball spielen konnte oder Briefmarken ansehen, aber ihm eine Raupe in die Hand zu drücken und sie dann auch noch zu zerquetschen, das war entschieden zu viel, so etwas machte man mit seinem Kameraden nicht. Das hatte auch seine Mutter verstanden, sie mochte die Walters ohnehin nicht besonders, zumindest Thomas' Mutter nicht. Doch jetzt war es auf einmal sein eigener Vater, der es sich nicht nehmen ließ, hier, im Zoologischen Institut, an seinem Arbeitsplatz, und vor den Augen seines Sohnes, Ameisen zu zerstückeln, dachte Heinrich. Aber das war eben sein Beruf, dachte er, und er wusste, dass sein Vater seinen Beruf sehr liebte. Nicht zuletzt deshalb war er auch so neugierig gewesen und hatte unbedingt mitkommen wollen, ja, er hatte den Tag, an dem er ihn endlich begleiten würde, lange herbeigesehnt. Nur war jetzt auf einmal alles ganz anders, als er es sich vorgestellt hatte.

Vielleicht gab es in der Schublade, aus der sein Vater die Grafiken geholt hatte, noch weiteres Papier, vielleicht gab es sogar blankes, unbeschriebenes Papier, auf dem er malen könnte, solange sein Vater fort wäre, dachte er, und er wusste ja nicht, wie lange er fort wäre. Er könnte ja, dem Papa zuliebe, einmal keine Autos, Busse, Lokomotiven oder Flugzeuge malen – das fand sein Vater langweilig, alle Kinder würden diese Dinge malen, also warum nicht einmal etwas anderes, sagte er immer –, er könnte stattdessen zur Abwechslung eine Raupe malen. Vielleicht die kleine grüne Raupe, die ihm Thomas Walter in die Hand gedrückt hatte, bevor er sie zertreten hatte.

Er stand kurzentschlossen auf und erschrak, da das Licht an der Decke plötzlich zu flackern anfing. Vielleicht sollte er doch besser sitzen bleiben, sagte er sich, aber dann wagte er es doch und ging zu dem großen Holzschrank mit den vielen Schubladen, der direkt hinterm Schreibtisch stand.

Irgendwo darin musste es doch Papier geben, dachte er, aber die Schubladen sahen alle gleich aus, es waren dutzende, und er hatte keine Ahnung, aus welcher von ihnen sein Vater die Grafiken, die ja letztlich, fand er, nichts anderes waren als bemaltes Papier, hervorgeholt hatte.

In der ersten Schublade, die er öffnete, befanden sich nur kleine Schachteln und Gläser. Eine weitere war mit kleinen Flaschen, winzigen Metallwerkzeugen und Dosen gefüllt, aber er wurde wieder nicht fündig, also holte er sich einen Stuhl, stellte sich darauf und öffnete eine der höher gelegenen Schubladen, doch auch hier fand er lediglich Fläschchen, Schachteln und Gläser.

Vielleicht hatte er sich getäuscht, dachte er, vielleicht war das gar nicht der Schrank, aus dem sein Vater die Grafiken geholt hatte.

Direkt neben ihm stand noch ein weiterer – und daneben noch einer. Es waren alles Schränke voller Schubladen, von oben bis unten nichts als Schubladen. Und sie sahen sich alle zum Verwechseln ähnlich.

Er schob den Stuhl vor den nächsten Schrank und öffnete eine Schublade etwa in der Höhe, in der sie, so schätzte er, sein Vater vorhin geöffnet haben musste. Es klemmte ein bisschen, aber dann zog er sie heraus und hielt sie plötzlich komplett in den Händen, da sie gar nicht fest im Schrank verankert gewesen war. Er balancierte sie vorsichtig, damit sie ihm nicht aus der Hand rutschte, gleichzeitig musste er sich bemühen, nicht sein Gleichgewicht zu verlieren. Während er so auf dem Stuhl schwankte, blickte er in die Schublade – es war ein Schaukasten mit einem Deckel aus Glas. Er ließ sich wie eine Schublade aus dem Schrank ziehen. Unter dem Glas befanden sich Insekten, verschiedene Käfer und Schmetterlinge. Das sah er noch, aber dann fiel der Schaukasten plötzlich laut krachend und scheppernd auf den Boden. Er hatte ihn nicht mehr halten können und losgelassen.

Schnell sprang er vom Stuhl, als hätte das noch etwas ändern können. Aber da lag die ganze Bescherung, und er sah, was er angerichtet hatte.

Das Glas war zerbrochen, Scherben lagen auf dem Boden, und einige Käfer und auch einer der Schmetterlinge waren herausgefallen und lagen direkt vor seinen Füßen.

Er hob den Schaukasten auf – der Rahmen war noch heil geblieben –, dann stellte er ihn erst einmal auf den Tisch, wobei er aufpasste, dass er nicht ins Glas fasste, um sich nicht auch noch zu verletzen, und warf einen Blick auf die Insekten. Einer der Flügel des Schmetterlings war abgebrochen, aber die Käfer schienen noch heil und unbeschadet zu sein.

Ihm dämmerte, dass er sie wieder aufheben musste, aber er konnte sich nicht überwinden, auch nur eines dieser scheußlichen Viecher anzufassen, er hatte ja nichts als seine bloßen Hände.

Neben den Käfern lagen mehrere Krümel, die er bei genauerem Hinsehen als Beine oder vielleicht Fühler identifizierte. Sie mussten beim Herunterfallen abgebrochen sein. Dem Schmetterling fehlte der Kopf, aber der war nirgends zu sehen.

Vielleicht ließ sich wenigstens der Flügel wieder ankleben, dachte Heinrich, und vielleicht fand sich auch der Kopf wieder, wenn er nur gründlich genug suchte, er könnte unter den Schrank gerollt sein.

So einen Schmetterling hatte er noch nie gesehen, vermutlich handelte es sich um einen exotischen Falter.

Er war sehr dunkel, schwarz überwiegend. Auf den Flügeln, auch auf dem abgebrochenen Flügel, hatte er größere olivgrüne Flecken und an den Rändern eine Reihe heller, perlmuttfarbener kleinerer Flecken, die von einem schwarzen Saum umrandet waren. Es war eine eher dezente Färbung, besonders auffällig war der Schmetterling nicht.

Auf einmal hörte er Schritte im Gang vor der Tür. Vermutlich kam sein Vater zurück. Das Licht an der Decke flackerte immer noch.

Er musste jetzt schleunigst handeln. Wäre da nur nicht dieser gewaltige und lähmende Ekel. Aber er biss die Zähne zusammen, er griff hastig nach den Käfern und legte sie schnell zurück in den kaputten Schaukasten. Die Scherben schob er – so gut es eben ging – mit dem Fuß unter die Schränke. Doch da lag immer noch der Schmetterling.

Er hob ihn mit den Fingerspitzen auf – zuerst den abgebrochenen Flügel und dann den Rest – und wollte ihn gerade in den Schaukasten legen, als sich die Tür öffnete.

Heinrich schloss seine Hand, um die Überreste des Schmetterlings zu verbergen, und versteckte sie hinter seinem Rücken. Wie erwartet, war es sein Vater, der das Büro betrat.

»Es tut mir leid, mein Junge, ich musste drüben kurz etwas klären«, sagte er, »aber jetzt bin ich ja wieder da. Hast du dich sehr gelangweilt?«

»Nein, ich ...« Heinrich versuchte, sich nichts anmerken zu lassen und stopfte, als sein Vater irritiert zur Decke schaute, den Schmetterling möglichst unauffällig in seine Hosentasche.

»Jetzt flackert schon wieder das Licht. Ich hoffe, es hat dir keine Angst gemacht?«, sagte er, und Heinrich schüttelte den Kopf. Was hätte er nicht alles dafür gegeben, wenn der Kasten sich einfach in Luft aufgelöst hätte.

»Der Hausmeister soll sich das einmal anschauen«, sagte sein Vater.

Sie standen vor dem Schreibtisch, in unmittelbarer Nähe des kaputten Schaukastens. Er lag immer noch da, auf dem Tisch, direkt vor ihren Augen.

Sein Vater setzte sich und griff zum Telefon, aber er ließ den Hörer gleich wieder auf die Gabel sinken.

»Was ist denn das?«, fragte er und starrte entsetzt den Schaukasten an. »Ist dir das heruntergefallen? Aber woher ...«

Heinrich schwieg betreten.

»Das sind die karibischen Insekten, das sind ... Nein, das gibt es doch nicht, das darf nicht wahr sein ... Das ist der alte Antigua-Kasten, die Sammlung aus dem neunzehnten Jahrhundert, aber wo ist ... der Battus polydamas antiquus, wo ist der Battus polydamas antiquus«, murmelte er leise, wie zu sich selbst, und wurde blass. Dann warf er Heinrich einen strengen Blick zu, und seine Stimme wurde lauter. »Heinrich, wo ist der Schmetterling?«

Heinrich, der am liebsten im Boden versunken wäre und nach wie vor kein Wort über die Lippen brachte, zuckte schuldbewusst mit den Schultern. Auch er war blass geworden. Ein Dröhnen lag in der Stimme seines Vaters, ein Dröhnen, das er noch nie zuvor vernommen hatte. Er senkte den Kopf und starrte auf den Boden.

»Ich werde dir nicht böse sein, Heinrich«, sagte Wieland ganz ruhig, aber nicht weniger bedrohlich. »Du musst mir jetzt sagen, wo der Schmetterling ist. Ein dunkler, fast schwarzer Schmetterling mit grünen Flecken auf den Flügeln und hellen Flecken unterm Saum…«

Heinrich liefen Tränen über die Wange.

»Wo ist der Battus polydamas antiquus? Was hast du mit ihm angestellt? Heinrich? Ich rede mit dir!« Wieland wurde lauter.

»Nichts, ich... ich wollte…«, stammelte Heinrich. Er schlug die Augen nieder, um den Blicken seines Vaters nicht zu begegnen.

»Was wolltest du?«, fragte Heinrich. »Und sieh mich gefälligst an, wenn ich mit dir rede.«

»Nichts«, antwortete Heinrich und sah ihn zögerlich an. »Ich, ich wollte nur… ich wollte dir… etwas malen, eine Raupe… Ich wollte dir nur eine Raupe malen, eine Raupe…«, stammelte er weiter und weinte leise.

»Was redest du denn da? Eine Raupe malen? Und wo ist der Schmetterling jetzt?«, fragte Wieland.

»Hier. Hier habe ich ihn.«

Heinrich griff in seine Hosentasche, zog die Hand wieder heraus und zeigte sie seinem Vater. Wieland stöhnte.

Heinrich blickte nun ebenfalls auf seine Hand. Es schnürte ihm die Kehle zu. Da war kein Schmetterling mehr, da war nur noch ein kleiner Haufen Dreck, der erst bei genauerem Hinsehen als die zerbröselten Überreste des »Battus polydamas antiquus« zu identifizieren war.

5

Lange, schlanke Frauenbeine in weißen, glänzenden Leggings oder großmaschigen Netzstrumpfhosen, dazwischen – trotz eher durchwachsener Wetterverhältnisse in den letzten Tagen – nackte, glattrasierte und nicht weniger glänzende Beine, Miniröcke oder Hotpants, ebenfalls in weiß und so kurz, dass die rosa- bis orangefarbenen Hintern unter ihnen hervorquollen wie Teig, wie satter, gehender Hefeteig, schmalste, deformierte und lebensbedrohlich zugeschnürte

Taillen, viel zu enge, weit ausgeschnittene Tops oder T-Shirts mit rosarotem Kussmundaufdruck, die entschieden zu tiefe Einblicke gewährten, und man könnte bald meinen, dass die eingequetschten, aber erstaunlich stramm wirkenden Brüste da oder dort bald durchbrachen, ja, womöglich explodierten.

Es ging bei diesen Barbiepuppen oder Domina-Kindsfrauen mit ihren aufgespritzten prallen und pink bemalten Lippen nicht mehr um Geschmack, fand Swetlana, die neben Natascha die Twerskaja entlangflanierte, und schauderte.

Sie hatten platinblonde oder gelbblonde, seltener schwarze Haare – und wenn sie ausnahmsweise einmal schwarz waren, dann hatten sie einen künstlichen Blauschimmer oder auch silberfarbene Strähnen –, Solariumsbräune, vielleicht auch kosmetische Bräune, wohin man sah – zu unterscheiden war es kaum –, Lackjacken in verschiedenen Formen und Farben, meist wattiert, und glitzernde, spiegelnde, klunkerbesetzte Sonnenbrillen, Lederhandtaschen mit Goldgriffen oder weiße, samtene Baseball-Caps, auf denen – ebenfalls in Gold – die Namen Gucci, Prada oder Dolce & Gabbana oder deren Initialen zu lesen waren, Markenimitate aus China, oder womöglich wurden sie inzwischen auch in Russland hergestellt, verkehrte Welt, verkehrte Welt, und wer zog sie an, und wer zog sie aus, diese Geschöpfe ...

In Berlin wäre das eins zu eins die Oranienburger Straße, die Oranienburger Straße bei Nacht, der Touristen-Strich, auf dem sich Schüler während ihrer Klassenfahrten austobten – hier in Moskau dagegen war es Alltag, dachte Swetlana, und, für sich genommen, auch eine Art Parade oder von unsichtbarer Hand gelenkte Propagandaschau, wenn auch ganz sicher keine, die eigens aus Anlass des Nationalfeiertags inszeniert wurde. Oder vielleicht doch?

Eine der jungen Frauen hielt eine schneeweiße Champagnerflasche mit pinkfarbener Stoffverkleidung in der Hand – Moët & Chandon vermutlich, teuer, aber eher ordinär, jedenfalls kein sonderlich edler Tropfen –, sie trank einen Schluck und reichte die Schneeflasche weiter. Eine andere Frau hielt einen schneeweißen Chihuahua in der Hand, ebenfalls in pinkfarbener Stoffverkleidung, und auch sie reichte ihn weiter, nachdem sie ihn einmal leidenschaftlich auf die rosa Schnauze geküsst hatte.

Swetlana rieb sich die Augen und überlegte, ob es sich nur um eine Sinnestäuschung handelte. Dann sah sie Natascha an, die die gackernden Frauen, die weißrosa Champagnerflasche und den winzigen weißrosa Chihuahua doch auch gesehen haben musste. Und wenn ihre Freundin diese grelle Frauenhorde nicht gesehen hatte, weil sie gerade in diesem Augenblick wie abwesend zum tristen Hotel Lux hinübersah, dann musste ihr doch die nächste Gruppe greller Frauen auffallen, die da nun grölend die Straße überquerte, ebenfalls mit Champagnerflaschen in den Händen, und deren Hotpants und Röcke noch kürzer waren als die der anderen – waren es überhaupt noch Miniröcke, oder gab es vielleicht inzwischen eigene Namen für diese obszönen kleinen Nichtse? – oder deren Ausschnitte noch mehr preisgaben. Die Frauen waren alle ungefähr in ihrem und Nataschas Alter, schätzte sie.

Natascha, die eine überdimensionale Sonnenbrille trug, Vintage, Sixties Style – sie sah ein bisschen aus wie die Sharon-Tate-Darstellerin im letzten Film von Quentin Tarantino –, schien die Frauen in ihren nuttigen Outfits tatsächlich nicht zu bemerken. Sie wechselte, nachdem sie eine Weile vor sich hingestarrt hatte, ebenfalls die Straßenseite, blieb unmittelbar vorm Hotel Lux stehen und schenkte ihnen keine Beachtung. Swetlana folgte ihr.

Auch die Frauen, die jetzt an ihnen vorbeiliefen, waren etwa in ihrem und Nataschas Alter. Aber strenggenommen konnte sie gar nicht beurteilen, wie alt sie waren, dachte Swetlana bei näherem Hinsehen, so zugekleistert waren ihre Gesichter mit Make-up, das die schlechte Haut kaschieren sollte. Jede Altersschätzung grenzte an Willkür, zwischen achtzehn und achtundvierzig war hier alles möglich, ach was, zwischen sechzehn und achtundfünfzig, es war nicht zu unterscheiden …

Sie standen nun beide vorm Hotel Lux. In der Luft standen die Abgase – dunkle Schwaden, so als könne man sie mit Händen greifen und wie einen Vorhang zur Seite schieben. Hinzu kam ein elender Gestank. Die Autos waren immer dieselben, protzige Karossen, die im Schritttempo fuhren. Hier und da heulte ein Motor auf, und aus der Ferne drangen Polizeisirenen zu ihnen herüber. Die Boutiquen und Shops quollen über und fluteten mit ihren Angeboten das Blickfeld.

Nachts würden die Leuchtreklamen die Szenerie bestimmen. Jetzt schien noch die Sonne, aber der Himmel verfärbte sich bereits, es sah aus, als drohte bald ein Gewitter aufzuziehen. Ein leichter Wind wirbelte plötzlich die Abgase durcheinander, nur leider nicht davon.

Swetlana trank einen Schluck aus der eisgekühlten Flasche, die sie gerade am Puschkin-Denkmal einem Straßenhändler abgekauft hatte, und reichte sie dann Natascha. Wie lange hatte sie kein Kwas mehr getrunken, dachte sie. Es schmeckte ein bisschen wie Malzbier, nicht so süß vielleicht, säuerlicher, und es hatte einen leichten Alkoholanteil, es berauschte fast unmerklich, dieses dunkle, braun-brotige und gegorene Getränk aus Wasser, Roggen und Hefe. Es trank sich wie Erde, russische Erde.

Das Hotel Lux war komplett verhüllt. Das bemerkte Swetlana erst jetzt. Sie hatte vorher nicht auf das alte Gebäude geachtet – sie war von diesen aufgetakelten und gleichzeitig irgendwie abgewrackten Frauen abgelenkt worden –, aber sah nun, als sie vor dem Bauzaun stand, ebenfalls an der verkleideten Fassade hoch.

Es wurde renoviert. Die ganze Front würde in neuem Glanz erstrahlen, aber vielleicht wäre eine leicht bröckelnde Fassade doch die authentischere. Sie musste an Antonio Gramsci denken, den italienischen Philosophen und Autor der »Gefängnishefte«, der hier – wie so viele andere auch – gehaust hatte. Überwiegend waren es Deutsche gewesen, die in dem damaligen »Gästehaus der Kommunistischen Internationale« Quartier bezogen hatten. Viele von ihnen waren in den späten dreißiger Jahren, zur Zeit des »Großen Terrors«, der die Stalin-Herrschaft von ihren Kritikern oder auch bloß vermeintlichen Kritikern »säubern« sollte, von hier abgeholt, verhört und gefoltert und zum Teil in den Gulag deportiert und hingerichtet worden.

Sie blieben noch eine Weile schweigend, wenn nicht andächtig stehen und gingen dann weiter – wie auf ein unhörbares Signal hin.

Bald entfernten sie sich von der Twerskaja. Swetlana bemühte sich, mit Natascha Schritt zu halten. Es war immer schon so gewesen, dass Natascha das forsche Tempo vorgab – schon als sie noch Kinder waren, in unbeschwerten Zeiten.

Es war schön, wieder in Moskau zu sein, dachte Swetlana plötzlich, aber irgendwie war es auch beängstigend und erdrückend, vor allem war es viel zu viel – und es würde noch viel mehr werden, nicht zuletzt, da sie in einem kontinuierlich wachsenden und ansteigenden Strom von Menschen schwammen und mit den Massen getrieben oder auch von der Flut der Massen mitgerissen wurden. Man kam nicht dran vorbei und auch nicht drumherum.

Sie ließen das Bolschoj hinter sich, passierten das Marx-Denkmal und liefen in Richtung Roter Platz und am Hotel Moskwa vorbei, dem einstigen Glanzstück stalinistischer Architektur, das – es war noch gar nicht so lange her – aus fadenscheinigen Gründen abgerissen worden war und bald darauf im gleichen, vorherigen Stil, aber als ein neues, exklusives »Four Seasons«, wieder aufgebaut – finanziert durch die Deutsche Bank, wie Swetlana plötzlich wieder einfiel, sie hatte es irgendwann in der Zeitung gelesen. Unzählige Nippes-Stände für die Touristen bauten sich vor ihren Augen auf, Matrjoschkas so weit sie blicken konnten, in allen Formen und Farben, klassische, aber auch solche mit den Konterfeis von Putin, Gorbatschow, Breschnew und, ja, selbst Stalin.

Natascha und sie schwiegen beide – es war ein angenehmes Schweigen, wie es das wohl nur unter echten Freundinnen gab.

Unzählige Menschen hatten sich auf und um den Roten Platz herum versammelt, tausende und abertausende Menschen, hunderttausende würden es laut Ankündigung werden – überwiegend Russen, Moskauer selbstredend, aber auch zahllose andere, die noch aus den entlegensten Provinzen des geschrumpften Imperiums anreisten –, um der Parade beizuwohnen, der großen Militärparade zum Gedenken an das Ende des Zweiten Weltkriegs, des »Großen Vaterländischen Krieges« und des Sieges über die Faschisten. Einige letzte Zeitzeugen waren noch eingeladen worden – über neunzigjährige Veteranen, deren Zahl von Jahr zu Jahr schrumpfte. Bald schon würde es keine mehr von ihnen geben, und die Geschichte wäre vollends Geschichte.

Swetlana dachte an ihren Großvater, den sie vermisste. Er hätte sich sicher von all dem Trubel ferngehalten, und jetzt wünschte sie, sie hätte das auch getan.

Neben den Veteranen und vor allem Putin, dem Präsidenten und

Oberbefehlshaber der ach so starken Atommacht Russland, aber auch Michail Gorbatschow, dem letzten sowjetischen Präsidenten – seines Zeichens Friedensnobelpreisträger –, und nunmehr Ehrengast des Spektakels, wurden mehr als dreizehntausend Soldaten erwartet, Soldaten, die jeden Augenblick in spektakulären Formationen über den Roten Platz marschieren würden. Anschließend war eine gigantische Waffenschau geplant – mit vorüberrollenden Panzern und Fahrzeugen, die über modernste Luftabwehrsysteme verfügten, eine triumphale Flugschau sollte folgen – wenn nicht das Wetter dem Ganzen einen Strich durch die Rechnung machte. Der Himmel jedenfalls zog sich immer weiter zu, viele Zuschauer hatten sich in Erwartung des Unwetters Regencapes und Schirme mitgebracht.

Es ging hier nicht um den Zweiten Weltkrieg, dachte Swetlana – die immer wieder zu Natascha hinüberblickte, aber keine nennenswerte Regung in der Miene ihrer Freundin ausmachen konnte –, sondern um ein autoritäres Regime, das Stärke zur Schau stellte, ganz gleich, ob es sich um echte oder vermeintliche Stärke handelte. Im Grunde war es von Anfang an so gewesen. Schon die erste Siegesparade 1945 – die bereits, wie sie einmal gelesen hatte, komplett ins Wasser gefallen war – war kein schillerndes Fest der Freiheit gewesen, sondern eine pompöse, aufgeblasene Demonstration von Macht und Autorität, der Triumph hatte allein den Führern gehört – allen voran Stalin, der von einer Tribüne aus zugesehen und gewinkt hatte – und nicht dem Volk, welches zu großen Teilen zu Hause geblieben war. Von wegen »Vaterländischer Krieg«, es war der blanke Hohn. Das Volk, dieses kunterbunte Sammelsurium, hatte oder hätte lieber getrauert – »lieber«, seufzte Swetlana, als hätte es wirklich eine Wahl gehabt –, getrauert um die Verluste der eigenen Söhne, Brüder, Ehemänner oder auch Väter und Großväter, und ihm war nicht zum Feiern zumute gewesen.

Der große General Schukow höchstselbst, der Verteidiger Moskaus und Sieger von Stalingrad und Berlin, hatte damals – durchnässt und auf einem nervösen, zittrigen Gaul sitzend – die Parade abgenommen, eine Formation aus uniformierten Marionetten, die sich in großen Rechtecken, starr in immer eine Richtung blickend, vorwärtsbewegt und dabei Arme und Beine akrobatisch hochgerissen hatte. Das gleiche Spektakel stand auch heute – jetzt, unmittelbar – auf dem Programm –, aber das alles war kein Volksfest, dachte Swetlana, sondern ein hohler, einlullender Staatszirkus. Auch Opium fürs Volk.

In dem Augenblick griff Natascha nach ihrer Hand, sie drückte sie und ließ sie nicht mehr los.

Swetlana sah sie an, sie blickte ängstlich.

»Wollen wir besser umkehren?«, fragte sie.

»Ich glaube, ja. Ich ersticke hier noch«, antwortete Natascha und fächelte sich Luft zu.

»Es war deine Idee!«

»Ich weiß. Trotzdem …«

Am nächsten Morgen saß Swetlana in Juris Küche vor ihrem Laptop und trank schwarzen Tee mit Zucker, während neben ihr der Samowar köchelte. Sie las im Internet, dass die Parade tatsächlich ins Wasser gefallen und die Flugschau abgesagt worden war. Zuvor aber habe Putin »zur internationalen Zusammenarbeit gegen Terrorismus und Neonazismus« aufgerufen und von der großen Gefahr »extremistischen Gedankenguts« gewarnt. Es gebe Länder, »die die Ereignisse des Krieges bewusst verzerrten. Geehrt würden dort jene, die damals keine menschliche Würde gezeigt und mit den Nazis im Kampf gegen die Sowjetunion kollaboriert hätten«. So wurde es beschrieben. Klar, dass die Ukraine gemeint war.

Hunderttausende Zuschauer seien vor Ort gewesen, las sie weiter, und Putin habe es sich nicht nehmen lassen, persönlich mit den anwesenden Veteranen zu sprechen. Einer der Veteranen habe betont, wie wichtig es sei, dass die Erinnerungen an den Krieg nicht verblassten, dass er sich jeden Tag daran erinnere und dass er jedes Jahr zur Parade komme. Putin wiederum habe mit einem gewissen Pathos daran erinnert, dass das russische Volk »die Hauptlast bei der Befreiung der Völker Europas« getragen habe. Am Ende hatte es ein großes Feuerwerk gegeben.

Swetlana klappte das Laptop zu und trank den Tee aus, der sich inzwischen abgekühlt hatte. Sie stand auf und räumte den Tisch ab. Natascha und Darja duschten und hatten dabei offensichtlich viel Spaß. Durchs Fenster schien die Sonne. Der Himmel war klar, er hatte sich wohl am vergangenen Tag ausgeregnet, keine einzige Wolke war mehr zu sehen.

Sie griff gerade nach ihrem Buch, um sich auf den Balkon zu setzen und zu lesen, als das Telefon klingelte. Es war ihre Mutter.

6

Stille herrschte in der Tieckstraße. In dem schlicht-akkuraten und unauffälligen Einfamilienhaus am Bad Soltaler Südhang war kein Laut zu hören, kein Knacken unter den Füßen zu vernehmen, kein Rauschen, kein Windzug zu spüren – und das lag nicht oder wenigstens nicht allein daran, dass die Schalldämmung der Doppelfenster, die im Erd- und im Obergeschoss erst vor wenigen Jahren erneuert worden waren, so effektiv funktionierte. Auch im Garten hinten und auf der Straße vorne herrschte eine um die Mittagszeit im gesamten Ort übliche, auf einmal aber seltsam bedrohliche Stille, die von einer nicht minder bedrohlichen Leere zeugte, welcher sich der Hausherr – und als das wähnte sich Heinrich ganz unironisch – nun gegenübersah.

Er dachte an eine Auseinandersetzung mit einem verhaltensauffälligen Schüler einer neunten, pubertierenden und insgesamt, wie er fand, auffällig unangenehmen Klasse, die er in der letzten Stunde unterrichtet hatte, eine Auseinandersetzung, die er weniger verdaute, als entnervt beiseiteschob. Nur war sie nicht so leicht beiseitezuschieben. Im Affekt, bis aufs Äußerste gereizt, hatte er sich zu einem verbalen Ausfall diesem Schüler gegenüber hinreißen lassen – Pubertät und Aufmüpfigkeit waren das eine, Dummheit das andere, war seine Auffassung. Der Ausfall aber wäre besser unterblieben. Er könnte noch unangenehme Folgen für ihn haben, Gespräche mit der Schuldirektion oder mit den erzürnten Eltern.

Heinrich war irritiert. Unterricht hatte er bis zur sechsten Stunde gehabt – es war ein langer Tag –, und es stand, als er vor wenigen Minuten nach Hause gekommen war, seinen Mantel an der Garderobe im Flur aufgehängt, seine Schuhe ausgezogen und mit Schuhspannern versehen und daraufhin, wie er es täglich tat, die Küche betreten hatte, kein Essen auf dem Tisch. Es war nicht nur so, dass kein Essen auf dem Tisch stand, auch Christa war nicht da, und eigentlich müsste sie da sein.

»Christa, bist du nicht da?«, hatte er gleich gerufen. »Christa?«

Er horchte noch einmal konzentriert nach irgendeinem Laut, womöglich einem verräterischen Knacken von oben, aus einem der Zimmer im Obergeschoss, er öffnete sogar die Tür zum Keller, aber auch dort unten, wo es ohnehin dunkel war, hörte er nichts – kurz überlegte er, ob er die Treppe hinuntersteigen sollte, aber das erschien ihm sinnlos. Stattdessen lief er zurück in den Flur, zog sich seine Latschen an, was er kurioserweise vergessen hatte, und rief noch einmal nach ihr.

Sein Ruf verhallte ungehört und unerwidert. Allem Anschein nach war er allein im Haus.

Vielleicht war sie im Garten, dachte er, und öffnete die Schiebetür zu der mit großen, quadratischen Waschbetonplatten ausgelegten Terrasse – die Gartenmöbel standen, bis auf den Tisch, zusammengeklappt unter dem Schutz einer grünlichen Kunststoffplane und des weiten, holzvertäfelten Dachvorsprungs an der Wand –, aber auch dort draußen war sie nicht.

Mit Blick auf die Waschbetonplatten dachte er flüchtig, dass er auch einmal wieder den Hochdruckreiniger, der seinen angestammten Platz ganz hinten in der Garage hatte, neben dem Gasgrill – und ebenfalls verhüllt durch eine Plastikplane –, hervorholen und zum Einsatz bringen könnte – er liebte es, die Waschbetonscheiben mit seinem Hochdruckreiniger von Dreck und von den widerlichen Krabbeltieren zu befreien, schlicht, weil es eine so dankbare und befriedigend effektive Arbeit war, dem Rasenmähen oder Beete umgraben vergleichbar, man sah, was man getan hatte –, aber auch diesen Gedanken schob er gleich wieder beiseite. Es war nicht der rechte Augenblick.

Bereits beim Betreten des Flures war ihm etwas seltsam erschienen, fiel ihm plötzlich wieder ein, aber er vermochte nicht genauer zu benennen, was so seltsam gewesen war. Er lief noch einmal zurück in die Küche, während er allmählich wütend wurde – seine Nerven lagen ohnehin blank –, aber es hatte sich dort in der Zwischenzeit nichts getan. Nein, es stand nach wie vor kein Essen auf dem Tisch, kein

Teller, kein Besteck, nicht ein einzelner Gegenstand. Auch Christa war nicht da, seine Frau war ausgeflogen. Er starrte auf die blanke, gräuliche Tischoberfläche, während sein Magen knurrte. Es war entsetzlich.

Nicht einmal im Kühlschrank fand er etwas, das er sich vielleicht hätte aufwärmen können. Da war auch kein Brot mehr im Brotkasten, stellte er fest. Das gab es doch gar nicht. Christa hatte doch gesagt, noch am Morgen hatte sie gesagt – oder war es am vorherigen Tag gewesen? –, dass sie sich kümmern, dass sie einkaufen gehen wolle ...

Er durchwühlte die Küchenschränke auf der Suche nach etwas Essbarem, aber er fand nichts Brauchbares. Keine Nudeln, keine Eier, kein gar nichts. Es war wie verhext – und das, wo er doch alles dafür gab und tat, dass sein Zuhause keine Ähnlichkeit mit einem dieser Hexenhäuser aufwies, wie sie in Bad Soltal zuhauf standen. Wie das seiner Eltern, in dem er allerdings zu seinem großen Glück nicht hatte aufwachsen müssen. Wobei er das verwinkelte Haus in Göttingen, in dem er seine einsame Kindheit verbracht hatte – sein eigentliches Elternhaus –, auch eher als gespenstisch und unheimlich in Erinnerung hatte.

Heinrich griff zum Telefon, aber sie ging nicht ran.

Im Wohnzimmer gab es vielleicht Schokolade. Er fühlte sich unterzuckert. Womöglich bekam er einen Schwächeanfall. Hunger führte bei ihm nicht nur zu schlechter Laune und flauen Gefühlen, Hunger konnte auch dazu führen, dass er Kopfschmerzen bekam, echte Migräne. Doch in einer Schublade im Buffetschrank fand er eine Tafel. Er brach einen Riegel ab und stopfte ihn sich hastig in den Mund. Nussschokolade, ausgerechnet. Die konnte er nicht ausstehen. Wenn es wenigstens Marzipanschokolade gewesen wäre.

Seine Eltern fielen ihm ein – und er spürte, wie sich der Schmerz in seinem Schädel bemerkbar machte und ausbreitete, wie seine Hirn- oder Spiralnerven oder auch irgendwelche Blutgefäße nach und nach gereizt und immer gereizter wurden und ihre quälenden Signale aussandten. Die Hirnmasse an sich war schmerzunempfindlich. Das hatte er kürzlich erst in einem Artikel über sogenannte »Allgemeinsymptome« gelesen – in einer Zeitschrift, die er in der vergangenen Woche beim Frisör durchgeblättert hatte.

Seine Eltern also ... Er könnte ... Nein, die Blöße würde er sich nicht geben – und zu ihnen in ihr elendes Hexenhaus fahren, das kam gar nicht infrage.

Andererseits gab es dort immer etwas Anständiges zu essen. Sie aßen mittags warm und kochten reichlich – früher jedenfalls war das so gewesen. Aber was würden seine Eltern sagen, wenn er so unverhofft – und ausgehungert – bei ihnen aufkreuzte? Wie würden sie ihn anschauen?

Im Markgrafen könnte er essen, schoss es ihm in den Kopf. Die boten dort, seit es die neue Bewirtschaftung gab, jeden Tag einen deftigen Mittagstisch an – Bauernsülze mit Bratkartoffeln und Remoulade, Matjes nach Hausfrauenart, Schlachteplatte oder auch Brathähnchen mit Pommes Frites.

Ihm lief bei dem bloßen Gedanken schon das Wasser im Mund zusammen. Aber auch im Markgrafen – oder bereits auf dem Weg dahin – liefe er Gefahr, gesehen werden, irgendein Bekannter oder ein Schüler, könnte ihm über den Weg laufen und sich fragen, warum der Herr Tappe am späten Mittag allein, ohne seine Frau, in den Markgrafen essen ging. Es spräche sich herum, seine Kollegen in der Schule würden es erfahren, und früher oder später würde eine Bemerkung fallen oder eine Frage gestellt werden, die er nicht würde beantworten können.

Er hielt inne. Steigerte er sich da vielleicht unnötig in etwas hinein? Doch es half alles nichts. Der Hunger war real, ein Problem, mit dem er umgehen musste – genauso wie der Kopfschmerz. Abhilfe musste geschaffen werden. Selbst einkaufen zu gehen und sich anschließend etwas zu kochen kam nicht infrage. Das würde zu lange dauern, dazu war er gar nicht in der Lage – ja, er fühlte sich nicht einmal mehr fähig, eigenhändig eine Tiefkühlpizza in den Ofen zu schieben, ganz abgesehen davon, dass auch das Einkaufen einer Tiefkühlpizza, für die er hätte in den Supermarkt fahren müssen, die Gefahr barg, gesehen zu werden und sich Fragen gefallen lassen zu müssen.

Heinrich rang mit sich – und als ginge es ihm nicht schon schlecht genug, drangen ihm nun die Bilder aus der Schule wieder ins Bewusstsein, und es kostete Mühe, sie weiter beiseitezuschieben. Er grübelte, während sein Magen immer heftiger knurrte. Schließlich entschloss er sich doch, in den sauren Apfel zu beißen, sich zusammenzunehmen und quasi, so empfand er es – und es war eine sehr demütigende Empfindung –, zu Kreuze zu kriechen.

Er zog seine Schuhe wieder an, warf sich den Mantel hastig über, stürzte aus dem Haus, schwang sich auf sein Fahrrad und raste wie ein Wahnsinniger den Hang hinunter ins beschauliche Zentrum des kleinen Fachwerkstädtchens, dorthin, wo die Hexenhäuser standen, bis in die Faluner Gasse.

7

Swetlanas Großvater stand im Wohnzimmer vor einem stattlichen, bis zur Decke reichenden Bücherregal. Es nahm eine ganze Wand ein.

Der alte Mann war gerade dabei, ein Buch wieder einzuordnen, und schob es vorsichtig mit dem Finger bis an die Kante – es war ein dunkelblaues Buch mit weißer Schrift auf dem Rücken, aber Simon konnte nicht erkennen, um welchen Titel es sich handelte, ja, nicht einmal, ob es sich um lateinische oder um hebräische Buchstaben handelte. Nur dass es neben dem Buch noch mindestens zehn weitere gab, die genauso aussahen. Das Regal jedenfalls war aus einem hellen, fein gemaserten rötlichen Holz gebaut.

Simon war Swetlanas Mutter in den sehr lichten und quadratischen Raum gefolgt und hatte sich währenddessen umgesehen – neben dem Bücherregal gab es noch einen kleinen weißen Metallschrank, einen ebenfalls quadratischen Glastisch, auf dem eine Obstschale mit frischen Feigen und Granatäpfeln stand, vier weiße Stühle, die symmetrisch um den Tisch herum angeordnet waren, und einen alten oder zumindest alt wirkenden, etwas abgewetzten grauen Ohrensessel – der einzige Fremdkörper, auch wenn er gar nicht wie ein solcher wirkte –, der seinen Platz in der hinteren Ecke hatte, vor dem Bücherregal und nahe der weiten Fensterfront, die das Zimmer mit Licht flutete.

Kaum dass Simon stehengeblieben war, drehte sich Swetlanas Großvater – Simon hatte ihn schon vom Flur aus vor dem Regal stehen sehen – zu ihm um und maß ihn mit ernsten, prüfenden Blicken. Der alte Mann mit dem auffallend weißen Haar – er trug ein beigefarbenes Poloshirt und eine karierte Hose – wendete sich noch einmal schnell den Büchern zu – unwillkürlich, es dauerte nur einen Sekundenbruchteil –, als wollte er sich vergewissern, dass alles auch wirklich wieder seine Ordnung hatte. Dann tat er beherzt einen Schritt auf Simon zu, lächelte auf einmal sehr freundlich und reichte ihm die Hand.

Er hatte einen festen Händedruck – und sehr dunkle, sonnengebräunte Hände –, wie Simon feststellte. Aber auch sein eigener Händedruck war nicht lasch – »nicht von schlechten Eltern«, hätte Swetlana gesagt –, und ihr Großvater schien das zu bemerken. Seinem forschenden Blick allerdings hatte Simon weit weniger entgegenzusetzen.

Er holte einmal tief Luft, um etwas zu sagen, aber Swetlanas Großvater kam ihm mit tiefer, kräftiger Stimme zuvor. Sie passte zu ihm, zu seinem biblischen Alter, und sie passte zu dem biblischen Land, in dem er lebte – und es erschien ihm immer noch so eigenartig unwirklich, dass auch er sich auf einmal und letztlich ganz unverhofft in diesem Land, diesem auf den ersten Blick so fremden und auf den zweiten Blick so eigenartig vertrauten Land befand, in dem er sich auf Anhieb zu Hause fühlte.

»Sie sind also Simon«, sagte Swetlanas Großvater, immer noch forschenden Blickes, auf Deutsch.

Das war keine Frage, sondern eine schlichte, durchaus freundliche Feststellung. In ihr lag ein freudiges Erstaunen, und Simon, der nicht wusste, wie er reagieren sollte, konnte nichts tun, als ihn weiter anzusehen.

Swetlanas Großvater wirkte sehr neugierig und auch nahbar, dachte er, und trotzdem brachte er vor lauter Ehrfurcht kein Wort über die Lippen. Schließlich kannte er die Geschichte dieses Mannes, seinen Lebensweg. Swetlana hatte ihm viel über ihren Großvater erzählt, was er im KZ und danach erlebt und durchgemacht hatte, auch von dem Genickschuss hatte sie erzählt, und ihre Erzählungen hatten ihn erschüttert – er erinnerte sich noch gut daran, aber es war doch etwas vollkommen anderes, ihr zuzuhören, als leibhaftig vor ihrem Großvater zu stehen. Simon hatte Überlebende des Holocausts bislang höchstens einmal im Fernsehen gesehen – und Berichte von ihnen in Büchern oder Zeitungen gelesen. Jetzt stand er einem von ihnen gegenüber. Einem der wenigen, die noch lebten.

Er war gehemmt. Und er wagte nicht, seinen Blick von ihm abzuwenden – auch wenn ihn gerade ein Sonnenstrahl blendete, der durchs Fenster fiel. So unmittelbar vor ihm stehend, konnte er das Grauen und sein Wissen darüber nicht mehr ausklammern, er konnte den Menschen nicht von der Geschichte trennen oder die Geschichte distanziert betrachten, wie er es seit seiner Schulzeit zu tun gewohnt war – im Geschichtsunterricht hatten sie viel über das »Dritte Reich«, über die Deportationen von Juden und anderen Menschen und über die Konzentrationslager gesprochen, auch wenn niemand von ihnen je eines besucht hatte. Das hätte, dachte er, sicher einen Unterschied gemacht, ganz gleich, ob sie nach Dachau, nach Sachsenhausen, nach Buchenwald oder eben nach Auschwitz und Birkenau gefahren wären. Von Berlin aus fuhr ein Direktzug durch ganz Schlesien – über Breslau, den Geburtsort seines Großvaters – bis nach Krakau, bis Auschwitz war es nicht mehr weit.

Simon konnte seine Gedanken und Gefühle kaum in Zaum halten. Er fühlte sich hilflos und ausgeliefert. Gleichzeitig wuchs in ihm ein Gefühl, das ihm bislang gänzlich fremd gewesen war, und dieses Gefühl war – auch wenn er sich selbst, persönlich, vollkommen frei von jeglicher Schuld wähnte –, beklemmend, ja es war erdrückend, niederschmetternd: Er fühlte sich auf einmal als Deutscher.

»Darf ich dir vielleicht etwas zu trinken anbieten, du musst ja halb verdurstet sein?«, fragte jetzt Swetlanas Mutter. Sie sprach langsam, und sie hatte eine eigenartige Art, die Worte zu betonen. »Und lass doch das Frau Lebedew, du kannst einfach Ella zu mir sagen.«

Simon nickte erleichtert. Er hatte tatsächlich großen Durst, seine Kehle war ausgetrocknet, und seine Zunge klebte am Gaumen.

»Ja, danke, gerne.«

Sie verließ das Wohnzimmer, und er stand wieder allein vor dem alten Mann, der ihn immer noch freundlich anlächelte und betrachtete. Doch allmählich hatte Simon seine Fassung wiedergewonnen und lächelte nun zurück, auch wenn er immer noch nicht wusste, was er sagen sollte. Ein bisschen schämte er sich, weil er hier so unangekündigt und vollkommen durchgeschwitzt hereingeplatzt war. Seltsam, dass auch Swetlanas Großvater nichts mehr sagte, dachte er noch. Dann aber fiel ihm der Grund wieder ein, aus dem er gekommen war.

»Ist denn Swetlana gar nicht da?«, fragte er.

Swetlanas Großvater neigte den Kopf ein wenig zur Seite, als könne er so besser hören und blickte noch forschender als zuvor.

In dem Moment kam Swetlanas Mutter schon wieder zurück ins Wohnzimmer gelaufen. Sie hielt eine gefüllte Karaffe in der einen und ein Glas in der anderen Hand, das sie Simon jetzt reichte. Sie schenkte ihm ein, und er trank einen Schluck. Es war Eistee, kräftig, kühl und belebend.

Schnell war das Glas leer, und Swetlanas Mutter schenkte noch einmal nach. Ein köstliches Getränk, nicht zu süß, eher herb – und durstlöschend.

»Der Junge ist auf der Suche nach Swetlana«, sagte Swetlanas Großvater und zuckte mit den Schultern.

»Das kann ich mir denken«, sagte Swetlanas Mutter nach einem kurzen Zögern und lächelte.

Simon schluckte. Er verstand nichts. Er wusste das Lächeln in ihren Gesichtern nicht zu deuten, und er wusste schon gar nicht, was er sagen sollte. Er versuchte, ebenfalls zu lächeln, aber er war sich nicht sicher, ob es ihm gelang.

»Was ist denn mit Swetlana?«, fragte Simon. »Ist sie nicht bei Ihnen? Wo ist sie denn?«

Swetlanas Mutter und Swetlanas Großvater wechselten Blicke, und der alte Mann zuckte wieder mit den Schultern. Er überließ es seiner Tochter zu reden.

»Swetlana ist nicht bei uns. Sie ist in Moskau bei ihrer Freundin Natascha. Ich werde dir erzählen, was ich weiß …«, sagte sie, sah Simon an und legte ihm eine Hand auf die Schulter. »Aber vielleicht willst du dich erst einmal frischmachen. Hier durch diese Tür und dann links, dort ist das Badezimmer.«

Simon bebte, er war wie benommen und lief in Richtung Flur. Er schloss die Badezimmertür hinter sich und setzte sich erst einmal auf den Klodeckel. Damit hatte er nicht gerechnet. Am liebsten hätte er geschrien.

Irgendwann stand er auf. Er konnte schließlich nicht ewig im Bad bleiben. Er ging zum Waschbecken und spritzte sich kaltes Wasser ins Gesicht. Vielleicht, hoffte er, bekam er wenigstens wieder einen kühlen Kopf.

Als er wieder ins Wohnzimmer trat, war Swetlanas Großvater verschwunden. Swetlanas Mutter telefonierte. Sie winkte ihn zu sich und machte Zeichen, dass er sich an den Tisch setzen solle.

»Ja, du meldest dich«, sagte sie. »Ja, das werde ich ihm ausrichten.«

Simon hätte ihr am liebsten das Handy aus der Hand gerissen, aber Swetlanas Mutter hatte das Telefonat bereits beendet und das Handy auf die Kommode gelegt.

»Sie weiß jetzt, dass du hier bist. Sie wird sich melden. Und du bleibst erst einmal hier.«

Simon wusste nicht, was er sagen sollte.

»Keine Sorge. Es wird schon werden. Ich werde dir alles erzählen. Aber du musst hungrig sein. Ich werde dir etwas zu essen machen. Keine Widerrede …« Sie verschwand in der Küche.

Allein gelassen betrachtete Simon die Schale mit den Feigen und den Granatäpfeln, dann landete sein Blick auf der Bücherwand. Er stand wieder auf und trat näher ans Regal heran, um sich die Buchrücken genauer anzusehen. Bei den dunkelblauen Bänden mit der weißen Schrift handelte es sich um Goethes Gesammelte Werke.

8

Swetlana hatte im Schlafzimmer telefoniert – zunächst stehend, aber sehr bald schon auf der vorderen Kante des noch nicht gemachten Bettes sitzend und immer nervöser wippend.

Sie war gerade aus der Dusche gekommen, als ihr Handy geklingelt hatte, und sie hatte sich nach dem kurzen Gespräch erst einmal hinsetzen und tief Luft holen müssen, verwirrt, wütend und gerührt. Jetzt stand sie mit tropfenden Haaren und in einem viel zu großen und zotteligen roten Bademantel in der Küche, in der heilloses Chaos herrschte. Es war ein einziges Durcheinander, aber das galt auch für den Rest von Juris Wohnung. An der Decke, aufgereiht an langen Fäden, hingen wie ein Vorhang Gewürze, Pilze und Chili-Schoten, daneben baumelten Knoblauchzöpfe, buntes Geschirr und Pfannen und Töpfe türmten sich auf der Anrichte neben der Mikrowelle, die sie nicht benutzten, und im Regal stapelten sich gläserne Gefäße mit Trockenobst und verschiedenen Teesorten. Neben dem riesigen Kühl- und Gefrierschrank hing ein mit folkloristischen Motiven bestickter und durch die Ausdünstungen beim Kochen und Braten schon etwas ranziger Wandteppich, Frauen und Männer in urtümlichen Trachten waren darauf zu sehen, Jäger und Bäuerinnen, Wald und Wiesen, Blumen und Bäume, Wölfe, Bären, Hirsche und Krähen, oder waren es Raben?

Swetlana hielt immer noch das Handy in der Hand und starrte auf das Display. Aber nein, der Anruf ihrer Mutter war real, sie hatte sich das nicht eingebildet.

»Ist etwas passiert?«, fragte Natascha, deren Füße auf dem Küchentisch lagen, und wackelte mit den Fußspitzen.

Es roch nach frisch aufgebrühtem Kaffee und aufgebackenem Brot, warm war es hier, angenehm warm und gemütlich – anders als oben im Schlafzimmer, wo sie nach dem Aufstehen gelüftet hatten und es inzwischen ziemlich frisch geworden war. Draußen herrschten schon wieder Minusgrade.

»Ja, es ist etwas passiert«, sagte Swetlana, legte das Handy mit rollenden Augen auf die Anrichte und setzte sich zu Natascha an den Tisch, auf dem immer noch Reste des Frühstücks standen. Sie hatten den ganzen Vormittag herumgebummelt, gequatscht und gelesen. Jetzt nahm sie das Handtuch, das über ihrer Schulter hing, und versuchte, es sich um den Kopf zu wickeln, doch es gelang ihr nicht. Natascha sah ihr amüsiert dabei zu.

»Es ist kompliziert, komplizierter als ich dachte«, sagte Swetlana nach einer Weile. »Das war meine Mutter. Simon, der Wahnsinnige, ist nach Tel Aviv geflogen, er ist jetzt bei ihr und bei meinem Großvater …«

»Simon ist in Tel Aviv?« Natascha verschluckte sich beinahe.

»Ja. Ich kann es selbst kaum glauben«, sagte Swetlana und ließ das Handtuch resigniert auf ihre Knie sinken.

»Swetlana …«, sagte Natascha mit tadelnder Stimme und sah sie vorwurfsvoll an. Sie nahm ihre Kaffeetasse, trank noch einen Schluck und schüttelte noch einmal langsam den Kopf.

»Ich weiß …«, entgegnete Swetlana zerknirscht, »ich weiß es ja. Aber damit habe ich nun wirklich nicht rechnen können. Dass der einfach seine Koffer packt und mir hinterherreist. Total verrückt …«

»Was hätte der arme Kerl denn deiner Meinung nach tun sollen? Abwarten und Tee trinken? Versetz dich doch einmal in seine Lage …«

Natascha stand auf, nahm Swetlana das Handtuch vom Schoß und begann, ihr die Haare zu trocknen.

»Darüber habe ich nicht nachgedacht. Ich war sauer, das schon. Aber dann hattest du angerufen …«, sagte Swetlana.

»Ja, und du hast Simon sich selbst überlassen«, fuhr Natascha fort, »sich selbst und der totalen Ungewissheit. Es ist doch inzwischen wieder Zeit vergangen, viel Zeit – und wenn du nicht weißt, wie dir geschieht, vergeht die Zeit wesentlich langsamer, davon kann ich ein Liedchen singen …«

»Du hast ja recht«, sagte Swetlana, die sich langsam wieder beruhigte.

»Man könnte es auch grausam finden, wie du …«

»Ach, jetzt hör aber auf …«, fiel ihr Swetlana ins Wort, aber Natascha ließ sich nicht beirren.

»Es ist alles eine Frage der Perspektive und des Maßes. Deine Perspektive erscheint mir eingeschränkt, das Maß unangemessen, wenn ich es einmal so sagen darf«, sagte Natascha und legte, als sie Swetlanas Haare ausreichend getrocknet hatte, das Handtuch über die Stuhllehne.

Sie begann nun, ihr die Schultern zu massieren, sanft und vorsichtig zunächst, dann immer kräftiger.

»Irgendwann hätte ich mich ja wieder bei ihm gemeldet«, sagte Swetlana kleinlaut und schenkte sich eine Tasse Kaffee ein.

»Und was willst du tun?«, fragte Natascha, die sich wieder setzte, nach einem Messer griff und anfing, das Gemüse zu schnippeln, das zwischen dem Frühstücksgeschirr auf dem Tisch lag – Sellerie, Porree, Karotten, Kartoffeln und Petersilie.

»Ich habe keine Ahnung«, sagte Swetlana und ließ ihren Kopf theatralisch auf den Tisch fallen.

»Lass mich mal überlegen«, sagte Natascha. »Du bist ihm doch gar nicht wirklich böse, oder? Oder, sagen wir, du bist ihm nicht *mehr* böse? Hab ich recht?«

Swetlana nickte und seufzte.

»Gut. Und ich habe dir ja gleich gesagt, dass es dafür auch gar keinen Grund gibt. Ich meine, was hat er denn getan? Er hat dir etwas verschwiegen, über das tausende von Leuten ohnehin niemals sprechen. Das ist vielleicht ein bisschen verklemmt, na und? So sind die Männer eben. Er hatte etwas mit deiner Mitbewohnerin, die anscheinend mit jedem etwas hat, der nicht bei drei auf dem Baum ist…«

»Hör auf…«, sagte Swetlana und unterdrückte ein Lachen.

»Wieso? Das hast du mir genau so erzählt.«

»Ich weiß…«

»Und Simon, der Arme, war eben nicht schnell genug auf dem Baum, sieh es doch einmal so…«

Sie lachten beide und bewarfen sich mit den Gemüseschnitzen, die Natascha bereits geschnippelt hatte. In dem Moment kam Darja in die Küche, bepackt mit Einkaufstüten.

»Ist hier irgendetwas passiert, von dem ich wissen sollte?«, fragte sie.

Natascha und Swetlana kicherten, aber dann erzählten sie Darja, die die Einkäufe nach und nach auspackte und auf dem Tisch ausbreitete, von dem Anruf und davon, dass Simon auf der verzweifelten Suche nach Swetlana in die falsche Richtung geflogen sei.

»Der liebt dich…« Darjas Augen waren während des Zuhörens immer größer geworden. Ihre Stimme klang ganz aufgeregt. »Swetlana, der liebt dich wirklich.«

»Ich glaube, sie hat recht«, sagte Natascha und sah Swetlana an, die mit den Schultern zuckte. Dann blickte sie zu Darja.

»Hast du das Huhn bekommen?«

Darja nickte. Sie langte noch einmal in die Tüte und zog ein eingeschweißtes Suppenhuhn hervor.

»Willst du dir nicht erst einmal etwas anziehen«, sagte Natascha zu Swetlana. Sie klang fürsorglich, mütterlich. »Du holst dir ja noch den Tod.«

Swetlana, die angestrengt grübelte, war unfähig, sich zu bewegen.

»Jetzt geh schon«, sagte Natascha. »Wir kochen derweil die Suppe.«

Darja füllte einen großen Topf mit Wasser und stellte ihn auf den Herd, nachdem sie das Gas aufgedreht und mit einem Streichholz entzündet hatte.

»Wo warst du eigentlich so lange?«, fragte Natascha.

»Ich war einkaufen und habe dann noch …« Darja zögerte.

»Was?«

»Nach Schuhen geguckt …«, sagte Darja. »Ist doch egal. Das kann ich doch machen …«

»Das kann sie doch machen«, sagte Swetlana, die aufgestanden war, um sich endlich anzuziehen, und lachte.

»Das kann sie«, sagte Natascha, die die Hand nach Darja ausstreckte.

»Kann ich auch«, sagte Darja, die Nataschas Hand griff und sich auf ihren Schoß setzte.

9

Heinrich, du? Um diese Zeit?«, rief seine Mutter, als sie endlich, nach einer Ewigkeit, die Tür geöffnet hatte.

Heinrich hatte mehrfach geklingelt.

»Na, das nenne ich eine Überraschung«, sagte sie und runzelte sogleich die Stirn. »Ist etwas vorgefallen?«

Klar, dass sie diese Frage stellen musste, dachte er und staunte im gleichen Augenblick darüber, wie klein und zierlich einerseits und wie stark und rüstig andererseits seine Mutter noch war und nach wie vor mit einem scharfen und blitzschnellen Verstand gesegnet. Aber hätte sie ihn nicht erst einmal hereinbitten können?

»Das erkläre ich dir später, Mutter. Es ist mir ein bisschen unangenehm, aber ich komme hungrig aus der Schule, Christa ist unterwegs – ich bin wirklich halb verhungert, sag, habt ihr vielleicht etwas zu essen übrig, etwas Warmes vielleicht? Es muss gar nicht viel sein.«

Hilde sah ihren Sohn zunächst ungläubig an, dann kniff sie die Augen zusammen und lächelte schließlich mütterlich milde, als handle es sich bei ihm immer noch um einen kleinen Jungen – einen Lausbuben, der etwas ausgefressen hatte.

»Na, da kommst du genau richtig. Wir sind heute spät dran mit Mittag. Die Arbeit ... Aber davon willst du ja nichts hören. Das Essen steht noch auf dem Tisch. Na, komm schon! Komm herein, was stehst du denn da herum wie bestellt und nicht abgeholt? Es gibt Linseneintopf mit Hirschknackern ...«

»Hirschknacker?« Heinrich seufzte und schluckte und folgte ihr ins Haus.

Von ihrer Arbeit wolle er nichts hören, hatte sie gesagt. Das stimmte, seine Eltern waren beide emeritiert, sie waren Rentner, sie brauchten nicht mehr zu arbeiten, aber sie ließen sich davon nicht abbringen. Und immer diese waghalsigen Reisepläne ... Er konnte das nicht nachvollziehen. Wenn er in Rente gehen würde – der Zeitpunkt wurde allmählich absehbar, zumindest in der Ferne –, dann würde er sich ausruhen und es sich gutgehen lassen, dachte er. Im Grunde konnte er den Tag kaum erwarten – besonders heute, nach diesem Schultag.

Sie betraten das Wohnzimmer, in dem seine Eltern aßen, und Heinrichs Blick fiel, wie so oft, auf den ausgestopften Kaiman, der oben auf dem Bücherregal thronte und ihn von dort zu belauern schien, erst dann blickte er zu seinem Vater.

»Wieland, schau, wer gekommen ist«, rief seine Mutter. »Und stell dir vor, unser armer Sohn ist halb verhungert ...«

»Grüß dich, Heinrich«, sagte Wieland. »Komm herein und setz dich. Es ist genug da.«

»Danke. Ihr rettet mir das Leben.«

Hilde ging zum alten Eichenschrank hinter dem Esstisch – der beim Öffnen genauso knarrte wie das alte Parkett, wenn man nur einen Fuß darauf setzte –, um einen weiteren Teller zu holen. Sie stellte ihn auf den Tisch, griff mit ihren zierlichen Händen zur Kelle – der durchs ganze Wohnzimmer duftende Linseneintopf befand sich in einem großen gusseisernen und kirschroten Bräter, und Heinrich fragte sich, wie es ihr gelang, ihn allein zu tragen –, sie füllte den Teller und reichte ihn ihm.

»Hier, du kriegst zwei Knacker«, sagte sie. »Du wirst sehen, sie sind wirklich vorzüglich. Bei uns im Wald geschossen …«

Heinrich griff zum Löffel – bemüht, einen nicht allzu gierigen Eindruck zu erwecken – und ließ es sich schmecken.

»Und jetzt schieß los«, sagte Wieland. »Was ist denn passiert?«

»Ich weiß es, ehrlich gesagt, nicht. Ich bin aus der Schule gekommen – und ich hatte wirklich einen anstrengenden Tag, die Schüler, ihr glaubt das gar nicht, die Schüler in der Neunten, es ist entsetzlich … Ich bin also nach Hause gekommen, und Christa war nicht da.«

Heinrich sah seine Eltern an, abwechselnd, erst seine Mutter, dann seinen Vater.

»Na und?«, fragte Hilde, als müsse die Pointe erst noch folgen.

»Nichts und«, antwortete Heinrich gereizt. »Christa war nicht da, es gab nichts zu essen.«

»Heinrich, ich bitte dich. Manchmal habe ich das Gefühl, ich spreche immer noch mit einem kleinen Jungen.«

»Mutter.«

»Deine Frau ist nicht zu Hause, und du bist vollkommen aufgeschmissen? Was soll denn das? Also meine Erziehung ist das nicht … Wieland und ich, wir haben dich immer, wir hätten nie …«

»Mutter …«

Heinrichs Kopf verfärbte sich. Er hatte blass und käsig ausgesehen, jetzt schoss ihm das Blut unter die Haut, und sein Gesicht wurde puterrot, während er nervös an seinem Kinnbart spielte.

»Lass ihn, Hildchen«, sagte Wieland. »Lass ihn doch …«

»Ich lass ihn ja, nur verstehen tue ich ihn nicht«, sagte Hilde und kniff wieder die Augen zusammen. »Aber vielleicht muss ich das auch nicht. Es geht mich ja auch im Grunde nichts an.«

Sie blickte zu Wieland, der sanft mit dem Kopf schüttelte, atmete einmal durch und bemühte sich um einen ruhigeren, weniger aufgebrachten Tonfall.

»Mein lieber Heinrich, mach dir keine Gedanken«, sagte sie jetzt. »Es wird sich schon alles aufklären. Vielleicht ist Christa einkaufen gefahren, vielleicht hatte sie irgendeinen Termin, vielleicht macht sie nur einen Spaziergang. Ich sage Wieland auch nicht immer, wo ich hingehe …«

»Also, Liebes, die meiste Zeit bist du hier bei mir …«, sagte Wieland und zwinkerte.

»Es geht hier ums Prinzip, mein Lieber«, sagte Hilde. »Und es ist nicht immer so gewesen, wie du genau weißt …«

Heinrich stöhnte – aber seine Gesichtsfarbe war schon wieder heller geworden –, Wieland lächelte und nickte.

Während Heinrich aß und seinen Eltern zuhörte, wanderte sein Blick langsam durch den Raum, in dem das Licht eigenartig matt schien, vorbei an den Bücherregalen und der mit großen Kissen ausgestatteten Sofagarnitur, die in den siebziger Jahren – damals, als sie noch in Göttingen gelebt hatten – angeschafft worden war, an dem alten Krokodil, das von seinem angestammten Platz oben auf dem alten Schrank immer noch bedrohlich lauerte, und landete schließlich auf den Bildern und Zeichnungen und den großen Käfersammlungen und Schmetterlings-Schaukästen an der Wand – ein großer, blau leuchtender Falter stach daraus besonders hervor. Heinrich hatte ihn sich schon oft angesehen, er wusste auch, wie der Schmetterling hieß, aber jetzt, in diesem Moment, wollte ihm sein Name partout nicht einfallen.

»Gut, im Prinzip stimmt das schon …«, sagte Wieland, lächelte immer noch schelmisch, und Hilde stieß ihn mit dem Ellbogen an.

»Mach dich bitte nicht über mich lustig«, schimpfte Hilde.

»Ach, Hildchen …«

»Ach, Hildchen, ach Hildchen, ich geb dir gleich …«

»Sag, Papa«, fragte Heinrich plötzlich. »Wie heißt denn noch mal der Schmetterling dort drüben? Der blaue?«

Seine Eltern sahen ihn überrascht an.

»Aber Heinrich, ich bitte dich«, sagte Hilde dann an Wielands Stelle, obwohl die Frage offensichtlich an ihn, den Experten, adressiert war, und sie sagte es mit einiger Empörung. »Das ist der Blaue Morphofalter, aber das weißt du doch.«

»Ach ja, der Blaue Morpho. Ich kam nicht drauf. Es ist faszinierend, dieses Blau …«

»Der Blaue Morpho, Heinrich, der Morpho peleides« sagte jetzt Wieland. »Er stammt aus der Familie der Nymphalidae und lebt an offenen Stellen im südamerikanischen Regenwald, an Flussufern,

Waldwegen oder eben Waldrändern …« Er räusperte sich. »Er wird auch Himmelsfalter genannt. Du kannst dir denken, weshalb …«

»Ja, ich erinnere mich …«, sagte Heinrich, schüttelte den Kopf und aß weiter.

»Normalerweise sind es verschiedene Farbpigmente, die die nicht selten sehr auffällige Farbe eines Tieres bestimmen«, fuhr Wieland fort. »Doch nicht so beim Blauen Morpho. Der würde längst nicht so prächtig leuchten, wenn es sich so verhielte. Nein, anstelle von Pigmenten besitzt er zahllose wie Dachziegeln übereinandergeschichtete Schuppen, winzige, hauchdünne Schuppen, die die Farben des Lichts absorbieren, alle Farben bis auf das Blau. Allein das Blau wirft er wieder zurück. Diese Oberflächenstrukturen, die Lichtbrechungseffekte verursachen, gibt es auch bei anderen Faltern – man spricht von Strukturfarben –, aber sie sind doch nie so auffällig wie bei unserem Blauen Morpho hier …«

»Ja, ja …«, sagte Heinrich, der durchaus wusste, dass die Oberflächenstrukturen von Schmetterlingsflügeln zu den Fachgebieten seines Vaters zählten, dass sein Vater als Spezialist auf dem Gebiet galt, aber das interessierte ihn alles nicht wirklich.

Sein Blick fiel wieder auf die Bücherregale. Die Monografien, die sein Vater geschrieben hatte – entomologische Fachbücher und darunter einige Standardwerke, die in Fachkreisen immer noch rezipiert wurden –, befanden sich in seinem Arbeitszimmer, das er, Heinrich, als Kind nie hatte betreten dürfen. Die gesamte Fachliteratur befand sich im Arbeitszimmer, all die Bücher über Schmetterlinge und Libellen, über Käfer und Ameisen, Wespen und Bienen. Hier, im Wohnzimmer, gab es nur philosophische Bücher und all die feministischen Klassiker seiner Mutter, und es gab Romane. Immer schon hatten seine Eltern Romane gelesen. Er verstand das nicht, er hatte dafür nichts übrig.

»Wir haben ihn oft am Amazonas beobachtet«, fuhr Wieland fort.

»Ich weiß, ich weiß …«, sagte Heinrich, der sich bereits ärgerte, nach dem Schmetterling gefragt zu haben.

»Es ist ein bemerkenswertes Phänomen. Da seine Flügelunterseiten braun sind, entsteht, während er fliegt, ein verwirrender Effekt. Wenn er mit den Flügeln schlägt, bekommt man immer wieder für kurze Augenblicke den Eindruck, er sei verschwunden, da die unauffällige Farbe seiner Unterflügel vollständig mit der Umgebung verschmilzt …«

Wieland hielt inne und sah ihn aufmerksam an.

Heinrich kannte all diese Geschichten, doch er nickte, tat so, als interessiere er sich und hörte weiter zu – notgedrungen. Wenigstens hatten seine Kopfschmerzen nachgelassen, dachte er.

»Aber einmal etwas anderes. Wie geht es denn eigentlich den Kindern, Heinrich? Geht es ihnen gut?«, fragte Hilde, als Wieland seinen Vortrag irgendwann beendet hatte. »Wir haben schon wieder so lange nichts von ihnen gehört?«

Heinrich kaute immer noch und deutete auf seinen Mund, um zu signalisieren, dass er nicht sprechen könne.

Er ließ sich Zeit. Erst nach einer Weile antwortete er, spießte dabei aber schon das nächste Stück Hirschknacker mit der Gabel auf.

»Ich kann es euch nicht genau sagen«, sagte er schmatzend. »Simon geht es gut, soweit ich weiß. Melanie klingt am Telefon auch immer gutgelaunt – sie bleibt ja jetzt erst einmal in Berlin …«

Nachdem sie noch eine Weile über »die Kinder« gesprochen hatten, erkundigte sich Heinrich nach den neuesten Reiseplänen seiner Eltern, von denen ihm Christa vor einigen Tagen erst erzählt hatte.

Ihm gefiel nicht, dass sie in ihrem Alter noch große Reisen unternahmen, er vermochte gar nicht genau zu sagen, weshalb ihm das missfiel, aber vielleicht sorgte er sich doch mehr um sie, als er sich eingestehen wollte. Wenn er die beiden ansah – und das tat er jetzt zum ersten Mal seit längerer Zeit –, dann traute er ihnen doch noch einiges zu, und Breslau war schließlich nicht aus der Welt, das war mit dem Zug bequem machbar. Auch Bayern war, je nachdem, welches Ziel sie am Ende wählten, bequem mit der Bahn zu erreichen, selbst von Bad Soltal aus. Nur warum ausgerechnet, wie er jetzt erfuhr, beide Reisen innerhalb von so kurzer Zeit erfolgen mussten und warum für die Reise nach Bayern gleich mehrere Wochen veranschlagt wurden, konnte er nicht nachvollziehen. Von acht bis zehn Wochen war die Rede, also von Anfang Juni bis in den August hinein – es ging, natürlich, wie hätte es auch anders sein sollen, um die Flugsaison eines Schmetterlings, wie sein Vater jetzt erzählte, und Heinrich glaubte, nicht richtig zu hören.

Breslau, sagte dann seine Mutter nach einer Weile, das sei schließlich Wielands Heimatstadt, und auch seine »Wurzeln« lägen dort, betonte sie. Außerdem sei Breslau vor wenigen Jahren erst Kulturhauptstadt Europas gewesen.

Sie lese gerade die Autobiografie von Gerhart Hauptmann, die Memoiren seiner Jugend, die er in Anlehnung an Goethe, dem er immer nachgeeifert habe – und tatsächlich ein wenig ähnlich sehe –, verfasst habe. Zu großen Teilen handle sie von Schlesien, wo er geboren und aufgewachsen sei, und von Breslau, wo er zur Schule gegangen sei und auch die Kunst- und Gewerbeschule besucht habe. Bevor er Dichter wurde, habe er lange Zeit den Plan verfolgt, Bildhauer zu werden. Man müsse sich einmal vorstellen, er hätte damit reüssiert …

Heinrich nickte. Er musste plötzlich an Günter Grass denken, der ebenfalls bildhauerisch – und auch zeichnerisch und malerisch – tätig gewesen war. Er hatte nie viel von Grass gehalten – am wenigsten von seinen penetranten politischen Einlassungen – das »Gewissen der Nation«, dass er nicht lachte. Seine Bücher, die hier natürlich auch alle im Regal standen, hatte er nie gelesen. Aber klar, sein Vater hatte Grass immer geschätzt, als Schriftsteller und Künstler und als Parteigenossen und Wahlkämpfer für seinen geliebten Willy Brandt. Aber er schwieg lieber, wohl wissend, was er mit einer Erwähnung des Namens Grass heraufbeschworen hätte.

Als sie das Kapitel Hauptmann und Schlesien beendet hatte, kam seine Mutter noch einmal auf Bayern zu sprechen, und sein Vater fing sofort wieder mit den Schmetterlingen an, als hätte er auf seinen Einsatz nur gewartet.

Immer ging es um Insekten, dachte Heinrich, immer ging es irgendwann um Insekten. Immer, seit er denken konnte, ging es um diese vermaledeiten Insekten, und wenn es nicht um Insekten ging, dann ging es um Botanik, dachte Heinrich, und ihm fiel ein, dass seine Eltern erst im letzten Frühjahr in die Prignitz gereist waren, nach Perleberg, um vor den Toren der Stadt eine seltene Blume aufzuspüren und ihr Habitat zu erkunden – eine Schachbrettblume, den Namen hatte er sich sogar gemerkt.

Jetzt also Bayern – Heinrich hörte seinen Eltern zwar zu, aber am liebsten hätte er sich kurz aufs Sofa gelegt, um ein kleines Nickerchen zu halten, satt und zufrieden, wie er fürs Erste war.

In Bayern solle – dem, wie sein Vater sagte, apokalyptischen Artenschwund zum Trotz – auf einigen Wiesen noch oder wieder das sogenannte »Moorwiesenvögelchen« vorkommen, von dem es nur noch vereinzelte Kolonien in Österreich, der Schweiz, Italien und Frankreich gebe und das in Deutschland bereits als ausgestorben gegolten habe. Hilde und er, sagte sein Vater, wollten das Biotop dieses stark gefährdeten »Moorwiesenvögelchen«, eines mit einer ungefähren Flügelspannweite von gerade einmal zwei Zentimetern sehr kleinen »Edelfalters« mit dunkelbrauner Oberseite und charakteristischen kleinen Augenflecken auf den Hinterflügeln, erforschen, um womöglich Hilfestellung geben zu können – vielleicht könne man da auch finanziell etwas erreichen, sagte er. Schon jetzt aber sei klar, dass sein Lebensraum bedroht sei – die Art benötige feuchte Wiesen, die erst im Herbst gemäht würden; der frühen Mahd, der »Drainagierung« von Feuchtwiesen und der »Eutrophierung« von Mooren müsste entgegengewirkt werden, das käme auch anderen Arten zugute. Das »Moorwiesenvögelchen«, dessen Lebensdauer lediglich bei etwa drei bis vier Wochen liege, sei die wohl am stärksten bedrohte Schmetterlingsart Europas, sie komme nur in Flachmooren in tieferen Lagen vor, Ried- oder Moorwiesen eben, wie der Name schon sage …

In dem Moment klingelte Heinrichs Telefon und unterbrach Wielands Ausführungen. Es war Christa.

Bereits nach ihrem ersten Satz klappte ihm die Kinnlade herunter. Er drehte sich zur Seite, damit seine Eltern, die ihn neugierig beobachteten, seine entglittenen Gesichtszüge nicht sehen konnten, hörte ihr aber weiter zu, murmelte irgendetwas Unverständliches, und schließlich war das Gespräch beendet.

Christa, seine Frau Christa, mit der er bald vierzig Jahre lang verheiratet wäre, saß im Zug. Sie war spontan, wie sie sagte, und allein, ohne ihn, nach Berlin aufgebrochen.

Ihm war, als fiele er aus allen Wolken. So etwas hatte es noch nie gegeben.

10

»Du hättest ihn nicht schlagen dürfen«, sagte Hilde entschieden und sah Wieland vorwurfsvoll an.

Jetzt war es endlich heraus, jetzt war es gesagt.

Sie hatte sich bemüht, das ruhig, beherrscht und nicht so aufbrausend zu tun, aber auf ihrer Stirn machte sich eine Falte bemerkbar, die auftauchte, wenn sie wütend wurde. Und sie war wütend. Es gab Dinge, die sie furchtbar wütend machten, ihre Wut aber behielt sie stets unter Kontrolle. Wut änderte wenig – das sagte ihr Vater immer –, es kam darauf an, Dinge anzupacken, wenn man etwas ändern oder verändern wollte, und tatsächlich war ihr Vater kaum je wütend zu erleben, er war ein jovialer Typ, voller Tatendrang und nie um ein Wort verlegen, auch nicht um ein freches.

Wieland, der nicht die ganze Sache – wie könnte er? –, aber doch den kurzen Augenblick seines plötzlichen Kontrollverlustes Heinrich gegenüber innerlich schon wieder beiseitegeschoben hatte – gestern war gestern und heute war heute –, erkannte jetzt, woran er war. Die Signale waren eindeutig. An der Miene seiner Frau gab es nichts Missverständliches, besser, er stellte sich und redete nicht drumherum. Das wollte er auch, er wollte es aus der Welt schaffen.

Er hatte seinen Sohn zweimal heftig geohrfeigt – so heftig, dass er selbst darüber erschrocken gewesen war. Dafür gab es keine Entschuldigung. Letztlich gab es auch keine Entschuldigung für seinen Versuch, es beiseitezuschieben und Gras über die Sache wachsen zu lassen – wobei »Versuch« nicht der passende Begriff war. Das Beiseiteschieben betrieb er weniger aktiv, als es geschehen zu lassen, ohne sich dessen bewusst zu sein.

»Das ist barbarisch, und darüber waren wir uns einig«, fuhr Hilde in ruhigem, doch immer noch sehr vorwurfsvollem Ton fort – ihre Blicke aber wurden schon wieder versöhnlicher. »Das Züchtigungsrecht gehört abgeschafft. Niemand sollte das Recht haben, ein Kind zu schlagen, ganz gleich, was es ausgefressen hat.«

»Ich weiß, ich weiß es ja«, erwiderte Wieland kleinlaut, zerknirscht, mit aufrichtig schuldbewusster Miene.

»Ja, du weißt…«, sagte Hilde tadelnd und auch ein wenig spöttisch. Ihre Falte aber verschwand schon wieder, mit den Wogen glättete sich auch die Stirn – der große Sturm war ausgeblieben.

»Ich weiß auch nicht, wie das passieren konnte – was da gestern in mich gefahren ist«, sagte Wieland und griff nach ihrer Hand. »Aber Heinrich hat mich angesehen und frech gelogen, das war es, er hat mir frech ins Gesicht gelogen, mein eigener Sohn, und da ist es passiert…«

»Ich verstehe auch nicht, warum er das macht«, sagte Hilde, die nachdenklich stehen geblieben war. »Mich lügt er doch genauso an – erst heute früh wieder, da hatte er, wahrscheinlich weil ihm die Tasse aus der Hand geglitten war, seine Milch verschüttet und anschließend felsenfest behauptet, er sei das nicht gewesen – dabei war er ganz allein in der Küche. Aber ich glaube, es handelt sich nicht um Frechheit und auch nicht um Bosheit oder Verschlagenheit. Es geschieht aus Angst, weißt du – aus Angst oder auch aus einer Scham heraus, nicht zu genügen und uns zu enttäuschen, die ihn in solchen Momenten verzweifeln lässt.«

»Wahrscheinlich hast du recht…«, antwortete Wieland gleichzeitig erleichtert und besorgt. »Ich hätte anders mit ihm reden müssen. Ich habe überreagiert, ganz klar. Das war ein schlimmer Fehler. Aber dieser Schmetterling…«

»Ich weiß…«, sagte Hilde.

»Hätte der Junge doch nur irgendeinen anderen Schaukasten zerdeppert«, sagte Wieland verzweifelt. »Du kannst dir nicht vorstellen, was dieser Verlust für unser Institut bedeutet. Das ist irreparabel. Ausgelöscht. Wie soll man das erklären? Ich hätte ihn niemals allein in dem Raum lassen dürfen. Es ist eine Dienstpflichtverletzung, womöglich wird es Schadensersatzforderungen geben…«

»Wir müssen uns mehr Zeit für Heinrich nehmen, wir müssen uns um unseren Sohn kümmern und ihm beibringen, wie er sich richtig verhält. Dass so etwas nicht geht – dass er nicht lügen darf, wenn er etwas anstellt, und sei es noch so schwerwiegend.«

»Das stimmt. Aber woher die Zeit nehmen?« Wieland seufzte.

»Ein bisschen mehr Zeit… Das wird doch möglich sein? So wie vorgestern, da ging es doch auch.« Hilde sah ihn an, und er nickte.

Sie liefen weiter, und Wieland war erleichtert, dass sie sich nicht nur ausgesprochen, sondern auch eine Art Lösung gefunden hatten.

Sie würden mehr Zeit mit Heinrich verbringen, er würde ihn häufiger mitnehmen – nicht ins Büro, ins Institut, aber doch auf Exkursionen, hinaus ins Feld, in Wald und Flur, auf die Suche nach dem Europäischen Laternenträger etwa, dieser kleinen grünen und sehr seltenen Zikadenart, nach der Blauflügel-Ödlandschrecke, der Dunklen Streckerspinne, dem Glattschienigen Pinselkäfer, dem ockerfarbenen Steppenheide-Zwergspanner, der Trockenrasen-Grüneule – einem besonders schönen Schmetterling –, dem gefleckten Langrüssler, dem Grasnelken-Glasflügler, dem Südlichen Blaupfeil, einer Segellibellenart, die zur Familie der Großlibellen zählte, oder dem stattlichen Moschusbock – Insekten also, die alle in der Umgebung Göttingens vorzufinden waren.

Es wäre doch gelacht, sagte er sich, wenn er in seinem Sohn nicht doch noch ein Interesse an Insekten wecken könnte. Der Nachbarjunge, der Sohn von Staatsanwalt Walter, machte regelmäßig Jagd auf Insekten, um sie zu sammeln und sie sich anzusehen. An ihm sollte sich Heinrich ein Beispiel nehmen. Das würde er ihm sagen.

Hilde trieb Wieland zur Eile an. Sie befanden sich auf dem Weg zu ihren Eltern, um Heinrich abzuholen. Sie würden später ausführlich mit ihm über das Geschehene sprechen und ihm ins Gewissen reden.

Der Junge hatte den ganzen Tag in der Dahlmannstraße verbracht, da das Kindermädchen ins Krankenhaus gekommen war und sie beide vom frühen Morgen an beschäftigt gewesen waren – Wieland hatte eine Konferenz vorzubereiten und Hilde, nachdem sie auch die letzte Prüfung bestanden hatte, eine Besprechung mit ihrem künftigen Doktorvater gehabt.

Der alte Sartorius, der seit einiger Zeit am Stock ging, da sein Knie ihm schwer zu schaffen machte, hatte es sich nicht nehmen lassen, seinen Enkel am Morgen selbst bei ihnen abzuholen. Er hätte ohnehin ein paar Schritte vor die Tür getan und auch frische Brötchen vom Bäcker geholt, hatte er gesagt. Knie und Stock sollten ihn davon nicht abhalten. Heinrich freute sich immer, wenn er mit zu den Großeltern durfte, und an diesem Tag, nach allem, was vorgefallen war, hatte er sich besonders gefreut.

Wieland hatte Hilde noch am vergangenen Abend alles erzählt. Der »Battus polydamas antiquus«, das weltweit einzig bekannte und einzig erhaltene Exemplar des schon vor langer Zeit ausgestorbenen Ritterfalters, war unwiederbringlich zerstört. Davon, dass es sich um eine ausgestorbene Art handelte, war auszugehen, auch jüngere Expeditionen vor Ort und gezielte Suchen nach ihm hatten keine Ergebnisse hervorgebracht.

Der präparierte Schmetterling war in Heinrichs Hosentasche und in seinen Händen nicht nur zerdrückt, sondern regelrecht zermahlen worden – und es hatte sich herausgestellt, dass der Kopf des Falters nicht unterm Schrank, sondern unter seinen Füßen gelandet war.

Ein unermesslicher Schaden war für die Wissenschaft entstanden, für die Geschichte der Insektenkunde, die sich immer mehr zu einem seiner Spezialgebiete entwickelte. Am Original konnte nun nicht mehr geforscht werden. Die fotomechanischen Reproduktionen, die in den dreißiger Jahren angefertigt worden waren und nach denen er stundenlang gesucht hatte, blieben unauffindbar – vielleicht waren sie im Zuge der Behebung der Kriegsschäden beiseitegeräumt worden oder im falschen Karton gelandet. Nach aktuellem Wissensstand existierte nur noch eine alte Zeichnung des »Battus polydamas antiquus«, die der britische Entomologe Dru Drury – seine Sammlung sollte, so hieß es, mehr als elftausend Arten umfasst haben – Ende des achtzehnten Jahrhunderts angefertigt hatte, der Verfasser – und begnadete Zeichner – der »Abbildungen und Beschreibungen exotischer Insekten« von 1785. Der betagte und empfindliche Band befand sich als Rarum in der Institutsbibliothek.

Durch Drury – einen Generationsgenossen von Lessing und Kant und Präsident der »Society of Entomologists of London« – war der »Battus polydamas antiquus«, dessen Vorkommen sich einzig auf dic östliche Karibikinsel und einstige britische Kolonie Antigua, die zu den Kleinen Antillen und unter den Kleinen Antillen zu den sogenannten »Inseln unter dem Winde« zählte und noch von Christoph Kolumbus höchstselbst entdeckt worden war, beschränkt hatte, überhaupt bekannt geworden. Es gebe schließlich unzählige ausgestorbene Arten, von denen wir gar nichts wissen, hatte Wieland gesagt, unter anderem würden Fossilien da Aufschluss geben, also Versteinerungen von Kerbtieren und den Vorfahren vieler Spezies – urzeitliche Rieseninsekten etwa –, es gebe aber auch Exemplare, die in Bernstein eingeschlossen wurden, das sei konserviertes Wissen von unbeschreiblichem taxonomischem Wert. »Von den meisten ausgestorbenen Arten aber werden wir wohl nie mehr etwas erfahren«, sagte er schließlich, »und der Battus polydamas antiquus war nun das einzige Exemplar, es ist … eine Tragödie.«

Wenige Minuten später bogen sie in die Dahlmannstraße, es waren nur noch wenige Schritte.

Hildes Elternhaus hatte ihr Großvater väterlicherseits erbauen lassen, an den sie wenige sehr verschwommene Erinnerungen aus frühen Kindheitstagen bewahrt hatte. Ende des letzten Jahrhunderts war das gewesen, in den ausklingenden Gründerzeitjahren, als Bismarck schon Geschichte, aber an den Ersten Weltkrieg noch nicht einmal gedacht worden war. An den weiß gestrichenen Pfeilern der Veranda, die sich, Hilde und Wieland zugewandt, Richtung Süden streckte, blühte wie jedes Jahr üppig der Blauregen und leuchtete ihnen bereits von weitem entgegen.

Der kleine Heinrich hatte sie kommen sehen – er musste oben am Fenster gewartet und gelauert haben – und lief ihnen fröhlich und unbeschwert über den schmalen Kiesweg und dann über den Bürgersteig entgegen. Als er sie erreichte, warf er sich ihnen in die Arme.

Wieland konnte dem Kleinen nicht mehr länger böse sein, er nahm ihn auf den Arm, hob ihn einmal hoch in die Luft und setzte ihn sich – zu Heinrichs großem Vergnügen – auf die Schultern. Über ihren Köpfen trällerte eine Amsel ihr Lied, und die Sonne schien.

Auch Siegfried und Hermine Sartorius hatten ihre Tochter und ihren Schwiegersohn schon erwartet, sie waren Heinrich bis in den Vorgarten gefolgt und standen vor der Treppe auf dem Kiesweg zwischen den in verschiedenen Farben blühenden und duftenden Rosen.

Hilde und Wieland traten gerade zwischen der mannshohen und undurchdringlichen Haselnusshecke durch die quietschende Gartentür.

Den Mienen ihrer Eltern entnahm Hilde sofort, dass etwas nicht stimmte. Sie lächelten zwar, aber es war kein unbeschwertes Lächeln, im Gegenteil, sie blickten besorgt.

»Ist etwas passiert«, fragte sie, kniff die Augen zusammen und sah in Heinrichs Richtung, aber der blieb entspannt – und grinste stolz, da er so hoch über den Häuptern der Erwachsenen thronte und auf sie und den ganzen Garten hinabschauen konnte. Nein, er schien dieses Mal nichts ausgefressen zu haben, dachte Hilde.

»Kommt erst einmal herein«, bat Hermine Sartorius, der die Blicke ihrer Tochter keinesfalls entgangen waren, und machte eine einladende Bewegung mit der Hand.

Siegfried Sartorius nickte ernst und zog die Augenbrauen hoch, er ging voran und erklomm als Erster – und ohne Stock, den hatte er im Haus gelassen – die weiten Treppenstufen, um ihnen allen die Tür aufzuhalten.

Der große Tisch im Salon, auf dem eine weiße Tischdecke mit Spitze lag, war schon eingedeckt worden – mit dem guten Fürstenberger Porzellan –, und sie setzten sich alle an die Tafel. Es gab englische Kekse und – kurioserweise, wie Hilde fand – Blechkuchen mit Streuseln – die einzelnen Kuchenstücke lagen auf einem Tortenständer –, dazu Schlagsahne, die in einer Schale angerichtet war, und frisch aufgebrühten Kaffee in einer fein geschwungenen Kanne, die dem Biedermeier entstammte oder dem Biedermeier nachempfunden war.

Auf dem Fürstenberger Porzellan, das Wieland jedes Mal wieder ehrfürchtig bestaunte, wenn er in der Dahlmannstraße an der festlichen Kaffeetafel saß, waren bunte Blumen abgebildet, Rosen, Ranunkeln und Vergissmeinnicht, und hier und da gab es feine Streifen aus Blattgold. Jedes Mal wieder – und an diesem Tage ganz besonders – hoffte Wieland inständig, dass Heinrich nicht aus Unachtsamkeit eine Tasse oder einen Teller fallen ließ und zerbrach oder, nicht auszudenken, an der Tischdecke hängenblieb und sie mit sich riss.

Hilde ließ ihren Blick über die Tafel schweifen, insgeheim liebte sie das alte Porzellan, auch wenn sie froh war, zu ihrer Hochzeit ein neues, modernes Service geschenkt bekommen zu haben – ein modernes und ebenfalls aus dem Hause Fürstenberg stammendes. Das hatte sich ihre Mutter nicht nehmen lassen, sie war dafür sogar eigens nach

Fürstenberg gefahren, was natürlich gar nicht nötig gewesen wäre, aber sie hatte Freude an solchen Dingen.

Wieland hatte Heinrich wieder von den Schultern genommen. Der Kleine saß jetzt auf seinem Schoß. Das war am großen Tisch im Salon durchaus gestattet. Saß Heinrich nicht bei ihm auf dem Schoß, dann bei seiner Großmutter oder bei seinem Großvater – und jedes Mal hieß es, dass der Junge nur ausnahmsweise dort sitzen durfte.

Er wollte Heinrich gerade ermahnen, etwas vorsichtiger mit dem Kuchenteller umzugehen und auch seine Tasse – er hatte heiße Schokolade bekommen – mit beiden Händen festzuhalten, als sich alle Augen auf den Hausherrn richteten, der sich räusperte.

Es gebe sehr schlechte Nachrichten, erklärte Siegfried Sartorius, ohne es erst lange hinauszuzögern.

Hermine Sartorius, die unterdessen den Kuchen verteilte und endlich auch ein Stück auf den Teller legte, den Heinrich ihr ungeduldig hinhielt, nickte.

»Um es kurz zu machen, die Firma ist insolvent«, sagte Hildes Vater. »Oder sagen wir, die Verluste sind von einer Größenordnung, dass die Insolvenz nur noch eine Frage der Zeit ist. Und Zeit ist nicht mehr viel. Zeit ist – wie so oft und in diesem unserem Falle besonders – Geld. Ich muss handeln, ich muss zu drastischen Maßnahmen greifen …«

»Aber Papa, wie …« Hilde war ganz blass geworden.

»Ich werde der Stadt alle meine Anteile an der Firma überschreiben«, fuhr er fort, »ich habe alles mit Krüger besprochen und auch mit dem Bürgermeister. Krüger sitzt, wie ihr wisst, nach wie vor im Rat und hat bereits alles in die Wege geleitet. Auf Krüger ist Verlass, immer schon gewesen. Der Bürgermeister ist uns und der Firma ebenfalls wohlgesonnen, aber das ändert nichts daran, dass es ist, wie es ist. Die Banken sind hart und unnachgiebig – wobei es sich hier um eine reine Ermessensfrage handelt. Hart sage ich, aber man könnte sie auch weich nennen, diese Bankiers, oder schwach, schließlich haben sie kalte Füße bekommen, diese verdammten Finanzheinis und Bürokraten. Es gilt jedenfalls zu retten, was noch zu retten ist – wenigstens für die Angestellten, wenigstens für sie und mithin für die Stadt, logisch –, wir reden hier, wie ihr wisst, von tausenden von Mitarbeitern. Tausenden von Mitarbeitern! Und wir, Hermine und ich … wir werden wohl nicht am Hungertuch nagen, aber ich werde die Grundstücke und Immobilien verkaufen müssen, die Rücklagen …«

»Einige … einige Grundstücke«, sagte Hildes Mutter. Es klang eher wie eine Bitte oder Frage als wie eine Feststellung.

»Wir werden sehen«, sagte Siegfried Sartorius. »Ich will aber ehrlich mit euch sein. Wir werden vielleicht nicht einmal die Villa behalten können. Ja, Hilde, so ernst ist es. Die Villa steht auf dem Spiel, so leid es mir tut, unsere Villa, das Haus meines eigenen Vaters … Möglich, dass wir uns schon bald verkleinern müssen. Aber wer braucht heutzutage eine Villa …«

»Papa …«

»Ihr macht euch bitte keine Sorgen …« Siegfried Sartorius zog ein Stofftaschentuch aus seiner Westentasche und schnäuzte sich die Nase.

»Aber Papa …« Hilde unternahm einen zweiten Anlauf. »Wie kann denn das sein? Es herrscht doch Konjunktur, und die Wirtschaft wächst so unglaublich. Seit Jahren tut sie das. Alle sprechen von einem Wirtschaftswunder …«

»Ja, es ist ein Wunder, und die Konkurrenz schläft nicht. Sie hat in den vergangenen Jahren nicht geschlafen, und sie denkt nicht daran, sich einmal hinzulegen und auszuruhen – hier nicht und nicht im Ausland. Wir sind ein Traditionsunternehmen, wir waren lange Zeit führend, wir haben Technologiegeschichte geschrieben, vorm Krieg bereits, aber wem sage ich das …«

Jetzt schaltete sich Wieland ein. »Es muss doch Möglichkeiten geben, die Stadt müsste doch ein Interesse haben …«

»Die Stadt ja, mein lieber Wieland«, antwortete sein Schwiegervater, der das Taschentuch wieder in seine Tasche stopfte. »Aber wenn die Banken kalte Füße bekommen, sind auch dem Bürgermeister die Hände gebunden, und das fürchte ich nicht nur, das ist längst beschlossene Sache. Die Ära Sartorius, wenn ich das, verzeiht mir, in dieser besonderen Stunde einmal so nennen darf, neigt sich ihrem Ende entgegen …«

11

Simon hatte am Morgen mit Swetlanas Großvater im Meer gebadet, während des Sonnenaufgangs schon. Ein tief orangefarbenes, warmes Gelb wurde eingerahmt von einem purpurnen, sich über den ganzen Horizont legenden Schleier.

Der Wellengang war stark gewesen, und es war schwer, die kraftvolle Brandung und die mannshohen Wellen zu überwinden, um hinausschwimmen zu können ins strahlende Licht, ins flackernde Glühen und Gleißen. Simon war aus dem Staunen nicht mehr herausgekommen, so fit, athletisch, kräftig und ausdauernd war ihm der alte, knöcherige und bald neunzigjährige Mann erschienen, der ihn schon sehr früh durch ein beherztes Klopfen geweckt und leise flüsternd ermuntert hatte, mit ihm Schwimmen zu gehen.

Swetlanas Mutter hatte noch geschlafen, Simon hatte sie zu so früher Stunde nicht gesehen. Die Tür zu ihrem Zimmer, das seinem gegenüberlag, war verschlossen gewesen. Er hatte nicht nach ihr gefragt, als sie die Wohnung verlassen hatten. Alles hatte so ausgesehen, als handle Swetlanas Großvater nach einem Plan. Swetlanas Mutter gehörte zum Ritual ihres Vaters nicht dazu.

Es gebe kaum etwas Schöneres, als am Morgen im Meer zu baden, hatte er auf dem Weg zum Strand gesagt und Simon zuvor nicht zweimal bitten müssen. Tatsächlich bewegte sich Swetlanas Großvater in den reißenden Fluten schnell und wendig wie ein Fisch, so, als wäre das Wasser sein natürliches Element.

Sie waren ungefähr eine halbe Stunde geschwommen, und Simon war erschöpft aus dem kalten Nass gestiegen oder vielmehr auf allen vieren hinausgekrochen, er hatte sich in den Sand fallenlassen und war mit ausgestreckten Gliedern liegengeblieben, während Swetlanas Großvater keine Anzeichen von Erschöpfung gezeigt hatte, nicht einmal außer Atem war er gewesen.

»Komm schon, Junge«, hatte er gesagt und gelächelt, »jetzt verschaffen wir uns erst einmal eine Stärkung.«

Gefrühstückt hatten sie unterwegs, stadteinwärts – Swetlanas Großvater war ihm durch kleinere und größere Straßen vorangegangen –, ein Gericht namens »Shakshuka«, das Simon bis dahin nicht gekannt hatte und – warm und deftig, wie es war – auch eher als Mittagessen eingestuft hätte. Swetlanas Großvater hatte es ihm als etwas »typisch Israelisches« angepriesen. Es bestand aus geschmorter roter Paprika und Tomate, pochierten Eiern – die einfach und unkompliziert in die dicke Sauce hineingeschlagen wurden – sowie herrlich duftenden orientalischen Gewürzen, vor allem aber war es höllisch scharf – Simon hatte sofort aus allen Poren geschwitzt. Swetlanas Großvater und der ihm offenbar bestens bekannte Koch, der auch der Inhaber des winzigen Restaurants war und einige Jahre jünger, wenn nicht einige Jahrzehnte jünger, hatten ein paar Worte auf Hebräisch gewechselt und laut gelacht.

Zur »Shakshuka«, das in einer großen Pfanne zubereitet wurde, hatten sie gebackenes Pita-Brot gegessen, das gerade erst aus dem Ofen gekommen war – es half gegen die Schärfe –, frisch gepressten Granatapfelsaft getrunken und hinterher einen starken, sehr aromatischen Kaffee mit viel Kardamom und noch etwas anderem, Würzigem, von dem er nicht wusste, was es gewesen war. Er hatte sich selten so lebendig gefühlt – und Swetlana, auch wenn sie gar nicht da war, merkwürdig nah. Es war, als wäre sein Bewusstsein geschärft worden – durchs Schwimmen, durch die Schärfe der deftigen Frühstücksmahlzeit oder vielleicht auch nur durch die Kraft des eigenartigen Kaffees.

Im Anschluss hatte Gershom ihn durch die Stadt geführt und ihm das Du angeboten.

Währenddessen hatten sie über die Bauhaus-Architektur gesprochen, die in Tel Aviv an jeder Ecke zu bewundern war, aber auch über Literatur, über deutsche und israelische, hebräische Literatur. Simon kannte immerhin Amos Oz' »Geschichte von Liebe und Finsternis«, ein Buch, das auch Swetlana sehr schätzte und das sie, wie sich herausstellte, von ihrem Großvater zum Geburtstag geschenkt bekommen hatte.

Gershom hatte Amos Oz, viele Jahre vor dessen Tod, der noch kein halbes Jahr zurücklag, bei einer Veranstaltung an der Universität von Tel Aviv persönlich kennengelernt.

Viel mehr als Amos Oz aber hatte Simon an israelischer Literatur nicht gelesen – und neben der »Geschichte von Liebe und Finsternis«

auch lediglich den Roman »Eine Frau erkennen«, den ihm seine Großmutter einmal geschenkt hatte. Den Namen Zeruya Shalev kannte er, sie war in Deutschland sehr bekannt, das wusste er, und er glaubte sich zu erinnern, dass seine Mutter einmal einen erotischen Liebesroman von ihr gelesen hatte.

Kurioserweise aber hatte Swetlanas Großvater von Zeruya Shalev noch nie etwas gehört. Er wiederum kannte die vielen Namen, die Gershom nannte, nicht, weder Samuel Agnon – den Swetlanas Großvater offenbar besonders schätzte –, noch Jehuda Amichai, David Rokeah, Aharon Appelfeld oder Abraham Jehoshua. Als er eingestanden hatte, dass er keinen dieser Schriftsteller und Dichter kannte, nicht einmal dem Namen nach, hatte Swetlanas Großvater die Hände über dem Kopf zusammengeschlagen und angefangen zu schimpfen.

Doch dann war Simon glücklicherweise noch David Grossman eingefallen und sein Roman »Eine Frau flieht vor einer Nachricht«.

Natürlich hatte Gershom ihn auch gelesen, und natürlich war er, wie er gleich erzählt hatte, auch David Grossman schon begegnet.

Der Roman handelte von einer Frau, Ora hieß sie, deren Sohn sich zum Militärdienst meldet und die vor der Überbringung der Nachricht seines Todes davonläuft und sich ins israelische Gebirge absetzt, das zugleich für das Land und die Geschichte des jungen Staates stand. Er hatte das Buch verschlungen, und er erinnerte sich noch genau daran, wie es ihn erschüttert hatte, dass Grossmans eigener Sohn, während er an seinem Roman geschrieben hatte, bei einem Militäreinsatz im Libanon ums Leben gekommen war – wie nah die Literatur an der Realität oder die Realität an der Literatur sein konnte.

Gershom hatte genickt. Es sei erstaunlich, hatte er gesagt und dann eine Weile geschwiegen.

Nach einem ausgedehnten Spaziergang und ausgedehnteren Gesprächen über dieses und jenes – auch über die Politik der rechtsgerichteten Regierung und das Schwächeln der linken Parteien und der Friedensbewegung – hatte Simons »Cicerone«, wie sich Gershom selbst irgendwann ironisch zwinkernd genannt hatte, ihn schließlich vor dem Bauhaus-Museum verabschiedet, in das er ihn aber nicht mehr hatte begleiten können.

Den weiteren Vormittag war Simon mit der Architekturgeschichte der »weißen Stadt« beschäftigt, die ihren märchenhaften Namen verdientermaßen trug – Simon musste mehr noch als an die Bibel an »Tausendundeine Nacht« denken.

Jetzt saßen Gershom, Swetlanas Mutter und Simon, der schon wieder sehr hungrig war, am großen Esstisch im Wohnzimmer vor der Schale mit den bunten und duftenden Früchten und dem imposanten Bücherregal – neben Goethes Werken standen Ausgaben von Mörike, Hölderlin und Schiller, Heine und drei dunkelrote Bände Novalis. Sie ließen sich die von Swetlanas Mutter zum Mittag gekochten Lammhackbällchen mit Erbsen, frischer Minze und Koriander schmecken. Als Beilage gab es auf dem Markt ums Eck gekaufte israelische Kartoffeln, die aus einem Kibbuz stammten und die genauso schmeckten wie die Kartoffeln zu Hause – Simon dachte das mit Blick auf die deutschen Dichter im Regal vis-à-vis –, aber warum sollten die Kartoffeln auch anders schmecken?

»Koscher«, sagte Swetlanas Mutter, die Simons Blick suchte und die am Morgen, als sie schwimmen gegangen waren, tatsächlich noch geschlafen hatte. »Seit wir in Israel leben, koche ich gelegentlich koscher. In Russland, habe ich nie koscher gekocht, auch wenn ich manchmal geglaubt hatte, es zu tun. Letztlich haben wir immer alles zusammengeworfen. Nur Schwein hat es bei uns nie gegeben …«

Simon nickte interessiert. Er hatte keine genaue Vorstellung von koscherer Küche und koscherem Kochen, er hatte auch noch nie zuvor »koscher« gegessen – jedenfalls konnte er sich nicht daran erinnern – und er musste dabei, er wusste nicht warum, zuallererst ans »Schächten« denken.

»Ich koche koscher, soweit ich überhaupt koscher kochen kann«, sagte Swetlanas Mutter lachend, und Gershom nickte. »Ich kenne nach wie vor nicht alle Regeln – und wir sind schließlich nicht orthodox, nicht wahr, Väterchen?«

»Für uns ist das koschere Kochen eher ein kultureller Akt, wenn nicht sogar einer der Anpassung«, sagte Gershom mit seiner kräftigen, tiefen Stimme, in der sich verschiedene Akzente mischten, die für Simon nur schwer zuzuordnen waren. Sein Deutsch hatte eine seltsam altertümliche Färbung, vielleicht gab es auch einen jiddischen

Einschlag, und sicher klang da auch noch das Russische mit hinein, immerhin hatte er ein halbes Jahrhundert in Russland gelebt.

»So religiös sind wir dann auch wieder nicht«, fuhr er fort, »obgleich uns die Religion im Gelobten Land jeden Tag wieder in ihren Bann zieht. Man entgeht ihr nicht – nicht in Tel Aviv und nicht in Jeruschalajim. Der Ewige hat schon gewusst, was er tat, als er Mose das Volk Israel hierher hat führen lassen. Nicht wahr, Ella?«

Swetlanas Mutter nickte.

»Wir haben uns erst hier, in Eretz Israel, intensiver mit der Halacha beschäftigt und mit den alten Speisegesetzen unseres Volkes«, sagte er. »Es kostet uns keine große Mühe, das Fleischige und das Milchige zu trennen …«

»Du sollst ein Zicklein nicht in der Milch seiner Mutter kochen«, rief Swetlanas Mutter.

»So ist es«, sagte Gershom, »wobei wir unser Geschirr, unser Besteck und unsere Töpfe und Pfannen nicht in fleischig und milchig unterscheiden und schon gar keine vierfache Ausfertigung davon besitzen – ja, da staunst du, Simon, aber das kommt durchaus vor –, auch haben wir keine zwei Spülmaschinen, obgleich wir aschkenasische Juden sind. Die strenge Einhaltung der Kashrut ist vor allem eine Sache der Aschkenasim. Auf Blutwurst und andere Blutprodukte können wir verzichten. Und wie gesagt, auf die Idee, Schwein zu essen, wären wir ohnehin nie gekommen, schon die Vorstellung, Schwein zu essen, ruft in mir großen Ekel hervor.« Er schüttelte sich. »Mit den erlaubten und nicht erlaubten Tieren aber ist es so eine Sache. Wir haben in Russland zum Beispiel immer Kaninchen gegessen, Kaninchen und Hase – Tiere, die wie Schweine und auch Pferde und Esel und Katzen und Hunde nicht koscher sind –, Kaninchen und Hase zu essen aber ist das Normalste von der Welt, das würde ich auch jetzt wieder tun. So nah am Meer, fällt es mir schwer, keine Meeresfrüchte zu essen – ich finde die Idee absurd, es nicht zu tun. Ich werde regelmäßig schwach, wenn ich die Gelegenheit bekomme. Ich bin auch bei weitem nicht der einzige Israeli, dem es so geht, ich kenne da ein Restaurant mit einem sehr talentierten Koch …«

Swetlanas Großvater erinnerte Simon, wenn er ihm so zuhörte und beim Erzählen beobachtete, an seinen eigenen Großvater, der auch gerne erzählte und beim Erzählen weit ausholte. Die beiden hatten in etwa das gleiche Alter, die gleiche Größe, und da war diese eigenartige Aura von Würde und Weisheit, aber vielleicht war das nur das Alter.

»Vielleicht gehen wir morgen in das Fischrestaurant«, schlug Swetlanas Mutter vor. »Levi kocht wirklich ausgezeichnet.«

»Das können wir tun«, sagte Gershom und sah Simon an, als hätte er das zu entscheiden.

»Gerne, ja«, sagte er. »Ich esse gerne Fisch und Meeresfrüchte.«

»Aber vorher gehen wir noch einmal baden, nicht wahr?«, sagte Gershom. »Du brauchst ein bisschen Training …«

»Jetzt lass ihn doch«, sagte Swetlanas Mutter. »Macht doch lieber einen Strandspaziergang, du könntest ihm Jaffa zeigen, den Leuchtturm und den Andromedafelsen …«

Simon musste plötzlich an eine Szene aus seiner Kindheit mit seinem Großvater denken, der einmal – er war sechs oder sieben Jahre alt – von einem »Himmelsfalter« gesprochen hatte, ohne ihm näher zu erklären, was das war, und Simon hatte lange darüber gerätselt, was gemeint sein könnte. Himmelsfalter – das hatte er dann viele Jahre lang geglaubt – waren geheimnisvolle und wunderbare Fabelwesen aus alten Mythen und Sagen. Er kannte die Geschichten von Hexen, Zwergen und Berggeistern, und als er bereits wusste, dass sie in Wirklichkeit nicht existierten, hatte er immer noch geglaubt, dass die Himmelsfalter zu ihnen zählten und aus alten Büchern stammten. Himmelsfalter waren so etwas wie Zauberer oder auch Riesen – mal hatte er das eine geglaubt, mal das andere, und für beide Sichtweisen hatte er sich plausible Erklärungen zurechtgelegt –, die Himmelsfalter falteten allabendlich den Himmel sorgfältig zusammen, um ihn am Morgen, pünktlich vor dem Aufwachen der Menschen wieder auszubreiten. Es gab doch auch dieses Gute-Nacht-Lied, das ihm seine Mutter immer vorsang, hatte er gedacht. »Weißt du, wie viel Sternlein stehen/An dem blauen Himmelszelt …« Wenn der Himmel ein Zelt war, wie es im Lied hieß, ließ er sich auch zusammenfalten. Seine Großeltern hatten ihm eines zum Geburtstag geschenkt, noch zur Kindergartenzeit – ein Zelt, das er nur in ihrem Garten hatte aufstellen dürfen, um mit Melanie darin zu übernachten. Sein Vater hätte es auf dem eigenen Rasen nicht geduldet, da der Zeltboden den Rasen ersticken und gelbe Flecken hinterlassen würde. Wenn das Zelt während der Sommerferien ein paar Tage im verwilderten Garten seiner Großeltern gestanden hatte und sie es irgendwann wieder abgebaut – zusammengefaltet – hatten, war das Gras darunter wirklich gelb geworden. Vor allem aber war die Stelle voller Insekten, Käfer, Würmer und Schnecken gewesen.

Himmelsfalter-Zauberer und Himmelsfalter-Riesen existierten also, hatte er gedacht, und die Himmelsfalter-Zauberer konnten den Himmel mit ihrem Zauberstab zusammenfalten, die Himmelsfalter-Riesen durch ihre Größe und Körperkraft. Dass es sich bei dem »Himmelsfalter« um den »Blauen Morpho« handelte, den »Morpho peleides«, dass der Name schlicht eine andere Bezeichnung für einen Schmetterling war, hatte er erst viel später erfahren.

Simon überlegte einen Moment lang, ob er Gershom und Ella von den Himmelsfaltern erzählen sollte, aber er ließ es lieber bleiben. Ihm behagte der Gedanke nicht, jetzt etwas von seiner Familie zu erzählen. Womöglich kämen sie dabei auf den Nationalsozialismus zu sprechen, womöglich hätten die beiden Fragen gestellt, und irgendwann hätte er erklären müssen, dass sein im Krieg gebliebener Urgroßvater ein strammer Nazi gewesen war und seine Urgroßmutter, die er nie kennengelernt hatte, auch noch viele Jahre nach dem Krieg unbelehrbar, wie er von seinen Großeltern wusste. Davon hatte er noch nicht einmal Swetlana erzählt, aber auch das würde er nachholen.

Nachdem sie den Tisch abgedeckt und das Geschirr in die Spülmaschine geräumt hatten, ging Swetlanas Mutter noch einmal los, um Besorgungen zu machen.

Sie sei aber in Kürze zurück, sagte sie, und dass sie sich einem Spaziergang nach Jaffa anschließen würde.

»Komm, wir setzen uns auf den Balkon«, sagte Gershom, und Simon folgte ihm.

Sie setzten sich an den Tisch, und Gershom zog ein ausklappbares Messer aus der Tasche, mit dem er nun eine kleine, an einen Kürbis erinnernde Melone mit orangefarbenem Fleisch zerteilte. Er reichte ihm eine Spalte.

Simons Blick fiel plötzlich auf Gershoms Wange – auf das Grübchen, dass er dort hatte.

Der alte Mann bemerkte seinen Blick und lächelte. Er zeigte mit dem Finger auf das Grübchen, drehte sich ein wenig zur Seite, neigte den Kopf und deutete auf einen Flecken oder vielmehr ein paar weiße Punkte in seinem Nacken.

»Ja, da ist die Kugel durch«, sagte er und sah ihn an. »Swetlana wird es dir erzählt haben, vermute ich.«

»Ja«, sagte Simon. »Ja, das hat sie.«

»Wenn ich heute zurückblicke, erscheint mir das alles unfassbar. Ich war gerade vierzehn geworden, weißt du …«

Simon nickte, er wusste nicht, was er sagen sollte.

Und Gershom erzählte, er erzählte langsam, in Bruchstücken und Fetzen, die sich erst nach und nach zusammenfügten.

Anfangs erschien es Simon noch, als suche der alte Mann nach Worten, als krame er in seinem Gedächtnis und als überspringe er einzelne Lücken, als setze er zum Sprung an. Aber das war es nicht. Er schien sich vielmehr auf das Erzählen einzustimmen.

Gershom war es gewohnt zu erzählen, aber gleichzeitig lag darin nichts Routiniertes. Er war bewegt, und im Klang seiner Worte lag eine Erschütterung, die sich, das spürte Simon, nun auch auf ihn übertrug.

»Die Gründe, warum ich die Hölle überlebt habe, sind im Bedürfnis zu sehen, meine Geschichte zu erzählen«, fuhr er fort und sagte, dass er lange gebraucht habe, sich zu erinnern und sich wieder all der schrecklichen Erlebnisse bewusst zu werden und sich den Alpträumen zu stellen.

»Ich dachte, wir wären alle tot und ich könnte nichts berichten«, sagte er und sah Simon an, den es große Mühe kostete, den Blicken standzuhalten.

»Ich sollte nicht leben«, sagte Gershom dann. »Ich könnte Lazarus genannt werden.«

Simon traten verschiedene Bilder aus seiner Schulzeit vor Augen.

Sie hatten Filme über den Holocaust gesehen. Sie hatten im Unterricht über die Tagebücher der Anne Frank gesprochen. Er wusste von diesem einzigartigen Menschheitsverbrechen, dem Abgrund deutscher Geschichte, und er hatte die Verantwortung, die dieses Kapitel für spätere Generationen mit sich brachte, nie angezweifelt, aber so nah wie in diesem Moment, als er Swetlanas Großvater gegenübersaß – die in seinen Arm eintätowierte Nummer hatte er am Morgen beim

Baden gesehen –, war es nie an ihn herangetreten. Er hatte sich nicht ausgemalt, wie es sein könnte, einem Überlebenden zu begegnen und ihm beim Erzählen seiner Geschichte zuzuhören.

Es war nicht zu begreifen, da mochten die Worte auch noch so schlicht und klar sein.

»Meine Mutter wusste, dass sie kommen würden«, sagte Gershom, und wieder erschien es Simon, als verlöre sich der Zusammenhang, doch vielleicht verlor nur er ihn aus den Augen.

»Man teilte uns mit, man könne alles Tragbare mitnehmen.«

Es waren Fragmente, die Simon hörte.

»Mit vierzehn war ich weder ein Kind noch ein Erwachsener.«

»Niemand leistete Widerstand. Niemand floh. Wenn ich darüber nachdenke, so scheint es mir unbegreiflich.«

»Dreckige Juden, sie pflanzten uns dieses Gefühl ein.«

»Man brachte uns zum Bahnhof und verfrachtete uns in Viehwagen.«

»›Raus – raus – raus!‹ Das waren die Befehle. SS-Männer sprangen auf den Zug, schlugen uns und schrien ›Raus!‹«

»Wir wurden in alle Richtungen geschickt.«

»Ich war gerade vierzehn geworden und wusste, alles war vorbei.«

»Dann wieder der Befehl: Marsch!«

»Wir marschierten ins Lager.«

»Die Reihe meiner Mutter verströmte Furcht. Ich hatte den Eindruck, etwas stimmte mit dieser Reihe nicht. Dieses Gefühl rettete wahrscheinlich mein Leben.«

»Sie hatten entschieden, uns nicht in der Heimat zu ermorden.«

»Das europäische Eisenbahnnetz machte es möglich, viele Juden aus den verschiedensten Winkeln Europas nach Polen zu transportieren.«

»Dann schickte man uns zum Duschen. Vorwärts! Weiter ging es zu einem Frisör, der uns die Haare schnitt. Wir waren nun kahlköpfig. Dann wurden die restlichen Haare rasiert, sowohl auf Armen und Beinen als auch das Schamhaar. Die Haare warf man in Behälter.«

»Ich bemerkte, dass überall ein eigenartiger Geruch in der Luft hing. Es roch verkohlt. Heute weiß ich, woher dieser Geruch stammte.«

»Was um mich herum geschah, ließ mich kalt.«

»Wenn ich einen Toten sah, dachte ich, nun gibt es mehr Essen für mich.«

»Wenn ich etwas im Dreck sah, aß ich es. Ich sammelte alles auf, überall, und aß es. Ich aß Gras.«

»Ich war vierzehn Jahre alt.«

»Ich wog nur vierunddreißig Kilo.«

»Es gab das Gerücht, dass, sobald sich die Rote Armee und die alliierten Truppen näherten, man uns auf den Todesmarsch schicken würde.«

»Eines Morgens wurden wir aus dem Lager getrieben.«

»Irgendwo draußen knieten wir in einer Reihe auf dem gefrorenen Boden.«

»Ein Mann muss töten können, hatte der große SS-Mann gerufen. Immer wieder. Ein Mann muss töten können.«

»Es war wohl sein Sohn gewesen, der geschossen hat, ein Junge in meinem Alter.«

»Ich habe die Furcht in seinen Augen gesehen.«

»Ich hörte das Krachen, als er schoss, und ich fiel.«

»Die Kugel hatte mich im Nacken erwischt und war am Hals ausgetreten.«

»Die Schmerzen waren unbeschreiblich, besonders, wenn ich versuchte zu schlucken.«

»Im Lazarett wurde mein Gesicht gerichtet. Mein Mund war völlig schief, da die Knochen durch den Schuss falsch standen.«

»Ich habe nie wieder deutschen Boden betreten.«

Simon standen Tränen in den Augen.

NEUNTES KAPITEL

I

»Ich habe dich nie danach gefragt, vielleicht weil es mir zu klischeehaft erschien – aber in den letzten Monaten spukte die Frage immer wieder in meinem Kopf herum, in Berlin schon und auch bei deinen Eltern, und jetzt muss ich sie dir einfach einmal stellen«, sagte Swetlana und bemühte sich, so unaufgeregt wie möglich zu klingen.

Ihre Worte waren von dem ständigen Rauschen des Meeres unterlegt, und sie hörten beide, wie die Wellen in einer rhythmischen Gleichmäßigkeit auf den Strand schlugen. Simon war zutiefst erleichtert. Er war schon drauf und dran gewesen, nach Moskau zu fliegen – auch wenn er gar nicht gewusst hatte, wie er das hätte anstellen sollen – von Tel Aviv aus. Aber sowohl Swetlanas Mutter als auch ihr Großvater hatten ihn gebeten zu bleiben, sie hatten ihn ermahnt, Geduld zu bewahren und abzuwarten.

Swetlana sah Simon forschend an. Er hatte einen Arm um ihre Taille gelegt, und seine Hand ruhte auf ihrem Schenkel. Schon eine ganze Weile hielt er sie fest an sich gedrückt, als würde er sie niemals wieder loslassen wollen. Ihr war das sehr recht, keinen Millimeter wich sie von seiner Seite, und das würde sie auch nicht tun, wenn sie diese verdammte Frage endlich gestellt hätte.

Simon beobachtete das Auf und Ab der immer heftiger tosenden Wellen, wandte sich ihr nun aber wieder zu, aufmerksam und auch ein wenig unsicher.

Diese Unsicherheit, die da aus seinen Augen sprach, war, auch wenn Simon sich das zu diesem Zeitpunkt vielleicht schon nicht mehr ganz eingestand oder es sich nicht mehr eingestehen mochte, eine grundsätzliche, eine, die ihn in seiner Gesamtheit erfasste und erschütterte und in ihm wie ein starkes Fieber kochte, seit Swetlana – inzwischen waren es mehrere Wochen – plötzlich spurlos verschwunden war, und sie dauerte trotz ihres Wiedersehens und ihres erneuten Zusammenseins und aller dazugehörigen Freuden fort, ohne dass er, würde er es sich eingestehen, darauf hätte wetten können, dass sie ihn jemals wieder verließe. Er hätte sich nicht einmal sicher sein können, ob sie vielleicht irgendwann verblasste, allmählich, aber sicher – entsprechend feucht waren im Übrigen seine Hände –, und es war vorgekommen, dass sich, ebendieser Unsicherheit geschuldet, kleine, aus der Distanz allerdings kaum sichtbare Schweißperlen auf seiner Stirn gebildet hatten.

»Dein Großvater – Simon, du weißt, wie sehr ich ihn schätze, aber …«, sagte Swetlana und hielt einen Moment lang inne, während das von ihr geäußerte »Aber« ein bedrückendes Echo hinterließ.

Sie schaute aufs Meer und ließ ihren Blick nun ebenfalls über die herannahenden und sich alsbald in einem dröhnenden Rauschen überschlagenden Wellen gleiten, sie zögerte, sie überlegte – es hatte den Anschein, als kämpfte sie mit sich und als müsste sie sich erst überwinden –, aber dann fuhr sie doch mit fester Stimme fort, während sie ihn wieder ansah.

»Es hilft ja alles nichts. Ich muss es dich fragen. War dein Großvater … war er, also im Krieg, ich meine, hat er gekämpft, hat er Menschen getötet? War er ein … war er ein Nazi?«

Sie waren schon früh am Morgen zum Strand gelaufen, gemeinsam mit Swetlanas Großvater – ganz seiner Gewohnheit und dem unabänderlichen Tagesablauf gemäß –, und hatten sich, kaum dass die Badestelle erreicht war, in die Wellen geworfen.

Natascha war mit nach Tel Aviv gereist – Swetlana hatte sie dieses Mal nicht lange überreden brauchen.

Kreischend waren sie Gershom und Simon, der inzwischen auch so etwas wie Routine zeigte, ins Wasser gefolgt und hatten sich in die Wellen geworfen, das Meeresrauschen übertönend und mit den Händen um sich schlagend. Swetlanas Großvater und Simon hingegen waren zuvor ruhig und geradezu stoisch – oder heroisch – ins Meer gegangen, langsamen Schrittes, ohne eine Miene zu verziehen.

Anders als Swetlana hatte Natascha schnell Gefallen am Meer gefunden und war den beiden geübteren Schwimmern gefolgt, Simon hatte sie sogar bald überholt, während Swetlana ihnen lieber aus der sicheren Ferne zugesehen hatte.

Ihr Großvater und Natascha hatten sich dann bald nach dem Baden verabschiedet.

Gershom musste einen Vortrag halten, vor internationalen Studenten, und dazu wurde er von einer jungen Politologin abgeholt, die in Kürze einen frei werdenden Lehrstuhl an der Universität von Tel Aviv übernehmen würde.

Die Frage, ob sie schön sei, hatte sich Swetlana verkniffen, obwohl sie wusste, dass es ihren Großvater gefreut hätte.

Natascha hingegen war aufgebrochen, um sich noch ein paar Geschäfte – vor allem Boutiquen – anzusehen und sich gemütlich in ein Café zu setzen und Zeitung oder ein Buch zu lesen, sie hatte sich auf Swetlanas Empfehlung hin den Roman »Jakobsleiter« von Ljudmila Ulitzkaja mit nach Israel genommen. Sie würde zum Mittagessen wieder zu ihnen stoßen.

Swetlanas Mutter, die zu Hause geblieben war – so früh kriegte man sie nicht ins Meer –, hatte angekündigt, für alle zu kochen, ein israelisches Gericht, für das sie viele orientalische Gewürze, frische Minze und Petersilie benötigte. Die Zutaten sollten Swetlana und Simon vom Markt mitbringen.

Die Sonne schien und spiegelte sich in den gleißenden und milchig schäumenden Wellen. Abgesehen von Simon und Swetlana waren kaum Menschen am Strand, nur ein paar solitäre Morgenspaziergänger, einige mit Hund, und eine Gruppe Jugendlicher, die offenbar am Strand übernachtet hatten, aber die waren weiter entfernt und nicht zu hören.

Das Wasser war immer noch kalt, an diesem Tag besonders, da es in der Nacht gestürmt hatte – Swetlana jedenfalls hatte es keine zwei Minuten darin ausgehalten und es bibbernd verlassen, anders als Simon, der, wie sie amüsiert beobachtet hatte, ihrem Großvater mit einem Ehrgeiz nachgeeifert war, den sie von ihm gar nicht kannte, und der, wie ihr von ihrem Großvater mit einem gewissen Stolz erzählt worden war, tatsächlich in der kurzen Zeit, die er bei ihrer Familie war, schon beachtliche Fortschritte gemacht hatte – er sei stärker geworden, habe eine bessere Kondition, hatte ihr Großvater mit einem rätselhaften Funkeln in den Augen gesagt. Mindestens zwanzig Minuten hatte Simon heute ohne Unterbrechung mit den Wellen gekämpft – und sich hinterher nicht mehr restlos erschöpft, sondern eher »durch und durch lebendig« gefühlt.

Jetzt, am Strand, war es beinahe wieder sommerlich warm. Warm war ihnen auch, weil sie so nah nebeneinander saßen, sich aneinanderschmiegten. Von einem Sturm aber war nichts mehr zu spüren, die Wellen hatten sich wieder beruhigt.

»Mein Großvater?«, antwortete Simon überrascht, aber er überlegte nicht lange. »Nein, mein Großvater war viel zu jung.«

»Zu jung? Dein Großvater ist fast neunzig Jahre alt.« Swetlana musterte ihn und blickte skeptisch.

»Er ist Jahrgang 1930. Zu Kriegsende war er gerade einmal fünfzehn … er hat im März Geburtstag«, sagte Simon.

Mit der Antwort war Swetlana nicht zufrieden.

»Ich weiß, möglich wäre es trotzdem«, beeilte sich Simon zu sagen und sah sie unsicher an. »Aber ich glaube das nicht«, beteuerte er, »ich glaube das wirklich nicht. Ich wüsste das, weißt du, mein Großvater hätte mir davon erzählt oder wenigstens mein Vater …«

»Es gab den Volkssturm in der Endphase des Krieges, das muss ich dir doch nicht erklären«, sagte Swetlana. »Das waren überwiegend Fünfzig- bis Sechzigjährige, Soldaten aus dem Ersten Weltkrieg zum Teil und ganz junge Menschen, Teenager, halbe Kinder, die Hitlerjugend. Die Generation deines Großvaters ist doch zur Hitlerjugend gegangen. Sie musste gehen, ob sie wollte oder nicht, sie ist mitten hineingewachsen in diesen Wahnsinn, sie war der Gehirnwäsche von Geburt an ausgesetzt, ich meine … das prägt, das hinterlässt Spuren …«

»Ja, aber für den Volkssturm war er doch ein paar Jahre zu jung, glaube ich.«

»Ich weiß nicht, bist du dir sicher?«

»Er hat nie viel über diese Zeit gesprochen, aber er zählt zur Flakhelfer-Generation«, sagte Simon. »Wie Helmut Kohl, der nur ein paar Monate älter war. Aber auch das ist meinem Großvater erspart geblieben. Hätte der Krieg noch länger gedauert, wer weiß … Aber nein, er hat niemanden getötet. Das wüsste ich. Sein Vater, also mein Urgroßvater, war ein strammer Nazi, aber ich weiß nicht viel über ihn – seltsam eigentlich, wenn ich so darüber nachdenke. Er hat den Krieg nicht überlebt, er muss ganz am Ende gefallen sein, im Frühjahr 1945 – darüber hat mein Großvater nie viel erzählt. Meine Urgroßmutter war Altnazi, unbelehrbar, und ist erst viele Jahre nach dem Krieg gestorben. Meine Großmutter sagt das, sie hatte sie noch kennengelernt. Der Vater meiner Großmutter – er hieß Siegfried Sartorius – war ein Unternehmer, er war aber kein Nazi und hat die Rüstungsindustrie sabotiert … Und meine Großmutter und auch mein Großvater haben sich immer gegen rechts engagiert. Du solltest sie einmal erleben, wenn sie sich wieder einmal wegen irgendwelcher Populisten in Rage reden …«

»Ich wollte es nur gefragt haben, weil es mir auf dem Herzen lag«, unterbrach ihn Swetlana. »Ich glaube ja auch nicht, dass er … Es ist nur … Es wird nicht leicht werden für meinen Großvater, weißt du. Wenn er sich überhaupt darauf einlässt …«

»Ich weiß. Ich verstehe das wirklich. Und ich bin dankbar und weiß es zu schätzen, dass dein Großvater mich so freundlich aufgenommen hat und mir gegenüber so aufgeschlossen ist, obwohl ich Deutscher bin – das gilt natürlich auch für deine Mutter. Aber mein Großvater ist kein alter Nazi, weißt du. Er ist Sozialdemokrat. Das war er immer schon, Sozialdemokrat alter Schule, ein Leben lang. Er war damals in Bad Godesberg dabei, er hätte sich beinahe einmal als Kandidat für den Landtag aufstellen lassen.«

»Aber Simon, das heißt doch nichts. Günter Grass hat auch immer für die SPD getrommelt und seine Waffen-SS-Mitgliedschaft trotzdem bis ins hohe Alter verschwiegen. Walter Jens hat, als er mit seiner frühen NSDAP-Mitgliedschaft konfrontiert wurde, gemeint, er könne sich an nichts erinnern – und zu dem Zeitpunkt war er wohl noch nicht dement gewesen. Jens Friedrichs hat es auch nicht von selbst zugegeben – und den kannten ja deine Großeltern persönlich. Über Martin Walser und seine vielen Gesinnungswandel will ich gar nicht reden – aber da hatte man schon den Eindruck, dass eine frühe Prägung irgendwann wieder zutage tritt …«

»Grass und Walser sind zwar nur wenige, aber entscheidende Jahre älter als mein Großvater. Er brauchte keinen Gesinnungswandel zu vollziehen«, sagte Simon nach einem kurzen Moment des Schweigens. »Er war SPD-Mann. In den letzten Jahren schwer enttäuschter SPD-Mann, aber das hat mit seinen Wertvorstellungen oder Grundsätzen nichts zu tun, sondern lediglich mit dem Werteverfall der Partei, die sich nicht mehr für die Gestaltung der Zukunft zu interessieren scheint – meine Großeltern wählen jetzt beide grün, obwohl sie ihr Leben lang SPD gewählt haben und mein Großvater, soweit ich weiß, immer noch Mitglied der SPD ist …« Simon sah Swetlana wieder eindringlich an. »Und er hat auch nichts verschwiegen, jedenfalls kann ich mir das nicht vorstellen. Wirklich nicht. Er war zu jung, um in der Partei zu sein – ich meine, NSDAP-Mitglied –, und selbst wenn, wäre das doch herausgekommen, es wurden ja nicht nur die Biografien von Literaten durchleuchtet. Mein Großvater ist – trotz seiner SPD-Nähe – durch und durch liberal, du hast ihn ja kennengelernt, und er hat sich immer von den Nazis distanziert – genau wie meine Großmutter, die allerdings aus einer liberalen, großbürgerlichen Familie stammt …«

»Es ist gut, Simon. Ich habe das auch nicht geglaubt«, sagte Swetlana. »Aber die Frage war mir irgendwann in den Kopf gekommen, und ich musste sie einfach stellen. Ich mag deinen Großvater, ich mag ihn sehr. Und deine Großmutter auch.«

»Und sie mögen dich«, sagte Simon. »Du hast großen Eindruck gemacht, das hat mir meine Mutter erst wieder gesagt – also Melanie hat mir erzählt, dass meine Mutter das gesagt hat …«

»Komm, lass uns irgendwo einen Kaffee trinken gehen«, schlug Swetlana vor, und Simon lächelte erleichtert.

Sie zogen sich etwas über, packten ihre Sachen zusammen und liefen los, Hand in Hand, den Strand entlang, und verschwanden zwischen den weißen Häusern der Stadt.

2

Christa saß in einem ICE namens »Hannah Arendt«. Den Namen, an den sie nun die ganze Zeit denken musste, hatte sie vorm Einsteigen, als sie in der Schlange stand, an der Zugseite gelesen, wo er in großen grauen Lettern oberhalb der spiegelnden Fenster geschrieben stand.

Sie wusste nicht, warum sie der Name so beschäftigte. Sie wusste, wer Hannah Arendt war – sie zählte neben Simone de Beauvoir und Virginia Woolf zu den Hausheiligen ihrer Schwiegermutter –, aber sie selbst hatte nie ein Buch von ihr gelesen, und ihr fielen auch keine Titel ein, obwohl Hilde ihr schon welche empfohlen hatte. Das sei zu kompliziert für sie, hatte Heinrich gesagt, der selbst – sie war sich sicher – nie ein Buch von Hannah Arendt in der Hand gehalten, geschweige denn eines gelesen hatte.

Sie wusste, dass Hannah Arendt eine Jüdin und dass sie nach Amerika geflohen war, dass sie als junge Frau etwas mit diesem obskuren Heidegger gehabt und dass sie über den Eichmann-Prozess berichtet hatte – »Eichmann in Jerusalem«, da hatte sie es, das war doch einer ihrer Buchtitel … Das Jahr, in dem der Eichmann-Prozess stattgefunden hatte, konnte sie sich gut merken, es war ihr Geburtsjahr.

Auf ihren Knien lag jetzt ein anderes Buch, aufgeschlagen zwar, doch in diesem Moment las sie nicht mehr, sondern sah gedankenverloren aus dem Fenster und verfolgte mit Blicken einen großen Schwarm Krähen am strahlend blauen Himmel. Die Krähen flogen Richtung Westen oder Nordwesten, jedenfalls der Fahrtrichtung des Zuges entgegen. Über ein kahles Feld, das von einem kleinen, brüchigen Kiefernwald eingeschlossen war, liefen Kraniche, die ihre Aufmerksamkeit auf sich zogen. Sechs oder sieben waren es. Der Mai würde bald kommen und die Bäume ausschlagen, dachte sie. Die Sonne schien sanft.

Christa saß ein wenig zurückgelehnt, so dass sie nicht von der Sonne geblendet wurde – die Strahlen trafen sie nur, wenn sie sich weiter vorbeugte, aber das tat sie schon deshalb nicht, weil ihr gegenüber ein älterer Herr saß – vielleicht zehn, fünfzehn Jahre älter als sie –, der sie bereits mehrfach freundlich angelächelt hatte. Sie hoffte, dass er nicht vorhatte, sie in ein Gespräch zu verwickeln. Sie wusste, wie unfrei und gehemmt sie sich dann immer fühlte und wie unangenehm ihr Gespräche waren, während andere, Fremde, zuhörten.

Aber glücklicherweise saß sie in einem Ruhewagen, im Großraumabteil zwar, aber in einem Ruhewagen, in dem auch tatsächlich – zur Abwechslung einmal, dachte sie – Ruhe herrschte. Wie oft hatte sie es nicht schon erlebt, dass sich die Fahrgäste im Ruhewagen rücksichtslos unterhielten, obwohl es diverse Schilder gab – Piktogramme mit einem Zeigefinger vor dem Mund und dem Schriftzug »Psst« –, die unmissverständlich Stille gemahnten. Doch trotz der Ruhe, die herrschte, war sie unruhig – und das hatte nur am Rande mit den Blicken des älteren, immerhin elegant gekleideten und freundlich und seriös wirkenden Mannes zu tun, den sie für einen Professor hielt.

Sie wusste nicht genau warum, aber sie hielt ihn eben für einen Professor. Was sein gepflegtes Äußeres – das Tweed-Sakko und das rotkarierte Hemd – anbetraf, hätte es sich genauso gut um einen Architekten, einen Firmenchef handeln können, womöglich auch um einen Arzt oder einen Psychiater, aber gut, ein Arzt oder Psychiater konnte ohne weiteres ein Professor sein – und weshalb sie gerade in diesem Moment ausgerechnet auf einen Psychiater verfiel, wollte ihr auch nicht einfallen.

So in etwa verliefen ihre Gedanken, wobei sie vermied, einen der Blicke des älteren Herrn, die nach wie vor auf sie gerichtet waren – das spürte sie – zu erwidern, stattdessen sah sie krampfhaft aus dem Fenster.

Heinrich hatte sie vor ungefähr einer halben Stunde angerufen, das war erledigt – der Pflichtanruf, sie hatte gespürt, wie erschüttert er gewesen war. Für das Telefonat hatte sie den Ruhewagen verlassen, sich in den Flur vor die Zug-Toiletten gestellt und anschließend im Bistro-Wagen eine Flasche Selters gekauft.

Die Kraniche verlor sie aus den Augen, so schnell, wie der Zug fuhr – und auch an Hannah Arendt dachte sie nicht mehr. Sie ließ die karge und flache Brandenburger Landschaft an sich vorbeirauschen, die Äcker und Wiesen, die Kiefernwälder und kleinen Gewässer – und sie war froh, in einer Gegend zu leben, in der es Berge und richtige Wälder gab. Heinrich, der sich für solche Dinge interessierte, kannte sicher die Höchstgeschwindigkeit eines ICEs, sie interessierte das weniger.

Sie hatte, nachdem alle ihre Versuche, Simon zu erreichen, vergeblich gewesen waren, schließlich Melanie angerufen, um ihren spontanen Besuch in Berlin anzukündigen. Melanie hatte ihr auch nicht sagen können, weshalb Simon nicht zu erreichen war, sie hatte es selbst schon einige Male versucht – vermutlich probte er wieder von früh bis spät in die Nacht, hatte sie gesagt. Sie habe auch einen Schlüssel, und sie könne sie in die Wohnung lassen, hatte Melanie gesagt. Auf jeden Fall sei sie da, sie freue sich, und sie könnten später, am Abend, zusammen essen gehen – vielleicht zum Inder oder zum Vietnamesen.

Christa hatte geschluckt und beinahe geweint, als ihre Tochter das gesagt hatte. Dass sie da wäre und sich auf sie freute. Sie hatte sich eine Träne mit dem Taschentuch aus den Augen gewischt und sich anschließend die Nase geschnäuzt, aber erst, als das Telefonat beendet gewesen war. Zum Glück, dachte sie, hatte Melanie das durchs Telefon nicht sehen können.

In der Schule würde sie später, von Berlin aus, anrufen, um sich für ein paar Tage krank zu melden. Um die Krankschreibung würde sie dann den Hausarzt bitten, wenn sie wieder zurück wäre. Darüber, wie das alles weitergehen sollte, hatte sie sich noch keine Gedanken gemacht.

Sie war froh, dass Melanie keine Fragen gestellt hatte. Nicht einmal irritiert, vielmehr erfreut war sie gewesen, zumindest hatte sie so auf sie gewirkt. Aber sie würde mit ihrer Tochter darüber sprechen müssen, sie würde ihr die Gründe wenigstens umreißen müssen, aus denen sie allein, ohne Heinrich, nach Berlin fuhr. Immerhin hatte sie so etwas noch nie getan, und sie war, wenn sie sich das überlegte, sogar ein bisschen stolz auf sich. Und sie würde mit Melanie über ihre Pläne sprechen, Pläne, die sie erst noch machen musste.

Das Buch, in dem sie bis vor wenigen Minuten noch gelesen hatte und auf das jetzt wieder ihre Blicke fielen, hatte ihr Hilde ausgeliehen. In Berlin würde sie Zeit haben, es zu lesen, dieses und andere. Sie hatte vor, viel zu unternehmen, viel unterwegs zu sein und viel zu erleben. Sie wollte Ausstellungen und Museen besuchen und sich einfach in ein Café setzen, um die Menschen zu beobachten und die Atmosphäre der Großstadt zu genießen. Sie wollte Dinge tun, zu denen sie Heinrich nie hatte bewegen können. Und sie wollte ins Theater gehen, in Simons Theater. Am liebsten hätte sie sich alle Stücke, die auf dem Spielplan standen, angeschaut.

Am Berliner Hauptbahnhof angekommen, musste sich Christa erst einmal orientieren.

In der Menschenmenge am Bahnsteig stehenzubleiben erschien ihr nicht ratsam – gleichzeitig überkam sie die Angst, über den Haufen gerannt zu werden –, also folgte sie blindlings dem Strom.

Wie ein Lemming, dachte sie. Sie war doch nichts als ein lächerlicher Lemming. Wenn diese Menschen sich von einer Klippe ins Meer stürzen würden, würde sie ihnen wahrscheinlich willenlos folgen und sich hinterherstürzen. Sie war immer schon ein Lemming gewesen, sagte sie sich, einer von vielen. Im gleichen Augenblick dachte sie daran, dass Hilde sie dafür getadelt hätte, dass sie von sich als »einer von vielen« dachte und nicht als »eine von vielen«. Vielleicht war es ein Anfang, sich überhaupt als »jemand« zu empfinden und nicht nur als »etwas«. Und dann auch einmal aus der Reihe zu tanzen. Nun ja, dachte sie, sie tanzte ja bereits aus der Reihe. Aber hier, in diesem Gedränge, gelang es ihr nicht – und es wäre auch ein bisschen absurd. Also schwamm sie weiter mit dem Strom. Doch die Menschen stürzten sich nicht ins Meer, sie nahmen Treppen und Rolltreppen, es ging abwärts.

Christa mochte Bahnhöfe dieser Größe nicht. Der Bad Soltaler Bahnhof war schön und überschaubar, große Bahnhöfe machten ihr Angst.

Immerhin stimmte die Richtung. Sie tauchte langsam ab, von einer Bahnhofsebene zur nächsten – ein gutes Gefühl –, und dort angekommen glitt sie an etlichen Geschäften vorbei quer durchs Gebäude – es ging viel schneller, als sie es sich vorgestellt hatte –, schließlich wurde sie auf den Bahnhofsvorplatz ausgespuckt. Sie blieb stehen, blickte sich um und sah das gelb leuchtende und verlockende Schild eines Taxis.

Aber nein. So einfach wollte sie es sich nicht machen. Sie wollte ihr Lemming-Dasein hinter sich lassen, sie war die längste Zeit ein Lemming gewesen. Also griff sie beherzt nach ihrem Gepäck, drehte sich um und betrat erneut den Bahnhof – gegen den Strom. Jetzt sah sie auch das grüne Zeichen, das ihr verriet, von welchem Gleis die S-Bahn fuhr, und sie staunte, wie einfach das war. Eine zarte Euphorie beschlich sie und mischte sich im gleichen Moment mit einem Gefühl der Beklommenheit. Konnte es sein, war es wirklich möglich, dass sie die unzähligen Male, die sie hier am Hauptbahnhof angekommen waren, einfach immer Heinrich gefolgt war? Damit war jetzt Schluss. Und mit so vielem anderen auch.

Sie stellte sich ein weiteres Mal auf die Rolltreppe, aber dort zu stehen, genügte ihr nicht, sie lief, Stufe für Stufe. Zu ihrer Überraschung kannte sie den Weg – zunächst ging es mit der S-Bahn zur Friedrichstraße, dann mit der U-Bahn zum Mehringdamm –, und die Richtung, in die die S-Bahn fuhr, war angezeigt, im Grunde war das alles ganz einfach, sie musste sich nur zusammennehmen, die Aufregung ablegen und in Ruhe gucken, wo es langging.

Und das tat sie jetzt. Und es fiel ihr viel weniger schwer als befürchtet. Lediglich am Bahnhof Friedrichstraße fragte sie einmal nach dem Weg zur U-Bahn, und auch das wäre gar nicht nötig gewesen, denn kaum hatte sie gefragt, sah sie auch schon das blaue Schild, das ihr den Weg wies.

Vom U-Bahnhof Mehringdamm war es dann nicht mehr weit, und auf diesem kurzen Fußweg ließ sie sich Zeit. Hier machten ihr auch die vielen Menschen – auch hier waren es unfassbar viele, und was für eine Vielfalt von Menschen – plötzlich keine Angst mehr. Sie ließ sich nicht einschüchtern, sie lief vorwärts, lächelte und schaute hier und da einmal im Vorbeigehen in ein Schaufenster. Kurz vor der Ampel sah sie einen großen Second-Hand-Laden, der ihr vorher noch nie aufgefallen war – aber vielleicht war er auch neu.

Endlich bei Simon angekommen klingelte sie. Sie hörte Melanies Stimme durch die Sprechanlage und kurze Zeit darauf auch das Surren des Türöffners. Geschafft, angekommen.

Melanie erwartete sie im Treppenhaus, sie hatte die Tür zu Simons Wohnung bereits aufgeschlossen.

»Hallo, Mama«, sagte sie und schloss sie in die Arme.

»Hallo, Liebes«, sagte Christa. Sie drückte ihre Tochter fest an sich, und jetzt konnte sie ihre Tränen nicht mehr zurückhalten.

»Mama, aber was ist denn?«

Christa war nicht in der Lage zu antworten, sie weinte und schluchzte und entschuldigte sich dafür. Sie hörte Melanie sagen, dass alles gut sei, dass sie erst einmal hereinkommen solle. Aber sie kramte, noch im Flur stehend, ein Taschentuch aus ihrer Tasche und schnäuzte sich die Nase.

»Ach, Kind«, sagte sie. »Ich habe es nicht mehr ausgehalten mit deinem Vater.«

»Jetzt komm doch erst einmal herein.«

Melanie ging ihr voran in den Flur, sie nahm ihr das Gepäck ab und stellte es vor die nur angelehnte Schlafzimmertür.

Christa stand im Wohnzimmer und sah sich um, während Melanie die kleine Treppe hinauflief, die zur Küche führte, um einen Kaffee zu kochen.

Schön hatte er es, ihr Sohn, dachte Christa, die froh war, endlich angekommen zu sein – einen leichten Stich versetzte ihr lediglich der Umstand, dass der Flügel nicht mehr an seinem Platz stand. Anders als Heinrich hatte sie es aber nicht als Tragödie empfunden, dass Simon den Flügel verkauft hatte – schließlich war er sein Eigentum, und darüber konnte er verfügen, wie er wollte. Der Meinung waren im Übrigen auch Hilde und Wieland gewesen, die den Flügel mitfinanziert hatten. Sie hatte es nicht als Weltuntergang empfunden, dass ihr Sohn den großen Traum einer Karriere als Konzertpianist – der ja vor allem Heinrichs Traum oder vielmehr ehrgeiziger Plan gewesen war – aufgegeben hatte und dass er nun nicht in den Konzertsälen der Welt spielen würde, dass sie ihm dorthin nicht hinterherreisen mussten, nicht nach New York, nicht nach Paris und nicht nach Tokio.

Ach, Berlin war doch Welt genug. Der erfolgreiche Sohn war immer eine von Heinrichs fixen Ideen gewesen. Sie hatte sich eine gewisse Schadenfreude nicht verkneifen können, als Simon irgendwann damit herausgerückt war, dass er eine Stelle als Korrepetitor am Theater angenommen hatte – eine etwas widersprüchliche Schadenfreude, da sie ihrem Sohn natürlich allen Erfolg der Welt wünschte. Aber waren die Menschen nicht immer widersprüchlich? Oder andersherum, waren Widersprüche nicht das Menschlichste überhaupt?

Es schmerzte sie lediglich, dass Simon, dessen große Leidenschaft nun einmal das Klavierspielen war, sich nun mit diesem E-Piano begnügen musste und dass er sich nicht mehr an den Flügel setzen konnte, wenn ihm danach war. Aber vielleicht schmerzte ihn das alles weniger als sie, dachte sie, andernfalls hätte er den Flügel doch behalten.

Sie wusste es nicht. Sie wusste viel zu wenig von ihren Kindern, dachte sie. Und ihre Kinder wussten viel zu wenig über sie. Aber auch das würde sich jetzt ändern. Mit Melanie würde sie den Anfang machen – sie würde ihr reinen Wein einschenken –, heute noch, jetzt, sofort, beim Kaffee, oder später, beim Abendessen. Auf Simon würde sie warten, notfalls bis nach Mitternacht. Irgendwann musste er ja zu Hause auftauchen.

Wie lange sie nicht mehr hier war, in seiner Wohnung… Sie realisierte das erst jetzt. Aber wenn sie nach Berlin gefahren waren, waren sie in einem Hotel oder einer Pension geblieben und hatten Simon zum Essen getroffen. Sie hatte ihm nicht auf den Wecker fallen wollen, und insgeheim wollte sie ihm auch nicht zumuten, seinen launischen Vater zu beherbergen und ertragen zu müssen. Doch Heinrich würde das auch nie tun. Aus irgendeinem seiner absurden Prinzipien heraus hielt er es für unangebracht, bei seinen Kindern zu nächtigen, er wäre nie auf eine solche Idee gekommen, nicht einmal im Notfall.

Doch sie war nicht Heinrich, und sie war froh, nicht in einem Hotel zu wohnen, wo man sie permanent anstarren und ihre Unbeholfenheit und Tapsigkeit bemerken würde – Tapsigkeit, das war es, das hatte sie davon, zur Familie Tappe zu gehören. Unangenehm war ihr, dass sie ihren Besuch nicht angekündigt hatte. Sie sprach so ungern auf die Mailbox.

Sie könne jederzeit kommen, hatte er gesagt, sie sei immer willkommen. Er freue sich, und Swetlana freue sich auch. Trotzdem – eine Überraschung würde es schon werden – hoffentlich keine unangenehme.

3

Swetlanas Mutter und Großvater hatten Natascha im Gegensatz zu Swetlana, die regelmäßig zu ihnen nach Tel Aviv kam, seit vielen Jahren nicht gesehen und nur gelegentlich von ihr gehört. Mehr als zehn Jahre war es inzwischen her, seit sie sich das letzte Mal – damals noch in Russland – gesehen hatten, so unglaublich sich das auch für alle Beteiligten anfühlte, nicht zuletzt, wenn sie bedachten, wie viel in dieser turbulenten Zeit geschehen war, wie sehr die Welt augenscheinlich – und es schien, wenn man es sich gründlich ansah, schon lange nicht mehr übertrieben, das zu sagen – aus den Fugen geraten war.

Gershom, von dem das im Wesentlichen so beschrieben worden war, hatte dabei zuallererst an den Terror gedacht, dem so viele Leben zum Opfer gefallen waren – ganze Terrorstaaten hatten sich gebildet, hatte er gesagt und dabei ziemlich aufgebracht geklungen, Kriege waren leichtsinnig oder kaltblütig entfacht worden – ihnen allen am nächsten diejenigen in Syrien und in der Ukraine –, Bevölkerungen litten in wachsendem Ausmaß, Flüchtlinge von weither oder auch aus nächster Nähe hatten Freunde und Verwandte, Schwestern und Brüder, Eltern und sogar Kinder und ihre spärlichen Habseligkeiten hinter sich gelassen, sich in großer Zahl in Bewegung gesetzt, in ganzen Völkerscharen, und versucht, Wüsten und Meere zu überwinden – für viele hatte es tödlich geendet, bald nach dem Aufbruch oder kurz vor dem trügerischen Ziel –, um letztlich bloß wieder und weiter, immer weiter in menschenunwürdigen Umständen auszuharren, roher Gewalt ausgesetzt zu sein, die von vermeintlich zivilisierten Stadt- und vor allem Landbewohnern ausging. Verzweifelte Flüchtlinge setzten sich dessen ungeachtet immer noch in Bewegung, weltweit, hatte er gesagt, und sie sahen einem alles andere als sicheren Morgen entgegen. Populisten und skrupellose Einflüsterer hatten einstmals resistente Gesellschaften – und nicht zuletzt auch den rückständigen und zusehends rückständigeren Kontinent Europa – gespalten und waren durch den zornigen Furor breiter Gesellschaftsschichten in Ämter gewählt worden, in denen sie ihren Hass in verantwortungslosen, ja, verheerenden Worten nur noch weiter verbreiten und manifestieren konnten, während sich das Klima weltweit auch jenseits des Politischen weiter drastisch aufheizte.

Es brauchte Pausen, Ablenkung, es brauchte Verdrängung und ein Aufatmen nach jedem Abtauchen – ansonsten wäre ein Weiterleben gar nicht möglich gewesen, und man hätte sich gleich den Wellen übergeben können, um ein Ende zu machen.

So hatte es jedenfalls Gershom Swetlana, Simon und Natascha

gegenüber beschrieben – naiv und unironisch, aber manchmal half alles nichts, hatte er gesagt, manchmal mussten die Dinge eben naiv und unironisch betrachtet und benannt werden, auch wenn man Gefahr lief, sich zum Gespött seiner Zuhörer zu machen –, und so hatte Gershom auch sein Überleben erklärt – sein Leben, das von Kindheitsbeinen an im Zeichen des baren Überlebens gestanden hatte –, und er hatte ihnen gegenüber im Gespräch den wie Simons Großvater aus Breslau stammenden Historiker Fritz Stern zitiert, von dem er viele Bücher gelesen hatte und der – nur wenige Jahre älter als Gershom selbst – aufgrund seiner jüdischen Abstammung vor den Nazis nach Amerika geflohen war, um eine beachtliche akademische Karriere hinzulegen und ein sehr weiser Mensch zu werden.

»Wir waren schon einmal weiter«, habe Fritz Stern, dem Gershom auch einmal persönlich begegnet war und der zu den vielen zählte, die im Verlauf der vergangenen Dekade zu seinem großen Bedauern verstorben waren, in Anbetracht des Wiederauflebens populistischer Demagogen und der willfährigen und unmündigen Bereitschaft so vieler Menschen, sie zu erhören, gesagt. Und bis zuletzt habe Fritz Stern, der das Elend gekannt hatte, versucht, ein Optimist zu bleiben und den Pessimismus in seine Schranken zu weisen, und darin sei er ihm ein Vorbild gewesen, und er sei unter den Verstorbenen einer, der schmerzlich fehle.

Viel Zeit war vergangen – Gershom war das bewusst und auch seiner Tochter, seiner Enkelin, der kleinen Natascha, und nicht zuletzt Simon, dem allerdings eine ihm zwar ebenfalls unendlich lang erschienene Zeit vor Augen gestanden hatte, aber eine, die tatsächlich doch viel kürzer gewesen war –, so vieles war geschehen und erlebt oder wenn nicht erlebt – das hieß, am eigenen Leibe verspürt oder mit eigenen Augen gesehen –, so doch erfahren worden. Groß war die Wiedersehensfreude gewesen, als sie alle zusammen und in einer Selbstverständlichkeit und Vertrautheit und Fröhlichkeit mitten im Gedränge, unter tausenden von Menschen, in der großen Ankunftshalle des Ben-Gurion-Flughafens gestanden waren, so als hätte es nie eine Trennung gegeben.

Natascha und Swetlanas Mutter waren einander, kaum dass sie sich gesehen und erkannt hatten, quer durch die Halle, durch die Menschenmenge hindurch, entgegengelaufen, sich in die Arme gefallen und hatten »wie die Schlosshunde« geheult – so hatte es Swetlana, die Natascha zwar eher gemäßigten Schrittes gefolgt, die aber gegen die Freudentränen auch nicht immun gewesen war und sich ebenfalls hatte überwältigen lassen, später formuliert –, das Heulen der Frauen hatte geklungen wie eine Sirene, wenn nicht wie ein Feueralarm, und auch Gershom, der mit zum Flughafen gefahren war, um »die Mädchen« abzuholen, hatte sich irgendwann zur Seite gedreht, um sich eine Träne aus dem Auge zu wischen. Von Simon, der anfangs in sich versunken und scheinbar apathisch dagestanden hatte, gar nicht zu reden.

Oder vielleicht doch. Besser doch … Für Simon schließlich war die Spannung und Anspannung, das schmerzliche und aufreibende Bangen und fiebrige Sehnen vielleicht am größten gewesen, zumal in den letzten Tagen, die so unendlich und unerträglich lang geworden waren, trotz der vielen neuen Eindrücke, der körperlichen Ertüchtigungen im Meer und der langen Gespräche bei Essen und Wein, die er mit Gershom und mit Ella über Literatur geführt hatte, über den Beruf des Korrepetitors, der den beiden unbekannt gewesen war, seine Tätigkeit am Theater, seine Arbeit mit Schauspielerinnen und Regisseuren, auch über Geschichte und Politik hatten sie gesprochen, Politik im Allgemeinen und auch über die Politik der rechtsgerichteten, siedlerfreundlichen israelischen Regierung im Speziellen – mit welcher Gershom und Swetlanas Mutter keinesfalls einverstanden waren, im Gegenteil –, über den wachsenden und lauter werdenden Antisemitismus in Deutschland und über so viele weitere Themen, die sich im Verlaufe ihrer langen, meist abendlichen Gespräche eben ergeben hatten – und nebenbei war es auch nicht so klar, was eigentlich genau gemeint gewesen war, als Swetlanas Großvater, kaum dass ihn Swetlanas Mutter gefragt hatte, ob er zum Flughafen mitkommen wolle, davon gesprochen hatte, dass er natürlich mitkäme, da er sich die Ankunft »der Mädchen« und die große Wiedersehensszene nicht entgehen lassen wolle, das hieß, ob er tatsächlich das Wiedersehen und die Zusammenkunft seiner alten, versprengten russischen Familie gemeint hatte, zu der er Natascha – die kleine Natascha – ganz selbstverständlich zählte, oder nicht vielmehr dasjenige der zwei ja offensichtlich heftig Liebenden, an deren Schicksal er seit einiger Zeit Anteil nahm.

Simon jedenfalls war die Aufregung deutlich anzumerken gewesen – und von Minute zu Minute mehr, je näher die Ankunft des von Berlin-Tegel kommenden Flugzeuges gerückt war. Schweigsam und totenbleich hatte er dagestanden, zwischen Gershom und Ella, deren Wangen eine gesündere Farbe aufgewiesen hatten und die ihn abwechselnd auf den Rücken geklopft oder in die Wange gezwickt hatten – »es wird schon«, hatte Gershom geflüstert, um ihn zu ermuntern, »es wird schon, mein Junge«, oder wenigstens hatte Simon diese Worte verstanden –, so auffällig war seine schockhafte Lähmung gewesen, er hatte sie vor ihnen nicht verbergen können. Immerhin hatten sie ihn, den Partner ihrer einzigen Tochter und Enkelin, inzwischen schon ganz gut kennengelernt.

Ella hatte ihn sogar anstoßen müssen, um ihn aus seiner anhaltenden Schockstarre zu befreien, als Swetlana, wenn auch noch in einiger Entfernung, vor ihnen aufgetaucht war. Gleich mehrfach hatte sie ihn anstoßen müssen, als sie Natascha und Swetlana, eine nach der anderen und ihr schweres Gepäck schleppend, aus dem Zollbereich durch die Sicherheitsschleuse in die Halle hatten treten sehen, und dann war sie, nahezu im gleichen Augenblick, losgelaufen und schließlich gerannt.

Simon und Gershom waren stehengeblieben – Simon vermutlich, weil er gar nicht anders gekonnt hatte, und Gershom womöglich aus einem mitfühlenden väterlichen Gefühl heraus, das er dem hilflosen Simon gegenüber entwickelt hatte.

Erst als sich die Frauen aus ihren innigen Umarmungen gelöst und sie ihre Freudentränen mit Taschentüchern, die Ella in weiser Voraussicht zuhauf eingesteckt hatte – sie war immer schon sehr leicht zu erschüttern gewesen, aber auch ungeheuer praktisch veranlagt –, getrocknet hatten, hatte sich Swetlana zu ihnen umgedreht und ein paar Schritte auf sie zu getan, während Simon immer noch wie festgefroren dagestanden hatte.

Das war der Moment gewesen, in dem Simon ein zweites Mal angestoßen worden war – dieses Mal nun von Gershom, begleitet von einem Nicken und ermutigenden Zwinkern –, und erst jetzt war er fähig gewesen, einen vorsichtig torkelnden Schritt vorwärts zu tun, seiner Swetlana entgegen. Mehr als einen Schritt hatte er dann auch nicht getan oder tun müssen, da sie viel schneller gewesen war als er und binnen kurzem, in Bruchteilen von Sekunden nur, vor ihm gestanden war.

Swetlana hatte gelächelt – und nicht einmal mehr verzeihend, denn das Verzeihen – als Prozess – war zu dem Zeitpunkt ihres beiderseits herbeigesehnten Wiedersehens längst geschehen und Geschichte gewesen, ein abgeschlossenes Kapitel – ein Moskauer Kapitel allerdings, an dem Natascha als ihr gut zuredende Freundin keinen geringen Anteil gehabt hatte. Ein reines Berliner Kapitel ohne die Flucht nach Moskau hätte sicher gänzlich anders ausgesehen, und sicher hätte Agnieszka daran Anteil gehabt, womöglich federführend, und es hätte gut sein können, dass das Kapitel dann auch anders geendet wäre, aber glücklicherweise war es, wie es war – und ja, Swetlana hatte einfach gelächelt, sie hatte Simons Kopf mit beiden Händen umfasst, mit wohltuend kühlen Händen – Simons Kopf, der so lange blass gewesen war, hatte zu dem Zeitpunkt regelrecht geglüht –, sie hatte ihm tief in die graugrünen Augen gesehen – und sie hatte darin alles gesehen –, sie war ihm zärtlich durch die Haare gefahren und hatte ihn schließlich auf den Mund geküsst. Sie hatte ihn eine Weile auf den Mund küssen müssen, bis er dazu in der Lage gewesen war, den Kuss auch zu erwidern.

Simon, der allmählich aus seinem Traumzustand erwacht oder, wenn man so wollte, von dem einen Traumzustand in den nächsten gewechselt war, hatte Swetlana fest in seine Arme geschlossen, er hatte den Duft ihres Halses und ihrer Haare eingesogen, er hatte vor Freude und Erleichterung kaum mehr atmen können und sie wieder und wieder geküsst, während Gershom, Swetlanas Mutter und Natascha in einer Reihe nebeneinander gestanden waren und ihnen mit großer Rührung, wenn nicht Ergriffenheit und irgendwann auch mit einer gewissen Belustigung zugesehen hatten, ja, eine ganze Weile zugesehen hatten – Natascha hatte mehrfach laut gelacht, und es waren sogar Passanten, Reisende aus aller Herren Länder, und dann auch bald zwei junge israelische Soldatinnen neben ihnen stehengeblieben.

Einige der Passanten hatten sich neben Natascha, Gershom und Ella eingereiht, um die Szene zu betrachten, die ihnen in unzähligen Filmen begegnet war, die sich aber im Hier und Jetzt wieder vollkommen neu, lebendig und einzigartig anfühlte.

Einer der stehengebliebenen und der Szene beiwohnenden Reisenden war ein kleiner, rundlicher Rabbiner mit schwarzem Hut, langem Bart und Schläfenlocken gewesen, der sich ebenfalls eine Träne aus dem Auge gewischt und Gershom auf die Schulter geklopft hatte.

»Az dos harts iz ful, geyen di oygn iber«, hatte er bewegt gerufen, und Gershom hatte genickt und gelacht, während Ella laut hatte schluchzen müssen.

Eine scheinbare Ewigkeit später – und das Ermessen von Ewigkeit war, wie in so vielen anderen Zusammenhängen auch, eine Frage der Relation und der Perspektive –, war Swetlana und Simon bewusst geworden, welches Schauspiel sie boten, und sie hatten sich langsam und schamhaft voneinander gelöst, in Richtung ihrer Zuschauer gedreht und jeweils – es war unwillkürlich geschehen – eine angedeutete Verbeugung vollführt. Wenn es einen Applaus gegeben hatte – und das war nicht ausgeschlossen –, dann hatten sie ihn allerdings nicht wahrgenommen – Gershom, Ella und Natascha auch nicht.

Damit aber war das Schauspiel vorbei gewesen. Die Passanten waren weitergegangen – der eine oder andere, darunter auch die schönen Soldatinnen und der rundliche Rabbiner, hatten noch den einen oder anderen Blick zurückgeworfen, um sicherzugehen, dass sie nicht noch etwas verpassen würden, doch dann waren sie wieder allein, unter sich gewesen.

4

Es würde ein herrlicher Sonnentag werden. Das verriet ein Blick, den Hilde, die aus guten Gründen sehr früh aufgestanden war, aus dem Wohnzimmerfenster warf.

Vor dem Fenster grünte es im Frühling und im Sommer von Jahr zu Jahr stärker, und es blühte in den vielfältigsten Farben und Formen. Dafür hatten sie gesorgt, sagte sich Hilde zufrieden, und natürlich sangen draußen auch schon die Vögel, und Bienen, Hummeln und Schmetterlinge flogen umher.

Am Rande des Gartens, im Halbschatten, wucherten Brennnesseln, die Wieland dort vor Jahren, nach dem Einzug in ihr neues Haus in der Planckstraße, ausgesät hatte. Die Samen stammten noch aus der Oberen Karspüle, vom Straßenrand gegenüber seines alten Studentenzimmers, von wo er sie mitgebracht hatte. Die Raupen des Tagpfauenauges, des kleinen Fuchses, des Admirals und auch des Landkärtchens ernährten sich ausschließlich von Brennnesseln, und auch die Raupen anderer Schmetterlinge bevorzugten sie als Wirtspflanze, diejenigen des C-Falters etwa, den Hilde besonders hübsch fand und den sie oft zu Gesicht bekamen, vor allem, wenn sie Waldspaziergänge unternahmen – die Falter liebten Waldwege –, aber auch zu Hause, an den Beerensträuchern oder im Herbst, am Fallobst.

Sie hatte gelernt, bald jeden heimischen Falter zu identifizieren – vielleicht konnte sie nicht jede Art des Bläulings auseinanderhalten, von dem es so unglaublich viele gab und die sich zudem zum Verwechseln ähnlich sahen, aber in solchen Fällen half ein Bestimmungsbuch.

Sie hatte, nicht ganz unbeeinflusst von Wieland, ihre Vorlieben entwickelt, und die galten nicht allein den großen, farbenprächtigen Edelfaltern, von denen es ebenfalls unzählige Arten gab und zu denen, wie sie wusste, neben dem Trauermantel, dem Schachbrett und Kaisermantel, dem Großen Schillerfalter – und dem Kleinen Schillerfalter –, dem Kleinen Wiesenvögelchen oder dem Waldbrettspiel, auch der C-Falter zählte.

Neben den Brennnesseln, aus denen Wieland eine köstliche Suppe zu kochen verstand – das fand zumindest sie, im Gegensatz zu ihrem Sohn, aber wenigstens hatte Heinrich nach mehreren schmerzhaften Begegnungen gelernt, dieser Pflanze aus dem Weg zu gehen –, befand sich in einer hinteren Ecke des Gartens ein mannshoher Haufen geschichteten Holzes, dessen Aufgabe es war, langsam zu verrotten und in dem sich Käfer und deren Larven, aber auch Asseln, Hundertfüßer, Ohrwürmer und zahllose andere Kerbtiere verbargen. Auf der anderen Seite, neben einem von Schilf, Rohrkolben, Schwertlilien und leuchtend gelben Sumpfdotterblumen umrandeten Teich, den Wieland gemeinsam mit Heinrich angelegt hatte – welcher allerdings zur großen Enttäuschung seines Vaters schnell die Lust daran verloren hatte –, gab es einen Steinhaufen aus gesammelten und in einem

Gärtnereibetrieb in Weende zugekauften Feldsteinen, der Feuchtigkeit speicherte und Nischen hatte. Außerdem wuchsen im Garten undurchdringliche Büsche und Bäume, und die vielen Stauden und Gewächse, in denen zahllose Insekten den Winter über Unterschlupf suchten, wurden erst im Frühjahr geschnitten, die stattlichen Überreste der rosa- und lilafarbenen Herbstastern etwa standen immer noch da, und um sie herum blühten neben späten Narzissen, Tulpen – vor allem roten Tulpen, deren Zwiebeln in den Wahlkämpfen der SPD verteilt wurden, was sie ein bisschen albern fand – und vielfarbigen Akeleien Lungenkraut, Nelkenwurz, Grauer Storchschnabel und Tränendes Herz.

Es verstand sich von selbst, dass Wieland – der bei jedem SPD-Wahlkampf mitwirkte, auf Bundes-, Landes- oder Kommunalebene – auch einige besonders geeignete Saugpflanzen für seine Falter und andere Nektarsammler gesät oder gepflanzt hatte, allen voran den aus China stammenden Schmetterlingsflieder, der rapide gewachsen war und der erst im vergangenen Sommer dutzende Taubenschwänzchen angelockt hatte, aber auch Weiden hatte er gepflanzt, deren Kätzchen frühe Nektarquellen boten, Brombeerbüsche, Stachelbeeren, Wald-Engelwurz, Wasserdost, Disteln, Skabiosen, Blaukissen – die den Steinhaufen säumten – und verschiedene Obstbäume. Die Kirschblüte, im Garten wuchsen Sauer- und Süßkirschen, war in diesem Jahr besonders prachtvoll ausgefallen.

Hilde stand direkt neben Wieland, der mit einem Buch in der Hand in seinem Sessel saß. Vor dem Wohnzimmerfenster blühte seit einiger Zeit der »echte« Flieder in weiß und violett, bald würden auch die Pfingstrosen blühen in hellen und dunkleren Rosatönen, prächtige Pfingstrosen, wie sie sie so liebte – das hatte sie von ihrer Mutter, die zu dieser Jahreszeit immer riesige Sträuße auf den großen Tisch im Salon zu stellen pflegte –, doch noch steckten die Blüten in den großen, verschlossenen und kugelrunden Knospen.

Manchmal dachte sie, wenn sie so aus dem Fenster blickte, an Attila, und ihr wurde schwer ums Herz. Der Hund hätte seine Freude an dem Garten gehabt, und wie gerne hätte sie ihn jetzt durch die Büsche jagen sehen.

Es war alles so schnell gegangen damals – ein kurzer Moment der

Unachtsamkeit, und schon hatte ihn der Lieferwagen erwischt. Zum Glück war es ein schneller Tod gewesen.

Wieland und sie hatten lange überlegt, einen neuen Hund anzuschaffen – auch wegen Heinrich, den Attilas Tod sehr mitgenommen hatte –, aber im Grunde hatten sie gar keine Zeit für einen Hund – sie hatten ja schon zu wenig Zeit für Heinrich –, und außerdem, das hatte sie im Stillen gedacht und nicht einmal Wieland gesagt, außerdem hätte es für diesen wunderbaren Boxer nie einen Ersatz geben können.

»Im wunderschönen Monat Mai, als alle Knospen sprangen …«, so hieß es in dem Schumann-Lied, »… da ist in meinem Herzen die Liebe aufgegangen« – die Melodie hatte Hilde, die sich gelegentlich selbst gerne ans Klavier setzte und Verschiedenes spielte, immer noch im Ohr, und sie summte sie auch immer wieder, seit dem Frühstück schon. Sie bekam die ganze »Dichterliebe« nicht mehr aus dem Kopf, seit sie den Zyklus am vergangenen Abend gehört hatten.

Sie waren im Konzert gewesen, in der am Albaniplatz gegenüber der Kirche neu erbauten und jüngst eröffneten Stadthalle. Dietrich Fischer-Dieskau hatte die »Dichterliebe« und Goethe-Lieder von Schubert und von Hugo Wolf gesungen. Wieland und sie hatten sich vor kurzem eine Schallplatte mit einer Aufnahme der Uraufführung des »War Requiems« von Benjamin Britten besorgt, an der er mitgewirkt hatte, und sie besaßen auch Fischer-Dieskau-Aufnahmen der »Vier ernsten Gesänge« von Brahms, der »Lieder eines fahrenden Gesellen« von Mahler und von Schuberts »Winterreise« und der »Schönen Müllerin«.

Die Uraufführung von Brittens Requiem hatte vor einigen Jahren im Rahmen der Einweihung der neuen Kathedrale von Coventry stattgefunden, die neben den Überresten der alten, während eines deutschen Luftangriffs zerstörten Kirche erbaut worden war. Die Luftangriffe auf Coventry hatte Thomas Mann in seinen BBC-Radioansprachen an die »Deutschen Hörer« aus dem Exil verurteilt – sie erinnerte sich daran, wie ihre Eltern heimlich, hinter verschlossenen Türen, den verbotenen Sender gehört hatten.

Hilde nahm die Schallplatten aus dem Schrank und breitete sie nebeneinander auf dem Esstisch aus. Jetzt eine der Platten aufzulegen kam allerdings nicht infrage – sie warf einen Blick auf die pompöse

Uhr, ein Erbstück von Wielands Mutter, das über dem Esstisch an der Wand hing –, aber vielleicht böte sich am Abend eine Gelegenheit.

Fischer-Dieskau war ein begnadeter Sänger. Es gab ihrer Meinung nach keinen vergleichbaren Bariton, nicht einmal einen vergleichbaren Kunstlied-Interpreten, weder Hans Hotter noch der Tenor Fritz Wunderlich sangen Lieder, wie Fischer-Dieskau es tat – es war diese intellektuelle Note, die behutsame Ironie, die ihr so gefiel, und auch sein lyrisches, vom weichen Kopfstimmen-Klang dominiertes Timbre, seine Geschmeidigkeit, die dem Sinnlichen immer noch genügend Raum ließ – und natürlich war das gestrige Konzert ein großes Ereignis gewesen, Fischer-Dieskau, begleitet von Gerald Moore und dann auch noch mit einem solchen Programm.

Sie hatten Mühe gehabt, für sich und für ihre Eltern Karten zu ergattern, aber Wieland war es geglückt.

Auch für Heinrich hatte er eine Karte gekauft, der allerdings während der zweiten Hälfte des Konzertes eingeschlafen war, während der Goethe-Lieder, und dem sein Klavierlehrer, der betagte und auch schon etwas klapperige Studienrat a. D. Friedrich Wilhelm Wohlleben, ein väterlicher Bekannter ihres Vaters, der privat immer noch leidenschaftlich unterrichtete und sich einmal die Woche geduldig mit dem Jungen abmühte, eher keine große Zukunft als Pianist voraussagte. Aber sie hielt daran fest, auch Wieland hielt daran fest, da sie beide eine musikalische Erziehung für sehr wichtig hielten, auch in Hinblick auf seine Charakterbildung. Heinrich ging auch gern zum Unterricht – der Wille sei da und der Fleiß, ein unglaublicher Fleiß, hatte Wohlleben bestätigt, allein, es fehle das Talent –, Heinrich mochte den alten Wohlleben – was Hilde nicht wunderte, sie hatte ihn auch immer gemocht –, und der Unterricht schien ihn trotz ausbleibender Erfolge nicht zu frustrieren. Ihr Sohn ging sehr gerne zur Musikschule, allem Anschein nach ging er überhaupt gerne zur Schule, wo er allerdings weniger in den »musischen« als in den naturwissenschaftlichen Fächern glänzte, was sich ja vielleicht von selbst verstand, schließlich waren sie beide Naturwissenschaftler.

Am Morgen, nach dem Frühstück, war der gar nicht mehr so kleine Heinrich zu den Großeltern in die Dahlmannstraße gelaufen, wo er den ganzen Tag verbringen und übernachten würde. Das machten sie davon abhängig, wann sie wieder zurück wären und ob es sich dann noch lohnte, ihn abzuholen.

Ihre Eltern behielten Heinrich gerne bei sich. In den Ferien nahmen sie ihn auch einmal zwei oder drei Wochen, wenn Wieland und sie unterwegs waren.

Den Jungen schien das nicht zu stören, im Gegenteil, er ging gerne zu seinen Großeltern, von denen er alles bekam, was sein Herz begehrte. Zudem ließ ihr Vater ihn immer gewinnen – ganz gleich, ob sie Schach spielten oder auch ein Kartenspiel.

Hilde sah noch einmal auf die Uhr. Sie warteten inzwischen schon eine gute Stunde auf Albrecht und Claudine, mit denen sie zu einer spontan vereinbarten sonntäglichen Spitztour verabredet waren. Einmal mehr warteten sie auf Albrecht und Claudine, aber sie hatte sich abgewöhnt, wirklich zu warten, und überflog stattdessen – weiterhin Schumann summend – einige Artikel im »Göttinger Tageblatt«, verlor aber schnell die Lust daran und griff nach einem Buch, das zu lesen ihr Claudine dringend ans Herz gelegt hatte. Es hieß »Mythen des Alltags«, stammte von einem französischen Autor namens Roland Barthes und war gerade erst auf Deutsch erschienen.

Wieland, der sich das Warten ebenfalls abgewöhnt hatte, las gerade Heinrich Bölls neuen Roman »Ansichten eines Clowns«, nachdem er auf halber Strecke an den »Hundejahren« von Günter Grass fluchend gescheitert war. Den neuen Böll hatte Hilde auch gelesen, fand ihn aber reichlich langweilig – wie eigentlich alle Bücher von Böll –, aber das sagte sie Wieland nicht, da sie wusste, wie sehr er ihn schätzte.

Nach Norden sollte es heute gehen, in Richtung Hannover und zwar mit dem vor wenigen Tagen neu erstandenen, knallroten Käfer, der draußen, vor der Haustür, stand. Der alte, ein Geschenk ihres Vaters, war, als er an der Weender Landstraße parkte, von einem Lastwagen gerammt worden, der von der Fahrbahn abgekommen war, der Fahrer war betrunken gewesen – zum Glück aber hatten sie nicht mehr im Auto gesessen.

Hilde strich Wieland noch einmal zärtlich über den Kopf, bevor sie sich setzte und das Buch von Roland Barthes in die Hand nahm.

Er hatte sich zunächst gegen den Kauf eines neuen Autos gesträubt, da sie ihr Haus noch nicht abbezahlt hatten, aber das war inzwischen absehbar, und sparen mussten sie nun wirklich nicht, seit sein ja nicht gerade knappes Professorengehalt durch die regelmäßigen Mieten aus Bad Soltal noch eine Ergänzung fand und sie auch bald, hoffentlich sehr bald schon, ebenfalls ein Gehalt beziehen würde.

Sie ihrerseits hatte Skrupel gehabt, von dem Kauf eines Autos zu sprechen, seitdem ihr Vater in finanziellen Nöten steckte, vor allem jetzt, wo er insolvent war. Die Firma war schon vor einiger Zeit abgewickelt worden, womöglich musste jetzt, da die Einkünfte nicht mehr reichten, sogar die Villa Sartorius, ihr geliebtes Elternhaus, veräußert werden. Dieses »Schicksal« – so nannte es ihr Vater – konnte vielleicht noch abgewendet werden, hatte er gesagt, das hing von vielen Dingen ab und nicht zuletzt von Glück und Fügung. Seine große Limousine aber hatte er schon vor langer Zeit verkauft, und es wurden auch keine großen Empfänge mehr gegeben, höchstens einmal in kleinerer Runde zum Tee geladen – so schlimm stand es inzwischen, und sie war schon drauf und dran gewesen, mit Wieland darüber zu sprechen, ihren Eltern in irgendeiner Weise auszuhelfen, aber das hätte ihr Vater nie gestattet, auch ihre Mutter nicht, und schon das bloße Angebot hätte ihre Eltern tief bekümmert, ja, beleidigt.

Beim Autokauf aber hatte ihr Vater dabei sein wollen – solche Dinge bereiteten ihm Freude, zudem verstand er etwas von Autos.

Auf jeden Fall – davon war Wieland nicht abzubringen gewesen – hatte es wieder ein Käfer sein sollen, dieses Mal aber sollte der Wagen unbedingt eine Anhängerkupplung haben. Wenn sie eine Forschungsreise unternahmen – und sie planten, in der kommenden vorlesungsfreien Zeit wieder eine in Angriff zu nehmen –, dann könnten sie sich, um ihr Gepäck und ihre Ausrüstungen zu transportieren, einen Anhänger leihen – oder kaufen, hatte Wieland gesagt, das sei praktischer. Jetzt stand das frisch vom Band gelaufene und polierte Auto auf der eigens dafür gepflasterten Auffahrt unter einem von Brennnesseln und Brombeeren umrahmten Garagenprovisorium, an dessen Pfeilern Knöterich hochrankte und das sie früher oder später einmal ausbauen lassen wollten. Wieland hatte beim Pflastern der Auffahrt selbst Hand angelegt, und Joachim Walter, ihr Nachbar, der für einen Staatsanwalt, fand Hilde, handwerklich erstaunlich begabt war, hatte ihm geholfen.

Wieland liebte das Volkswagen-Modell, das inzwischen tatsächlich auch im Volksmund »Käfer« genannt wurde, und nicht nur des Namens wegen, obwohl der »erschwingliche und sparsame«, der »zuverlässige und langlebige« und vor allem »moderne« Volkswagen eines der Lieblingsprojekte Hitlers gewesen war, der eigenhändig eine Skizze für das Vorläufermodell angefertigt haben sollte.

Für Hilde hätte es auch ein französisches Auto sein können, und sie hatte sogar ein spezielles Modell vor Augen gehabt, einen »deux chevaux«. Claudine fuhr neuerdings einen dieser bezaubernden 2CVs, mausgrau und, wie Hilde fand, sehr hübsch anzusehen – gewöhnungsbedürftig in seiner bizarren Form, aber wirklich sehr hübsch.

Gerade, als sie daran dachte, stieß sie in den »Mythen des Alltags« auf ein Kapitel, dessen Überschrift »Der neue Citroën« lautete, aber anders, als sie zunächst dachte, handelte es sich dabei nicht um den 2CV, sondern um den Citroën DS, der Roland Barthes zufolge vom Himmel gefallen sei, als »Bote einer Übernatur«, als »große Schöpfung der Epoche« und gar – und es stand wirklich da, schwarz auf weiß – als »Äquivalent der großen gotischen Kathedralen«, und beiläufig wurde ihr auch wieder bewusst, dass das Auto im Französischen weiblichen Geschlechts war. Der Citroën DS wurde »Déesse« genannt, »Göttin«. Amüsiert schüttelte sie den Kopf.

Sie dachte wieder an Claudine und ihren 2CV. Claudine hatte während einer ihrer letzten Begegnungen erzählt – sie hatten sich an einem verregneten Nachmittag bei Cron & Lanz auf einen Kaffee und ein Stück Torte getroffen, das hieß, auf ein Stück kaum zu bewältigenden Frankfurter Kranz –, dass das Modell in der französischen Presse als »Konservendose für vier Sardinen« bezeichnet worden war. Dasselbe ließ sich auch über ihren Käfer sagen, das hatte sie wohl auch schon Claudine gegenüber erwidert – über ihren Käfer, der einen goldenen, zwischen zwei Burgtürmen über die Zinnen schreitenden und zurückblickenden Wolf mit blauer Zunge auf der Motorhaube trug. Es handelte sich dabei um das Wappen der niedersächsischen Stadt Wolfsburg, die es, zumindest dem Namen nach, erst seit Kriegsende gab.

Sie wussten von der »Stadt des KdF-Wagens«, wie sie unter den Nazis noch geheißen hatte – selbst Claudine hatte von ihr gehört –, das Volkswagen-Projekt war schließlich in aller Munde gewesen. Doch dass aus dem Industriegelände mit den menschenunwürdigen Baracken nahe Braunschweig und Gifhorn, über die es in den Zeitungen so viel zu lesen gegeben hatte und die sich nun an der unmittelbaren Grenze zur DDR befanden, unweit des »Kontrollpunkts Helmstedt« beziehungsweise der »Grenzübergangsstelle Marienborn«, einmal einer der florierenden Motoren des sogenannten »Wirtschaftswunders« werden würde, in dessen Glanz das Land glücklich, aber, wie sie fand, auch ein bisschen dumpf und muffig erblühte – und von dem ihr Vater, vielleicht, weil er zu alt und altmodisch war, nicht hatte profitieren können –, das hatte niemand geahnt.

»Wo Albrecht und Claudine nur wieder bleiben«, murmelte Hilde, die langsam doch ein bisschen ungeduldig wurde. Sie ließ die »Mythen des Alltags« auf ihre Knie sinken und blickte zur Uhr.

Wieland sah von seinem Buch auf und grinste.

Ihr war das Warten nun doch zu lang geworden und die Entschlüsselung des konkreten Sinns der Ausführungen Roland Barthes auch etwas zu mühselig – sie las ihn gerne, das durchaus, sagte sie sich, aber er erschien ihr insgesamt auch ein wenig nebulös, mit Simone de Beauvoir und auch mit Sartre war es ihr da anders ergangen.

Sie stand auf und griff nun doch nach einer Schallplatte und wollte sie gerade auflegen – aber da waren sie schon, Albrecht und Claudine traten gerade vom Bürgersteig auf die Auffahrt.

5

Am Ben-Gurion-Flughafen, in der Ankunftshalle, und noch während der filmreifen Begrüßungszeremonie und Familienzusammenführung hatte Natascha ihre große, auffällige und sündhaft teure Sonnenbrille getragen, so wie sie es seit dem Überfall, seit ihrem Aufenthalt im Krankenhaus und den Operationen, so gut wie immer tat – sie wüsste nicht, wann sie sie einmal nicht aufsetzte –, wenn sie sich, was selten genug vorkam, aus dem Haus traute, aus der Deckung wagte und unter Leute ging.

Sie trug eine edle Designer-Sonnenbrille, das verstand sich in ihrem Fall von selbst. Der hochkarätige Name des Schöpfers der Brille war in winzigen goldenen Versalien auf der Innenseite der breiten weißen Bügel eingraviert.

Natascha betrachtete und verwahrte die Sonnenbrille als eine Art Relikt oder Reminiszenz an ihre einstigen Mädchen-Teenie-Model-Fantasien – adoleszente Fantasien, die mit einem naiven, weitestgehend unreflektierten Wunsch nach ewiger Jugend oder der Angst vor dem Erwachsensein einhergingen – diese Angst hatte sie auch als Erwachsene nie verlassen.

Die Sonnenbrille verbarg vieles – so überdimensional und auffällig, wie sie war –, sie verbarg Nataschas halbes Gesicht und damit ihre Vergangenheit, ihre schillernde Fernsehkarriere samt deren unschönem, ja, tragischem Ende.

Dass die Karriere nach dem Überfall auch tatsächlich zu Ende war, hatte sie selbst als Erste realisiert und auch den Wohlmeinenden und Zusprechenden unter ihren Kollegen prophezeit – allem Widerspruch entgegen –, das hatten sie, die anderen, ihr nicht erst schonend – und so übertrieben und widerlich schonend – beibringen müssen, diese stromlinienförmigen Herren, die nicht einmal grau waren, und diese furchtbar perfide Frau an ihrer Spitze.

Es reichte ein Blick in den Spiegel, das musste man ihr nicht sagen.

Die Frauen, dachte Natascha für sich, waren immer die perfidesten – immer schon gewesen –, die Männer waren unangenehm und lästig, das hieß, entweder kriecherisch und sogar devot oder scheinbar überlegen, aufdringlich und auch übergriffig, Wichte oder Großmäuler.

Sie hatte aufgehört zu zählen, lange schon hatte sie aufgehört zu zählen, wie oft ihr im Sender oder auch auf verschiedenen Außenterminen schon an die Beine oder an den Hintern gefasst oder wie oft sie unangemessen berührt worden war – am Arm, am Rücken, an der Wange – und das zum Teil mit engelsgleicher Unschuldsmiene, als wären die Berührungen nur zufällig und unabsichtlich geschehen und jedenfalls vollkommen unverfänglich und harmlos. Kollegen und Vorgesetzte hatten das getan, aber auch einige männliche Subjekte, die sie in ihre Sendung eingeladen hatte. Zu viele hatten sie begrabscht, unüberschaubar viele. Ganz gleich, ob Künstler, Wissenschaftler, Journalisten oder Politiker – sie nahmen sich alle nichts.

Ja, die Männer waren unangenehm und lästig, dachte Natascha, aber für die Perfidie, die die Frauen für gewöhnlich an den Tag legten – und speziell die eine, diese Olga, die sie noch als etwas linkische, ungeschickte Praktikantin kennengelernt hatte, die ihr zunächst persönlich zugeteilt, die aber bald im Führungsstab nachgerückt und ihr sogar vorgesetzt worden war –, reichte es bei ihnen nicht. Die brachten sie nicht zustande.

»Olga Machslochow« – den bösen und unfeinen Spitznamen hatte ihr Swetlana vor längerer Zeit einmal gegeben, als Natascha sich am Telefon über sie beklagt hatte – ein deutscher Spitzname, den sie ihr aber übersetzt hatte und der den Nagel auf den Kopf traf.

Es passte eigentlich gar nicht zu Swetlana, solche Spitznamen zu verteilen, aber umso lustiger hatten sie es gefunden. Und der Name war Swetlana nicht von ungefähr über die Lippen gekommen, schließlich hatte sie ihr erzählt, dass sich diese Olga – die in Wahrheit mit Nachnamen Popow hieß – in kürzester Zeit in ihre Position hochgeschlafen hatte. Das hatte sie auch geglaubt, davon war sie fest überzeugt gewesen, bis ihr einer ihrer Kollegen – Iwan oder Dimitri, sie hatte es vergessen – erzählt hatte, dass Olgas Vater, Fjodor Popow, ein hohes Tier war, mehr hatte es nicht gebraucht …

Diese Olga war mit Sicherheit nie begrabscht worden, dachte Natascha, und sie dachte, dass sie wohl – seltsam genug – die Einzige im Sender gewesen war, die nichts davon gewusst hatte, dass Olgas Vater zu den Mächtigen zählte. Wieder einmal. Immerhin, so wie sie jetzt aussah, würde sie nun auch kein Mann mehr anfassen – es würde keiner wollen und keiner wagen –, jedenfalls nicht, wenn sie die Sonnenbrille abnahm. So hatte alles seine Vor- und Nachteile – und das hatte sie nicht erst einmal gedacht. Wenn sie sie aber trug, war das anders. In dieser Hinsicht bot sie keinen Schutz. Wobei im Sender natürlich alle Bescheid wussten, da war es dann im Grunde schon wieder egal, ob sie ihr kaputtes Gesicht verbarg oder nicht. Die Männer schenkten ihr keine Beachtung mehr. Und das wiederum lag nicht nur daran, dass sie äußerlich zerstört war, sondern auch daran, dass sie nun zu den Gewesenen, den Ehemaligen, zählte. Auch die Frauen sahen in ihr, die sie nur noch ein Schatten ihrer selbst war, keine Konkurrenz mehr. Deren kunstvoll ausgeübte und perfektionierte Perfidie – und auch die ihrer ehemaligen Praktikantin Olga – verwandelte sich, wenn sie Natascha überhaupt noch Beachtung schenkten – viele unterließen es, als sei es unter ihrer Würde –, in geheucheltes Mitleid, und das war letztlich so etwas wie der Gipfel, da spielte die bittere Ironie des Schicksals kaltblütig ihre Karte aus.

Die Sonnenbrille verbarg aber auch ihre Miene, wenn sie sich mit dieser oder jener Perfidie konfrontiert sah. Doch sie würde sich den Blicken und Gesten ihrer furchtbaren Vorgesetzten und ihrer Kolleginnen schon bald nicht mehr aussetzen müssen, sie würde bald nicht mehr zum Sender fahren, das hätte sich, wenn das Folgeformat ihrer Sendung und auch ihre persönliche Nachfolgerin endlich bestimmt war, erledigt.

Das so großzügige Angebot, in der Zukunft hinter den Kulissen tätig zu sein, hatte sie abgelehnt. Vorerst. Von ihrer Abfindung würde sie eine Zeitlang leben können.

Die Sonnenbrille verbarg fast alles. Was sie nicht verbarg – und das wusste Natascha –, war der lange Schnitt, die dunkle, fleischige Narbe, die vom Auge bis zum Kinn reichte und unterm Brillenrand hervorlugte. Sie konnte auch nicht die zerstörte Nase verbergen, an die, wenn sie erst wieder in Moskau wäre, der plastische Chirurg, bei dem sie in Behandlung war, immerhin noch einmal das Messer anlegen würde. Aber wenn die Sonnenbrille auch nur das halbe Gesicht verbarg, lenkte ihre Auffälligkeit doch von der anderen, sichtbaren Hälfte ab und absorbierte und zentrierte alle Aufmerksamkeit. Trug sie die Brille, nahm niemand wahr, wie entstellt sie war.

Swetlanas Mutter hatte, als sie in ihrem Apartment angekommen und im Flur gestanden waren, noch einmal laut geschluchzt. Sie hatte Nataschas Kopf mit den Händen umfasst, als sie die Brille endlich abgenommen und das ganze Ausmaß des Geschehenen offenbart hatte. Sie hatte mit der Hand Nataschas Narben berührt, an die sie bis zu diesem Zeitpunkt – der Brille war es gedankt oder vielmehr geschuldet – nicht einmal gedacht hatte.

Natascha aber – gedanklich mit ganz anderen Dingen beschäftigt und abgelenkt – hatte bloß mit den Schultern gezuckt.

Es war, wie es war, das sollte diese Geste bedeuten, die sie häufiger zeigte – schon als junges Mädchen, als Jugendliche, wenn sie sich unbeeindruckt geben wollte. Schönheit sei vergänglich, in ihrem Fall unwiederbringlich verloren, hatte sie gesagt und dabei nicht einmal sarkastisch geklungen.

Doch Ella hatte heftig protestiert. Wahre Schönheit entstelle nichts, hatte sie gerufen und mit der Faust auf den Tisch geschlagen, und sie, Natascha, sei nach wie vor wunderschön, und sowieso sei sie ihre kleine und so hübsche Natascha geblieben, und das werde sie ewig bleiben, daran könne keine Narbe der Welt etwas ändern.

Natascha hatte dann doch feuchte Augen bekommen – und ihre Sonnenbrille schleunigst wieder aufgesetzt.

Ella hatte sie fest an sich gedrückt und ihr zugeflüstert, sie könne die Brille wieder abnehmen, sie brauche sie hier nicht zu tragen, schließlich gebe es nichts zu verbergen, weder eine Narbe, noch ein Gefühl, gleich welches. Sie dürfe die Brille nicht tragen, hatte sie insistiert, sie sei, wie sie sei, und so sei sie willkommen. Sie hätte gar nicht allein in Moskau bleiben dürfen, sie hätte nicht in diesem verdammten Russland bleiben dürfen, sondern mit Swetlana nach Berlin gehen sollen – sie wären doch immer wie zwei Schwestern gewesen.

Natascha war nichts anderes übriggeblieben, als die Brille wieder abzunehmen. Sie hatte dagestanden und sich betrachten lassen. Sie hatte das ganze Mitgefühl, das in diesem Falle ehrliche und aufrichtige Mitgefühl, über sich ergehen lassen, sie hatte es, tapfer wie sie war, ausgehalten.

Damals in Russland, als sie alle noch in Teschki gewohnt hatten, dieser kleinen und gottverdammten Stadt in der Oblast Rjasan, mit der großen Bonbonfabrik, im Südosten von Moskau, wo so viele Lkws über die langen Straßen fuhren und so schreckliche Dinge geschehen waren, damals war Natascha – und das würde sie niemals wieder vergessen – wie ein Teil dieser Familie gewesen, ein Familienmitglied – eine Schwester, Tochter und Enkelin.

Wie unglaublich lange das her war, dachte sie. Doch es hatte sich nichts geändert seit dem Auseinandergehen, die alte Vertrautheit hatte sich wieder eingestellt – zwischen ihr und Swetlana ohnehin, zwischen ihnen war sie schließlich nie verlorengegangen –, nichts und niemand hatte nach dem Wiedersehen erst auftauen müssen, auch nicht Gershom, den Natascha lachend und küssend »Großväterchen« nannte.

Wie oft hatte sie an damals denken müssen. Immerzu war sie zu ihnen in die Siedlung am Waldrand gelaufen, nach der Schule, gemeinsam mit Swetlana, an bald jedem Schultag, oder an den Wochenenden, da war sie gleich nach dem Aufstehen losgelaufen, und in den Ferien. Sie war früh zu ihnen gelaufen und hatte die Tage – und nicht selten auch die Nächte – bei ihnen verbracht – während der Ferien nicht selten ganze Wochen –, schon weil sie sich zu Hause, bei ihren eigenen Eltern, nie wohlgefühlt hatte, vor allem ihres alkoholkranken und stinkenden Vaters wegen, der sie oft im Wodka-Rausch geschlagen hatte, bis er irgendwann verschwunden und krepiert war, und keiner hatte genau gewusst, wie und weshalb. Aber auch ihre Mutter war kein Engel gewesen, eigentlich gar keine rechte Mutter, wenn sie es sich überlegte, und schon gar nicht hatte sie sich vor sie gestellt, zu Hause nicht und nicht in der Schule, wenn es die Lehrer auf sie abgesehen hatten.

Ausgeheult hatte sie sich immer bei Swetlana – oder bei Swetlanas Mutter. Bis zuletzt war sie ein Teil von Swetlanas Familie gewesen, eine Art Adoptivkind, bis Ella und Gershom nach Israel übergesiedelt und Swetlana und sie gemeinsam nach Moskau gezogen waren.

Dort angekommen, hatte Natascha sich auf Anhieb aufgehoben gefühlt – dieses fabelhafte Moskau war ihre Stadt. Das hatte sie sofort gespürt, als sie damals ihre kleine Wohnung in Kitai-Gorod bezogen hatten und auch jetzt wäre es ihr nie eingefallen, Moskau den Rücken zu kehren. Moskau war ihr vom ersten Moment an vertraut gewesen, vielleicht weil sie es aus Büchern und Geschichten kannte.

Sie hatte es genossen, durch ihr Viertel und am Ufer der Moskwa entlangzuspazieren, über den Roten Platz, vorbei am Kreml, aber auch durch den Gorki-Park oder über die Twerskaja zu schlendern. Sie hatte die Stadt umarmt, und die Stadt hatte sie umarmt. Das war wie von selbst geschehen, da die Stadt ihre Arme weit ausgebreitet hatte. Sie hatte sich nur hineinwerfen müssen. Es war leicht gewesen, aufregend und schön. Und Moskau hatte ihr geholfen, den Verlust der Familie zu verschmerzen, den sie zu dem Zeitpunkt noch gar nicht als solchen wahrgenommen hatte, schließlich war Swetlana damals noch bei ihr gewesen, nah bei ihr – sie hatten sogar das Bett geteilt, Natascha war, wenn sie nicht schlafen konnte, zu ihr ins Zimmer geschlichen und hatte sich zu ihr gelegt und sich an sie gekuschelt, manchmal hatte Swetlana sie dann gestreichelt, bis sie wieder eingeschlafen war –, und sie hatte – naiv, wie sie manchmal war – geglaubt, dass sie sich alle bald wiedersehen würden, trotz der Entfernung, trotz der Welten, die zwischen Russland und Israel lagen.

Swetlana aber war in Moskau beinahe eingegangen und verdorrt – nicht sofort, aber bald –, die Stadt nehme ihr den Atem, hatte sie immer wieder gesagt, den Lebenswillen – und schließlich war sie schweren Herzens fortgegangen, und schweren Herzens hatte Natascha sie ziehen lassen – all ihre Überredungskünste waren vergeblich gewesen –, Richtung Deutschland hatte sie sie ziehen lassen, trotz der Geschichte ihres Großväterchens, den die Nazis als Jude ins Lager gesteckt hatten und der dort beinahe sein Leben gelassen hätte. Und hätte er den Genickschuss nicht überlebt, dachte sie, dann hätte es auch keine Swetlana gegeben, also keine Freundin und Schwester, und das war etwas, das sie sich lieber nicht vorstellen mochte.

Swetlanas Freund Simon, den sie seit ihrer Ankunft immer wieder beobachtete – was unbemerkt blieb, da er fast nur Augen für Swetlana hatte –, hatte Natascha erst in Tel Aviv kennengelernt, aber sie hatte gleich das Gefühl gehabt, ihn schon immer gekannt zu haben. Das hatte sie nicht nur Swetlana, sondern auch ihm gesagt.

Es waren seine Augen, vermutete sie, seine Augen, die nichts verbergen konnten – so hatte sie es auch gesagt, in der Gegenwart aller anderen, und Simon war ein wenig rot geworden, während Swetlana gelächelt und schließlich gelacht hatte.

Sie mochte ihn, diesen Simon – schon bevor sie ihn kennengelernt hatte, hatte sie ihn gemocht. Und sie hatte Swetlana bearbeitet und gedrängt, endlich ein Einsehen zu haben, nachzugeben und diesem armen Mann entgegenzukommen oder, wie sie es dann ja auch getan hatten, entgegenzureisen.

Gib nach, hatte sie gesagt. Was war denn schon groß passiert?

Menschen sind Menschen und Männer erst recht, hatte sie gesagt, allzu menschlich.

Und als dann die Nachricht gekommen war, Simon sei Swetlana tatsächlich kopflos und ungestüm nach Israel nachgereist, wo sie sich gar nicht aufgehalten hatte, war für Natascha der Fall klar und die Absurdität von Swetlanas Misstrauen und Zögern augenscheinlich. Sie hatte ihr ordentlich den Kopf gewaschen und so die Weichen für eine zeitnahe Lösung des Konflikts gestellt, Weichen, die sich vielleicht irgendwann auch von selbst umgestellt hätten, die aber aufgrund ihres etwas eingerosteten Zustandes doch ein wenig hatten geölt werden müssen – zumindest ihrer Meinung nach, mit der sie nicht gern hinterm Berg hielt. Womit sie allerdings nicht gerechnet hatte, war, dass Swetlana ihr im Gegenzug die Pistole auf die Brust setzen würde.

»Gut, aber du kommst mit«, hatte Swetlana gesagt, »und keine Widerrede.«

Swetlana hatte nicht geahnt, wie wenig die kleine Darja mit dieser Entwicklung einverstanden war, wie sehr sie geheult hatte, als sie es ihr mitgeteilt hatte.

Die süße kleine Darja. Den Mund hatte sie sich fusselig geredet, dass es ja nur für eine kurze Zeit sei, dass sie in drei Wochen schon wieder zurück in Moskau sein werde, dass sie jeden Tag telefonieren könnten und dass sie sie liebbehalte, dass sie immer an sie denken werde. Beinahe krank geworden war die Kleine – oder wenigstens hatte sie so ausgesehen, so verheult und elend –, und schließlich hatte sie sich widerstrebend in ihr Schicksal gefügt. Mitzukommen aber, wie sie es vorgeschlagen hatte, war nicht infrage gekommen.

Zu viel des Guten, hatte Natascha gedacht, die ja selbst traurig war, die Darja vermisste und die sich nach ihren Küssen und Berührungen sehnte, aber sie trug sie ja bei sich, die kleine Darja, wenigstens in ihrer Fantasie.

6

Melanie war an diesem klaren und herrlichen Morgen früh aufgestanden. Sie hatte die Fenster weit geöffnet, um die kühle Luft hereinzulassen, in die sich inzwischen auch die ersten Sonnenstrahlen mischten.

Der Wecker, den sie sich zum ersten Mal seit Monaten gestellt hatte, hatte bereits um halb sieben leise gepiept. Hätte sie ihn nicht ausgestellt, wäre das Piepen langsam immer lauter und auch schneller geworden – im Grunde hasste sie den Wecker und seinen perfiden Alarm –, aber sie hatte einen leichten Schlaf.

Trotz des frühen Aufstehens – und obwohl sie spät im Bett gewesen war und zwei Gläser Wein getrunken hatte – war sie ausgeschlafen, sie fühlte sich wach und gut. Als sie noch in Hannover gearbeitet hatte, musste sie wesentlich früher aufstehen – um fünf Uhr dreißig –, und erst jetzt, in Berlin, verschlief sie auch einmal unter der Woche den Morgen und ließ die Tage Tage sein. Sie würde hoffentlich bald einen neuen Job finden – womöglich in einem anderen Berufsfeld –, und zwar hier in Berlin, und sie würde auch in Swetlanas Zimmer wohnen bleiben, das hatten sie so besprochen. Nach Hannover würde sie nicht mehr zurückgehen, das war Geschichte.

Im Haus und im Innenhof war es noch ganz still. Nur aus der Ferne, über die Dächer hinweg, hörte sie das Rauschen des Verkehrs auf der Straße.

Sie sah aus dem Fenster, atmete einmal tief ein und aus und schloss es dann wieder. Sie kreuzte die Arme vor der Brust und rieb sich die Schultern. So unmittelbar vorm geöffneten Fenster kam man schon ins Frösteln, Wonnemonat hin oder her.

Ihr Blick fiel auf den Wecker – und sie wusste, sie würde sich bald einen neuen besorgen, einen, der laut und schrill, also ehrlicher klingelte. In einer halben Stunde war sie mit ihrer Mutter zu einem ausgedehnten Morgenspaziergang übers Tempelhofer Feld verabredet – auf dem es so früh am schönsten sein solle, da dort um diese Zeit nur wenige Menschen unterwegs wären, Berliner waren keine Frühaufsteher. Den Tipp hatte ihr Swetlana gegeben, die morgens gelegentlich dort joggte. Manches Mal schon sei sie ganz allein gewesen und über die alten Start- und Landebahnen gesprintet. Sie hatte sich daraufhin vorgenommen, auch einmal übers Tempelhofer Feld zu laufen, morgens, in aller Herrgottsfrühe, aber sie hatte sich bislang noch nicht dazu aufraffen können.

Über den überraschenden Besuch ihrer Mutter freute sie sich – zuletzt, vor allem durch Simons Abwesenheit, war ihr doch ein bisschen einsam zumute gewesen in der großen Stadt. Und schließlich hatte sie viel Zeit.

Nach dem Spaziergang wollten sie noch einen Bummel über die Bergmannstraße machen – samt zweitem Frühstück oder, je nachdem, wie hungrig sie waren, auch einem frühen Mittagessen in der Marheineke-Markthalle.

Sie würden es sich schon schön machen zusammen, dachte sie – so wie am vergangenen Abend bereits, als sie im Melitta Sundström Wein getrunken und endlich einmal länger geplaudert hatten – es war der erste Besuch ihrer Mutter in einer Schwulenbar, sie hatte sie absichtlich dorthin geführt.

Sie hatte sich für jeden Abend ein Programm überlegt – etwas eifrig vielleicht, aber so war ihre Mutter nun einmal. Als Erstes wollte sie sich ein Stück von Ibsen ansehen, das an Simons Theater lief, »Nora oder Ein Puppenheim«. Das interessierte sie auch. Ins Theater zu gehen war zu zweit viel schöner als allein, dachte Melanie. Agnieszka zu fragen, ob sie einmal irgendwohin mitkomme, hatte sie inzwischen aufgegeben.

Sie ging in die Küche, wo es deutlich wärmer und gemütlicher war, und machte sich einen Tee.

Ein bisschen seltsam fand sie das alles schon. Simon – typisch war das – hatte gar nicht mit ihr darüber gesprochen, dass die Mama zu ihnen nach Berlin kommen wolle. Aber Simon, der gestern Abend selbst überrascht gewesen sein musste – und wahrscheinlich auch nichts davon gewusst hatte, dass die Mama allein, ohne den Papa, kommen wollte –, bekam sie ohnehin seit Tagen nicht zu Gesicht. Auch gestern hatte sie ihn nicht mehr gesehen, als sie sich im Flur verabschiedet hatten und ihre Mutter in Simons Wohnung verschwunden war. Sie hätte gerne mehr darüber erfahren, weshalb sie allein gekommen und ihr Vater in Bad Soltal geblieben war, aber darüber zu sprechen falle ihr schwer, hatte sie gesagt, noch könne sie es nicht, aber vielleicht würde sie es bald, wenn sie ihre Gedanken geordnet hätte, tun.

Als Melanie den Tee aufgoss – einen Verbene-Tee, von dem Swetlana einen riesigen Vorrat im Küchenschrank hortete – und ihr der zitronige Duft in die Nase stieg, kam Agnieszka in die Küche.

Sie war vollkommen verschlafen und rieb sich die Augen, die sie kaum öffnen konnte.

»Soll ich dir vielleicht einen Kaffee machen?«, fragte Melanie und grinste.

Agnieszka, die sich in eine Art Kimono gewickelt hatte, auf den japanische Schriftzeichen gestickt waren, gähnte.

»Wieso bist du eigentlich so früh wach? Das passt gar nicht zu dir«, sagte Melanie.

»Wach? Ich?«, antwortete Agnieszka und schüttelte den Kopf. »Davon kann keine Rede sein, ich war ja erst um fünf im Bett. Aber, ach, ich habe einen Kundentermin, und der Typ konnte angeblich zu keinem anderen Zeitpunkt, egal – ich hasse frühe Termine ...«

Agnieszka setzte sich an den Tisch, während Melanie nach der Kaffeedose griff und darüber nachdachte, was mit ihren Eltern los war und ob deren Ehe wirklich in den Brüchen lag. Dass ihre Mutter nicht glücklich war, ahnte sie schon lange, aber es war immer eine eher abstrakte Ahnung gewesen, ein Gefühl, und es war ihr ein wenig unheimlich, wie sich das so plötzlich konkretisiert hatte.

»Und du? So früh stehst du doch normalerweise auch nicht auf?«, sagte Agnieszka und riss sie aus ihren Gedanken.

»Nein«, antwortete Melanie, »aber es ist auch nicht schlecht, wenn ich mich wieder ein bisschen daran gewöhne.«

Sie erzählte Agnieszka von ihrer Jobsuche, ihren Plänen und auch von dem Besuch ihrer Mutter, die nebenan bei Simon nächtigte. Bald kam sie auf Simon zu sprechen, darauf, dass er ihr von dem anstehenden Besuch kein Wort gesagt hatte, dass er sich gar nicht mehr blicken ließ und dass er aber gleich, wenn sie zu ihm hinübergehe, um ihre Mutter abzuholen, etwas zu hören bekäme.

Agnieszka, die einigermaßen ungeduldig auf die Caffettiera starrte, die Melanie endlich zugedreht hatte, sah sie fragend an.

»Aber du weißt schon, dass Simon nicht da ist?«, sagte Agnieszka.

»Ich meine, ihr wisst, wo er ist, und deine Mutter weiß das auch, oder?«

»Er ist den ganzen Tag im Theater, ja. Ständig ist er im Theater. Aber gleich werde ich ihn wohl erwischen, ich meine, so früh fangen die doch mit der Probe auch nicht an …«

»Das glaube ich kaum«, sagte Agnieszka und schüttelte den Kopf.

»Was soll das heißen?« Melanie runzelte die Stirn, sie war nicht – oder nicht mehr – zum Scherzen aufgelegt.

»Er ist doch gar nicht da, er ist in Israel.«

»In Israel?« Melanie starrte sie ungläubig an.

»Wirklich.«

»Agnieszka …«

»Es stimmt wirklich, ich … also … entschuldige bitte, ich wollte dir das alles längst erzählen. Ich, äh, ich habe das irgendwie vergessen … aber … Also, Simon ist Swetlana hinterhergereist.«

»Aber wieso?«

»Sie haben sich verkracht, einen Streit, eine Beziehungskrise, keine Ahnung, vielleicht haben sie sich sogar getrennt, weil … also … egal.«

»Wie bitte?«

»Ich weiß es doch auch nicht genau. Er ist ihr jedenfalls hinterher… Das Problem ist nur, dass Swetlana …«

»Sie ist doch in Moskau … Du hast doch gesagt, sie ist zu einer Freundin gereist, der es nicht so gut geht …«

»Exakt.«

»Aber, ich verstehe nicht …«

»Das ist auch nicht zu verstehen. Beziehungen – was soll man da sagen? Am besten, man geht gar keine Beziehung ein, zumindest nicht auf Dauer, das endet immer dramatisch oder wenigstens nervtötend. Aber ich habe vor ein paar Tagen kurz mit Swetlana telefoniert. Sie fliegt jetzt auch nach Tel Aviv. Vielleicht ist sie dort schon angekommen …«

In der Caffettiera fing es an zu brodeln. Agnieszka stand auf und öffnete den Deckel der Kanne, aber sie ließ ihn, heiß wie er war, gleich wieder los.

»Aber wieso Israel?«, fragte Melanie.

»Na, ihre Familie lebt da, ihre Mutter und ihr Großvater«, sagte

Agnieszka, die sich die Hand verbrannt hatte und unter kaltes Wasser hielt.

Melanie sah ihr irritiert zu und schwieg. Dann stand sie auf, nahm die Caffettiera von der Herdplatte und schenkte Agnieszka den Kaffee in eine Tasse – eine »I love Berlin«-Tasse, deren Schriftzug erst sichtbar wurde, wenn man etwas Heißes in sie hineingoss. Solche Tassen gab es wohl nur in WGs, dachte sie.

»Danke«, sagte Agnieszka, die sich wieder gesetzt hatte und vorsichtig am Kaffee nippte.

Melanie sah sie an.

»Das hättest du mir wirklich alles schon einmal ein bisschen früher erzählen können. Meine Mutter wird sich ganz schön gewundert haben, dass Simon gestern Abend nicht da war und auch nicht mehr gekommen ist ...«

»Tut mir leid.«

»Dass Simon nicht da ist, ist das eine, aber dass die sich trennen ...«

»Das steht doch noch gar nicht fest«, sagte Agnieszka.

»Ich weiß nicht.« Melanie überlegte. »Wenn einmal der Wurm drin ist, dann kriegt man es kaum wieder hin. Davon kann ich ein Liedchen singen ...«

»Das habe ich auch immer gedacht, aber den beiden bin ich mir langsam nicht mehr so sicher«, sagte Agnieszka und seufzte. »Das scheint schon etwas Ernstes zu sein.«

»Mein Bruder hatte nie längere Beziehungen. Er ist kein Beziehungstyp.«

»Swetlana hatte auch nie eine Beziehung. Die hat nie einen Mann an sich herangelassen – zumindest nicht für länger. Mit Simon war das dann plötzlich etwas anderes. Keine Ahnung, warum ...«

Melanie nahm ihre Teetasse in die Hand. Der Tee war nur noch lauwarm. Sie trank ihn trotzdem.

»Du, ich muss mich beeilen«, sagte sie. Meine Mutter wartet sicher schon.«

»Ich wünsche euch einen schönen Tag.«

»Du bist echt schräg, Agnieszka.«

»Tja.«

»Wir sehen uns später.«

»Ja. Dann kannst du mir ja erzählen, wie deine Mutter reagiert hat.« Agnieszka grinste, Melanie schüttelte den Kopf.

7

Hilde stellte die beschlagene grüne Flasche – einen Sekt von der Mosel mit leichten Zitrusaromen und kreidigen Untertönen, den sie vorübergehend ins Eisfach des neuen Kühlschranks gelegt hatte – zurück auf die glänzende orangefarbene Oberfläche des elegant geschwungenen Nierentisches, der auf dünnen, abgespreizten Beinen stand und den man lieber nicht anstieß, wenn die Gläser – schlanke Flöten mit eigenwilligem Schliff an den schweren, klotzigen Kristallfüßen – darauf stehen bleiben sollten, am besten, man berührte ihn gar nicht.

Aber Hilde verteilte die großzügig gefüllten Gläser jetzt ohnehin an Wieland, der schon erwartungsvoll in seinem Sessel saß, und an die beiden Gäste, die es sich nebeneinander auf dem Sofa gemütlich gemacht hatten und die nun nacheinander ihren Sekt in die Höhe hielten, um einander zuzuprosten.

Hilde sprach einen kleinen Toast aus.

Endlich könne man seine Beine wieder ausstrecken, sagte Albrecht – es sollte wohl komisch klingen, klang aber tatsächlich etwas bissig.

Er hatte zusammen mit Wieland die ganze lange Fahrt von Hannover bis zurück nach Göttingen eingequetscht auf der Rückbank des neuen Käfers gesessen.

Und jetzt tat er es auch, allerdings streckte er seine Beine nicht in Richtung des wackeligen Nierentisches aus. Wie es um dessen Beschaffenheit stand, hatte er offenbar schnell begriffen.

Hilde schob den Tisch dennoch sicherheitshalber ein wenig zur Seite.

Nach Hannover zu fahren – endlich einmal gemeinsam – war ein Vorhaben gewesen, das Wieland und sie schon seit einiger Zeit verfolgt hatten. Sie hatten die berühmten Herrenhäuser Gärten besichtigen wollen, die schon bald wieder in alter Pracht erstrahlen sollten. Davon, dass dort schon jetzt vieles auf spektakuläre Art und Weise blühte und gedieh, hatten sie sich überzeugen können. Hilde hatte es zuvor, wenn sie dort war, nie geschafft. Sie hatten sich auch die Spuren der im Krieg nahezu komplett zerstörten barocken Schlossanlage von Herrenhausen angesehen, die jahrhundertelang den Welfen gehört hatte und inzwischen seit einiger Zeit schon in den Besitz der Stadt Hannover übergegangen war. Hannovers Honoratioren hatten einiges vor auf dem Gelände – ein Schlosshotel solle gebaut werden, hatte es vor einigen Jahren geheißen, oder auch eine Kunsthalle, aber auch das war schon wieder eine Weile her. Der jüngste Plan sah nun vor, dass die Musikhochschule den Schlossplatz einnehmen solle. Sicher aber, was genau werden und wann was gebaut werden würde, konnte man sich indes nicht sein.

Albrecht und Claudine hatten sie nicht zu überreden brauchen mitzukommen, als das Thema nach dem Fischer-Dieskau-Konzert angeschnitten worden war.

Ernst Augusts Schloss und auch die Gärten interessierten sie schon länger, hatte Albrecht gesagt.

Auf dem Hinweg war Wieland gefahren – während Albrecht auf dem Beifahrersitz gesessen und Pfeife geraucht hatte, eine seiner neuesten Angewohnheiten –, den Rückweg hatte dann aber Hilde übernommen, ganz selbstverständlich, und Claudine hatte es sich nicht nehmen lassen, vorne neben ihr zu sitzen.

Eine Widerrede von Seiten der Männer, die viel lieber selbst das Steuer in der Hand gehalten und während der Fahrt auch viel lieber den Ton angegeben hätten, hatten sie beide nicht geduldet und von vornherein im Keim erstickt. Sie hatten ihre Unterhaltung über Roland Barthes weitergeführt und über diese neue – und wie Claudine meinte, aufregende – Strömung gesprochen, die in Frankreich in einer rasenden Geschwindigkeit so weite Verbreitung fand – und gleichzeitig so starke wie erbitterte Gegner hervorbrachte. Claudine hatte die Strömung klangvoll »Strukturalismus« genannt, und jedes Mal, wenn der Begriff vorne gefallen war, hatten auch Wieland und Albrecht, hinten auf der Rückbank sitzend, aufgehorcht. Es war nach dem Existenzialismus der neue, »heiße« Import der Grande Nation.

Wieland hatte zunächst noch ein paar Mal gestöhnt – nicht wegen des Begriffs, sondern weil sie wirklich sehr eingequetscht saßen – und – wie zuvor schon Albrecht – argumentiert, dass ihre Beine wesentlich länger seien und sie insofern mehr Platz benötigten.

»Papperlapapp«, hatte Hilde gesagt und in den Rückspiegel gegrinst. »Und jetzt bitte Ruhe auf den billigen Plätzen.«

Wieland und Albrecht war nichts anderes übriggeblieben, als sich zu fügen – und zuletzt hatten sie sich doch nach einigem Murren mit in das Gespräch eingeschaltet.

Albrecht hatte zu Roland Barthes, den er schon vor längerer Zeit zu lesen begonnen hatte, tatsächlich auch einiges zu sagen gehabt – und nicht etwa nur über die nun auch auf Deutsch erschienenen »Mythen des Alltags«, sondern auch über ein literaturtheoretisches Werk namens »Le degré zéro de l'écriture«, also auf Deutsch in etwa »Der Nullpunkt der Schrift«, wie Albrecht erklärt hatte, oder »Am Nullpunkt der Schrift« oder vielleicht auch besser »Am Nullpunkt des Schreibens«, er sei schließlich in der Lage – auch dank Claudine, die ihm sein Französisch erst wirklich beigebracht habe –, die Originale zu lesen, und auf keine Übersetzung angewiesen, und bei diesem Werk, hatte er gesagt, handle es sich um eine durchaus elegante Art von Antwort auf oder vielmehr eine Absage an Jean-Paul Sartres berühmten Essay »Qu'est-ce que la littérature?«, in dem dieser einen kategorischen Unterschied zwischen »engagierter Literatur« und einer quasi hermetisch um sich, um die eigene Form und Sprache kreisenden Literatur behaupte.

Dem widerspreche Barthes vehement, und das, ganz nebenbei, auch beeindruckend eloquent, hatte dann Claudine angemerkt und erklärt, dass sich hier, in diesem Streitpunkt, gewissermaßen paradigmatisch auch schon der ganze Gegensatz zwischen den Existenzialisten – quasi »den Alten« – und den Strukturalisten – »den Modernen« – offenbare. Laut Sartre gehe bekanntlich die Existenz der Essenz voraus – »wir kennen die These aus seinem Aufsatz ›L'existentialisme est un humanisme‹«, hatte sie gesagt –, und das sei doch letztlich nichts anderes als ein radikales Plädoyer für die Freiheit des Menschen und eine totale Absage an jeglichen Determinismus. Für die Strukturalisten aber – also für die jüngere Generation – stelle es sich umgekehrt dar, sie bezweifelten die Freiheit und sähen den Menschen – nicht zuletzt durch die Sprache, die Sprache verstanden als soziales Objekt – ganz wesentlich, also dem Wesen nach, determiniert. Ihnen zufolge wäre es viel zutreffender zu behaupten, die Essenz gehe der Existenz voraus und jedenfalls nicht umgekehrt.

So ganz neu sei das allerdings alles auch wieder nicht – mit der Bemerkung hatte Albrecht sich dann wieder eingeschaltet. Bei dem sogenannten »freien Willen« und auch beim Determinismus handle es sich immerhin um recht gängige und auch sehr alte Topoi innerhalb der Geschichte der Philosophie und auch der Literatur. Die Diskussion reiche zurück bis zu den alten Griechen, bis hin zu Platon, zu Sokrates, ja, sogar bis zu Homer, der von der Fähigkeit des Menschen ausgegangen sei, durch keine ihm äußerliche Macht oder Gewalt beeinflusst, aus ureigenem Antrieb, also der eigenen »Natur« nach, zu agieren.

Sophokles, der Autor der »Antigone« und des »Ödipus rex«, schlage in die gleiche Kerbe, wenn er dem Politischen den Begriff der »Autonomie« entlehne und diese seiner Antigone, dieser übrigens in vielerlei Hinsicht bemerkenswert starken Figur, zuspreche – sie lebe selbstbestimmt, und genau darin liege ihr Frevel. Dieser Auffassung gegenüber habe der Vorsokratiker Demokrit mit seiner Lehre vom »atomistischen Materialismus« gestanden, die nicht nur eine Abkehr von jeglicher Mythologie und nicht zuletzt von den antiken Göttern bedeutete, sondern auch eine Abkehr vom homerischen Denken. Demokrit gelte mithin als geistiger Vater des Determinismus, er führe alles Geschehen – und also auch das menschliche Handeln – auf eine Wechselwirkung elementarer Abläufe in der Natur zurück. Genau hier setzten die französische Aufklärer an, Diderot, d'Alembert, d'Holbach, Helvétius und natürlich La Mettrie mit seinem »L'homme machine«.

Für die Strukturalisten seien es jetzt die Wechselwirkungen innerhalb von Sprache und Gesellschaft, die die menschlichen Handlungsprozesse bestimmten, hatte daraufhin Claudine erklärt und auch ein paar weitere Namen erwähnt, die in Frankreich derzeit das intellektuelle Leben bestimmten oder wenigstens beschäftigten – neben Roland Barthes interessiere sie besonders ein junger Dozent und

Absolvent der Pariser »École normale supérieure«, dessen Dissertation vor wenigen Jahren erschienen sei und von sich reden gemacht habe, ihr Titel laute »Folie et déraison«. Michel Foucault heiße der Mann, und er gebe zusammen mit Roland Barthes die überaus interessante Zeitschrift »Critique« heraus. Michel Foucault – den Namen sollten sie sich merken …

»Ja, von diesem Michel Foucault werden wir wohl noch einiges zu hören bekommen, da stimme ich Claudine zu«, hatte Albrecht eingeworfen.

Hilde ihrerseits hatte sich derweil auf den Verkehr konzentrieren müssen, da die Sichtverhältnisse trüber geworden waren, es hatte angefangen zu regnen, und allmählich war es dunkel geworden.

Wieland wiederum war hellhörig geworden, als plötzlich von einem französischen Ethnologen die Rede gewesen war, der die letztlich in der Linguistik wurzelnde »Methode« – Claudine war es, die den Strukturalismus als eine Methode bezeichnet hatte und nicht etwa eine Philosophie oder Wissenschaft – auf seine Disziplin übertragen hatte.

Claude Lévi-Strauss heiße er – ein weiterer neuer Name, den es sich zu merken galt – und er habe vor dem Krieg mehrere Forschungsreisen nach Brasilien und ins Amazonasgebiet unternommen und darüber auch ein Buch geschrieben, das allerdings – wie die Dissertation Foucaults – noch nicht ins Deutsche übersetzt worden sei. »Tristes Tropiques« heiße es.

Albrecht hatte es aber auch noch nicht gelesen. So weit reiche seine Leidenschaft dann doch nicht, hatte er gesagt, und letztlich gelte seine Hauptaufmerksamkeit derzeit doch eher den idealistischen Philosophen in der Kant-Nachfolge, also Fichte, Schelling und auch dem frühen Hegel – und auch dort, in ihren zum Teil durchaus kryptischen Schriften, die allesamt ein ordentliches Lektorat gut vertragen hätten, finde sich bereits einiges von dem, was nun »die Franzosen« wieder aufgriffen.

Nachdem sie die Gläser aufgefüllt hatte, stand Hilde auf, um ein Tablett mit Käse-Weintrauben-Spießen und Schinken-Spargel-Röllchen aufzutragen, das sie vorab mit Hilfe Claudines schnell in der Küche vorbereitet hatte.

»Wunderbar übrigens, der Sekt«, sagte Albrecht, trank sein Glas aus und griff dann nach der Flasche, um sich das Etikett anzusehen, während der Nierentisch wieder bedrohlich zu wackeln anfing.

»Von der Mosel«, sagte Hilde. »Papa hat dort gelegentlich bestellt, früher ... Jetzt haben wir die Bestellung übernommen – und wir haben auch für ihn und Mama ein paar Kisten kommen lassen, mit Sekt und auch mit einigen Spätlesen, die Mama so gerne trinkt.«

Sie nahm die Flasche, verteilte den letzten Rest und drückte sie dann Albrecht wieder in die Hand.

»Das Mindeste, das wir tun konnten.« Wieland seufzte und faltete seine Hände wie zu einem Gebet.

»Der arme Mann ...«, sagte Albrecht, und Claudine nickte.

»Dein Vater kann einem leidtun«, sagte sie mit ihrem zauberhaften französischen Akzent. »Und ist es wirklich sicher, dass deine Eltern aus der Villa ausziehen müssen?«

»Nein, sicher ist das zum Glück nicht, und es besteht immer noch Hoffnung, dass sie das Haus behalten können«, sagte Hilde und bat Wieland, eine zweite Flasche Sekt aus der Küche zu holen. »Aber bitte, lasst uns doch jetzt von etwas anderem sprechen. Wir haben schon viel zu lange über diese traurigen Angelegenheiten geredet, und ändern lässt sich doch nichts. Jedenfalls steht es nicht in unserer Macht, etwas zu ändern. Nicht, wenn es um das Haus geht ...«

»Gut. Also etwas anderes«, sagte Albrecht. »Ich habe gerade in der Zeitung einen Artikel über die Moselkanalisierung gelesen, was sagt ihr denn dazu?« Er stellte die Flasche wieder zurück auf den Tisch, den er mit seiner anderen Hand vorsichtig festhielt. »Freie Fahrt von Metz bis zur Rheinmündung. Man könnte ja auch einmal dorthin fahren und sich das ansehen ...«

»Meine Großmutter kommt aus Metz«, merkte Claudine an.

»Ach, ja, die Schifffahrtsstraße wurde eingeweiht, wir haben es im Fernsehen gesehen«, sagte Hilde.

»Worum geht's?«, fragte Wieland, der wieder aus der Küche zurückkam, die Sektflasche öffnete und die Gläser auffüllte.

»Ach, um die Einweihung der Großschifffahrtsstraße«, antwortete Hilde. »Lübke, de Gaulle und die Großherzogin Charlotte von Luxemburg waren dabei, was für ein Auflauf ...«

»Es hatte anfangs heftige Kritik gegeben, wenn ihr euch erinnert«, sagte Albrecht, »Verschwörungstheorien, und viele waren der Meinung, Frankreich ziehe Deutschland über den Tisch, aber letztlich ist es doch so: Deutschland und Frankreich wachsen weiter zusammen, und an dieser Stelle sogar ganz konkret.«

Er lächelte und legte einen Arm um Claudine, die ihn zärtlich auf die Wange küsste.

»Und es soll ohne große Auswirkungen auf das Moseltal vonstatten gegangen sein«, erwiderte Wieland. »Sogar an die Fische hat man gedacht. Es wurden sogenannte Fischtreppen angelegt.«

»Interessant«, sagte Claudine.

»Apropos! Erinnert ihr euch noch daran, wie wir damals zusammen den Serengeti-Film gesehen haben?«, fragte Albrecht.

»Serengeti darf nicht sterben«, antwortete Wieland. »Natürlich erinnere ich mich.«

»Daran musste ich kürzlich wieder denken …«

»Wegen Tansania, vermute ich …«, sagte Hilde.

»Ganz genau.«

»Tansania?«, fragte Claudine.

»Ja, erst kam die Unabhängigkeit, und jetzt folgte die Verbindung mit Sansibar«, sagte Albrecht. »Tanganjika und Sansibar, Tan und San, und natürlich Azania – so hieß der Teil der ostafrikanischen Küste schon zur Zeit des Römischen Reiches, wie man übrigens bei Plinius dem Älteren nachlesen kann …« Er grinste ironisch und warf einen triumphierenden Blick in die Runde.

»Der Albrecht und seine Bildung.« Wieland lachte. »Das nenne ich enzyklopädisches Wissen …«

»Ach was«. Albrecht machte eine wegwerfende Handbewegung. »Aber sagt, geht ihr nächste Woche auch zu dem Konzert im Jungen Theater?«

»Welches Konzert?«, fragte Wieland.

»Na, im Jungen Theater«, antwortete Albrecht. »Dort gibt eine junge Chansonnière ein Konzert. Barbara heißt sie. Sie ist eine Landsmännin von Claudine.«

»Landsmännin – das ist nun auch wieder so ein Wort«, sagte Hilde und verdrehte die Augen.

»Ja, was, soll ich vielleicht ›Landsfrau‹ sagen?«

»Nein«, antwortete Hilde, »aber du könntest zugeben, dass sich unsere patriarchalen Strukturen auch in der Sprache spiegeln und das eine das andere bedingt. Es ist ein Teufelskreis, der einmal an irgendeiner Stelle durchschlagen werden müsste.«

»Ich habe ein Plakat gesehen, als ich neulich am Jungen Theater vorbeigelaufen bin, aber ich kenne diese Barbara nicht«, sagte Wieland.

»Na, dann wird es aber Zeit, sie kennenzulernen.«

»Ja, ganz Paris spricht inzwischen von ihr.«

8

Die Tür zum Balkon – mit Blick auf die weißen Häuser der Stadt und auf einige Palmen, die etwas gerupft in Reihen am Rande der Straße wuchsen – stand offen, und die Sonne schien ins Zimmer. Sie hatten eben noch alle zusammen draußen gestanden und, einmal mehr, die Aussicht genossen.

Es war warm geworden, direkt in der Sonne sogar recht heiß, aber glücklicherweise wehte ein leichter Wind. Jetzt saßen sie am Esstisch.

Natascha betrachtete abwechselnd Simon und Swetlana, die mit den Einkäufen vom Carmelmarkt – darunter eine große Lammkeule und Mengen an frischem Obst und Gemüse – schon gut zwei Stunden früher zurückgekehrt waren.

Simon hielt gerade eine gefüllte Karaffe mit Wasser in der einen Hand und eine mit frisch gepresstem Granatapfelsaft in der anderen. Swetlanas Mutter hantierte derweil in der Küche mit ihren verschiedenen Pfannen und Töpfen – mitunter krachte und klirrte es besorgniserregend, und einmal rief sie mit einigem Ärger in der Stimme – und natürlich auf Russisch – so etwas wie »herrjemine« oder »es ist doch zum …«.

Sogar Simon – auch ohne ein Wort Russisch zu sprechen – verstand das.

Aber es duftete bereits nach allerlei Gewürzen, und sie alle hatten großen Hunger.

Natascha, die Ljudmila Ulitzkajas »Jakobsleiter« in einem kleinen gemütlichen Café unweit des Rabin-Platzes zu lesen begonnen hatte, in das sie sich irgendwann nach dem Strandbesuch und dem morgendlichen Baden gesetzt hatte, zeigte sich recht angetan von der Lektüre, von dieser poetischen Spurensuche durchs zwanzigste Jahrhundert.

Ja, sie sei ein großes Talent, antwortete Gershom, der mehrere ihrer Bücher gelesen hatte – vielleicht das größte Talent, das die russische Literatur, soweit sie ihm bekannt sei, derzeit aufzuweisen habe. In ihren Romanen und Erzählungen träfen russische und jüdische Erzähltraditionen aufeinander, und Grenzen zu überschreiten, kulturelle Grenzen, sei ja für sich genommen erst einmal etwas Gutes und für die Literatur von jeher ein Segen gewesen, da müsse man sich nur einmal Goethes »West-östlichen Divan« ansehen. Hinzu käme, dass sich die Texte der Ulitzkaja nicht mit formalen Spielereien begnügten, sie seien ernsthaft und bedeutend, ja, auch ihre Inhalte hätten größte Relevanz und Berechtigung.

Gershom war aus Rücksicht auf Simon vom Russischen ins Englische gewechselt, das er trotz seines hohen Alters fließend beherrschte, wenn auch bei weitem nicht akzentfrei.

Ja, das stimme, und es sei interessant, wie sie die verschiedenen Traditionen vermenge oder vielmehr kunstvoll vereine, sagte Natascha, die über jüdische Erzähltraditionen viel zu wenig wusste.

Gershom nickte und lachte. »Ein weites Feld ...«, sagte er und verfiel nun, mit einem Blick in Richtung Simon, ins Deutsche. »Ein weites Feld, um es mit Theodor Fontane zu sagen, der, wie mir kürzlich eine Historikerin aus Deutschland erzählte, ein handfester Antisemit war. Keiner vom Schlage eines Richard Wagner oder Heinrich von Treitschke zwar, das nicht, aber doch ein Antisemit ...«

Simon und Swetlana nickten.

»Eine interessante Person übrigens, diese, ich glaube, Münchner Historikerin«, fuhr Gershom fort. »Sie hat für ein Jahr eine Gastdozentur, und sie forscht in Yad Vashem.«

Und dann erklärte er – wiederum auf Englisch und jetzt wieder Natascha adressierend –, dass das Erzählen von Geschichten, die mündliche Überlieferung und das gesprochene Wort Teil der jüdischen DNA seien, die Geschichten, die von Generation zu Generation weitererzählt und auch weitergedichtet oder weitergesponnen wurden, zielten auf Herz und Seele, und natürlich komme es auf die Charaktere an, die in den Geschichten eine Rolle spielten. Die Charaktere oder Helden – warum nicht Helden? – seien die wahren Träger der Geschichten, schon in der Bibel könne man das erkennen.

»Was wäre der Tanach ohne seine Helden?«, fragte er, ohne eine Antwort abzuwarten. Die wahren Helden, ergänzte er, müssten nicht die Könige sein, im Gegenteil. Und das gelte nicht nur für den Tanach, das gelte auch für die Literatur und die Romane.

Natascha stimmte zu. Sie fand allerdings, dass Ljudmila Ulitzkaja durchaus auch mit der Form spiele – ohne sich jedoch eines faden Formalismus verdächtig zu machen, darin gebe sie ihm schon recht.

Und Gershom nickte. Er nickte überhaupt viel, und dass er Natascha so oft beipflichten musste, schien ihn nicht zu stören.

»Ja, sie beherrscht die Form«, sagte er, und seine Augen funkelten provozierend. »Sie beherrscht sie spielerisch. Aber letztlich ist es doch immer der Stoff, der sich seine Form wählt. Und es ist noch nicht lange her, wir erinnern uns, da hätte man auch sie als Formalistin verdammt – jedenfalls auf der östlichen Seite des eisernen Vorhangs ...«

»Apropos Könige, da fällt mir ein ...«, sagte Natascha, die sich auf das Thema offenbar nicht einlassen wollte und die sich auch nicht provozieren ließ, »... heute Nacht habe ich geträumt, ich wäre der König von Spanien – und ich bin sogar davon aufgewacht. Ist das nicht lustig?«

Gershom lachte – unklar, ob über das Traumbild, von dem sie erzählte, oder über ihren gelungenen Ablenkungsversuch, den er nur als einen solchen verstehen konnte – und schüttelte den Kopf.

»Ja, ein kleines bisschen Wahnsinn steckt doch in jedem von uns«, sagte er. »Ich denke, das ist der Grund, weshalb es die Geschichten gibt. Man muss noch Chaos in sich haben, um einen tanzenden Stern gebären zu können – und das Chaos ist natürlich ein Chaos des Geistes.«

Der Tisch war inzwischen fertig gedeckt. Swetlana und Simon hatten sich längst dazugesetzt, um dem Gespräch von Gershom und Natascha zu lauschen. Jeden Moment würde das Essen fertig sein. Swetlana und Natascha nickten, Simon aber schüttelte den Kopf.

»Ich fürchte, ich verstehe nicht ganz, was mit dem König von Spanien gemeint ist, wofür er steht …«, sagt er.

»Ach, nicht so wichtig«, sagte Natascha und lächelte schelmisch in Gershoms Richtung, der seinerseits den Zeigefinger hob und damit tadelnd wackelte, allerdings nicht ohne dabei ironisch zu zwinkern.

»Es gibt eine Figur von Gogol«, sagte Natascha, »eine Figur, die allmählich wahnsinnig wird und sich für den König von Spanien hält – er wird dann eingewiesen …«

»Die Aufzeichnungen eines Wahnsinnigen«, sagte Swetlana und wandte sich dann ihrem Großvater zu. »Es stimmt schon, was du sagst, Großväterchen. Ich habe gerade erst irgendwo gelesen, dass dichten daher komme, dass die Menschen nicht ganz dicht seien.«

Gershom lachte. »Das ist es, das ist es …«

»Ich frage mich nur, was der Traum zu bedeuten hat«, sagte Natascha und grinste.

»Einfach nicht darüber nachdenken«, antwortete Swetlana.

»Ein bisschen verrückt war sie immer schon, unsere Tasha, nicht wahr?«, sagte Gershom.

»Ja, ja, macht euch nur über mich lustig«, sagte Natascha und spielte theatralisch die Beleidigte, während alle lachten.

In dem Moment rief Swetlanas Mutter, dass das Essen nun aufgetragen werden könne.

Als sie Augenblicke später alle zusammen am Tisch saßen und aßen – die mit Thymian und Knoblauch gespickte Lammkeule stand in einem großen Bräter auf dem Tisch, daneben Schalen mit verschiedenen Gemüsen und Salaten –, brummte nach einer Weile plötzlich Swetlanas Handy, und sie zog es aus der Tasche, um nachzusehen – es war ein Reflex.

Sie entschuldigte sich, als sie die strengen Blicke ihres Großvaters bemerkte, und steckte das Handy schnell wieder ein. Eigentlich mochte sie es selbst nicht, wenn jemand beim Essen mit dem Handy herumspielte, dachte sie.

»Jetzt schau schon nach, von wem die Nachricht ist«, sagte Ella und wandte sich Gershom zu. »Lass sie, Väterchen, vielleicht ist es etwas Wichtiges …«

»Wenn es denn wichtig ist …«, sagte Gershom, seufzte und nahm sich, nachdem er Simon und Natascha nachgereicht hatte, noch von dem Fleisch und dem Gemüse.

»Nun, mach schon!«, sagte Ella.

Swetlana zog das Handy noch einmal hervor und blickte auf das Display.

»Agnieszka schreibt, dass deine Mutter in Berlin ist«, sagte Swetlana und sah Simon an. »Sie ist wohl gestern Nachmittag angekommen …«

»Meine Mutter? In Berlin?«, fragte Simon etwas ungläubig.

»Ja, und anscheinend ohne deinen Vater«, sagte Swetlana.

Simon ließ seine Hände auf den Tisch sinken und zog die Augenbrauen hoch.

»Das gibt es doch gar nicht, das kann doch gar nicht sein …«, stotterte er. »Da muss irgendetwas passiert sein.«

»Vielleicht rufst du deine Mutter besser an?«, sagte Swetlana und legte ihre Hand auf seine.

»Ja, das mache ich. Oder nein, vielleicht versuche ich erst einmal, Melanie zu erreichen. Das ist seltsam.«

»Könnt ihr mich bitte darüber aufklären, was das alles zu bedeuten hat«, bat Ella.

Auch Gershom sah ihn fragend an.

»Ich fürchte, ich verstehe das selbst nicht«, sagte Simon und stand auf. »Aber es wird sich schon aufklären.«

Als er wieder vom Balkon zurückkehrte, war Simon etwas blass um die Nase.

»Und?«, fragte Swetlana.

»Alles offen«, sagte Simon und holte einmal tief Luft.

»Und was heißt das?«, fragte Natascha.

»Ich habe mit Melanie gesprochen – mit meiner Schwester«, sagte er mit einem Blick in die Runde und setzte sich wieder. »Meine Mutter ist tatsächlich gestern nach Berlin gekommen, sagt sie, allein, ohne meinen Vater. Aber meine Mutter hat Melanie noch nicht erzählt, was genau passiert ist …«

»Das klingt nicht gut«, sagte Natascha.

»Offenbar will sie meinen Vater verlassen …« Simon zuckte mit den Schultern.

»Na, malen wir nicht gleich den Teufel an die Wand«, sagte Swetlana jetzt in ihrem etwas altmodischen Deutsch.

»Wundern würde es mich allerdings auch nicht …«, entgegnete Simon. »Aber kommt, sprechen wir doch bitte über etwas anderes. Es wird sich schon alles klären …«

»Ja, sprechen wir über etwas anderes«, sagte Ella. »Möchtest du noch von dem Lamm, Simon?«, fragte sie und griff schon nach dem Messer, mit dem sie die Keule tranchierte.

»Danke, nein, wirklich nicht«, antwortete Simon. »Es ist alles sehr köstlich, aber ich kann wirklich nicht mehr.«

»Und ihr?«, fragte Ella und sah die anderen an. »Lasst es euch schmecken, es ist genug da.«

»Das schaffen wir nie«, sagte Natascha und nahm sich noch von den Salaten. »Aber die Lammkeule ist wirklich fantastisch.«

»Wir können morgen die Reste essen«, sagte Ella. »Und ich mache Gefilte Fisch dazu, als Vorspeise.«

»Na, dir scheint es wohl wirklich den Appetit verschlagen zu haben, mein Junge«, sagte Gershom, »Möchtest du vielleicht auf den Schrecken einen Schnaps? Ich habe einen guten und koscheren Sliwowitz, sehr fruchtig, mit feinen Mandelnoten.«

»Da sage ich nicht nein«, sagte Simon erleichtert. Ein Schnaps war jetzt genau das Richtige.

»Ich trinke mit«, rief Natascha und hielt ihr Glas in die Höhe.

Wieder lachten alle.

Swetlana küsste Simon, woraufhin Natascha ihre Hände faltete und wieder ihre verzückte Miene aufsetzte.

Gershom schenkte den wunderbar goldgelben Sliwowitz ein, und alle hoben ihre gefüllten Gläser.

»Lechajim«, sagte Gershom, »auf das Leben, das Überleben und darauf, dass wir hier alle zusammensitzen.«

»Lechajim«, sagte Swetlanas Mutter.

»Auf das Leben!«

»Das Leben!«

9

Melanie und Christa warteten vor einer Ampel am Columbiadamm. Ihre Blicke folgten den zahllosen Autos, die an ihnen in hohem Tempo vorbeirasten und das Knurren ihrer Mägen übertönten.

Sie hatten einen langen Spaziergang über das Tempelhofer Feld hinter sich, auf dem sie nur wenige Menschen zu Gesicht bekommen hatten, einige Jogger, Radfahrer und Rollerfahrer und nur vereinzelte Spaziergänger wie sie. Nachdem sie einmal die große Runde gemacht hatten – bis nach Süden, an den Rand der Stadtautobahn, und dann am östlich gelegenen Schillerkiez entlang zurück –, hatte sich Christa gewünscht, doch noch eine zweite Runde anzuschließen, sie redeten gerade so schön, hatte sie gesagt – und Melanie hatte nichts dagegen gehabt, es war herrlich draußen, alles duftete nach Frühling, die Vögel sangen, Kohlweißlinge und Zitronenfalter flatterten durch die Luft, und sie vermisste ohnehin die ausgedehnten Spaziergänge und Wanderungen, wie sie sie früher, als Simon und sie Kinder und Jugendliche gewesen waren, immer mit ihren Eltern und Großeltern unternommen hatten.

Melanie hatte ihrer Mutter, die sehr besorgt über Simons Abwesenheit gewesen war, alles erzählt. Sie hatte ihr erzählt, dass er überstürzt nach Israel gereist war und dass es zwischen ihm und Swetlana offenbar einen Krach gegeben hatte, dass es kriselte in ihrer Beziehung – auch wenn Agnieszka das nicht ganz ernst zu nehmen schien.

Sie waren in ein Café eingekehrt, um einen Espresso zu trinken, und Christa hatte Schweißausbrüche bekommen und sich die ganze Zeit über hektisch mit der Speisekarte Luft zugefächert.

Melanie war sich nicht sicher, ob es wirklich der Kaffee gewesen war, der sie in diesen Zustand versetzt hatte, und nicht vielmehr die Neuigkeiten, die sie ihr – und schonend war kaum möglich gewesen – beigebracht hatte: Simon in Israel, ihr Sohn in einem Land, das permanent unter Raketenbeschuss stand, einem Land, in dem ständig mit Terroranschlägen zu rechnen war, einem Land, in dem man tagein, tagaus um sein Leben fürchten musste, einem Land, das umringt war von Nationen, die es am liebsten dem Erdboden gleichmachen wollten, einem Land, das nicht größer war als Hessen …

So in etwa sah es in der Vorstellung ihrer Mutter aus, und Melanie hatte ihr an Argumenten wenig entgegenzusetzen gehabt. Auch sie machte sich Sorgen um ihren Bruder.

Er wird schon aufpassen. Er ist ein vorsichtiger Mensch. Er wird schon wissen, was er tut. Swetlanas Familie lebt doch auch dort …

So in etwa hatte Melanie versucht, Christa – und sich selbst – zu beruhigen, und sie hatten, noch während sie im Café gesessen und ihren Espresso getrunken hatten, erfolglos versucht, Simon anzurufen.

Dummerweise hatte Melanie ihr Handy zu Hause liegenlassen, und ihre Mutter hatte Swetlanas Nummer in ihrem nicht gespeichert, aber sie würden versuchen, Swetlana zu erreichen, wenn sie wieder zu Hause wären. Sicher war alles in Ordnung, sicher machten sie sich ganz unnötig Sorgen, und es ging ihm gut, es ging Simon und Swetlana gut – und dass sie von Moskau aus zu ihm nach Israel gereist war, sei ja auch ein gutes Zeichen, darüber waren sie sich sofort einig gewesen, es würde schon alles gut ausgehen, die beiden würden unbeschadet und versöhnt nach Berlin zurückkehren.

Melanie drehte sich noch einmal um und warf einen Blick zurück. Die Sonne schien, sie wärmte und blendete.

»Jetzt wird es aber wirklich langsam Zeit, dass die Ampel umspringt – das gibt es doch gar nicht«, sagte Christa.

»Ja, eine merkwürdige Schaltung«, sagte Melanie und trat einmal sachte gegen den Ampelmast. In dem Moment sprang das Fußgängersignal auf Grün.

»Na, also. Man muss es nur aussprechen …«

Die Autos hielten, und sie liefen los, überquerten den Columbiadamm und folgten der Friesenstraße in Richtung Markthalle. Bevor sie nach Hause zurückkehrten, um Swetlana anzurufen, wollten sie erst einmal etwas essen. Der lange Spaziergang hatte sie hungrig gemacht.

»Wohin gehen wir denn?«, fragte Christa.

»Na, zum Italiener in die Markthalle, hatten wir doch gesagt. Wir können am Fenster sitzen und die Leute beobachten …«, sagte Melanie.

»Das klingt gut.« Christa seufzte.

»Was ist denn?«, fragte Melanie.

»Ach, nichts, es ist nur … dein Vater würde so etwas nie tun.«

»Was würde er nie tun?«

»Na, sich in eine Markthalle setzen und Leute beobachten …«

»Umso besser, dass er nicht hier ist. Aber habe ich das gerade eigentlich richtig verstanden? Du hattest mit Großmutter darüber gesprochen, dass du allein nach Berlin fahren würdest?«

»Vielleicht nicht ganz so direkt, aber doch, ja …«

»Mama!« Melanie blieb stehen. »Und was hat sie gesagt?«

»Sie hat immer schon gesagt, ich soll mir von deinem Vater nicht alles gefallen lassen.«

»Typisch Großmutter …«

»Einmal hat sie zu mir gesagt, dass Heinrich zwar ihr Sohn sei, aber Solidarität unter Frauen mindestens genauso wichtig …«

»Na, ganz falsch liegt sie damit ja nicht, ich meine, Papa …«

»Ach, lass uns nicht weiter darüber reden. Wir hatten es gerade so schön, und jetzt gehen wir erst einmal essen …«

In der Markthalle setzten sich an die Fensterfront und bestellten Pasta und ein Glas Rotwein – »zur Beruhigung«, wie Christa sagte.

Zurück am Mehringdamm, versuchten sie als Erstes, Swetlana zu erreichen, aber auch sie hatte offenbar ihr Handy ausgeschaltet, und wieder meldete sich nur die Mailbox. Auch ein weiterer Versuch bei Simon blieb erfolglos.

»Wir versuchen es später noch einmal, nach dem Mittagsschlaf«, sagte Christa und klang zerknirscht.

»Ja, jetzt ruhe dich erst einmal aus«, sagte Melanie und drückte sie. »Wir sehen uns gleich, ich hole dich ab. Sagen wir in einer Stunde?«

»Gut, in einer Stunde.«

Melanie ließ ihre Mutter allein, schloss die Tür von Simons Wohnung hinter sich und kehrte in die WG zurück. Agnieszka hatte sich offenbar wieder hingelegt.

Am Nachmittag wollte sie mit ihrer Mutter ins KaDeWe fahren und von dort aus direkt ins Theater. Sie hatten von unterwegs Karten für Ibsens »Nora« bestellt.

Ein strammer Plan, dachte Melanie, zog ihre Schuhe und ihre Hose aus und legte sich aufs Bett. Aber kaum hatte sie sich ausgestreckt, klingelte ihr Handy. Es war Simon.

10

Natascha, die ihre große Sonnenbrille aufgesetzt hatte, lag auf einer ausgebreiteten Decke am Strand, fuhr mit einer Hand durch den Sand und starrte gedankenverloren und melancholisch in den Himmel. Heute trug sie – zur Abwechslung – eine für ihre Verhältnisse ungewöhnlich weite und bequeme hellblaue Jeans und ein weißes, enges und weit ausgeschnittenes T-Shirt mit zwei waagerechten blauen Streifen und einem blauen Davidstern, das sie während einer ihrer ausgedehnten Shopping-Touren im Dizengoff Center, Ecke King George Street, gekauft hatte.

Über den Kauf des Israel-T-Shirts hatten Swetlana, ihre Mutter und auch Gershom dann doch ein bisschen geschmunzelt, zumal die blauen Streifen und der große Davidstern im Zentrum aus funkelnden Pailletten bestanden, Natascha liebte Pailletten – und Swetlana hatte Simon noch am gleichen Abend ausgeredet, sich auch eines zu kaufen.

Bei dem Gedanken an Simon, an seine etwas irritierten Blicke, musste Natascha nun unwillkürlich lächeln. Natürlich hatte ihm nicht so ein eng anliegendes und weit ausgeschnittenes T-Shirt vorgeschwebt, wie sie es trug, und schon gar nicht eines mit Pailletten, aber sicher sähe er darin sehr lustig aus, sexy womöglich. Swetlana aber hatte gar nicht die Pailletten und den Schnitt gemeint, sie hatte es prinzipiell albern gefunden, dass er sich ein Israel-T-Shirt kaufen wollte, schließlich sei er weder Israeli noch Jude, und er würde ja auch nicht mit einem Deutschland-T-Shirt herumlaufen.

Gershom hatte die Gelegenheit genutzt, ihnen zu erklären, dass die Nationalflagge Israels nicht erst zur Gründung des Staates, wie man vielleicht denken könnte, sondern schon Ende des neunzehnten Jahrhunderts anlässlich des ersten Zionistenkongresses entworfen worden war, der damals unter der Leitung von Theodor Herzl in Basel stattgefunden hatte – und er hatte Simon ebenfalls davon abgeraten, sich ein solches T-Shirt zu kaufen. In Deutschland und vielleicht sogar gerade in Berlin, sei es nicht ungefährlich, eines zu tragen, hatte er gesagt. Das habe er gelesen und auch, dass in Berlin jemand, der eine Kippa getragen hatte, angegriffen und bespuckt, ein Rabbiner zusammengeschlagen und der Inhaber eines israelischen Restaurants antisemitisch beleidigt worden sei und das alles am helllichten Tage und auf offener Straße. Auch ein Grund, warum er die vielen Einladungen nach Deutschland immer ablehne.

Simon und Swetlana hatten genickt, davon hätten sie auch gehört.

Im nächsten Jahr war Gershom nach Polen eingeladen, nach Auschwitz, hatte er erzählt, um dort Ende Januar gemeinsam mit anderen Überlebenden – nur siebentausend waren noch übrig – den Feierlichkeiten anlässlich des fünfundsiebzigsten Jahrestages der Befreiung beizuwohnen.

Nataschas Stimmung trübte sich, daran konnte auch die Klarheit des Himmels nichts ändern, allerdings lag das nicht nur daran, dass sie an Gershoms beklemmende Worte denken musste – sie kannte diese Probleme schließlich, Antisemitismus gab es auch in Russland.

Nein, das war es nicht allein. Sie vermisste die kleine Darja, die sie in Moskau hatte zurücklassen müssen, sie vermisste sie plötzlich schrecklich. Natascha hatte ihr fest versprochen, ja, sie hatte bei allem, was ihr heilig war, geschworen, sehr bald schon wieder zu ihr zurückzukehren – und ihr etwas aus Israel mitzubringen.

»Was bringst du mir denn mit?«, hatte Darja am Telefon gefragt.

»Du sollst mich nicht immer fragen, Dummerchen«, hatte Natascha geantwortet, »es soll doch eine Überraschung sein, und wenn ich es dir verrate, ist es keine Überraschung mehr.«

»Ich liebe Überraschungen. Aber wann kommst du denn endlich zurück?«

Wieder lächelte Natascha. Sie hatte ihr ein sehr hübsches Oberteil in einer unwahrscheinlich teuren, aber atemberaubend eleganten Boutique unmittelbar am Kikar Hamedina gekauft, dem Platz mit dem großen Kreisverkehr, wo es so viele Designer gab – europäische und israelische –, wohl wissend, dass sie ihr etwas ganz Ähnliches auch in Moskau hätte kaufen können.

Darja würde das Teil sicher sensationell stehen, und sie würde sich wahnsinnig freuen, dachte Natascha seufzend und schloss die Augen. Sie spürte erst jetzt, erst hier, so weit von der Heimat entfernt, wie sehr sie sich an Darjas Gegenwart gewöhnt hatte, an das verrückte Leben zu zweit in Juris Einsiedelei, an den vielen Wein, an das gute Essen – Juri, der eigentliche Einsiedler, würde auch bald wieder von der Krim zurückkehren, dachte sie, und alles aufmischen und durcheinanderbringen –, und sie vermisste sogar Moskau, diese von ihr so bitter gehasste und gleichzeitig so heiß und innig geliebte Stadt, die ja auch eine große, eine umwerfende Schönheit war, eine große Hure – trotz allem vermisste sie Moskau.

Tel Aviv, die weiße Stadt, ließ sie streckenweise alles Böse und Schreckliche vergessen, das tat sie – es war wie ein Zauber, wie eine unsichtbare, magische Hand, die jeden dunklen Gedanken, sobald er aufkreuzte, hinfortwischte –, aber im Vergessen würde sie auch kein Heil finden, sagte sie sich, als sie in den Himmel starrte und ihr all die Dinge, die geschehen waren und die sie fast jede Nacht in beängstigend realen Bildern in ihren Träumen einholten, plötzlich wieder schattenhaft durch den Kopf spukten, Gespenster, die wohl noch eine Weile spuken würden. Aber mit Gespenstern kam sie klar, die konnte sie in ihre Schranken weisen, anders als die bösen Menschen, die im Dunkeln unschuldigen Passanten auflauerten, diese Schlitzer, Vergewaltiger, Mörder oder Serienkiller. Hier, in Israel, hatte sie keine Angst im Dunkeln – wobei sie hier, das musste sie zugeben, auch nicht allein im Dunkeln unterwegs war, noch kein einziges Mal bislang –, hier fühlte sie sich sicher und geborgen, ganz wie in Juris Wohnung auf dem Klostergelände, solange die Türen geschlossen waren.

Und eines war klar: Sie genoss die Zeit, die sie zusammen mit Swetlana verbrachte, sehr. Aber es konnte ja nicht ewig so weitergehen, dachte sie, und das hatte auch Swetlana gesagt, die dabei viel weniger traurig geklungen hatte, als sie es sich vielleicht gewünscht hätte, viel weniger traurig, als sie es selbst empfand. Die Semesterferien seien längst vorbei, hatte Swetlana gesagt, sie müsse dringend wieder in die Bibliothek, und außerdem wollte sie ein Seminar geben – und sie hatte so vieles erklärt, Dinge, die sie sich gar nicht merken konnte –, aber sie müsse mit ihrer Dissertation vorwärtskommen, und dazu benötige sie die Bibliothek, zudem habe das Kolloquium ihres Doktorvaters wieder begonnen, mit dem sie in den vergangenen Wochen nur per Mail kommuniziert hatte, und auch dort habe sie einen Vortrag zu halten, und das sei alles so wichtig, der gedankliche Austausch, Einwände, Kritik und was nicht sonst noch alles.

Die Sonne schien Natascha angenehm warm in den Nacken. Noch nicht zu heiß, dachte sie, und sie machte sich keine Sorgen darüber, ob sie sich einen Sonnenbrand einfangen könnte, sie hatte inzwischen richtig Farbe bekommen – so wie schon seit ihrer Kindheit nicht mehr. Darja würde sie kaum wiedererkennen.

Sie blickte weiter nach oben. Von Wolken fehlte nach wie vor jede Spur. Dafür flogen am Himmel einige Vögel, sie flogen hinaus aufs Meer, aber sie hatte keine Ahnung, um was für Vögel es sich handelte. Meeresvögel sicher. Vielleicht waren es Möwen. Oder Albatrosse. Gab es hier, an der Küste Israels, Albatrosse? Vermutlich nicht.

Sie richtete sich auf, räkelte sich und warf jetzt einen Blick aufs Meer, das an diesem Tag ruhiger zu sein schien als an den vergangenen Tagen, während derer es ziemlich stürmisch zugegangen war – was sie jedoch alle nicht daran gehindert hatte, jeden Morgen Gershoms Klopfen, er pochte drei Mal im gleichen Rhythmus, zu folgen, ihn zu begleiten und ins Wasser zu springen, allerdings waren sie viel weniger weit hinausgeschwommen. Auch Gershom, der wirkte, als kenne er keine Furcht, war, wenn auch offensichtlich unwillig, eher vorsichtig geblieben. Doch heute hatte er sie wieder alle abgehängt, Simon, Swetlana sowieso und auch sie – und sie war tatsächlich die Einzige, die mit ihm, mit seinem enormen Schwimmtempo, halbwegs mithalten konnte.

Gleich nach dem Baden hatte er sich, wie im Grunde jeden Tag, mit einem Lächeln von ihnen verabschiedet und war seiner Wege gegangen. Sie hatte ihm noch lange hinterhergeblickt und sich gefragt, wie er es schaffte, in seinem Alter noch so fit und noch so sportlich zu sein. Von Ella hatte sie erfahren, dass er Spaziergänge machte, lange, ausgedehnte Spaziergänge, nach Jaffa und weiter, über die Stadtgrenzen hinaus, manchmal war er stundenlang unterwegs, hatte sie gesagt, so dass sie schon anfing, sich Sorgen zu machen, zumal, wenn sie ihn auf dem Handy nicht erreichen konnte, aber manchmal nahm er ihre Anrufe einfach nicht entgegen. Ella hatte gesagt, dass er, wenn er unterwegs war und seine vormittäglichen Runden drehte, Bekannte traf, ältere Menschen, Überlebende der Shoah, solche, die sie gar nicht kannte und, warum auch immer, auch nicht kennenlernen sollte – das war allein seine Welt –, die er aber allesamt als Freunde bezeichnete und mit denen er über vieles reden konnte, worüber er früher, in Russland, nie hatte reden können – vielleicht weil es einfach niemanden gegeben hatte, der ihn verstanden hätte, hatte Ella gesagt, niemanden, der seine Erfahrungen teilte. Sie hatte aber auch gesagt, dass er sich oft in sein Zimmer zurückzog, in seinen Sessel, oder sich auf den Balkon setzte und las – das war immer schon seine Hauptbeschäftigung gewesen, auch damals schon, in Teschki, aber in den letzten Jahren las er noch viel mehr als früher, er las Romane, und er las Gedichte, immer wieder Gedichte – deutsche Gedichte meist, von Hölderlin, Heine, Mörike –, er las Abhandlungen über Geschichte, über Politik und auch Landeskunde, dicke, schwere Wälzer. Er las, oder er dachte nach, und nicht selten, hatte Ella gesagt, nicht selten erweckte er den Anschein, als tue er beides gleichzeitig.

Natascha blickte weiter in Richtung Meer und sah, wie sich die Wellen brachen. Die Umgebung verschwamm vor ihren Augen – vielleicht des Sonnenlichts wegen, oder war es ihr Kreislauf? –, aber dann erhielten der Strand, das Meer und auch der Himmel plötzlich wieder Konturen, und sie sah Swetlana und Simon aus dem Wasser steigen.

Die beiden waren noch einmal hineingegangen, aber sie hatte es vorgezogen, in der Morgensonne liegenzubleiben und zu lesen. Den Ulitzkaja-Roman hatte sie jetzt beinahe durch – auch ein Zeichen, dachte sie, dass ihre Reise langsam ein Ende finden sollte.

Ja, so verstand sie es, und so sagte sie es jetzt feierlich Swetlana, die vor ihr stehen geblieben war, schlotterte und tropfte.

»Das klingt, als wären wir schon seit Monaten hier, dabei sind es noch keine zwei Wochen«, entgegnete Swetlana. »Aber es stimmt schon, es kann nicht ewig so weitergehen – auch wenn ich nichts dagegen hätte, noch eine Weile hierzubleiben. Doch Berlin ruft, die Arbeit ruft. Und Simon muss zurück, er hat nächste Woche wieder Probe. Wir werden zusammen fliegen, es hilft alles nichts …«

Natascha reichte ihr ein Handtuch, mit dem sich Swetlana sogleich abtrocknete, aber ein paar Tropfen fielen dabei auf sie herab, kühle Tropfen. Es war sehr warm geworden.

»Du kannst uns in Berlin jederzeit besuchen«, sagte Simon und setzte sich mit auf die Decke.

»Ja«, sagte Swetlana. »Und Darja kannst du gerne mitbringen. Ihr könnt bei uns wohnen. Es ist ein bisschen kleiner als bei Juri, aber es wird schon gehen. Ganz unkompliziert.«

»Vielleicht machen wir das«, sagte Natascha.

»Wir sehen uns bald wieder, versprochen«, sagte Swetlana und sah sie durchdringend an.

Natascha konnte ein leises Schluchzen nicht zurückhalten.

»Bis zu unserem nächsten Treffen wird nicht wieder so viel Zeit vergehen«, fuhr Swetlana fort. »Vielleicht kommst du schneller zu uns nach Deutschland, als du denkst.«

»Wer weiß?« Natascha wischte sich eine Träne aus dem Auge.

Swetlana setzte sich zu ihr aufs Handtuch und nahm sie in den Arm.

»Es liegt doch an dir …«, sagte sie.

»Ach, weißt du …« Natascha schüttelte den Kopf.

»Und wenn du nicht kommen kannst, aus welchen Gründen auch immer, dann besuche ich dich. Oder wir besuchen dich zusammen, dann kann ich Simon einmal Moskau zeigen.«

»Ich war noch nie in Russland«, sagte Simon, der sich gerade die Haare abtrocknete.

»Na, dann wird es aber Zeit«, sagte Natascha, schnäuzte in ein Taschentuch und lächelte. »Wenn du Moskau einmal richtig kennengelernt hast, wirst du es so schnell nicht wieder vergessen.«

»Aber vielleicht kommst du wirklich erst einmal zu uns«, sagte Swetlana. »Du kennst doch Berlin auch noch nicht.«

Am nächsten Abend saßen sie zusammen am üppig gedeckten Tisch, und die Tür zum Balkon stand offen. Von draußen klang Musik zu ihnen herein, ein Straßenmusiker spielte fröhliche und sehr traurige Klezmer-Melodien mit einer Klarinette. Dieses Mal hatten Natascha und Swetlana gekocht, Pasta, Saltimbocca – wenn auch nicht ganz »alla romana« –, einen großen Salat, und sie hatten diverse Sorten Antipasti gekauft.

Gershom war gerade aufgestanden, um eine weitere Flasche Wein zu holen. Sie tranken einen kräftigen Rotwein von den Golanhöhen, eine im Barrique-Fass ausgebaute Cuvée aus Cabernet Sauvignon, Merlot, Cabernet Franc, Malbec und Petit Verdot – Simon las vor, was auf dem Etikett stand.

»Ja«, sagte Gershom, der wieder ins Esszimmer getreten war und die neue Flasche öffnete. »Der israelische Weinbau entwickelt sich, unser Wein kann es sogar mit dem einen oder anderen Tropfen aus Bordeaux aufnehmen. Dieser hier ist sehr gut, ich habe eine ganze Kiste geschenkt bekommen. Nehmt eine Flasche mit nach Berlin.«

»Ach, Großväterchen …«

»Und dir gebe ich auch eine Flasche, Natjusch, du sollst auch nicht darben, drüben, im kalten Russland.« Er grinste.

»Hör nicht auf ihn«, sagte Ella.

»Sie kann das vertragen, ich kenne doch meine kleine Natjuschka«, sagte Gershom.

»Ich vertrage eine ganze Menge, und – um beim Thema zu bleiben – dieser Rotwein bekommt mir auch ziemlich gut«, sagte Natascha, trank ihr Glas aus und hielt es Gershom hin, damit er ihr nachschenkte.

»Jedenfalls hast du schon ganz rote Wangen«, sagte Swetlana lachend. »Hört mal, es mag euch vielleicht ein bisschen verrückt vorkommen, Simon und ich kennen uns schließlich erst ein halbes Jahr …«

»Länger als ein halbes Jahr, acht Monate …«, warf Simon ein.

»Nein!« Ella stand auf und faltete die Hände.

Gershom musterte abwechselnd Swetlana und Simon, schenkte auch ihnen Wein nach und lächelte.

»Was denn? Wollt ihr …«

Natascha strahlte.

»Na, ich muss es wohl gar nicht aussprechen?«

Natascha sprang auf, Swetlanas Mutter hatte Tränen in den Augen, und Gershom neigte seinen Kopf zur Seite.

»Wirklich?«

11

Hilde und Wieland waren gemütlich, ohne große Hast und Eile, den Friedländer Weg hinunterspaziert – wie meistens Hand in Hand –, nachdem sie Heinrich, der an diesem Abend widerspenstig gewesen war und geschmollt hatte, bei Hildes Eltern in der Dahlmannstraße vorbeigebracht hatten. Anders als beim letzten Mal warteten Albrecht und Claudine bereits auf sie – zu Hildes und Wielands großem Erstaunen. Etwas Besonderes lag also in der Luft, das spürten sie gleich.

Es war ein warmer, schwül-sommerlicher Abend, und sie hatten verabredet, im Anschluss an das bevorstehende Konzert noch irgendwo tanzen zu gehen, vielleicht in das neue Lokal in der Gotmarstraße, und auch den einen oder auch anderen Cocktail zu trinken – wie sie es seit langem nicht mehr getan hatten, zumindest nicht gemeinsam, und schließlich sei ja Wochenende.

Den Herren stand – darauf hatten sie sich schon Tage zuvor am Telefon geeinigt – der Sinn nach Whisky, den Damen nach etwas Spritzigem, in dem Sekt oder Champagner enthalten sein sollte und auf jeden Fall frische Zitronenschnitze, Ananas und Maraschino-Kirschen. Hilde und Claudine trugen ihren durchaus ambitionierten und sogar sportlichen Plänen entsprechende Kleider unter ihren Trenchcoats, die sie eigentlich auch zu Hause hätten hängen lassen können, aber man wusste ja nie, ob es nicht doch irgendwann zu regnen anfing. Claudines Kleid war weit geschnitten, cremefarben und bunt gefleckt – sie hatte es kürzlich in Paris gekauft –, Hildes dagegen war tailliert, knallrot wie ihr VW-Käfer, und es hatte große weiße Punkte –, Albrecht und Wieland trugen Anzüge, Wieland einen dunklen Dreiteiler – dunkelblau und sehr elegant, wie Hilde fand –, Albrecht einen hellgrau-karierten Anzug mit breitem Revers und sechs Knöpfen – damit wäre er »top modern«, wie ihm sein Herrenausstatter, »der in der Johannisstraße, ihr wisst schon«, gesagt habe, aber das bemerkte er nicht ohne Ironie.

Typisch Albrecht, dachte Hilde im Stillen, er kleidete sich stets extravagant und redete es dann klein. So täuschte er vermutlich nicht nur Claudine, sondern auch sich selbst über sein Konsumverhalten hinweg.

Sie aber täuschte er nicht, sagte Hilde sich, und sie kannte schließlich ihren alten Freund besser als kaum ein anderer. Sie nahm ihm die Ironie und auch die flapsige Nonchalance nicht ab – nicht, wenn es um seine extravagante und kostspielige Art, sich zu kleiden und zu leben, ging –, aber sie erhob auch keinen Einwand dagegen, sie widersprach nicht und ließ ihn gewähren – und dass nicht nur, weil sie ihm dankbar für den Abend war, auf den sie sich sehr freute.

Dieses Mal hatte Albrecht, der den Gründer und Leiter des Jungen Theaters, Hans-Gunther Klein, über verschiedene Ecken kannte, die Karten für das ausverkaufte Konzert der französischen Chanson-Sängerin Barbara Brodi besorgt – die meisten sagten schlicht Barbara –, auf die Hilde und Wieland nach allem, was sie in den Zeitungen gelesen hatten, sehr neugierig waren. Der Auftritt war der letzte in einer ganzen Reihe von kurzfristigen Zusatzkonzerten – wie sie erfahren hatten –, die Barbara nach dem großen Erfolg des ersten, zunächst chaotischen und beinahe gescheiterten Abends gegeben hatte – und für keines der vorherigen Konzerte waren mehr Karten aufzutreiben gewesen, schließlich verfügte das Theater nur über etwa hundert Plätze.

Fürs erste Konzert hätte es noch Karten gegeben, aber sowohl Hilde und Wieland als auch Claudine, die für ein paar Tage bei ihrer Familie in Frankreich und im Anschluss daran eben bei Freunden in Paris gewesen war, waren an dem Abend verhindert gewesen und hatten Barbaras binnen weniger Tage bereits legendär gewordenen Auftritt leider verpasst.

Albrecht hatte kurz vorher noch überlegt, allein hinzugehen, aber es dann doch nicht getan – allein, das war nicht seine Sache, sagte er – dafür aber habe er seine Studenten ins Junge Theater geschickt, von denen einige – und zwar wahrscheinlich diejenigen, die im Nebenfach Romanistik studierten, vermutete er – Barbara bereits gekannt hätten und die ihm an einem der nächsten Tage vor oder nach der Vorlesung ihre Erlebnisse geschildert hätten – Erlebnisse, die sich auch außerhalb der Hörsäle und Seminarräume wie ein Lauffeuer verbreiteten.

Ganz Göttingen sprach mittlerweile von dem spektakulären Abend, und Albrecht war sich sicher, dass sich das Konzert in die Chronik der Stadt einschreiben würde.

Von Hans-Gunther Klein hatte er erfahren – und er hatte es Wieland und Hilde bereits erzählt –, dass Barbara, die einer jüdischen Familie entstammte, Monique Andrée Serf hieß – Barbara sei lediglich ihr Künstlername – und als Kind vor den Nazis aus Paris fliehen und sich hatte verstecken müssen, seine Einladung nach Göttingen zunächst vehement abgelehnt hatte – eine Einladung, die er ausgesprochen habe, nachdem er durch eine gute Bekannte auf sie aufmerksam gemacht worden war, sie auf einem Konzert in Paris erlebt hatte, zu dem er eigens gereist war, und ihr sogleich zu Füßen gelegen sei.

Sie hatte Deutschland nicht mehr betreten wollen – »Jamais!«, habe sie wütend gerufen –, Deutschland bleibe für sie immer das Land der Täter, habe sie gesagt, und niemand könne ihr vorwerfen, so zu denken. »Aber wer kennt mich in Göttingen?«, habe sie Klein gefragt, als sie in Paris, in einem Bistro in Saint-Germain-des-Prés auf einen oder auch zwei Pernod und eine Zigarette zusammengesessen seien. »Die Studenten kennen Sie!«, habe er geantwortet. »Ich möchte nicht nach Deutschland«, habe sie erwidert und ihn dabei bedrohlich angesehen. Aber dann habe sie, wenn auch nur widerwillig, zugesagt, nachdem er, Klein, alles aufgeboten habe, was ihm an Überzeugungskunst zur Verfügung gestanden habe, und nachdem er ihr, das habe er schnell gemerkt, offenbar nicht gänzlich unsympathisch gewesen sei.

Ja, widerwillig sei sie schon angereist vor neun Tagen – allein schon verärgert darüber, dass sie diesen Auftritt in Deutschland überhaupt zugesagt habe –, hatte Klein ihm erzählt, so Albrecht, und beinahe hätte sich das erste Konzert eben zu einem großen Desaster entwickelt, da aufgrund eines Streiks der Transportarbeiter ausgerechnet an jenem Tag kein Flügel zur Verfügung gestanden habe – das müsse man sich einmal vorstellen.

Der Flügel habe aber nun einmal in ihrem Vertrag gestanden – schwarz auf weiß, unverhandelbar –, und Barbara habe sich schlicht geweigert, sich an ein Klavier – ein einfaches Pianino – zu setzen, da sie so das Publikum nicht hätte sehen können, und ohne das Publikum zu sehen, könne sie nun einmal nicht auftreten, habe sie gesagt, und er sei mit seinen Überredungskünsten an eine Grenze gekommen.

Dass der Flügel nicht aus Nachlässigkeit oder gar Absicht gefehlt hatte, habe man ihr auch nicht überzeugend vermitteln können, und Vertrag sei natürlich Vertrag gewesen, selbstverständlich, und das habe er ihr auch versichert.

Sie hätten nichts tun können, und sie alle – und er, Hans-Gunther Klein, allen anderen voran – seien ratlos, blass und auch ein bisschen zitternd dagestanden mit ihren Zigaretten und Weingläsern in den Händen. Es habe aber einige Studenten im Publikum gegeben, beherzte Studenten – zum Teil habe es sich bei ihnen, wie gesagt, um *seine* Studenten gehandelt, betonte Albrecht –, und irgendeiner von ihnen habe dann – als sie schon beinahe drauf und dran gewesen waren, das ganze Konzert abzusagen – gewusst, dass sich in einem Haus in unmittelbarer Nähe des Jungen Theaters ein Flügel befinde, also warum ihn nicht herbringen oder zumindest einmal fragen, ob man ihn sich ausborgen könne?

Und genau das sei – und zwar schneller, als sie alle es sich hätten vorstellen können – passiert.

Der Flügel habe in der Wohnung einer alten Dame gestanden, glücklicherweise im ersten Stock des Hauses und nicht in einem höheren, und die alte Dame habe ihn tatsächlich zur Verfügung gestellt, als man ihr die Notlage dargelegt habe – lediglich ein kleiner Wisch sei anstelle einer Versicherung, für den Fall, der Flügel ginge während des Transportes zu Bruch, aufgesetzt worden. Die Füße habe man abgeschraubt und rund zehn Studenten, durchweg kräftige junge Männer – vielleicht waren das dann gerade nicht seine Studenten gewesen, bemerkte Albrecht spöttisch –, hätten sich schließlich eingefunden, um das schwere Korpus über die Straße in den Theatersaal und auf die Bühne zu transportieren. Die alte Dame habe es sich nicht nehmen lassen, seiner Einladung hinüber ins Theater zu folgen.

Dort angekommen habe sich Barbara trotz ihrer Verstimmung und ihres grundsätzlichen Unbehagens mit einer letztendlichen Verspätung von gut eineinhalb Stunden an den schleunigst aufgebauten Flügel gesetzt, der einwandfrei funktioniert und geklungen habe – wovon ja nicht selbstverständlich hätte ausgegangen werden können, weshalb auch dem noch mit großer Anspannung und Nervosität entgegengefiebert worden sei –, und, als wäre gar nichts vorgefallen, ein so zauberhaftes Konzert gegeben, wie es das Haus – sein Haus, so Günther, wie Albrecht den Theaterleiter Hans-Gunther Klein, den er ja eben schon eine ganze Weile kannte, nannte – bis dato noch nicht erlebt habe – und Günther habe, während er das erzählt habe, nicht gewirkt, als würde er dabei übertreiben.

Die Begeisterung im Publikum sei unbeschreiblich gewesen, habe Günther berichtet, und die Begeisterungsfähigkeit der Göttinger habe Barbara beeindruckt – ihr Pariser Publikum sei lässiger, so habe es Günther beschrieben –, so dass sie sich prompt auf eine von ihm kurzerhand vorgeschlagene Verlängerung ihres Engagements für eine ganze Woche eingelassen habe – einzige Voraussetzung: der Flügel müsse bleiben.

Und nicht nur das, sie habe sogar ein neues Chanson geschrieben – genauer wisse er es nicht, aber sie wolle es an diesem letzten Konzertabend vortragen –, und sie habe es im Garten des Jungen Theater, also im Garten seines Theaters geschrieben, habe Klein vor Stolz nahezu berstend, so Albrecht, bemerkt.

Als Hilde, Wieland, Albrecht und Claudine nebeneinander im ausverkauften Saal des Jungen Theaters vor dem ansehnlichen Flügel, dem seine jüngere Geschichte jedoch nicht anzumerken war, Platz genommen hatten, geschah erst einmal gar nichts. Sie saßen inmitten eines überwiegend studentischen Publikums, Albrecht grüßte in die eine oder andere Richtung, und Wieland erkannte einige ihm aus dem Hörsaal oder den Seminarräumen bekannte Gesichter.

Der Konzertbeginn verzögerte sich. Die Zuschauer fingen an zu tuscheln, und auch Wieland, Hilde, Claudine und Albrecht fragten sich, welche Ursache die erneute Verzögerung haben konnte, schließlich stand da doch ein Flügel auf der Bühne – der Flügel, der Stadtgespräch war. Und dann aber, als die Spannung am größten war, trat die sagenhafte und rasend schnell auch in Göttingen berühmt gewordene Sängerin doch noch auf die Bühne und wurde mit großem Applaus, begeisterten Pfiffen und Jubelrufen begrüßt – einige Zuschauer erhoben sich sogar von ihren Plätzen, und es flogen Blumen.

Sie sei im gleichen Jahr geboren wie Wieland, flüsterte Albrecht ihnen zu, doch Wieland, der gespannt auf die Bühne starrte, konnte nichts mehr erwidern.

Da stand sie im Licht der Scheinwerfer, die Pariser Chansonnière mit ihrem mondänen Kurzhaarschnitt und ihrem schmalen, wachen und beeindruckenden Gesicht. Sie trug einen engen schwarzen Rollkragenpullover, so wie es die Existenzialisten in Paris taten und wie ihn Hilde und Claudine ebenfalls zu Hause in ihren Schränken hatten. Diese Mode war noch nicht vorbei.

Barbara fackelte nicht lange, sie setzte sich an den Flügel, warf noch einen Blick ins Publikum – unklar, ob sie dabei lächelte oder nicht –, legte ihre Hände auf die Tasten und begann zu spielen. Und zu singen. Sie sang Chansons von Georges Brassens und von Jacques Brel, die Hilde und Wieland erkannten, und sie sang eigene Stücke, die ihnen alle ausnahmslos gefielen.

Gegen Ende des Konzertes war es dann so weit, Barbara hielt plötzlich inne, richtete ein paar Worte ans Publikum, die aber im Applaus und in den Rufen der Studenten weitestgehend untergingen – jedenfalls hatten sie weder Wieland noch Hilde und nicht einmal Albrecht und Claudine genau verstanden –, sie wartete, bis es wieder still wurde und hob dann an mit ihrer jüngsten Schöpfung – und Hans-Gunther Klein hatte, dachten sie, tatsächlich nicht zu viel versprochen.

»Bien sûr, ce n'est pas la Seine/Ce n'est pas le bois de Vincennes/ Mais c'est bien joli tout de même/À Göttingen, à Göttingen .../Pas de quais et pas de rengaines/Qui se lamentent et qui se traînent/Mais l'amour y fleurit quand même/À Göttingen, à Göttingen ...«

Das Publikum applaudierte.

Barbara lächelte abwesend und dann sang sie auf einmal auf Deutsch: »Mir scheint, als ob sie besser wüssten/die Geschichte Frankreichs großer Fürsten./Hermann, Peter, Helga und Hans/in Göttingen .../Und dass sich niemand je beklage:/doch die Märchen uns'rer Kindertage/›Es war einmal ...‹, ja, sie begannen/in Göttingen ...«

12

Grau war heller als schwarz und dunkler als weiß, und in dem Spektrum gab es unendliche Nuancen, dennoch zählte das Grau nicht zu den Farben, ganz gleich, ob man das nun ungerecht fand oder auch nicht.

Sie saßen schon auf ihren Plätzen im noch eher leeren Theatersaal, als Christa über die Frage nach der Farbigkeit oder Nichtfarbigkeit von Grau ins Grübeln gekommen war. Der noch nicht einmal zur Hälfte gefüllte Saal und auch die karge, graue Bühne, auf der nichts weiter stand als eine grau angestrichene Couch, ein grau angestrichener Tisch und zwei grau angestrichene Stühle vor einigen schräg aufgestellten grauen spanischen Wänden, an denen zwei abstrakte graue Bilder in grauem Rahmen hingen, waren hell erleuchtet.

Sie war froh, dass sie heute ins Theater gegangen waren und dann auch noch in einen Klassiker sozusagen, und nicht in irgend so ein neues Stück, von dessen Autor sie noch nie gehört hatte und in dem es nicht einmal richtige Rollen oder Dialoge gab – auch das war ihr während eines ihrer Berlin-Besuche schon passiert. Nie hätte sie es gewagt, sich darüber zu äußern, ja, nicht einmal Melanie gegenüber, die nun neben ihr saß – anstelle von Simon, mit dem sie eigentlich hatte ins Theater gehen wollen, der aber nun einmal bei Swetlanas Familie in Israel war –, niemals hätte sie das gewagt, nicht zuletzt aus Angst, als Banause dazustehen – und Hilde hätte sie schon hier, an dieser Stelle, korrigiert, sie wäre ihr sofort über den Mund gefahren und hätte sie gebeten, sich, wenn sie es denn überhaupt tun müsse, bitte schön als Banausin zu bezeichnen und nicht als Banause, was doch eine maskuline Form war und insofern schon ein Ausdruck von Unterdrückung, und so etwas hätten sie als Frauen im einundzwanzigsten Jahrhundert nun weiß Gott nicht mehr nötig. Ach, Hilde …

Aber was war denn gegen echte, klassische Theaterstücke einzuwenden, dachte Christa. Sie hatte Theaterstücke immer gemocht – und sie auch immer gerne gelesen, als Schülerin schon –, Theaterstücke von Dürrenmatt, Brecht und Tschechow und von Ibsen. Allerdings stimmte sie das Bühnenbild – trist, wie es war – skeptisch. Einen Vorhang schien es nicht zu geben, nur diese grauen Wände.

Wirklich alles war grau auf der Bühne – eine einzige Grauzone. Es wirkte, als wäre das Bühnenbild von vornherein darauf angelegt zu deprimieren. Vielleicht, dachte sie, hätte sie es doch lieber schwarz und weiß gehabt, sicher war sie sich nicht. Aber sie wollte es erst einmal abwarten, es konnte schließlich auch ganz anders sein.

Christa griff nach ihrer Handtasche, die sie unterm Sitz abgestellt hatte, und kramte nach dem Leporello, aber sie konnte es nicht finden.

Hatte sie es vielleicht in die Jacke gesteckt? Die Jacken hatten sie an der Garderobe abgegeben. Jetzt war es zu spät, um nachzusehen, aber ach, es war egal.

»Was suchst du denn, Mama«, fragte Melanie.

»Das Programmheft, ich dachte, ich hätte es eingesteckt, ich … ah, da ist es ja …«

»Hier, lies mal«, sagte Melanie. »Das Stück heute Abend könnte auch Szenen einer Ehe heißen …«

»Ach, sieh an«, sagte Christa und überflog den Text. »Ja. Ibsen ist doch Skandinavier. Wie Ingmar Bergman. Die Skandinavier scheinen es mit den Ehekrisen zu haben …«

»Mir gefällt der Titel des Stücks«, sagte Melanie.

»Nora?«, fragte Christa.

»Nora oder Ein Puppenheim«, sagte Melanie und nickte.

Christa sah sich um. Der Saal füllte sich mehr und mehr, und jetzt setzte sich auch jemand auf den freien Platz neben ihr.

Es war ein älterer Herr, er lächelte sie freundlich an und wünschte ihr einen guten Abend. Sie errötete und wünschte ebenfalls einen guten Abend. Dann drehte sie sich zu Melanie um.

»Die sind alle so höflich und freundlich hier«, flüsterte sie ihr ins Ohr.

»Nicht alle, das kannst du mir glauben«, entgegnete Melanie.

»Ich glaube, es geht gleich los …«, sagte Christa nervös, und tatsächlich trat jetzt jemand oder stolperte vielmehr auf die Bühne. Es war ein Schauspieler oder eine Schauspielerin, verborgen hinter einem riesigen Stapel aus aufeinandergetürmten Geschenken – allesamt in grauer Verpackung mit großen grauen Schleifen –, den sie – oder er – vor sich herbalancierte. Die Person ging auf und ab, von einem Bühnenende zum anderen, immerzu den riesigen Stapel balancierend – einige der Geschenke fielen dabei zu Boden, aber noch immer war nicht zu erkennen, wer sich hinter den vielen Päckchen verbarg.

Christa sah sich um, um herauszufinden, woher das Lachen kam – der ältere Herr neben ihr verzog keine Miene, aber in dem Moment, in dem sie sich umsah, lachte niemand mehr. Dafür sah sie, wie noch immer einzelne Zuschauer den Saal betraten und sich eilig den Weg zu ihren Plätzen bahnten, so dass die Leute immer wieder aufstehen mussten, um sie durchzulassen. Auch war der Saal noch erleuchtet, aber es wurde allmählich dunkler. Die Türen wurden geschlossen, und das Tuscheln im Publikum erstarb wie auf ein unhörbares Kommando.

Die Schauspielerin – nachdem sie sich ihres grauen Mantels entledigt hatte, war sie deutlich zu erkennen – drehte sich um und stellte die Geschenke ab oder ließ sie auf den Boden fallen, so dass einige von ihnen über die ganze Bühne kullerten. Das gehörte offensichtlich immer noch zur Slapstick-Nummer, dachte Christa. Als die Schauspielerin einmal von dem Stapel befreit war, erkannte Christa sogleich, dass es Sarah Schiffner war, die die Hauptrolle spielte, die Nora – aber das hatte sie natürlich schon vorher gewusst. Sie trug einen kurzen grauen Rock, eine graue Strumpfhose, eine graue Bluse und graue Schuhe. Nur ihr Gesicht und ihre Haare – eine rote Perücke – waren nicht grau.

Von der linken Seite aus schob sich ein Weihnachtsbaum auf die Bühne, ein komplett grauer Weihnachtsbaum. Sowohl der Stamm und die Äste, ja, sogar die Nadeln, als auch die Kugeln, die Strohsterne, das Lametta und die Kerzen waren grau. So grau wie die Wände, die Stühle, die Couch und der Tisch.

Sarah Schiffner – also Nora – nahm den Baum entgegen und stellte ihn auf die andere Bühnenseite, sie begutachtete ihn – zu ihrer Zufriedenheit – und ließ ihn stehen. Anschließend widmete sie sich wieder den Geschenken, von denen sie einige unter den Baum schob und einige um sich herum verteilte, das eine oder andere öffnete sie.

Bald erklang hinter der Bühne eine nasale Stimme. »Zwitschert da draußen etwa unsere Lerche?«

Nora ließ vor Schreck das Geschenk fallen, das sie gerade in den Händen hielt, und erstarrte – zu Eis oder tatsächlich zu einer Puppe mit Porzellangesicht, dachte Christa –, dann lächelte sie ein undurchsichtiges Lächeln, griff nach einem weiteren Päckchen, öffnete es und nahm etwas heraus, steckte es sich in den Mund und begann zu lutschen – aber Christa konnte leider nicht erkennen, um was es sich handelte, eine Süßigkeit, dachte sie, vielleicht eine Praline.

»Poltert da unser Eichhörnchen herum? Wann ist das Eichhörnchen nach Hause gekommen?«

Mit diesen Worten trat der Darsteller des Helmer auf – ebenfalls ganz in Grau gekleidet: graue Hose, grauer Rollkragenpullover und graue Schuhe.

Er lief auf Nora zu, tätschelte ihre Wangen, streichelte ihren Hintern und kniff am Ende hinein.

Christa kannte den Darsteller nicht, aber sie verfolgte aufmerksam die Szene.

Die Vorstellung hatte keine Pause gehabt. Im Anschluss – nach etwa zwei Stunden – lief Christa wie betäubt neben Melanie in Richtung Garderobe und gab ihr, nachdem Melanie sie mehrfach dazu hatte auffordern müssen, endlich die Garderobenmarken, die ebenfalls in ihrer Handtasche verstaut gewesen waren und die sie erst hatte suchen müssen.

Sie solle warten, sagte Melanie und drückte ihre Hand, sie mache das schon …

Aber Christa hörte sie kaum. Melanies Stimme klang so, als wäre sie sehr weit entfernt. Und Christa sah auch nur verschwommen, wie ihre Tochter nun im Gedränge vor der Garderobe verschwand, während sie sich dicht an die Wand presste oder von den nachströmenden Theaterbesuchern an die Wand gepresst wurde.

Erst auf dem Theatervorplatz – draußen, an der frischen Luft, die sich nach dem herrlichen Sonnentag wieder deutlich abgekühlt hatte – wich die Betäubung nach und nach von ihr, und sie nahm ihre Umgebung wieder deutlicher wahr, doch Christa war noch immer nicht fähig, auch nur einen einzigen Satz zu sprechen, zu aufgewühlt war sie, zu sehr mitgenommen hatte sie das, was sie gesehen, nein, was sie erlebt hatte.

Das Reden übernahm Melanie, die ohne Unterbrechung plapperte.

Es dauerte, bis Christa begriff, dass die Vorstellung auch ihre Tochter sehr beeindruckt hatte.

»Was für eine grandiose Schauspielerin, was für eine ungeheure Ausstrahlung«, rief Melanie begeistert.

Es schnürte Christa die Kehle zu, wenn sie die einzelnen Szenen Revue passieren ließ. Wie Helmer Nora behandelte, wirklich wie eines der Spielzeuge, die sie am Anfang noch ausgepackt hatte. Vieles war überhöht gewesen, zugespitzt, und hatte grotesk oder komisch sein sollen. Sie hatte auch lachen müssen, aber eher unfreiwillig, und während des Lachens war es ihr eiskalt den Rücken heruntergelaufen.

Eichhörnchen, Lerche … Dieses Gefängnis, in dem sie lebte. Diese Kälte, die sie umgab. Diese Erstarrung, aus der sie sich nicht lösen konnte. Diese Menschen, die sie erstickten.

Nie zuvor hatte sie sich so mit einer Figur identifizieren können – zumindest bis zu einem gewissen Maße – wie mit dieser Nora, wie mit Sarah Schiffner, die auf so beängstigende und beklemmende, ja, erschütternde Weise diese Figur verkörpert hatte, die geradezu leibhaftig zur Nora geworden war und die ihr da als solche zwei Stunden lang den Spiegel vorgehalten hatte.

Nie zuvor hatte sie eine ausgedachte – und auch noch von einem Mann ausgedachte – Figur als so lebendig und ihr so nah empfunden.

Wie konnte ein Mann sich nur so in das Innenleben einer Frau einfühlen und ihre Gefühlswelten derart abbilden? Oder andersherum: Wie konnte es nur Männer geben, die sich so gar nicht in das Innenleben einer Frau einfühlen konnten oder wollten, Männer, denen die Gefühlswelten der Frauen nicht nur fremd, sondern auch gleichgültig zu sein schienen?

Ein solches Exemplar von Mann hatte sie zu Hause in Bad Soltal gelassen. Sie hatte ihn zurückgelassen, und sie hatte ihn hinter sich gelassen.

Heinrich – das sah sie auf einmal sehr klar und deutlich – war spätestens an diesem Abend endgültig Vergangenheit geworden.

13

Heinrich – allein zu Haus in der Planckstraße, seine Eltern waren beide bei der Arbeit – war an diesem unangenehm drückenden Tag, der, nach dem vielen Sonnenschein in den vergangenen Wochen, auf einen Wetterwechsel hinzudeuten schien, früher als gewöhnlich aus der Schule gekommen – er habe Kopfschmerzen, hatte er Herrn Schütte, seinem Mathematiklehrer, gesagt, auch wenn das nicht stimmte – wie seit einiger Zeit so vieles von dem, was er sagte, nicht ganz der Wahrheit entsprach –, und sich entschuldigt.

Jetzt überlegte er, was er tun könnte, wie er mit all dem, was da in den letzten Monaten geschehen war und in den nächsten Wochen noch auf ihn zukommen würde, umgehen, wie er sich verhalten sollte, und er spürte wieder diese Verzweiflung und dieses unangenehme Drücken im Bauch und an den Schläfen.

Er hatte sich in die Küche gesetzt, an den Esstisch, und er hatte Hunger, großen Hunger. Schon in der Schule hatte er plötzlich gespürt, dass er Hunger bekam – sein Frühstück war an diesem Morgen einmal mehr sparsam ausgefallen, was daran lag, dass ihm morgens regelmäßig übel war und er kaum etwas zu sich nehmen konnte, ohne Bauchschmerzen zu bekommen –, aber auf die Idee, sich selbst etwas zu essen zu machen, etwas Warmes womöglich, wäre er nicht gekommen, er hätte auch gar nicht gewusst, wie. Es änderte auch nichts, dass sein Magen immer heftiger knurrte – und der Hunger die Kopfschmerzen verstärkte. Jetzt ärgerte er sich nur, dass er sich auf dem Weg nach Hause nichts besorgt hatte, immerhin führte ihn der Weg an einem Bäcker vorbei, der belegte Brote im Angebot hatte und durchs Fenster verkaufte. Und Brot war aus, das hatte er beim Frühstück seine Mutter sagen hören, und er hätte eines kaufen können.

In der großen Schale, die vor ihm auf dem Esstisch stand – ein Mitbringsel aus der Toskana, wohin seine Eltern mit ihm im vergangenen Jahr in Urlaub gefahren waren –, befand sich kein einziges Stück Obst mehr – gestern mussten noch Bananen, Birnen, Äpfel und auch Weintrauben darin gelegen haben, er war sich sicher, das bildete er sich nicht ein, aber nun war alles weg.

Vielleicht half ein Glas Milch, das war doch flüssige Nahrung – das waren Proteine, Fett und Zucker, so wie vor einigen Wochen im Biologieunterricht besprochen, dachte er, stand auf und ging zum Kühlschrank, um nachzusehen, ob noch welche da war.

Er wollte die Kühlschranktür gerade öffnen, als sein Blick auf die Pril-Blumen fiel, die dort immer noch klebten seit… ja, seit wann eigentlich? Er wusste es nicht mehr, es war schon lange her, aber sie waren immer noch so rund und bunt wie eh und je.

Wie viele Jahre mochte das inzwischen her sein, dass er sie an die Kühlschranktür geklebt hatte? Er überlegte angestrengt – es kam häufig vor, dass er über belanglose Dinge ins Grübeln geriet. Er wollte es abstellen, aber es gelang ihm nicht. Daran würde er arbeiten. Selbstoptimierung – den Begriff hatte er aufgeschnappt. Aber war er schon aufs Gymnasium gegangen, als er die Pril-Blumen angeklebt hatte?

Zuerst jedenfalls hatte er sie gesammelt – heimlich, ohne dass seine Mutter oder sein Vater etwas davon mitbekommen hätten. Er hatte die leeren Flaschen aus dem Abfalleimer herausgefischt, wenn sie bereits weggeworfen worden waren. Anschließend hatte er sie in seinem Zimmer, unterm Bett, gehortet. Dann hatte er sich überlegt, dass die Aufkleber doch in der Küche am besten aufgehoben wären, in der damals brandneuen orangefarbenen Einbauküche – er erinnerte sich noch genau daran, wie die Handwerker sie eingebaut und wie seine Eltern und auch seine Großeltern, die eigens vorbeigekommen waren, sie bewundert hatten. Ja, er war der festen Überzeugung gewesen, dass sie sich hier am besten machen würden, schließlich wurden auch die Pril-Flaschen in der Küche benutzt, wenn die Putzfrau da war, sie standen unmittelbar neben dem Kühlschrank an der Spüle – sie hatten damals dort gestanden, und dort standen sie auch jetzt noch.

Und warum sollten sie eigentlich nicht auf der Kühlschranktür kleben? Das hatte er sich seitdem immer wieder gefragt, und das fragte er sich auch jetzt wieder. Er fand sie schön, die Pril-Blumen, jedenfalls gehörten sie dazu – und das schon seit sehr langer Zeit.

Sein einstiger Freund Thomas – sie sprachen schon eine ganze Weile nicht mehr miteinander – hatte es genauso gemacht, er hatte mehrere Pril-Flaschen gesammelt und die Pril-Blumen dann irgendwo in der

Küche aufgeklebt, auf den Schrank, den Herd, den Küchentisch. Aber Thomas hatte keinen Ärger von seinen Eltern bekommen. Thomas' Mutter hatte es sogar sehr hübsch gefunden, das hatte Thomas, mit dem er vor ihrem Zerwürfnis, das schon ein oder zwei Jahre zurücklag, durch dick und dünn gegangen war, ihm jedenfalls hinterher erzählt. Aber seine Mutter hatte die Aufkleber irgendwann doch entfernt, da sein Vater es so gewünscht hatte.

Er, Heinrich, hatte dagegen einen Riesenärger bekommen, als er von seiner Mutter dabei erwischt worden war, wie er die letzte der Pril-Blumen aufgeklebt hatte, es war die mit den roten Randblättern gewesen, die oberste auf der Kühlschranktür, daran erinnerte er sich noch genau – er hatte sie noch schnell glattgestrichen, als er längst bemerkt hatte, dass seine Mutter in die Küche gekommen war, fassungslos zunächst und dann ziemlich erbost –, und jetzt betrachtete er die Pril-Blume, er strich einmal mit dem Finger über die immer noch glatte, immer noch makellose Oberfläche.

Rot war der Rand, dann kam gelb, dann blau und die Mitte, das Zentrum, war grün.

Es war lange her… Ganze sechzehn Pril-Blumen klebten seitdem auf dem Kühlschrank, das bedeutete, er hatte einmal acht Pril-Flaschen gesammelt, und seine Mutter, sein Vater, er und sicher auch die Putzfrau, aber das konnte er nur vermuten, sie alle hatten sich längst an den Anblick gewöhnt – an den Anblick oder auch an das Vermeiden des Anblicks, denn wenn man sie sich genauer ansah, konnte einem schon ein wenig schwindelig werden, hatte seine Mutter einmal gesagt – sie hätten eine »psychedelische Wirkung«, sie verursachten Schwindelgefühle, wenn man sie zu lange ansah.

Seine Mitschüler – die mit ihm allerdings nie sprachen, er war ihnen zu »spießig« – bezogen das Wort »psychedelisch« auf die Musik, die sie hörten. Einige von ihnen trugen bunte T-Shirts, deren Farben und Muster den Pril-Blumen frappierend ähnelten, fand er. Es waren selbstgemachte T-Shirts, auf denen Blumen abgedruckt waren, geschwungene Muster oder auch dieses Friedenszeichen, das jetzt überall zu sehen war, das für nukleare Abrüstung stand und das einen Menschen mit hilflos herabhängenden Armen inmitten eines Kreises darstellen sollte, der die gesamte Erde symbolisierte. Sie trugen bunte

T-Shirts, Schlaghosen und sie konsumierten Drogen – Haschisch oder Marihuana überwiegend, aber er hatte seine Mitschüler auch schon über eine synthetische und halluzinogene Droge namens LSD sprechen hören –, das erzählte man sich, und manchmal sah man sie nachmittags auf den Schillerwiesen zusammensitzen oder herumlungern und zumindest rauchen.

Und Thomas mittendrin, als eine Art Rädelsführer oder Guru, wobei sich Heinrich nicht sicher war, ob es sich bei dem, was Thomas da immer rauchte, um Zigaretten handelte oder um Joints. Jedenfalls trug er häufig so ein lächerliches Indianer-Stirnband, so wie sie es früher, als Kinder, beim Cowboy-und-Indianer-Spiel getragen hatten. Und Thomas hörte, seit er sich mit dieser Clique abgab, auch so furchtbare Musik, amerikanische Bands überwiegend, die »The Doors« oder »The Lovin' Spoonful« hießen, Thomas verehrte Jimi Hendrix oder Bob Dylan, Musiker, die ihm, Heinrich, gar nichts sagten – nicht einmal mit den Beatles konnte er wirklich etwas anfangen –, und er hatte ein seltsames, von einem niederländischen Krimiautor verfasstes Buch namens »Der leere Spiegel«, in dem es um Zen-Buddhismus ging, zu seinem »Kultbuch« erklärt. Darüber hinaus las Thomas Bücher von Carlos Castaneda, einem amerikanischen Ethnologen, der in Mexiko mit bewusstseinserweiternden Drogen experimentierte – wie ihm seine Mutter, die ihn nicht lesen mochte, erklärt hatte –, und vor allem von Hermann Hesse, den »Steppenwolf« oder diesen scheußlichen »Siddhartha«. Heinrich konnte Hermann Hesse, anders als seine Eltern, die ihn ebenfalls lasen, rein gar nichts abgewinnen.

Seine Mutter hatte erst einmal heftig geschimpft, als sie ihn mit der Pril-Flasche in der Hand an der Kühlschranktür erwischt hatte. Sie hatte ihn in sein Zimmer geschickt und zum Lernen verdonnert – vor allem mit den Sprachen, mit Latein und Englisch, tat er sich schwer, aber auch in Deutsch war er eher eine Niete, und seine Deutschnoten waren es auch, die ihm noch das ganze Abitur ruinieren konnten –, die Pril-Blumen aber hatte sie, anders als Thomas' Mutter, nicht entfernt. Vielleicht hatte sie es versucht, und es war ihr nicht gelungen, zwei der unteren Pril-Blumen hatten einige Kratzer an den Rändern.

Sein Vater – Heinrich brachte es nicht über sich, ihn, wie er es seit einiger Zeit forderte, bei seinem Vornamen zu nennen, genauso wenig wie er seine Mutter Hilde nennen mochte, nur weil sie sich das auf einmal in den Kopf gesetzt hatten –, sein Vater hatte sich damals noch am gleichen Abend, als er aus dem Institut nach Hause gekommen war, unmittelbar nach dem Abendbrot, zu ihm ins Zimmer gesetzt, um ein ernstes Gespräch mit ihm über den Umgang mit Dingen, die einem nicht gehörten, zu führen – und letztlich hatte er lediglich angekündigt, mit ihm ein ernstes Gespräch führen zu wollen, stattdessen aber einmal mehr einen Vortrag gehalten, einen langen und ermüdenden Vortrag darüber, dass er, Heinrich, Hilde und ihn erst fragen müsse, bevor er gestalterisch in ihre Umgebung eingreife, und dass er endlich lernen müsse, Rücksicht zu nehmen auf andere Menschen, wenn er mit ihnen »in Gemeinschaft« zusammenlebte, und auch auf die Dinge achtzugeben, die Geld kosteten, das sei die Grundlage, um überhaupt miteinander auszukommen im Leben, das sei »eine Gesellschaftsgrundlage«: »Rücksicht aufeinander und Solidarität miteinander«.

Heinrich erinnerte sich noch genau an dieses »Gespräch«, auch wenn es nur eines von vielen »Gesprächen« gewesen war, jedes einzelne Wort hatte sich ihm eingebrannt – Worte, die jetzt überall zu hören waren, die auch in der Schule zitiert wurden, zumal von Thomas und seinen Hippie- oder Gammler-Freunden, und die irgendwelchen seltsamen Liedern entstammten.

»Vorwärts und nie vergessen, / worin unsere Stärke besteht! / Beim Hungern und beim Essen, / vorwärts und nie vergessen: die Solidarität!«

Er hasste diese Worte, und er hasste seinen Vater, wenn der so sprach und wenn er anfing, von der SPD, von »seiner Partei«, zu sprechen.

Während er damals auf ihn eingeredet hatte – »Junge, wir müssen einmal ernsthaft miteinander reden«, als würden sie nicht ständig und »ernsthaft« miteinander reden –, war sein Vater gar nicht streng gewesen, er hatte nicht geschimpft und schon gar nicht die Stimme erhoben – wie vorher seine Mutter –, das tat er im Grunde nie, sondern ihm tief ins Gewissen geredet, das hieß, er hatte ihm ein furchtbar schlechtes Gewissen gemacht in seiner, wie er es empfand, kalten, erbarmungslosen Art, die in seiner oberflächlichen Ruhe und Freundlichkeit, verborgen lag.

Alle seine Einwände hatte sein Vater einfach weggewischt – und das nicht etwa mit Worten, sondern vielmehr mit einer einzigen wegwischenden Handbewegung. Dass es doch schön aussah, hatte er eingewendet, dass die Aufkleber doch zu dem Zweck, sie aufzukleben, überhaupt auf den Flaschen hafteten, dass Thomas sie doch auch zu Hause aufgeklebt habe …

Das wolle er jetzt nicht hören, hatte sein Vater erwidert. Er wolle, dass er sich einsichtig zeige.

Heinrich nahm die Milchtüte aus der Kühlschranktür und roch an der Öffnung. Sie schien frisch zu sein. Also trank er vorsichtig einen Schluck.

Er trank vorsichtig, da es immer wieder vorkommen konnte, dass verdorbene Milch im Kühlschrank stand. Seine Eltern achteten nicht so sehr auf die Milch, es war die Putzfrau, die sie einkaufte und die sie in aller Regel austauschte, wenn sie schlecht geworden war, aber die Putzfrau kam nur einmal pro Woche.

Die Milch tat gut, aber den Hunger stillte sie nicht. Die Putzfrau war nicht da, sie würde auch an diesem Tage nicht mehr kommen, was schade war, da sie ihm immer etwas zu essen machte, wenn er sie darum bat – sie kochte ihm dann schnell ein paar Nudeln oder ein Süppchen, oder sie schmierte ihm ein Brot.

Die Putzfrau mochte ihn. Das wusste er. So wie seine Großmutter ihn gemocht hatte. Und wie sein Großvater ihn gemocht hatte – oder immer noch mochte, aber das war jetzt etwas anderes. Zu ihnen konnte er nicht mehr gehen. Wenn er bei ihnen gewesen war, hatte er immer so sein dürfen, wie er wollte, und nicht ständig das Gefühl vermittelt bekommen, nicht zu genügen. Seinen Großeltern hatte er immer genügt, so wie er war. Seine Eltern sagten ihm zwar nicht, dass er ihren Ansprüchen nicht gerecht wurde und dass sie eigentlich etwas anderes von ihm erwarteten – gut, wenn es um die Schule ging, sagten sie ihm das schon, aber das war auch wieder etwas anderes, darum ging es ihm nicht, ihm ging es ums Ganze – sie zeigten es ihm, sie ließen es ihn spüren, ob sie sich dessen nun bewusst waren oder nicht, ob sie es wollten oder nicht.

Seit seine Großmutter gestorben war – kurz bevor er die Pril-

Blumen an den Kühlschrank geklebt hatte – und sein Großvater durch den Schlaganfall oder »Apoplex«, wie der Arzt es damals genannt hatte und wie seine Eltern es seitdem auch nannten, zum Pflegefall geworden war, blieb er häufiger allein zu Hause, ganze Abende lang. Er dachte dann immer an seine Großeltern und wie es war, wenn er die Zeit bei ihnen verbracht hatte, die Abende und die Wochen und Monate, während seine Eltern unterwegs gewesen waren, auf Expeditionen in Südamerika, in Afrika oder in Indonesien. Nichts zog ihn dorthin, niemals wäre er dorthin gereist, zu diesen widerlichen Insekten und Kriech- und Krabbeltieren, die stachen oder bissen und deren Gifte tödlich sein konnten. Immer schon hatte er es vorgezogen, mit seinen Großeltern an die Nordsee zu fahren. Oder einfach in den Harz. Gut, Frankreich und Italien, das waren schöne Urlaube gewesen, aber doch lange nicht so schön wie die Urlaube mit den Großeltern, wie Sylt und Norderney, seine schönsten Kindheitserinnerungen, oder, im Winter, Altenau.

Es war immer ein komisches Gefühl, wenn er an der alten Villa in der Dahlmannstraße vorbeilief, in der seine Großeltern früher gelebt hatten.

Wenig erinnerte noch an sie. Die neuen Besitzer hatten den Garten umgestaltet und sämtliche Rosenstöcke, den Blauregen, die Veranda selbst und die hohe Haselnusshecke am Zaun entfernen lassen, Kahlschlag, wie seine Mutter sagte. Jetzt konnte man von der Straße nicht nur auf die Terrasse, sondern durch die großen Fenster direkt in den Salon gucken – der allerdings kein echter Salon mehr war –, aber die Bäume und Sträucher, die Sichtschutz waren, standen nicht mehr.

Man verstand es nicht, in dieser Hinsicht war er ausnahmsweise einmal mit seiner Mutter einer Meinung.

Gut, dass seine Großmutter das nicht mehr erleben musste, hatte sie gesagt, und sie vermied es nach Möglichkeit, durch die Dahlmannstraße zu gehen – so, wie er.

Zu schmerzlich sei es, zu sehr tue es weh, das hatte sie gesagt, er erinnerte sich noch genau an die Situation und daran, wie sie ihm plötzlich so nah gewesen war, wie er sich gewünscht hätte, dass sie ihn in den Arm nahm, aber das hatte sie nicht getan, sie hatte ihn nicht einmal angesehen.

Heinrich spürte, wie ihm Tränen in die Augen stiegen, aber das wollte er nicht zulassen. Er schluckte.

Im Altenpflegeheim, das am Stadtrand lag, besuchte er seinen Großvater nur selten, eigentlich nur dann, wenn seine Eltern darauf bestanden, dass er mitkam. Er war sich gar nicht sicher, ob sein Großvater ihn wahrnahm – ob er überhaupt noch irgendetwas wahrnahm –, aber seine Mutter war der festen Überzeugung, dass er sich über seinen und auch über ihren Besuch freute. Dabei saß oder lag er nur da mit starrem Blick und schwieg. Manchmal rann ihm auch Speichel aus dem Mund, den seine Mutter dann abwischte. Nein, in so einem Zustand würde er nicht gerne dahinvegetieren, das fand er unmenschlich – seine Eltern hingegen fanden es unmenschlich, dass er so dachte.

Heinrich stellte die Milch zurück und ging ins Wohnzimmer, wo immer noch seine Schultasche auf dem Boden lag.

Er setzte sich aufs Sofa, unschlüssig, was er tun sollte. Vielleicht kamen seine Eltern erst spät am Abend wieder, wie so oft, und er musste keine Fragen mehr beantworten – wenigstens an diesem Tag nicht. Er würde einfach früh ins Bett gehen, seinen Karl May lesen und sich schlafend stellen, wenn sie kämen und noch einmal nach ihm schauten.

Sie würden von der schlechten Note, die er für die letzte Klausur bekommen hatte, noch früh genug erfahren. Sie ahnten ohnehin, dass es eher finster um sein Abitur stand – nicht, dass er es nicht schaffen würde, das würde ihm schon gelingen, aber mit dem Notendurchschnitt, den er zu erwarten hatte, ließ sich nicht so viel anfangen, jedenfalls nicht das, was seinen Eltern vorschwebte. Nicht, dass sie sich jemals konkret geäußert hätten – sie erwarteten auch nicht, dass er in ihre Fußstapfen trat und Entomologe oder Botaniker würde – das wäre auch eine absurde Hoffnung gewesen, dachte er grimmig –, aber er sah sich auch nicht als Professor, gleich in welchem Fach, er sah sich auch nicht als Mediziner oder Jurist. Irgendetwas würde er schon werden.

Vor allem würde er bald in die CDU eintreten und zwar aus Überzeugung.

14

Alles in allem war sie doch zufrieden, befand Melanie. Sie saß vor ihrem Laptop und blickte auf ein riesiges David-Bowie-Poster, das sie vor einigen Tagen zusammengerollt im Flur gefunden und in der Küche aufgehängt hatte.

Bowie war tot, aber Berlin und Bowie, das gehörte zusammen, fand sie.

Ja, dachte sie, sie war zufrieden, auch wenn sie immer wieder über ihre Eltern nachdachte, was sie beunruhigte. Sie dachte mehr über ihre Eltern nach als über ihre eigene, durcheinandergeratene Situation, und sie stand auf der Seite ihrer Mutter, die – inmitten ihres plötzlichen Tatendrangs, ihrer ungeahnten Veränderungsfreude und bewunderungswürdigen Entschlossenheit – während ihres Besuches auch sehr zerbrechlich auf sie gewirkt hatte. Ihr dagegen ging es gut, sie fühlte sich wohl, sie war ausgeglichen und froh, in Berlin zu sein und nirgendwo sonst, und Simon und Swetlana wären auch bald zurück.

Jetzt saß sie – wieder einmal – am Esstisch in der Küche ihrer sich immer noch manchmal ungewohnt anfühlenden Wohngemeinschaft, ihres Nests oder Refugiums, in dem ihr anfangs eine Art Asyl gewährt worden war und das sich inzwischen vom Provisorium in eine Lösung von Dauer verwandelt hatte. Den Rest ihrer Möbel und Umzugskisten, die im Keller ihrer Eltern lagerten, würde sie bald nach Berlin schaffen und dann auch das Thema Umschulung endlich ernsthaft angehen. Sie hatte sich lange, sehr lange dazu überwinden müssen, und sowohl ihre Mutter als auch Agnieszka – die vor einer halben Stunde erst zu einer Verabredung ausgeflogen war – hatten ihr zugeredet. Nach diversen vergeblichen Bewerbungen und ermüdenden Gesprächen auf dem Arbeitsamt und endlosem Nachdenken und Abwägen hatte sie es viel zu lange vor sich hergeschoben.

Auf einmal klingelte ihr Handy, und sie blickte auf das Display.

Das konnte doch nicht sein – nach so vielen Wochen oder inzwischen sogar Monaten.

Sie ließ es eine Weile klingeln und starrte auf den Namen des Anrufers. Es hatte etwas Unwirkliches, aber so war das vermutlich mit den Gespenstern der Vergangenheit, dachte sie. Und das hier war gleich doppelte Vergangenheit, ältere und jüngere.

Andreas Hansen – sie hatte schon eine ganze Weile nicht mehr an ihn gedacht, und jetzt sah sie ihn wieder vor sich, seine kurzen, hochgeföhnten Haare, seine Geheimratsecken, den stechenden Blick seiner blauen Augen – sie hatte sogar den Duft seines Aftershaves wieder in der Nase.

Simon hatte sie irgendwann gefragt, ob sie noch einmal etwas von ihm gehört habe.

Nach ihrem »One-Night-Stand« hatte sie oft über ihn nachgedacht. Immerhin war sie einmal sehr in ihn verliebt gewesen, zu Abiturzeiten – oder vielleicht auch schon in der Mittelstufe –, woraus aber nie etwas geworden war.

Nein, dachte sie und ließ es klingeln. Sie klappte ihr Laptop wieder auf, um mit den Unterlagen und Formularen fertigzuwerden, aber mit ihrer Konzentration war es dahin. Stattdessen ließ sie den Abend im Mikado noch einmal langsam Revue passieren – ein bisschen schämte sie sich immer noch, dass sie dort, vor den Augen Simons und vor allem Swetlanas, mit Andreas betrunken knutschend in der Ecke gesessen hatte. Und vor den Augen so vieler anderer, die sich hinterher sicher das Maul darüber zerrissen hatten.

Sie erinnerte sich, wie sie mit zu ihm nach Hause gegangen war, wie sie sich durchs Haus geschlichen hatten, damit seine Eltern nichts mitbekamen, und wie sie dann in seinem Zimmer verschwunden waren, das, anders als ihres daheim, immer noch wirklich sein altes Zimmer gewesen war, aufgeräumter vielleicht als früher, in dem sie vor so vielen Jahren schon so oft gesessen hatte, allerdings nie mit Andreas allein, immer mit anderen zusammen, mit denen sie sich zum Lernen getroffen oder mit denen sie einfach »vorgeglüht« hatten, um später noch ins Mikado zu gehen, so wie sie es beinahe jedes Wochenende getan hatten.

Sie konnte sich noch haargenau erinnern – und sie würde es wohl auch nie vergessen –, wie sie da einmal gesessen hatte, zwischen ihren Freundinnen Nicole und Elisabeth, glaubte sie, und wie sie und Andreas sich die ganze Zeit angesehen hatten, ja, angestarrt hatten sie sich. Und im weiteren Verlauf des Abends, später, im Mikado, waren sie sich nicht mehr begegnet, seltsamerweise – obwohl sie Ausschau nach ihm gehalten hatte –, und auch an den Wochenenden darauf nicht, sie hatten sich aus den Augen verloren und nur noch in der Schule gesehen, aber das war nicht dasselbe, da waren sie nie allein, also so allein, wie sie es nur im Mikado hätten sein können. Ansonsten wäre es vielleicht damals schon passiert, dachte sie. Und wer wusste schon, was nicht noch alles passiert wäre, wenn sie sich an jenem Abend im Mikado gefunden hätten, vielleicht wären sie ja »zusammengekommen«, wie man damals gesagt hatte.

Nicole, mit der er dann später einmal kurz etwas gehabt hatte, hatte immer schon gesagt, sie seien wie füreinander gemacht. Dass Nicole später, nach dem Abi, etwas mit ihm gehabt hatte, wusste sie von Kerstin, Nicole hätte ihr das nie erzählt, und es stand seitdem unausgesprochen zwischen ihnen. Vielleicht war allein das der Grund dafür, dass es mit ihrer Freundschaft, die immerhin bis zurück in den Kindergarten reichte, irgendwann vorbei gewesen war. Eigentlich ein läppischer, ein dummer Grund, fand Melanie auf einmal.

Sie hatten etwas nachzuholen gehabt, Andreas Hansen und sie. Ja, so war es, und es nachgeholt zu haben bereute sie kein bisschen. Die Frage war nur, ob das nicht reichte, ob da jetzt noch mehr folgen musste.

In dem Moment hatte Andreas auf die Mailbox gesprochen. Sie hörte sie ab. Er komme übers Wochenende nach Berlin, ob sie ihn treffen wolle.

Melanie hielt die Fäden gern selbst in der Hand – das war schon immer so gewesen, vielleicht seit sie als Kind von ihren Großeltern eine handgeschnitzte Marionette aus dem Harz geschenkt bekommen hatte, eine knöcherige und finstere Hexe, die sie umso mehr geliebt hatte und die wahrscheinlich in Bad Soltal in einer Kiste in der Garage oder auf dem Dachboden verstaut war, wenn ihre Eltern sie nicht längst weggeschmissen hatten.

Nein, dachte sie ein weiteres Mal und steckte das Handy weg. Sie wollte diese Büchse der Pandora lieber geschlossen halten. Lieber wollte sie ihre Mutter oder ihren Vater einmal danach fragen, was eigentlich aus ihrer Hexen-Marionette geworden war.

Am nächsten Tag telefonierte Melanie mit ihrer Mutter, die schon nicht mehr zu Hause wohnte, sondern bei Margot Hövelkamp, einer alten Freundin, es war alles ganz schnell gegangen – Melanie war darüber allerdings etwas überrascht gewesen, da sie gar nicht gewusst hatte, dass ihre Mutter mit Margot noch Kontakt hatte, aber vielleicht war das auch der Not geschuldet, an irgendwen hatte sie sich schließlich wenden müssen, und viele Freunde hatte ihre Mutter nicht, zumindest ihres Wissens nach nicht – und ihr Vater noch weniger.

Sie würde aber bei Margot, wo sie ohnehin nur vorübergehend untergekommen war und im Gästezimmer schlief, nicht lange bleiben müssen, sagte sie jetzt, da sie eine eigene kleine Wohnung gefunden habe, in die sie schon in wenigen Wochen einziehen könne.

»Ja, natürlich in Bad Soltal, wo denn sonst?«, sagte Christa, als Melanie fragte, und sie klang, als hätte sie nie etwas anderes in Erwägung gezogen. Die Wohnung sei günstig, sie könne sich das schon leisten, fuhr sie fort. Nein, das sei ganz anders als in Berlin, ja. Und dann sagte sie, dass sie sich jetzt tatsächlich scheiden lasse, dass sie das ihrem Vater auch schon mitgeteilt habe, dass er bald Post von einem Anwalt bekommen würde, und dass er, wie sie es erwartet hatte, »aus allen Wolken gefallen« sei. Aber es helfe ja nichts …

Simon, der von den Ereignissen dieser unwahrscheinlich kurzen Zeitspanne – die Ereignisse hatten sich förmlich überschlagen – nichts wusste und vermutlich noch nicht einmal etwas ahnte – und dessen Beistand Melanie einmal mehr sehr schmerzlich vermisste –, würde jetzt bald wieder zurück sein.

Ihre Mutter hatte auf seine Ankunft nicht warten können – leider, sagte sie –, sie hatte sich eine Woche krankschreiben lassen – den Krankenschein, den ihr ihr Hausarzt ausstellen würde, konnte sie im Sekretariat der Schule nachreichen –, aber noch eine weitere Woche wäre dann doch zu viel gewesen, sagte sie.

Inzwischen war Simon schon mehr als drei Wochen unterwegs – er hatte am Theater einen ganzen Monat lang keine Probe, hatte er am Telefon gesagt.

Was für ein Luxus, sagte jetzt Melanie, und ihre Mutter – es hatte den Anschein, als hörte sie zum ersten Mal davon – erwiderte, dass sie Simon darum sehr beneide, eine Auszeit von einem Monat – oder besser noch länger, ein halbes Jahr vielleicht – würde nicht nur ihr, sondern auch ihrem Kollegium guttun – Heinrich allen voran.

Vielleicht sollte man das einführen – grundsätzlich, für alle Berufe –, genauso wie eine Vier-Tage-Woche, wie sie es in Finnland planten, das habe sie kürzlich erst in der Zeitung gelesen.

III

ZEHNTES KAPITEL

1

Swetlana, die sich gerade mit dem für ihr Empfinden viel zu schwachen Föhn die Haare trocknete, rechnete. Kennengelernt hatte sie »ihren Simon« – wie Natascha es auszudrücken pflegte – vor inzwischen eineinhalb Jahren.

Es musste im August gewesen sein, irgendwann Ende August oder vielleicht auch schon Anfang September – es war jedenfalls noch sommerlich warm gewesen –, als sie – und sie verstand bis heute nicht wirklich, wie es dazu hatte kommen können und was sie in dem Moment geritten hatte – die Initiative ergriffen und bei ihm geklopft und nach Zucker gefragt hatte.

So ganz genau wusste sie es nicht mehr, aber das war auch nicht so wichtig, fand sie. Viel wichtiger war, dass sie für ihren Geschmack nicht nur ein wenig, sondern allzu fadenscheinig und durchschaubar gefragt hatte, so kam es ihr heute zumindest vor, und es war ihr auch ein bisschen peinlich und wurde zunehmend peinlicher, je öfter und je länger sie sich die Situation ins Gedächtnis zurückrief –, aber das Fadenscheinige schien Simon gar nicht bemerkt, und wenn, dann jedenfalls nicht weiter gestört zu haben – und vielleicht hatte sie mit ihrem spontanen Vorstoß auch nicht nur ihn, sondern sich selbst überrumpelt.

Sie war jedenfalls, erinnerte sie sich, am Tag davor im Kino gewesen – an dem Abend, als sie Simon und, ohne es zu dem Zeitpunkt zu wissen, auch Agnieszka bei einem heftigen Treiben in seinem Bett belauscht hatte, sie dachte ungern daran, das musste sie sich eingestehen, aber manchmal konnte sie nicht umhin –, Ingmar Bergmans »Wilde Erdbeeren« hatte sie sich angeschaut, das wusste sie noch genau, und vielleicht hatte sie – irgendwo im Regal zwischen ihren DVDs – auch das Programm der Ingmar-Bergman-Retrospektive aufbewahrt – so etwas schmiss sie eigentlich nicht weg –, und wenn sie es noch besaß, dann könnte sie nachsehen, wenn sie wieder zur Hause wäre, dann wüsste sie es genau, und es wäre zumindest eine Basis für eine Chronik der Ereignisse geschaffen, die in ihrem Kopf doch gelegentlich etwas durcheinandergerieten und jedenfalls keine klare Abfolge mehr hatten.

Das Programm, dachte sie beiläufig und lächelte, könnte sie irgendwann einmal ihren Enkelkindern zeigen, vorausgesetzt …

Ob sie ihn heiraten würde, hatte Simon sie vor knapp zehn Monaten gefragt, damals, in Tel Aviv, als der Sturm vorübergezogen war, die tosenden Wellen sich geglättet hatten, der Himmel klar geworden und sie zusammen Arm in Arm, wenn nicht Wange an Wange, am noch menschenleeren Strand in der aufgehenden Morgensonne gesessen hatten. Diesen speziellen Tag hatte sie sich gemerkt, wie hätte sie ihn sich nicht merken können – und Simon hatte ihn sich auch gemerkt. Es war eine Zäsur gewesen – so wie ihr Klopfen an der Nachbartür und ihre Frage nach Zucker auch, nur hatte sie das damals noch nicht ahnen können.

Simons Heiratsantrag war der erste Antrag gewesen, den sie in ihrem Leben erhalten hatte, ein Leben, das sie sich ohne einen Mann an ihrer Seite vorgestellt hatte. Zu heiraten hatte außerhalb ihres Vorstellungsvermögens gelegen, und wenn sie es sich je gewünscht haben sollte, dann hatte sie diesen Wunsch erfolgreich verdrängt. Es war – und das war nicht ganz unwichtig – auch der erste Heiratsantrag, den Simon jemals jemandem gemacht hatte – das sagte er zumindest, und das glaubte sie ihm auch. So richtig ernst schienen seine Beziehungen, oder besser Affären, nie gewesen zu sein. Das freute sie schon – und das musste sie sich ebenfalls eingestehen –, auch wenn ihr Eifersucht vollkommen fremd war.

Wie es gewesen war, damals am Strand, das würde sie nie vergessen – das Meer, der Himmel, sein Gesichtsausdruck.

Sie hatte nicht lange überlegt, sie hatte ihn nur angesehen und eingewilligt, sie hatte sofort »ja« gesagt, und dann hatten sie sich geküsst, und alles war ganz selbstverständlich gewesen. Sie konnte jetzt nicht einmal sagen, dass sie aus dem Grund nicht lange hatte überlegen müssen, dass alles so eindeutig und keine andere Antwort möglich gewesen wäre – nein, so war es nicht gewesen. Sie war vielmehr gar nicht dazu gekommen zu überlegen. Es war stattdessen ein unwillkürlicher Drang gewesen, der sie sofort, ganz unmittelbar, hatte antworten lassen, eine Reaktion vielleicht darauf, dass er sie so überrascht und gerührt hatte, tief in ihrem Inneren, wo sie noch nie ein Mann berührt hatte, so pathetisch das auch klingen mochte. Was sie beeindruckt und womit sie nicht gerechnet hatte, war, dass Simon ihr nachgereist war – wenn auch zunächst ironischerweise an den falschen Ort, der sich allerdings doch bald als sehr viel richtiger erwiesen hatte, und nicht erst, als sie, von Moskau kommend, dazugestoßen war und seinem Leid – anders konnte man es ja nun wirklich nicht nennen – ein Ende bereitet hatte.

Es hatte sie beeindruckt, dass Simon alles stehen und liegen gelassen hatte, um für sie zu »kämpfen«.

Letzteres war wieder ein Ausdruck Nataschas – typisch Natascha – Simon habe um sie »gekämpft«, das hatte Natascha mehrfach gesagt, mit so einer albernen Bewunderung oder Schwärmerei in der Stimme, die sie häufiger an den Tag legte, besonders wenn es um Simon ging. Wie hieß es noch gleich: Sie hatte einen Narren an ihm gefressen. »Gekämpft« war vielleicht übertrieben, dachte Swetlana, aber bemüht hatte er sich und gezeigt, dass er sie liebte.

Es hatte sich nicht seltsam angefühlt, gleich »ja« zu sagen. Das hätte es vielleicht, wenn sie in der Situation damals überhaupt dazu gekommen wäre, einmal wirklich nachzudenken oder wenigstens einen klaren Gedanken zu fassen. Vielleicht hätte sie dann sogar »nein« gesagt, überlegte sie jetzt, oder auch »ich weiß nicht«, wohl eher »ich weiß nicht« oder »vielleicht später« oder »irgendwann, nicht jetzt«. Im Grunde hielt sie wenig von überstürzten Entscheidungen.

Was hätte sie auch sagen sollen? Alles andere als ein »ja« wäre absurd und unangemessen gewesen. Schließlich war Simon der erste Mann in ihrem Leben, zu dem sie wirklich Vertrauen gefasst hatte – von Beginn an –, der erste Mann, vor dem sie keine Angst hatte, seit sie von Oleg Melnikow vergewaltigt worden war. Vor Simon würde sie nie Angst haben müssen.

Ja, sie wäre auch zu ihm zurückgekehrt, wenn er ihr nicht nachgereist wäre. Dessen war sie sich sicher – das hatte sie damals schon gewusst, noch bevor sie das Flugzeug überhaupt bestiegen hatte, und daran hatte sich bis jetzt nichts geändert. Sie wäre aus Moskau zu ihm zurückgekehrt. Sie war vor allem Nataschas wegen nach Moskau gereist und hatte es lediglich dankend in Kauf genommen, Simon eine Weile meiden zu können und etwas Distanz zu schaffen nach dieser blöden Geschichte, die einerseits wirklich belanglos war, wie es Natascha von

Anfang an gesagt hatte, die andererseits ihr Vertrauen nicht zerstört, aber doch zeitweise erschüttert hatte.

Das alles hatte sie Simon nicht gesagt, noch nicht, aber vielleicht würde sie es heute endlich tun, nach der Trauung oder nach der Feier.

Sie hatte nie vorgehabt, ihre Beziehung mit ihm zu beenden, im Gegenteil, sie hatte ihm längst verziehen – lange bevor sie der Anruf ihrer Mutter erreicht hatte. Aber vielleicht hätte sie nicht so schnell »ja« gesagt zu seinem Antrag, wenn er ihr nicht nachgereist wäre, wenn sie einfach aus Moskau zurück nach Berlin gekommen wäre und sie – nach einer »Aussprache« oder »Versöhnung« – einfach so weitergemacht hätten wie vorher, vielleicht – ein weiterer Gedanke, der ihr schon häufiger gekommen war –, vielleicht hätte er sie auch gar nicht gefragt, wenn es nicht in dieser besonderen Situation gewesen wäre, immerhin in Israel, im Gelobten Land, am Strand, vor dem Meer, in der aufgehenden Morgensonne, nach dieser aufwühlenden Zeit, die hinter ihnen gelegen hatte.

Während sie das dachte und sich dabei im Spiegel betrachtete, klopfte es energisch an der Badezimmertür.

»Ich bin gleich so weit, eine Sekunde noch«, sagte Swetlana und legte den Föhn zur Seite. Sie griff nach dem Lippenstift. Zur Feier des Tages, dachte sie. Dieses Mal würde Simon überrascht sein.

»Die anderen warten sicher schon …«, rief er.

Sie wusste, dass sie spät dran waren, und trat noch etwas näher an den Spiegel heran. Nein, sie hatte keine Augenringe. Auch wenn die Nacht kurz gewesen war. Sie formte die Lippen zu einem Kussmund.

»Und ich habe Hunger …«, insistierte Simon.

Swetlana lächelte. Sie betrachtete sich und lächelte. Ein bisschen albern fand sie es schon, sich so herauszuputzen. Das entsprach so gar nicht ihrer Gewohnheit – und auch nicht ihrem Geschmack. Aber Natascha hatte sie beraten – es war eine sehr bevormundende Beratung gewesen, die wenig oder keinen Raum für Einspruch gelassen hatte – und sie hatte es sich auch nicht nehmen lassen, ihr die nötigen Utensilien mitzubringen, die Swetlana jetzt nach und nach benutzte, um am Ende so auszusehen, wie Natascha es sich vorstellte – dezenter rötlicher Lidschatten, ein wenig Rouge auf den Wangen, wirklich nur einen Hauch, ein wenig Wimperntusche und jetzt noch der rote Lippenstift. Ach so, und das Parfum nicht vergessen.

»Sehr exklusiv«, hatte Natascha gesagt. Das trage in Deutschland sicher niemand außer ihr.

Sie nahm den Flakon in die Hand, sprühte den unaufdringlichen Duft in die Luft und tauchte ihr Gesicht in die unsichtbare Wolke.

In einem hatte Natascha recht, dachte sie. Wenigstens hier in Bad Soltal würde niemand diesen Duft tragen.

Ihr Kleid, ebenfalls ein Geschenk von Natascha, eines der vielen Mitbringsel aus Moskau, saß perfekt. Es war dunkelgrün, für sie ungewohnt körperbetont, aber es gefiel ihr sehr, nicht zuletzt, weil es sie an die zwanziger oder, sie war sich nicht sicher, vielleicht auch an die sechziger Jahre erinnerte. Es war wunderschön.

Simon jedenfalls würde staunen. Ein paar Minuten musste er sich noch gedulden.

Sie freute sich auf alles, was an diesem Tag und danach geschehen würde – die »Flitterwochen« würden noch etwas auf sich warten lassen, die Semesterferien hatten zwar gerade begonnen, doch die Frankreichreise inklusive einer Woche Paris, die sie sich beide als ihr einziges Hochzeitsgeschenk gewünscht hatten, wollten sie, wenn sie schon aus Rücksicht auf ihren Großvater im Februar und nicht, wie anfangs erwägt, im Mai heirateten, lieber im Sommer antreten –, zunächst aber freute sie sich auf das Frühstück mit Simons Eltern, die an diesem Tag wohl oder übel miteinander auskommen mussten – aber das war schon einmal gutgegangen –, mit Simons Großeltern, mit Melanie, Agnieszka und auch mit Natascha und Darja, die sehr betrübt gewesen wäre, wenn Natascha sie wieder in Moskau zurückgelassen hätte.

Sie freute sich auf die standesamtliche Trauung im Bad Soltaler Rathaus, so fremd ihr diese Zeremonie auch erschien – zumal hier, in der niedersächsischen Provinz, sie freute sich auf das Kaffeetrinken, auf ihre Mutter und auf ihren Großvater, die direkt aus Stuttgart anreisen würden, wohin sie nach ihrem Aufenthalt in Polen gefahren waren, und die sie am Nachmittag erwarteten, und natürlich auf die große Feier am Abend, zu der insgesamt knapp fünfzig Gäste geladen waren.

Neben Natascha, Darja und Agnieszka hatten sie und Simon auch einige ihrer Berliner Freunde und früheren Kommilitonen eingeladen, und alte Bad Soltaler Freunde würden kommen. Sogar Sarah Schiffner hatte ihren Besuch einrichten können. Darüber, dass Sarah Schiffner eingeladen war und auch wirklich kommen würde, hatte Simons Mutter, die am vergangenen Abend noch mit ins Hotel an die Bar gekommen und bis zuletzt geblieben war, die ganze Zeit aufgeregt gesprochen – »ein echter Filmstar«, hatte sie immer wieder gesagt, »und das in unserem kleinen Städtchen«.

Dass es einfach möglich gewesen war, in Bad Soltal zu heiraten, hatte Swetlana schon erstaunt. In Berlin waren die Termine des Standesamts lange vergeben. Gut, die Zeit, auf einen Termin zu warten, hätten sie gehabt, sie hatten die Hochzeit und auch die Feierlichkeiten lange im Voraus geplant. Es war wohl eher Zufall als Wille oder Absicht gewesen: Sie hatte zwar sofort eingewilligt, Simon zu heiraten, aber sie hatte nicht gesagt, wann sie das zu tun gedachte – und so hatte er sich neun Monate gedulden müssen. Vor allem ihre Mütter waren es, die sich wirklich in Geduld hatten üben müssen. Sie waren beide ganz aus dem Häuschen gewesen, als sie sie von der Hochzeit in Kenntnis gesetzt hatten, und beide hatten Simon und sie zeitweise nahezu täglich mit neuen Ideen und Vorschlägen zur Gestaltung des großen Ereignisses bombardiert.

Irgendwann hatten sie sich entschlossen, nicht in Berlin, sondern in Bad Soltal zu heiraten. Sie hatten die Entscheidung eine ganze Weile abgewägt. Aber es waren eben auch Dinge geschehen, mit denen sie nicht gerechnet hatten. Simons Großvater hatte sich nach einem Sturz im Wald einen Oberschenkelhalsbruch zugezogen, war operiert worden, immer noch sehr schwach und zwischendurch auch ein bisschen verwirrt. Gehhilfen hatte er bekommen, und er war nicht mehr reisefähig. Ihrem Großvater – auch wenn der seinerseits, vielleicht durch das tägliche Schwimmen, immer jünger zu werden schien – hatten sie nicht zumuten wollen, gleich zweimal eine größere Reise anzutreten. Ende Januar war er aus Anlass des fünfundsiebzigsten Jahrestages der Befreiung Auschwitz-Birkenaus zur Gedenkveranstaltung nach Polen gereist und hatte mit ihrer Mutter, die ihn begleitet hatte, eine Woche in Krakau verbracht. Danach waren sie nach Stuttgart und nach Waiblingen gefahren.

Als klar gewesen war, dass er nach Deutschland kommen, dass er entgegen seiner bisherigen Überzeugung wieder einen Fuß auf deutschen Boden setzen würde, hatte er es sich nicht nehmen lassen, auch seiner alten Heimat einen Besuch abzustatten. Und dass er zur Hochzeit kommen würde, hatte er schon sehr bald nach der Verkündung entschieden, entsprechend hatten sie den Termin gelegt.

Hier, in Bad Soltal, wäre ihr Großvater außerdem dem Berliner Großstadttrubel nicht ausgesetzt, und er würde den Wald zu sehen bekommen, von dem er in letzter Zeit so viel gesprochen hatte, den Wald und die Berge. Es war zwar nicht der Wald seiner Kindheit, aber doch ein echter Bilderbuchwald aus Buchen und Tannen, wenn auch zumindest die Buchen jetzt, im Februar, noch allesamt kahl waren.

Gestern erst hatten sie einen langen Spaziergang gemacht, eine Wanderung durch den Schnee bis hinauf nach Schmiedsteinshöhe, wohin sie beinahe schon einmal gewandert waren, damals, bevor sie Wolfgang, der mit seiner Familie ebenfalls zur Hochzeit kommen würde, im Harz besucht hatten. Simons Mutter hatte sie begleitet – seinem Vater hatten sie nichts davon gesagt. Natascha und Darja waren mitgekommen – und hinterher ziemlich erledigt gewesen –, Agnieszka war dann erst am Abend eingetroffen, zusammen mit Melanie.

Gemeinsam hatten sie alle im Hotel zu Abend gegessen und im Anschluss noch lange an der Hotelbar gesessen, die eigens für sie geöffnet hatte, immerhin waren sie die einzigen Gäste gewesen. Der »Barkeeper«, ein junger Mann mit Ohrring und blonden Strähnchen, hatte gesagt, die Bar bleibe geöffnet, solange sie Getränke bestellten. Und das hatten sie getan, bis kurz vor zwei, dann erst waren sie auf ihr Zimmer gegangen. Einen Kater hatte Swetlana trotzdem nicht.

Simon war es gewesen, der darauf bestanden hatte, dass sie beide sich im Hotel einquartierten – in diesem alten Kurhotel zum Markgrafen – und nicht bei seinen Eltern wohnten, das hieß, bei seinem Vater, die Wohnung seiner Mutter war ohnehin viel zu klein, um Gäste zu beherbergen – nur Melanie schlief bei ihr.

Das Kurhotel zum Markgrafen war nicht gerade das schönste Hotel, das man sich für eine Hochzeit hätte vorstellen können, dachte sie, aber wenn man über das eine oder andere großzügig hinwegsah –

nicht zuletzt über den etwas muffigen Geruch in den Fluren –, hatte es durchaus etwas Romantisches, auf eine sehr altmodische Art sogar irgendwie Heimeliges – das Zimmer war im Übrigen tadellos und die Betten stets frisch und ordentlich gemacht –, und die Lage war grandios, direkt am Hang, am Waldrand, mit Blick auf die gegenüberliegende Waldseite und die Berge, aber auch über das Städtchen samt dem kleinen Fluss, über die Dächer der Fachwerkhäuschen, auf den Marktplatz mit der Bank und dem Novalis-Stein, auf das Rathaus und das Gildehaus und auf den gotischen Turm von Sankt Johannes.

Die Entscheidung, im Hotel abzusteigen, brachte auch ein paar praktische Nebeneffekte mit sich – abgesehen davon, dass sie Simons Vater aus dem Weg gehen konnten. Agnieszka – die am vergangenen Abend hoffentlich den Weg zurück gefunden hatte – hatten sie bei Simons Vater unterbringen können und auch Marlene, eine Freundin aus dem Kolloquium, die erst zur Feier am Abend kommen würde. Melanie hatte ihr altes Zimmer zur Verfügung gestellt. Ihre Mutter und ihr Großvater würden, wie sie und wie Natascha und Darja, ebenfalls im Hotel nächtigen, was ihr sehr lieb war. Ihre Ankunft erwarteten sie am Nachmittag.

Das war einigermaßen tragisch, fand Swetlana, denn so verpassten die beiden die Trauung, aber es hatte sich offenbar nicht anders einrichten lassen. Ihr Großvater hatte sich überreden lassen, noch einen Vortrag in Stuttgart zu halten – auf Einladung des Oberbürgermeisters – und den lokalen Zeitungen und Sendern Interviews zu geben, daher hatten sie nicht früher anreisen können und kamen aber rechtzeitig zur Feier.

Sie verstand ihren Großvater, sie verstand seinen Drang und auch die Notwendigkeit, von seinen Erlebnissen zu berichten, wann immer sich eine Gelegenheit dazu auftat. Seine Bemühungen gegen das Vergessen und gegen die Gleichgültigkeit wogen mehr, und schließlich kam er ja – und die Trauung war doch letztlich auch nur ein juristischer Akt, auf die Feier und das Zusammenführen der Familien kam es an.

Der Gedanke, dass ihr inzwischen über neunzigjähriger Großvater nach Deutschland reiste, bereitete ihr Sorgen – und das nicht nur seines Alters wegen. Früher, in Russland, hatte ihr Großvater immer gesagt, er würde nie wieder einen Fuß auf deutschen Boden setzen, aber dann hatte er überraschenderweise darauf bestanden, schließlich handle es sich um die Hochzeit seiner »geliebten Enkelin«, hatte er gesagt, und dass er außerdem mit ihrer Wahl, mit ihrem Bräutigam, sehr zufrieden sei. Seinen Segen hätten sie, das hatte er gesagt. Er hatte entschieden, dabei zu sein – gegen den Willen und den anfänglichen Widerstand ihrer Mutter, die um seine Gesundheit fürchtete und die dem Gedanken, nach Deutschland zu reisen, nicht viel abgewinnen konnte.

Ihre Mutter mochte, vorsichtig ausgedrückt, Deutschland nicht – sie hatte nie einen Gedanken an Versöhnung verschwendet –, das wusste Swetlana, und sie wusste auch, dass das alles – die Geschichte, die Abneigung, die Furcht – Simon nicht betraf, dass dessen »Deutschsein« für sie keine Rolle spielte. Es war bereits ein großes Thema gewesen, als sie es sich in den Kopf gesetzt hatte, nach Berlin zu gehen. Ausgerechnet nach Berlin, von wo so viel Böses ausgegangen war. Das hatte ihre Mutter nie verstanden. Und jetzt kamen sie auf einmal her, als der Antisemitismus gerade eine große Renaissance erlebte – auch darüber hatten sie im Vorfeld der Reise gesprochen, aber ihren Großvater schien das in seinem Entschluss eher bestärkt zu haben.

Es war nicht nur Simons Besuch bei ihnen in Tel Aviv gewesen, der etwas verändert hatte in ihrem Fühlen und Denken – das auch, dachte Swetlana, aber ihr Großvater, der Simon in Tel Aviv sogar von seiner KZ-Haft, von der Räumung des Lagers und von dem Genickschuss erzählt hatte, von seinem Retter, dem russischen Offizier, dem Lazarettaufenthalt und der holprigen Fahrt durch die russische Steppe, war schon von dem Tag an ein anderer Mensch gewesen, an dem er Russland verlassen hatte und nach Israel gegangen war.

Erst während eines ihrer letzten Telefonate hatte er ihr gegenüber geäußert, dass er schon seit einiger Zeit – und nicht erst, seit sie ihn von ihren Heiratsplänen in Kenntnis gesetzt hatte – immer häufiger an Deutschland, an seine Eltern und an seine Kindheit denken musste, dass ihm der Gedanke und vielleicht uneingestandene Wunsch, doch einmal dorthin zu reisen, häufiger in den Sinn gekommen war – ohne sich etwas Konkretes davon zu versprechen.

Die beiden würden dann später auch in diesem eigentümlichen Kurhotel zum Markgrafen mit seinen Schiefertürmchen absteigen, das seine beste Zeit schon lange hinter sich zu haben schien und sich – jedenfalls war das die Meinung von Simons Vater – wohl auch nicht mehr bis in alle Ewigkeit würde halten können.

Swetlana legte den Lippenstift zur Seite. Jetzt hatte sie endgültig keine Lust mehr. Natascha hätte sie vermutlich noch stundenlang weiter angemalt und bepinselt, aber ihr reichte es.

Ein letzter Blick in den Spiegel. Nein. Das war nicht sie …

Sie drehte den Wasserhahn auf und wischte sich mit einem Handtuch die Schminke vom Gesicht, was ihr erst nach einer Weile gelang und auch nur dank des Make-up-Entferners, den ihr Natascha ebenfalls mitgebracht hatte – in diesem Moment war Swetlana ihr auf einmal wirklich dankbar.

Erst als sie sicher war, dass nichts mehr in ihrem Gesicht klebte, öffnete sie die Badezimmertür und trat ins Zimmer.

Simon sah sie an, er hatte ihr Kleid vorher noch nicht sehen dürfen.

»Wie schön du bist …«

2

Er habe wieder so schlecht geschlafen, flüsterte Hilde, die noch schnell zwei Teller und zwei Kaffeetassen vom Esstisch abräumte, und sie tat es mit ratloser Miene.

Christa nickte mitfühlend, wenn auch etwas ungeduldig, und setzte sich auf Hildes Geheiß hin. Ihre Jacke hatte sie gar nicht erst ausgezogen, schließlich wollte sie ihre Schwiegereltern – die bald ihre Ex-Schwiegereltern wären – nur möglichst schnell in ihr Auto einladen und zügig zum Markgrafen fahren, um dort bloß nichts zu verpassen. Sie waren spät dran, worauf sie die Standuhr im Flur unüberhörbar aufmerksam gemacht hatte, aber Hilde zeigte keine Spur von Eile, und Wieland war offensichtlich noch im Bad beschäftigt. Dabei war sie besonders früh losgefahren.

Wieland brauchte seit seinem Sturz im Wald für alles wesentlich länger. Jeder noch so kleine Handgriff, den er zuvor problemlos und allein bewältigt hätte, konnte sich endlos hinziehen, das wusste Christa, und er verbat es sich zudem, dass Hilde ihm beim Anziehen oder Ausziehen oder auch beim Gang auf die Toilette behilflich war. Das lehnte er kategorisch ab.

»Nur über meine Leiche«, pflegte er in solchen Zusammenhängen zu sagen – und er zwinkerte dabei, als handle es sich um einen Scherz, doch weder ihr noch Hilde war, wenn er so etwas sagte, wirklich zum Lachen zumute.

Allein die Krücken, die sie »Gehhilfen« nennen sollte – und sie verstand nicht warum, schließlich handelte es sich doch um ganz normale Krücken –, hatte er akzeptiert – sein Spazierstock reichte nicht mehr aus –, da er ohne die »Gehhilfen« doch recht unsicher auf den Beinen war und vor allem nicht vorwärtskam, wenn er sich nicht irgendwo festhalten konnte. In solchen Situationen hatte Christa ihn schon hilflos und zitternd dastehen sehen und ihm den Arm gereicht, damit er sich bei ihr unterhaken konnte. Der nächste Schritt wäre ein Rollator, das sahen sie alle kommen, darüber hatte sie auch mit Hilde des Öfteren gesprochen, aber Wieland sträubte sich hartnäckig dagegen, denn ein Rollator, hatte er gesagt, wäre ein untrügliches Zeichen für ein baldiges Ende – ein Rollator rolle die Leute ins Grab, hatte er gesagt, und dahin wolle er noch nicht, von einem Rollstuhl ganz zu schweigen, denn ins Grab geschoben zu werden, das sei nun gänzlich unter seiner Würde –, Gehhilfen dagegen seien ein Provisorium, und sie könnten, wenn es ihm erst besser ginge, wieder abgeschafft werden. Er wollte trainieren, notfalls würde er sich auch auf »einen Physiotherapeuten oder wie diese Leute heißen« einlassen …

Es war erst ein paar Tage her, als er das geäußert hatte, Hilde hatte resigniert den Kopf geschüttelt – sie glaubte an keine Wunder und auch nicht daran, dass eine Physiotherapie irgendetwas ändern würde –, und Christa, die gerade zum Kaffeetrinken vorbeigekommen war und die unangenehme Situation noch klar vor Augen hatte, hatte auch nicht gewusst, was sie dazu sagen sollte – zumal es in Bad Soltal ihres Wissens nach keinen guten Physiotherapeuten gab.

Sie saß da, und ihre Blicke folgten Hilde, die das Geschirr in die Küche trug. Einmal durch die Tür getreten, war sie nicht mehr zu sehen.

Wieland habe wieder schlecht geschlafen, rief sie jetzt noch einmal, um sich ihrer Aufmerksamkeit zu vergewissern.

Vermutlich, dachte Christa, stand sie gerade vor einem der Küchenschränke, die vom Esszimmer aus nicht zu sehen waren, und sortierte irgendetwas ein, den Honig, unbenutztes Geschirr, was auch immer.

»Ja, das sagtest du bereits ...«, sagte sie und wunderte sich nicht einmal mehr darüber, dass die beiden hier ausgiebig frühstückten, obwohl sie zu einem opulenten Brunch eingeladen waren – sie selbst hatte mit der Hotelleitung abgesprochen, was alles aufgetragen werden sollte. Wieland aber ging nicht gerne mit knurrendem Magen irgendwohin, und Hilde hatte diese Angewohnheit mit der Zeit übernommen, die beiden waren symbiotisch verwachsen, »ein Herz und eine Seele«, wie es im Buche stand.

Christa seufzte, aber Hilde stand schon wieder im Esszimmer und sah sie erwartungsvoll an, nur gab es hier im Grunde nichts zu sagen. Also nickte sie ein weiteres Mal, so als wisse sie Bescheid, und das tat sie ja schließlich auch.

Seit dieser vermaledeiten Operation ging das so, seit der Narkose, die Wieland nicht vertragen und die Spuren hinterlassen hatte. Die Ärzte waren der Meinung gewesen, es führe kein Weg daran vorbei, die Operation sei unbedingt notwendig, und seitdem hatten sie – und vor allem Hilde – mit dem ganzen Elend zu kämpfen. Sie wusste nicht nur Bescheid, sie fühlte mit, und sie tat, was sie konnte.

Er wache zitternd und schweißgebadet aus schlimmen Alpträumen auf, und er rede wirre Dinge, er erzähle von Erinnerungen, die er plötzlich habe, die zurückgekehrt seien, von Erlebnissen in seiner Kindheit, aber sie wolle nicht so recht daran glauben, berichtete Hilde. Sie befürchtete, dass er seine Erinnerungen und Dinge, von denen er gehört oder gelesen oder die er in Filmen gesehen hatte, durcheinanderbrachte. Sie kenne schließlich seine Vergangenheit beinahe so gut wie ihre eigene, Wieland habe ihr immer alles erzählt und nie etwas ausgespart oder verheimlicht, so unangenehm es auch gewesen sein mochte, das wisse sie genau. Und sie hätte durchaus noch alle beisammen, sagte sie mit einer aufgebrachten Resolutheit und einem wütenden Blick, sie sei durchaus noch klar im Kopf, sie erinnere sich an alles.

Christa, die nichts Gegenteiliges behauptet hatte, wollte schon etwas Beschwichtigendes erwidern, doch Hilde, die sich mit beiden Händen an einer Stuhllehne festhielt, kam ihr zuvor.

Stutzig mache sie nur, sagte sie mit unvermittelt brüchiger und leiser Stimme, dass es die immer gleichen Träume seien, die Wieland träume, die immer gleichen Bilder und Szenen, von denen er erzähle, wenn er aufwache.

Es gehe um seinen Vater und die Jahre, die er als Kind mit ihm und mit seiner Mutter in einem Haus am Rande des Konzentrationslagers in Polen hatte leben müssen, sagte Hilde, und Christa nickte weiter. Aber es seien doch Jahre, über die er selten gesprochen habe. Der Holocaust komme jetzt in seinen Träumen häufiger vor, die Züge, der Rauch, der über den Krematorien aufgestiegen und, je nach Windrichtung, bis in ihren Garten herübergeweht sei, in dem es einen großen Teich gab, wo Wieland Schmetterlinge und Libellen beobachtet habe, Misshandlungen von Häftlingen kämen in den Träumen vor, Hinrichtungen und dann immer wieder dieses furchtbare Bild: sein Vater, der ihm eine Waffe in die Hand drückte, um einen Jungen zu erschießen.

Christa hatte aufgehört, zu nicken. Sie war drauf und dran, sich die Ohren zuzuhalten.

Sie wollte das nicht hören, nicht in diesem Moment – und es war nicht das erste Mal, dass Hilde ihr Herz ausschüttete und von diesen furchtbaren Dingen sprach, die Wieland inzwischen seit Monaten sehr zu beschäftigen schienen.

Sie hörte die Stimme ihrer Schwiegermutter wie ein Echo: Dieses Bild sei neu, und es kehre immer wieder. Wieland als Junge, der mit einer Waffe in der Hand einen Juden erschießen solle.

Das bedrücke sie, sagte Hilde nach einer kurzen Pause des Schweigens, das bedrücke sie sehr. Es sei so real, so wirklich, wenn er es schildere, und das sei es, was sie beängstige. Er erinnere sich zwar nicht daran, ob er abgedrückt habe oder nicht, dazu komme es in seinen Erinnerungen nicht, da am Ende alles verschwimme. Aber so etwas könne man sich doch nicht ausdenken, das könne sich kein Mensch ausdenken: ein Vater, der seinen Sohn zwingt, einen Menschen zu erschießen. Oder?

Christa schüttelte vorsichtig und ein wenig unschlüssig den Kopf – für sie stellte es sich so dar, als fantasiere der alte Mann.

Andererseits, fuhr Hilde fort, ohne weiter auf sie zu achten, könne man sich nichts von dem, was die Schergen Hitlers verbrochen hatten, so einfach ausdenken. Nur sehr kranke und degenerierte Geister hatten sich das damals alles ausgedacht, in dieser furchtbaren Konferenz in Berlin-Wannsee, das waren Unmenschen allesamt. Aber wenn es diese Hinrichtungsszene, von der Wieland neuerdings sprach, tatsächlich gegeben habe, dann könne man das auch herausbekommen, dann wäre das sicher dokumentiert – diese dunklen Kapitel seien doch alle gründlich erforscht und dokumentiert –, man müsse nur einmal in den Archiven recherchieren oder vielleicht auch nur ein paar Bücher zu Rate ziehen …

Nein, dachte Christa erneut, es reichte, es war jetzt kein günstiger Augenblick für Geschichtsaufarbeitung oder für ein Gespräch über so schreckliche Dinge, schließlich war es ein Freudentag, und sie liefen Gefahr, das Frühstück zu verpassen, sie würden zu spät kommen. Sie wollte den ganzen schönen Tag erleben, von Anfang an und bis zuletzt, und sie wollte nichts verpassen. Und sie hatte nicht vergessen, ihren Fotoapparat einzustecken, auch wenn ein professioneller Fotograf da sein würde, wofür Melanie gesorgt hatte, nur sicher war eben sicher.

Ihre Gedanken liefen Sturm, doch Christa versuchte, sich zu beherrschen. Wieland und Hilde waren wunderlich geworden, und sie wurden zunehmend wunderlicher. Es störte Christa nicht, sie kümmerte sich gerne, auch wenn sie jetzt allmählich wie auf heißen Kohlen saß, und ungünstigerweise saß sie tatsächlich immer noch. Als ihr das jetzt bewusst wurde, stand sie wieder auf und machte Anstalten, zurück in den Flur zu gehen – ein unausgesprochenes Signal zum Aufbruch, das allerdings keine sichtbare Wirkung erzielte.

»Vielleicht sollten wir einmal nach Wieland sehen?«, schlug sie vor, als sie bemerkte, dass Hilde, die aussah, als würde sie jeden Moment zu einem Vortrag anheben, weiter aufräumte und von nichts anderem Notiz nahm. »Nicht, dass er …«

»Ja, das ist eine ausgezeichnete Idee«, antwortete Hilde nach einer weiteren Pause ganz plötzlich mit aufgehellter Miene. »Und wir sollten dann auch langsam aufbrechen, nicht wahr? Wir kommen sonst womöglich noch zu spät …«, sagte sie, schob Christa, die im Weg stand, zur Seite und lief in Richtung Badezimmer, in dem sie verschwand.

Ja, sie kümmerte sich gerne um die beiden – im Gegensatz zu Heinrich, der mit dem immer deutlicher werdenden Verfall seiner Eltern nicht umgehen konnte. Er blieb fern, ließ sich nicht blicken. Und Hilde und Wieland forderten es nicht ein, aber Christa sah, wie sehr sie darunter litten. Dafür war sie jetzt da, die Ex-Frau und Ex-Schwiegertochter, aber Letzteres wollten die beiden nicht hören. Das sei doch ein Unwort, sie würde immer ihre Schwiegertochter bleiben, hatten Wieland und Hilde beteuert, und tatsächlich, die Trennung von Heinrich, die bald schon vollendete amtliche Scheidung – es dauerte nicht mehr lange, nur wenige Wochen noch –, hatte nichts an ihrer herzlichen und vertrauten Beziehung zu seinen Eltern geändert, im Gegenteil, sie besuchte sie sogar häufiger als zuvor, aber das war der unglücklichen Situation geschuldet, in der sie sich befanden, die beiden brauchten Hilfe und Unterstützung.

Sekunden später standen Hilde und Wieland plötzlich vor ihr, im Halbdunkel des Flures, wie aus dem Nichts erschienen. Christa, die in ihren Gedanken versunken war, hatte sich ein bisschen erschreckt. Sie standen aber auch wirklich da wie Gespenster, dachte sie, wortlos und reglos. Wieland war wohl schon fertig gewesen und hatte nur ein wenig getrödelt.

»Hallo Christalein …«, sagte er in einem Tonfall, als gelte es, sie aus einem Dornröschenschlaf zu wecken, und gab ihr zur Begrüßung einen Kuss auf die Wange. »Kann es losgehen?«

Er roch sehr intensiv nach seinem frischen und etwas herben Rasierwasser, das er benutzte, seit sie ihn kannte, dachte Christa.

»Wir sollten uns beeilen, wenn wir noch etwas vom Frühstück haben wollen«, antwortete sie.

»Gemach, gemach, das wird uns schon nicht davonlaufen«, sagte Hilde und half Wieland in seine Jacke.

»Die werden uns schon etwas übriglassen …«

»Na, ihr habt gut reden. Ich habe heute noch gar nichts gefrühstückt und bin schon seit fünf Uhr wach …«, sagte Christa.

»Seit fünf Uhr?«

»Ja. Das geht mir häufiger so. Und einmal aufgewacht, bekomme ich dann kein Auge mehr zu … «

Vorm Hotel angekommen, half Christa den beiden aus dem Auto.

Die Luft war kühl bis frostig, doch zur Abwechslung schien nach den vielen grauen und tristen Tagen die Sonne, und einige Vögel sangen – eine Amsel saß direkt vor ihnen auf einem Mauervorsprung, von dem aus ein schmaler Weg in den Wald führte, und trällerte ihr Lied.

Ja, es war wirklich ein Freudentag, dachte Christa. Sie war mit dem Auto die schmale Auffahrt hoch und einmal ums noch kahle Rondell, in dem im Frühling verschiedene Blumen blühen würden, bis direkt vor die Eingangstür gefahren, damit Hilde und Wieland es möglichst bequem hatten, und stieg nun wieder ein. Sie parkte den Wagen auf dem Hotelparkplatz hinter dem großen Gebäude, während die beiden auf sie warteten. Christa sah sie durch den Rückspiegel. Sie standen da wie Kinder, dachte sie, hilflos, vertrauensselig, vielleicht sogar ein bisschen willenlos.

Als sie nur Augenblicke später zurückkehrte – die Amsel saß immer noch auf dem Mauersims und sang –, zeigte Wieland gerade mit dem Finger in die Luft, und Hilde und er lächelten – Christa sah in die Richtung, in die er zeigte, und dort flog tatsächlich ein früher Schmetterling, ein Zitronenfalter, den selbst sie erkannte.

Es war doch seltsam, aber irgendwie auch schön, dachte sie. Sein Leben lang hatte sich Wieland nun mit Insekten beschäftigt, mit den seltsamsten Insekten und Krabbeltieren im Regenwald, im Gebirge, in der Steppe und in der Wüste, er hatte die halbe Welt bereist und zahllose exotische Schmetterlinge beobachtet und gesammelt, ja sogar entdeckt und benannt, und selbst so ein kleiner Zitronenfalter weckte immer noch seine Aufmerksamkeit und löste eine Begeisterung in ihm aus, die er mit Hilde teilte. Es war beinahe zu schön.

Christa wartete einen Moment, bis der Zitronenfalter hinter dem Hotel verschwunden war und sie ihn nicht mehr sehen konnten, dann gingen sie gemeinsam hinein. Währenddessen gab sie acht, dass Wieland, der sich mit dem einen Arm bei Hilde eingehakt hatte und sich mit der anderen Hand am Geländer festhielt, die Treppenstufen bewältigte. Derweil trug sie die beiden »Gehhilfen«, die sie ihm, kaum dass sie oben angekommen waren, wieder in die ausgestreckte Hand drückte, und sie hielt ihnen auch die Tür auf.

Im Foyer aber war niemand zu sehen. Das Hotel wirkte wie ausgestorben, auch die Rezeption war nicht besetzt – warum auch, es war ohnehin an diesem Wochenende »geschlossene Gesellschaft«, und es waren alle Zimmer an die Hochzeitsgäste vermietet worden –, doch Christa, die zu dem einen oder anderen Anlass schon einmal hier gewesen war, wusste, wo sich der Frühstückssaal befand und wie sie dorthin gelangten.

Eigentlich müssten es Hilde und Wieland auch wissen, dachte sie, aber sie machten, wenn man sie sich so ansah, nicht den Eindruck, als würden sie sich auskennen. Konnte es sein, dass sie den Markgrafen noch nie betreten hatten? Das wäre sonderbar.

Melanie sahen sie als Erstes, sie kam ihnen durch den beeindruckend langen Flur, an dessen Wänden Hotel- und Ortsansichten aus vergangenen Zeiten hingen – im Frühling, Sommer, Herbst und Winter – und an dessen Ende ihr Ziel lag, entgegengelaufen.

Im Frühstückssaal war ein großer Tisch für sie eingedeckt. Alle anderen Tische waren leer.

Das würde am nächsten Morgen anders aussehen, dachte Christa, die sich plötzlich mit Heinrich konfrontiert sah. Er war aufgestanden, kaum dass sie den Saal betreten hatten, und stand nun einfach da.

»Hallo, Heinrich.«

»Hallo, Christa.«

Es war immer dasselbe, wenn sie sich begegneten. Auch in der Schule war es so, wobei sie es, seit sie ausgezogen war, vermied, sich während der Pausen ins Lehrerzimmer zu setzen. Plötzlich stand er dann da, stocksteif, mit verstörter Miene, und brachte kein Wort über die Lippen. Manchmal rührte sie das, er hatte etwas von einem schüchternen Schuljungen – und die kannte sie ja nun zu Genüge –, manchmal aber – und auch jetzt – nervte es sie, sie hätte sich etwas mehr Souveränität und Haltung von ihrem künftigen Ex-Mann gewünscht. Aber dann wurde ihr auf einmal bewusst, dass sie selbst auch nicht viel mehr als ein »Hallo« von sich gegeben hatte und genauso tatenlos und wortkarg dastand wie er – hoffentlich nicht auch mit verstörter Miene, dachte sie –, also beeilte sie sich, der peinlichen Situation zu entfliehen, an ihm vorbeizuschlüpfen und sich ihres Mantels zu entledigen.

Nachdem sie das getan hatte, begrüßte sie Natascha und Darja in einem etwas brüchigen Englisch.

Als sie gerade Agnieszka die Hand schüttelte, erschien endlich eine Kellnerin – eine junge Frau in schwarzer Bluse, schwarzem Minirock, weißer Schürze mit Rüschen und einem dieser, wie sie fand, furchtbaren Nasenpiercings – und fragte, ob »die Herrschaften« Kaffee oder Tee wünschten.

»Aber warten wir denn nicht mit dem Frühstück auf Swetlana und Simon?«

»Zu spät«, antwortete Agnieszka, die sich wieder hingesetzt hatte, und deutete auf ihren Teller und auf ihre Tasse. »Wir hatten einen Bärenhunger und mussten schon anfangen. Katerfrühstück …«

»Agnieszka …«, zischte Melanie und deutete unauffällig in die Richtung ihrer Großeltern.

Hilde aber, aufmerksam wie immer, hatte das Zwinkern bemerkt und lächelte überlegen.

»Ach, Kinder, wir waren auch einmal jung. So leicht zu schockieren sind wir nicht …«

»Das will ich meinen«, sagte Wieland. »Gibt es denn keinen Sekt? Eine Hochzeit ohne Sekt ist doch keine anständige Hochzeit …«

»Sekt? Da bin ich dabei«, rief Agnieszka strahlend.

»Agnieszka …«, zischte Melanie noch einmal.

»Dann bringe ich Sekt«, sagte die Hotelangestellte, machte einen angedeuteten Knicks und verschwand, bevor sie jemand aufhalten konnte.

»Wollen wir es heute nicht etwas langsamer angehen lassen?«, fragte Christa besorgt.

»Ach was«, sagte Wieland. »Wir wollen doch feiern. Es ist ein Festtag.«

»Ich bin gespannt, wie lange du durchhältst, mein Lieber«, sagte Hilde. »Aber gegen einen Schluck Sekt habe ich nicht das Geringste einzuwenden. Wie war noch gleich Ihr Name?«

»Agnieszka.«

»Und sind Sie verwandt mit Swetlana?«, fragte Wieland.

»Wir haben zusammen in einer WG gewohnt – einer Wohngemeinschaft«, antwortete Agnieszka.

»Interessant, interessant.«

»Und Sie kommen aus …«

»Aus Berlin. Aber ursprünglich aus Polen …«

Wieland sah Agnieszka an, aber sagte kein Wort. Er zitterte ein wenig und blickte hilflos zu Hilde, die aber, im Gegensatz zu Christa, von seiner Verwirrung nichts mitzubekommen schien.

»Ah, da kommt ja der Sekt«, sagte Hilde erfreut. Sie war ganz in ihrem Element.

Die Hotelangestellte brachte ein großes Tablett mit bereits gefüllten Gläsern in den Frühstückssaal und verteilte sie nun nach und nach. Während sie das tat, tauchten Simon und Swetlana auf – Swetlana in ihrem eleganten grünen Kleid und Simon in einem beigefarbenen Anzug. Abends, zur Feier, würde er einen nachtblauen tragen, wusste Christa, deren Herz heftig pochte und die spürte, dass sie vor Stolz und Aufregung regelrecht glühte, dabei hatte sie noch nicht einmal am Sekt genippt.

3

Wie schön du bist«, sagte Natascha mit voller, warmer Stimme auf Russisch, umarmte Swetlana, drückte sie für einen Moment fest an sich, küsste sie dann nacheinander auf beide Wangen und auch auf den Mund und wiederholte das Gesagte anschließend gleich noch einmal auf Englisch, damit es auch wirklich jeder der hier Versammelten und im Halbkreis um sie Stehenden verstand: »How beautiful you are …«

Alle nickten oder murmelten etwas Zustimmendes. Zuvor, als Swetlana und Simon den Frühstückssaal betreten hatten, war schon ein leichtes Raunen zu vernehmen gewesen, was sie amüsiert hatte, aber die beiden sahen tatsächlich blendend aus – und glücklich.

»Auch ohne Schminke?«, fragte Swetlana leise und blickte Natascha, die kirschroten Lippenstift und ein wenig Rouge aufgetragen hatte – ihr bräunlicher Lidschatten blieb unter der Sonnenbrille verborgen –, dabei unsicher an.

»Ich habe ohnehin nicht wirklich daran geglaubt, dass du die Schminke benutzen würdest«, antwortete Natascha. »Das habe ich Darja in Moskau, als wir die Sachen ausgesucht haben, schon gesagt. Stimmt's?«

Darja nickte schüchtern. Natascha spürte ihre Unsicherheit und legte einen Arm um sie, wie um sie zu schützen.

»Aber ich *habe* mich geschminkt, das heißt, ich habe es ausprobiert, gerade eben, vor nicht einmal zehn Minuten – und dann habe ich mich umentschieden und alles wieder abgewischt«, sagte Swetlana.

»Immerhin hast du es ausprobiert.« Natascha lächelte und küsste Darja, die sich an sie schmiegte, beiläufig auf die Wange.

»Und was mache ich jetzt damit?«, fragte Swetlana, die vom Russischen wieder ins Englische wechselte. »Die Schminke war doch sicher teuer, es wäre doch schade …«

»Du behältst sie natürlich. Sie ist doch Teil unseres Geschenks. Vielleicht überkommt dich irgendwann die Lust, und dann probierst du sie einfach noch einmal aus. Oder du schminkst dich nur für Simon, heimlich, im Verborgenen, wenn ihr unter euch seid …«

»Für mich brauchst du dich nicht zu schminken«, sagte Simon, der offenbar nur mit halbem Ohr zugehört hatte, einen etwas überforderten Eindruck machte und in seiner Aufregung jedenfalls nicht merkte, dass sich Natascha – oder auch Darja, die ebenfalls geschminkt war und die Augen mit schwarzem Kajal auffällig umrandet hatte – durch seine Äußerung eventuell auf den Schlips getreten fühlen könnte, und seine Mutter, die unmittelbar neben ihm stand, pflichtete ihm jetzt auch noch lautstark bei.

»Nein, das hast du wirklich nicht nötig, wirklich nicht …«

Auch Simons Großmutter, die näher an ihn und an Swetlana herangetreten war, nickte jetzt, um ihre Zustimmung auszudrücken.

Natascha aber fand das gar nicht schlimm. Sie hatten recht, dachte sie, sie hatten alle recht, Swetlana war auch ohne Schminke eine Schönheit, sie war so, wie sie war, sicher noch um ein Vielfaches schöner, als wenn sie sich geschminkt hätte.

»Es gibt Menschen, die Freude an Schminke haben und denen Lippenstift und dergleichen auch steht«, sagte jetzt Simons Großmutter – und Simons Mutter nickte, als gelte es, sich bloß nicht dem Verdacht auszusetzen, anderer Meinung zu sein, »übrigens auch Menschen meines Alters, das – unter uns – ein durchaus beträchtliches ist«, fuhr Simons Großmutter fort, »es gibt aber auch Menschen, die mit Schminke doch bloß angemalt aussehen, manchmal sogar reichlich ordinär, und die, wenn man mich fragt, besser darauf verzichten sollten …«

Hier nickte Simons Mutter ein weiteres Mal heftig, Simons Großmutter aber klang, während sie das sagte, eher salomonisch, doch dann fiel ihr Blick plötzlich auf Swetlana, die sie fragend anschaute.

»Damit meine ich natürlich nicht dich, mein Kind«, beeilte sie sich hinzuzufügen, »du bist einfach wunderschön, so wie du bist und du hast es nicht nötig, dich anzumalen. Ich meine niemanden hier in der Runde, um Gottes Willen …«

Auch Natascha schaute sie fragend an und runzelte die Stirn, Darja neben ihr, die bei weitem nicht so souverän und fließend Englisch sprach wie sie und Swetlana es taten, wirkte, als hätte sie nicht ganz verstanden.

»Und Sie, wie war gleich Ihr Name?« , fragte Simons Großmutter.

»Natascha …«, antwortete sie.

»Sie sehen wunderbar aus und Ihre Freundin hier genauso, und ich bin auch dafür, dass jeder das so handhabt, wie er will. Nur habe ich mir selbst nie viel aus Schminke gemacht, wisst ihr? Das ist so. Das ist schon immer so gewesen, auch als ich noch in eurem Alter war …«

Simon nickte artig, jetzt fühlte offenbar er sich angesprochen, hatte aber wieder nur halb zugehört – wenn er überhaupt zugehört hatte. Er blickte nervös und hilfesuchend um sich, aber beruhigte sich, als er merkte, dass ihn niemand ansah – auch Natascha nicht.

»Wieland übrigens auch nicht«, fuhr Simons Großmutter fort, und wieder fiel ihr Blick, der bis dahin auf Natascha und Darja geruht hatte, auf Swetlana. »Aber das ist wirklich ein wunderschönes Kleid, das du da trägst, Swetlana, ein wunderschönes Kleid …«

»Es steht dir ausgezeichnet. Dieses schöne Grün – zu deinen dunklen Haaren …«, schwärmte jetzt Simons Mutter und legte die Hände zu einem lautlosen Klatschen zusammen.

Simon – etwas ruhiger als im Augenblick zuvor – nickte.

Und dieses Mal hatte er offenbar richtig zugehört – und die Konzentration half sichtlich, der Nervosität entgegenzuwirken, dachte Natascha und konnte sich ein leichtes Grinsen nicht verkneifen. Ja, sie mochte ihn. Und besonders, wenn er so unsicher auftrat.

»Grün ist die Hoffnung, nicht wahr?«, sagte Swetlana feierlich und sah Simon an – aufmunternd, hätte man meinen können.

»Ja, es ist sehr schön, mir gefällt es sehr. Natascha hat es Swetlana aus Moskau mitgebracht«, erklärte Simon, der wieder zu sich gefunden zu haben schien.

Nach Simons Großmutter und Simons Mutter machten auch Simons Großvater und Simons Vater, die schweigend daneben gestanden und kaum etwas verstanden zu haben schienen, Swetlana Komplimente – ebenfalls auf Englisch, als hätte es dazu eine geheime Verabredung gegeben –, und sie sagten allerlei seltsame Dinge, die wiederum Natascha nur zur Hälfte verstand – und sie war sich nicht sicher, ob das bloß an der Sprache lag –, einer von ihnen sagte so etwas wie »Auf sie musst du gut aufpassen, nicht, dass sie dir noch jemand wegschnappt«, und beide, Vater und Sohn, lachten, als wäre das der Witz des Jahrhunderts, während Simons Großmutter ihren Mann anstieß und ihm ein paar strenge, mahnende Blicke entgegenschleuderte, woraufhin er sofort schwieg und sich bemühte, wieder möglichst teilnahmslos auszusehen, gleichzeitig nahm er eine militärisch steife Haltung ein, die er aber bald wieder ablegte.

Natascha spürte die Aufregung in der Runde. Darjas Aufregung sowieso und zuallererst, und sie versuchte, was sie konnte, damit sich wenigstens die ein wenig legte – Simon und Swetlana sollten ruhig noch ein bisschen aufgeregt bleiben, dachte sie, und ihre Eltern und Großeltern genauso. Die Kleine aber – die Süße – klammerte sich an sie. Natascha küsste sie, drückte sie an sich oder flüsterte ihr einige Koseworte ins Ohr.

Natascha fühlte sich ein bisschen wie auf dem Präsentierteller, dabei hatte sie darauf geachtet, möglichst dezent aufzutreten auf der Hochzeit ihrer besten Freundin und der Braut nicht die Schau zu stehlen, denn sie wusste natürlich, dass sie eine auffällige Erscheinung war, die viel Aufmerksamkeit absorbierte, und nicht nur, weil sie die meisten in Bezug auf ihre Körperlänge weit überragte – ihr Kleid war heute dunkelblau und nicht zu kurz, und geschminkt hatte sie sich auch nicht sonderlich auffällig. Sie trug ihre Sonnenbrille, doch sie hatte sich für ein kleineres, weniger auffälliges Modell entschieden als das, was sie früher getragen hatte – eines mit schmalem Goldrand und rötlich getönten Gläsern. Auch Darja – sie trug einen hellbraunen Wildlederrock und eine weite rosafarbene Bluse – hatte sich in Zurückhaltung geübt, das hieß, Natascha hatte es ihr auferlegt, sowohl ihr Make-up als auch ihre Kleider betreffend. Der lilafarbene Lippenstift und auch der grüne waren in ihrer Handtasche geblieben, man musste jetzt schon sehr genau hinsehen, um zu erkennen, dass sie überhaupt Lippenstift trug.

Simons Schwester aber, die Natascha im Übrigen sehr gefiel und die recht trinkfreudig und trinkfest zu sein schien – wovon sie sich am vergangenen Abend hatte überzeugen können –, konnte offenbar nicht anders, als sie immer wieder anzuschauen, sie und Darja, und zwar von den Haaren bis zur Fußspitze, sie scannte sie mit einer eigenartigen Aufmerksamkeit, aber es wirkte auf Natascha nicht aufdringlich oder unangenehm.

Agnieszkas Blicke wiederum waren regelrecht »flirtatious«, wobei sie nicht zu sagen vermochte, wem sie galten und ob nun sie oder Darja Grund zur Eifersucht hatte.

Diese Agnieszka war ein »heißer Feger« – den Ausdruck hatte ihr Swetlana einmal beigebracht, und das war, wenn sie sich richtig erinnerte, bereits im Zusammenhang mit ihrer früheren Mitbewohnerin geschehen. Zu Swetlanas Hochzeit Netzstrumpfhosen anzuziehen, wie Agnieszka es tat, wäre ihr niemals eingefallen, das fand sie unerhört – von der tief ausgeschnittenen Bluse und dem daraus hervorquellenden Busen gar nicht zu reden. Trotzdem sah Agnieszka toll aus. Auch, ja, selbst der Busen. Heiß eben. »Hot, hot, hot – I like it a lot«, dachte sie.

Schlimm waren die Blicke von Simons Vater, der mit seiner schlecht gebundenen Altherren-Krawatte, dem Hemdzipfel, der über dem Gürtel in unmittelbarer Nähe der Schnalle aus der Hose hing und dabei nahezu flatterte – es war ein kleinkariertes Hemd – und dem schlecht rasierten Kinn etwas verlottert wirkte und der, wie Natascha in der kurzen Zeit, die seit seiner und Agnieszkas Ankunft vergangen war, beobachtet hatte, auch ständig zu Agnieszka hinüberschielte. Aus seinen Blicken sprach bei aller Freundlichkeit, die er ihr und Darja gegenüber an den Tag legte – oder heuchelte –, doch auch eine gewisse Abneigung, aber solche Blicke kannte sie, solche Blicke berührten sie gar nicht, und nach allem, was sie von Swetlana über Simons Vater gehört hatte, zählte er nicht gerade zu den sympathischsten Zeitgenossen, er sei ein wenig »gewöhnungsbedürftig«, so hatte Swetlana ihn beschrieben, und das war wohl noch vorsichtig ausgedrückt.

Sie bedauerte Agnieszka, die bei ihm zu Hause untergebracht war – und war erleichtert darüber, dass dieses Schicksal nicht Darja und sie getroffen hatte.

Sie hatte beschlossen, ihm keine Aufmerksamkeit mehr zu schenken und ihn, wenn er nicht gerade direkt das Wort an sie richtete – in dem Fall würde sie kurz und knapp antworten –, nach Möglichkeit zu ignorieren. Im Grunde war ihr das schon klar gewesen – dass sie mit ihm nicht warm werden würde –, als er vorhin im Frühstückssaal aufgetaucht war und sie nur halbherzig und oberflächlich begrüßt hatte, was im Wesentlichen daran gelegen haben mochte, dass Agnieszkas Ausschnitt und ihr Hintern seine Aufmerksamkeit erforderten – und das taten sie offenbar auch jetzt noch.

Männer waren so plump, es war kaum zu fassen, dachte Natascha. Sie hatte Agnieszkas Hintern und Busen auch registriert – und Darja genauso –, nur eben nicht so auffällig.

Ihre Blicke landeten nun auf Simons Großeltern, die echte Urgesteine waren – sie hatten beide den Nationalsozialismus erlebt –, im Gegensatz zu beinahe allen anderen Anwesenden aber vollkommen unbefangen und freundlich wirkten, herzlich. Sie schienen sich nicht daran zu stören, dass sie und Darja hier so selbstverständlich als Paar auftraten. In Russland wäre so etwas vielleicht nicht undenkbar, aber doch sonderbar. Auch hier in Deutschland hätte sie bei Menschen dieses Alters keine so selbstverständliche Offenheit erwartet, aber vielleicht verstanden sie auch nicht wirklich, was sie zu sehen bekamen, dachte sie, wer wusste das schon. Doch dann fiel ihr wieder ein, was

Swetlana ihr vor allem über Simons Großmutter erzählt hatte, wie offen und großherzig sie sei, und dass sie schon früh Feministin war und für die Gleichstellung der Geschlechter gekämpft hatte.

Während sich einige bereits wieder an die Frühstückstafel setzten – allen voran Agnieszka – und Simon und Swetlana nun vorübergehend von seinem Vater in Beschlag genommen wurden, der sich in diesem Moment gerade hastig und mit rotem Kopf den Hemdzipfel zurück in die Hose stopfte – vermutlich hatte ihn jemand darauf aufmerksam gemacht –, trat Simons Großmutter auf einmal auf sie zu und reichte ihr die Hand.

»Wir haben uns gar nicht wirklich begrüßt, Natascha. Das geschieht ja alles immer so furchtbar flüchtig. Ihr seid aber ein schönes Paar, euch beide meine ich«, sagte die alte Dame, die nun auch Darja die Hand schüttelte, auf Englisch und zwinkerte. »Das wollte ich euch unbedingt sagen und warum nicht gleich jetzt? Ich bin übrigens Hilde …«

»Ihr seid aber auch ein schönes Paar«, antwortete Natascha mit einem Blick auf Wieland, der sich ihnen nun ebenfalls näherte.

»Wir waren vielleicht einmal ein schönes Paar, aber inzwischen können wir kaum noch aufrecht gehen …«, entgegnete Hilde.

»Nein, ihr seid immer noch ein schönes und elegantes Paar. Swetlana hat mir so viel von euch erzählt …«, sagte Natascha.

»Was gibt es denn da zu erzählen? Nur Gutes, hoffe ich!«

»Natürlich …«

»Entschuldige bitte meine Offenheit, Natascha, aber darf ich dich direkt etwas fragen?«

»Sicher …«

»Warum trägst du die Sonnenbrille?«

Natascha wurde blass. Sie dachte selbst kaum noch daran, wie sie vor der letzten großen Operation ausgesehen hatte, sie verdrängte das nach Möglichkeit, und sie trug die Sonnenbrille inzwischen eher aus Gewohnheit, als dass es noch unbedingt nötig gewesen wäre. Sie hatte kaum noch etwas zu verbergen, auch wenn die Nase nicht ganz gerade war und nicht jede Narbe vollständig hatte beseitigt werden können. Das Make-up besorgte den Rest.

Hilde bemerkte offenbar die Irritation und bat um Verzeihung, sie habe nicht indiskret sein wollen. Natascha aber fasste sich schnell, und dieser Frau gegenüber spürte sie, anders als sonst, keine Hemmungen.

»Es ist schon eine Weile her, knapp eineinhalb Jahre«, antwortete sie. »Da bin ich überfallen und verletzt worden …«

»Er hat sie fast getötet«, schaltete sich nun Darja ein, deren Schüchternheit sich schlagartig legte, als das Thema zur Sprache kam.

»Das tut mir leid, ich wusste nicht … Aber wer tut denn so etwas? Um Himmelswillen …«

»Ein Mann. Ein heruntergekommener Mann. Mehr weiß ich nicht. Eine arme, kranke Seele vermutlich. Ich hatte ihm jedenfalls nichts getan, und ich weiß auch nicht, warum er mir das angetan hat.«

»Mein liebes Kind …«

»Es ist vorbei«, sagte Natascha und nahm die Brille ab. »Es war anfangs viel schlimmer. Ich bin mehrfach operiert worden. Das hier ist das Ergebnis. Aber sprechen wir nicht drüber. Heute ist doch ein Freudentag, heute wollen wir feiern. Trinken wir lieber noch ein Glas Sekt!«

4

Simon hatte Nataschas spöttische Blicke bemerkt. Jetzt unterhielten Darja und sie sich mit seinen Großeltern.

Er mochte Natascha, dachte er, gleich vom ersten Kennenlernen an, in Tel Aviv, am Ben-Gurion-Flughafen. Bald ein Jahr war das her, und er dachte so gut wie jeden Tag an seine Israel-Reise zurück.

Ja, er mochte Natascha, und es machte ihm nichts aus, wenn sie seine Nervosität bemerkte. Es war schließlich sein Hochzeitstag, da hatte er das Recht, nervös zu sein.

Ein bisschen brummte es in seinem Kopf, das war schon unangenehmer – sie hatten zu lange zusammengesessen gestern, und er hatte viel zu viel Wein getrunken, aber er hatte nicht damit aufhören können oder wollen. Noch war es ihm ein Rätsel, wie er den Tag überstehen sollte, der einem Berg glich oder eher einem riesigen Gebirge – der

Sinn stand ihm, wenn überhaupt, eher nach flachen Ebenen, nach Feldwegen und duftenden Wiesen –, und jetzt war ihm auch noch ein Glas Sekt in die Hand gedrückt worden. Er hätte gerne einen Kaffee getrunken, möglichst schnell und möglichst stark, dachte er und schaute auf die Uhr. Die Zeit verflog, sie rann förmlich dahin, zerstäubte und löste sich in Luft auf, ohne dass er eine Möglichkeit gehabt hätte, sie festzuhalten oder zu verlangsamen. Es saßen noch nicht einmal alle an der Frühstückstafel – die meisten standen noch und redeten miteinander –, und in einer halben, spätestens in einer dreiviertel Stunde mussten sie aufbrechen, wenn sie nicht zu spät auf dem Standesamt eintreffen wollten. Sie waren zu spät gekommen – aber das hatte er nicht so schlimm gefunden, da er ohnehin keinen großen Appetit mehr hatte –, auch seine Mutter und seine Großeltern hatten sich verspätet, und sein Vater machte nicht den Eindruck, als wären er und Agnieszka schon lange da.

Jetzt trat die Kellnerin wieder in den Saal und brachte ein weiteres Tablett mit gefüllten Sektgläsern.

Um Gottes willen, dachte Simon, der sein Glas nur zur Hälfte ausgetrunken hatte. Wenn er noch einen Schluck Sekt tränke, würde er aufs Standesamt torkeln und unverzüglich einschlafen.

Als hätte sie seinen Zustand bemerkt, zog ihn nun Swetlana mit sich zur Frühstückstafel.

»Wir sollten zügig frühstücken, ansonsten wird das nichts mehr mit der Trauung«, rief sie, und alle lachten und setzten sich nach und nach. »Außerdem habe ich einen Mordsappetit«, flüsterte sie Simon ins Ohr.

Die Kellnerin schenkte, nachdem sie die Sektgläser verteilt hatte, Kaffee ein. Simon staunte, in welcher Geschwindigkeit die Sektgläser geleert worden waren. Er trank nicht gerne Filterkaffee, und er hatte damit gerechnet, dass es im Markgrafen ausschließlich Filterkaffee geben würde. So war das in Bad Soltal, so war es immer schon gewesen, dachte er, und wie so vieles in Bad Soltal, war auch das anscheinend nicht zu ändern. Trotzdem trank er einen Schluck – und riss schlagartig die Augen auf. Er starrte auf das schwarze Gebräu in der Tasse, roch daran und nahm einen weiteren Schluck. Es war ein starker, aromatischer Kaffee, ein erstaunlich guter Filterkaffee, so wie er ihn in seinem Leben noch nicht serviert bekommen hatte. Er weckte innerhalb kürzester Zeit seine Lebensgeister, und als Simon wieder zu sich kam und seine Umgebung wieder wahrzunehmen begann, sah er zuerst Swetlana in ihre mit Honig bestrichene Brötchenhälfte beißen – er liebte ihren Mund –, und dann sah er auch schon Natascha, die ihn wieder beobachtet zu haben schien.

»Damn good coffee – and hot«, rief sie, und Simon nickte.

Der Kaffee war wirklich verflucht gut, das bestätigten auch Melanie und seine Mutter. Die Kanne hatte die Kellnerin auf dem Tisch stehen lassen, also griff er zu und schenkte sich noch einmal nach.

»Willst du denn gar nichts essen?«, fragte Swetlana und reichte ihm den Korb mit den Brötchen.

»Ich weiß nicht, ich habe keinen großen Appetit.«

»Ach Simon, Lieber, du musst doch etwas essen, wenn du den Tag überstehen willst. Bis zum Mittagessen dauert es noch ...«

Simon sah auf seine Armbanduhr. Tatsächlich war es gar nicht mehr so lange hin. Die Trauung fand um elf Uhr statt, um halb eins sollte es Mittagessen geben. Seine Mutter hatte die Menüplanung in die Hand genommen, und Swetlana hatte sie machen lassen, Schwiegermütter müsse man manchmal einfach machen lassen, hatte sie gesagt. Es würde, soweit er wusste, eine Hochzeitssuppe mit Markklößchen geben, danach einen Rinderbraten mit brauner Soße, dazu Kartoffeln und »Gemüse der Saison« und zum Dessert eine Creme, deren Namen er vergessen hatte. Es war das, was das Hotel zum Markgrafen anbot, das, was die Bad Soltaler zu festlichen Anlässen auf den Tisch bekamen, und schließlich seien sie Bad Soltaler – auch das Buffet am Abend würde deftig auffallen, hatte sie mit einem eigenartigen Lächeln gesagt, das ihm eine Weile nicht aus dem Kopf gegangen war, das er aber nicht hatte deuten können.

»Ich bin seit mehr als sechzig Jahren SPD-Mitglied«, hörte er jetzt seinen Großvater mit dem Sektglas in der Hand schimpfen, »und es wird noch so weit kommen, dass ich aus dieser Partei austrete, die seine Vorsitzenden behandelt wie Schießbudenfiguren ...«

»Da sind wir ja endlich einmal einer Meinung«, rief Heinrich.

»Als würde die CDU im Augenblick ein besseres Bild abgeben«, sagte Hilde.

»Das stimmt. Da widerspreche ich gar nicht. Ich meinte ja auch, wir sind uns einig in der Beurteilung des Zustandes unserer beider Parteien«, sagte Heinrich, »tritt du aus der SPD aus, dann trete ich aus der CDU aus.« Er lachte. »Komm, Hand drauf.«

Simon sah, wie sein Großvater seinem Vater die Hand entgegenstreckte, aber bevor der nach ihr greifen konnte, fuhr seine Großmutter dazwischen.

»Jetzt macht euch nicht auch noch lustig darüber«, sagte sie sichtlich erregt, »das ist eine viel zu ernste Lage. Die Rechtsextremisten zielen darauf ab, die Demokratie von innen her auszuhöhlen, und ihr wollt die verbliebenen aufrechten demokratischen Parteien verlassen, nur weil sie in der Krise stecken? Pfui.«

»Da hast du natürlich recht, Liebes, und ich denke, ich verschiebe meinen Parteiaustritt fürs Erste noch einmal«, sagte Wieland, der, wie Simon bemerkte, einen vergleichsweise wachen und klaren Eindruck machte.

»Du bleibst in der SPD«, rief Hilde. »Und du bleibe ruhig in der CDU, mein lieber Sohn«, fuhr sie etwas ruhiger fort, »auch wenn ich die CDU schon als Juniorpartner der Grünen sehe ...«

»Das sehe ich noch nicht«, entgegnete Heinrich, »aber selbst wenn es so kommen sollte: besser Juniorpartner als ganz weg vom Fenster. Auf wie viel Prozent kommt die SPD in den aktuellen Umfragen?«

»Jetzt lass aber mal gut sein, Heinrich«, sagte Hilde. »So sensationell sind die Prognosen für die CDU nun auch nicht gerade.«

»Die SPD sollte wieder unseren Mann aus Goslar an die Spitze stellen, der hatte wenigstens Format ...«, sagte Wieland.

»Der Auffassung warst du aber auch nicht immer«, entgegnete Hilde.

»Ein Willy Brandt ist er nicht, das stimmt schon, trotzdem ...«

»Die Parteien kochen viel zu sehr im eigenen Saft und halten die Personalien für die Lösung ihrer Probleme«, schaltete sich nun Melanie ein, die skeptische Blicke ihres Vaters auf sich zog. »Wenn die Politik nicht anfängt, sich mit einer Art Masterplan den Osten vorzunehmen, dann sehe ich wirklich schwarz, und zwar für das ganze Land. Wir brauchen weitreichende Umverteilung, und die Leute, die zurück in die neuen Bundesländer gehen wollen, also die, die wirklich bereit dazu wären, auch dort zu bleiben, die müssten finanziell unterstützt werden. Aufbau Ost, nur richtig, ich meine konkret, und nicht nur als Schlagwort oder vages Versprechen. Da müssen Gelder fließen und Strukturen geschaffen werden …«

»Ach was«, sagte Heinrich.

»Doch, doch«, sagte Hilde. »Das ist ein ganz wesentlicher Punkt, den deine Tochter da anspricht.«

»Da wird so viel Bohei um diese neuen Bundesländer gemacht, dabei haben Sachsen, Sachsen-Anhalt und dieses furchtbare Thüringen zusammen etwa die Hälfte der Einwohner Niedersachsens«, sagte Heinrich. »Alle neuen Bundesländer, Berlin mitgerechnet, haben zusammen nicht so viele Einwohner wie Nordrhein-Westfalen. Da muss man auch einmal die Kirche im Dorf lassen, wenn es um diese rechtsextremen Zersetzer geht …«

»Aber deine Partei ist es doch, die mit ihnen koalieren will«, echauffierte sich Wieland.

»Die Mehrheit meiner Partei – und ich zähle mich dazu – ist dagegen …«, entgegnete Heinrich, der schon wieder einen roten Kopf bekommen hatte.

Vermutlich hatte er auch zu viel Sekt getrunken, dachte Simon.

»Die reden über Politik«, erklärte Swetlana Natascha und Darja auf Englisch, damit auch sie die anderen verstanden. »Die meisten Parteien in Deutschland sind in einem eher desolaten Zustand, und dann gibt es die Rechtsextremen, die das System sprengen wollen wie damals die Nazis.«

»Wenigstens gibt es so viele verschiedene Parteien, und sie werden auch alle ins Parlament gewählt«, sagte Natascha. »Mir gefällt übrigens eure Bundeskanzlerin sehr. Eine Frau an der Spitze – das wäre in Russland gar nicht denkbar.«

»Das hat auch hier lange gedauert, bis es dazu gekommen ist«, sagte Hilde. »Und es ist leider mitnichten repräsentativ«, fuhr sie fort, »die meisten Spitzenpositionen werden nach wie vor von Männern eingenommen. Da gibt es keine Verhältnismäßigkeit, darüber sollte man – oder vielmehr frau – sich nicht hinwegtäuschen lassen …«

»Um ökologische Fragen sollte sich die Politik kümmern, allein das Insektensterben ist doch alarmierend genug. Vom Klimawandel will ich gar nicht anfangen …«, schimpfte nun Wieland, der von der Auseinandersetzung mit seinem Sohn noch ganz aufgebracht war.

»Ach du und deine Insekten«, zeterte Heinrich.

»Es sind auch deine Insekten, mein Sohn. Und jetzt fange ich mit dem Klimawandel an«, sagte Wieland. »Du wirst dich noch umgucken, wenn die Obstbäume durch das mildere Klima früher blühen und aber noch keine Insekten fliegen, die die Blüten bestäuben können. Dann ist hier Schluss mit Apfel und Birne …«

»Das werden wir beide nicht mehr erleben – du nicht und selbst ich nicht«, rief Heinrich.

»Ich werde das nicht erleben, das ist sehr wahrscheinlich«, entgegnete Wieland, »aber anders als die gegenwärtige Politik und die gegenwärtigen Politiker sorge ich mich um die Zukunft und denke nicht nur an mich – oder an die nächsten Wahlen. Und auf dich kommt noch einiges zu, mein Sohn. Wir haben in den vergangenen drei Jahrzehnten einen Insektenschwund von insgesamt nahezu siebzig Prozent. Vielleicht brauchen wir die Folgen des Klimawandels gar nicht abzuwarten – abgesehen davon, dass wir sie ja längst zu spüren bekommen, auch hier, vielleicht nicht unmittelbar vor der Haustür, aber doch hier in Deutschland –, wenn erst keine Insekten mehr da sind, wird auch schon früher Schluss sein mit dem guten Obst aus dem Alten Land oder aus welcher Region auch immer …«

Simon sah, wie Swetlana Natascha etwas ins Ohr flüsterte. Und er sah, wie sich seine Großmutter resigniert zurücklehnte, während die Köpfe seines Vaters, der gerade etwas erwidern wollte, und seines Großvaters immer roter wurden und anzuschwellen schienen. Irgendwann stand er auf und räusperte sich.

»Ich denke, es ist Zeit aufzubrechen …«

Immerhin waren sie pünktlich auf dem Standesamt eingetroffen, dachte Simon, ein bisschen zu früh sogar. Und jetzt wurden sie aufgefordert zu warten.

Sie waren zu Fuß gegangen, die ganze – noch überschaubare – Gesellschaft, vom Markgrafen den Berg hinunter ins Städtchen, vorbei am Gildehaus, an Sankt Johannes und weiter bis zum Rathaus – allerdings hatten sie einen anderen Weg genommen als über die serpentinenartige Straße, die man mit dem Auto zum Hotel hinauffuhr. Es gab einen schönen Fußweg hinab – das war schon Argument genug, und diesbezüglich war sich die gesamte Familie Tappe auch immer schon einig gewesen –, schmal und relativ steil war der Weg, den man auch nahm, wenn man über den Nordhang des Städtchens den Wald erreichen wollte, und er führte über kleine, leicht überwindbare Treppen – mit Geländer, ein Hoch auf die Stadtverwaltung –, vorbei an moosbewachsenen bröckeligen Mauern, alten, knorrigen und von Efeu umrankten Bäumen, hohen und selbst ohne Laub noch dichten Hecken aus Haselnuss oder Jasmin, mächtigen Tannen und immer wieder auch liebevoll gepflegten Gärten, die in diesem alten Teil des Städtchens zu den kleinen Fachwerkhäusern gehörten und in denen es, sobald Frühling wäre, in allen Farben und Formen blühen würde. Hier, im Verborgenen, präsentierte sich der kleine Kurort von seiner romantischen und idyllischen Seite, und nicht umsonst wurde der verschlungene und verwunschene Pfad Novalis-Steig genannt, er mündete unten auf den Marktplatz, in unmittelbarer Nähe des Novalis-Steins.

Simons Großeltern – ja, selbst sein Großvater – hatten den knapp zehnminütigen Marsch bewältigt, der alte Mann wusste mit seinen Krücken geschickt umzugehen, selbst wenn es sehr steil hinabging, und er hatte nur alle paar Meter einmal eine kurze Pause gemacht, um Atem zu holen, kleine Verzögerungen, die nicht weiter ins Gewicht gefallen waren, so langsam und träge, wie der Rest der Hochzeitsgesellschaft gegangen war – und das, obwohl der pittoreske Novalis-Steig sie die ganze Zeit bergab geführt hatte.

Jetzt saßen sie auf knarrenden Holzbänken und Stühlen, die an der steinernen Wand im altehrwürdigen Rathaus aufgereiht waren, oder sahen sich die Bildergalerie an, die die unterschiedlichen Etappen der Geschichte des Kali-Bergbaus in der Region dokumentierte – einige vergilbte Aufnahmen waren über hundert Jahre alt und zeigten alte, geschundene Gesichter, Menschen und Grimassen, unwiederbringliche Charaktere.

In einer Vitrine waren verschiedene Gesteins- und Salztypen ausgestellt. Sein Vater und sein Großvater besaßen annähernd die gleiche Kollektion, bemerkte Simon. Vermutlich besaß jeder Bad Soltaler, der auf sich hielt, eine kleine bunte Kali-Auswahl.

Natascha, Darja und Swetlana waren stehengeblieben, und Swetlana bat Simon, noch einmal die Geschichte zu erzählen, wie es früher gewesen war, wenn tief unten im Boden nach Salz gebohrt oder auch gesprengt worden war und der ganze Esstisch mit allem Geschirr darauf gewackelt hatte.

Das tat er, und er erzählte auch von den hohen roten Backsteinschornsteinen des riesigen Kaliwerks, die bis hoch in den Himmel geragt hatten und schließlich gesprengt worden waren. Und er erzählte – er wusste gar nicht genau, warum – auch die Geschichte von den Himmelsfaltern, den Riesen, die Abend für Abend den Himmel abhängten und zusammenfalteten, um ihn, wenn nötig, zu reparieren oder wenigstens neu anzustreichen und am nächsten Morgen wieder aufzustellen und auszubreiten.

Seine Mutter nickte stolz und legte einen Arm um ihn, aber dieses stolze Nicken irritierte Simon, er verstand es nicht ganz – war sie nun stolz auf den Bad Soltaler Bergbau und die Kalisalze, war sie stolz darauf, dass er heiratete und dieses Gefühl, dieser Mutterstolz, überkam sie einfach aufs Neue, oder fand sie schlichtweg, dass er die Geschichten von den Himmelsfaltern, seine Geschichten, gerade besonders schön erzählte?

Nach einer kleinen Ewigkeit wurden sie endlich in das Amtszimmer gerufen und gebeten, sich auf den dafür vorgesehenen Stühlen niederzulassen.

Seinem Großvater reichte Simon die Hand, er hakte ihn unter, und platzierte ihn am Rand, damit er sich nicht durch die engen Reihen zwängen musste. Seine Großmutter, die bedingt durch ihre geschrumpfte Körpergröße überall hindurchkam und überall und noch in die schmalste Reihe hineinpasste, setzte sich neben ihn.

Es dauerte, bis die füllige Standesbeamtin alle Unterlagen zurechtgelegt hatte. Ohne den Kopf zu heben, widmete sie sich den Papieren und Ordnern mit einer Aufmerksamkeit und Konzentration, als täte sie es zum ersten Mal, dachte Simon. Es dauerte und dauerte, bis sie schließlich aufblickte und lächelnd das Wort an die Versammelten und an ihn und an Swetlana richtete.

Sie mussten vortreten, damit sie Swetlanas und seine Anwesenheit, aber auch die Anwesenheit der Trauzeugen förmlich feststellen konnte.

Dazu hatten sie Natascha und Melanie bestimmt – Natascha als Swetlanas Trauzeugin, verstand sich, und Melanie als seine. Zunächst hatte er an Wolfgang gedacht, aber dann hatte sich seine Schwester selbst ins Spiel gebracht, und sie hatten ihr den Wunsch nicht abschlagen können.

Als die Anwesenheit aller Beteiligten geklärt war, fragte die Standesbeamtin, welche Namensführung während der Ehe gewünscht sei.

Sie hatten sich für die klassische Doppelnamen-Variante entschieden – Lebedew-Tappe – und das auch vorab mitgeteilt, jetzt wurde es offiziell.

Sein Vater hatte heftig protestiert, als er davon erfahren hatte. Seiner Auffassung nach hätte Swetlana selbstverständlich Simons Namen übernehmen müssen – die Auffassung war so museal, dass es selbst Simon die Sprache verschlagen hatte.

Der Rest seiner Familie hatte dagegen keine Einwände gehabt, im Gegenteil, seine Großmutter hatte zu Swetlana gesagt, dass sie sie beneide, dass sie selbst es so hätte halten sollen, auch, um den Namen Sartorius zu bewahren – der, zumindest was ihren Zweig der Familie anging, vom Aussterben bedroht war, sie war die letzte in der Linie, und in Göttingen seien nur wenige übriggeblieben, die noch diesen Namen, bei dem es sich um nicht mehr als eine latinisierte Form von »Schneider« handle, trugen –, aber damals, in den fünfziger Jahren, seien die Zeiten nicht so gewesen, da hätte man über derlei Dinge gar nicht nachgedacht.

Seine Mutter, die im Grunde jede ihrer die Hochzeit betreffenden Entscheidungen gutgeheißen hatte, spielte sogar mit dem Gedanken, nach der Scheidung ihren Mädchennamen anzunehmen, außerdem fand sie Swetlanas Nachnamen sehr schön, »fremd, aber schön«.

Nach weiteren kleinen Formalitäten war es so weit – das dachte Simon, als die Standesbeamtin ihre Mappe endlich zuklappte und zur Seite schob, aber er täuschte sich. Sie erhob sich ein weiteres Mal und hob im gleichen Atemzug an, ein paar Worte an das »wunderschöne Brautpaar« zu richten. Ihre Worte waren überraschend gefühlvoll, ja, sogar gefühlsduselig, sogar ihre Stimme schien zu beben und ihr Körper zu vibrieren.

Simon hatte sich das alles profaner vorgestellt, amtlicher oder bürokratischer – so wie es angefangen hatte. Sie feierten schließlich keine kirchliche Hochzeit – wie auch, Swetlana war Jüdin –, es ging im Wesentlichen um Unterschriften, die sie zu leisten hatten, und um den Austausch von Ringen, wobei auch das nur eingeschränkt stattfinden sollte. Simon würde Swetlana einen alten Ring seiner Großmutter anstecken, einen Ring aus dem Erbe der einst und seit vielen Generationen in Göttingen ansässigen und einflussreichen Unternehmer-Dynastie – die Firmengründung datierte aus dem frühen neunzehnten Jahrhundert –, deren letzter Kopf, Dr. Siegfried Sartorius, den er nur von alten Fotos kannte, sein Urgroßvater gewesen war.

Es handelte sich um einen goldenen Ring, in dem ein kleiner Saphir eingefasst war, ein sehr hübscher Ring, wie sie beide fanden.

Simon würde aber von Swetlana keinen Ring im Austausch erhalten, nicht, weil es in ihrer Familie keine vergleichbaren Erbstücke gab – die gab es allerdings tatsächlich nicht, nur war das nicht der Grund –, sondern weil er keinen Ring tragen wollte und Swetlana auch nicht darauf bestand. Er konnte das nicht, er tat sich schon schwer damit, sich jeden Tag eine Armbanduhr um den Arm zu schnüren. Swetlana hatte dafür Verständnis, von Anfang an hatte sie dafür Verständnis, und nicht nur das, sie hegte selbst eine Aversion gegen Ringe und auch gegen Ketten, zumal gegen goldene, jedenfalls an den Fingern oder um den Hals von Männern, von gewissen Männern, denn das rief böse, verdrängte Erinnerungen wach.

Die Standesbeamtin mochte es offensichtlich etwas emotionaler, vielleicht hatte sie auch einfach einen guten Tag. Simon bemerkte ihre Bernsteinkette, die sich zuvor unter ihr Kleid geschoben hatte. Sie legte also los und hielt eine Ansprache. Und was für eine Ansprache. Einem Segen auf die Liebe folgte ein Segen auf die Ehe und auf das menschliche Miteinander, und dem folgte dann auch bald ein Segen auf die Heimat, das Städtchen Bad Soltal und das Soltaler Land, den Wald und die Berge, seine Heimat, in die er hier, sagte sie, zurückgekehrt sei, ein Heimkehrer …

Es war köstlich. An der Standesbeamtin, deren Augen feucht schimmerten, als wäre sie gerührt von der Wirkung ihrer eigenen, etwas arg blumigen Worte, war eine echte Pfarrerin verlorengegangen, dachte

Simon, der nie auf die Idee gekommen wäre, dauerhaft nach Bad Soltal zurückzukehren, und beinahe laut gelacht hätte.

Swetlana bemerkte das und zwinkerte gutgelaunt, während seine Mutter ihm besorgte und sein Vater ihm strenge, vorwurfsvolle Blicke zusandte.

Die Standesbeamtin aber zauberte jetzt auch noch ein Taschentuch aus ihrer Handtasche hervor und schnäuzte sich einmal kräftig, dann fuhr sie fort.

Simon beobachtete ihren sich öffnenden und schließenden Mund, den roten Lippenstift, die Brille, die Bernsteine. Ihr Alter konnte er schwer schätzen. Möglich, dass sie zehn Jahre älter war als er, vielleicht aber auch zwanzig oder dreißig Jahre. Vielleicht war sie auch nur so alt wie er, vielleicht war er mit ihr zur Schule gegangen? Ab einem gewissen Alter wurden die in Bad Soltal lebenden Menschen, vor allem die Frauen, ihrer äußeren Erscheinung nach und ihr Alter betreffend ununterscheidbar, Töchter, Mütter, Großmütter, es machte irgendwann keinen Unterschied mehr. Seine Eltern und Großeltern stellten diesbezüglich eine Ausnahme dar, sie hatten sich gut gehalten. Aber der große Rest, der bei strenger Betrachtung gar kein so großer Rest war, wurde zu einer alterslosen Masse – alle sahen aus wie fünfzig aufwärts – und vielleicht, dachte er, lag das am Salz, das einerseits konservierte, andererseits aber auch gerbte und verhärtete.

Als die Standesbeamtin ihren weihevollen Sermon geendet hatte – eine einfache Begrüßung hätte es seines Erachtens nach auch getan, dachte Simon, aber Swetlana war, als sie sich entscheiden mussten, der Auffassung gewesen, es könne doch ganz nett sein, wenn jemand bei der Trauung ein paar Worte spreche –, warf sie wieder einen Blick in ihre Unterlagen.

Sie sei jetzt am entscheidenden Punkt, das heiße, dem entscheidenden, schicksalhaften Paragraphen angelangt, dem Paragraphen 1310 BGB nämlich, sagte sie wieder feierlich, und sie bitte nun ihn, Simon Tappe, und sie, Swetlana Lebedewa, sich zu erheben und wieder zu ihr nach vorne zu treten.

Simon und Swetlana taten, wie ihnen geheißen wurde, und stellten sich nebeneinander, Swetlana griff, ohne ihn anzusehen, nach seiner Hand.

Wieder hatte er das Gefühl, als schimmerten die Augen der Standesbeamtin, aber jetzt war er sich nicht einmal mehr sicher, ob nicht auch seine eigenen Augen längst feucht schimmerten. Es war so schade, dass Swetlanas Mutter und ihr Großvater nicht mit dabei waren, dachte er noch …

»Wollen Sie, Herr Simon Tappe, mit Ihrer hier anwesenden Verlobten, Frau Swetlana Lebedewa, die Ehe eingehen? Dann antworten Sie bitte mit Ja«, sagte die Standesbeamtin mit einem Pathos, das ihn ans Theater erinnerte.

Simon sah zunächst die Standesbeamtin an, und dann Swetlana.

»Ja«, antwortete er oder vielmehr bemühte er sich darum, aber seine Stimme versagte, er hatte nicht »ja« gesagt, sondern irgendetwas Unverständliches gekrächzt, er hatte einen Frosch im Hals, räusperte sich und versuchte es ein weiteres Mal. Jetzt, mit einem zweiten Anlauf, gelang es ihm.

Die Standesbeamtin lächelte sanft und nickte.

»Nun meine Frage auch an Sie, Frau Swetlana Lebedewa – wollen auch Sie mit Ihrem hier anwesenden Verlobten Herrn Simon Tappe die Ehe eingehen? Dann antworten Sie bitte ebenfalls mit Ja.«

»Ja, ich will …«, sagte Swetlana und grinste einmal in die Runde.

Natascha lachte und schluchzte gleichzeitig – oder nur unmerklich versetzt –, und auch seine Mutter schluchzte.

»Gut, dann bleibt mir, festzustellen, dass Sie kraft des Gesetzes und gemäß des Paragraphen 1312 BGB rechtmäßig verbundene Eheleute sind. Herr Tappe, Sie dürfen nun Ihrer Frau den Ring anstecken …«

Melanie sprang auf, trat nach vorne, umarmte die beiden und gab Simon den Ring, den sie vorher aus einer kleinen Schatulle genommen hatte, und er steckte ihn Swetlana an den Finger.

Im gleichen Augenblick hörte er wieder seine Mutter schluchzen.

Auch sie hielt es nicht mehr auf ihrem Stuhl, sie stand auf, lief zu ihm und umarmte ihn so fest, dass er kaum noch Luft bekam. Swetlana erging es nicht anders.

»Sie dürfen, Herr Tappe … Ich meine, wenn Ihnen danach ist … die Braut jetzt auch küssen«, stotterte die Standesbeamtin, deren Wangen sich auffällig gerötet hatten.

Simon ließ sich das nicht zweimal sagen, und jetzt klatschten alle.

Die Standesbeamtin aber, die sie eine Weile gewähren ließ und ihnen beim Küssen zusah, bat dann um einen Moment Ruhe, um das Protokoll der Eheschließung – sie nannte es »Niederschrift« – verlesen zu können, was rechtlich notwendig sei, erklärte sie, und was sie dann auch tat, und sie bat anschließend Simon und Swetlana, noch eine Unterschrift zu leisten, in Swetlanas Fall – bitte schön – mit ihrem neuen, vollen Namen. Außerdem sollten sie noch einmal überprüfen, ob alles seine Richtigkeit habe, damit es später bei der Beurkundung im Eheregister keine Unstimmigkeiten gebe.

»Ich beglückwünsche Sie hiermit zur Eheschließung«, sagte die Standesbeamtin, schüttelte ihre Hände und überreichte Simon die Urkunden, welche er gleich an seine Schwester weitergab, die sie in eine eigens dafür mitgebrachte Mappe steckte.

5

Wieland, der nach wie vor neben Hilde auf seinem Stuhl saß, betrachtete zufrieden das Geschehen – und in diesem Moment nun eben das sich schon wieder küssende Brautpaar –, zufrieden, ein bisschen stolz und bewegt.

Ja, er war stolz auf seinen Enkel, seinen Lieblingsenkel, der da gerade geheiratet hatte – das musste er sich eingestehen. Und er war stolz auf sich, wenngleich es sich, dachte er, um zwei vollkommen unterschiedliche Arten von Stolz handelte. Auf Simon war er stolz, weil er in seinen Augen eine tadellose Figur machte in seinem schnieken Anzug, weil er sich tadellos verhielt, weil er sich trotz der Aufregung auch um ihn, seinen alten und gebrechlichen Großvater, zu kümmern bemühte – was ihm tatsächlich eher schmeichelte als unangenehm war –, und nicht zuletzt, weil er eine so intelligente, gebildete und beeindruckend schöne Frau hatte, weil diese Frau nun Teil der Familie Tappe war, mochte sie auch nur Lebedew-Tappe heißen, aber darauf kam es nicht an.

Endlich hatte der Junge eine Frau. Schließlich waren sie sich lange nicht sicher gewesen, ob es überhaupt jemals dazu kommen würde.

Nicht, dass Hilde und er ihn für homosexuell gehalten hätten – wie Heinrich offenbar vorübergehend, wenn man Christas Erzählungen Glauben schenken durfte –, aber ganz verstanden hatten sie es nie, dass er nie eine feste Bindung eingegangen war. Und jetzt war er auf einmal ein frisch gebackener Ehemann.

Auf sich war er ebenfalls stolz, dachte Wieland, da er den Tag so weit gemeistert hatte, für seine Verhältnisse nachgerade bravourös gemeistert, wenn er an die vielen vergangenen Tage dachte, die er auf eine eher erbärmliche Weise hinter sich gebracht hatte, vor allem war er heute trotz der Anstrengungen und des Trubels – oder vielleicht auch deswegen, wer wusste es schon – nicht in diesen furchtbaren Dämmerzustand zurückgefallen, in den er regelmäßig und urplötzlich verfallen konnte und in dem er, was schlimm war und schmerzte, die Kontrolle verlor und sein gesamtes Erinnerungsvermögen.

Die Erinnerung sei das einzige Paradies, aus dem wir nicht vertrieben werden können, das hatte Jean Paul einmal gesagt, der Dichter des »Siebenkäs« und der »Flegeljahre« – und eines der Steckenpferde seines alten Freundes Albrecht, mit denen er zeitweise auch Hilde und ihn angesteckt hatte –, und er hatte immer gefunden, dass es sich hier um einen sehr treffenden Satz handelte, aber seine Sicht der Dinge war in der jüngeren Vergangenheit eine vollständig andere geworden – der Satz stimmte nicht mehr, er war von einer anderen Wahrheit oder einer anderen Realität eingeholt worden. Zum einen blieb ihm seit dem Oberschenkelhalsbruch und dem vermaledeiten Krankenhausaufenthalt in Goslar, den er, wie auch die vermaledeite Vollnarkose, die sie ihm dort verabreicht hatten, so gerne rückgängig gemacht hätte, der Weg in dieses Paradies, dieses vermeintliche Paradies, immer häufiger versperrt, er war aus ihm vertrieben worden. Zum anderen offenbarten sich ihm seine Erinnerungen, wenn er denn wach und klar genug war, um sie sich ins Gedächtnis zu rufen – oder wenn sie sich ihm eigenmächtig und unwillkürlich von selbst ins Gedächtnis riefen –, in den letzten Monaten immer weniger als Paradies, sondern als Hölle, als flammender, rauchender und stinkender Abgrund, und er fühlte sich, als klammerte er sich mit ein paar Fingern an einen Felsvorsprung, und schon die kleinste Schwäche würde ihn vollends abstürzen lassen.

Immer wieder sah er dieses Bild, das plötzlich, er wusste weder wie noch wann, in seinem Kopf, in seinem Gedächtnis, aufgetaucht war – aufgestiegen aus irgendwelchen Tiefen, wachgerufen, reaktiviert – so zumindest fühlte es sich an –, ein schreckliches Bild, von dem Hilde glaubte, er spinne es sich zusammen, er fantasiere oder verwechsele Gelesenes mit Erlebtem, aber er wusste es besser –, es war immer das gleiche Bild, die gleiche Szene, die alles andere beiseiteschob, immer der gleiche Abgrund, diese vielen KZ-Häftlinge, Juden überwiegend, die in einer Reihe nebeneinanderknieten und die von den SS-Männern, welche sein Vater befehligte, durch Genickschüsse hingerichtet wurden. Er sah die SS-Männer, die einander Alkohol, Schnaps, reichten, um sich Mut anzutrinken. Er sah seinen Vater, wie er ihm, seinem Sohn, eine Waffe in die Hand drückte, er sah, wie er ihn anschrie: »Ein Mann muss töten können«, auch wenn das Gesicht seines Vaters in diesem Erinnerungsbild – von der gescheitelten Kurzhaarfrisur und dem knappen, wohl seinem Vorbild und Führer nachempfundenen Schnäuzer einmal abgesehen – verschwommen und vage blieb. Wie sein Vater ausgesehen hatte, samt Scheitel und Schnäuzer, wusste er nur von den wenigen alten und längst vergilbten Fotos, die es von ihm gab – und es gab keine vom großen Haus, in dem sie gewohnt hatten, von ihrem alten Garten, dem Teich oder seiner Schäferhündin Freia, solche Fotos gab es nicht.

Abgesehen von jener Szene, die sich ihm so urplötzlich ins Gedächtnis gerufen hatte, erinnerte er sich nicht mehr an seinen Vater und das, obwohl er schon knapp fünfzehn Jahre alt gewesen sein musste, als er ihn zum letzten Mal gesehen hatte, im besetzten Polen, kurz bevor er mit seiner Mutter – wiederum von Untergebenen seines Vaters, glaubte er – erst über die Oder, dann über die Neiße und schließlich über die Elbe in den Westen gefahren worden war, vorbei an Scharen fliehender Menschen, denen Tod, Verlust und Elend ins Gesicht geschrieben gestanden hatten.

Erst in einer der Nächte nach seiner Operation, im Zuge seiner Dämmerzustände, war dieses Bild aufgetaucht, diese Erinnerung, die er die längste Zeit seines Lebens verdrängt haben musste, aber jetzt sah und hörte er seinen Vater, er sah und hörte seinen Vater jedes Mal, wenn dieses Erinnerungsbild in ihm auftauchte, er hörte seine wütende und trotz seiner jähen Wut kalte und erbarmungslose Stimme – »Ein Mann muss töten können« –, und er sah – es geschah immer auf die gleiche Weise, ganz plötzlich, unverhofft – einen Jungen vor sich knien, unmittelbar vor seinen Füßen, die in Lederstiefeln steckten, einen abgemagerten kleinen Knaben, der in etwa sein Alter gehabt haben mochte, er sah seine schmutzige und durchlöcherte Kleidung – dürftige, viel zu dünne Kleidung in dem vielen Schnee und der klirrenden Kälte –, Fetzen nur, er sah den kahlgeschorenen Hinterkopf des Jungen und seine Ohren, und er sah, wie der Junge den Kopf wagemutig zur Seite neigte, um einen Blick auf ihn, den vor Angst oder Kälte oder vor Angst und Kälte zitternden Gleichaltrigen, zu erhaschen, aber in dem Moment verschwamm alles, in dem Moment verließ ihn seine Erinnerung genauso wie sie auch jetzt wieder verschwamm, wie sie ihn immer wieder verließ, die Erinnerung, ohne dass er sie hätte festhalten können, ohne dass er etwas dagegen zu tun in der Lage war.

Die grauen, nebeligen Schübe hilfloser Ohnmacht und kläglichen Vergessens ereilten ihn regelmäßig, die Abstände wurden zunehmend kürzer, und wenn er wieder aus den Dämmerzuständen erwachte, hatte er, je nachdem, wie lange sie angehalten hatten, oftmals keine Ahnung mehr, wo er währenddessen gewesen war. Dann fühlte er seine Hilflosigkeit und Ohnmacht, dann hallte sie nach. Umso wertvoller waren ihm Momente wie diese, dachte er jetzt mit einem erneuten Blick auf Simon und Swetlana – und er versuchte, seine dunklen Grübeleien in Zaum zu halten –, es waren Momente, in denen er klar sah und denken konnte – zumindest seiner Meinung nach, Hilde hegte bezüglich der Klarheit seines Denkvermögens in letzter Zeit einige Zweifel –, er dachte klar, wenigstens jetzt und für seine Begriffe, auch wenn er die Ohren spitzen und genauer hinhören musste, wenn er etwas verstehen wollte von dem, was um ihn herum geredet wurde, und das gelang häufig erst beim genaueren Nachfragen oder wenn eben Hilde oder auch Christa es ihm erklärten.

Aber jetzt fragte er nicht nach – und er dachte auch nicht mehr nach –, sondern verfolgte das Geschehen, soweit er eben folgen konnte, und er harrte dessen, was da noch kommen mochte, während er Hildes Hand gedrückt hielt und sah, dass ihr eine Träne über die Wange lief, eine Träne der Rührung und des Einverständnisses. Hildes alten

Ring hatte Simon Swetlana angesteckt, und sie hatte einige dankbare Blicke in seine und in Hildes Richtung geworfen – es geschah nicht alle Tage, dass ein solches Erbstück weitergereicht wurde, dachte er –, woraufhin er ihr zugenickt hatte, ob sie es nun sah oder auch nicht.

Die Standesbeamtin verstand er besonders schlecht, aber sie war ohnehin am Ende der Zeremonie angelangt, und auf einmal entstand jetzt eine große Unruhe und Bewegung. Die Leute standen auf, sie umarmten und gratulierten Simon und Swetlana – das würde er auch tun, wenn es an der Zeit war, dachte er. Zumindest fühlte er sich gut, ausgesprochen gut – von den Schatten, die seine Seelenruhe plagten, abgesehen –, und er hoffte, dass es ihm wenigstens noch bis zum Abend, bis zum Fest, gutgehen würde. Und bis zum Eintreffen von Swetlanas Großvater, von dem er nur wusste, dass er so alt war wie er selbst – und dass er deutscher Abstammung war, jüdisch-deutscher, wohl geflohen nach Russland und nach dem Zusammenbruch des Ostblocks ausgewandert nach Israel, wie es so viele getan hatten. Der Mann reiste heute aus Stuttgart an, wo er ein paar Tage verbracht hatte, und er hatte bereits eine Reise nach Polen hinter sich.

Es war unglaublich, dachte Wieland mit einem gewissen Maß an Neid – er selbst würde solche Reisen nicht mehr machen können, nie wieder den Amazonas und den Regenwald sehen, nie wieder Afrika und die Serengeti, ja nicht einmal die Toskana, die Provence oder die Schweiz, diese Zeiten waren vorbei.

Aber er wollte sich keine Blöße geben, er wollte Swetlanas Großvater auf Augenhöhe begegnen, wenigstens geistig – körperlich stand er wohl auf verlorenem Posten. Wenn er nur klar im Kopf bliebe …

Jetzt begegneten ihm Christas Blicke, sie lächelte. Sie kümmerte sich um ihn, als wäre er ihr eigener Vater – das hatte Hilde einmal bemerkt –, aber einen eigenen Vater hatte sie ja nun auch nicht mehr, der war vor Jahrzehnten gestorben, genau wie ihre Mutter. Wie hieß die noch gleich?

»Na, Wieland, jetzt brechen wir langsam auf …«, hörte er sie sagen. Hilde aber war schon aufgesprungen, und jetzt halfen sie ihm beide dabei, sich zu erheben.

Er hatte einiges an Gewicht zugelegt, das spürte er jetzt jedes Mal, wenn er sich bemühte aufzustehen, und das merkte er auch daran, dass es ihm – obwohl es gar nicht seiner Natur entsprach und es ihm auch nicht gefiel – in letzter Zeit immer lieber war sitzen zu bleiben. Er müsste mehr laufen, Spaziergänge machen – wie heute –, damit er wieder ein paar Kilos verlor, das sagte er sich.

Jetzt stand er – es war ganz schnell gegangen –, ein bisschen unsicher zwar, aber er konnte sich auf eine der Stuhllehnen stützen. Und da waren auch schon Simon und Swetlana.

»Ich gratuliere euch von Herzen«, sagte er und küsste sie beide. »Wartet einen Moment, ich habe …« Er kramte einen Zettel aus der Westentasche. »Ich habe mir etwas notiert …«

Er faltete den kleinen, karierten und offenbar aus einem Block gerissenen Zettel auseinander und las vor, was er notiert hatte: »Lieben heißt, einen Menschen so sehen zu können, wie Gott ihn gemeint hat.« Er grinste. »Nun, wir glauben nicht unbedingt an Gott, nicht wahr? Aber von wem mag dieser Satz wohl stammen? Ich frage das mal lieber nicht dich, Simon, sondern Swetlana, die es eher wissen könnte …«

»Ich weiß es leider nicht«, lachte Swetlana. »Aber es ist ein wirklich schöner Satz, und wenn du vermutest, dass ich es eher wissen könnte, ist es vielleicht ein Satz, der aus einer russischen Feder stammt?«

»Recht hast du«, sagte Wieland und blickte erst zu Hilde und dann zu Simon. »Klug ist sie. Und sie hat mich durchschaut.«

»Ein bisschen kenne ich dich ja inzwischen«, sagte Swetlana.

»Und wer hat das nun gesagt«, fragte Christa ungeduldig, während nun auch die anderen Gäste hinzutraten und sie umringten.

»Das klingt mir ein bisschen nach Aljoscha aus den Brüdern Karamasow«, sagte Swetlana. »Ich tippe also auf Dostojewski!«

»Lieber Simon, ich gratuliere dir noch einmal zu dieser klugen und belesenen Frau«, antwortete Wieland und wendete sich wieder Swetlana zu. »Ja, meine Liebe, du hast vollkommen recht. Das Zitat wird tatsächlich Dostojewski zugeschrieben, ich kann dir allerdings leider nicht sagen, woher es stammt, ich habe es in einem Kalender gelesen …«

»In einem Kalender, ich bitte dich, Wieland …«, schaltete sich Hilde empört ein. »Dann lass mich auch einmal: ›Du bist ewig für das verantwortlich, was du dir vertraut gemacht hast‹«, sagte sie und sah

Wieland triumphierend an. »›Du bist für deine Rose verantwortlich …‹ Hübsch, nicht wahr? Na?«

Wieland zuckte mit den Schultern und lächelte milde.

»Das ist aus dem ›Kleinen Prinzen‹ – den haben wir in der Schule gelesen …«, sagte Simon. »Ich kenne noch ein anderes Zitat. Es würde sogar als Trauspruch taugen …«

»Und zwar?«, fragte Swetlana.

»Bitte, zähme mich!«, sagte Simon. »Aber das sagt der Fuchs und nicht die Rose …«

Alle lachten. Alle, abgesehen von Natascha und Darja, die kein Wort verstanden hatten und ratlose Mienen machten, aber Swetlana übersetzte.

»Liebe ist wie ein Glas, das zerbricht, wenn man es unsicher oder zu fest anfasst«, sagte nun Natascha zunächst auf Russisch und dann noch einmal auf Englisch. »Das ist ein russisches Sprichwort.«

Schließlich räusperte sich auch Christa, die allerdings keinen Spruch zum Besten geben wollte, sondern verkündete, dass es eine Planänderung gebe – eine Überraschung, wie sie sagte –, sie würden nämlich doch nicht im Hotel zum Markgrafen zu Mittag essen, sondern in einem Restaurant in den Bergen, dem »Auerhahn« …

»Ihr habt doch nicht wirklich geglaubt, dass ich euch Hochzeitssuppe und Braten zumute, oder?«

Als sie auf den kleinen Platz vor dem Rathaus traten – Wieland, der sich auf seine Gehhilfen stützte, verspürte eine unerwartete und wachsende Kraft und Energie, was vielleicht auch der Aussicht auf ein Mittagessen im »Auerhahn« zu danken war, denn sie waren schon einmal dort gewesen und hatten wirklich vorzüglich gegessen –, standen dort schon Heinrich vor seinem Auto und Melanie vor Christas Auto, um sie alle einzuladen und hoch in die Berge zu fahren.

Reis wurde indes nicht geworfen. Abgesehen davon, dass es verboten war – ein Schild an der Rathauswand machte darauf aufmerksam –, hielt die Familie Tappe nicht viel darauf, Reis gehörte auf den Esstisch. Immerhin aber gab es einen kleinen Applaus, als Simon und Swetlana nun ins Freie, auf den Rathausplatz, traten.

Die Fahrt dauerte knapp zwanzig Minuten – die Strecke führte steil bergauf. Der »Auerhahn«, ein renoviertes Gasthaus, das ein junger und experimentierfreudiger Koch gemeinsam mit seiner Frau übernommen hatte – zuvor sei er, das hatte Christa noch erwähnt, bei einem renommierten Sterne-Koch im Elsass angestellt gewesen, während seine Frau als Sommelière gearbeitet hatte –, lag auf einer Lichtung mitten im schneebedeckten Buchenwald. Hier kreuzten verschiedene Wanderwege, die längste Strecke mündete in den Harz.

Man müsse im »Auerhahn« eigentlich immer reservieren, erzählte Christa Simon und Swetlana, als sie gerade aus dem Auto ausstiegen, so groß sei die Nachfrage – und so gering die Anzahl der Plätze –, aber das Essen werde ausschließlich mit regionalen Zutaten zubereitet, und immer stehe Wild auf der kleinen, alle zwei bis drei Wochen wechselnden Speisekarte, Wild und Fisch, der aus den umliegenden Flüssen und Teichen stamme, Bachsaibling oder Forelle, aber auch Hecht und Karpfen. Von einer Freundin, die sich einmal in einem der Zimmer des »Auerhahns« einquartiert habe, hatte sie gehört, dass auch das Frühstück sensationell sei – mit hausgemachten Marmeladen und Wald- und Tannenhonig von einem benachbarten Imker.

Hilde, die mit Natascha, Darja und Agnieszka bei Heinrich eingestiegen war, stand schon auf dem kleinen, mit Kies bedeckten und von Buchsbäumen in Kübeln umrandeten Plateau, als Christa mit ihrem Auto eintraf – sie fuhr ein neues Golf-Modell mit Hybrid-Motor. Wieland aber forderte Simon und Swetlana erst einmal auf, ihm zu folgen, er habe ihnen etwas zu zeigen. Natascha, Darja und Agnieszka schlossen sich ihnen an, während Christa, Hilde, Heinrich und Melanie bereits das Restaurant betraten.

Wieland führte sie ein paar Schritte in Richtung Waldrand, wo es harzig duftete und wo hinter einigen offenbar vor noch nicht allzu langer Zeit gepflanzten, aber doch übermannshohen Tannen eine riesige Voliere stand, an deren Balken sich Eiszapfen geformt hatten – aus der Entfernung hätte man die Voliere auch für einen Schuppen oder eine Scheune halten können. Sie war zur Hälfte in den Wald hineingebaut worden, und man musste einmal um den Holzverschlag, der, wie Wieland erklärte, dem Schutz der Vögel diente, herumgehen, um durch den Draht hineinschauen zu können.

Die Voliere, in die das Licht von Süden fiel, war sehr dicht mit Koniferen, Rhododendren und im hinteren Teil auch mit einigen Tannen bepflanzt, und auf den ersten Blick war nichts anderes als die Pflanzen zu sehen.

Wieland aber, der immerhin noch recht scharfe Augen hatte – das sagte er sich zum Trost häufiger, und das sagte er jetzt auch den anderen –, deutete auf zwei zierliche Tauben, die auf einem Tannenzweig saßen. Es handle sich um Turteltauben, erklärte er, und dass sie zu den bedrohten Arten zählten.

Das gelte auch für diesen Prachtkerl hier, sagte er einen Augenblick später und deutete auf die Koniferen.

Tatsächlich tauchte zwischen den Zweigen ein Vogel von immenser Größe auf und näherte sich der Drahtfront. Er maß vom Schnabel bis zur Schwanzspitze wohl einen knappen Meter.

Das sei ein Auerhahn, erklärte Wieland, das Tier also, das dem Restaurant, in dem sie gleich speisen würden, seinen Namen gab.

»A capercaillie«, murmelte Swetlana und Natascha nickte.

»Richtig, ›capercaillie‹ heißt er auf Englisch«, sagte Wieland, der ebenfalls nickte, »und ›grand tétras‹ oder auch – und vielleicht schöner – ›coq de bruyère‹ auf Französisch.«

Der imposante Hahn war dunkelbraun, fast schwarz, und seine Brust schimmerte metallisch-grün. Er hatte einen kräftigen Schnabel und über den sie aufmerksam musternden Augen leuchtend rote »Balzrosen«, wie Wieland erklärte.

Der Vogel kannte keine Scheu, im Gegenteil, es schien, als wäre er dankbar, ein paar Zuschauer zu haben, und jetzt fächerte er seinen Schwanz wie ein Pfau und richtete ihn steil auf, während er seinen Hals in die Länge streckte und dem Zaun so nah kam, dass ihn seine Federn streiften.

Einen Hieb von seinem Schnabel möchte man nicht abbekommen, sagte Wieland, und erzählte, dass der Auerhahn sogar auf Rehe oder andere größere Tiere losgehe, wenn sie ihm in die Quere kamen und ihn bei der Balz störten.

Der Hahn posierte auf eine wahrlich beeindruckende Weise – Swetlana und Natascha überboten sich gegenseitig mit »Ah-« und »Oh«-Lauten, mit denen sie ihre Begeisterung ausdrückten, und auch Simon starrte fasziniert auf den Auerhahn. Im Unterholz zeigte sich nun auch eine Henne, die allerdings wesentlich kleiner war, heller gefärbt, braun und gelb mit schwarzen und silbernen Querbändern.

Die Vögel würden vom NABU betreut, vom Naturschutzbund, erklärte Wieland, der hier ganz in seinem Element war – und Simon war glücklich, ihn einmal wieder so klar und lebendig zu erleben –, die Vogelschützer kümmerten sich, und die Voliere sei Teil eines Programms zur Auswilderung und Wiederansiedlung von Auerwild in den umliegenden Wäldern, fünf- bis siebenköpfig sei allein der jährliche Nachwuchs dieses Zuchtstamms und das schon das dritte Jahr in Folge. Interessant sei, dass ein Großteil des natürlichen Bestandes in Skandinavien angesiedelt sei und auch in den osteuropäischen Ländern, vor allem in Russland, in den Wäldern im Norden, sagte er mit Blick auf Swetlana, die eifrig nickte und sich bemühte, Natascha und Darja alles zu erklären, damit auch sie Wielands Ausführungen folgen konnten.

»Kommt ihr endlich?«, rief jetzt Christa, die in der Tür des »Auerhahns« stand. »Wir haben einen Zeitplan einzuhalten.«

Sie ließen die Voliere hinter sich und steuerten auf das Restaurant zu, da klingelte Swetlanas Handy.

Es sei ihre Mutter, sagte sie, nahm den Anruf entgegen und wechselte ein paar Worte mit ihr – sie sah allerdings bald etwas besorgt aus.

»Was ist denn los?«, fragte Simon, als das Gespräch beendet war.

»Die Veranstaltung hat länger gedauert als geplant, und jetzt ist auch noch ein Zug ausgefallen«, antwortete Swetlana sichtlich enttäuscht. »Sie stehen immer noch in Stuttgart am Bahnhof und werden wohl erst am frühen Abend ankommen – wenn der nächste Zug pünktlich ist …«

»Das ist ja ärgerlich«, sagte Christa, die immer noch in der Tür stand. »Aber Hauptsache, sie kommen. Und die Feier werden sie doch erleben …«

»Ja, aber das Kaffeetrinken findet immerhin noch in kleiner Runde statt, am Abend wird es so viel Trubel geben, da werden wir kaum Zeit füreinander haben …«

»Ach, das wird schon, Swetlana …«, sagte Simon. »Und morgen ist ja auch noch ein Tag …«

6

Nach dem ausgedehnten, knapp zweistündigen – und damit doch länger als geplanten – Mittagessen, einem, wie alle – und selbst Heinrich – beeindruckt bemerkten, vorzüglichen Menü aus gebeiztem Bachsaibling an jungem Sauerampfer-Salat, gefolgt von zartem, rosa gebratenem Rehrücken, dazu Thymian-Jus, Sellerie-Pürree und Gelbe-Beete-Chips und einem Dessert aus frischem Fromage blanc und verschiedenen Passionsfrucht-Variationen, ging es wieder bergab durch den Buchenwald nach Bad Soltal, um eine – wie spontan und einstimmig verabredet wurde – noch ausgedehntere Mittagsruhe einzulegen, die dringend nötig war – wie ebenfalls allgemein und ohne Gegenstimmen befunden wurde –, der kurzen Nacht wegen und nicht zuletzt, da es zu jedem der Gänge einen passenden, von der charmanten und witzigen Frau des wahrhaft begnadeten Kochs persönlich kredenzten Wein gegeben hatte.

Den Wein, so gut er auch gewesen sein mochte, hätte sie nicht trinken sollen, sagte sich Hilde im Stillen, als sie endlich wieder im Auto saß – und auch den Sekt beim Frühstück nicht. Vor allem hätte sie Wieland hindern sollen, das alles zu trinken, vom Wein hatte er sich mehrfach nachschenken lassen – es war aussichtslos, ihn von etwas abzubringen, wenn er es sich einmal in den Kopf gesetzt hatte.

Sie betrachtete ihn, sie hatte ihn vom Rücksitz aus sehr gut im Blick, und sie behielt ihn auch im Blick – allerdings mit wachsender Sorge.

Der Tag hatte so wunderbar begonnen, Wieland war so wach und klar gewesen wie seit Wochen nicht mehr, aber jetzt hatte er sich, fürchtete sie, wohl doch übernommen und sicher nicht allein durch das Trinken von Alkohol.

Ein Mittagsschlaf konnte Wunder wirken, das wusste sie, aber eben auch das Gegenteil. Oft war er nach dem Schlafen ein anderer Mensch, wie ausgewechselt, fremd und abweisend, es gab Stimmungsschwankungen, nicht selten hilflosen Zorn, vor allem aber diese Dämmerzustände und Bewusstseinstrübungen, die mit einer zermürbenden Verzweiflung einhergingen, es war schon vorgekommen, dass er nicht einmal mehr sie erkannt hatte – aber das hatte sie noch niemandem gesagt. Diese Momente, in denen er sie wie eine Fremde betrachtete und auch mit ihr sprach wie mit einer Fremden, waren bislang schnell vorübergegangen. Vom Fortschreiten seiner Demenz und dem tatsächlichen Ausmaß wusste allein sie – und sie scheute sich, diesen furchtbaren Begriff in den Mund zu nehmen, den der Arzt während einer Nachuntersuchung im Krankenhaus zum ersten Mal ausgesprochen hatte.

Nur sie wusste davon – sie, der Arzt im Krankenhaus und inzwischen auch ihr Hausarzt, aber Heinrich hatte sie es bislang verschwiegen, nicht einmal Christa, der sie sonst alles erzählte und die auch als Erste davon erfahren würde, wenn es denn gar nicht mehr anders ging, hatte sie davon erzählt. Und sie war sich sicher, dass Wieland das auch nicht gewollt hätte.

Die Dämmerzustände häuften sich, und Hilde hatte die letzten Wochen über Sorge gehabt, ob sie Simons und Swetlanas Hochzeitstag auch wirklich bewältigen würden, aber abzusagen wäre niemals infrage gekommen, da sie ja nun hauptsächlich ihr und Wieland zuliebe die Trauung nach Bad Soltal verlegt hatten, anstatt in Berlin zu feiern.

So weit, so gut, dachte sie – und betrachtete Wieland, während sich plötzlich ein starker Anflug von Zärtlichkeit und auch von Traurigkeit in ihre Sorge mengte –, aber es lag noch so viel vor ihnen, und die Aussicht war trübe.

Es war schier zum Verzweifeln. Vom Feiern, zumal vom Alkohol, hätten die Ärzte sicher abgeraten, vom Reisen hatten sie es unmissverständlich, dabei wären sie gerne noch einmal verreist. Ihre letzte Reise, die nach Schlesien und Breslau, lag schon wieder Monate zurück, in die Schweiz, ins Engadin, wären sie gerne wieder gefahren, nach Italien, nach Südfrankreich – noch einmal in die Provence, hatte Wieland erst kürzlich wieder gesagt, hoch zum Mont Ventoux, auf den Spuren von Jean-Henri Fabre –, oder wenigstens hinunter nach Bayern, aber selbst das erschien ihnen inzwischen wie eine Weltreise.

Nicht einmal nach Göttingen schafften sie es mehr, was sie besonders schmerzte – und bis Göttingen war es nur eine knappe Stunde mit dem Auto. Möglich, dass sie ihre Heimatstadt, ihr Elternhaus in der Dahlmannstraße, das wohl immer noch stand, und auch ihr eigenes Haus in der Planckstraße, in dem sie so lange gelebt hatten und in dem auch Heinrich aufgewachsen war, nie wieder sehen würde.

Sie konnte schlecht allein hinfahren, ohne Wieland, auch wenn Christa sie sicher bringen würde – »nach Göttingen, nach Göttingen«. Dort hatten sie sich einst kennengelernt und so viel erlebt, ihre turbulentesten Jahre und Jahrzehnte hatten sie dort verbracht, die auch schöne und glückliche Jahrzehnte gewesen waren, aber als glücklich und schön empfand sie rückblickend auch ihre deutlich ruhigeren Bad Soltaler Jahre, und sie hatte es nie bereut, dieses an sich öde, manchmal unfreundlich-burschikose, aber doch idyllische Nest als Alterssitz gewählt zu haben. Die Natur war zum Greifen nah, der Wald wuchs bis in ihren Garten hinein, unmittelbar bis hinters Haus. Am Gartenzaun, der das Grundstück am hinteren Ende, wo die Beerensträucher wuchsen, begrenzte, hatten sie morgens sogar schon Rehe gesehen – gut, dass es keine Wildschweine waren.

In letzter Zeit aber musste sie häufiger an ihre Eltern denken, und kürzlich hatte sie einmal in einem Anflug von Nostalgie oder Sentimentalität – es war eine plötzlichen Eingebung gewesen – diese alte Schallplatte von Barbara aus dem Regal hervorgekramt und aufgelegt – »Paris besingt man immer wieder, von Göttingen gibt's keine Lieder« –, es war ein kostbarer Moment gewesen, denn auch Wieland hatte sich wieder deutlich und ohne Schatten an die alte Zeit erinnert, an Barbaras erstes Konzert in Göttingen, das beinahe nicht stattgefunden hätte – sie hatten darüber gesprochen, aber dann war ihnen eingefallen, dass sie beide auf dem ersten Konzert gar nicht gewesen waren, sondern erst auf einem Zusatzkonzert. Albrecht, an den sie auch oft denken musste – und zu dessen Beerdigung im vergangenen Winter sie leider nicht hatten fahren können –, war auf diesem ersten Konzert gewesen. Zusammen mit Albrecht und mit Claudine, die vor schon so langer Zeit gestorben war, hatten sie Barbara auf einem weiteren, ebenfalls legendär gewordenen Konzert erlebt, aber das musste gegen Ende der sechziger Jahre gewesen sein, allerdings, wenn sie es sich recht überlegte, noch vor dem aufregenden Jahr 1968, ja, das wusste sie genau. Vermutlich war es 1967 gewesen, Barbara war nach Göttingen zurückgekehrt und hatte ihr berühmtes Göttingen-Lied – zur großen Überraschung des Publikums und trotz einer heftigen Grippe, an der sie gelitten hatte – auf Deutsch gesungen. In der damals noch relativ neuen Stadthalle am Albaniplatz, gegenüber der Kirche, war das gewesen, vor einem ungleich größeren Publikum als noch drei – oder waren es vier? – Jahre zuvor im Jungen Theater, von dem sie gar nicht wusste, ob es noch existierte. Am alten Standort gab es wohl heute ein Kino, aber vielleicht war das auch schon wieder Geschichte. Es war ein triumphales Konzert gewesen, und das Publikum hatte Barbara – Hilde sah die ganze Szene noch vor sich, als wäre es erst gestern gewesen – mit hunderten roter Rosen beschenkt.

Die deutsche Version des Liedes war bald auf Schallplatte erschienen und Barbara bis weit über Göttingens Grenzen hinaus als Heldin gefeiert worden, die sie schließlich auch war und genannt zu werden verdiente, da sie einen so wichtigen Beitrag zur französisch-deutschen Völkerverständigung und Aussöhnung geleistet hatte. Das war gar nicht genug zu würdigen, fand Hilde.

Sie fragte sich, auch an Swetlana denkend, ob es Künstlerinnen oder Künstler gegeben hatte, die Vergleichbares in Hinblick auf die Beziehungen zwischen Deutschland und Russland geleistet hatten, und sie überlegte eine Weile, bis ihr Lew Kopelew einfiel, der alles daran gesetzt hatte, alte Feindbilder abzubauen und die Völker zu verbinden. Sein Heinrich-Heine-Buch musste auch noch irgendwo bei ihnen im Regal stehen, dachte sie zufrieden, und ein Lächeln wanderte über ihre Lippen. Sie freute sich jedes Mal, wenn ihr Dinge wieder einfielen, vor allem, wenn sie ihr schnell wieder einfielen – ein bisschen hatte sie es sich zur Aufgabe gemacht, auch für Wieland mitzudenken, sich auch für ihn zu erinnern.

Von ihren Gedanken über Lew Kopelew würde sie ihm später erzählen. Auch Swetlana würde sie später nach Lew Kopelew fragen, beschloss sie. Es interessierte sie, ob Swetlana ihn kannte, welche Bedeutung er in Russland hatte und wie seine Vermittlung, so historisch sie inzwischen anmuten mochte, dort eingeschätzt wurde.

Die kurze Autofahrt, während derer sie alle – wohl vor Erschöpfung – kein Wort sprachen, hatten sie schnell hinter sich gebracht.

Christa lieferte Wieland und sie zu Hause ab und half ihr auch dabei, Wieland, dem das Gehen schwerfiel und dem die Erschöpfung anzumerken war, sicher ins Haus zu bringen. Sie betteten ihn dann noch schnell im Wohnzimmer auf dem Sofa, den Anzug behielt er an, ob er nun zerknitterte oder nicht, lediglich die Schuhe zogen sie ihm aus.

Christa, die sich nicht hinlegen wollte – sie sei viel zu aufgeregt, um schlafen zu können, sagte sie –, verabschiedete sich schnell, so dass auch Hilde etwas ruhen könne, bevor sie sie zum Kaffeetrinken wieder abholen würde. Es dauerte allerdings, bis sie – in ihrem Schlafzimmer, um von Wielands Schnarchen nicht gestört zu werden – einschlief, und sie sah mit einigem Bangen seinem Erwachen entgegen. Eine Hälfte des Tages hatten sie bewältigt, die weitaus anstrengendere aber stand ihnen noch bevor.

Als Hilde erwachte, verriet ihr ein Blick auf die Uhr, dass sie viel länger geschlafen hatte, als ihr lieb war. Christa würde sie jeden Moment wieder abholen kommen.

Sie stand auf und eilte ins Wohnzimmer, um nach Wieland zu sehen, aber er war nicht da. Dafür stand die Tür zur Terrasse weit offen.

Sie zog sich schnell ihre Gartenschuhe an, die immer neben der Tür standen, und lief hinaus. Beinahe wäre sie gestolpert.

Wieland war vollkommen verschmutzt – er trug immer noch seinen Dreiteiler, hielt aber neben den Gehhilfen in der einen auch einen Spaten in der anderen Hand. Erdklumpen und Grasbüschel klebten auf seinen Armen, der ganze Anzug war hinüber und sein Haar wüst zerzaust. Es war eine bedrohlich aussehende Angelegenheit: Er stützte sich auf die Gehhilfen, gleichzeitig stocherte er mit dem Spaten im Boden herum.

»Wieland, was treibst du denn da?«, rief Hilde.

»Ich muss doch den Garten noch umgraben«, antwortete Wieland, »bevor wir die Stauden und die Rosenstöcke pflanzen. Und ich will auch noch ein Insektenhotel auf die Mauer …«

»Nein, nein. Wieland. Wir müssen nichts pflanzen, die Stauden und auch die Rosen werden im Frühling und im Sommer blühen, und Insektenhotels haben wir schon genug im Garten. Heute ist doch Simons Hochzeitstag. Weißt du das denn nicht mehr? Und wie siehst du denn nur aus, der gute Anzug …«

»Wessen Hochzeitstag?«

»Na, Simons …«
»Wer ist Simon?«

7

Oben im Markgrafen, für den eine bessere, prominentere Lage nicht hätte erdacht werden können – ganz gleich, durch welchen Ortseingang man ins Städtchen fuhr, von überall aus sah man das Hotel über den Bad Soltaler Dächern thronen –, war die Kaffeetafel für die nun anwachsende Hochzeitsgesellschaft gedeckt, als Heinrich und Agnieszka, die kaum ein Wort miteinander wechselten, eintrafen. Sie waren – trotz einer geringen Verspätung – die Ersten, mithin allein im lichtdurchfluteten Saal, durch dessen hohe Fenster inzwischen die Sonne schien und eine eher stickige Wärme verbreitete, und starrten auf die vielen Tassen und Teller, auf eine riesige Porzellan-Etagere mit Keksen, Konfekt und Baisers und auf die verschiedenen Blech- und Napfkuchen und bunt-opulenten Torten, die – noch – unter durchsichtigen Abdeckhauben auf der weißen, mit Rüschen besetzten Tischdecke, die bis zum Boden reichte, standen und darauf warteten, verzehrt zu werden.

Wenn sie bei diesen Temperaturen nicht vorher verdarben, dachte Heinrich missmutig, der – wegen der Verspätung schlecht gelaunt – überlegte, ob er nun erleichtert sein sollte angesichts des noch leeren Saals oder ob es ihm nicht, wenn er in sich hineinhorchte – und er musste nicht sehr lange und nicht sehr tief horchen –, viel lieber gewesen wäre, wenn bereits andere Gäste an der Tafel gesessen hätten, wenigstens seine Tochter Melanie.

Heinrich ließ, mit zusammengekniffenen Augen, weiter seine Blicke durch den Saal schweifen.

Grundsätzlich war er gerne der Erste, der Pünktlichste, am besten immer fünf Minuten früher da als alle anderen, er war gerne der Zuverlässigste von allen – darum ging es –, aber heute, das musste er einsehen, heute war doch alles ein bisschen anders, und vor allem musste er jetzt weiter diesen krampfigen und gezwungenen Smalltalk mit dieser jungen Frau aus Polen führen, die ihn immer ein wenig von oben herab zu behandeln schien. Zumindest war sie sehr kühl ihm gegenüber, auf Abstand bedacht, mitunter unfreundlich bis außerordentlich unhöflich, fand er.

Aber was interessierte es ihn, es würde schließlich nicht mehr lange dauern, bis er aus dieser unangenehmen Situation wieder befreit wäre, und dann gab es später, am Abend, glücklicherweise noch einen anderen Gast, eine andere Freundin von Simon und Swetlana, die er bei sich zu Hause zu beherbergen hatte, und so war er den abfälligen Blicken und dem eigenartig spöttischen Lächeln – ja, der Spott in Agnieszkas Blicken war es, der ihn am meisten wurmte und verunsicherte – wenigstens nicht mehr allein und ununterbrochen ausgesetzt. Beim Frühstück am nächsten Morgen, wenn sie bei ihm zu Hause am Tisch säßen, würde er einfach das Wort an die andere Freundin richten – deren Name ihm allerdings gerade wieder einmal nicht einfallen wollte –, und Agnieszka würde er schlicht ignorieren und ihr damit ein für allemal zeigen, was er wirklich von ihr hielt. Was bildete die sich denn ein, diese Schnepfe?

Jetzt fiel ihm wieder ein, wie die Nachbarin am Morgen geguckt hatte und wie unangenehm es ihm gewesen war, als Agnieszka und er zusammen aus dem Haus gekommen und ins Auto gestiegen waren, um zum Frühstück ins Hotel zu fahren. Womöglich hatte sie gedacht … Die konnte doch nicht etwa denken …

Vielleicht, dachte Heinrich, wussten die Nachbarn wirklich nicht, dass Simon heiratete und er Gäste bei sich aufnahm, woran nun nichts auszusetzen war. Vielleicht hatten sie keinen Wind davon bekommen, schließlich waren sie auch nicht eingeladen. Warum auch, er kannte sie ja kaum. Christa hatte immer wieder einmal mit den Nachbarn getratscht, aber er, er hatte sich nie groß um sie gekümmert. Es hatte ihn auch nicht weiter geschert, dass sie ihm, seit Christa ausgezogen war, mit finsteren Blicken begegneten – vor allem sie – und dass sie ihn kaum mehr grüßten, jedenfalls nicht, wenn es sich irgendwie vermeiden ließ. In ihren Augen war er der Schuldige der bevorstehenden Scheidung – und nicht etwa Christa, die ihn, wie er fand, leichtfertig und vollkommen grundlos verlassen hatte –, daran gab es nichts herumzudeuteln, und sein Versuch – ein einziger und auch etwas widerwilliger Versuch war es gewesen –, die Nachbarin von nebenan einmal seinerseits und über den Gartenzaun hinweg in ein Gespräch zu verwickeln, war gescheitert.

»Keine Zeit, ich habe Essen auf dem Herd stehen«, hatte sie kurz angebunden gerufen, auf dem Absatz kehrtgemacht, und war eiligst im Haus verschwunden, als wäre er von irgendeiner Seuche befallen, womöglich von dieser seltsamen Atemwegserkrankung, die in der chinesischen Stadt Wuhan ausgebrochen war und die sich nun den Nachrichten zufolge verbreitete.

»Ach herrje, die Milch kocht über …«, hatte die Nachbarin gerufen. »Um Gottes willen, der Braten verkohlt mir …«

Auch ihr Mann wich ihm aus wie einem Pestkranken, der feine Herr Architekt, und das erschien ihm nicht nur so. Der Nachbar wechselte sogar die Straßenseite, wenn sie aufeinander zugingen – wie unabsichtlich zwar, doch er tat es, und Heinrich wusste das genau.

Die Krönung aber war der heutige Morgen gewesen, das würde er so schnell nicht vergessen, und Schuld hatte ganz allein diese Agnieszka, die wirklich herumlief wie eine Bordsteinschwalbe mit ihren kurzen oder durchsichtigen Klamotten und die die Nachbarin – was immerhin nicht ganz unverständlich war, fand er – womöglich für eine solche gehalten hatte, wobei er allerdings nicht wirklich wusste, ob zu den gängigen Leistungen von Prostituierten auch Hausbesuche zählten, er hatte immer gedacht, sie stünden irgendwo an der Straße herum, wenn sie »auf den Strich gingen« – er war der Meinung, das bedeute es, auf den Strich zu gehen –, oder sie böten ihre Dienste in Bordellen oder Tanzlokalen an.

Vielleicht hatte die Nachbarin Agnieszka auch für eine Affäre gehalten und doch nicht für eine Prostituierte – wer wusste das schon –, eine Affäre, die er nach oder womöglich bereits vor der Trennung von Christa eingegangen war. Ja, genau das könnte sie gedacht haben. Beide Gedankenspiele waren ihm unerträglich. Wie konnte die Nachbarin nur so etwas denken? Es war unerhört. Aber er konnte sich nichts vormachen, sie hatte ihn empört angesehen, mit Verachtung im Blick, sie hatte den Kopf geschüttelt und war ohne ein Wort oder eine Geste des Grußes im Haus verschwunden.

Auch er sah die aufgedonnerte Agnieszka, die vom Alter her leicht seine Tochter hätte sein können – und die vielleicht noch deutlich jünger war als Simon oder selbst Melanie –, immer wieder an. Das war ihm bewusst, er konnte gar nicht anders, als immer wieder hinzusehen. Wie konnte eine junge Frau nur so herumlaufen? Melanie hätte er gründlich den Kopf gewaschen … Ihr musste doch klar sein, wofür man sie halten könnte.

Als sie am Morgen nach einer endlosen Zeit im Badezimmer endlich aus ihrem Zimmer gekommen war, hatte er geglaubt, seinen Augen nicht zu trauen, und beinahe hätte er eine strenge, tadelnde Bemerkung gemacht – er war schon drauf und dran gewesen, sie für ihren Aufzug quasi elterlich zurechtzuweisen –, aber das hatte er sich gerade noch einmal verkneifen können, das ging natürlich nicht, das wäre übergriffig gewesen, sie war schließlich erwachsen, zumindest volljährig, und nicht näher mit ihm bekannt.

Kurz hatte er auch überlegt, ob er ihr nicht freundlich, väterlich und natürlich mit gebotener Zurückhaltung raten solle, sich doch etwas überzuziehen, aber auch das war ihm aussichtslos erschienen, also hatte er besser gar nichts gesagt und geschwiegen. Gute Miene zum bösen Spiel, so in etwa, dachte er. Aber das behagte ihm nicht, es entsprach nicht seiner Natur, also hatte er versucht, möglichst vorwurfsvoll und ablehnend auszusehen, wenn er in ihre Richtung guckte – ein bisschen so wie die Nachbarin. Doch Agnieszka schien die Bedeutung seiner Blicke nicht zu erfassen, jedenfalls reagierte sie nicht darauf.

»Ich denke, wir warten noch auf die anderen, bevor wir uns an die Tafel setzen. Die werden hoffentlich bald kommen«, sagte Heinrich, um überhaupt etwas zu sagen – im Grunde war es ihm ganz gleich, ob sie sich setzten oder nicht –, und er stellte sich ans Fenster, um den Parkplatz im Blick zu haben.

Die Stille gefiel ihm nicht. Überhaupt fühlte er sich unwohl, auch der Hitze wegen, er schwitzte. Konnte man nicht die Heizung runterdrehen? Oder ließ sich nicht vielleicht eines der Fenster öffnen, um einmal zu lüften? Einfache Hebelmechanismen waren das, die würde er schon geöffnet kriegen …

»Ich setze mich mal, langes Stehen ist nichts für mich …«, entgegnete Agnieszka gelangweilt und angelte frech ein Stück Konfekt aus der Etagere, steckte es sich in den Mund, nahm lässig am Kopf der Tafel Platz und warf ihm einen, wie er fand, unerhört provozierenden, einen unverschämten Blick zu.

Heinrich war sich nicht sicher, ob es sich um einen echten Affront handelte – hatte er sie nicht gerade gebeten, sich noch nicht zu setzen? –, er fragte sich, ob dieses Weibsbild ihn gerade brüskieren wollte oder ob sie ihn schlicht nicht gehört hatte.

Er kratzte sich am Kopf, blickte unsicher zur Tür und wieder zurück, er sah sich noch einmal die Fenster an – nein, er würde sich lächerlich machen, wenn es ihm nicht gelänge, sie zu öffnen, also würde er doch besser abwarten und später einen Hotelangestellten darum bitten, es zu tun. Dann widmete er seine Aufmerksamkeit wieder der Tafel, und nach einem Moment des Zögerns setzte er sich ebenfalls – jetzt war alles einerlei, sagte er sich –, allerdings nicht neben Agnieszka, das brachte er nicht über sich, sondern ließ ein paar Plätze zwischen sich und ihr frei, und er hoffte, dass er im weiteren Verlauf des Nachmittags und Abends nichts mehr mit ihr zu schaffen haben würde.

Kaum dass er saß, öffnete sich die Tür – und er zuckte unwillkürlich zusammen. Eine Kellnerin betrat den Saal – eine andere als am Morgen, fiel ihm auf, aber ebenfalls im schwarzen Kleid und mit weißer Schürze. Er fragte sich, ob die Rüschen an ihrer Schürze das gleiche Muster hatten wie die Rüschen an der Tischdecke, aber dann ging ihm auf, dass ein Blick auf die Schürze auch missinterpretiert werden konnte, und die Blöße wollte er sich nun wirklich nicht geben.

Er sprang wieder auf – und riss beinahe die ganze Tischdecke mit sich.

Die Kellnerin hielt in beiden Händen Flaschen, die er als Spirituosen identifizierte. Ihr Inhalt war rot.

Er befreite sich hastig von dem Tischdeckenzipfel, an dem er hängengeblieben war, und holte tief Luft. Nicht auszudenken, wenn das jetzt tatsächlich geschehen wäre, wenn er die Tischdecke wirklich heruntergerissen hätte.

»Guten Tag, die Herrschaften. Ein Schlückchen Kirschlikör?«, fragte die Kellnerin. »Oder lieber Pflaume?«

»Nein, um Gottes willen«, entfuhr es Heinrich, der noch mit

Grausen an den Sekt vom Frühstück zurückdachte, den Wein beim Mittagessen hatte er ausgelassen.

Er sagte es deutlich unfreundlicher, als er es intendiert hatte, und sofort tat es ihm leid, aber das änderte nichts an seinem Entschluss, vorerst keinen Alkohol zu sich zu nehmen.

»Aber immer her damit«, rief Agnieszka. »Wir wollen doch heute feiern.«

Die Kellnerin schenkte ihr ein Glas ein und warf noch einmal einen fragenden Blick in Heinrichs Richtung. Eingeschüchtert hatte er sie nicht, im Gegenteil, dachte er und schüttelte noch einmal den Kopf.

Wieder öffnete sich die Tür, und sie drehten sich reflexhaft um.

Dieses Mal waren es Natascha und Darja, die, wie sie alsbald fröhlich erzählten, die Mittagspause genutzt hatten, um einen Spaziergang durch das Städtchen zu machen – »it's so impressive«, schwärmte Natascha – und auch am Fluss entlang und einmal ganz durch den Kurpark – »a walk through the park« – bis zum Solebad mit seinem beheizten und dampfenden Außenbecken. Hingelegt hatten sie sich nicht, nach Schlafen sei ihnen nicht zumute gewesen, verstand Heinrich, der ein bisschen Mühe hatte, ihren Erzählungen und ihrem nicht gerade akzentfreien Englisch zu folgen.

Als die Kellnerin auch Natascha und Darja einen Likör anbot – es war eher eine Geste, ein Wink mit der Flasche, als eine Frage –, blickten sie zuerst zu Heinrich, dann zu Agnieszka, die sie sogleich durch heftiges Nicken ermunterte, und dann nickten auch sie und ließen sich einschenken. Sie hoben die Gläser, prosteten einander zu und stürzten das klebrige Zeug in einem Zug hinunter, während Heinrich ihnen resigniert zusah und sich bemühte, trotz allem zu lächeln. Er wünschte sich weit weg, und auf einmal tat sich ihm ein Ausweg auf, ja, er würde sich ganz einfach entschuldigen und das WC aufsuchen. Dort konnte er ausharren, bis auch die anderen Gäste eintrafen.

In dem Moment aber öffnete sich die Tür schon wieder, und jetzt betrat eine große, sehr elegante Frau den Saal. Sie hatte langes, strohblondes Haar, das zu einem Pferdeschwanz zusammengebunden war und in dem eine Sonnenbrille steckte, sie trug ein fliederfarbenes Kleid, einen beigefarbenen Kaschmirschal und Stöckelschuhe mit bedrohlich hohen Absätzen.

Heinrich erhob sich – ein unwillkürlicher Impuls –, er ging ihr entgegen, um sie zu begrüßen, und registrierte, während er sich ihr näherte, dass sie ihm sehr bekannt vorkam, ja, dass er sie auf jeden Fall schon einmal irgendwo gesehen haben musste, nur hatte er keine Ahnung, wann und wo das gewesen sein könnte. Vielleicht war es eine frühere Klassenkameradin von Simon oder auch von Melanie, dachte er. Sie war ähnlich groß wie Natascha.

»Guten Tag, Heinrich Tappe mein Name, ich darf Sie schon einmal im Namen meines Sohnes begrüßen …«, sagte Heinrich und streckte seine Hand aus.

»Ja, Herr Tappe«, fiel ihm die Frau ins Wort und ergriff seine Hand, »wir kennen uns doch. Simon hat uns einmal einander vorgestellt, ich weiß gar nicht mehr, wann das war und zu welchem Anlass … Es ist schon Monate her … Tja, die Zeit vergeht … Aber Ihre Frau war auch dabei, daran erinnere ich mich …«

»Meine, ähm, äh, Ex-Frau …«, stotterte Heinrich.

»Ach, ja, pardon, das war mir … Entschuldigen Sie bitte …«, sagte die Frau.

»Keine, äh, Ursache, keine Ursache, ich …«, stotterte Heinrich und blickte sich hektisch im Saal um. »Darf ich vorstellen …«, sagte er schnell und zeigte auf Natascha, Darja und Agnieszka, gleichzeitig fiel ihm siedend heiß ein, dass er ihre Nachnamen nicht kannte, ja, nicht einmal Agnieszkas Nachnamen – und das, obwohl sie bei ihm nächtigte –, aber die Vornamen taten es auch, beschloss er für sich, schließlich war das hier eine quasi familiäre Zusammenkunft, alles Freunde und Verwandte, dachte er, dennoch war ihm das Ganze sehr unangenehm, und er merkte selbst, dass er inmitten dieser vielen jungen Frauen, deren Gesichter er kaum voneinander unterscheiden konnte, in seiner Rolle als Gastgeber heillos überfordert war, und allmählich realisierte er, dass er tatsächlich aufs Klo musste, dringend sogar. »Das hier sind Natascha und Darja, sie kommen aus Russland …«

»Dobrij den«, sagte der Neuankömmling.

»Dobrij den«, antworteten Natascha und Darja lachend. Sie prosteten ihr mit dem Likörglas zu und reichten ihr die Hände.

»Und das hier ist Agnieszka«, fuhr Heinrich fort, der sich alle Mühe gab, freundlich zu sein, »sie kommt aus Polen …«

»Ich komme aus Berlin«, korrigierte ihn Agnieszka, »aber es freut mich trotzdem …«

»Ach, ich komme auch aus Berlin …«, entgegnete die Frau. »Ich heiße Sarah, ich bin eine Kollegin von Simon …«

Auch sie bekam nun von der Kellnerin ein Glas Likör in die Hand gedrückt, das sie zunächst skeptisch beäugte, um dann einmal mit einer noch skeptischeren Miene daran zu riechen und nach einer Gelegenheit Ausschau zu halten, sich des Glases schleunigst wieder zu entledigen.

In Heinrichs Kopf arbeitete es angestrengt. Gleichzeitig fing er an, die Beine fest zusammenzukneifen. Der Name Sarah kam ihm genauso bekannt vor wie das Gesicht dieser auffällig eleganten und gutaussehenden Frau, aber ihm war neu, dass es am Theater noch weitere Korrepetitoren geben solle, zumal weibliche, das hatte Simon seines Wissens nie erwähnt, und es wollte ihm auch nicht recht einleuchten, weder das eine noch das andere.

»Wir sind alle Freundinnen von Swetlana«, sagte Agnieszka. »Aber vielleicht sollten wir besser Englisch sprechen, Natascha und Darja sprechen kein Deutsch …«

Beide zuckten mit den Schultern und lächelten.

»Not yet …«, schob Agnieszka hinterher und erklärte, dass Natascha den Wunsch geäußert habe, Deutsch zu lernen.

»Let's see«, sagte Darja und lachte, woraufhin Natascha sie zärtlich in die Seite boxte.

Und wieder öffnete sich die Tür. Dieses Mal war es Melanie, die den Saal betrat. Heinrich war überaus erleichtert, sie zu sehen – und er bemühte sich, das zu verbergen. Noch lieber, schoss es ihm in den Sinn, wäre es ihm gewesen, wenn Christa aufgetaucht wäre, um ihn aus der elenden Rolle des Gastgebers zu befreien, sie beherrschte das alles viel besser als er.

»Frau Schiffner, das ist ja schön, dass Sie schon da sind. Ich bin Melanie, Simons Schwester …«, sagte Melanie strahlend, ging auf die Frau zu und ergriff ihre Hand.

»Das freut mich. Aber können wir nicht Du sagen? Ich bin Sarah …«, antwortete Sarah Schiffner.

»Sehr gerne …«

»Und da steht ja auch das Klavier, wie schön …«, sagte sie. »Simon und ich haben ein kleines Programm vorbereitet, nichts Großes …«

»Ich weiß … und wir sind alle schon so gespannt …«, sagte Melanie.

Heinrich hatte es die Sprache verschlagen. Er brachte kein Wort über die Lippen, und es fiel ihm auch kein zusammenhängender Satz ein, den er hätte sagen können.

Sarah Schiffner, natürlich … Was war er nur für ein Idiot. Sie war der einzig prominente Gast, und er hatte sie nicht einmal erkannt. Und das, obwohl er sie schon so oft gesehen hatte – auf der Bühne und im Fernsehen. Christa hatte sie kürzlich erst im Kino gesehen, hatte sie erzählt, in einem Film, der auch auf irgendeinem internationalen Festival ausgezeichnet worden war. Aber er ging nicht ins Kino, irgendwann lief doch alles im Fernsehen, dachte er, trat unauffällig einen Schritt zurück und beobachtete die anderen, die sich nun in einem Mischmasch aus Deutsch und Englisch unterhielten und vor allem viel lachten.

Jetzt war die Gelegenheit, sagte er sich, das stille Örtchen aufzusuchen, und da alle miteinander und durcheinander redeten, schlich er sich wortlos in Richtung Saaltür. Doch als er sie erreichte, öffnete sie sich schon wieder.

Es waren Swetlana und Simon, endlich, und sie hatten Simons alten Schulfreund Wolfgang und dessen Familie im Schlepptau, für die er aber jetzt wirklich keine Zeit mehr hatte.

»Ich muss schnell einmal verschwinden«, sagte er, schoss an ihnen vorbei und hastete den Flur hinunter.

8

Was war denn mit dem los«, hörte Simon Wolfgang fragen, der von seinem Vater gar nicht begrüßt worden war, und er erklärte ihm – seinerseits ein bisschen verwirrt und damit beschäftigt, sich wieder zu sammeln und seine Gedanken einigermaßen zu ordnen –, dass sein alter Herr, der da eben an ihnen vorbeigerauscht war – ihm hatten die Haare buchstäblich zu Berge gestanden –, gelegentlich etwas durcheinander sei, seit sich seine Mutter von ihm getrennt habe und er sein Leben allein zu meistern versuche.

Aber in einem solchen Zustand wie eben habe er ihn noch nie gesehen, das sei schon besorgniserregend …

Wolfgang nickte verständnisvoll, wirkte aber seinerseits abgelenkt, und Simon vernahm, wie er nun seine quengeligen Kinder, die seit dem nun auch schon gut ein Jahr zurückliegenden Besuch im Harz unfassbar gewachsen, ja, ganz andere Menschen oder überhaupt erst richtige Menschen geworden waren – was nichts daran änderte, dass er sich ihre Namen nicht merken konnte –, auf die Kuchen und Torten aufmerksam machte, die unübersehbar auf der langen und üppig gedeckten Kaffeetafel standen.

Die Kinder rannten johlend den Torten, Kuchen und Keksen entgegen, und Wolfgang und Julia, seine biedere Frau, die sie ebenfalls seit ihrer Harzreise im vorherigen Winter nicht mehr gesehen hatten, eilten ihnen hinterher, um Schlimmeres zu verhindern.

Wer soll das nur alles essen, dachte Simon und fühlte sich bei dem Gedanken plötzlich wie eine alte Tante. Ja, dachte er, während die Worte noch einmal lautlos über seine Lippen wanderten, das waren Alte-Tanten-Gedanken. Er würde einfach ordentlich zulangen, beschloss er zuversichtlich, und damit seinen Teil dazu beitragen, der unfassbaren Menge an Gebackenem Herr zu werden.

Unter den Kuchen und Torten befand sich, wie er nun erkennen konnte, Frankfurter Kranz, Bienenstich, Schwarzwälder Kirschtorte – die sein Großvater so gerne aß –, und natürlich gab es die in der gesamten Region, im Harz und auch im Harzer Umland obligaten und ihrerseits überdimensionalen und mit Unmengen an Schlagsahne und Heidelbeeren gefüllten Windbeutel. Sein Magen, das fühlte er, war ohnehin geweitet von dem ausgezeichneten Mittagessen im »Auerhahn«. Er hätte nie geglaubt, dass ein derart exklusives Restaurant – auch ohne Michelin-Stern ein echtes Gourmet-Restaurant – in Bad Soltal eröffnen und sich dort auch noch dauerhaft halten könnte.

»Schau, Simon, Sarah ist schon da«, sagte Swetlana. »Komm, wir gehen sie begrüßen.«

»Gut, dass sie pünktlich ist …«, murmelte Simon mit einer gewissen Erleichterung in der Stimme.

Swetlana sah ihn forschend an und lächelte, dann griff sie nach seiner Hand und zog ihn mit sich.

Noch bevor sie aber ihren prominenten Gast begrüßten, fiel sein Blick in eine Ecke des Saals, wo, unter einer Decke verborgen, ein Klavier stand. Doch nichts deutete darauf hin, dass es sich um ein Klavier handelte – zumindest nicht, wenn man es nicht wusste.

Natascha, Darja, Agnieszka und Melanie hatten sich unterdessen im Halbkreis um Sarah Schiffner gestellt, die, wie eigentlich immer, wenn sie in einer Runde stand, den Mittelpunkt bildete, und sie befand sich entsprechend in ihrem Element, der Star inmitten seiner Claqueure, der Solist vor dem Chor.

»Simon, da bist du ja endlich … Swetlana, Liebes, du siehst hinreißend aus«, rief sie, als sie sie kommen sah, und sie umarmte und küsste sie beide.

»Schön, dich zu sehen …«, sagte Swetlana, die sich nach dem Mittagsschlaf umgezogen hatte und jetzt ein cremefarbenes Kleid trug, kurz, eng, mit weit ausgeschnittenem Rücken.

Es fehlte nur noch die Klezmer-Band, das hieß, die drei Klezmer-Musiker aus Berlin, die Swetlana und er engagiert hatten und die später, am Abend spielen würden. Es gab sogar ein kleines, vielleicht zwanzig Zentimeter hohes Podest am hinteren, der Fensterfront gegenüberliegenden Saal-Ende, das ihnen eine Bühne bieten würde, aber – laut Hotelleitung – leider das Klavier nicht tragen könne.

Die erste Überraschung aber war Sarah Schiffners Auftritt – eine Überraschung auch für Swetlana, die davon nichts ahnte, hoffte Simon. Sarah würde ein paar Lieder singen, und er würde sie am Klavier begleiten. Hinsichtlich dieses Programmpunkts wenigstens konnte nichts mehr schiefgehen, dachte er und fragte sich inzwischen allerdings, wo seine Mutter und seine Großeltern blieben.

Es dauerte nicht lange, und wenigstens sein Vater kehrte zurück.

Simon lief ihm – er wusste nicht, warum – ein paar Schritte entgegen. Etwas zog ihn zu ihm.

Sie standen ganz allein da, einander gegenüber. Sein Vater wirkte etwas ruhiger als noch wenige Minuten zuvor, die Haare – deutlich grauer geworden – hatte er sich wohl auch gekämmt, und er legte ihm jetzt eine Hand auf die Schulter – eine ungewohnte Geste, Simon konnte sich nicht erinnern, dass sein Vater so etwas je zuvor getan hätte.

Er sah ihn an. Die Blicke seines Vaters waren auf einmal nahezu zärtlich.

»Ach, Junge …«, sagte er und zögerte, es hatte aber den Anschein, als würde er noch mehr sagen wollen.

Simon, dem diese plötzliche Anwandlung von Nähe – die Hand seines Vaters ruhte weiter auf seiner Schulter – zwar überraschend angenehm war, beobachtete aber sein Verhalten auch mit Sorge. Alt war er geworden, mitgenommen sah er aus und auch sehr traurig.

»Ach, Junge, es gibt so viel, dass ich …«, sagte er, aber weiter kam er nicht, da nun Wolfgang mit Julia und seinen Kindern im Schlepptau neben ihnen auftauchte und ihm die Hand reichte.

Sein Vater warf Simon einen resignierten Blick zu und lächelte dann aber, wenn auch ein wenig gezwungen.

»Guten Tag, Herr Tappe«, sagte Wolfgang. »Wir haben uns ja eine Ewigkeit nicht gesehen. Geht's Ihnen gut?«

»Ja, Wolfgang, freut mich«, entgegnete Heinrich zerstreut. »Es ist lange her, freut mich sehr …«

»Das ist meine Frau«, sagte Wolfgang und drehte sich nach Julia um. »Julia, komm doch einmal her … Und das sind meine Kinder, Sören und Carlotta …«

»Deine Frau und deine Kinder? Sieh an, sieh an«, staunte Heinrich. »Ja, die Zeit vergeht, mal gnädig, mal ungnädiger …«

Wolfgang und Julia blickten sich an, und auch Simon wollte nichts einfallen, mit dem er die Situation hätte retten können.

»Ach was, hört nicht auf mich …«, sagte Heinrich so, als sei er nun endlich bereit, alle Unsicherheit von sich abzuschütteln. »Heute ist ein großer Tag, heute wollen wir feiern.« Er wandte sich Simon zu. »Aber, sag einmal, wo bleibt denn deine Mutter? Sie ist doch neuerdings der Chauffeur deiner Großeltern, wo bleiben die nur …«

Simon zuckte mit den Schultern und zog sein Handy aus der Tasche.

Tatsächlich, seine Mutter hatte ihm eine Nachricht geschickt, vor einer halben Stunde ungefähr, er hatte nicht darauf geachtet.

Wieland, Hilde und sie würden sich ein wenig verspäten, sie sollten aber schon einmal anfangen mit dem Kaffee und dem Kuchen. Er überlegte nicht lange, verständigte sich nur kurz über Blicke mit Swetlana, die nickte, und bat seine Gäste, an der Kaffeetafel Platz zu nehmen.

Die Kellnerin, die, wenn sie nicht gerade jemandem ihren Likör aufgeschwatzt hatte – abgesehen von Agnieszka, die sich fröhlich nachschenken ließ, schien niemand dafür sonderlich empfänglich zu sein –, hatte die ganze Zeit herumgestanden und schenkte nun Kaffee ein und nahm Sonderbestellungen entgegen.

»Ja, Kräutertee haben wir auch. Nein, keinen Jasmintee. Nein, Verbene auch nicht. Vielleicht Kamille? Oder Anis-Kümmel? Nein? Einmal Apfelschorle, ja, gerne. Rhabarberschorle? Nein. Nein, auch nicht. Vielleicht doch noch jemand einen Likör? Nein?«

Simon wollte gerade seinen mit Puderzucker bestreuten Windbeutel – rein optisch eine Art Miniaturgebirge mit steilen Pisten und schneebedeckten Gipfeln – durchschneiden, um ihn mit Swetlana zu teilen – die wiederum Natascha und Darja gerade die sprichwörtliche Bedeutung des Brandteiggebäcks erklärte –, als seine Mutter, sein Großvater und seine Großmutter endlich eintrafen.

Er hätte doch noch ein paar Minuten warten sollen, sagte er sich und stand auf, um seiner Mutter zu helfen. Die Erschöpfung war ihr deutlich anzumerken. Auch seine Großmutter wirkte müde, aber sie lächelte – sie war stark, viel stärker als seine Mutter und sein Großvater, dachte er –, sein Großvater erschien ihm auffällig teilnahmslos, seine Blicke waren trübe, und er nickte nur einmal in seine Richtung.

»Es geht Wieland nicht so gut«, hörte er seine Mutter sagen – leise, nur für seine Ohren bestimmt.

Melanie war Simon gefolgt, sie half, die Großeltern an die Tafel zu geleiten, damit sie erst einmal auf ihren Plätzen säßen.

Wieland gebärdete sich ein bisschen störrisch und ließ sich nur widerwillig führen. Kaum dass er saß, wollte er schon wieder aufstehen, und es war ihm auch nicht auszureden, weder durch Hilde, noch durch Christa.

Simon, der neben ihm stand, direkt neben seinem Stuhl, half ihm dabei, sich wieder zu erheben, während alle Augen auf ihn und seinen

Großvater gerichtet waren und seine Mutter und seine Großmutter zwar stöhnten, aber nicht weiter protestierten. Er reichte seinem Großvater die Gehhilfen und hielt ihn sicherheitshalber am Arm fest, auch wenn das wenig half. Sollte sein Großvater stürzen, könnte er ihn allein nicht halten. Aber sein Großvater bewegte sich auf einmal wieder mit einer behänden Leichtigkeit, als wäre er aus einem tiefen Schlaf oder einer Ohnmacht erwacht. Auch sein Blick klarte sich auf, nicht minder plötzlich, und er lächelte verschmitzt – es war ein spitzbübisches Lächeln, sein typisches Lächeln, zu dem nur er fähig war, dachte Simon und sah noch, wie seine Großmutter den Kopf schüttelte, sich aber von seiner Mutter ein Stück Frankfurter Kranz und ein Stück Bienenstich auf den Teller laden ließ.

Sie steuerten das Fenster an, das sie schnell erreichten. Dort, auf dem Glas, saß ein Schmetterling mit ausgebreiteten Flügeln, schwarz – oder auch dunkelbraun – mit roter Binde und weißen Pünktchen auf den Vorderflügelspitzen. Es war ein Admiral. Und das im späten Winter.

»Siehst du, Simon«, sagte sein Großvater, formte seine Hände zu einer Art Kralle und ergriff vorsichtig das Insekt, es sah aus, als pflückte er einen Apfel vom Baum. »Und du öffne jetzt bitte das Fenster, damit wir dem armen Kerl, der sich hier wohl den Winter über verkrochen hat, die Freiheit schenken können.«

Simon öffnete das Fenster, sein Großvater streckte die Hand aus und ließ den Falter fliegen.

»Wir sollten das Fenster geöffnet lassen«, schlug Simon vor. »Es ist so herrliche Luft da draußen.«

»Ja, mein Lieber. Der Frühling naht«, entgegnete sein Großvater, der wieder ganz er selbst zu sein schien.

9

Swetlana, der die beachtliche Größe des Gebäcks imponierte, starrte auf ihren Windbeutel.

Ihr Blick fiel, als sie gerade mit der Gabel hineinstach, auf Wolfgang, der ihr schräg gegenüber saß. Er war seinerseits damit beschäftigt, einen dieser Brandteigberge zu bezwingen, von der Talsohle bis zum Gipfel. Im gleichen Augenblick hörte sie Melanie laut lachen.

Melanie – vis-à-vis – war die Einzige, die in der Lage wäre, der am anderen Ende der Tafel sitzenden Sarah Schiffner Konkurrenz zu machen, wenn es darum ging, den ganzen Tisch zu unterhalten – aber durch den »Promi-Faktor«, der hier in Bad Soltal besonders zur Geltung kam, war Sarah im Vorteil. Das hinderte Melanie allerdings nicht daran, ihr Bestes zu geben – es lag in ihrer Natur –, und wenn auch der Promi-Faktor letztlich der entscheidendere war – zumindest sah es so aus, dachte Swetlana –, blieb Melanie immer noch der Heimvorteil, was bedeutete, dass ihr wenigstens die ungeteilte Aufmerksamkeit von Wolfgang, Julia und ihrer Großmutter sicher war, die ihren Erzählungen offenbar gerne lauschten.

Was Christa anging, war dagegen Hopfen und Malz verloren, sie verrenkte sich schier den Kopf, um mitzubekommen, was Sarah Schiffner Natascha und Darja alles erzählte und warum sie dort, am anderen Ende der Tafel, alle immer wieder so laut und schallend lachten.

Swetlana kaute und verzog das Gesicht. So richtig wollte ihr der Windbeutel, so beeindruckend er auch aussah, nicht schmecken. Tatsächlich schmeckte sie vom Puderzucker abgesehen kaum etwas. Die sprichwörtliche Bedeutung lag auf der Hand – und ein Stück weit auch auf der Zunge – und dieser Brandteig, nein, dem konnte sie nichts abgewinnen. Sie bekam ihn auch nur schwer hinunter, trank sofort einen Schluck Kaffee hinterher, schob ihre Hälfte auf Simons Teller zurück und ließ sich von Melanie ein Stück von der Schwarzwälder Kirschtorte, etwas Handfestem, reichen.

Das sei die Lieblingstorte ihres Großvaters, sagte Melanie, aber das wusste Swetlana längst. Allerdings wusste sie nicht – und vielleicht war es Simon selbst auch gar nicht so bewusst –, dass Simon immer nur ein paar Bissen vom Windbeutel aß und den Rest auf dem Teller liegen ließ – so wie sie es gerade getan hatte. Das sei früher, bei Geburtstagsfeiern oder anderen Festlichkeiten, immer ein großes Ärgernis gewesen. Nie habe Simon seinen Windbeutel aufgegessen, erzählte Melanie.

Swetlana schüttelte amüsiert den Kopf. Ihr hatte er »im Brustton der Überzeugung« erzählt, der Windbeutel sei hier in der Region so ungefähr das höchste der Gefühle, er hatte regelrecht geschwärmt.

So ein Quatsch, hörte Swetlana Melanie sagen, und ihre Großmutter schüttelte energisch den Kopf.

Er esse Windbeutel eigentlich sehr gerne, schaltete sich nun Wolfgang ein.

Swetlana sah ihn an. Es verursachte ihr ein schlechtes Gewissen, aber sie konnte nicht umhin, Wolfgang, so nett er auch war, ein bisschen hohl zu finden. Eben noch hatte er Simons Vater unentwegt Fußballergebnisse vorgebetet und von Bundesliga-Tabellen oder irgendwelchen Spielen der Champions League geredet und betont, dass er wegen der Hochzeitsfeier ein extrem wichtiges Spiel verpassen würde – Real Madrid, Ajax Amsterdam oder FC Bayern München, Swetlana brachte es nicht mehr zusammen.

Simon und sein Großvater hatten eine Weile zusammen am Fenster gestanden und sich unterhalten; Swetlana hatte beobachtet, wie Simon das Fenster geöffnet und sein Großvater sich einmal weit hinausgelehnt hatte.

Keine schlechte Idee, ein bisschen frische Luft hereinzulassen, fand sie, die Heizungen liefen hochtourig, und der Sauerstoff war schnell verbraucht. Simons Großvater würde das guttun, er hatte schlecht ausgesehen, blass um die Nase – und seine Blicke waren die eines verängstigten Tieres gewesen –, doch jetzt wirkte er zufrieden und entspannt, ja, sogar heiter und fröhlich, wie noch am Mittag, als er ihnen mit vor Begeisterung geröteten Wangen den Auerhahn gezeigt hatte.

Der Auerhahn war ein fantastischer Vogel, dachte sie. Sie hatte nie zuvor einen gesehen. Ihr Großvater, der hatte einmal einen gesehen – früher, in Russland, sie war noch ein Kind gewesen. Ihr fiel ein, dass in Thomas Manns »Doktor Faustus« der Teufel den Namen Auerhahn trug: Mr. Capercailzie. Das war auch der Grund, weshalb sie überhaupt gewusst hatte, was Auerhahn auf Englisch hieß. Es war noch nicht lange her, dass sie den »Doktor Faustus« wiedergelesen hatte, und es war eines der Bücher, die man mehrmals lesen musste, um sie wirklich zu durchdringen, wenn man sie denn jemals wirklich durchdrang. Sie würde einmal nachsehen, ob der Auerhahn vielleicht auch in Bulgakows Teufelsroman oder womöglich in den »Brüdern Karamasow« auftauchte …

Es war ein so schöner, imposanter und gleichzeitig unschuldiger Vogel, dachte sie, wobei es »unschuldig« auch nicht wirklich traf, so keck und kühn, wie er sich da vor ihnen am Zaun gebärdet hatte, war er doch eher frech gewesen. Jedenfalls missfiel es ihr, an den Teufel zu denken und gleichzeitig Simons Großvater zu beobachten, der sich ihr nun, wenngleich von Simon bei jedem seiner Schritte sorgsam überwacht, scheinbar mühelos näherte.

Als die beiden den Tisch erreichten und vor ihr standen, begegnete Simons Großvater ihrem Blick und lächelte. Sie lächelte ebenfalls.

Er setzte sich, und Simon musste ihm kaum helfen.

Swetlana sah, wie erleichtert Simons Großmutter, die sich immer wieder nach ihm umgedreht und ihn kaum aus den Augen gelassen hatte, und auch seine Mutter waren.

»Jetzt freue ich mich aber auf ein Stück Schwarzwälder Kirschtorte«, sagte Simons Großvater. »Die gibt es doch, oder?«

»Natürlich«, entgegnete Simons Großmutter. »Natürlich gibt es Schwarzwälder Kirschtorte …«

Melanie griff nach dem Tortenheber. Sie war etwas schneller als ihre Mutter, die auch die Hand ausgestreckt hatte.

Währenddessen schlich sich Simon davon – auffällig unauffällig, dachte Swetlana. Er lief zu Sarah Schiffner und flüsterte ihr etwas ins Ohr, woraufhin sie nickte, aufstand und ihm folgte.

Sie gingen an der Tafel vorbei und steuerten die hintere Saalecke an. Simon zog eine Decke von einem darunter verborgenen Klavier und faltete sie zusammen. Dann setzte er sich auf den Klavierhocker.

Von ihren Plätzen aus hatten alle eine gute Sicht, und Swetlana ahnte längst, was das alles zu bedeuten hatte. Glücklicherweise saßen die Kinder von Wolfgang und Julia inzwischen artig auf ihren Plätzen und vertilgten schweigend Kuchen und Kekse.

Simon schlug die Noten auf, während Sarah Schiffner eine Hand auf das Klavier legte, den Kopf erhob und sich in Pose stellte.

Sie war eine Diva, dachte Swetlana, eine doppelte, da sie die Diva gleichzeitig spielte und war und sich dessen, das war das eigentlich Bemerkenswerte, auch bewusst zu sein schien.

Simon stand noch einmal auf und schlug ein paar Mal mit einem Löffel an eine Kaffeetasse, um sich Aufmerksamkeit zu verschaffen – unnötigerweise, denn bereits seit dem Zeitpunkt, an dem sich Sarah Schiffner erhoben hatte, waren alle Gespräche verklungen – und auch Melanie, als Letzte, verstummte nun.

Alle Augen richteten sich erwartungsvoll auf die berühmte Schauspielerin und auf Simon, der gar nicht viele Worte machte, sondern verkündete, nun dem Anlass gemäß ein paar Lieder spielen zu wollen.

Sarah Schiffner sah ihn an, Simon, der schon wieder saß und zu ihr aufblickte, nickte, und sie legten los.

»Du meine Seele, du mein Herz«, sang Sarah Schiffner, »du meine Wonn', o du mein Schmerz, du meine Welt, in der ich lebe, mein Himmel du, darein ich schwebe …«

Das Klavier, pechschwarz und, wie nun zu erkennen war, mit einem geschnitzten Mozart-Konterfei auf dem Gehäuse, stand – wie auch sonst? Es war schließlich kein Flügel – an der Wand, so dass Simon gezwungen war, ihnen den Rücken zuzuwenden, aber einmal drehte er sich um, sah Swetlana an und lächelte.

Swetlana lächelte ebenfalls, und sie fand, dass es sich bei dem Gefühl, das sie da gerade vollkommen überwältigte, um ein ausgesprochen schönes handelte. Sie wischte sich eine Träne aus dem Augenwinkel – und als hätte sie es kommen sehen, hörte sie hinter sich schon wieder ihre Schwiegermutter schluchzen.

Sarah Schiffner hatte eine schöne und, wie es Swetlana schien, außergewöhnlich tiefe Altstimme, ein warmes und dunkles Timbre, das mit Simons weichem Anschlag und den sanften und lichten, ja, heiteren Klavierklängen perfekt harmonierte. Stimme und Instrument verschmolzen, sie bildeten eine vollkommene Einheit.

Swetlana kannte das Lied. Es war Schumanns »Widmung« aus den »Myrthen«, dem Liederkreis, den er seiner Frau Clara zur Hochzeit geschenkt hatte.

»O du mein Grab, in das hinab ich ewig meinen Kummer gab …«, sang Sarah Schiffner weiter.

Nun ja, das Lied war zweifellos schön, fand Swetlana, wunderschön sogar, und es musste schließlich nicht jede Zeile einen unmittelbar einleuchtenden Sinn ergeben oder dem Anlass gerecht werden.

»Du bist die Ruh', du bist der Frieden«, fuhr Sarah Schiffner fort, »du bist vom Himmel mir beschieden …«

So war es, dachte Swetlana – irgendwie –, und sie stimmte – in dem Moment, als sie kurz darauf die Schlusszeilen hörte – auch damit überein, dass die Liebe, die Kraft der Liebe, das Gefühl des Selbstwerts erhöhte, dass sie den Menschen über sich hinauswachsen ließ zu einem »bessren Ich«, gerade durch das Auf und Ab, das ihr Wesen bestimmte.

Das nächste Lied – es folgte, nachdem es einen langen Applaus gegeben hatte – war von Schubert. Die »Ungeduld« aus der »Schönen Müllerin«.

»Ich schnitt es gern in alle Rinden ein / ich grüb' es gern in jeden Kieselstein / ich möcht' es sä'n auf jedes frische Beet / mit Kressensamen, der es schnell verrät / auf jeden weißen Zettel möchte ich's schreiben: / Dein ist mein Herz, Dein ist mein Herz und soll es ewig, ewig bleiben …«

Für den Zyklus war es in Hinblick auf die Jahreszeit ein bisschen zu früh, dachte Swetlana, auch wenn der meteorologische oder auch biologische Frühling nahte – während der kalendarische noch Wochen entfernt war –, aber die Welt, die Welt war noch alles andere als in Grün getaucht, darüber konnte auch der erfreulich hartnäckige Sonnenschein draußen nicht hinwegtäuschen. Doch vielleicht folgte ja noch etwas aus der »Winterreise«, wobei es dafür, dachte sie, wiederum ein bisschen zu spät wäre.

An den Schubert reihte sich dann auch kein weiterer Schubert, sondern noch einmal ein Schumann, dieses Mal ein Lied aus der »Dichterliebe«, also schon wieder Frühlingsgefühle. Warum den Frühling nicht herbeisingen, dachte Swetlana, wenn er sich so zierte und so zaghaft zeigte.

Auf Schumann folgte Brahms, und den Abschluss bildete Beethoven, »An die ferne Geliebte«, komplett, obgleich von »Ferne« von

Simons Warte aus gesehen keine Rede sein konnte. Doch er hatte die Lieder, das wusste sie, alle mit Bedacht ausgewählt.

10

Am Abend war der opulent illuminierte große Festsaal im alten Kurhotel zum Markgrafen, das, inzwischen auch von außen hell erleuchtet, noch von den Fenstern der entlegensten Häuser tief unten im Tal sehr gut zu sehen war – vom gegenüberliegenden Berghang, einem der Ausläufer des wild-romantischen Keilerforsts –, kaum mehr wiederzuerkennen.

Bei näherer Betrachtung erschien er so gewaltig groß nicht, dennoch hieß er »Festsaal« – und die Wände sahen nicht danach aus, als wären sie beweglich und als könnten sie zwecks Vergrößerung oder Verkleinerung der Lokalität in die eine oder andere Richtung verschoben werden.

»Großer Festsaal« stand – kurioserweise in Fraktur – auf einer vergoldeten Plakette geschrieben, die neben der zentralen, nun weit geöffneten Doppeltür in Augenhöhe prangte, oder vielmehr waren die Buchstaben dunkel, fast schwarz in die Plakette eingraviert.

Leuchtend hell erstrahlte die geschmückte Räumlichkeit, überall brannten in silbernen, altmodisch-verschnörkelten Kandelabern lange weiße Kerzen – wofür Christa gesorgt hatte –, und den vielen Menschen, die sich eingefunden hatten, die überwiegend Abendgarderobe trugen und sich in Grüppchen mehr oder weniger angeregt unterhielten, wurde von einem kleinen Tross an Kellnerinnen – darunter auch die Kellnerin vom Frühstück und die, die sich an der Kaffeetafel dem ambitionierten Likör-Ausschank verschworen hatte – aus bauchigen grünen Flaschen Winzersekt aus dem Rheingau kredenzt.

Nachdem die Kaffeetafel aufgehoben worden war, hatte Simon einen Spaziergang vorgeschlagen, was auf breite Zustimmung gestoßen war, nicht zuletzt, da die Torten doch einigermaßen schwer im Magen gelegen hatten und die Sonne auch am weit fortgeschrittenen Nachmittag noch immer nicht untergegangen war und sich erst spät in einen glutroten Feuerball verwandelt hatte, der irgendwann am lodernden Horizont zwischen den glühenden Bergen und Baumwipfeln versunken war.

Im Grunde hatten sich alle Familienmitglieder, Freundinnen und Freunde Simon und Swetlana auf ihrem kleinen Marsch angeschlossen, allein Simons Großvater war es zu viel gewesen, und er hatte es vorgezogen, im Hotel zu bleiben, gemeinsam mit Simons Vater, der sich sofort bereit erklärt hatte, ihm Gesellschaft zu leisten, allerdings nicht im Hochzeitssaal, sondern vorne an der Bar, um – nebenbei – schon einmal ein Glas Bier zu trinken – und vielleicht sogar einen kleinen Verdauungsschnaps, aber das hatte niemand mehr gehört.

In der Zwischenzeit hatte das Hotelpersonal nicht nur in beeindruckender Geschwindigkeit die Kaffeetafel abgeräumt, sondern auch das Buffet und kleinere Tische für den Abend angerichtet.

Als der Kern der Hochzeitsgesellschaft, der der Spaziergang, wie einander ohne Unterbrechung versichert wurde, wirklich gutgetan hatte, wieder zurückgekehrt war – Simon hatte sie alle vom Hotelvorplatz aus wiederum über einen verborgenen Pfad, den man schon kennen musste, um ihn zu finden, ein ganzes Stück bergauf in den Buchenwald, den »kleinen Nordwald«, hineingeführt, der dem ungleich dichteren und dunkleren Keilerforst gegenüberlag –, waren schon, etwas verfrüht, die ersten neuen Gäste im Markgrafen eingetroffen, einige alte Freundinnen und Freunde von Simon und von Melanie, aus ihren jeweiligen Abitur-Jahrgängen, und auch einige Kolleginnen und Kollegen von Christa und Heinrich, darunter ein betagtes und gekrümmt gehendes Lehrerehepaar, die Kürschners, bei denen Simon und Melanie früher Unterricht gehabt hatten.

Die Neuankömmlinge, die bis dahin noch alle aus dem Städtchen stammten – und zum Teil seit vielen Generationen ortsansässige Bad Soltaler waren –, hatten sich zunächst zu Heinrich und Wieland gesellt – Heinrich war widerwillig in die Gastgeberrolle geschlüpft und hatte, möglichst unauffällig, das Schnapsglas beiseitegeschoben – und einige von ihnen hatten ebenfalls schon einmal ein Bier bestellt – als Aperitif vor dem Aperitif sozusagen, wobei Heinrich, der nur ungern Sekt trank, bereits verkündet hatte, auch im weiteren Verlauf des Abends und »bis zum bitteren Ende« beim Bier bleiben zu wollen.

Als Simon und Swetlana – die sich sichtlich bemühten – jeden Einzelnen begrüßt hatten und es eine Weile später im Foyer – von der Bar, an der alle sehr dicht gedrängt, ja, eingezwängt, gesessen hatten, ganz zu schweigen – viel zu voll geworden war und der betagte Herr an der Rezeption, wohl der Senior, überflüssigerweise auch noch einige nervöse Blicke in ihre Richtung gesandt hatte, hatte Christa, die sich für alles, was geschah, verantwortlich fühlte, sie kurzerhand in den Saal gebeten und auch gleich ein Signal an das Personal gegeben, schon einmal die Sektflaschen zu öffnen und mit dem Ausschenken zu beginnen.

»Wie sagte schon der alte Goethe ...«, murmelte der alte Kürschner in seinen Bart, »ich will Champagner Wein, und recht moussierend soll er sein!«

»In dem Sinne ...«, hallte ihm die Antwort entgegen.

Es hatte dann nicht lange gedauert, und auch die Berliner Gäste waren angekommen – aufgrund der Zugverbindung alle zur gleichen Zeit –, eine bunt zusammengewürfelte Gruppe von immerhin knapp dreißig Personen, die sich zwangsläufig auf dem Weg vom Bahnhof zum Markgrafen – die in fußläufiger Entfernung zueinander lagen – zusammengefunden hatte; es wäre absurd gewesen, ein Taxi zu nehmen, aber es standen ohnehin keine Taxis am Bad Soltaler Bahnhof. Und damit schließlich war, nachdem auch die letzten Gäste ihr Gepäck auf ihre Zimmer gebracht und sich dort gegebenenfalls noch umgezogen hatten, der Saal auch gut gefüllt gewesen.

Die Übersicht über die vielen Gäste zu behalten, war nicht ganz einfach, aber irgendwann war es Simon und Swetlana – dank der Hilfe seiner Mutter, die sich meist in ihrer Nähe aufhielt – gelungen, sich überhaupt erst einmal eine zu verschaffen, und es fehlten, wenn sie alles richtig gezählt und überblickt hatten – sie hätten eine Liste, auf der sie die Namen einzeln hätten abhaken können, anfertigen sollen, aber dafür war es jetzt zu spät –, nur noch Swetlanas Mutter und Großvater.

Ella hätte aus dem ICE heraus längst einmal anrufen können, darüber waren sich Swetlana und Simon einig, schließlich wartete ein abendfüllendes Programm, das auch irgendwann beginnen musste – mit Spannung und mit einigem Bangen, wenn nicht Bauchschmerzen, erwarteten sie die Rede von Simons Vater.

Den vielen Gästen auch nur einigermaßen gerecht zu werden – und nur ein flüchtiges Wort mit jedem einzelnen von ihnen zu wechseln – erwies sich als eine kaum zu bewältigende Aufgabe. Das Brautpaar rotierte, es war tatsächlich so, dass es sich gelegentlich im Kreis drehte und einen Schritt vorwärts und gleich wieder rückwärts machte, da es von allen Seiten angesprochen oder am Ärmel gezogen wurde.

Christa und auch Melanie bemühten sich sichtlich, wenigstens einen Teil des Ansturms abzufangen.

Letztlich half ihnen allen ihr Glas Sekt, an dem sie sich festhalten und das sie in die eine oder andere Richtung heben konnten, um den Leuten auch über die Köpfe der anderen hinweg wenigstens zuzuprosten – mit hohen und eleganten Sektflöten, worauf die ganze Familie Tappe immer schon großen Wert legte.

»Swetlana, Swetlana«, rief – eine Viertelstunde oder vielleicht waren es auch zwanzig Minuten später – eine atemlose Christa, die sich, nachdem sie sich vorübergehend von ihnen hatte abdrängen lassen und, immer wieder in verschiedene Gespräche verwickelt, im Saal davongetrieben war, nun ihren Weg durch die Menge zurück zu ihnen bahnte, »Swetlana, schau, ich glaube, deine Mutter und dein Großvater sind da.«

Swetlana und Simon sprachen in dem Augenblick gerade geduldig mit dem von jeher skurrilen Ehepaar Kürschner oder beantworteten vielmehr brav diverse Fragen – das »Gespräch« glich eher einer Verhörsituation, einer bizarren Prüfung –, und Wolfgang und weitere frühere Mitschüler, die vor vielen Jahren ebenfalls von den Kürschners unterrichtet worden waren, standen mit in der Runde, kamen allerdings kaum zu Wort – nur Wolfgang flüsterte einmal kaum hörbar den Satz: »Er war Lehrer, und seine Frau wusste auch alles besser.«

Als sie Christas Stimme hörten, drehten sie sich alle um, und tatsächlich, da waren sie endlich, da standen Swetlanas Mutter und ihr Großvater in der Tür und blickten suchend in den Saal.

»Mama, Großvater, da seid ihr ja endlich …«, sagte Swetlana. »Ich kann es gar nicht glauben, dass ihr wirklich hier seid … Es ist so schön, so wunderbar, euch zu sehen … Und es ist so unwirklich, ich kann es immer noch nicht glauben …« So in etwa.

Sie schlossen sich in die Arme, drückten sich und hielten einander lange fest. Swetlanas Mutter weinte – natürlich weinte sie, immerhin begegnete ihr ihre einzige, nun ebenfalls weinende Tochter im Brautkleid – und sie schien auf diesen Anblick nicht vorbereitet gewesen zu sein – seltsamerweise; Gershom dagegen bewahrte, obwohl auch er freudig strahlte – und auch seine Augen glänzten und schimmerten –, die Fassung. Nachdem er Swetlana umarmt und ihr einige Worte ins Ohr geflüstert hatte, wandte er sich Simon zu, ergriff seinen Kopf mit seinen beiden fleckigen Händen, zog ihn zu sich, küsste ihn zwei oder drei Mal auf die Stirn und drückte ihn anschließend an seine Brust – und Simon spürte, wie knöcherig der Alte war –, dann schob er ihn wieder ein Stück von sich und sah ihn ernst an – und nun mit bedrohlich funkelnden Augen.

»Die Ehe ist eine große Verantwortung, mein Junge, und nicht immer das reine Vergnügen«, sagte er mit seiner tiefen Stimme, die noch tiefer klang als sonst, er grinste schelmisch und klatschte Simon anschließend mit der flachen Hand auf die Wange.

»Aber im Ernst«, fuhr er fort – und alles Schelmische und Ironische wich von ihm, während seine Augen erneut zu glänzen begannen –, »ihr werdet gemeinsam durch dick und dünn gehen, davon bin ich überzeugt. Swetlana, meine geliebte Enkelin, hatte immer einen starken Willen und eine unerhörte Kraft. Du passt jetzt auf sie auf, Simon. Ihr beide … ihr werdet Freude zueinander und miteinander empfinden – ich weiß das, und ich bin sehr glücklich darüber – und so wenig Leid als möglich möget ihr erfahren … Und schau nicht so belämmert, Swetlana. Hab keine Angst, ich werde hier keine langen und auch keine rührseligen Reden schwingen – und ich hoffe inständig, dass ich nicht bereits allzu rührselig klinge. Ich erspare euch das. Ich erspare euch und euren Gästen auch das Schewa Brachot – das sind die sieben Segnungen, Simon, mit denen wir Juden bei einer Hochzeit auch Freunde und Verwandte ehren – und ich erspare euch ferner das ›Seid fruchtbar und mehret euch und füllet die Erde‹, auch wenn deine Mutter, Swetlana, seit Monaten von kaum etwas anderem mehr spricht und ich selbst, das muss ich zugeben, nichts gegen ein kleines Urenkelchen einzuwenden hätte, aber lassen wir das … Nein, ich erspare euch das alles, aber Wein will ich doch mit euch trinken, wisst ihr, Wein sollten und werden wir trinken, und ihr werdet, unseren Bräuchen gemäß, das Glas zerschlagen, und wir werden damit Jerusalems und unserer Geschichte gedenken, das werden wir tun, und das ist doch das Mindeste, nicht wahr …«

»Ja, Großvater. Und wir werden tanzen«, sagte Swetlana, der unzählige Tränen über die Wange strömten, und sie schloss Gershom erneut in die Arme, »wir werden tanzen, und wie wir tanzen werden, warte nur ab …«

Swetlana sah ihren Großvater an, der immer noch Simon fest im Arm hielt, als würde er ihn nicht mehr gehen lassen wollen.

»Wie schön du bist, mein liebes Kind«, sagte Gershom zwinkernd, während Swetlanas Mutter schluchzte und eifrig nickte.

»Du kannst dich aber auch sehen lassen, Großvater«, lachte Swetlana und betrachtete ihn von oben bis unten.

Gershom trug einen blauen Anzug, ein weißes Hemd und eine hellblaue Krawatte – vor allem trug er, was er nur selten tat, eine dunkelblaue, samtene Kippa, die er, wie es üblich war, mit einer Haarklammer an seinem Hinterkopf befestigt hatte, einer gelben Haarklammer.

Sie habe ihn noch nie in einem Anzug gesehen und gar nicht gewusst, dass er einen besitze, sagte Swetlana, die nur zu gut verstand, dass ihr Großvater hier, in Deutschland, die Kippa trug.

»Und du bist auch so schön, Mama«, rief sie stattdessen, und jetzt nickte Simon zustimmend.

Der Anzug sei eigens für die Hochzeit angeschafft worden, maßgefertigt vom alten Schneider Cohen, der gleich ums Eck wohne, dessen Familie aus Galizien stamme und der ihnen, als er von dem Anlass in Kenntnis gesetzt worden sei, einen Sonderpreis gemacht habe und sie auch grüßen lasse – unbekannterweise – und ihnen Glück wünsche, erklärte Swetlanas Mutter, die selbst eine weiße Bluse, einen knielang geschnittenen beigefarbenen Rock, einen eleganten Blazer in der gleichen Farbe und um den Hals eine Perlenkette trug und ein wenig errötete, als ihr Blick dem des nickenden Simon begegnete.

»Kommt, wir stellen euch Simons Eltern vor«, sagte Swetlana und nahm sie beide an die Hand. »Und auch seinen Großeltern.«

Christa aber, die Simon und Swetlana stehenden Fußes gefolgt war, nachdem sie sie auf die Ankunft der beiden aufmerksam gemacht hatte, stand längst neben ihnen, ungeduldig darauf wartend, Swetlanas Mutter und ihrem Großvater endlich die Hand schütteln und ihnen all das sagen zu können, was sie sich für diesen bedeutsamen Augenblick ihres Aufeinandertreffens vorgenommen hatte.

Erst einmal wollte sie ihrer großen Freude Ausdruck verleihen, hatte sie überlegt, ihrer Freude darüber, dass diese Hochzeit überhaupt stattfinden konnte, dass die beiden Liebenden zueinander hatten finden können, »über die Grenzen der Kulturen hinweg«, und dass das alles ohne den Fall des Eisernen Vorhangs, der nun schon mehr als dreißig Jahre zurückliege und der schicksalhaft mit Swetlanas Geburtstag zusammengefallen sei, wohl kaum möglich gewesen wäre – ihre Worte hatte Christa lange, seit Tagen und Wochen, vielleicht seit Monaten schon sorgfältig abgewägt und in der ganzen langen Zeit zahllose Bücher zu Rate gezogen, dicke Wälzer über Russland, über Israel und natürlich auch über die deutsche Geschichte, über den Zweiten Weltkrieg und insbesondere über den Holocaust –, sie wollte, engagiert und interessiert, wie sie, ihrem Selbstverständnis gemäß, neuerdings war, kundtun, dass sie in ihrem Herzen so überaus und tief bewegt sei, im Allgemeinen, der deutschen Geschichte und ihrer entsetzlichen, ihrer unvorstellbaren Verbrechen wegen, aber auch, da Swetlanas Großvater, seinerseits »ein Überlebender des Grauens« – auch diese Formulierung war eine von ihr vorab gründlich überlegte und sogar irgendwo, auf einem Zettel, extra notierte –, nach Deutschland zurückkehre, da er diesen sicher nicht leichten Schritt vollziehe, da die finsteren Kapitel der deutschen Geschichte – und nichts anderes bedeute es doch, wenn die beiden jungen Menschen hier heirateten und wenn er, gerade er, den schweren Weg nach Deutschland auf sich nahm – überwunden werden könnten, allen Unkenrufen und allen ewig Gestrigen zum Trotz, die es trauriger- und schändlicherweise, ja, zur Scham und Schande aller Deutschen, immer noch gebe, über die sie an dieser Stelle jedoch gar nicht reden wolle und die hier, in diesem alles in allem doch wohl geläuterten Land, ohnehin keine Mehrheit darstellten …

Glücklicherweise konnte Simon sie rechtzeitig unterbrechen, bevor ihr wohlmeinender, offenherziger, allzu menschlicher Sermon, der alles und jeden betreffen sollte, da doch alles mit allem zusammenhing, wahrhaftig ihre redseligen Lippen kreuzte, und Schlimmeres verhindern, und im gleichen Augenblick nahm er sich vor, ihr zu gegebener Zeit – das hieß, dachte er mit einem ihn sogleich heftig alarmierenden Blick auf Swetlana, deren Mund und Augen, schien ihm, vor Angst und Panik und Entsetzen bereits weit aufgerissen waren, vielleicht bereits in den nächsten Minuten um künftiges Unheil im Keim zu ersticken – möglichst schonend zu erklären, warum er sie unterbrach, was in Gegenwart von Swetlanas Großvater angebracht war und was eben nicht.

Auch Melanie stand bereits neben ihnen und wartete darauf, Ella und Gershom vorgestellt zu werden – das kam Simon, der nun überspielen musste, dass er seiner erschreckten Mutter so unbarmherzig über den Mund gefahren war, gerade recht.

Sogar sein Vater, der nach dem zweiten oder dritten Bier und erst recht jetzt, wo seine Ex-Frau endlich da war und sich statt seiner um alles kümmerte, einen entspannten Eindruck machte, war Christa gefolgt, und Melanie und er streckten nun, ihrerseits durchaus ehrfurchtsvoll, die Hände aus, um die neue Verwandtschaft, von der sie bereits so viel gehört hatten, zu begrüßen.

Die Hände wurden geschüttelt, die Freude war groß, so viel versicherte man sich einander, und allein Christa, die sich allzu schmählich behandelt und überhaupt nicht verstanden fühlte – sie hatte sich doch alles gut überlegt und vor allem alles nur gut gemeint –, schmollte – wenn auch nur kurz, denn nun sah sie, wie Hilde und Wieland sich näherten, und sie bebte beinahe vor Aufregung, in die sie das Bevorstehende versetzte. Sie eilte ihnen ein paar Schritte entgegen, einerseits um Hilde zur Hand zu gehen, andererseits, um nicht weiter stillstehen zu müssen und überhaupt etwas zu tun.

Wieland hatte sich, nachdem Hilde und sie ihn vorhin von der Bar zurück in den Saal geleitet hatten, nicht mehr von seinem Platz an einem der Tische in der Nähe des Buffets erhoben. Schon an der Bar – nach dem Bier und dem Schnaps, den auch er sich genehmigt hatte, mehr oder weniger heimlich – hatte er erneut einen besorgniserregenden Eindruck erweckt und, in der Gegenwart Heinrichs, den er bald nicht mehr als seinen Sohn erkannt und mit dem er wie mit einem Fremden gesprochen hatte, mehrfach wie ein kleines Kind nach seiner seit weit mehr als einem halben Jahrhundert toten Mutter gefragt, nie nach seinem Vater – das hatte Heinrich, den die Demenz seines Vaters weniger zu berühren, als vielmehr zu nerven schien, Christa im Vorbeigehen zugeflüstert.

Hilde, die sich einen fröhlicheren Verlauf des Abends gewünscht hätte, war bei Wieland geblieben, um ihn zu beruhigen, um die Fragen nach seiner Mutter schonend abzuwehren und ihn milde zu stimmen, was ihr auch einigermaßen gelungen zu sein schien, aber die Schatten, die sich so oft über seinen Geist legten, hatte sie nicht mehr vertreiben können; Wieland befand sich erneut in einem tiefen und tristen Dämmerzustand, er wusste weder, wo noch in wessen Gesellschaft er war – auch wenn er die Frau an seiner Seite durchaus reizend fand –, und vielleicht, ja, vielleicht, kannte er sich schon selbst nicht mehr. Er hatte abgebaut – so viel war für alle, die ihn noch am Mittag erlebt hatten, unschwer zu erkennen –, er redete wirr, er faselte, er fantasierte – er sprach von Hunden und Menschen, die er auf dem Gewissen habe – und er musste gehen, das hatte Hilde schweren Herzens beschlossen, er musste gehen, bevor er aufbrauste und aggressiv wurde. Ihren Entschluss zum Aufbruch teilte sie in wenigen, halb geflüsterten Worten auch Christa mit, die eine besorgte Miene machte, und auch Simon und Swetlana ahnten, als sie sie kommen sahen, was der plötzliche Ernst und auch die Traurigkeit in ihren Gesichtern zu bedeuten hatten.

Doch dann geschah etwas anderes, etwas, das sie zwar alle gewissermaßen hatten kommen sehen, vielleicht auch hatte der eine oder andere der hier in familiärer Runde Versammelten es sogar herbeigesehnt und sicher imaginiert, aber in der Form, in der es nun eintrat, war es von niemandem erwartet worden – wie auch? –, so, wie es geschah, geschah es vollkommen unerwartet, und die Schatten, nur ein Effekt von vielen, stieben davon und verloren sich in alle Richtungen – so, als seien sie verjagt worden.

Plötzlich standen sie voreinander, die beiden Alten, Zeugen eines ganzen Säkulums, ein Methusalem stand vor dem anderen, Auge in Auge, im hellen Licht eines Kronleuchters, und es war, als würden alle anderen synchron und wie hypnotisiert einen Schritt zurücktreten, um ihnen genügend Raum zu geben.

Und Wieland und Gershom betrachteten einander, sie musterten sich neugierig, wie es schien, und naiv wie zwei Kinder – der eine mit wachem, der andere mit getrübtem Auge, das sich vielleicht, wer hätte das in dieser Situation nicht gewünscht, für einen kurzen Moment doch wieder aufklarte –, und nicht nur sie, auch all die, die in nächster Nähe, wenn auch mit gebührendem Abstand um sie herumstanden – neben Christa, Heinrich und Melanie inzwischen auch Darja und Natascha, die sofort aufgesprungen war, als sie sie gesehen hatte –, schwiegen bewegt und ergriffen. Niemand brachte ein Wort über die Lippen, auch Swetlana und Simon nicht, die, gemeinsam und allein, so oft und so lange über diesen Augenblick nachgedacht und auch so viel und lange darüber gesprochen hatten, schon von dem Moment ihrer Verlobung an, damals, am Strand in Tel Aviv, und noch gestern, auf einem verschneiten Spaziergang zu zweit, als sie sich ausgemalt hatten, wie die Begegnung ihrer beiden Großväter wohl verlaufen würde – unvorhersehbar, darauf hatten sie sich einigen können.

Nun sahen sie sie, und sie wussten auf einmal nicht mehr, was sie sagen sollten. Etwas lag über ihnen – vielleicht eine höhere Gewalt – und ließ sie verstummen. Die Wirklichkeit selbst schien ihnen auf seltsame Weise fern und entzogen – und der Kronleuchter, fiel ihnen auf, leuchtete ungewöhnlich hell –, sie alle schienen das zu spüren –, Swetlana und Simon hielten ihre Hände fest umklammert – auch das Atmen vergaßen sie nicht, wenn es auch langsam, wie in Zeitlupe, geschah –, ihre Blicke aber hafteten an den beiden Alten, und die Geschichten dieser beiden Alten traten ihnen plötzlich ins Bewusstsein, mit Macht, lautstark und klangvoll, mit einer Unmittelbarkeit, die eine filmische, jedenfalls eine sehr plastische Qualität besaß, und von einer vertrauten Melodie begleitet, aber sie vergegenwärtigten sich die Geschichten auch nur so gut und so weit, wie sie ihnen eben irgendwann einmal erzählt worden waren, wie sie ihnen immer wieder erzählt worden waren von Kindheit an, und sie vergegenwärtigten sie sich selbstredend auch nur so gut und so weit, wie sie sich an diese Erzählungen erinnern konnten. Hinzu kam, durchaus erschwerend, dass sich die Erzählungen von Mal zu Mal auch unterschieden hatten, je nachdem, in welcher Verfassung sich der Erzählende, ob nun Gershom oder Wieland, gerade befunden hatte. Sie erinnerten sich also lediglich an Varianten, Färbungen und Nuancierungen der

Erzählungen, ja, überhaupt nur an einzelne Fragmente dieser ewig abweichenden Varianten, an Puzzleteile gewissermaßen, die sie in eben diesem Moment der Bewegtheit und der Stille – jeder für sich – zu einem zusammenhängenden, klaren Bild zu vereinen versuchten.

Und während sie in ihren Köpfen ihre eigene Version der Geschichten ihrer Großväter formten und spannen, entging ihnen – und allen anderen, so aufmerksam sie waren, auch –, wie Gershoms Blick, nachdem er eine zeitlose Zeitlang demjenigen seines Gegenübers begegnet war, nun auf dessen Wange fiel, auf das charakteristische, V-förmige Muttermal, das seinen Träger unverwechselbar machte, und er seine Stirn mit einem Mal runzelte. Ihnen allen entging, wie Gershoms Blick erstarrte, sich sein Herzschlag beschleunigte und sich seine Gedanken überschlugen, mit welch abrupter Gewalt sich seine gebändigt geglaubten Erinnerungen in ihm wach riefen – es herrschte Sturm, und die Schiffe, die in See gestochen waren, drohten einen Augenblick lang zu kentern. Ihnen allen entging, wie sich Gershoms starrer Blick auf einmal wieder löste, wie sich die Wogen glätteten, wie sich sein Herzschlag beruhigte und wie sich seine Gedanken wieder ordneten und nach und nach ebneten und das Meer nur noch eine glatte Oberfläche war. Ihnen allen entgingen die Worte, die Gershom leise, unhörbar, über die Lippen schwebten, und dass diese Worte allen, tatsächlich allen entgingen, ließ vermuten, dass er sie vielleicht auch gar nicht wirklich gesagt hatte.

Welche Worte es waren? Nun, ausgesprochen oder unausgesprochen, es waren schlichte, einfache Worte. Klare, offene Worte. Leicht und unmittelbar verständliche Worte. Gefasste, vielleicht erschreckend gefasste Worte. Milde, mitfühlende Worte. Worte, die ihnen allen entgingen.

Aber entgingen sie wirklich allen und jedem Einzelnen von ihnen? Das stand – auch später noch, wenn auf diesen Abend und diese besondere Begegnung zurückgeblickt wurde – nur zu mutmaßen.

Doch Gershom, der die Worte immerhin ersonnen hatte oder sich ihrer wenigstens bewusst geworden war, hatte doch das intensive Gefühl beschlichen – und er war dieses Gefühl nicht wieder losgeworden –, dass allein Wieland seine Worte aufgenommen, ja, dass er sie verstanden und sie verinnerlicht hatte. Dieser verletzliche Blick, als ginge ein tiefer Riss hindurch, durch alles hindurch. Dieses zarte Licht, dieser sich wie von Zauberhand lichtende Nebel, klärender Regen auch, Tränen, die flossen und alles hinfortwischten. Das plötzliche Schluchzen des alten, so gebrechlichen Mannes, der gleichzeitig – wie Gershom selbst in dem Moment – wieder ein Kind, ein Junge, zu sein schien, und nun, da er zusehends ins Wanken geriet und zu fallen drohte, festgehalten wurde von allen Seiten und weggeführt, hinausgeführt aus dem Saal, aus dem Kreis der ihn umringenden Menschen.

Das alles ließ sich – schlicht und profan – erklären. Das dämmerte auch Gershom, der über die Demenzerkrankung von Simons Großvater lange schon Bescheid wusste und auch darauf vorbereitet gewesen war. Doch über diese – vielleicht allzu schlichte und allzu profane – Erklärung hinaus blieb doch ein Zweifel bestehen, ein schier körperlicher Zweifel, der sich die Hoffnung partout nicht nehmen lassen wollte.

SCHLUSS

Die Hochzeitsfeier im großen Festsaal aber nahm – so als wäre nichts Bemerkenswertes vorgefallen –, weiter heiter, überwiegend feucht-fröhlich, ja, immer feuchter und fröhlicher und bisweilen recht ausgelassen ihren, einmal in Bewegung gesetzt, unaufhaltsamen Lauf – ohne Wieland und Hilde, leider ohne diese beiden, die, nachdem Hilde sich, zu Hause angekommen, ihrerseits und ausnahmsweise zur Beruhigung erst einmal einen Schnaps – einen sehr edlen und hochpreisigen Obstbrand, wohl Williamsbirne, das war von jeher ihr liebster gewesen – genehmigt hatte, später noch gemeinsam im Wohnzimmer saßen, Brot, Käse, Schinken und sauer eingelegte Gurke aßen und, so gut es eben ging, miteinander sprachen und auch die »seltsame Begegnung« mit Swetlanas Großvater, wie Hilde es ausgedrückt hatte, Revue passieren ließen, die Wieland so unerklärlicherweise aufgewühlt und die Hilde, wachen Auges, gleichermaßen erschüttert hatte.

Von jenem Gershom aber, der einen so eigentümlich starken Eindruck auch bei ihr hinterlassen hatte, machte sich Wieland offensichtlich kein rechtes Bild mehr, jedenfalls kein zusammenhängendes, irgendwie oder irgendwo und gar im eigenen Langzeitgedächtnis näher verortbares.

Hilde, die sich redlich bemühte, brachte nicht viel mehr aus ihrem Gatten heraus, als dass er da, in Gershoms plötzlicher Gegenwart, etwas aufflackernd Lichtes in all dem Dunkel um sich herum gespürt und gesehen habe, dass er auf einmal an den Amazonas habe denken müssen, an die grüne Wüste, erklärte Wieland schwach, aber keinesfalls müde – »Weißt du noch, Hildchen?«, fragte er, die gemeinsame Erinnerung an alte Zeiten beschwörend – und an den blau schimmernden Flügelschlag des Himmelsfalters, des blitzenden und leuchtenden Morpho peleides.

Melanie war es, die sofort angeboten hatte, die Großeltern heimzufahren, aber das hatte Christa abgelehnt, sie tue es lieber selbst, hatte sie gesagt – ein wenig resigniert zwar, aber keinen weiteren Widerspruch ihrer Tochter duldend –, zu sehr fühlte sie sich für die beiden verantwortlich, zu sehr empfand sie es als ihre Pflicht. Außerdem hatte sie Hilde noch gut zureden und sie, soweit es ihr möglich war, trösten wollen. Die Entscheidung zum Aufbruch war ihrer Schwiegermutter nicht leichtgefallen, Simons und Swetlanas wegen – natürlich, das verstand sich von selbst –, aber auch, da sie sich – nicht uneigennützig, aber durchaus legitimerweise, wie sie fand – auf die Abwechslung, die so eine Feier mit sich zu bringen versprach, und auf die Eindrücke, von denen sie noch lange hätte zehren können, doch sehr gefreut hatte. Sie hatte dem Tag regelrecht entgegengefiebert, wenn auch nicht frei von Sorgen und Befürchtungen Wieland betreffend – es konnte vorkommen, so viel zur Erklärung, dass seit seiner Erkrankung und den mentalen Absenzen auch einmal Langeweile Einzug hielt im Hause Tappe, unten, in der Faluner Gasse, und dort für Hildes anspruchsvollen Geschmack eine triste, bisweilen unerträgliche Eintönigkeit herrschte.

Christa war eine Weile geblieben, aber bald wieder in den Markgrafen zurückgekehrt, nachdem sie sich versichert hatte, dass die beiden allein, ohne ihre Hilfe, klarkommen würden und vor allem das Essen auf dem Tisch stand.

Als sie etwa eine Viertelstunde zuvor eingetroffen und ins Haus gegangen waren, schien es Wieland, so ihr in dieser Hinsicht untrügliches Bauchgefühl, auch gleich schon wieder etwas besser gegangen zu sein. In seiner vertrauten Umgebung war er doch am besten aufgehoben, dachte sie, und dort gelang es ihm – vorübergehend – auch immer wieder, sich zu ordnen und einigermaßen klar zu sehen, davon war sie überzeugt. Vom Buffet, das die beiden verpassten, würde sie ihnen einfach etwas einpacken lassen und am nächsten Vormittag vorbeibringen. Und sie würde ihnen von allem erzählen und ihnen die Fotos zeigen, die sie selbst zu machen plante – so ganz wollte sie die verantwortungsvolle Aufgabe, den Abend in Bildern festzuhalten und möglichst nahtlos zu dokumentieren, nicht diesem angemieteten »Fotografen« überlassen, diesem Bekannten von irgendwem – wer wusste schon, ob er ein Gespür für die richtigen Momente und Motive besaß …

Kaum dass Christa zurück war, begannen Simon und Swetlana, ihre Begrüßungsrede zu halten – anfangs noch etwas benommen, irritiert durch das scheinbare Aussetzen der Zeit, das mit dem Eintreffen Gershoms eingetreten war und damit auch in die Chronik der Hochzeitsfeier Einzug erhalten hatte.

Jeden einzelnen Gast stellten sie im Zuge ihrer Rede vor – angefangen mit der Familie über die Freunde bis hin zu den neuesten Bekanntschaften – und erzählten in kurzen, lustigen Sätzen, woher man sich kannte und wie lange schon, was sie jeweils miteinander verband, welche Geschichten man, soweit vor Publikum erzählbar, miteinander erlebt hatte, solche Dinge.

Als sie endeten, trat Gershom – rüstig wie eh und je – mit feierlicher Miene und zwinkernden Augen auf sie zu. Er hielt ein Glas in der Hand, das etwa zu einem Viertel mit Wein gefüllt war, und bat sie, daraus zu trinken.

Als sie das getan und es – abwechselnd – auch wirklich geleert hatten – dazu ermunterte Gershom sie mit einem hartnäckigen Nicken –, wickelte er es in eine große Stoffserviette, die er ebenfalls in der Hand gehalten hatte, platzierte sie vor Simons Füßen auf dem Boden und forderte ihn auf, es zu zertreten.

Simon sah Swetlana an, die lächelte und mit den Schultern zuckte, und zertrat das Glas, woraufhin die ganze Hochzeitsgesellschaft zu klatschen begann.

»Masel tov«, rief Gershom und schlug Simon, dem das Ganze vollkommen einleuchtete – Scherben brachten eben Glück –, ein weiteres Mal grinsend auf die Wange. »Und jetzt sollten wir langsam etwas essen.«

Ohne jede weitere Verzögerung eröffneten Simon und Swetlana das Buffet – zur sichtlichen Erleichterung der Gäste, denen bereits der Magen knurrte, aber auch des Hotelpersonals, schließlich war es deutlich später geworden, als sie es geplant und angemeldet hatten –, und alle stürzten sich, nachdem Swetlana und Simon den Anfang gemacht hatten, wie ausgehungert darauf – wenn sie denn endlich an die Reihe kamen.

Während des Essens, als wirklich alle saßen, klopfte dann auch Heinrich bald mit der Gabel an seinen Teller und hielt seine Rede – ersatzweise, da ein Brautvater nun einmal nicht zur Verfügung stand, da Swetlanas Mutter sich in der Gegenwart so vieler Menschen nie getraut hätte, eine Rede zu halten, und da Simon und Swetlana es auch Gershom nicht hatten zumuten wollen, den sie aufgrund seiner rednerischen Professionalität in Betracht gezogen hatten. Christa hingegen tat schon mehr als genug. Was das anging, waren sie sich einig gewesen.

Und Christa, die, wie Swetlanas Mutter, ebenfalls zur Schüchternheit neigte, wenn auch, wie es schien, von Monat zu Monat immer weniger, hatte diese schon vor inzwischen langer, langer Zeit verkündete, offizielle Erklärung auch anstandslos geschluckt – und insgeheim aber die kleine und vorhin von Simon so roh und rücksichtslos verhinderte Ansprache an Swetlanas Großvater vorbereitet und skizziert.

Heinrich wiederum – und Simon und Swetlana hatten lange gezögert, ihn zu fragen, auch aus Angst vor dem, was sie aus seinem Mund womöglich alles zu hören bekommen würden –, Heinrich hatten sie überraschenderweise gar nicht erst lange bitten müssen, im Gegenteil, er schien sich, als sie ihr Anliegen an ihn herangetragen hatten, überaus geschmeichelt gefühlt zu haben. Noch größer aber war die Überraschung – vor allem für Simon, Melanie und Christa –, als nun die Rede so erstaunlich geistreich und so ungeahnt humorvoll ausfiel – Simons Vater brachte, als wäre er gar nicht länger er selbst, die ganze Hochzeitsgesellschaft zum Lachen, die ihm über die gesamte Dauer der Rede hinweg an den Lippen hing, auch Simon, Swetlana, Melanie und selbst Christa lachten Tränen –, so komisch war er, gleichzeitig gab er sich auch sehr weich und warmherzig, ja, Heinrich sprach sogar von Dingen wie Liebe und väterlichem Stolz – und von schwiegerväterlichem Stolz, den er, gleichsam wie eine Pointe, besonders betonte –, und er musste sich an einer Stelle, als es nämlich um die Zukunft ging – und auch und insbesondere um die Zukunft des Eheglücks –, die schließlich, wie er schluckend und mit auf einmal ganz brüchiger Stimme sagte, niemand vorhersehen und die auch Unerwartetes und weniger Schönes mit sich bringen könne, wofür man als Paar besser gewappnet sein sollte, eine Träne aus dem Auge wischen.

Als er die Rede beendet hatte, applaudierten die Gäste lang und herzlich.

Simon, der sich mitunter vor Erstaunen die Augen gerieben und nicht nur mit Swetlana, sondern auch mit Melanie einigermaßen perplexe Blicke gewechselt hatte, umarmte seinen Vater, als er sich – nachdem er zunächst sprachlos und bewegungsunfähig gewesen war – dazu überhaupt erst wieder in der Lage sah, und er bedankte sich.

Auch Christa, die ihrerseits – wie so oft – zu Tränen gerührt war, näherte sich ihrem Ex-Mann in der Absicht, ihm etwas Nettes zu sagen, etwas Versöhnliches womöglich – sie war auf einmal, wie durch ein Wunder, zu allem entschlossen –, aber da stellte sich ihr plötzlich Agnieszka in den Weg, unabsichtlich wohl – im Zweifel für den Angeklagten, sollte Swetlana Simon gegenüber später einmal großherzig bemerken –, sie schlug Heinrich kräftig auf den Rücken, ein bisschen zu kräftig offensichtlich – sie musste ihm, das verrieten seine entglittenen Gesichtszüge, wirklich wehgetan haben –, und hielt ihm ein randvolles Glas Wodka unter die Nase. Dem Armen – und als solchen empfanden ihn, jetzt voller Mitleid, Simon, Swetlana und Melanie –, dem Armen stand das blanke Entsetzen ins Gesicht geschrieben.

»Tolle Rede. Aber jetzt trinken Sie auch einmal ein Glas mit, Herr Tappe«, sagte Agnieszka frech und provozierend lächelnd. »Und keine Widerrede …«

Simon und Melanie, die erneut Blicke wechselten, hätten sich nie vorstellen können, dass ihnen ihr eigener Vater, ausgerechnet ihr Vater, einmal dermaßen leid tun könnte.

»Ich trinke ja schon …«, stotterte Heinrich, der zwar ein noch zur Hälfte gefülltes Bierglas in der Hand hielt – er hatte, durch den Schlag auf den Rücken, etwas verschüttet –, aber dennoch nach dem Wodka griff, und er spähte verunsichert in Christas Richtung, da ihm nicht entgangen war, dass sie sich ihm genähert hatte.

Christa jedoch machte auf dem Absatz kehrt – während Heinrich ihr mit einer gewissen Verzweiflung und einem Flehen in den Augen hinterherschaute – und setzte sich wieder zu Swetlanas Mutter und zu Gershom, in deren Nähe sich auch Natascha und Darja eingefunden hatten, um sich mit ihnen zu unterhalten.

Christa, die Simon und Swetlana auch mit dem Abendessen hatte überraschen wollen – eine weitere, äußerst gelungene Überraschung, wie ihr von den beiden versichert worden war –, hatte, ohne es mit ihnen abzusprechen, ein vegetarisches Buffet in Auftrag gegeben und vor allem eines, das mit Rücksicht auf die Gäste aus Israel kein Schweinefleisch enthalten sollte. Allerdings war ihr nach Agnieszkas Auftritt vorübergehend der Appetit vergangen – von Heinrichs Blicken hatte sie nichts bemerkt –, und sie behielt es sich vor, sich erst später, im weiteren Verlauf des Abends, von der Qualität der vielen Speisen zu überzeugen, von denen es jeweils, wie sie wusste, auch genügend

Nachschub gab – unterdessen winkte sie eine der Kellnerinnen herbei, um sie zu bitten, dessen ungeachtet schon einmal von allem etwas für Hilde und Wieland einzupacken und beiseitezustellen und ihr vor allem, denn das benötigte sie jetzt dringend, ein Glas Wein zu bringen.

Nach dem Essen betraten die drei Musiker, die sich von den Gästen unbemerkt unter die Menge gemischt hatten, das kleine Podest, das ihnen als Bühne genügen musste – Simon hatte ihnen unauffällig ein Zeichen gegeben –, und schlagartig kehrte im Saal Ruhe ein, und die Leute starrten gespannt in ihre Richtung. Die Klezmer-Band – Klarinette, Gitarre und Kontrabass – war eine gelungene Überraschung – nur damit, dass so plötzlich Stille einkehrte, hatten Simon und Swetlana nicht gerechnet –, die meisten der Versammelten hatten nicht geahnt, dass es Live-Musik geben würde.

Christa allerdings, die auch in jedes andere Detail eingeweiht worden war, wusste Bescheid. Und nun, als die ersten Klänge ertönten – das Trio spielte einen traditionellen, schwungvollen Hochzeitstanz –, erschien sie schlagartig wie ausgewechselt und klatschte vor Begeisterung wie verrückt in die Hände.

Swetlana und Simon machten, so wie es sich gehörte, den Anfang und tanzten den Eröffnungstanz, und sie machten dabei eine beeindruckend gute Figur, anschließend – und bereits etwas verschwitzt – forderte Simon Swetlanas Mutter und Swetlana ihrerseits Heinrich auf, der immer noch das Glas Wodka in der Hand hielt, an dem er bislang aber lediglich genippt hatte, und der gar nicht so recht wusste, wie ihm geschah, als er sich plötzlich gezwungen sah, es wieder abzustellen, wobei die Erleichterung über das eine sogleich einer leichten Panik angesichts des anderen wich, aber auch er stellte sich, den anfänglichen Befürchtungen zum Trotz, beim Tanz nicht ganz ungeschickt an.

Nach diesem nicht weniger schwungvollen Stück führte Simon schließlich seine Mutter – »O Gott, o Gott, ich weiß gar nicht, ob ich das noch hinbekomme …« – aufs Parkett, Swetlana griff sich der Einfachheit halber Natascha, die freudig und souverän die Führung übernahm, während Swetlana sich ihr hingebungsvoll ergab, und bald folgten auch die meisten anderen Gäste ihren Beispielen – irgendwann löste Darja, die bereits ein wenig eifersüchtig, wenn auch nicht ernsthaft eifersüchtig, gelauert hatte, Swetlana ab, welche daraufhin wieder in den Armen Simons landete.

Die Musiker spielten verschiedene temporeiche Tänze, Mazurken, Polka und auch Walzer, und sie spielten und sangen, teilweise dreistimmig, jiddische Lieder, darunter »Donna, Donna«, »Yidl mitn fidl« und das obligatorische »Bei mir bist du scheen«, nicht zu vergessen das hebräische »Hava nagila«, das Festlied schlechthin, welches nichts anderes bedeutete als: »Lasst uns glücklich sein.«

Als die Band ein etwas langsameres Stück anspielte, löste sich Swetlana aus Simons Armen und forderte ihren Großvater auf, der darauf schon gewartet zu haben schien. Dürr und knochig, wie er war, besaß er doch immer noch die Kraft nicht nur für den langsamen, sondern auch für den nächsten, wieder etwas schnelleren Tanz und auch für den, der darauf folgte, doch als auch der irgendwann zu Ende ging, bat Gershom Swetlana, sich wieder setzen zu dürfen, um etwas zu verschnaufen, und er bat sie, sich ein wenig zu ihm an den Tisch zu setzen.

Doch daraus wurde nichts, denn jetzt wurde Swetlana auf einen Stuhl gesetzt, samt dem Stuhl in die Höhe gehievt und zur Musik durch den Saal getragen, während um sie herum alle tanzten oder im Takt klatschten.

Anstelle von Swetlana setzte sich irgendwann Natascha zu Gershom, der tatsächlich allein dasaß. Sie ließ sich – vom vielen Tanzen ganz außer Atem – an seiner Seite nieder, rückte nah an ihn heran.

Gershom lächelte abwesend, in sich gekehrt – vielleicht auch schon ein wenig erschöpft –, und sie saßen eine Weile schweigend nebeneinander und sahen den anderen dabei zu, wie sie durch den aufgeheizten Saal tanzten.

»Du wirkst so ernst und nachdenklich, Großväterchen …«, sagte Natascha bald und neigte forschend ihren Kopf. »Betrübt dich etwas?«

Gershom schüttelte langsam den Kopf. Aber Natascha, die ahnte, dass ihn etwas beschäftigte, ließ nicht locker und durchbohrte ihn mit Blicken.

Gershom seufzte und deutete schließlich auf das helle Grübchen in seiner Wange. Er habe nur gerade an den Jungen denken müssen, dem er dieses Grübchen zu verdanken habe, den Jungen, der ihn beinahe getötet habe, damals, in Polen, vor beinahe auf den Tag genau einem Dreivierteljahrhundert.

»Dem hätte man einen Kopfschuss verpassen sollen«, sagte Natascha grimmig.

»Nein, nein«, entgegnete Gershom, er sei doch noch ein Junge gewesen, ein Junge bloß, wie er selbst, vielleicht sogar ein bisschen jünger. Er habe es nicht freiwillig getan, er sei gezwungen worden, das zu tun. »Ach, Natascha, meine Kleine, es ist doch nicht zu verstehen«, sagte er. »Diese Bilder ... Du hättest die Angst in seinen Augen sehen sollen ... Was hätte er denn tun sollen?«

»Was hätte wer nicht tun sollen?«, fragte Simon, der sich auf einmal aus der Menge der Tanzenden gelöst hatte und – verschwitzt und gut gelaunt – vor ihnen aufgetaucht war, er hielt ebenfalls ein Glas Wein in der Hand und setzte sich zu ihnen.

Gershom und Natascha sahen ihn an, aber sie gaben keine Antwort – auch wenn es kurz den Anschein hatte, als würde Natascha doch etwas sagen wollen.

»Wo steckt denn die Braut?« , fragte Gershom schließlich, und Simon, der seine eigene Frage schon wieder vergessen hatte, sah sich um.

»Ich weiß nicht, ich habe eben noch mit ihr getanzt. Aber da drüben ist sie ja, da kommt Swetlana.«

Danksagung

Zeitzeugen sterben, aber die Geschichte geht weiter, und Geschichten müssen weiter und neu erzählt werden, vor allem, da sich die Zeiten rasant ändern.

Mein Namensvetter Leslie Schwartz, der die Shoah – und einen Schuss durch den Hals – überlebte und der nicht müde wurde, von den furchtbaren Dingen, die er im Konzentrationslager erleben musste, zu berichten, starb und zwar am 12. Mai 2020, während ich noch mitten in der Arbeit an »Morpho peleides« steckte. Ihm und seinem Erinnerungsbuch »Durch die Hölle von Auschwitz und Dachau. Ein Junge erkämpft sein Überleben«, aus dem auch einige Zitate in meinen Roman eingeflossen sind, verdanke ich wesentliche Inspirationen für die Konzeption und Gestaltung meiner Gershom-Figur, auch wenn Gershom ein ganz anderes Leben lebte und mit Leslie Schwartz keinesfalls zu verwechseln ist.

Mein Dank gilt all den Menschen, die mir ihre Geschichten erzählten und mir Einblicke in ihre Welten gewährten.

Dem Moskauer Underground-Künstler Alexander Petlura danke ich dafür, dass er mir einst seine Wohnung zur Verfügung stellte. Luca Schwartz danke ich für ihre Führungen durch die Göttinger Oststadt und den Göttinger Stadtwald – und für Fotos von den Schillerwiesen und der Dahlmannstraße –, Florian Schwartz danke ich für diverse Beherbergungen in Göttingen – überwiegend in einem Studentenwohnheim im Stumpfebiel –, die schon viele Jahre zurückliegen.

Ich danke meinem Verleger Ingo Držečnik, dem rein gar nichts entgeht und ohne dessen Zuspruch ich meinen Roman nicht hätte schreiben können, für sein Vertrauen, Franziska Melzer, die das Manuskript als Erste kritisch gelesen und zum Gelingen durch viele Gespräche beigetragen hat, Dr. Michael Strobl für die kritische Lektüre des Textes und für konstruktive Anmerkungen, Dr. Norbert Richter für Lektüre-Eindrücke, Britta Jürgs, Zaia Alexander, Oda Ruthe, Christoph Nußbaumeder und nicht zuletzt, für wertvolle Hinweise in historischen Detailfragen, Professor Nikolaus Wachsmann und Professor Daniel Siemens.